JN144743

刀水歴史全書 89

ある反戦ベトナム
帰還兵の回想

W.D.エアハート著
白井洋子訳

刀水書房

Passing Time

Memoir of a Vietnam Veteran Against the War

by

W. D. Ehrhart

Copyright © 1986. W. D. Ehrhart.
All rights reserved.

Published by special arrangement with
McFarland & Company, Inc., Publishers,
Jefferson, North Carolina, USA
through Japan UNI Agency, Inc., Tokyo.

Foreword Copyright © 1995 by
H.Bruce Franklin. All rights reserved.

Foreword reprinted by permission of
University of Massachusetts Press.

日本の読者へ

ベトナムでの戦闘中、もっとも親しかった戦友のひとりは、八代生まれのカズノリ・〝ケン〟・タケナガ（竹永一則）である。彼は十代の若さで合衆国にやって来た。現在、彼は、日本で熊本県の観光促進に関わる仕事に従事していて、二〇〇六年には私たち夫婦の日本行きを取り計らってくれた。その時に訪れた先のひとつが天草にある禅宗の東向寺で、住職は三一代目の岡部守信氏だった。

五年後の二〇一一年、ケンは私たちの二度目の日本行きのすべてを手配してくれた。そのことを知った岡部氏はケンに、東向寺で私たちに話をしてもらえないかと依頼してきた。岡部氏の寺の檀家の人たちはベトナム戦争についてほとんど何も知らないが、実際に戦った経験をもつわれわれ二人から話を聴くことはまたとない機会であり、是非お願いしたいとのことだった。

私たちはもちろんその誘いに喜んで応じたが、私自身は、話を聴きに来る人がいるとは思えなかった。日本人にとって、自分たちの国の戦争ではないし、おまけにベトナム戦争は三六年も前に終わっている、そんな戦争の話を誰が聴きたいと思うのか？　しかし驚いたことには、東向寺に行ってみると、そこにはすでに五〇人から六〇人の聴衆が集まっていたのである。私は何度も講演をしているが、どのあたりで聴衆が熱心に耳を傾け、どの辺になるとそうでもないのか、よく分かっている。ところがこの人びとは実に一語一句に聴き入っていた。ケンは、所々に彼自身の感想も入れながら通訳してくれ、およそ一時間ほど話をした。話が終わったところで椅子が片づけられ、低いテーブルが運び込まれて、参加者全員による盛大な宴会が始まった。これは私たち夫婦の二度の日本行きの中でも一番の感慨深い経験となった。

実は、日本にはそれ以前にも一度行ったことがある。一九六六年に私は三年期限という条件で海兵隊に志願入隊したので、一九六七年二月初めから一九六八年二月末までのベトナム従軍期間を除くと、帰還してからもまだ一五カ月の軍務が残っていた。その間、一時的に、一九六八年末から一九六九年にかけて、岩国の海兵隊航空基地に配属された。その頃までには合衆国内で反戦運動が大きく進展していたことは知っていたが、日本でもベトナム反戦運動が影響力をもっていたことには気がつかなかった。実際、何も知らなかったのだ。日中は軍の仕事につき、夕刻になると基地の下士官クラブに行くか岩国の街中のバーに出かけ、週末には錦帯橋に、また電車で広島や宮島に足を伸ばしたりした。

アメリカの主要メディアはめったに日本の反戦運動など伝えてこなかったので、アメリカの戦争中に多くの国々が反戦運動を大きく繰り広げていた事実や、ベトナムでのアメリカの戦争がそうした国々の何百万もの人びとの生活に深く影響していたことを知ったのは、随分と後になってからのことだった。その数多くの人びとの輪の中に、本書の訳者、当時、若い女子学生だった白井洋子さんもいたのである。

一九八〇年代に入ってから、私は、トモヒサ・シミズという名前の男性からハガキをもらうようになった。彼は、私が新しい詩集や評論集などの本を出版するたびにハガキをくれた。ハガキには彼自身についてはほとんど何も触れられてはいなかった。私には、彼が誰なのか、どうやって私の本（英語）を入手するのか、何故なのか、皆目見当もつかなかった。ハガキは何年も続いた。

ベトナム戦争後何十年も経った頃、今世紀の初めになって、今は大学で教鞭を取っている白井洋子さんから、かの女が書いているベトナム戦争の本に、私の詩のいくつかと *Passing Time* からの引用を翻訳して入れたいとの依頼があった。もちろん私はすぐに同意した。湾岸戦争当時にかの女が海外研修でフィラデルフィアのペンシルベニア大学にいたこと、その当時テレビで放送された *Making Sense of the Sixties*（六〇年代とその時代を生きた人びとを理解するために）というドキュメンタリー番組で私がインタビューされているのを見て、私の作品に興味をもったということだった。ところがそれからしばらくして、白井夫妻がフィラデルフィアにやって来たときになってはじめて、トモヒサ・シミズの謎も解けたのである。

つまりミスター・シミズは日本女子大学の清水知久教授で、ベトナム反戦運動に深く関わっていたこと、そして白井さんの恩師であったということだ。彼が長年、この戦争に向き合ってきたことが、この戦争をテーマとして書かれた出版物について精通させ、その中に私の著作も含まれていたのだった。そして戦争への関心や出版物への目配りを、白井さんとも共有していたということだった。

それからまた数年後、白井さんが、今度は *Passing Time* を翻訳したいと言って来たのだ。私の著作を丸ごと翻訳することの困難や労苦に時間を費やす人がいるということに、正直なところ信じられないほど驚いた。しかしそのことは私にとっては大きな喜びであり、この気持ちを何と表現したらよいのかも分からない。白井さんと出版社に深く感謝する次第である。

私が軍服を着ていた頃のことで誇りに思えることは何もなかったし、それは今も同じである。私は共産主義からベトナム人を救うためにベトナムに行った、そう信じていた。しかし、そこで私が見たこと、やったことを、私の両親、教師たち、コミュニティ、政府から植えつけられたレンズを通して、つまり世界観を通して眺めてみても、何の意味も見出せなかった。われわれ（合衆国、海兵隊、そして戦友、私自身）は、「グッド・ガイ」［正義の味方］のはずだったが、しかしベトナムで自分の国がしていることには何の正義もなかったからだ。一九六八年三月初めにベトナムを出た時には、私は、自分自身を見失い、混乱して傷ついた一九歳の若者だった。ベトナムに行く前に言われていたことと、実際にしていたこととは、あまりにもかけ離れていた。そして自分の経験したことに何の意味も見出せないことが、猛烈な痛みとなって私を襲った。

それから二年間というもの、私はこの戦争と私の戦争体験を思い出さないように努めた。何が間違っていたのか分からない、しかしもう終わったことだと言い聞かせていた——指一本失うことなく帰還したんだ、もう自分には関係ないのだから、と。しかし戦争はどこまでも私につきまとって離れなかった——テレビやラジオ、新聞、雑誌は絶えず話題にしていたし、外に出れば反戦運動に出くわした。しかもあの痛みも消え去ることはなかった。そしてついに、一九七〇年五月にケント州立大で自分と同じような四人の学生が殺されたのを知った時、私は、ベトナムでの戦争がこの国にまで持ち込まれたことを悟ったのだった。私は、私とこの国にいったい何が起こっているのか、知るべきだと思った。

戦争の恐ろしさを知るのは簡単なことだ。しかし戦争の後始末がいかに困難で、恐怖と痛みを伴うものであるかを理解するのはそう簡単なことではない。ベトナムでは、もし三九五日生き残れば、海兵隊員は帰国することができた。しかし私が帰国した先は、私にはまったく理解できない、とても自分が以前に住んでいた国とは思えないところになっていた。つまり私はエイリアンになっていたのである。もうベトナム従軍期間も終わる、カレンダーに印をつけて、その日まで生きていれば悪夢も終わるんだと心配することもなくなった。すべて終わったのだ。戻って来ることができたのだ。それなのに、この国はもう自分の国、私のホームではなくなっていたのである。

本書は、ベトナム戦争における私の体験を意味あるものにするための私自身の闘いの物語である。私に、私の国に、そしてベトナムの人びとに何が起こったのか、なぜ起こったのかを理解するための闘いである。この本は私自身について、私の国の政府について、私の国について、ありのままを曝け出したものであり、およそ心の慰めになるような話などひとつもない。同時に、この本に書いたことは、私がいかにして今の私になりえたのか、という話でもある。本書は一九七四年の春までで終わっているが、その後何十年かをかけて、私はそれまで抱いていた考え方を根本から変えることになる貴重な確証を摑み取った。つまり、私を含めた何百万人もの若いアメリカ人を、私と私の国に何の被害も与えていない、これからもそれはありえない国の人びとと戦わせるために、戦争に送り出したこの国とその政府についての見方が根本的に変わったということである。

私自身と私の国といかに向き合っていくべきかについて――これは今なお緊張を強いられる困難な関係ではあるが――私なりの答えに到達して何年か経ってから、ベトナム戦争後の経験とは何だったのか、私にとって、私と同じような経験をした多くの人びとにとって、何を意味するのかを語るべきだとの結論に到った。最近のことだが、ひとりの若いイラク戦争帰還兵から次のような手紙を受け取った。

あなたの本が私にとってどんな意味をもったか、知っていただきたい。私は戦闘員としてイラクに二度派遣された。最初はこの戦争が正義ある公正なものだと信じていた。しかし今、長引く戦争で海兵隊員が次々に命を落としていくことにかつてないほど胸が張り裂ける思いでいる。海兵隊を去ってから誰とも人間らしい関係をもてなくなっていた。しかしあなたの本は私がこうした気持ちをもつことを当然のこと真実のものであるという確証を与えてくれた。人間を愛すること、間違いから公正を知ることが、私たちにできる最大の愛国的行為であることを、あなたは私に示してくれたのです。

本書が一九八六年に出版されて以来、私は私に感謝したいという数えきれないほど多くの手紙を受け取った。私の書いたものが、それを必要としている人びとに、ある視点や、安堵感、自信のようなものを提供できるなら、本書を読んだ人たちに私の話から得るところがあったと思われるのであれば、それは私への最大級の讃辞である。日本の読者のみなさんに本書から何か汲み取っていただけることを、心より願っている。

二〇一四年一〇月四日

ペンシルベニア州ブリンモア
W・D・エアハート

W・D・エアハート著『ある反戦ベトナム帰還兵の回想』に寄せて

ニューワーク、ラトガーズ大学
H・ブルース・フランクリン

W・D・エアハートは、ベトナム戦争が生んだ傑出した詩人のひとりとして、またベトナム戦争詩編纂の第一人者として、もっともよく知られている人物ではないだろうか。一九六一年以来、私は、公立私立を問わずアメリカの大学で何十ものコースを教え、そこで何百冊もの文献を読ませてきたが、そのなかでも、彼の自伝的回想記 *Passing Time*〔本書の原題〕ほど強烈なインパクトをもった本にこれまで出逢ったことはなかった。

一九八一年に私は、ニュージャージー州立ラトガーズ大学のニューワーク市中にあるキャンパスで「ベトナムとアメリカ」と題したコースを教え始めた。ここに通ってくるのは、主として労働者階級の家庭の学生たちである。必ず熱い反響を呼ぶ本の中の二冊が *Passing Time*（初版タイトルは *Marking Time*）と、エアハートの編集によって見事にまとめられたベトナム戦争詩集 *Carrying the Darkness*（「暗闇を抱えて」テキサス工科大学出版局、一九八九年）だった。そのため毎年講義のためのささやかな助成金の一部を、エアハートをゲストに迎えて詩を朗読してもらい、この戦争について話してもらうことへの謝金に充てていた。しかし一九九三年にはゲストスピーカーへの謝金を出すことができなくなってしまった（財政危機から公立の高等教育予算が削減されたおかげで、以下に述べる状況が生じたのであるが）。*Passing Time* を読んでくることが課題になっていたその日、私が教室に入っていくと、何やら騒がしかった。とても優秀で、保守的だがよく発言をする若者が——彼は軍の学校で学び、職業軍人を目指していて、学期中いつも私に議論を挑んでくる学生だった——誰よりも腹を立てているようだった。その彼が突然叫ぶように言った。「こんな本は読んだことがない。俺の今までの人生が変えられてしまいそうだ」。次の瞬間、彼は教室の前に出てくると「どうしてもここに来て話をしてもらいたい。彼に来てもらうのに必要なだけの金を集めてはどうか」、と呼びかけた。賛同の声がコーラスのように上がった。後ろの方から誰かが「みんなで五ドルずつ出そう」と言った。すると別の者が叫んだ。「五ドル？　映画を見るだけでも七ドル五〇セントはするぜ」。「オーケー」とまた別の声がして「一〇ドル出そう」。学生たちのほぼ全員が授業料を払うために働くかアルバイトをしていたが、そのほとんどがW・D・エアハートに来てもらうために一〇ドルずつ醵金したのである。

エアハートが来ると、率先してこの提案をした学生が挨拶をし、そしてエアハートに現金の束を手渡したのだった。エアハートは、いかにも彼らしい流儀で、この金は、これまでの彼の人生で手にしたどんなものよりも意味のあるものだと語った。彼の話は、いつもそうだが、聴く者を興奮させ、授業時間から一時間以上が過ぎても彼を放免しようとはしない学生たちから文字通り引きはがすようにして、終わらせなければならなかった。

アメリカの都市部と郊外に住む多様な民族グループが寄り集まった、この労働者階級の学生たちが *Passing Time* にこんなに熱狂するのであれば、この本が何十万冊も売れないのは何故なのか。かれらはエリートでも、本好きの同人サークル仲間でもない、広く読者対象として想定される普通のアメリカ人である。一九七六年に出版されたロン・コヴィックの自伝『七月四日に生まれて』がオリヴァー・ストーンによって映画化されたことで、エアハートのこの本は間接的に多くの聴衆を感動させたはずである。というのも、この映画のいくつかの場面［大学キャンパス等］は、コヴィックの感動的な作品そのものよりも、*Passing Time* に描写されている情景の方により依拠して作られたように見えるからである。

エアハートは、彼の自伝的回想記の第一作である *Vietnam-Perkasie*（「ベトナム―パーカシー」一九八三年）の中で、ベトナム行きを決める前の時代について触れ、ベトナムで実際に体験したことについても詳細に描いている。そこには彼の初期の詩のほとんどを形作る生の体験が詰まっている。ベトナム帰還兵詩人の多くがそうであるように、彼の場合も驚くほど平易な文体を展開させ、その簡潔さと、いわゆる仲間内の文芸クラブの作品にありがちなマンネリ化した詩作を避けてきた点は、見事と言うしかない。例えば、六五語で構成される「ゲリラ戦争」で、エアハートはベトナムでの米軍地上部隊にとっての当然ながらも厳しい現実を鮮明に描き出している。

そいつは実際、不可能でしかないさ
民間人と
ベトコンを区別するなんてことは。
誰も軍服なんて着ちゃいない。
みんな同じ言葉を話している、
（何も分からないだろうがね、
もし同じ言葉でなかったとしても）。
やつらは手榴弾を
衣服の内側にテープでとめ、
カバン爆弾を

市場で使う籠に入れて運ぶのさ。
女でさえ戦う──
少年も、
少女も。

そいつは実際、不可能さ
民間人と
ベトコンを区別するなんて──

終いには、
あんたも諦めるさ。

Vietnam-Perkasie と、エアハートの詩──つまり一種独特の抑揚のない調子による平易過ぎるほどの文体での語り、痛々しいほどの率直さと洞察、本能的直感力、彼自身のものの見方と歴史観との稀なる融合からなっているが──を特徴づけているものは、彼がのちに散文による作品を生み出す上での原動力となり、彼独自の世界を築き上げているのである。表面上、それぞれの詩の内容はかなり単純明快に見えるが、じっくり味わうことで、実はエアハートが、偉大な芸術作品はその芸術性を深奥に潜ませるという古典の教えに忠実であることが見えて来るのである。

これこそが、何故 *Passing Time* があれほど強く私の学生たちの胸を打つのかを説明していると思う。ここには審美的なてらいはない。あるのはただ、理想に燃えてがむしゃらに突き進む一七歳の若者が海兵隊に志願し、ベトナムで戦い、異邦人のようになって帰還し、彼自身とこの戦争についてのこれまでの考え方が覆されるほどの発見の連続を体験していくという、単純明快な物語に見えるだろう。一九八六年に出版されたこの本は、石油タンカーで働く下っ端水夫エアハートが、機関室でロジャーという名の機関士と賭けトランプをしている一九七四年に始まり、終わっている。ストーリーは、所々でこのトランプ遊びの場面に立ち戻りながら、ロジャーを進行役、聴き手、エアハートのわき役とする大筋に沿って展開していく。エアハートは自分が燃え尽きてしまったと信じ込んでいるが、本当は噴火直前の休火山の如くぶすぶすと燻り続けている。実際、本書は四重の枠組みから成り立っている。ひとつ目［一番外側］の枠は、一九八六年に出版された本書そのもの、つまり［本書を書いた時の］三八歳の著者の立ち位置である。その中に、一九七四年の石油タンカー上でのエピソードがはめ込まれていて、この時エアハートは二五歳［これが外側から二つ目の枠］。［二五歳から三八歳までの］比較的穏やかな期間に身を置いて、エアハートは一九六九年から始まる困難な時代に帰還兵として体験した身を切り刻むような日々を回想している。この五年間の話が三つ目の枠となる。さらにその中で、ベトナム戦場での体験がトラウマとなってフラッシュバックしてくる［これが一番内側の四つ目の枠］。いかに世間知らずで無知だったかと自分を責めながら、語り手としてのエアハートは、著者としてのエアハートがあくまでも歴史に忠実であることを、最後の最後まで隠し通し続ける。その歴史とは、表面的には少しも気づかれないほど繊細で洗練された手法によって語りの細部に巧妙に織り込まれている。

決定的ともいえる場面がカンボジア侵攻のあった一九七〇年にやってくる。すでにスワスモアの学生になっていたエアハートが、恋人のパムにキャンパスで開かれた反戦集会に誘われたのを断り、ひとりで悶々としていた時に、集会から戻ってきたパムに、罪責感からの怒りで、乱暴にもパンチを浴びせてしまったのだ。「ただ横たわったまま、哀れな、取り繕おうともしない、恐怖を剥き出しにした眼差しで、俺を見つめていた」かの女を前にして、語り手は彼自身の内なる隠された真実と対峙していた。

ああ、なんていう事を、俺は何をやらかしたのか。このざまだ、とうとうやってしまった。パムの目は、何百という村で何千という顔に俺が見てきたのと同じ目だった。俺がかの女の前に仁王立ちになり、上体全体を反らせるようにして、もう一度爆発するかという時に、無言の憎しみで睨んでいた。しかも今はライフルも、軍服も、命令を吠え立てるタガート軍曹も、地雷も、スナイパーも、爆発するばかりの手榴弾も、機能停止し人間の流砂にはまって身動き取れなくなっている巨大な軍官僚制も、とにかく自分を弁護するための言い訳は何もなかった。

そうさ、これがおまえなのさ、そう思った。

許しを乞うても、パムに部屋を追い出され、エアハートは忘れるほど飲み明かすしかなかった。翌日の午後目を覚ますと、ラジオで言うのが聞こえてきた。「学生が負傷、少なくとも四名が死亡」と伝えていた。新聞の見出しではじめて知る。「ケント州立大で学生四名が殺される」――

新聞記事と一緒に掲載されている写真の一枚には、小高く盛り上がった丘の上に一列に並んでいる州兵が写っていた。もう一枚には、地面に膝をついた若い女性が写っていた。何か叫んでいるその口はねじれたように大きく開かれ、その顔は憤怒と苦痛に歪められ、信じられない出来事から受けた衝撃を表し、その目には涙が溢れ、両腕は血の海に顔を伏せたまま横たわっている男性の遺体に差し伸べられていた。それはパムの写真だった。パム！　そしてほら、見てみろ！　兵隊の中にいるのは！　俺じゃないか！

左から三人目だ！　何てことだ！

「身体中が乾涸びるまで」泣き続けると、「俺の心はこれまでになかったほど澄み切っていた」と、彼は言う。この場面が、あまりに痛々しく、かつ感動を呼び起こすものであるために、読者は、この結論部で語られている洞察と幻想――どちらも個人的であり歴史的である――との複雑な絡み合いを見落としがちである。

その時俺は悟った。今こそ、長くかかったが、言い訳やプライド、空しい幻想を捨て去るべき時だと。失われて取り返しのつかないものをすべて忘れる時なのだと。三年近くもの間、避けてきた厳しい、冷酷な、この上ない苦い真実を直視すべき時だと。この戦争は恐ろしいほどに間違っている、俺の愛する国はそのために死にかけているのだ。アメリカはベトナムの水田で、ジャングルで、血まみれの瀕死状態にある。そして今、その血は俺たちの住んでいるこの街にまで流れ出している。

俺は自分の国に死んで欲しくはなかった。
俺は何かしなければならなかった。
戦争を今こそ止めるべきだ。
そして俺がそれをすべきなのだ。

著者は、語り手の自己欺瞞を、この悲喜劇の最後の一行で明確にする。そこでは、映画に踊らされた英雄的な自画像と、この戦争に勝つためにと高校生のエアハートを志願させた理想主義的愛国心とが、今では帰還兵となっているエアハートに、この戦争を止めるべきであり、そうできると、説得しているのである。ジョン・ウェインも今となっては、平和のために戦う孤独なヒーローでしかない。語り手の話が進むにつれて、彼は自身の個人的な限界と男としてのエゴの幻想に向き合わざるをえない。しかし彼にとってもっと苦痛だったのは、歴史的幻想と欺瞞との対決の方だった。

「この戦争は恐ろしいほどに間違っている」と、エアハートはパムにふるった自身の暴力とケント州立大の学生の死から結論づける。読者が私の学生たちのようだったら、大半の人びとはここで話に引き込まれてしまうだろう。それほど痛々しい場面であり、この結論が正しいかどうかを疑う余地すら残されないのである。さらに、一九八〇年代九〇年代の私たちにとって、このこと、つまり「この戦争は恐ろしいほどに間違っている」という主張は、反戦運動の基本的スタンスとして受け止められているはずである。デイヴィッド・ハルバースタムが言い出した「泥沼」という比喩が広く浸透すると、それが一種の正説となり、――ロナルド・レーガン流に言えば――「高貴なる大義」という右派によるベトナム戦争解釈に対抗するリベラル派の立場を代弁するものとなった。しかし一九七〇年当時の語り手とは異なり、*Passing Time* の著者は、ベトナム戦争が「間違い」だったとはもう信じていない。つまりエアハートは、一九七〇年時点での解釈に読者を共感させることでより効果的な幕引きを狙っているのである。

一年後（本書では二〇章分にあたるが）、エアハートは――一九七一年に何百万もの人びとがそうだったように――『国防総省白書《ペンタゴン・ペーパーズ》』を見せられる。それはこの戦争が「間違い」でも、この国の指導者たちが知らず知らずのうちにはまり込んだ「泥沼」でもなく、周到に秘密裏に練られた策略と公的機関による権謀術数の産物であったという、反論の余地のない証拠なのであった。

間違い？　ベトナムが間違いだって？　冗談じゃない。調子のいい二枚舌の権力者たちが力ずくでこの世界を造り替えるための、計算ずくの企みだったのさ。奴らが俺たちを道連れにして沈んでいったその奈落とは、およそ底なしとしか言いようのないほど深いものだった。

Passing Time はこの場面で、合衆国政府のベトナム戦争政策の極秘史料である『国防総省白書』の核心を

見事に簡潔にまとめているが、その行為は、一年前、それまでに抱いていたすべての幻想が失われたと思い込んでいたひとりの若者の、怒りを込めた反撃だった。「これを見ろ」とばかりに、語り手は「政府による説明」通りに並べ立てる――エドワード・ランズデール大佐率いる破壊工作チームが「一九五四年のジュネーブ協定以前にすでに」ベトナムに侵入していたこと、合衆国の傀儡独裁者としてゴ・ディン・ジェムを据えたこと、アイゼンハワー大統領が自由選挙を妨害したこと、一九六一年にケネディ政権が秘密裏に戦闘部隊を派遣したこと、「合衆国政府がジェム暗殺計画を黙認」したこと、「特殊部隊による北ベトナム襲撃」、「一年以上にもおよぶ北ベトナム爆撃計画、その実行の機会を待ち望む権力者たち、国民が納得するようなもっともらしい口実」、一九七一年を通しての「長引く交渉と一時的な爆撃停止は、延々と続く戦争拡大政策に国民の支持を集めるための欺瞞的策略としての広報活動でしかなかったことの証明であったこと」。『国防総省白書』には、その始まりからしてこの戦争は、「うまくやりおおせれば何でも正当化してしまう上っ面だけの犯罪者集団」、「三つ揃いのスーツと星の並んだ軍服に身を隠した冷血漢のインチキ殺人者集団」によって仕掛けられたものであり、そのために「従順な子どもたちは地球の反対側の農村と漁村に暮らす人びとの住む国に送り出された」のだと書いてある。アメリカの国民全体がそうだったように、エアハートもこの戦争は「間違い」だったと信じたかったが、それどころか、今や、直視するだけでも恐ろしい現実に向き合わされていたのである。

俺はバカだった。無知でお人好しだった。ペテン師。そんな奴らのために、俺は殺人者となってしまった……そんな奴らのために、俺は自分の命まで投げ出そうとしていたのだ。奴らにとって俺はほんの借り物の銃、殺し屋、手下、使い捨ての道具、数の内にも入らない屑でしかなかった。ベトナムから戻って何年か過ぎ去り、そうした懸念は膨らむばかりだったが、真実がこれほど醜悪だったとは想像さえできなかった。

読み進めていくうちに、*Passing Time* が何故にもっと広範な読者層の注意を引かないのか、不思議なくらいである。それは、エアハートがズバリ指摘しているように、この本の言わんとすることが、「黒幕」たちにとっては国民に知られたり思い出されては困ることだからである。大手の出版社や主要メディアを支配している者たちは *Passing Time* が広く読まれることを決して望んでいない。しかしこの新版が出されることで、本書はより多くの読者たちにとっての新たな国民的財産になるであろうし、今なおベトナム戦争とその後の国の将来について心を砕いているすべてのアメリカ人に勇気を与える書物であるとの評価は広く浸透していくものと思われる。

一九九四年一二月

まえがき

本書は小説ではないが、そのようにもお読みいただけよう。話の流れと複雑な出来事を分かりやすくするためという場合を除いて、不正確なところがあるとすれば、それは記憶上の、あるいは受け止め方での誤解にもとづくものであり、故意に事実を歪めたからではない。会話部分は何年も昔の記憶から再現したものであるが、できるだけ正確を期すように努めた。本書に登場する人物とその家族については、その方々のプライバシー保護のために、実名の使用を避けている。

Passing Time の初版は、一九八六年に *Marking Time* というタイトルで出版されたが、それは私の本意とするものではなかった。この度、私がずっと温めてきたタイトルで本書を刊行できることを嬉しく思う。

本書出版には、ウィリアム・D・クイズンベリーの助言と激励に多くを負っている。それなくしては本書の実現はありえなかった。そして計り知れない忍耐と愛をもって支えてくれた妻に感謝している。かの女の精神的実際的支えなしには本書を書き上げることは不可能だった。

一九八九年九月

フィラデルフィア

W・D・エアハート

刀水歴史全書89　ある反戦ベトナム帰還兵の回想　目次

日本の読者へ iii
W・D・エアハート著『ある反戦ベトナム帰還兵の回想』に寄せて
H・ブルース・フランクリン ix
まえがき xix
1 エンデバー号 ロジャーと 一九七四年 3
2 フィラデルフィア スワスモア大学へ 一九六九年九月 12
3 ロジャーに「ベトナム」を語る 19
4 大学図書館 マイク・モリスとの出会い 一九六九年 秋学期 24
5 水中バレエの一員に 35
6 反戦集会への誘いを断る 46
7 スキー場での醜態 53
8 サンフランシスコ マイクとの再会（1） 一九七三年 63
9 ベトナム はじめてのカウンティ・フェア 一九六七年二月 76
10 ミライ（ソンミ）事件を訊かれて 82
11 フィリピン 二度目の海外派遣 一九六八年 89

12　春休みのフロリダ行き　一九七〇年　97
13　ベトナム　闇夜の戦闘　友の死　103
14　フラタニティ入会　一九七〇年五月　108
15　エンデバー号　はじめての機関士体験　一九七三年　118
16　カンボジア侵攻ニュース　一九七〇年四月　133
17　ケント州立大学事件　一九七〇年五月　138
18　反戦学生集会で発言　145
19　ロータリークラブでのスピーチ　149
20　帰還　サンフランシスコ空港で　一九六八年三月　160
21　エンデバー号　三重残業　168
22　新入生歓迎パーティ　一九七〇年九月　179
23　ベトナム「パフ・ザ・マジック・ドラゴン」　185
24　学寮でのバカ騒ぎ　187
25　ベトナム　迫撃砲の恐怖　197
26　カリフォルニアへ　クリスマス休暇　199
27　ベトナム　ディア・ジョン・レター　214
28　カリフォルニア　空軍将校とのクリスマス・パーティ　216
29　エンデバー号　嵐の中のコロンビア河口横断　226

30　水泳部コーチ　ジェイミー・アダムズ　238
31　ベトナム　川岸での銃撃戦　243
32　脱走寸前　香港での休養休暇　245
33　ベトナム　寺院を破壊する　249
34　学生食堂　フルムーン騒ぎ　251
35　ワシントンの反戦集会へ　一九七一年四月　258
36　「ベトナム帰り」　酒場での一件　267
37　『国防総省白書《ペンタゴン・ペーパーズ》』　一九七一年六月　276
38　ロジャーに語るもう一つのアメリカ史　283
39　ベトナム　本物のクリスマスツリー　297
40　オレゴン州ローズバーグ　ゲリー・グリフィスとの再会　一九七一年夏　303
41　アムクア川でのキャンプ　313
42　ベトナム　通常パトロール　328
43　予備役復帰への誘惑　一九七一年秋　330
44　三年目最初の学期末　一九七二年一月　344
45　ニクソン訪中　一九七二年二月　350
46　戦場の悪夢　353
47　ジェイミー倒れる　356

48　エンデバー号　詩が本に載る　360
49　ニクソン演説　一九七二年五月　365
50　ひどくなる悪夢　376
51　射撃指導員のアルバイトを断る　一九七二年六月　379
52　「ゲインズビル・エイト」と反戦ベトナム帰還兵の会　一九七二年九月　385
53　ニクソンを弾劾しろ！　389
54　詩の朗読会　一九七二年一〇月　394
55　パリ和平会談調印　一九七三年一月　410
56　「旅路の果て」　420
57　仕事探し　船に乗りたい　一九七三年夏　423
58　サンフランシスコ　マイクとの再会（2）　一九七四年三月　430
59　エンデバー号　ロジャーと　一九七四年　439

訳者あとがき　451

装丁　的井　圭

ある反戦ベトナム帰還兵の回想

1

エンデバー号　ロジャーと　一九七四年

「この野郎」。俺がハートのエースを引くとロジャーはぶすっと言った。スペードの2、8と9の二枚、それにダイヤの10がこちらの手にあった。

「そら、21だぜ」。俺はほくそ笑んだ。「俺の勝ちだ」

「何てこった」と彼は叫び、立ち上がると、舷窓まで突進し、開いている窓から持っていたカードを海に投げ捨てた。「おまえに負けるなんて」。彼は、舷窓の向こうの暗闇に渦巻いている太平洋を睨みつけ、いらいらしながら早口で言った。背中をこちらに向けていた。あたかも、その答えが血で記されているボロ布の入った壜が漂って近づいて来るのを待っているかのように。

俺たち二人はよくトランプのカシノをした。とくに夜八時から一二時までのロジャーの休憩時間に。俺の船室の灯りをつけ、俺を揺り起こし、低音のコッド岬訛りで「眠れないんだよ」と、話しかけてくる。「つきあえよ、さあ、起きろ。ちょっとやろうぜ。ワインはあるか？　テープをかけよう。おまえのローリング・ストーンズのテープはどこだ？」

何があったとしても、いつも俺の勝ちだった。航海中にロジャーが投げ捨てたトランプを辿れば外洋を航海するわれわれの航路の海図が描けたに違いない。

ロジャーは突然舷窓からこちらに向きを変え、決心したように机に戻り、椅子に腰掛け、引き出しを開けると、真新しいトランプ一組を取り出し、「何も言うな、勝負だ」と言った。

ロジャーは、カリフォルニアのロングビーチから出航したタンカー、SSアトランティック・エンデバー号に乗船する三等機関士だった。彼は、マサチューセッツ海運アカデミーで航海工学の学士号を取得している。七、八年は航海しているはずだ。俺は機関室の掃除係、外洋航海船の雑役夫というところだ。五カ月ほど船に乗っている。

ロジャーの働く姿を見るのはとても勉強になる。俺にとって、機関室はまったく不可解で巨大な構造物、永遠に動き続ける、そして耳をつんざくような騒音を出す得体の知れない機械の塊でしかない。ロジャーにとっては、生きた芸術品、愛され、抱きしめられ、大事に手入れされるべき生き物であり、どくどくと脈打つ偉大な心臓だった。彼の機械の扱い方は独特の技能によるもので、サラブレッドの馬を世話する達人のようでもあり、脅える子どもをあやすかのようでもある。その優しさは、人に信頼感を抱かせる。

俺がロジャーと知り合った経緯はこんな具合だった。「この機械は何のためですか?」と尋ねると、それは水質浄化のための遠心分離装置だ、と説明してくれた。「こっちの舵輪は?」「そいつはタービンに送り込む蒸気の量を制御して船の速力をコントロールするための調整弁だ。それによって強力な真鍮製のプロペラが回るのさ」。あとの二人の機関士は、機関室の掃除夫になんか説明しても分かる訳がないと決めつけて、面倒くさそうに二言三言返事するだけだった。ロジャーはいつも丁寧に説明してくれたし——分からないことが多かったが、そういう時には二度も三度も繰り返して、俺の頭の中の暗闇にパッと灯りがつくように理解できたときには、必ずニヤーッと笑うのだった。

そのうちに季節が移り変わるように穏やかに、子弟関係から友人へと進んで行った。それは特別なことだった。船上で多くの友人をもつことはまずなかった。暇つぶしも一緒、隣り合って仕事をし、だべってばかりいる。しかし深く知り合うことはない。最初は、スポーツや天候、次の港までどのくらいかかるのか等々、どうでもいい会話ばかりにうんざりしていた。ところが、海の上の狭い閉ざされた世界でも、すぐ隣にいる奴が、狂気じみたKKKや、キリスト教原理主義者、ニューレフトの民主党員、その他自分とはまったく無縁と思っていた誰かかもしれないことに気がつく。個人的に親しくならないことは、船の上では無言のルールだったし、そのことを次第に理解し、自分でも守るようになっていた。海洋上では、何が必要か、すべては神の定めるところだった。

数カ月が過ぎ、ロジャーと俺は以前にも増して一緒にいることが多くなり、船底の機関室に限らず、トランプをしたりボートデッキに出て腹筋運動や腕立て伏せをしたり、勢いのあるサーファーの一群のように緑色の燐光を発して弓なりになって跳ねていくイルカの群れを見ては、へさきから身を乗り出さんばかりにして大喜びした。

ある晩、煙突近くのデッキで二人して座りこんでいたときに、「ところで、ロジャー」と話しかけた。二人とも温かい煙突に背中を向けて、ゆったりとした船のリズムに合わせて上体を気持ちよく巻き上げるように揺らしていた。「千年も昔に、ちょうど今の俺たちみたいにこの海原を航海していた男が、同じ星を眺めて同じように終わりなく続いている波を見つめていたんだ。俺は今日、鯨を見た。いつかバイキングの長船が水平線の向こうからやって来るんじゃないかと、半分期待している。フェニキアの商人かもしれない。〈船で海を渡っていく者、大海で商売をする者、誰もが主の御業を、困難に遭遇したときの奇跡を見る〉」

「それは何に書いてあるんだ」と、ロジャーが訊いた。

「聖書さ、旧約聖書の詩篇。三千年も前に書かれたんだと思う。想像してみろよ、ロジャー、俺たちのような船乗りが何千年も昔にいたことを。文字すらなかった頃だよ」

「多分、俺たちよりもっと沢山の鯨を見たに違いない」

「そうだ、その通りだ」と、俺は笑った。「俺たちは確かに、急いで事を仕損じているのかな。そいつらは何を考えていたのかな」

「誰のことだ、鯨か？」

「いや、トルコ人、ポリネシア人、アラブ人、エジプト人、みんなだ。妻がいて、恋人がいて、夢も持ってたろうに」

「俺は一度メイフラワー号の複製を見たことがある」と、ロジャーは言った。「プリマスに繋がれていたやつだ。見た事あるか？　ちっぽけな木の樽みたいだったよ。そんなんで北大西洋を渡ろうなんて、ピルグリムの奴らの気が知れないよ。俺なら風呂桶で航海するなんてまっぴらだね」

「かれらは新世界があるって信じてたんだ、ロジャー。アメリカさ。地上に神の王国を作ろうとしたのさ」

二人はしばらく黙ったままだった。鋼鉄のボウルのような船のはるか底から重く響いてくるエンジンの揺れを感じながら、ちょうど煙突の上の染《し》み一つない空を完璧な8の字型に回転している星を見つめていた。

「どうして船に乗ってるんだ、ロジャー」

「さあね。そうしたいと、ずっと思ってた。コッド岬で育った。大型船がボストンの入り口の運河を出たり入ったりするのを眺めていたからね。土手に上がって［船に］手を振ったりしていたもんだ。他に何かしたいことがあったなんて覚えてないな」

「家族が恋しくならないのか？」

「もちろんあるさ。子どもも大きくなって、今、六歳だ。俺のことはほとんど知らないんだ。カミさんは何でもひとりでこなさなければならなかった。家の手入れ、請求書の支払い、車の修理、女がしなくてもいいようなありとあらゆる事、少なくともひとりでやらなくてもいい事も、全部さ。俺は家に戻るたびに、船を降りて、港で仕事を探す時じゃないかと思うんだ。しかしそうはしなかった」

「汝の夢を追い続けよ」、俺は言った。

「何だって？」

「君のことさ、ロジャー。だから航海しているんだよ。夢を決して諦めなかったんだ」

「多分ね。そんな風に思ったことはなかった。おまえはほんとうによく考えているんだな」

俺は肩をすくめた。

「俺もそうできたらいいんだが」と、彼は言う。

「そんな必要はないよ」と、答えた。「悩むだけさ」

「それなんだが」と、俺の返事を無視してロジャーは続けた。「時々、感じることがある、しかし感じていることをどうやって言ったらいいのか分からないのさ。つまりそこが俺が機械を好きな理由なのかもしれない。時間をかければ必ずどこが悪いか分かるんだ」

「あんたの機械たちが羨ましいよ。それであいこだ」

「そうは思わない。おまえはこんなところで何をしているんだ、エアハート、ここは俺の居場所だ。陸に上がって何ができる、高校のボイラー室で働くか。おまえはどうだ？　大学出の機関室掃除夫か？　おい、そりゃないぜ」

「〈無限に広がる太平洋の真ん中から、千人もの人魚が歌う――ここにおいでなさい、心打ち砕かれし者よ、ここには死への仲立ちへの罪なき別の人生がある、そのために死ぬ事のない人知を越えた奇跡がある〉」と、俺はふざけ半分に英雄的な声色で唱え、片手を大げさに波の上に差し出した。

「〈ここに来れ！　死よりもはるかに忘却のかなたの生に汝を埋めたまえ。ここに来れ、教会墓地にある汝の墓石を持ち上げてここに来れ、我らが結ばれるまで〉」
「それが答えか?」
「これはハーマン・メルヴィルさ」
「文学エリートぶるのはやめてくれ、エアハート。正直に答えろよ」

俺が最初に海に取り憑かれたのは四年も前の一九六九年の夏、海兵隊を[現役]除隊してすぐの頃だった。ヒッチハイクで夏にヨーロッパを回るつもりでイギリスに行ったところが、二週間も経っていないある晩、リバプールのパブで四人の若い船乗りに出会ったことが始まりだった。かれらはアイルランド沿岸貨物船MVマリツェル号の水夫だった。俺たちは飲み、ダーツゲームをし、語り明かし、いつか日が昇り始める頃には俺が残りの夏をマリツェル号で過ごすのが一番いいことだという結論で一致してしまったのだ。船に乗り込んで、深い眠りから覚めると、船長はかなり機嫌を悪くしていた。しかし若い連中は船長がこれ以上議論しても無駄だと諦めるまで説得し続け、最後には臨時のヒラの水夫として俺を乗船させることにしてしまったのだ。何てこった!

翌朝、俺たちの乗った船は港の停泊用入り口にある閘門を外へと通り抜け、マーシー川を上り、大海へと向かった。マリツェル号は、全長一五四フィート、喫水一三フィート、乗組員八名という、実際、小さな船だった。それでも船に変わりはなく、浮いているその下は海水であり、俺にはそれだけで十分だった。俺はとっくに興奮していた。

六週間かけてリバプールとダブリンとの間のアイリッシュ湾を縦横に航海した。時折、グラスゴーかブリストルに入港し、綿の梱《こり》や鶏の飼料、鋼鉄建材、トラクターを搬送することもあった。俺は世界を回ることを幾度想像し、夢見たことか。港を離れる時には、たいてい手すりに寄りかかり、岸壁から声をかけてくれる人たちに大きく手を振ったものだ。その声には驚きと羨望とが入り交じっていた。俺は叫びたくなった。「ヘイ、俺を見てくれ！　ジョーゼフ・コンラッドだ。ここにいるのは赤毛のスターバック、舵を取っているのはクリスチャン様だ、俺たちはこれからキングストンやカルカッタ、あんたらが百歳になっても到底見る事のできないような所に向かっているんだぞ！」それでも俺は、船に乗るために生まれついたかのような印象を与えながらも、何故かいつも醒めているところがあった。たいていは手すりに寄りかかっては無頓着に手を振っていたのだが。

港を抜け出たところで、マーシー川河口で水先案内人〔パイロット〕を下ろし、夏の海のゆるやかな波のうねりにまるで揺りかごのように揺られて、ウェールズの海岸線に沿って西に向かった。太陽が船首の先に見える水平線の向こうに沈み、海が銀色に輝くと、すぐに星が姿を現した。数時間後には港の突端のホーリーヘッドにある灯台が照らし出す光を見る事ができた。しばらくするとその灯りから船は逸れていき、終《しま》いには指ほどに細くもの悲しい光が船尾の彼方に消えていった。聞こえてくるのはエンジンの低い響き、単調に繰り返すプロペラ音、鋼鉄の船体に打ち寄せる波音だけだった。

俺たちは全員が交替して二人一組四時間の操舵室での見張りについた。コンパスとレーダー画面の薄明かりのなかで静かに話し続けた。さもなければ暗い海が船底下で永久にうねっているかもしれなかった。アーニーが俺の腕を突いて言った。「しっかりしろ、ビリー坊や。俺たちはちょっとばかり北に流されているぞ。右舷先の光が見えるか？　タンカーみたいだ。十分な距離を取るんだ」

朝になって甲板に出てみるとアイルランドの海岸線が目前に迫っていた。緑の丘陵が自然そのままに朝日に輝いているのを見た瞬間、何故エメラルドの島と呼ばれるのかが分かるような気がした。船が速度を落とすと、待ち構えていたランチから港付きの水先案内人が乗り込んできて、俺たちの船をリフィー川から入港、停泊させた。マリツェル号は小型で小回りのきく船だったので、潮時さえよければ係留場所に引き込むための引き船も無用だった。そのまま進ませて綱を投げ、沖仲仕が入ってくるためのハッチを開ければ、俺たちはダブリンを一日ぶらつくか、郊外にある古代ケルトの丘まで見物に行くこともできた。

一九六九年の夏、アメリカの外にいて良かった。いくつか通り一遍のことを訊かれたが、水夫仲間はベトナムには無関心だった。かれらなりには考えをもっていた。「[アメリカ]東部のお偉方にとって今度のことは確かに流血の惨事となったようで、まあしっかりおやんなさいな」。それで話は終わりだ。かれらの関心はもっぱら北アイルランドにあり、そこでは五〇年にもわたりぐつぐつと煮えたぎってきた憎悪の塊がついに爆発したため、解決策をめぐっての議論があの伝説的なアイルランド気質を発揮させて延々とたたかわされていたが、そのことは俺にとってはもっけの幸いだった。というのもそうした怒りの矢面に立つ必要も説明する責任もなかったからだ。

それでも物憂げでのんびりした夏も終わりを迎え、俺は気の狂うようなアメリカにもどり、大学は始まった。それにしてもアメリカは実に気違いじみていた。まったくのところナンセンスで完全に正気を失った、ほんものの愚か者だった。毎年毎年、少しはよくなるのではと思い続けたが、一度としてそうは向かわず、むしろ悪くなる一方だった。

四年後の、八月終わりのある暑い日の午後、俺は、昔の海兵隊時代のズック袋を肩にかけて、ロングビーチの桟橋から、SSアトランティック・エンデバー号を見つめていた。その前の六カ月間、ほぼ毎日、仕事を求めて、アトランティック・リッチフィールドの海上勤務人事課長のところに通いつめた。彼はついに音を上げて、これ以上俺に煩わされないために何か考えてくれることになった。しかし俺の欲しかったのは

〝何か〟ではなかった。欲しかったのは仕事だった。俺はタラップを上り、登録のため船内に入っていった。

その日の夕刻、日没後すぐに出航となった。エンデバー号はマリツェル号に比べると重厚な怪物だった。二艘のタグボートが——その汽笛は深まり行く黄昏の海にかん高く響いたが——エンデバー号を停泊位置から引き出し、煙を噴き出し蒸気を発しながら、サンペドロ川の細い水路で回転させて港の中心部まで誘導してくれた。港の出口まで来ると、タグボートを切り離し、エンデバー号はその恐ろしいほどの馬力でゆっくりとスピードを上げていった。

市街地の灯りがひと繋がりとなって、南カリフォルニアの海岸線をチラチラと踊るように、空と海の境目を縁取っていた。天空は灯りの眩さのために青白く滲んでいた。東方の山並みに向かって新月が高く弓形に弧を描き、月光が柔らかく降り注いでいたが、その光が暗い海面に届いた瞬間に何十万個ものガラスの泡のような鱗になって舞い散った。港から離れると、海岸とは反対側の夜の暗闇には、星の光がカタリナ島を低く浮かび上がらせていた。

何時間も、俺は船尾に佇んで海岸線沿いの灯りを眺めていた。その灯りの向こうの暗闇の中に、山脈や砂漠、平原、河川、畑、都市や町が、大西洋岸までずっと連なっているように思えた。エンデバー号は、サンタバーバラ海峡に向かって西に進路を取り、その先の広大な太平洋へと向かった。俺は船首まで歩いていき、海に見入った。人魚を想った。かの女たちが歌っているようだった。

「おい、宇宙人よ」。ロジャーだった。「ヘイ、ビル」

「ああ、どうしたんだ?」

「こんなところでいったい何をしているんだ」

「ちょっと暇つぶしさ、ロジャー、暇つぶしだよ」

2 フィラデルフィア　スワスモア大学へ　一九六九年九月

一九六九年秋、スワスモア大学の学生はそのほとんどが中流の上の家庭に育ち、学問的には妄想癖があり、政治的関心は高く、知的ラディカル左派に強く傾倒したリベラルで、社会的には自由奔放といったところだった。ヒーローとして人気のあったのはジョン・ブラクストン。彼は三年生、徴兵登録拒否を公言したことで実刑判決が下されそうだった。大学事務局と女子寮のあるパリッシュ・ホールの上階の窓からは、*ベトコンの旗がいつも掲げられていて、たまに昼食に出かけていくと、シャープルズ・ダイニングホールの中庭では反戦の演劇グループの俳優たちが集まって、黒いマントに身を包み、豚の臓物を引きずるようにして、戦争をやめろというプラカードを黙ったまま掲げていた。大学寮には異性訪問者規則があることはあったが、その年の最初の学期が終わる頃には廃止されることになり、翌年からは男女共用寮になるはずだった。誰もが色褪せたジーンズ、それも継ぎはぎだらけのものをはき、青い作業着か陸軍の古着を羽織っていた。マリファナはタバコ同様に吸われていた。

俺は、そのまっただ中に、二一歳の新入生として足を踏み入れたのだった。その年の春のこと、俺はまだ海の上にいたが、大学から写真を提出するようにとの文書が届いた。唯一手元にあったのは海兵隊の軍服姿のものだったので、それを送った。写真が何故必要かという説明は何もなかった。九月に大学に行くまでその理由は分からなかったが、その写真は大学全体に配布する新入生案内に載せられていた。上等じゃないか。幸いにも、今の俺は写真のようには見えなかったので、このエアハートが誰なのかを知るものはほとんどい

＊　ベトナムのアカの意，南ベトナム解放民族戦線兵士の蔑称

なかった。

そんなことはどうでもよかったのだ。一九六九年秋、ベトナム帰還兵は一番の人気者ではなくなっていた。一九六六年の春、ブラスバンドと勝利の帰還パレード、酒場でのふるまい酒、目を輝かせて鈴なりの熟れたブドウの房のように俺の首にまとわりついてくる女の子たちを思い描いて、俺は海兵隊に入隊した。しかしベトナムから帰還する頃までには、金魚草やヒナギクで身を飾り、「赤ん坊殺し」と書いたプラカードを手にした狂気じみたヒッピーの一群に襲われることもなく、サンフランシスコの空港を脱出できたことを幸運だったと思うようになっていた。

スワスモアに入学してみると、その前の夏から伸び放題だった長髪と顎鬚をはやしていたことも幸いした。その他大勢のひとりになれたから。最初の週には下ろしたてのジーンズを三度も洗い、泥で汚した上から踏みつけたりして、古着に見えるようにした。古ければ古いほどよかった。明らかに反戦ムード一色の中で、俺は唯一のベトナム帰還兵だったし、反戦演劇集団の奴らが俺の正体を知ったときにどんな芝居をやらかすのか想像もできなかったが、大学での最初のひと月は目立たないようにして過ごした。

そんな調子でうまくいっていた。人を避け、喋ることも控えていた。誰の邪魔もしないかわりに、誰も近づいてはこなかった。実際、孤独だったし、時々パリッシュ・ホールの前の広い芝地に座り込んでは、緑豊かなキャンパスに心奪われ、大隊の偵察隊仲間を思い出しては、あいつらがここにいたらどんなによかっただろうと思ったりした。あいつらなら少なくとも話ができて分かりあえるだろうし。そうでなくとも俺の考えていることをあいつらはすべて知っているので話す必要もないだろうし、あいつらも同じように感じているに違いない。そうして俺たちはただ芝の上に横たわり、生い茂る古木に群がる鳥のさえずりに耳を傾けていられただろう。

しかし大抵はいつも、そんなことを考えている暇もないほど忙しかった。三年以上も学校という場から離れていたし、ここに来るまでスワスモアがエリート校だなんて想像もしていなかった。一度も見学に来たことさえなかった。一九六八年の夏のはじめのある日、休暇で帰宅している時だったが、ニュージャージー州のオーシャンシティで波乗りをしようとしている中年紳士に出会った。俺はうまく波をキャッチしていたが、彼は全然波に乗れていなかった。どうしたら乗れるのかを俺に訊いてきた。楽しく話がはずみ、ビーチを歩きながらついには俺の将来のことにまで話が及んだ。彼が言うには、スワスモアという小規模のいい学校があるとのことだった。彼も一九四六年に海軍を除隊してからそこに行ったという。その後、俺はそこに願書を出したが、いくつか願書を出した大学の中でも最高額の奨学金をその大学が出すと言ってきたのだった。

そんな訳で、学期の最初の晩、新入生全員と一緒にクエーカー集会所に座ることになってしまった。リチャード・クラマーという学長が、アメリカ中の高校生のトップクラスを集めたこと、その年の新入生がいかに優秀であるかと話すのを聴いていたが、それが俺のことではないのは分かっていた。突然、どこかで曲がり角を間違えて崖っぷちに立たされたような、言いようのない恐怖の世界に入り込んでしまったことに気がついた。ただ座って考え込んでいた。「何がどうなっているんだ、エアハートよ、今度は何をしようっていうのさ?」あまりの不安の大きさに、授業が始まってからの一カ月間、俺はマッケイブ図書館に閉じこもり、中間試験で落第点を取らないために死にもの狂いで勉強した。

しかし重要なことは、一カ月かそこらの間、誰も俺に花を突きつけたり、ピッテンガー・ホールの俺の部屋の前にピケを張ったり、豚の臓物を俺に投げつけたりしなかったことだ。何人かは俺が軍隊にいたことに気づいてもほっておいてくれたようだった。だから一〇月半ばまで、つまり大学新聞『フェニックス』の記者が俺にインタビューさせてほしい、答えたくない質問には答えなくてもかまわないからと丁重に申し込んできたときには、俺は勇敢にも、「そういうことなら、特に断る理由もないし」と返事をしてしまったのだ。この記事をみんな喜んで読むだろうと言われて。

実際、いい記事だった。そいつは、俺がならず者や狂ったマニアックと受け取られないようにと気遣って書いてくれた。まあ、問題があったとすれば、ほんとうの俺よりもずっと堅物のように思わせたことだ。記事の書き出しはこうだった。


同期の新入生のほとんどが代数Iと格闘しているとき、ビル・エアハートはカロライナの沼地で訓練の真っ最中だった。同期生が卒業間際のプロム〔公式のダンスパーティ〕の相手を探すのに必死になっているときに、彼はコンチェンで、その後はフエをはじめ聞いたこともないような地名の十数カ所で、砲撃から身を守っていた。

ビル・エアハートは現在スワスモアの一年生だが、四カ月前には海兵隊の軍曹だった。

顎鬚ともの静かな自信に満ちてはいるが、他の一年生と何ら変わるところはないように見える。チョーサーを読み、出席するミーティングを掲示板で確認する。しかし新入生が通常抱える問題は彼にとってはたいしたことではない。ほとんど苦にもならない。ベトナムで一三カ月を過ごしたビル・エアハートにとって、困難なことは何もない。


そこからまだ続く。

記事は「学園に戻ってきた帰還兵新入生――軍情報部からチョーサーへ」と二段見出しの三段組コラム、顎鬚と長髪、そして金属縁眼鏡の写真入りで印刷されていた。正体不明からはおさらばとなった。効果はてきめん、にわか有名人になってしまった。ホールや授業後の教室、芝地、図書館で、みんなに呼び止められた。シャープルズ食堂では食事も邪魔された。ピッテンガー寮の部屋にまで押し掛けてきた。俺はちょっとした有名人で、注目の的となり、気分はよかった。キャンパスのどこでも誰とでも会話しているようだった。

最大の驚きは、誰もまったく敵対的でなかったことだ。事実、みなとても友好的だった。近づいてきては自分から名を名乗り、話し始める。記事が出てから数週間というもの、気を悪くしたことは何ひとつなかった。これは大いなる救いだった。俺は、ほんとうのところみなにどう受け入れられるのか不安だったが、今ではそれが杞憂だと分かった。時には長時間にわたって質問にはできるだけ正直、正確に答えようと努めたが、それは、自分の仲間やクラスメートたちに理解して欲しかったからだ。

それでもしばらくして、この調子で有名人でいることがいいのかどうか疑問を持ち始めた。日に三回、四回、五回、六回、これが週に七日続いた。はじめて会う奴が近づいてきては、こう言う。「ハイ、私は××で……、ビル・エアハートさんですよね。ずっとお訊きしたかったのですが、よろしいですか？　ベトナムに行ったのはどうしてですか？　どんな感じなのかしら？　戦闘場面はよくあったのですか？　人を殺したことは？　いいえ、つまり、人が死ぬのを見るのは……あなたは？」

誇張しているのではない。そういった質問がすべてだったし、しかも順番もほとんど変わらなかった。行く先々で一〇〇ヤード向こうに誰かいるのを見ると、またかと思い、歯を食いしばって頭の中でパチッとスイッチを入れて、答えをまくしたてる。質問を待つまでもなかった。そして俺の答えも次第に短くなっていった。そのうちにこのプロセス全体がぼんやりとしてやりきれないものに感じられてきたのだ。何故なら、もういい加減別なことに頭を切り換えたくなったからだ。

連中のほとんどが、他の何でもない、ただベトナムのことだけを訊いてきた。俺の気に入りの本だとか、大学を卒業したらどうしたいとか、ワールドシリーズでのメッツの優勝をどう思うかとか、土曜の夜にはどうしているのかなんて訊かれたことはない。戦争についていくつか質問し、礼を言っては立ち上がって去る。

そいつらの大半は二度と戻ってはこない。来るのはいつも新しい誰か。「ハーイ、私は×××ですが、エアハートさんですね、ちょっといいですか……？」

一〇月も終わりに近づいたある晩、俺が関心をもっていた女の子が部屋に来た。俺たちは実際、筋書き通りに親密さを増していった。事実、そうなりかけていた。そんなことはここしばらくなかったことだ。そしてまさにその最中、俺が生きていることの心地よさに浸っている時に、突然かの女が訊いた。「本当に人を殺したの？」

そして何も起こらなかった。

二日後、パリッシュとシャープルズの建物に挟まれた小路を歩いているとひとりの女の子に後ろから呼び止められた。

「エアハートさんですね？」と訊かれた。

「えっ、そうですが」

「ほんとうにベトナムにいたんですか？」

「まあ、そうですけれど、はい」

「ワォー、すごいわ、信じられない！」

そしてくるりと向き直り、歩いて行ってしまった。かの女は嫌みでも、敵対的でも、何でもない、ただ興奮していただけだった。俺は、緑豊かに生い茂った古木と蔦のからまる建物に囲まれた場所、クロージアー・タワーの陰になっている芝地の真ん中に突っ立ち、秋の乾いた空気を吸い、忙しそうにキャンパスを行き来する他の学生たちを眺めていたが、一〇月の週が過ぎ去っていくにつれ、俺をどんどん不安に落とし込んできた漠然とした感じが、その時になってやっと分かりかけてきた。

俺はスワスモアの正真正銘の生身のベトナム帰還兵だった。標本だったのだ。骨董品。カーニバルの余興に出てくる、あのいかれ野郎だった。

3 ロジャーに「ベトナム」を語る

「これでよし」ロジャーが決めた。「永久に勝ち続けるなんてできっこないさ」

俺たちはベーリングハムの北にあるARCO精油所から数時間の距離にいた。積荷は満載、ファン・デ・フッカ海峡のゆるやかなうねりにやさしく揺られながら出航したところだった。公海に出さえすれば、あとはふやけた丸太のように揺れたり突っ込んだりしながら進んでいくだけだが、まだ数時間しか経ってなかった。

「クソッ、ロジャーよ、もうすぐ二時だ。俺は八時までには下の機関室に行かなくては」

「俺もさ。それに今夜は俺が勝つまでは眠らせないぞ」

「いいとも。ところで俺はあんたが午前中の見張りの間、操舵室の寝台で一眠りするつもりだ。邪魔しに来ないでくれよな」

「分かったよ。約束した」。これであいこだ。「おまえはベトナムにいたんじゃないのか?」突然、彼に訊かれた。

「どうして分かったんだ?」

「まあな、腕に刺青がある。それにおまえの年ならね。顎や首にもいろいろ傷痕があるじゃないか」

「この傷痕は一五のときに車の事故で作ったんだ」と返した。「昼飯にフロントガラスを食べようとしたんだ」

「冗談だろ?」

「冗談なんかじゃないさ。今頃なんでそんなこと訊くんだ?」

「別に」と、彼は答えた。「知り合ってから五カ月になるが、ベトナムのことを一言も言わないしね」

「一度も訊いてこなかったじゃないか」

「どう訊いたらいいのか分からなかったんだよ。つまりその、詮索したくないからさ。それに実際、俺にはよく分からないしさ。一九六六年からずっとここ、船の上だしね。あまり関心もったことないのさ。なるようになるのかと」

「まだ終わってはいないのさ」

ロジャーは困惑しているようだった。「去年、取り決めのようなものにサインしたんじゃないのか?」

「パリ和平協定のことか?」俺は鼻であしらうように言った。「冗談じゃないよ」

ロジャーはきまり悪そうに、ぎこちなく笑った。「そうさ、協定書にサインしたさ」と、俺は続けた。「しかし、サインするほどの価値なんてないのさ。みな、サインした誰もがそれを知ってたんだ。戦争が一瞬でも止んだ訳でもないしね。ニクソンもキッシンジャーも戦争を終わらせるつもりはなかった。奴らが望んだのは、米軍が追い出されたとは見えないように軍隊を撤退させるための大義名分だったんだ。畜生め、今でも何十億ドルもの装備や物資をサイゴンの大バカやろうの独裁者グエン・ヴァン・チューに送り続けているんだ。あそこには今でもアメリカ軍関係者が這いつくばっているよ。今ではサイゴン[政府]に雇われた〝民間人〟として、またはダウ・ケミカル社の〝顧問〟としてね。チューは米軍の糸で操られることなくしては半日だってもたない、自力では何もできない奴なのさ。代理戦争ってこと。グラッド社製ゴミ袋に詰め込まれて親元に返されるアメリカの若者は、何のための戦争かも知らされていない。ベトナム人はどうなのか?

それにしてもだ、夥しい数の死んだグーク［アジア人の蔑称］のことを気にする奴なんているか？　誰かいるか？　神の恩恵を受けたというこの国にはいないことだけは確かさ」

「何てこった、まったく、しかしおまえが口にした悔しさの一片だけでも俺なりに分かる気がするよ」と、ロジャーは言った。

「そうとも、判断を間違ったな。ビッグ・テンで上がりさ、やられたな」

俺はにやりと笑って、7と3のダイヤを見せつけた。

「こいつめ、何てこった。テープを変えろよ。もう少しワインをくれ。刺青を入れたときは酔っていたのか？」

「大方がそう思っているよ。奴らには、ベトナムを発つ直前に入れたんだと言ってる。俺は一八だった。〈俺と仲間たち、ちょっとだけ、グッドアイデアじゃないか〉ってね。そんなところだ。何年もそう言い続けてきた。本当のところを知りたいだろ？　やったのは一九七〇年、まったくの素面だった。ライル・タトル［サンフランシスコの著名な刺青アーティスト］だぜ。ジャニス・ジョプリンとグレース・スリックにやったのと同じ人物さ。想像してみてよ、グレース・スリックの乳首に入れたその手が俺の腕に入れてくれたんだぜ」

「それなら何故そう言わないんだ？」

「ベトナムから帰還して三年後、除隊してから一八カ月もたってから、ベトナム戦争に大っぴらに反対している奴がどうしてＵＳＭＣ［合衆国海兵隊］の刺青を腕に入れてもらうのかを、よりによってこの俺に説明しろって言うのかい？」

「まあね」

「まあ、何だ?」

「何故入れたんだ?」

「クソッ、俺が知るか。俺と仲間は、その年のクリスマスに西海岸を旅行して回ってたんだが、もうひとり、大学の友人を訪ねてサンフランシスコまで運転して行ったのさ。着いたのが早すぎて、何時間か暇をつぶしていた。そしたらダニエルが、刺青を入れたいと言ったんだ。それで俺は、一八になったら刺青を入れたいと思っていたこと、肝炎か何かに感染するんじゃないかと恐れたことを思い出したんだ。とにかく俺たちはライル・タトルの店に行った。ダニエルはさそりを、そして俺はこれをやってもらった」。俺は左腕の力こぶにある紺色の文字を指した。「何故だかわかるか? 俺の中にひねくれた部分があって、それを今でもずっと誇りにしてるのさ。ガダルカナル、モンテスマの神殿、海兵隊に言ってやれ、だ。古い神話は簡単には死なんさ、ロジャー。このばかな刺青を自分自身にも説明できないんだ。どうして他人様に説明しなくちゃならんのさ。嘘をつく方が簡単さ。嘘をつくのがどんなに楽かってことさ、ロジャー。俺は詐欺師ではないさ。〈名誉ある平和〉。〈神に忠実なる国民〉」

ロジャーはトランプを下に置き、俺をまじまじと見つめた。「おまえって奴はほんとに一筋縄ではいかないな、そうじゃないか?」

「一筋縄ではいかない、怒ってる。すべて当たってるよ。考え過ぎなのさ、それだけさ。言ったよな、考えると苦しくなる。トラブルになるだけさ」

「まあ、そう言うなよ。すまなかった。昔のことを思い出させるつもりじゃなかった」

「そんなふうには取ってないさ。新聞を見るたびに昔のことを思い出す訳でもないんだから。とにかく、あんたに話せてよかったよ。信頼しているから」

「あっちはそんなにひどいのか？」

「そういう質問から始めてくれる方が助かるよ」と、俺は笑った。

「まあね、俺に分かる訳がないからね」とロジャーは言って、恥ずかしそうに肩をすくめた。

「ひどいなんてもんじゃないさ。あまり疲れてない時にまた話すよ。それよりゲームを終わらせようぜ」

最終成績は23－21で、俺の勝ちとなった。俺が出て行く時にロジャーは舷窓からインクのように黒々とした海を見つめていた。トランプカードもう一組が海面を漂っていた。

4 大学図書館　マイク・モリスとの出会い　一九六九年　秋学期

ダニエル・コフマンが俺を韓国農村社会から救ってくれた。そうでなかったとしても、少なくとも一時の気晴らしにはなった。夕食後ずっとマッケイブ図書館に籠り、言いようのないほどに退屈な人類学のレポートに取り組んでいたところに、ダニエルが、もうひとり知らない奴を連れて、声をかけてきたのだ。

「ちょっといいかな」。ダニエルが尋ねた。

ふつうなら断るところだった。質問されるのにはうんざりしていた。俺の近頃の知名度は、かつての俺に負けないほど、ひとりにはさせてくれなかった。新たな問題が次から次へと、前の週よりはさらに数を増やして飛び込んできたからだ。それに耐えるよりも、できるかぎり質問されるのを避けることにした。スワスモアは人目につかないようにするためには狭すぎたが、勉強しているところを見せておけば、少しは避けられた。

「うーん、いいよと言いたいところだが、このレポートを片付けなくちゃならないのさ。読むべきものがこんなにある。またにしてくれないか」。まったくの嘘ではなかった。

しかし農夫チャンの水田には正直苦痛を感じていた。ダニエルとはここに来たばかりの頃に知り合ったが、彼はその後も話に来てくれた数少ない連中のひとりで、なかなかいい奴だった。

「いいよ」と俺は答えた。「それでどんなことなんだい？」

彼は友人のマイク・モリスを紹介すると、「あまり時間がないんだ。でも互いに知っておいたほうがいいと思ってさ」と言った。何がなんだか分からなかったが、ダニエルはすぐに行こうとしたし、行きがかり上、逃げることもできなかった。立ち上がって一緒に地下への階段踊り場まで下りて行った。マイクは見ただけで落着きのないのが分かった。

「ここなら誰にも邪魔されることはないから」とマイクは言い、階段下の床に座り込んだ。

「『フェニックス』の記事を読んだのだけど」と話し始めた。「なかなか興味深かった。ここにはベトナム帰還兵はあまりいないから」

「それは分かっていたよ」と俺は笑って言った。さあ、また始まるか、と俺は思った。

「ここは君にはおかしなところだろう」

俺は笑った。「うん、まあ、そうだね」

「いったいどうしてここに来たの?」と、出し抜けに彼は訊いた。それから慌てたように赤くなった。「おかしいかな、つまり、この大学は元海兵隊員にとって居心地のいいところではないからさ、そうだろ? 妙な選択だと思ったよ」

「まあ、そうさね。妙な選択だ」と俺は言った。それからオーシャンシティでの下手なサーファーの話をした。

「それだけでここに来たのか」と、信じられないという顔をした。

「そうさ。名前、場所、それから一六〇〇ドルの奨学金」

「大学案内を読まなかったのか?」

「読んださ。しかしゲリラ集団の芝居やベトコンの旗については何も書いてなかった。俺にはその奨学金が必要だった。GIビル〔復員米兵援護法〕でもらえるのは月に一三五ドルだけさ。金がかかること、分かると思うけれど」

「反戦運動とか、気に障る?」

「まあ、そうだね、その通りだ。しかし何と言ったらよいのだろう。多分、こちらがベトナムに介入したことが大きな間違いだったんだと思う。ベトナム人の大半は俺たちにいて欲しいなんて思ってはいない。少なくとも俺が見たところではね。多くはなかったけれど。俺たちはかれらにとっては余所者さ。分かっていると思うけど、これは、前線があって、正規軍兵士がいて、なんていう通常の戦争とは違うんだ。たいていの場合、俺たちが相手にしていたのはゲリラだった。政治家が俺たちを戦わせるときにはね。自由発砲地域、禁止発砲地域、準発砲地域がある。とにかく、ベトコンを一般市民から区別するなんてことはできっこないのさ。大概の場合、俺たちは区別をつけなかった。すべて同じようにみなす、敵としてね」

「政治家が君らを戦わせたくないと、本当にそう思っているの?」

「まあ、そう感じたことが何回かあった」と言って、俺はタバコに火をつけた。「連中は俺たちを送り出し、片手を後ろ手に縛りつけ、目隠しをした。戦争にいったんだぜ、戦うべきさ。話し合いたいのなら、制服を着たおえら方の小隊でも送ればいい。非武装地帯のコンチェンで、北ベトナムを交渉のテーブルにつかせようとしている記事を読んでいて、何故俺たちに任せてくれないのか、ハノイにやってくれないのかと考えていたことを思い出すよ。戦うか引くかだ。みんなそう思っていたさ。だから俺たちはユージン・マッカシーみたいな奴が好きだった。戦うつもりがないなら、彼なら少なくとも撤退するだろうからね」

座り込んでいた俺のジーンズの膝下あたりに落ちたタバコの灰を手のひらのつけ根で軽くなでつけた。少しずつ古ぼけた感じがでるようだ。

「とにかく」と、俺は続けた。

「今となっては、撤退する以外にできることはないと思うよ。これがもっと通常の戦争のようであればどうなるのかは分からないが。政治家やえらい軍人は、自分たちのやっていることを、本当には分かっていないのさ。南ベトナム政府軍の、陸軍軍曹だった男がいて、俺たちの大隊に通訳として派遣されてきた。彼は軍隊に六、七年いたはずだ。俺が行く前から俺たちの大隊と一緒だった、一八カ月ぐらいだったか。ところがある日、突然に辞めてしまった。ほんとにあっさり辞めてしまった。大隊指揮官のところに歩いて行き、〈これ以上あんたらの汚い小賢しい戦争につきあってはいられない、出て行ってくれ〉とさ。いいか、これこそ目から鱗だった。そいつが言うのには、俺たちが長くいればいるほど、ベトコンが増えるんだと。〈年々、ベトコンは強くなる。あんたたちのおかげだよ。あんたたちアメリカ人は戦車やジェット機、ヘリやらを、その傲慢さと一緒に持ち込んでくる。行く先々で、ベトコンはまるで田んぼに新しく米が育つように成長していくのさ。あんたらはベトナムを何も分かっちゃいない。われわれのことなんかまるで理解しようともしない。だからといってあんたらが困ることもない。なぜなら自分たちはすべて分かっているつもりでいるんだから。アメリカ人っていうのはまったくベトコン以下だね〉と、そんなことを言われた。それであっさりと辞めてしまった。彼は、俺が知っている中でも一番勇敢な人間のひとりだった。俺のバカさ加減を何度も知らされたよ」

マイクは低く息を吐いた。

「そうなのさ」と言って、俺はもう一度、灰をジーンズにこすりつけた。「何てことだ。俺は一八で、騙されて、トリン[南ベトナム政府軍軍曹]にはバカにされて。いや、俺のせいばかりじゃない、しかし同じことさ。とにかく、俺は地獄からきれいさっぱり抜け出したかった。俺はただ帰国して、全部忘れてしまいたかったんだ」

「そもそも何故行ったのさ？　徴兵されたんではないんでしょう？」

「俺が？」と、鼻で笑った。「まさか、志願したのさ。待てなかったんだ。一七歳で高校卒業したばかりだった。大学の入学許可ももらっていた。でもどうかな、何を勉強したいのか分からなかったんだ。大学を卒業したらすぐに徴兵されるだろうと思っていた。何かを始めようとするその時になってだよ。俺はGIビルの金が欲しかった。それに、国に対して何かしなければと思っていた。感傷的と言われるかもしれないが、今でもそう信じている。この国は完璧ではないけれど、アメリカ人であることの意味はあると思う。ここがロシアだったら、君にこんなことを言ったことで監獄行きだろうけどね。何かするだけの価値はあるんじゃないか？」

「間違ったことのために死ぬことはないさ、そうだろう？」

「それはどうかな、マイク。みんな国のために何かすべきじゃないのか。すべてが無駄だったなんてどうして言えるのさ。すべて間違いだったんだ。パリッシュの窓からベトコンの旗を吊るしたのは誰なんだ？　まったく、あの旗を持っていた連中は俺の仲間を大勢殺したんだぜ。連中を非難すべきかどうかも、本当のところは分からない。しかし一体どういうことなんだ。あっちにはまだ五〇万もの兵士がいるんだぜ。こっちで反戦運動やら何やらが起こっているのを読んだときの気分を思い出すよ。怒り狂ったさ、心が痛んだ。そういう連中は戦地にいる者のことなんかまず考えちゃいないのさ。本当にそうさ。生きている人間だってこと考えたこともないのさ」

「そうじゃないんだよ」と、靴ひもを確かめるように結び直しながらマイクは言った。それから顔を上げて続けた。「そうかもしれないけれど。かれらは君たちのような者を行かせないためにやっているのかもしれないと考えたことはないの？」

「うん、そうかもしれない。しかし食事の途中で席を立つ気にはならないのと同じように、そこから出て行くこともできないだろう? 俺は撤退すべきだと言ったし、そう信じている。しかし君らはニクソンにチャンスを与えてやれよ。彼はまだ一〇カ月しかやってないし、国内でもそれほど支持されている訳でもない」

マイクは頭を起こし、かすかに顎をもち上げ、「君は彼が撤退させるつもりだと、ほんとうに思っているのか?」と言った。

「さあ、彼は和平会談を続けている。時間がかかってるけど」

「和平会談?」彼は反射的に言い返した。「どんなテーブルを使うかを決めるだけで六カ月もかかっているんだぜ。それに、和平会談を始めたのはジョンソンで、ニクソンではないよ」

「そうだったか?」俺は少し戸惑いながら尋ねた。

「うん。それ自体は六八年半ばに始まっている、ニクソンが当選する以前のことさ。そのことがどうかしたのか」

「ジョンソンが最初に俺たちを送り込んだのなら、彼が撤退させるべきだったんだ。とにかく、少なくとも今は会談の途中だ。そして少なくともニクソンはただ座っているだけではなく、南ベトナム政府軍に何かやらせようとしている」

「うまくいくと思うのかい?」

「どうだかね」と言って、俺はしばらく考え込んでいた。そのことを深く考えてはいなかった。ほんとうのところベトナムについてこれ以上関わりたくなかった。けれどもそうするのは難しかった。新聞を開いても、テレビをつけても、昼飯を食いに行っても、忘れたくとも忘れることができる状況ではなかった。俺はタバコを靴の底で押しつぶし、黒くなった吸殻をズボンの折返しに押し込んだ。

「何故そんなことをするんだ？」マイクが訊いた。

「何を？」

「灰をズボンにこすりつけるなんてさ」

「ああ、こうして熟成させるのさ」と、答えた。マイクは驚いたようだった。「気にするなよ」と、笑った。

「ちょっとした冗談だよ。そうさね、ベトナム化がうまくいっているようには見えない。俺の知る限り、南ベトナム政府軍はひどいもんだよ。クアンチのあたりには政府軍第一連隊がいたんだが、これは別格だった。全員が北からのカトリック難民だったからだ。あとの奴らはほとんど箸にも棒にもかからない。全身武装していても戦えないし、戦う意欲もない。そのことで俺は最初に不信を抱いてしまった。ベトコンは、俺が行った当初は、何ももってなかった。驚くほど旧式のライフル銃と竹槍と、あとは俺たちから盗んだり南の政府軍から買ったり、使えるものは何でも使ってた。しかしその戦いぶりときたらすごいものさ。敵ながらあっぱれよ。こっちは爆弾やナパームを落とし、爆破させ、ありとあらゆる手段を使うんだが、あいつらまた向かってくるのさ。一人二人と、襲ってくる。来る日も来る日も、次の週もその次の週も」

「あの記事の中で——何と言っていたのかな、もし全体的にプラス効果とマイナス効果とを秤にかけてさ、君はそれでも行っていただろうと」

「そんなところかな」と、頭を振りながら言った。「記者に話したかったのはそこのところさ」

「そのつもりではなかったということ？」

「そうは言わなかった」と、答えた。

「いや、そこを知りたかったんだ」と、マイクは言った。「そこが一番興味深かったんだ。もしまた同じことになったら、それでも行くと思う？」

「おいおい、いやにそこを突いてくるんだな」と、俺は笑った。

「つまりさ、知りたいだけなんだ」と、マイク。彼はほんとうに知りたがっているようだった。俺の答えと格闘し、自分なりに解釈しようとしているようだった。しかも俺に挑戦し、俺の答えから次の質問をひねり出してきた。たいていの奴らは通り一遍の質問をして、陶酔したような目つきで聴いては、さっと立ち上がり、去って行った。俺は彼が気に入った。

「もう一度行くかって？」

「どうなのかな、行くだけの価値があった？」

「そんな体験をしてきて、価値がなかったなんて言えると思うか？　学んだことは多かったさ。おかげで自分自身が成長したようだ。もしかしたら死体袋に入ってもどってきたかもしれないし、足を一本なくしていただろうし。そういう連中を沢山知っている。そういう連中に行くだけの価値はあった、成長したな、なんてどうして言えるのさ。行くに値しなかったとも言える訳はないさ。時々、泣きたくなる。何かしらやるだけの意味があったと思いたいよ。だけどそうだったとは自分自身とても信じられないんだ。ほんとうにクソッたれさ、その通りだよ。ノーだ、もう一度行こうとは思わないさ」。俺は時計をちらっと見た。かなりの時間が経っていた。「いいかい、この話を途中でやめたくはないが、俺は韓国の農村生活にもどらなくちゃいけないいんだ。こいつを読み終えなくちゃいけない。元海兵隊軍曹がどうやっつけるか、ご期待に添えるよう猛スピードで読んでしまうからさ」

「そうだね、できるよ」と、マイクは言った。「君の時間をそんなに取るつもりはなかったんだ」

「いいからさ。気にしてないよ。ほんとに。楽しかったよ。聴いてくれてありがとう」

「こっちこそありがとう」。マイクはそう言って、右手を差し出し、俺と握手した。「多分、DUに興味をもつと思うよ」

「何だ、それは?」

「デルタ　イプシロン。僕の入っているフラタニティ〔男子学生友愛団体〕さ」

「そうか。いや、俺はフラットに入ることはあまり考えたことなかったから」

「いいかい、キャンパスで何を聞いているかしらないけど、DUはそれほど悪くはないよ。ここのフラタニティは、大抵の大学のそれとはかなり違っているから」

「まあな、多分ね。考えておくよ。この次には、俺が質問攻めにしてやるよ」

「いいとも」と、マイクは笑った。「それじゃまた」

図書館の照明が消えるまで俺は読み続けた。ほとんど深夜、閉館時刻だった。散らかっている本を集めてコートを着ると冷え冷えとした夜気の中を歩き始めた。五時間近くもマッケイブ図書館に閉じこもった後の気分のいいこと。月はほぼ満月、空は澄み切っていた。木々と建物が暗い地面に影を落としていた。ベトナムに行く前は月光を意識したことなんてほとんどなかったと思うと、妙な感じだった。夜は夜、それだけだった。しかしベトナムでは、満月と月のないのとでは、夜と昼ほども違った。満月の下では、こつさえつかめば、直接にじっと見つめる代わりに横目で眺めるだけでも、絶えず目を動かして、見る対象を周辺視野にとらえることでいつまでも見続けることができた。月のない夜こそベトコンのもっとも好むところだった。われわれにとっては敵を見つけることがより困難となったが。

キャンパスを横切るときに、立ち止まり、振り返ってパリッシュ・ホールの外観を見上げた。本館から左右に張り出した四階建ての両翼は、ぼんやりとだが、巨大な鷲が獲物を探して丘の頂を低く旋回しているように見えた。パムの部屋は明るかった。かの女とはロシア語のクラスで一緒になったが、すぐに惹かれた。小柄で、飛び切りというわけではないが、鳶色の大きな目と十分に官能的な唇の、人目を引くような魅力の持ち主だった。最初、かの女にもいくらか気があるかのような印象をもったが、何事も起こらなかった。かの女は別の大学にボーイフレンドがいて、週末にはそっちに行っていた。それでも俺はかの女と一緒にロシア語を勉強するあらゆる機会を逃さなかった。実際俺は特別な助けを必要としていた。やぁと、軽く声をかける他に、もっといい方法はないかと考えたりしながら、向き直ってピッテンガー寮の方に歩いて行った。

ジェニーは今夜はどこにいたんだろう、と考えた。かわいいジェニー、高校時代の恋人。金髪で本物のブルーの瞳のジェニー。俺の軍服姿をどんなに誇りとしていたことか。一九六六年一二月のクリスマスのダンスには、それを着てくれと頼んできたぐらいだった。ベトナムに出発する直前だったけれど、二つ返事で引き受けた。帰国したらすぐに結婚するはずだった。それからしばらくして、暑さと退屈と寂しさとで狂いそうだったある日を境に、手紙はばったり来なくなった。ほんとにばったりと。八カ月間、毎日一通来ていたのが、来なくなってから六週間過ぎて、それから届いたのがディア・ジョン・レター［別れの手紙］。戦闘に出るたびに気が抜けていく状態だったと思う。しかし少なくとも俺はベトナムに来る前に結婚していた訳ではなかった。キャロウェイの場合はもっとひどかった、彼の奥さんからのディア・ジョン・レターだった。まったく。奥さんの弁護士から離婚請求が出されたってこと。そして45口径の自動小銃で自分の脳天を吹き飛ばしてしまった。自分の口に銃身を突っ込み、彼が何をしようとしているのか誰も気づかないうちに、俺たちの目の前で引き金を引き、テントの中そこいらじゅうに自分の脳ミソを飛び散らしたのだった。急に身体がぶるっと震えて、俺は襟元をしっかりと締めると、何冊もの重い本を抱え直した。

こんな夜には時々、すべてがみな夢のように思えることがある。緑豊かに広がるキャンパス、文化人類学、初期ヨーロッパ文学、重厚な建築の寮内にあるベッドつき個室、そして迫撃砲は飛んでこない。こんな晩には時々、何が夢で何が現実かが分からなくなる。俺はキャンパスを歩きながら、いつしかウォリーやホフィ、グレイヴィを列の前方に、モガティ、ローリー、ケニーを後方に見つけている。全員が長めの間隔をおいてつながり、待ち伏せ攻撃に出遭ったり、誰かが地雷を踏んだりした時にも被害を最小に抑えるようにしていた。ライフルなしの夜は、裸でいるような、無防備のように感じた。藪や木々をさっと見回したり、しばらく見つめたりして、何かおかしなことがないかを探っている自分に気づく。何を探っているのかは分からない、ただ、何かを。差し迫った暴力をほんの一瞬で警告している何かを。影、風に揺れる木々の音、嗅いだことのあるつんとくる臭い――そして後に残ったのは気味の悪い静寂と助かったのかどうかも不明な奇妙な感覚。

部屋に戻ると、明かりをつけ、ウィスキーを一杯注ぎ、ぐいっと飲んだ。それからレポートを終わらせるために机に向かった。部屋の壁にはフィリピンと日本の地図、マリツェル号の小さな写真、多彩色のサイケ調に染めた髪のボブ・ディランのデザイン画ポスター、そして黄色の線の入った紙に黒のマーカーで「今すぐ辞めるか?」「苦しくなったら……」というような六人の手書きによる寄せ書きがかかっている。机の上には金モールで縁取りされた小さなアメリカ国旗が置かれている。俺がまだ海兵隊にいた頃、親父の教会の誰かがプレゼントしてくれたものだった。

課題図書を読み終えるまでもう何杯か必要だった。いつものことだがアルコールと疲れとで瞼が下がってくるまでは夜っぴて起きていた。しかし目を閉じると、悪夢が待ち受けている。水田にいた老女、ホイアンの人混みの中で手榴弾を抱えていた少年、バリアー島で見た後ろ手に縛られた老人が。

5 水中バレエの一員に

「水中バレエ?」俺は叫ぶように訊き返した。「冗談だよな。俺はこれでも元海兵隊軍曹だぜ、まったく。水中でモーツァルトに合わせてバシャバシャやれっていうのか?」

「モーツァルトじゃないよ」と、バートは答えた。「僕たちがやるのはお決まりの〈ザ・ストリッパー〉で、コメディーさ。ビル、心配することはないんだ。君はいつもバカまじめなんだから。面白いぜ。考えておいてよ。女性水中バレエのショーに初の男性チームの登場さ。歴史的快挙だよ」

「ほんとにマジかよ?」

「そうさ。やろうよ、面白いと思うよ」

「俺に言ってくるなんて、どうかしてるよ」

「いいじゃないか」と、バートはしつこかった。「楽しんだらいいんだよ」

俺たちはウォートン寮のバートの部屋にいた。一一月半ばの金曜夜のことだった。俺は中間試験を全科目どうにかこなして、バートと祝杯を挙げていた。彼はウィスコンシン出身の医学進学課程の学生だった。四年生だが、同い年だった。

彼に会ったのは授業開始の週だった。二人とも人類学入門クラスを取っていて、ある日の授業後、呼び止められた。

「新入生じゃない？」と訊かれた。

「そうだけど」

「僕はバート・ルイス」と言って、手を差し出してきた。

「俺はビル・エアハート」

「ちょっといいかな。フットボールチームのマネージャーが必要なんだけど」と自己紹介しながら、「もし君に関心があったらどうかと思って。体育の必修をカバーできるし、体操クラスよりはずっといいよ」

なんで俺がマネージャーなんか頼まれなくてはいけないのかと思った。高校では、マネージャーというとださくてのろまで、レギュラーになれない奴のことだった。こいつを笑い飛ばしてやろうか、ぶちのめしてやろうか、決めかねていた。俺は、「体育を取らなくてもいいんだ」とだけ答えた。

彼は面食らっていたが、俺に体育科目を免除されるような身体的欠陥があるかどうかを探っているようだった。「取らなくてもいいって？」

「そうだよ」と言った。彼はその理由を知りたそうだった。俺は説明するつもりはなかったが、彼がそのまま突っ立っているので続けて言った。「ここでは帰還兵［復員兵］は体育科目を取らなくてもいい決まりになっているから」

「帰還兵か」と言って、納得したようだった。

「何故そんな決まりがあるのかは知らない。ここには溢れるほどの帰還兵がいるわけでもないし。でもそうなんだ。とにかく、俺はこの冬は水泳部に行くつもりなので、それで体育必修はカバーすることになる」

「水泳が得意なんだ」と言うと、顔つきが明るくなった。「僕もだよ」。それ以上、俺が帰還兵だということについては何も触れなかったので、それで済んだと思った。すると彼は、「それなら面白いことがある。

気に入ると思うよ。すごいコーチが来たんだ。ジェイミー・マックアダムズ。とにかくすごいんだ。会ってみたら分かるよ」

「ルイス」と、やっと声にした。「言っておくけどさ、分かっていてバカにしているのか、それとも本物のアホか。最初はマネージャー、今度はチュチュを着せてバレリーナにするつもりか？」

「つまりね」と、にやっとして「やるつもりある？　バーニーと僕は君がいてもいなくてもやるけどね」

「もー、どうにでもなれ」と、俺はその気になっていることに驚いた。

「そうこなくっちゃ」。バートは顔を輝かせたかと思うと、俺の肩をたたいた。「ヘイ、やりたい？」

「いいよ、もちろんさ」

彼は立ち上がると丸めたタオルでドアの下の隙間を塞ぎ、机に腰掛けてマリファナを巻き、火をつけて俺に回した。俺はそいつを深く吸い込んで、常習者さながらに彼に返した。

「そのタオルはどうして？」と俺は尋ねた。

「昔からの習慣じゃないかな。ここいらにもすぐ騒ぎ立てる奴がいるからね。ナムでも吸ってたの？」

「うん」と言って、頷いた。「やってたさ。向こうにはいいのがある。もぎ立てさ。安かったしね。タンポポみたいにすぐに育つ。年配のママさんたちはいつも太巻きのマリファナをくわえて歩き回っていたさ。ベテル［ビンロウジュ］の実でハイにならない時にね。ママさんハイになる、だ」と言って、俺は笑った。「あそこで起こっているうんざりすることに一番の薬だったのかもしれない」

バートには、俺が吸ったのはこの二年間で六回ほどしかなかったことは黙っていた。二、三度、表土が雨に流された不毛の非武装地帯のコンチェンで吸った。北ベトナム兵士が俺たちを砲撃目標にして狙ってきた三三日間というもの、ネズミと一緒に穴にこもり、ファルコンやステムコウスキィがやられちまったように、吸っているパイプを撃ち落とされないようにと、ただじっと座りつづけて祈っていた。一九六八年夏のボストンで一回、その次は俺が二度目の船旅に出る前に家にいた時だった。俺は、高校時代の旧友たちに会うつもりだったが、三日間ブラックロシアン［コーヒー味のウォッカ・カクテル］で酔いつぶれ、刑務所行きになるところだった。というのもバーテンダーが俺を未成年だと言い、俺の制服に何本の線があるかも、どれだけ戦闘に行ったのかも無視したので、椅子を持ち上げてそいつを外に引き出そうとしたのだった。もう一度はその前年の夏、パーカシーで、子どもの時から一緒だったのに、俺とは丸っきり別な道に進んだために昔からの知り合いとは思えなくなっていた二人の友達と、本物のライフルから作ったパイプで吸ったことがあった。キャロウェイが45口径を口に突っ込んでいたように、銃身からふかしたのだった。その後、二人は平和と愛のウッドストックに行き、俺は二年半弱で三度目の航海に出立した。その時はイギリスに行ってからマリツェル号に乗った。

「くじが心配なのか?」と俺は訊いた。ニクソンはそれまでの徴兵制度をくじ引きに変えようとしていた。

「その通りさ」とバートは言った。「メディカルスクール［医学部］を終えるまでは学生猶予があると思っていた。戦争はそれまでに終わるはずだった。今となってはどうかな。僕はCO［良心的兵役拒否］を申請するつもりだ。前に一度やってみたことがあるが、とても面倒なんだ。その時はする必要なくなったけれど」

「君は良心的兵役拒否者、そうなのか?」

「まあ、どんな戦争にたいしても、という訳ではないけれど。僕には人を殺すのは無理だよ」

「いざとなったら何でもできるさ」と、俺は言った。

「いや、僕にはできない」とバートは言い、「分かるんだ」と首を振った。

「どうして分かるんだ?」と俺は突っ込んだ。「その時にならなければ分からないじゃないか」

「さあね、分からなくてもいいのさ」と彼は言って、「ビール飲むか?」と訊いた。

「ああ」

「気が狂いそうなんだ」と、彼は続けた。

「大丈夫だって」とすぐに言って、彼をじっと見た。「生き残らなければ。生き残るためには何でもやるさ。そうするようにできているんだ。心の奥底からね。何千年も昔から、数百万年も昔からそうなのさ。生存本能。脳ミソがちゃんと働くのさ。意識しなくともね」

しかしそう話しながら俺は迷っていた。確かに、俺は生き残るために殺すだろう。テト攻勢の時にフエの廃墟ビルで俺は北ベトナム兵士と鉢合わせ寸前だった。俺の最初の実戦で、マロニーやロドンベリーや俺を待ち伏せしていたベトコン。まだ他にもいた。子どもでさえも手榴弾を持っていた。畜生、もし俺がやらなければ俺の臓物をホイアン中にぶちまけていたことだろうよ。

しかし水田にいた老女はどうだ? バリアー島にいた老人は? タガートはその老人を撃てと言った。ヒトラーはユダヤ人を絶滅しろと命令した。こんな話は御免だ。マリファナは俺の頭を軽くしてくれる。まじめに考えられなくなった。

「今日の出来はまずまずだったな」と、俺は話題を変えた。「実を言うと、ここ何年かやってないから錆ついてるんだ」

バートも調子を合わせて言った。「いや、いい線いってるよ」

「昔ほどじゃないさ。子どもの時はうまかったよ。それからタバコにはまり、酒、女の子さ」と笑った。「水泳チームに逆戻りなんて考えてもみなかったさ。この老骨め、あーあ」

「老骨めか」と、バートは真似てからしかめっ面をした。「僕と同い年じゃないか」

「まあね、俺はプールともう五年も無縁だったんだぜ」

「おい、君は海兵隊員じゃないか」

「元海兵隊員さ。とにかく俺がこれをやるのはただで上着が手に入るからさ。新しい上着が必要だったんだ」

「そうさね」。バートは笑った。「校章入りジャケットは保証済みさ。チームで二〇〇ヤードバタフライができるのは君だけだからね」

「それは分からないよ。今のところ、一七五ヤードしか行けない。最後の二五ヤードが続かないんだ」

「その巻きタバコをやめたら楽に行けること間違いなしさ」と、彼は俺のタバコを指差した。俺は肩をすくめた。「そいつがいつか君をダメにするよ」

「お袋も言ってた」と、俺は笑った。「聞いてくれ、これはほんとのことなんだ。コンチェンにいたときに、お袋が手紙をくれた。タバコは健康に良くないから吸いすぎないようにと。公衆衛生局長官報告についての記事まで送ってきたよ。それを集中砲火の最中に読んだんだ。集中砲火戦だぜ。そんな時に三〇年後の肺ガンの心配をしなくちゃいけないなんて。まったくどうかしてるぜ」と言って、一服吸い込んでからもう一度肩をすくめた。「俺は命拾いをしたんだ、本当に。その上、ニコチンで神経を落ち着かせなければ、二〇〇ヤードバタフライをやってやろうなんて思えないよ。最初の試合は大丈夫か？」

「ああ、大丈夫だ」とバートは答えた。「準備万端さ、ＰＭＣ［ペンシルベニア陸軍士官学校］をやっつけたいよ。あいつら全員、短髪で筋骨型の軍隊調なのさ。僕たちを目の敵にしている。絶対にやっつけてやるさ。去年は二度負かしている」

「ただの人間だよ」と、俺は言った。

「機械みたいさ。ロボット。君は兵学校に行くなんて考えられる？」

「いや。しかしそこで受けた訓練には感謝している」

「洗脳されたんだ」と、バートは笑った。

「そうかもね。もし君が戦場に人を送るならば、絶対やらなければいけないのはまず訓練することさ。ああ、哀れな犬たちを数週間もサマーキャンプに送るなんて――兵舎にテレビとビールはあるけど、二週間経たないと週末外出許可はもらえない。その後はベトナム行きさ。犯罪的だよ。俺は海兵隊でよかった。少なくとも訓練だけはしてくれたからね」

「新兵訓練がよかったということ？」バートは信じられないというように訊いた。

「そうじゃなくて」と、俺はため息をついた。「しかし本当の意味でのチャレンジだった。そこまで俺にできるなんて夢にも思わなかったことをやったのさ。俺たちがパスしなければならなかった障害物競走のいくつかを見せたかったよ。コンフィデンス・コース〔自信をつけるコース〕というのがあって、つまり、それをやった後は、何かをやりきったという自信がつくのさ」

俺は実際、何かをやりとげたと実感した。卒業式の日、パリス島にある閲兵場で、上等兵に功績昇進した印の新しい徽章の入った正装用制服を着た海兵隊員の俺を、両親と弟、それにジェニーが観覧席から見守ってくれた。人生で最高に誇らしい日だった。

「洗脳されたのさ」

「そうじゃない」と、俺は吠えるように怒鳴り、ビール壜で椅子の肘掛けをドンとたたいた。「何てことを言うんだ、軍が俺を連れにきたのではなく、俺の方から軍に行ったのさ。そうしたかったんだ。ベトナムに行きたかったんだ。一七歳の高卒に八週間かけて、戦闘でいかに生き残るかを教えてくれた。連中が日曜のパーティをやってくれるとでも期待してたのか？　言っておくがね、海兵隊がベトナム戦争を始めたんじゃないぞ、分かってるか」

「おい、落ち着けよ」とバートが言った。「そんなつもりで言ったんじゃないさ」

「そうだろう、言っておくがな、バート、南はかなりひどいよ、ベトナムのことだけど。しばらくするうちに嫌気がさした。俺はもう気にしないようにしたさ。とくにガールフレンドが俺を袖にしてからはね。そして俺がしなければならなかったことは、何度もあったことだけど、ただ立ち上がること、そうすれば問題は解決するだろうということだった。膝をやられる前にも死んでいたかも知れないことがあったけれど、決してそう思わないようにした。そう思ったことが何度もあったさ。新兵訓練で教わったことは、やり続けるということだ。もうこれでおしまいという時にでも身体を動かし続けた。新兵訓練所では、もしひとりがヘマをやれば、一二人の隊員すべての責任だ。他の海兵隊員に迷惑はかけられない。みんなも同じ気持ちだ。それを洗脳と言うなら言わせとけ、だ。それが隊の精神だ。俺の命あるのは海兵隊のおかげだ。それは事実だ」

レコード・プレーヤーの針がムード音楽の半ばで引っかかっていた。「ちぇっ」と言って、バートは素早く立ち上がり、針を持ち上げた。レコードをはずしてチェックした。「どうしてだろう、何か聴きたいものがある？」

「クロスビー・スティルズ・アンド・ナッシュは？」と、俺は言ってみた。バートのレコード・コレクションには感心している。最近のもの、それもうるさ過ぎることはない。少しずつではあるが、ここ数年の音楽の流れに追いつきつつあった。しかし簡単ではなかった。俺が志願した当時、ダイアナ・ロスとシュープリームスはまだ愛を探してさまよっていたし、ビートルズも君を抱きしめたいなんて言ってたさ。俺が出合った最初の「アシッド・ロック」はランディ・ヘラーのものだった。彼は、自分の徴兵カードを燃やして刑務所か海兵隊かと迷った挙げ句ベトナムにやってきたサンフランシスコのヒッピーだった。俺は最後にはランディをとても好きになったが、彼の曲を理解はできなかった。多分俺の知らない［時代の］変化を象徴していたからだと思う。帰国して最初に聴いたのはフランク・ザッパとマザーズ・オブ・インベンションだった。マザーズ・オブ・インベンション？　ああ、「地獄の悪魔」のようだった。アメリカよ、どこへ行ってしまったのか。

そして音楽はただ始まりだった。女の子のナイロンストッキングの下に手を滑らせて肌に直に触れたときの感じ、ああ、自分の国に帰ってきたんだ、というような。ベトナムから帰還してすぐに女の子とデートして、うまく進んでいくと、俺の手もどんどん太ももへと伸びていくが、最後になってクソッ！　ストッキングに終わりがないのさ！　手だけが上に上に上に行くんだが、何もないんだ、俺は訳が分からなくなり、信じられなくなって、結局ひとり部屋に籠ってマスターベーションさ、パンストと呼ばれるこの新しい貞操帯こそがまさにインベンション・オブ・マザーズ［母の発明］だと確信するようになった。

帰国前日本で、次の年の大学進学用に三〇〇ドル払ってスーツをあつらえた。二ドル五〇セントのシャツの何枚分になるか。しかし一九六九年夏に帰国すると、ストレートのズボンとカフスつきボタンダウンのシャツはすでに廃れていることが分かった。前科者か、流行遅れの間抜け野郎、二〇歳の中年男、若くしての共和党員、俺のいでたちはそんなところだった。スピロ・アグニュー［ニクソン政権の副大統領］はボタンダウン・シャツを着ていた。俺の持ち物のなかで流行にはまっていたのは、グリーンの着古した作業用軍服を除けば、メタルフレームの眼鏡だけだった。本当のところ、そいつは海兵隊射撃兵用のものだったが、そのことは誰にも言わなかった。

俺は同世代の奴らに追いつこうと必死だった。スッカラカンになって、ベル・ボトム［裾がラッパ型］のズボンを数本買ってきた。海兵隊員はベル・ボトムなんてはかなかったし、水兵だけがはいていたが、そんなことはどこ吹く風と、その姿で歩き回っていた。実際、好みもジミ・ヘンドリクスやブラインド・フェイス、ジェファーソン・エアプレインに近くなっていた。しかしそれは所詮借り物趣味に過ぎず、バートの部屋でいつもの曲を聴いていると気分が落ち着いた。

「マリーは今夜はどこに行ったんだ?」俺は訊いた。

「ボルティモアの姉さんの所だ」と、バートは顔をしかめた。「姪がこの週末に洗礼を受けるんだ。それはそうと」と、眉の一方をアーチ型につり上げ詮索するような言い方で続けた。「最近パム・ケイシーとよく一緒にいるようだね」

俺は頭を軽く下げて頷くと、にんまりと笑った。

「やっぱりね」と、彼も微笑んだ。

「いいと思うかい?」とふざけるように訊いた。「そうさ、うまくいってるんだ。俺の見た目の生活も素晴らしく向上したよ。実はかの女、この週末にはボーイフレンドのところに、そいつが今では元ボーイフレンドだと伝えに行ってるんだ」

「へー、それでどこまで進んでる?」バートは口髭を引っ張るようにして訊いてきた。

「気になるのか?」と俺は意地悪く言い返した。

「どうなのかな、と思って、それだけだよ」

「まだだめだ」と俺は言った。「でももう時間の問題さ」

今は、かの女と眠るだけで幸福だった。温かく柔らかな身体の横でうずくまっていられるだけでよかった。それだけで簡単に眠りにつけた。悪夢がときどきパムを怖がらせたが、今ではそれほど頻繁には起こらなかった。起こったとしても、目覚めた時にひとりではなかった。

「かの女のお袋さんに会うのが楽しみだよ」と、思い出し笑いをしながら付け加えた。「パムが先週、ピッツ〔ピッテンガー寮〕から電話して新しいボーイフレンドのことを話したのさ。電話ボックスのドアは閉めてあったが、電話の向こうのお袋さんの声が聞こえてきた。〈海兵隊軍曹? 二一歳?〉もしパムが俺は二一歳の医学進学課程三年生だと言ったら、目をぱちくりなんてさせてなかっただろうな。〈ベトナム帰還兵?〉ゴジラ? 俺を動物か何かのように思ってるようなのさ」

6 反戦集会への誘いを断る

高校三年の頃に戻るが、イェール大学の学生が徴兵カードを燃やしたことがあった。それが最初だった。『ニューヨーク・タイムズ』紙の第一面に彼の写真が載った。俺はそいつがイカレ共産主義者か臆病者か、その両方かと思った。読んでいる本をそいつに投げつけてやろうかと思った。

そう思ったのは俺ひとりではなかった。その年、リンドン・ジョンソン〔民主党〕は地滑り的勝利で再選されたが、地元のパーカシーではバリー・ゴールドウォーター〔共和党〕が圧倒的な人気を集めていた。俺は投票日の前の晩、トラックの荷台に乗ってゴールドウォーター陣営のカウボーイハットをかぶり、ゴールドウォーターのキャンペーン・ソングを歌いながら町中を走り回っていた。その晩、いつものように、ジョン・F・ケネディの額入りの写真の下で眠りについた。ケネディは、「どんな重荷にも耐えるだろう、どんなに犠牲を払っても」と言ったが、その前の年にはその人のためにワシントンまで行き、国会議事堂のドームの下に置かれた柩を一目でも見たいと思って、悲しかったが暗く寒い中、八時間もがまんして立ち続けたのだった。

俺は、一九六七年一〇月のペンタゴンでのデモについて、軍が発行している日刊紙でベトナムではただで配られていた『星条旗新聞』で初めて知った。それまでは、イェールのその変わり者の、くだらない共産主義野郎の過激派連中について以外には、反戦運動が起こっていることすら知らなかった。突然、どこからともなく、中指をおっ立てるようにしてその写真が俺の目の前に現れた。何千というデモ参加者が通りという通りを埋め尽くしていた。

ほんの数週間後、DMZ〔非武装地帯〕に近いところで大隊規模の掃討作戦があり、俺たちの行く手に何百というチラシがバラまかれているのに出くわしたことがあった。白い紙が一枚ずつ二つ折で四ページになっていて、それよりも多くのデモ隊の写真がいくつかの演説文の抜粋と一緒に載せられていた。最後のページにはこう書いてあった。「合衆国兵士のみなさん、本国の兄弟姉妹たちと手を取り合いましょう。武器を置きましょう。上官や抑圧する者たちに抵抗しましょう。犯罪的帝国主義者の戦争のために戦うことを拒否しましょう。今すぐ平和を要求しましょう」。そのページの文章の下には「ベトナムを解放せよ、戦争をやめろ」と書かれた横断幕をもつデモ参加者の写真があった。その下には小さな活字で「南ベトナム解放民族戦線」と印刷されていた。ベトコンの政治組織の正式名称だった。

本国にいる俺たちの兄弟姉妹? デモから三週間も経っていなかった。見てみろ、ジェーン・フォンダとスポック博士〔育児書、平和運動で知られる〕がベトコンと一緒だ。この裏切り者めが。

その頃の俺がまったくの戦争賛美論者だった訳ではない。ベトナムに来て九カ月経っていた。警戒し、頭も働いていた。一方で、トリン軍曹〔27頁〕の言葉が二カ月間も俺の身体を浸食していた。しかしカレンダーを見るとまだ四カ月も残っているのにこの遠く離れた戦場で何ができるというんだ、来る日も来る日もゆっくりと際限なく、まるで壁に並んでいるビール壜の列が水平線のずっと先まで限りなく続いているような状況で。

俺は一カ月前のR&R〔休養休暇〕で行った先の香港では、もう少しで脱走するところだった。あの時、ホテルのベルボーイに、俺抜きで空港行きバスに発車してくれるように頼んで、地獄から俺を救い出すために天国から降りてきた神仙女王のようなデンマーク美女と一緒にベッドに戻ってさえいたら。しかしかの女はノーと言った。それはできないと。俺はかの女を信じた。そして逃げ出すためのドアは永久に閉じられ、俺はこの戦場に戻り、怒りに燃えて街頭を埋め尽くしている大々的に組織された背信行動を伝えるチラシを見つめていた。その半年後、四月のあるうら悲しい晩に、俺は首都ワシントン環状高速道路を車で走っていた。

その一九六八年の夏、キングが殺され、ロバート・ケネディが撃たれた後、シカゴは爆発した。世界のはずれにひとり座り込んで、俺は『タイム』誌に掲載されたアメリカの戦闘員のカラー写真に見入っていた。グラント公園の銅像から星条旗が上下逆さまに掲げられ、大勢のデモ参加者がまるでサーカスのピエロのように見えた。何列にもなって催涙ガスの煙の中を進んで行く警察機動隊、振り回される長く黒い警棒。「豚」と、警官を呼ぶイッピー［政治的ヒッピー］ども。イッピーとは、何年も風呂にも入らず髪に櫛を通したこともないような連中のことだ。

民主党全国大会後の秋、アブラム中尉が誰に投票したかと訊いてきた。「もし選挙権があればの話だが」という俺たちの間のお決まりのジョークだが、つまり三本線徽章の海兵隊軍曹はまだ投票権もない若造だったということだ。彼に答えてやった。「ニクソンです、上官殿」と。リチャード・ミルハウス・ニクソン。ベトナムはジョンソンの戦争だった。そしてヒューバート・ハンフリーはリンドン・ジョンソンの手下だった。「ニクソンに投票しました」

合衆国国民がベトナムに終わりを告げる選挙だったというのに、それから一年以上も戦争は続いていた。最初のモラトリアム［全米各地でのベトナム反戦行動］はひと月早い一九六九年一〇月一五日、俺の記事が『フェニックス』に載る二日前のことだった。誰も俺をワシントンのデモに誘わなかったし、俺も行かなかった。そして次のモラトリアムが、これはこれまでよりも大規模かつ周到に準備されたようで、数日後に計画されていた。

俺はパムの部屋でかの女が買ってきた二匹のグッピーが新しい居場所を検分しているのを眺めていた。ローラ・ニーロ［シンガーソングライター］のレコードがかかっていた。「ビル、とても愛しているの。これからもずっと」。その時、ドアにノックがあり、女子が首を突き出した。

「ハイ、入ってもいいかしら?」とかの女は訊いた。歴史のクラスで見た事がある顔だ。

「どうぞ」とパム。「こっちで魚を見てよ!」パムは魚を気に入っていた。まるで人生ではじめて魚を発見したかのように。かの女の中の幼さが好きだった。

「誰?」とパムに囁き声で訊いた。

「パットよ」と大声で答えた。俺は顔を赤らめた。パットはそれを見て笑った。

「悪かった」と俺は言った。「覚えておかなきゃね」

「いいのよ」と、かの女はまた笑った。「ねえ、ちょっと寄った理由はね、一五日にワシントン行きのバスを二台チャーターしたの。行く人を募っているのだけれど、お二人さん、関心ある?」

「もちろん!」パムは即座に反応して、同時に俺の手をつねった。「行きましょう、ビル、面白いわよ」

俺は胃がキュッと固くなったのを悟られまいとした。「うーん、どうかな」とゆっくり言った。「俺は、ちょっと、行けないと思うよ。やることが山のようにあるんだ」

「いいじゃない」とパムはせっついた。「中間試験が終わったばかりじゃないの。今週やることって何なのよ?」

「大事なことよ、ビル」と、パットが加勢した。「ひとりでも多い方がいいの。お願い」

「大事なのは分かるよ」と答え、あまり嫌がってはいないように振舞おうとした。「そうじゃなくて、ただ君たちには分からないことなんだ。俺は実際のところ忙しいんだ。スミス先生のクラスの『ヨーロッパの成立』を二〇〇ページ読まなくては……」

「私もそうよ」とパットは遮った。「でも私は行くわよ」

「そうだったね。しかし君の読み方は俺とは違う」と、反論した。俺は最悪なほど居心地が悪かった。パットに出て行ってもらいたかったが、そうならないことも分かっていた。「俺は読むのが遅いんだ。本当に遅いのさ。スミス先生が最初に出した課題を覚えてる？　彼は俺に何て言ったか覚えてる？　俺は徹夜で読んだけれど、彼の最初の質問、俺には答えられなかった。〈さて、エアハート君、最低限君がやるべきことは課題を読んでくることです〉。あーあ、俺は虫けらか、それも愚かで無知な虫けらのような気がした。あんなことは二度と御免だね」

「でもバスの中で読めるじゃない」とパットは応じた。性急さを隠そうともしなかった。「読むのに六時間あるわ」

「車やバスの中では読めないよ。乗り物に酔うからね」。それは本当ではなかった。

「でもこれは大事なことだわ」とパットは叫ぶように言ったが、顔をしかめ、両腕を広げ、掌を上にして、懇願するような調子だった。

こいつらはいったい何が重要なのか分かっているのか？　裕福で影響力もある特権階級のお嬢さんたち。パムの父親は弁護士で、マイクの親父も弁護士、バートの親父は医者、ダニエルのところは化学エンジニア、ピッツの俺の部屋の階下にいるのはハーバードの教授の息子だった。何が重要で何がそうでないかを決めさせるだけの知識を得るために、こいつらがいったい何をしてきたっていうのか？　製粉工や農夫、製鉄工の子どもたちに判決を下すだけのために？　銀の皿には載っていなかったものを、いったいどうやって手に入れることができたのか？　教育を必要としているのは誰なんだ？　いっぱしの大人のように、学校なんか重要ではないと主張する権利のために、ワシントンに行って騒いでこよう、そのあいだに教育を受けてない者たちの子どもが死んでいってもか。こいつら、何が正しいとか間違っているとか、分かっているのか？

「ちょっと、パット」と俺はぶっきらぼうに言った。「悪かったよ、しかし学校も大事だ。俺はここまで来るのに三年も待ち続けてきたんだ。俺がワシントンに行っても行かなくても、戦争の流れを変えることとは無関係さ。しかしバーナード・スミスのクラスでいい成績をとれるかどうかにはもろに関係してくる。正直言って、今の俺には時間がないんだ」。気分が悪くなった。かの女の顔に一発見舞いたいくらいだった。かの女のおかげで俺は虫けらにされた気分だった。

「まあ、いいわ、もしあなたがそう感じるのなら」と、冷ややかで距離をおいた声でパットはパムに「あなたは？」と訊いた。

パムは俺を見たが、俺の反応に反論しているのか、それとも俺の許しを求めているのかは分からなかった。

「君しだいだよ」と、俺はかの女に言った。

「泊まりではないのね、そうなの？」とパムは尋ねた。

「日帰りよ」とパットは答えた。

「いいわ、私は行くわ」

「よかった」とパットは言って、パムだけを見た。「ありがとう」。パムと俺は、パットが去ってからもしばらくは黙ったままだった。俺は内心ひどく不快だった。まるで熱波がぐるりと俺を取り囲んで迫ってくるようだった。「ねえ、頼むから、何か言ってくれないか？」ついに俺から口を開いた。

「本当にあんなふうに感じるの？」

「どんなふうに？」

「あなたが行っても行かなくても問題ではないなんて」

「もういいだろう、パム、俺がここでこうしていられるようになるまでどれだけかかったか分かるだろう。俺がどれだけ一生懸命に勉強しているか知ってるはずさ」

「ええ」とかの女は言った。「頑張り過ぎよ。一日ぐらい外に出るのもあなたにとって必要だと思ったの」

「できないよ」と答えて深く息を吸ったが、それはため息にも近かった。「大学での圧力鍋のような生活からどうやって抜け出せるのか分からないけれど、今はここで、俺が始めたものを終わらそうとしているんだ」

「あなたはまじめ過ぎるのよ、ビル」とかの女は優しくたしなめるように言い、その掌で俺の首筋をさすってくれた。「私が行っても気にしない？」

「気になんてしないよ」と答えて、それから微笑んだ。「でも寂しいね」。かの女は俺によりかかってきて唇にキスをした。俺は両腕でかの女を引き寄せ、二人一緒にベッドに静かに横たわった。「それにさ」と、付け加えた。「あそこに行ったとして、何をするんだ、自分の徴兵カードを燃やすのか？」

7 スキー場での醜態

パムと俺と向き合う形でケイシー夫妻が座っていた。どちらも無言のままだ。こっちから口火を切るのを待っているようだった。俺ときたら極度に緊張していた。室内の壁は優雅な手彫りの曲線で飾られた濃色の木目込みで、すべてを備えつけた石造りの屋敷と同様に、高価なものであることは一目瞭然だった。しかしそんなことはどうでもよかった。

パムは、俺たちがつきあい始めてひと月も経たないうちに、結婚話を切り出してきたのだ。かの女はローラ・ニーロ風に言う。「私の結婚式はいつになるの?」と。俺たちは愛し合っていた。かの女は俺の目を見つめて言うのだった。「ビル、結婚しましょう。フェイとスティーヴは感謝祭に婚約したわ。私たちもそうしない?」

「しかし俺たちはまだ大学一年目だよ、パム。卒業までまだ三年半もある」

「卒業しなければ結婚できないという法律はないわ」と、かの女は懇願した。

「まあね」。それは俺も認めざるをえなかった。

「それならいいじゃない、私を愛しているんでしょ?」

「もちろん愛している……何よりもね」

「来年の終わりには結婚して、キャンパスの外に住みましょうよ」

「しかし俺たちお互いにまだ分かり合ってはいないんだぜ。何故そんなに急ぐのさ?」

「私たち愛し合っているじゃないの」と、かの女は言い返した。「他に何を知る必要があるっていうの?」

「パム、俺のこと、知らないことがまだ沢山あるよ」

「ママもパパも知り合ってから三週間で結婚したわ、ビル」

「それとは違うよ」と、俺は反論した。「戦争だったからだよ。つまり、日本と戦うために行かなきゃならなかったからさ。当時はそんなもんだった。君だってそうしたろうさ。だけど俺たちには十分時間がある。考えてもみろよ、俺はもう戦争に行ってきたんだ。帰還して自由な身さ。慌てることないじゃないか?」

するとパムは、「もし私のことをほんとうに愛しているのなら」とでも言うように、優しいふくれっ面と、幼子の目つきで俺を睨みつける。俺は忘れるだろうさ、ジェニーと、かの女が約束したが守らなかったことを。そして長い間の孤独が蘇ってくる。毎夜、誰もいない部屋の寂しいベッドで棺桶に身を沈めるようにして横たわっていたことを。

今はクリスマス休暇で、俺はケイシー家の書斎にいた。

「あのー」と、何から話すべきかを探しあぐねて、俺は声を出した。脚を組んだが、また元に戻した。息を深く吸い込んでから、自信ありと見せるためケイシー夫妻を見据えた。「パムと結婚したいと考えています」

長い沈黙があった。何か言おうとしたが、何も浮かばなかった。とうとうケイシー氏が咳払いをしてから言った。「早すぎるんじゃないかね?」

「ええ、今すぐに、というつもりはありません」と答えた。「来年、来年の学期終わりということです」

「そういう結論を出すまでに、お互い、十分知り合ったと思うのですか?」ケイシー夫人が尋ねた。

最初にかの女に会ったとき、鷹を思い出した。じっと、じっくりと観察し、常にスキ、過失、落度、弱点を探り、かの女の大事な娘に俺が相応しくないことを確かめるために、その爪を伸ばし、攻撃を加えようと待ち構えている鷹を。しかし週末のケイシー家に何度か訪れるうちに、かの女はそれなりの温かさを見せるようになった。恐らく、俺の最初の感じ方は、俺に対するかの女の第一印象への反発だったにちがいない。その第一印象とは、パムが母親に電話をし、母親が「海兵隊員？」と叫んだ、あの晩に抱いたものだった。今でもかの女が俺を腹の底から信頼していたとは感じられなかった。そのことがずっと気になっていたが、それでもかの女が何となく嫌いではなかったし、父親に対しても同じ気持ちだった。

「パパとは知り合ってからたった三週間で結婚したじゃないの」と、パムは即座に口を挟んだ。「話を聴いてくれてもいいじゃないの」

「それは違うわ」と、ケイシー夫人は躊躇なく反論した。

「何故？」と、パムは尋ねた。

かの女の両親は互いに顔を見合わせた。ケイシー氏は笑いをこらえているようだった。

「ねえ、アリス？」と、ケイシー氏が言った。「私たちにとってそれほど違うことなのかね？　私たちが君のお母さんに話したときに何て言われたか覚えているかい？」　ケイシー夫人の頭の中では、コネティカットの静かな郊外に住む母親としての今のかの女と、煌めく星のような瞳をもったブルックリン時代の十代の頃のかの女とが、戦っているようだった。仕舞いには「思い出すわ」と言って、夫に微笑みかけ、彼の手を取った。それから私の方を向くと、「でもね、ビル」と穏やかに言った。「パムの、つまりかの女はよく……、問題はね……」

「お母さん！」と、パムは声を荒げた。明らかに当惑しているようだった。

「まあ、あなたもよく考えてみなさい」と、ケイシー夫人は結んだ。

俺には最初よく分からなかった。それからかの女が言わんとしたことが見えてきた。そして腹が立ってきた。「お二人が結婚された時には」と、俺は憤りが声に出ないように注意して話し始めた。「ケイシーさんはそれなりの生活を支えるだけの力をお持ちだったのでしょうね？」と、両手を挙げて部屋中を包み込むような身振りで言った。「今の私にはそこまではできません。そして今後もそれほど裕福にはなれないでしょう。しかしこれだけは言えます。もし私たちにコート一着しかなかったとしても、それはパムに着せるでしょう。私にはなくとも。お約束できるのはそれだけです。でもそれだけは絶対に守ります」

「ビル、素敵だったわよ」。やっと二人きりになったとき、パムは叫ぶように言った。かの女は両腕を俺の首に回し、ゆっくりとキスをした。「私は本当に……ねえ、分かるでしょ」

「俺たちに必要なのはそれだけだ」と、俺は笑った。「君のママは俺のこと、やっぱり信用してはいないから」

「あなただからではないの」と、娘時代が永遠に続いていくような仕草でぐるりと見渡して言った。「どんな男でも私の相手となると信用しないのだから」

「俺だからじゃないって？」と、半ばからかい気味に言った。「どういうことさ、俺だからじゃないって？ベトナム帰還兵だからか？　その上、俺はもう子どもではないしね」。俺はにんまりとした。「思うに、それがかの女を不安にさせているんだ！」

「とにかく、あなたはよくやったわ」と、パムは繰り返すと、今度は頬にキスをした。

「ワオー、本当に緊張したさ」と俺は言って、頭を振った。「終わってホッとしたよ」

「今夜一緒に寝られたらいいのに」と、パムは言った。

「本当だよ。まったく、あと二日、厳しいね」

こと?」

「でも楽しみましょう」と言い、くすりと笑った。「多分スキー場でね」と付け加えた。「楽しみじゃないこと?」

翌朝、俺たち四人、つまりパムの姉さんのアイリーンとその恋人のポールも一緒に、家族用の車に乗り込んでバーモントに向かった。ケイシー家はスキー一家だった。

俺は初めてだったので、パーカシーの俺の家族の知り合いから用具一式を借りてきたのだった。ケイシー氏はそれを一瞥すると、「君には長過ぎるね、ビル。向こうに着いたら短いものを借りたらいい」と言った。「大丈夫ですよ」と俺は答えた。用具をレンタルするような金はないとは言いたくなかった。

到着したのが遅かったため、ホテルにチェックインして食事するのが精一杯だった。パムとアイリーンが同室で、ポールと俺はその下の階の部屋、ケイシー夫妻は俺たちの下の階だった。ケイシー夫人がノックしたのは、俺たちがちょうど若いカップル同士で部屋を組み替えようとしていた時だった。

「夜更かしはだめよ」とかの女は言った。「明日の朝は早くに出発したいから」

「まるで鷹みたいだ」と、かの女がいなくなってから俺は言った。「多分また戻ってくるよ。部屋替えはやめだ」

まるで高校生のガキのように策を練ったりしなくてはいけないことに、俺は腹が立った。おまけにその策が実行不可能なことにもっと腹が立った。女どもが出て行き、ポールがバスルームに行くと、俺はスーツケースからジンジャーブランディの壜を取り出し、壜から直接ストレートでがぶ飲みした。もう一口、また一口と、ポールが戻るまでには壜は空になった。子どもと一緒なんだということに落胆し、自慰する気も起きなかった。

翌日、俺は借り物のスキーをはいてすぐに次の行動に移った。それはあたかも突然に脚が引きつったかのようだった。「オーケー、脚よ、そうじゃないだろう」と言っても、俺の脚は言うことを聞かない。それからまた「オーケー、脚よ、こっちだ」と言うが、俺の脚は別な方向に行ってしまう。脚は勝手な方向に進むばかりだった。まったく動こうとしないこともある。そうかと思うと、驚くほど斬新で信じられないような動きをする。時折、すべての動きを一度にやってみせるのだ。結局俺は出発地点に留まったままだった。

「スノープロウ［雪上歩行］から習った方がいいわ」と、パムが優しく言ってくれた。しかし俺は周囲を見回し、スノープロウで曲がったり止まったりしているのは初心者ばかりだということが分かった。

「いいや」と、俺は怒鳴った。「パラレルはすぐにできるよ。それほど難しくはないだろうから。さあ、行くぞ」

俺はぎこちなく、やっとのことでリフトまでたどり着き、パムの隣に何とか座り込んだ。沈黙のまま山を上がって行った。足手まといになることはしたくなかった。山は、ロッジからは、それほど高くも険しくも見えなかった。頂上に着くと、リフトを降りようとして倒れてしまった。スキーの片方がはずれ、ストックの一本が頭を打った。何百人もの人が俺を見ていた。自分の顔が火がついたように真っ赤になるのが分かった。起き上がり、スキーの位置を直してから山の下方向を見た。嘘だろ、と思った。

「どうしたらいいんだ、パム」と、あまり怖がっているようには見せずにパムに尋ねた。かの女は沢山のことを説明してくれたが、俺には理解できなかった。それから斜面の下に向き、ストックで身体を押し出した。五〇フィートほど行って倒れた。また五〇フィート滑り、転んだ。それから三〇フィートでまた転んだ。コースがカーブを描いていて、俺は藪に突っ込んでしまった。パムは俺についてきてくれていた。俺にコーチしようとしたのだった。「こうしたらいいわ」と言った。「やってみて」。俺は「オーケー、オーケー」と言うが、しかし俺の身体はまったく言うことを聞かなかった。それはまるで休暇中の誰かさんの、行き先のない荷物のようなものだった。

最初は笑い、冗談でふざけているかのような振りをした。しかし少しも可笑しくはなかった。赤っ恥をかいた。おれはしだいに罵《ののし》るようになり、冗談を飛ばすどころではなかった。スロープを三分の一ほど降りてくる間に、山のこちら側にいた全員が、俺の大声でわめき散らすのを聞いたに違いない。パムは今にも泣き出しそうだった。俺のこんな姿をこれまで見せたことはなかった。かの女はこのスキー場での週末をそれは楽しみにしていた。かの女の最愛の家族同様に愛している恋人の俺と一緒に行くことを。それがどうだ、俺ときたら大声でわめき散らし、かの女と、そして俺を嘲笑っているニューイングランドの山に向かって、悪態をついていたのだ。内なる俺の何かが、一度か二度、「やめろ、ビル、何てざまだ、おまえはまるでガキ丸出しじゃないか」と言おうとしていた。しかし別の俺がそれに従うのを拒否し続けていた。自分でもどうしようもなかった。俺は、転ぶたびに怒りを爆発させながら、よれよれになって斜面を降りてきた。

極めつきは、八歳にも満たない子どもがスピードレーサーの如くに山の上から飛ぶように滑り降りてきた時のことだった。固く隆起した雪のこぶを弾むように越えて、空中で九〇度に回転したかと思うと、俺がスキーやストックもろとも全身を惨めに散乱させている五フィート手前でピタっと着地させたのだった。

「こんなところで寝転がってどうかなさいましたか、ミスター?」と完璧な真顔で訊いてきた。「その姿勢ではちょっとご無理かと思いますが、スキーをご存知ないのですか、ミスター?」

俺はストックを握るとその子どもを顔から串刺しにしてやろうとした。奴がすぐに避けなかったら、そうなっていただろう。しかし子どもは、ストックと俺が吐き出す悪罵の集中攻撃を軽くかわしたかと思うと、斜面を滑り降りて行ってしまった。

もう十分だった。俺はスキーを外した。「行けよ」と、怒ってパムに言った。「スキーを続けろよ、好きなようにしろ！　そのためにここに来たんだろう?」パムもスキーを外し始めた。「何をやってんだ?」俺は噛みつくように言った。

「一緒に歩いていくわ」と、しおらしく答えた。

「冗談じゃないよ。行けよ、さっさと消えてくれ！」こぶしを挙げるようにして、俺は叫んだ。「行っちまえよ！　ひとりにしてくれ！」かの女は素早く履き直すと、一瞬俺を睨むようにしたが、その目は涙で溢れそうだった。そして身体の向きを変えると、俺をひとり山に置いたまま、滑り去って行った。

山を降りるともう昼近くになっていた。俺の怒りは収まらなかったが、とんだヘマをしでかしたことを認めるぐらいには冷静さを取り戻していた。午後はずっとひとりでロッジに籠っていたが、パムとその両親と顔を合わせることを考えると恐怖だった。荷物をまとめてみなが戻ってくる前に抜け出したかったが、それもできなかった。畜生、俺の人生を、望んでもいない、抜け出すこともできない場所と状況に晒しやがって。

夕食時、パムは沈黙し、家族全員がぎこちなかった。俺は食欲もろくになかった。俺の中のどこかで、「オーライ、さあ、振り出しに戻って、俺がどんなにバカな奴か、言ってくれよ！」と叫びたかった。別な俺が叫びたがっていた。「俺をどうするつもりだ、結局のところこれで終わりってことか?　ここの誰も戦闘経験はないんだろう。爆弾を落とし、命拾いしただけだろう、ケイシーさん。あんたらにいったい何が分かるのさ?」さらに別な声が聞こえてきた。「いったいどうするつもりなんだ?　この間抜け野郎」。混乱し、傷つき、何をどう考えたらいいのか、言うべき言葉もなかった。

結局、「とにかく、今日は楽しかった」と言い、笑顔を見せようとした。「しかし俺には難しかったようです。実際、木偶の坊なんですね。パムから聞いているでしょうが。それにしても、あなたがたは実にお見事ですね」。俺の胃袋は胃酸で充満していた。

「少し練習が必要だ」と、ケイシー氏が言った。「それだけのこと、気を落とさずに」。彼は俺を見なかった。

夕食後やっと、俺の部屋でパムと二人だけになれた。「パム、本当に悪かったよ」と言った。「今日はどうかしていたんだ」。パムは黙ったままだった。「ねえ、パム、本当に悪かった。許してくれよ。君はずっとスキーをやってきた。俺にオリンピック・チャンピオンを期待されても無理だよ」

「そんなことはいいのよ」とパム。「一日あなたと過ごせたら幸せだった。あなたがスキーできないことなんて気にしていないわ」。かの女の目は涙で一杯だった。「ビル、あなたはとてもひどいことを言ったのよ。私を殴ろうとした……」

「ああ、違うんだ、パム」と俺は言い返した。「殴ろうなんてしていない。正直なところ、俺はどうかしていた。君を傷つけるなんてことはないから」

「どうかしら、そのように見えたけど」と、泣き声だった。「しかも私を傷つけたわ。あなたの言ったことよ、ビル。あなたの中に恐しい何かが潜んでいるのよ」

俺は突然、アイスピックで胸を突き刺されたような気がした。黒いものが走り去っていく、どこかで止まれと叫んでいる、暑苦しくけだるい午後、一発の銃声があけた穴、ねじれて転がる身体、軍靴で死体を仰向けに押しやると、老女だった。武器なし。焼けつくようなアジアの日差しの下では良心の呵責の影すらもなかった。

何てことだ、俺は息苦しくなった。「パム、お願いだ、謝るよ。そんなつもりじゃなかった。俺はどうかしていたんだ」。近づいて手を取った。かの女は動かなかった。「どうか許してくれ。もう二度としないから」

「今日のあなたは本当に怖かった」と、かの女は言った。「もう二度と繰り返さないで」

「分かった」と俺は言い、かの女の手を俺の唇に当てた。「約束するよ。二度としない」。かの女の身体が少しだけ俺の方に動いた。俺は片腕をかの女の背中に回し、もう一方の腕でかの女の胸をゆっくりと揉み始めた。かの女は俺に寄りかかり、俺の耳を舌で愛撫し始めた。「一緒にいられる?」と訊いてみた。

「それはだめ」と、かの女は耳元で囁いた。「あー、いい気持」

別の怒りがこみ上げた。俺は大人の男だ、と。ここではまるで女の両親と、猫とネズミごっこをしているみたいじゃないか。俺はまるで高校生の坊やだ。俺の股間が疼いた。

「鷹だ!」と俺は叫び、片手の指全部を爪のように曲げて見せた。

パムは立ち上がり、身を反らせて笑いながら言った。「すぐに大学に戻るのだから」と、両手で自分の唇をなぞるような仕草をした。

8 サンフランシスコ　マイクとの再会（1）　一九七三年

「マイクか、ビルだけど」と、電話した。

「ビル？　ビル！　今どこから？」

「オークランドのARCOのドックだけど。迎えに来られるか？」

「いいとも！　三〇分で着くから」と、マイクは言った。

俺は電話を切るとエンデバー号に戻り、外出簿にサインした。それからロジャーを探して機関室まで降りていった。

「ほんとうに一緒に行けない？」タービンとジェネレーターのウィーンというすさまじい機械音がする中で、俺はロジャーの耳元に叫ぶように言った。

「ああ」と、彼が叫び返した。「明朝四時から八時までの一番手を交代してやったから、俺はポートランドで下船することにした。楽しんで来いよ」

俺は笑って頷いた。それから作業台から機関室の中央出口につながる金属製の細長い階段を駆け上がった。マイク・モリスにまた会えると思うと嬉しかった。何カ月も前にサンフランシスコ湾に立ち寄ったとき以来だった。

その美しさにかけては西海岸でサンフランシスコ湾にかなうところはない。もっとも、シアトルに向かう時のプージェット湾を除いての話だが。湾の入り口に、まるで幅広い夢のハイウェイが澄み切った空気の中を優雅に舞い上がるように架けられているのが金門橋だ。夜になると、海側からは、気品ある一連の真珠のような橋の灯りが、飾り気のない陸地の喉元から浮かび上がってくるように見える。そしてその上に高くボーッと現れた橋が、おもちゃのように小さな船を滑り込ませてしまうのだ。湾の北にはソーサリットとティベロンが、前方にはアルカトラズ島が死んだように横たわり、その先にはトレジャーアイランドとオークランド湾橋が見えてくる。そして南方に、まるでソロモンの宝石をばらまいたようにキラキラとゆるやかに広がる海岸線一帯がサンフランシスコ市だった。

奇妙だ、その日の夕刻、港に入るときに思った。サンフランシスコを最初に見たときから六年間にどれだけの消え去ることのない思い出がここで作られたことか。実際、最初に来たときには、俺はまったく何も見ていなかった。ベトナムから戻って、朝早くタクシーでトレジャーアイランドの海軍基地からサンフランシスコ空港まで行き、そこから東部に向かった。一三カ月ものあいだ描いていた最初のアメリカの光景、そして俺が出遭ったものとは――どんよりした鉄色の湾の霧、パープルハート勲章［名誉戦傷章］と合衆国海軍駆逐艦とジャップのことを俺にしゃべっていたタクシー運転手、そいつは何故「おまえら」が米食い野郎どもをやっつけられなかったのかとほざいていたが、そして空港で汗びっしょりになってひとりで座っていた軍服姿の俺、ベトナムにいた時よりも自分の国に戻ってきてからの方が不安であることに気づき、呆然としていた俺自身だった。

俺は戻ってきて四カ月も経たないうちに、数千ドルのために人生を賭けようとしていた、そう考えていた。そして壮大な橋とそこに映し出された破れし夢を静かに見上げながら、アジア行きの遠距離便に間に合うように出頭するまでに残されたほんの数時間を、ネブラスカから来た離婚したばかりの女性と一緒に観光用ボートで湾を周遊していた。アルカトラズを通り過ぎる頃、島を占拠したために新聞の見出しに載るようになったアメリカ先住民を目にした。かれらは一世紀前に奪い取られた島を返還するように合衆国政府に要求している。「レッドパワー！」と、一〇フィートある刑務所の壁に殴り書きしたような文字が並び、そこから湾全体に響くように叫んでいる。観光船のガイドは苦笑いとともにマイクで案内している。「野蛮なインディアンです。みなさん、火玉の矢にご注意ください」

二年半後、ダニエル・コフマンと二人、俺の赤いフォルクスワーゲンで市内に立ち寄ったことがあった。そこで刺青を入れ、ジャック・ゴールドの両親宅の冷蔵庫から中身をごっそりいただき、サクラメントへの行き方を確認するのに十分過ぎる時間をかけてしまった。詰め込んできたブラウニーに熱中するあまり湾を二周半するはめになったのだ。「おい、またオークランド橋に戻ってきてしまったじゃないか！　俺たちはサンフランシスコに逆戻りしているぞ！」ようやくのことで正しい道に乗り、空軍将校のクリスマスパーティに間一髪でもぐり込んだ。もう少しで兄の門出を見逃すところだった。「君の兄貴？　あいつは君の兄貴だったのか？」

そしてそれからまた六カ月後、俺はゴールド、バート・ルイスの二人と貸し切りの釣り船で鮭釣りに行ったが、デモイン［アイオワ州］からやって来た中年真っ盛りの男たちが一緒だった。奴らはこのツアーのために丸一年金を節約して来たというのに、一三人もいて六匹の釣果しか上げられなかった。その一方で、いかがわしい溜まり場からやって来たような三人の長髪の［俺たち］いかれ野郎どもが日がな一日笑い騒いではビールばかり飲んでいた。俺たちはこれ以上の大ものはないというぐらいの丸々太った鮭をはじめとして何匹も釣り上げ、多すぎた分をデモインの中年組に分けてやった。奴ら、表向きには口数少なく礼を言ったが、まるで鋼鉄製の橋桁が強風に煽られてきしむような歯ぎしりが聞こえてくるようだった。

そして最後に来たのは、ついこの前の六月、大学を卒業してマイクと一緒に住むために西海岸に向かった時のことだった。俺は海に戻るためのチャンスを狙っていたが、その夏をミッチェルとホルドマン、エーリックマン、そしてコルソンとその仲間が上院議員のサム・アーヴィンの濃い眉をつり上げるところを見守っていた。奴らは、嘘と腐敗と堕落で入り組んだ話をでっち上げていたが、そんなことは俺にとってはもう驚きでも何でもなくなっていた。ついに金が底をついてしまい、サンフランシスコのダウンタウンにあるベクテル社に仕事口を求めねばならなかった。マサチューセッツの原発プロジェクトの安全分析コーディネーターの仕事をもらうために、路面電車で三日間、一五階にあるオフィスに通った。ちょっとした書類にサインをすればよいだけだったが、そこには三年間は働くこととあった。俺は昼食時に慌てて外に飛び出し、一番近い公衆電話に直行し、ＡＲＣＯ海上勤務人事課長に何度も電話をかけ続け、マサチューセッツでとんでもないことになりそうな状況から救い出してもらうために懇願し、必死に頼み込んだ。決して誇張なんかではなかった。翌朝七時にその人事課長が電話をかけてきて、その日の午後一時までにロングビーチに来られるなら乗船してもいいと伝えてくれた。俺は彼が電話を切る前に駆け出していた。

俺はネブラスカから来た離婚女のことを考えていた。結婚して二三年も経って、ある日夫がモントリオールのホテルから電話をしてきて、もう自宅で夕食をとることはないと告げられて、もう一度人生をやり直せたのだろうか……。その時、マイクの車がドックに着いた。俺が飛び乗ると、すぐに発車した。

「どこに行く？」と、彼が訊いた。

「どこに向かってるんだ、ウォルト・ホイットマン［スワスモア大学に近いフィラデルフィアにある橋］？」俺は最高に大げさな声で叫ぶように言った。「扉は一時間で閉じられる。その顎鬚は今夜はどっちを向いているのか？」

「僕のところでいいか？」俺を無視してマイクは言った。

「ビールはあるのか?」

「うん」

「家に向かってくれ、ジェームズ、馬を惜しむでないぞ!」

「もう酔っているのか?」と、マイクが訊いた。

「ちょっと気分がいいだけさ」と返事した。「君に会えて嬉しいのさ、きっと。何故かは訊くなよ。俺にも確かなところは分からない、うまく説明できないけど」

マイクは笑った。ちょうどオークランド橋を渡り、サンフランシスコに向かっているところだった。澄みきった夜で、街の灯りが煌めいていた。

「なんてきれいなんだ」と言った。「霧もなし」

「いつまでに戻らなくてはいけないの?」と、マイクが訊いた。

「明日朝一〇時。明日は仕事だろ?」

「夜までは何もなし」と言った。「明日の夜、リッチモンドのピザハットで演《や》らなくちゃいけない」。少し間を置いてから唸るように言った。「またオーキーナイトさ〔オーキーはオクラホマ州からの季節労働者を軽蔑的に呼んだ名残〕。法律事務所の仕事は辞めたんだ。一日中働いた後、夜の演奏を週に三、四日はきついからね」

「金は十分に稼いでいるのか?」

「今のところはね」と、彼は答えた。それからゆっくりと首を振った。「しかし分からんね。こっちも長くは続かないと思う。バンドの連中とやりにくくなる一方だし。ブルーグラス〔スコッチ・アイリッシュの伝統に根ざす音楽〕以外に共通点なんて何もないのさ」

「そうか、やっぱり。去年の夏、そう思った」と、俺は言った。

「ずっと悪くなる一方さ」と、彼は続けた。「あいつらはただの無知で田舎者のカントリーウエスタン気違いさ。何も言わずにいるのならまだ我慢できるが、アカがかったヒッピー野郎と左翼趣味のろくでなしがアメリカをダメにしているとか、そのシンパについてヤイノヤイノ言うんだ。ニクソンをアメリカのキングにすべきだとか、貧しい男を迫害している同性愛者たちをみんな去勢すべきだと思ってるのさ。そんな奴らに何が言える？　話し合う気すら起きないよ」

「アメリカ、アメリカ、神はその恩恵を汝に与えたもうた。それがドブロ［アコースティックギター］弾きの運命か」と、俺は笑った。「トランペットやクラリネットとは一緒にやれないし、どうするつもりなんだ？」

「シアトルに行って大学院に入ろうと考えている」

「何のために？」

「海洋生物学［マリーン・バイオロジー］」と、彼は答えた。

「何をするところだ、海兵隊［マリーンズ］を分析する勉強か？」

「バカ言え。とにかく」とマイクは言った。「秋になるまでは分からないさ」

俺たちはしばらく海岸通りを走り、それから南に曲がって市の中心部に入った。

「それで君の方はいったいどうしてたんだ？」とマイクが尋ねた。

「元気さ」と、俺は言った。「先月、入港した時に君に電話したんだ、週末だった。土曜だったと思う。二度ほど電話したが留守だった」

「その週末はタホにスキーに行ってたんじゃないかな」と、彼は答えた。

「スキー？」俺はバカにしたように言った。「君がスキーヤーだったとはね」

「いや、それほどうまくはないけれど、それなりにはね」

「やるんだ」と、俺は言ってタバコに火をつけた。「一度だけ試したが、悲劇だったさ」

マイクはダッシュボードの灰皿を引き出した。「これ使う?」と訊いてから、「それとも今でもジーンズを使ってるのか?」二人とも笑った。「そうか、まあまあうまくいってるんだね? 今でも[船が]好きかい?」

「ああ、そうだね」と俺は言った。「まあ、うまくやってる。やることと言えば海の上にいること、一日中、俺専用の組み立て工具で遊んでいるんだ。そして給料はいい。俺にぴったりってところかな。実際、エンジン関係についてはすごく勉強した。機関士のひとりと仲良くなって、彼がいろいろ教えてくれるんだ。今夜、一緒に来ようと思ったんだが、都合がつかなかった」

「そろそろ休暇だよね、そうじゃない?」彼が訊いた。「もう五カ月か、ずっと船に乗ってたのか?」

「休暇?」俺は返した。「何で俺が休暇をとるんだ? 俺は休暇中だよ。人生でもっとも平穏な五カ月だった。頭を殴りつけようとするポリ公の豚野郎もいないし、新聞記事の見出しで騒ぎ立てることもないし、裏の裏を読まなければいけないような女の子もいないし。いいか、マイク、交通信号も食料品の請求書も電力会社も家賃の支払いも政治家も将軍も煩わしいことも大バカ野郎も、そんなもの、なーんにもないんだぜ……」

「分かった、分かったよ」とマイクは笑った。「それならいいさ」

「アホらしい争いもないんだ。素晴らしい。俺は天国にいるようだよ」

「今のところはね、多分」と、マイクは慎重に言った。

「永久にさ」と俺は即座に言い返した。「いるべきところに戻った、とうとう自由になった、自由になったんだ、そんな感じさ。神に感謝するよ。俺はとうとう自由なのさ」

マイクは何か言い返そうとしたが、ゆっくりと首を振って、言い出そうとしたことを諦めたようだった。

俺たちはリボリ通りのアパートの前に車を駐めた。そこは前の夏に俺が住んでいたところだった。

「心配しなくてもいいよ、マイク」と、階段を上りながら俺は言った。「ほんとうに大丈夫なんだ。そう言えるようになってからもうかなりになるし、ほんとうにそう思っている。またひっくり返ることはないから」

マイクは片腕を俺の肩に回したかと思うと、その手で俺の上腕をやさしくさすった。「会えて嬉しいよ、ビル」と、言った。それから鍵でドアを開けて中に入った。「ビールは冷蔵庫にある、僕にも取ってくれ」

「最近、アーチー・デヴィソンに会ったことあるかい?」と訊きながら、ビール二本を開けてキッチンテーブルの上に置いた。

「いや」と、彼は静かに答えた。「去年の夏、君がここを出て行く前から会っていない。そう言ったと思うけど」

「そうだった」

「よく分からないんだ、ビル。彼はちょっとヒステリックだった」

「そうなんだ、つまり」と、俺は続けた。「スワスモアにいた頃、彼にアメリカがいかにメチャクチャかと言おうとしたことがある。多分そのせいじゃないかと思う」

「しかしあの労働委員会の奴らは気違いじみてると思わないか」と、マイクは言い張った。全米労働委員会幹部会、デヴィソンがスワスモアを卒業するとすぐに加わった急進的左翼グループだった。「あいつら、イデオロギー的に正しい音楽を聴くべきだとさえ言うんだ。つまり、リン・マーカスが正しいと思ったものなら何でもさ。全体主義の狂信的集団なんだ。抑圧のしくみを変えろとさ。まったく、アーチーはまるで壊れたレコードだよ、バカバカしいことと言ったら、まるでゾンビか何かだよ。偉大な指導者が言えば、アーチーも同じことを言う、自分では何も考えてないのさ」

「実際つらいよね、そうじゃないか?」と、俺は言った。

「まったくだよ。君はこの間ずっと、友情が役に立つと思ってたのか?」

「さあどうかな、去年の夏、彼に会おうとしなくてよかったよ」

「君はずっと頭にきてたからね、ビル」

「そう、だから会おうとはしなかった」と、言った。「しかし、君がそう思うのも理解できるような気がする。どうしたら今のシステムを変えることができるのか、金、権力、財産、そしてそのすべてが絡み合っているために、みんなこれが世界で一番のシステムだと日々思い込まされているのさ。まったくね。あのいまいましいニクソンを見てみろ。アメリカ人が脳ミソの半分でも働かせていたら、あのインチキ野郎をとっくの昔に船の帆先に吊るしていたろうよ。あのいまいましい戦争を考えてみろ、畜生。まだ続いてるんだぜ。何年もずーっとだぜ。連中に勝てる訳がないさ。勝てたことなんてこれまでなかったのさ。しかしあいつら、東南アジアを丸ごとディズニーランドの駐車場にしてしまうまで人殺しを続けるつもりでいるんだ。何人死んだって、マイク、ここアメリカでは誰も気にもかけない。自分たちの息子が死体袋で帰って来ない限りずっと続くのさ」

「気にしてるのもいるさ」と、マイクは静かに言った。

「俺たちほど気にしてるもんか、マイク。そのことでへこんだりするような奴はいないよ。アーチーも一度は気にしていたと思う、いや、彼はずっと気にしていた。彼一流のねじくれた仕方で。みんな沈んでいったろ、君だってそれを変えようと必死だったじゃないか、遅すぎないうちに少しでも変えようと。けれどもどんなに頑張ってもどうにもならない、なぜならすでにもう遅すぎたからだ。これまでがそうだったように同じことの繰り返しさ、結局、バカをみるだけなのさ」

「彼が気違いだとは思わないよ」と、マイクが言った。「彼はただファナティックなだけさ」

「どう違うんだ?」と、俺は肩をすくめた。「自由の国、勇気ある者の国にいて、そのあり方を必死に変えようとするとファナティックになってしまうのか」

「何て言うか、怖いと言うか」とマイクは言って、そして笑った。「つまり、怖くなることは沢山あるけれど、一つは、最近、体制がひっくり返ることを考えるんだ。ロシア革命のようにね。誰がロマノフ王朝があれほど簡単に、しかも根こそぎ崩壊してしまうなんて想像しただろうか。一度そうなると、今度はそこに訓練されたファナティックな少数グループがどっとなだれ込んで来る。誰かが過激派のボルシェヴィキを批判する頃にはもう遅すぎるのさ。今あの国が行き詰まっているのは、その結果さ」

「多分ね」。俺は頷いてビールを飲み干した。「俺はこの間ずっと、この国がどうなろうとも今の状態よりはずっと良くなるのではないかと考え続けてきた。どんなことでも、この体制を揺さぶることができればと。しかし本当にそう信じているかというと、そうではないんだな。確かなのは、今あるこの国を信じてはないということだ。とにかく、良きにつけ悪しきにつけ、体制の崩壊という危険状態にはないということだ。崩壊が可能と考えたこともあったが、今はそうは思わない。俺たちは厚いキノコ雲の闇に入り込むまでよろよろと進んでいくんだと思うよ」

「その通りだね」と、マイクは唸った。「俺たち、どうしていつもこんな結論に行き着くんだろうね。ビールもう一本いるかい?」

「ああ、もう一本頼む。この話、君に最初に会った時からずっと続いているね」。俺は笑って言った。「お互い会うとすぐこの話だ。遅かれ早かれ、すべて分かるさ。マルクスとエンゲルス。ギルバートとサリヴァン。シアーズとローバック。それはそうと、もう一ついい話を聴きたいだろう。ディディ・バーンズリーを覚えているか?」

「覚えているかだって?」と、マイクは冷蔵庫からこちらに顔を向けながら言った。「誰があのディディ・バーンズリーを忘れるものか」

「まあね、かの女、麻薬中毒なんだ」

「ヘロイン?　冗談だろ?」

「そうだといいんだが」と、俺は言った。

「どうして分かったんだ?　かの女から連絡あったの?」

「いや、直接じゃないけど」と、返事した。「二日前にラグナビーチのかの女の両親の家に泊まったんだ。ロングビーチで二四時間救援乗組員に来てもらった。つまりそこが母港だからね。それで丸一日空いたんだ。時間があったから車を借りてラグナまで行った。かの女が大学を中退してからは一度も会ったことも連絡もらったこともなかったのにね。しかしとにかくお袋さんが、かの女がハワイのどことかの病院に入っていると教えてくれた。注射針から肝炎に感染したんだとさ」

「エーッ、本当かよ」と、マイクは言った。手にしていた新しいビール二本をテーブルに置いてから座った。

「本当さ」と、俺はその一本を取りながら答えた。「いい奴だったよな、変わっていたけどちょっと古いタイプで。スワスモアで知っている中で唯ひとり、俺と論争にならなかった女性だ」

マイクはテーブルの向こうから俺をじっと窺っていた。「君たち二人……」彼の声が小さくなった。

「違うよ」

「本当か?」

らさ」

「そんなつもりはまったくないよ」と、俺は言った。「みんな何も訊かずにいつも憶測で話を広げていくか

「そうか、そういうことか」と、ため息まじりに言った。「君は随分と思わせぶりなことをしてきたよね」

「本当だ。一度も」

「それでもさ、一度でさえ否定したことはなかったよ！」

「何を否定するのさ？　どうすべきだったと言うのさ？　苦行僧の格好をしてキャンパス中を走り回り、〈ディディ・バーンズリーは俺とやってはいません！〉とでも叫びたてろとでもいうのか？」俺はビールを一気に流し込んだ。「とにかく今はそんなことが問題じゃないんだ」

「その通りだ」と、マイクも言った。「しかしね、ひどいじゃないか」。彼はテーブルの向こうからタバコのパックに手を伸ばした。「船でも吸えるのか？」

「うん、大丈夫だ。船内のどこでも、赤い線を越えなければ外でも。船尾の船室から前方の三分の二ぐらいまでデッキには赤い線が塗られている、船尾デッキ、ボートデッキ、煙突デッキを横切って、反対側にかけて赤く塗った線があり、それより後ろ側ならオーケーさ」

「心配だな」と、マイクは笑った。「オイルタンクのてっぺんで浮いているのがさ」

「大丈夫」と、俺は言った。「実際、満タンの場合は大丈夫さ。空の場合と中途半端の量を運んでいる場合は、タンク内にガスが充満しているから、要注意だ。爆発するのはガスだからね。原油そのものはかなり安定している」

「その言葉を信じるよ」と、マイクは言った。「ここからどこに行くの？」

「ポートランド」と、俺は答えた。

マイクの壜が空になり、もう一本を取りに立ち上がった。

「俺にも頼む」と言って、残りを一口で飲み干した。

「ジャック・ダニエルがあるけど。少しどう?」

「やめておく」と、返事した。「うん、やっぱりもらおうかな。昔の思い出に一杯だけ。つきあえよ」

「いいよ」と、マイクは答えた。グラスを二つ出すとそれぞれに酸味のある液体を半インチほど注いだ。

「アーチー・デヴィソンに乾杯」と、俺は言ってグラスを上げた。

「ディディ・バーンズリーに乾杯」と、マイクが言ってもう一つのグラスを上げた。

「平和の世代に」と、俺はつけ加えた。俺たちはグラスを合わせ、一気にウィスキーを飲み干した。

9 ベトナム　はじめてのカウンティ・フェア　一九六七年二月

「エアハート、俺から離れるな」と、偵察チーフのウィルソン軍曹から言われた。まだ暗かったが、武装した男たちが動き回っているのも、近くに立ち並んでいる藁ぶき屋根の小屋の輪郭も、見て取れた。アルファ中隊からの二つの小隊が、ベトコンの侵入を防ぐための防壁として待機するため、村の向こう側へとすでに移動していた。もう一つの小隊は村全体の掃討に当たり、偵察隊と一緒に、すべての集落すべての家屋を検分し、男、女、子どもを見つけては引きずり出していた。

俺たちはただ明るくなるのを待っていた。一九六七年二月も終わりのことだった。俺はベトナムに来てからまだほんの数週間で、これは俺にとっては最初のカウンティ・フェアだった。カウンティ・フェア〔農産物品評会〕とは、特別な対ゲリラ作戦のことである。食料と医薬品を与えることで民間人とのあいだに友好関係を築くことが目的だったが、他方では、ベトコンゲリラとその幹部クラスを根絶やしにし、情報を集めることが狙いでもあった。

薄暗くどんよりとした空の縁が、雲のない明け方の鮮やかなピンク色に染まる頃、俺たちは数百メートル先からずっと一列に並んで水田の中を前進し始めた。「距離を保って足元に気をつけろ」と、ウィルソンは俺に警告した。「とくに水路や生け垣を渡る時には注意しろ」

最初の集落に近づくと、家屋と家屋の間の固くなった地面の上を鶏が鳴き声を上げながら羽をバタバタさせていた。集落に入る前から、まるで俺たちが来るのを知っていたかのように、村人のほとんどが家屋から外に出ていた。しかし入り口近くの一軒だけは戸が閉まったままだった。海兵隊員二人が近づいてドアをライフルの銃床でバンバンと叩いた。小屋の中からの反応を待つことなく、ひとりがドアを蹴破り、爆発するのを予期していたかのように素早く後ろに跳び退いた。老人と幼い少女が現れた。両者ともに海兵隊員二人に即座に地面に叩きつけられた。

「なかで何をしていた、何を隠していた？」老人のあばらをひどく蹴りつけながら、ひとりが叫ぶように言った。「このグークのクソ野郎！」彼はその老人を蹴り始めると、数人の監視兵に小突かれて慌ただしく一カ所に寄せ集められ掃討部隊に取り囲まれていた大勢の村人たちの方へと追い立てた。

「すこし乱暴すぎませんか？」と、俺は声を穏やかに抑えながらウィルソン軍曹に言った。

「あいつらをよく見ろ、エアハート」、彼の返答だった。俺は屑のような集団に目をやった。ある者は眠そうに、ある者は退屈げに見えた。何人かは怯えていたが、しかし大半は無表情だった。「おまえと同じくらいの若い奴を見てみろ。奴らがどこから来たのか分かるか？　あいつらのうち何人かは南ベトナム政府軍兵士さ。しかし多くはベトコンゲリラだ。そしてここにいる連中はその母親、父親、姉妹、妻や子どもって訳だ」

ちょうどその時、誰かが叫んだ。「穴の中で爆発だ！」俺たちの一五〇メートル左で大きな爆発音がしたかと思うと、木が粉々になり、生け垣の間から白い煙が立ち上っていた。誰かが踏みつける前に発見した地雷が爆発したのだとすぐに分かった。

ウィルソン軍曹が即座に叫びながら右方向に歩いていった。「こちらが見つけた地雷だ。恐らく次には誰かの脚が吹っ飛ばされるだろう。おまえの脚かもしれない。村の奴らが誰も地雷を踏まない訳が分かるか？お前はまだここに来て間もない。ここにいるみんなはこんなことを毎日毎日ずっと経験してきてるんだ。やるべきことだけやるんだな。おまえが五体満足で帰れるかどうかはすべて運次第さ。一緒に来い、小屋の検分のやり方を教えてやる」。そう言うと、彼は一番近い小屋に入っていった。

俺は彼について行った。小屋の中には何もなく、大きなコメ袋が二つ、五、六人は入れると思われる地下壕から出てきた。ウィルソンはその一つを肩に担ぐと、俺にもう一つを担ぐように合図した。「こいつをトラクターに運ぶんだ」と言った。ちょうどキャロウェイの前を通りかかった時、ウィルソンは俺たちが出てきたばかりの藁ぶき小屋を指して、「なかに壕がある」と、言った。「吹き飛ばせ」。数分後、その地下壕は、その上に立っている家もろとも煙と轟音とともに消え去った。残骸がまるで噴水のように数百メートルも空中に吹き上げられ、そして小さな屑となって雨のようにゆっくりと降ってきた。

同じことが数時間にわたり何度も何度も繰り返された。住民の家屋が数分ごとに大きな火の玉となって、時折聞こえる銃声とともに消えていった。集落から集落へと俺たちがゆっくりと動くのにつれてかき集められたベトナム人の群れも、数百人規模に膨れ上がった。気温は九五度近くにまで上がっていたにちがいない。最後には、村の反対側を監視していた小隊が水田の端をずっと一列に歩哨のように立ち並んでいるのが見えると、俺にも乾いた砂地の右方向に鉄条網で大きく囲われた一角が分かるようになってきた。囲いの中には大きなテントが三張り立っていて、そのうちの二つは入り口が巻き上げられていた。その囲いに近づくと、海兵隊員がベトナム人を中に入るようにと追い立てていた。そこでは地べたに座るしかなく、テント以外には日差しを遮るものは何もなかった。

開け放たれたテントの一つでは、コックがベトナム人たちに食べさせるコメの入った巨大な鍋を六つ火にかけたところだった。出入り口の開いているもう一つのテントでは、何人かの衛生兵がペニシリン注射や簡単な薬剤などで切り傷や打撲で負傷した人びとへの手当てを始めていた。俺たちに同行していた三人の南ベトナム政府の警察官が一塊になっている人びとの中に押し入ったかと思うと、怒鳴りつけたり殴ったりしながら、襟首を摑んでは引きずり出し、その男だか女だかを入り口の閉まったテントへと引きずって行った。

俺はそこで二等軍曹のタガートとトリンに会った。タガートは、尻が地べたに着くようにしてしゃがみ込んでいた老人を見下ろすようにして立っていた。タガートはM16ライフルの銃身を下に向けて、三叉の暴発防止装置でその男の踵を上から押さえつけていた。彼はライフルを回転させるように捻り続けていたので、その先端が老人の足に深く切り込んでいた。そこから出血していた。トリンはタガートの通訳として傍らに立っていた。

「誰が地下壕を掘ったんだ？」俺が近づいて行くとタガートはそう怒鳴っていた。老人は何かもごもごと言っていた。泣いていたのだ。

「自分でやったと言っています」と、トリンは言った。「彼の村が夜砲撃されている。彼は砲撃があったときに家族を守るために掘ったんだと言っています」

「嘘をつけ！」タガートは、ライフル銃を一層強くねじ込みながら、その老人の顔を覗き込むようにして叫んだ。その男は取り乱して頭を振った。言葉は分からなくとも、その身振りと声の調子から言っていることをはっきりと理解していた。国家警察のひとりが老人の頰をなぐりつけた。

「ベトコンが壕に隠れていたろう？」タガートが叫んだ。「この村にはベトコンが何人いるんだ？　ベトコンは昨夜はここにいたのか？　おまえの息子はどこにいる？」タガートが尋問を続けている時に、トリンがちらっと俺を見たが、無表情だった。しかし彼の黒く突き刺すような眼差しは、まるで石炭が燃えているかのようだった。俺は居たたまれなくなり、くるっと向きを変えると明るい日差しの方に歩いて行った。

コックが、糊のようなコメの粥を柄杓から垂らしながらブリキの皿に盛り、配っていた。ウィルソン軍曹が、鉄条網で囲まれた区域の片隅に作られた小さな囲いから俺を呼んでいた。そこには一五人から二〇人のベトナム人が入れられていて、何人かは足や鼻から血を流していた。全員が手足を縛られていた。「国家警察がこいつらを拘留したがっている」と、彼は言った。「俺たちが出て行くまで、もうあと何人か増えるだろう。俺たちが行く前に、奴らをトラクターに乗せるんだ」

「ベトコンと分かったのは何人ですか?」と、俺は尋ねた。

「いない」と、ウィルソン軍曹は言った。

「私たちは武器を押収していませんよね?」

「していない」

俺たちがそこに立っていると、民間人担当補助が近寄って来た。彼は下士官兵だが、ベトナム語をまったく話さない。「ウィルソン軍曹、あそこにいるグークが、鶏がどうしたとかわめいていますが」。彼はそう言いながら、民間人担当官の面前で、腕を振りながら興奮してしゃべりまくっている年老いた女を指差した。担当官は大隊と民間人との間のもめ事をうまく収めるのが仕事だが、彼もまたベトナム語をまったく解さなかった。

「何が問題なのですか?」と、ウィルソンは尋ねた。彼はベトナム駐留米兵の中でもベトナム語が話せるほんの少しのアメリカ人のひとりだった。

「分からないんだ、ウィルソン」と、中尉は答えた。「かの女の言っていることが分かるか?」

「今朝、かの女の鶏三羽をわれわれが殺したと言っていますが」。ウィルソン軍曹は、その女性との短い会話の後でそう言った。「ひとりが撃ち殺したんです。その理由が分からないと。弁償して欲しいそうです」

「そんなことはできないよ」と中尉は困り果てた表情で言った。「もしかの女に金をやってみろ、この村全体に金をやらなければならないぞ！　かの女にはすまないが、それはできないと言ってくれ。自分の家があるだけ幸運だと」

10 ミライ（ソンミ）事件を訊かれて

「ちょっと待ってくれよ、落ち着いてくれよ！」俺は叫ぶように言った。

「私を怒鳴りつけないで」と、パムは言った。

「怒鳴ってなんかいないよ、悪かった」と言って、かの女の手を取った。「もう少しだけ落ち着いてくれよ、いいかい？　君は両親に俺から話してくれと言った。だから俺はそうした。だけどどうして正式な婚約発表をする必要があるのさ？　そうしなかったからと言って、何が違うのさ？」パムは何も言わなかった。ただ傷ついているように見えた。「どうしたんだよ、お願いだからさ」ひと呼吸おいて続けた。「婚約発表を心配するまで一八カ月もあるじゃないか。しかも婚約指輪を買うための金なんてどこにあるのさ？　そんな金がないことぐらい分かっているだろ？」

ちょうどその時、パムの友人のフェイ・ミルズがドアをノックした。「ハーイ」かの女は快活に言った。「休みはどうだったの？　バーモントはどうだった？」大きくにこやかな顔で尋ねてきた。「ご両親には話したの？」

「話したわよ！」パムは即座に答えた。その顔は紅潮していた。

「ああ、話したよ」。そう言って、俺は笑った。「俺はまるでハンフリー・ボガートの見切り品みたいだったよ」

「ビル！」と、パムが言った。

「とにかく、かなり緊張したさ。二人ともまったく賛成ということではなかったけれど」

「ビルは最高だったわ」と、パムはフェイに言った。「彼ったら、二人をうまく説得してしまったの」

俺は下を向き、首をゆっくりと振り、画家が絵の具を塗る前に対象物をじっくりと観察するような仕草で、片手をあちらこちらに煽ぐように動かしたりした。パムはいらいらした様子で俺を見た。

「あなたのご両親はどうなの、ビル?」と、フェイが訊いた。

「俺は自由な男さ、二一歳の」と、笑った。「そういうことで両親の承認をもらう必要はないよ。ただ俺がすることを話すだけさ」

俺は、両親にはこの結婚についてまだ話していなかったが、それをパムには言ってなかったし、フェイにも言わなかった。

「バーモントは楽しかった?」フェイが訊いた。

俺はぎこちなくベッドに腰を下ろし、何も答えなかった。パムが頷いて言った。「まあまあってところね」

俺はパムの肩に腕を回してやさしく擦《さす》り、「よくやったね」と静かに言った。

俺たちはフェイのクリスマス休暇についてしばらく話をした。それから、どういう訳か、話題は近づきつつあるウィリアム・カリーの裁判へと移っていった。カリー陸軍中尉は、ほぼ二年前にベトナムのミライ地区の農村で、非武装の民間人二二人から一〇八人——確かな数字は分からないが、恐らくはそれ以上——を虐殺した疑いで告訴されていた。話がそっちの方向に移ったが、あえて避けるつもりはなかった。最近は、相変わらず俺の知っている者からも知らない者からもしつこく訊かれる項目に、ミライ虐殺事件も入っていたからだ。

「恐ろしいことだわ」と、フェイが反感を露《あらわ》にして言った。「彼を刑務所に入れて、鍵を投げ捨ててしまえばいいのよ。電気椅子に送るべきだわ」

「そんなに簡単なことではないよ、フェイ」。話に入りたくはなかったが、俺はそう言った。「彼はスケープゴートに過ぎない。俺の言う事、誤解しないでくれよ」。フェイの顔つきが暗くなったのを見て素早く言い添えた。「彼がやったことを許すと言ってるんじゃないよ。許してなんかいないからね。しかしあそこではああでしかないのさ。なんだかんだ言っても、いつもああなのさ。決まりきった日常の仕事みたいなものさ」

「冷血漢の殺人が日課だってこと？」フェイが皮肉たっぷりに言った。

「まあ、そんなにひどくはないけれど」。俺はゆっくりと、言葉を注意深く選んで答えた。「つまりあれほどひどくはないが、同じようなことは毎日起こった。村を通り抜けるときには村人がみんな出てくる。かれらをどうにかしなければならない」。フェイとパムは、明らかに反発しながら、同時に興味津々と、俺をじっと見つめている。「いいか、君たちにはその状況が分かっていない。毎日毎晩片時も止む事なく、君たちを殺そうとしている奴らに囲まれているってことさ。おまけに誰がそうなのか分からない。見つけられない。奴らはまるで幽霊だ。いいかい、これは第二次大戦とは違うんだ。俺たちはこちら側、君たちは向こう側、ここが両サイドを分ける線とはなってないのさ。かれらはネオンサインをチカチカさせながら歩くわけではない。〈はい、俺はベトコンです！〉なんてね。彼らはゲリラなんだ。誰とも見分けはつかない。同じ服装で、畑を耕している。出会うのはみんなベトコンかも知れない。そうは見えない奴に限って多分そうなんだ。女、子ども、誰もがそうなんだ。地獄さ、フェイ、ベトナムに行って最初の八カ月、俺は多分一二人ほどの武装したゲリラを見た、それだけさ。しかしこちら側には毎日死傷者が出る。来る日も来る日も。パトロールに出て歩き回る……爆発音がする！　仲間が脚を吹き飛ばされて地べたに横たわっている。生肉の塊のようになってすぐそこに横たわっているのさ。仕返しをしようにも誰もいない。農夫のジョーンズが水田で水牛の向こう側に見えるだけ。地雷にとても近いところにいたんだから彼の鼓膜だって破裂したに違いない。それでも顔を上げることもない。彼は地雷を踏んでいない。いいか、そいつは地雷がそこにあることを知っていたと思うだろ。俺たちに知らせようとするか？　絶対にない。まったく、恐らく奴がそこに地雷を埋めたに違いない。奴かその妻か、その娘かが。それでもこのどうでもいいことをいつも通り、毎日、来る日も来る日も、続けるのさ。同じパトロール、同じ村、同じように俺たちを見る無表情の農民たち。唯一の変化といえば、その日にやられた男の名前だけさ。毎朝、今日は自分がやられる番なのかどうかを考えながら目を覚ます。しばらくはそれで自分がどうなってしまうのか、想像すらできないんだ。気が狂うようだよ。そしてある日、民間人を撃ち殺したとしても、それが問題になることはないと気づく。畜生、それで昇進して叙勲さ。そのことに気づいた時、もう自制心もなくなる。次に海兵隊員のひとりが地雷を踏むと、農夫ジョーンズはスイスチーズのように穴ぼこだらけにされる。ベトコンゲリラがひとり戦死ということだ。多分ゲリラだったのか、もしかしたらゲリラではなかったかもしれない。しかし死んでしまえば、そこまでさ。誰もそのことを尋ねようともしない」

二人の女子学生は最初は何も言わなかった。しばらくしてパムが尋ねた。「あなたもそういうことをしたの？」

「ああ」

「ひどいわ」と、かの女が言った。

「待てよ、君の仲間が肉屋の豚のように腹を裂かれたままそこに転がっていたら耐えられないだろうよ」

パムは吐き気をもよおしたようだった。「いいかい、俺は自慢しているんじゃないんだ。俺だってそんなことまったく望んでなんかいないさ。しかしカリーの件はそういうことなんだ。ここの人間は誰もそんなこと考えられないだろうよ。自分の息子を勝てない戦争に送り出し、期待するのはGIジョーのように、子どもたちにキャンディーを配って回ることなんだ。トランのことを思い出すたびに胃袋が捻りつぶされそうだ。よくキャンディーをやったし、ホイアンでは俺に手榴弾を投げようとした子どものことも思い出す。〈ヘイ、ジョー、ヘイ、ジョー、ガムをくれないか〉と。カリーを庇《かば》っている訳ではないんだ。問題は、軍のお偉方はひどいことも何が起こっているかも知っているということさ。まったく、カリーの中隊長は彼にその村に行ってボディーカウント［死体勘定］を上げて来いと命令したんだ。彼の上官が彼にボディーカウントの成績を要求したんだ。その上官とは……ずっと上のペンタゴンまで繋がっているのさ。ただ一つミライで問題だったのは、新聞に事件をかぎつけられたことだ。今では将軍や政治家たちみんな責任回避に血眼になっているよ。〈ショッキングだ！　最悪だ！〉と叫び、奴らはカリーを吊るし上げることで自分たちに火の粉が降りかかるのを避けたのさ。カリー以外の者に何のお咎めもないのをよく見届けることだな」

「でも、彼をそのままにしておくべきではないわ」と、フェイは言い張った。

「そうはならないだろうよ」と俺は答えた。「ずっと考えていたんだが、〈神のご加護があるのでは……〉とね」

「彼がしたことをあなたもしたかも知れない？」

「分からない。俺はそうはしなかったと思いたいよ」。考えながら俺は答えた。「しかしどうかな。そういう状況におかれて、どうしたか。どうすべきだったか。その日の朝、連中の考えがどこにあったのかは想像できるが。俺には分からない」

「あなたがしたことで最悪なことは何？」フェイが尋ねた。

何だって！　そんな質問にどう答えられるというのか？　俺はベッドから立ち上がるとパムの部屋の窓辺に歩いて行き、そこから広く見渡せるキャンパスに目を凝らした……実に美しく、静寂で、現実に起こっているどんなことからもかけ離れている。ここの人間に何が分かるんだ？　弁護士の娘。医者の娘に。

「ある晩遅く、フエで」と、俺は背を向けたまま言った。「テト攻勢の時だ、斥候隊の一団が避難民を輪姦した。暗闇の雨の中、六〇ミリ迫撃砲でできた窪みの底で、俺たちひとりずつ順番に窪みに入っていった。残りの者は煙ってる縁の周りに座っていた。俺の番が来てかの女の上に乗った。冷たく、身動きもせずに、恐怖と憎しみと空腹の塊だった。確かに、かの女にとっては死んだも同然、魂の抜け殻のようだった。俺たちはCレイション［米軍C号携帯食］で支払ったさ。かの女は売春婦ではなかったと思う……ただ空腹で、恐らく何人も子どもを抱えていたんだろう……」

「何てことを」と、フェイが口を挟んだ。「気分が悪くなるわ」

「だって、君が俺に訊いたんだぜ！」と、俺は言い返した。突然、かの女たちの方を向くと、俺の声は怒りで上ずり、顔は羞恥で熱くなっていた。「俺に何を言わせたかったんだ？　聴いていなかったのか？　俺を何だと思っているんだ、ぎんぎらぎんの鎧をつけた騎士だとでも？」パムの目は涙で一杯だった。「畜生」。少し声を低めて言った。「知りたくないのなら、訊かないでくれ」。二人とも何も言わなかった。「いいか、俺たちは強姦した訳じゃないんだ。かの女は欲しいものを手に入れたんだ。かの女には食べるものが必要だった、それを手に入れたんだ。もっとひどいことだって起こりうるんだよ」

しかし俺たちはかの女をレイプした、同じことなんだ。家を失い、土地を荒らされ、恐らくは家族を全員亡くして、神のみぞ知る。町は火に包まれ、瓦礫の山。胃袋が猛烈にかき回されるようだ。俺はパムとフェイを憎んだ。俺はまるで檻に入れられた動物のようだった。

「もう忘れてくれないか」と、ほとんど懇願するように言った。「俺が言ったことみんな忘れてくれ。みんな作り話だ。君たちが聴きたがっていると思ったんだ。君たちは戦争の話を聴きたいんだと思ったんだ。だから出任せを言っただけだ」

「作り話なんかじゃないわ」と、パムが咎めるように言った。

「作り話さ、本当に」と、すぐに答えた。「本当さ。君たち二人が興味をもつような話を聴きたがっていると思ったんだ。本当だよ。俺にどうしてそんなことができるのさ?」俺はパムに近づき両手をそっとかの女の肩にかけ、かの女の耳元に顔を寄せて囁いた。「この手の感じが分かるだろう」。俺の舌はかの女の耳に触れ、それから耳の内側を静かに這い回った。「この手がそんなことができる男の手だと思うかい?」

パムの表情が和らいだ。かの女の方から近づいてきて俺を引き寄せた。かの女の顔が俺のすぐ前にあった。かの女の目が涙で一杯になっているのが分かった。「おいおい、鼻を擤んで涙を拭かなくちゃ。ちょっとからかっただけだよ。二人ともアイスクリームでもどうだい。アイスクリームを食べに行こうよ、俺のおごりだ」

11 フィリピン　二度目の海外派遣　一九六八年

その瞬間を正確に覚えている。気温は暑過ぎずの華氏八五度、空は雲もなく青く輝き、白砂のビーチに波が打ち寄せるルソン島中央部のトロピカルブルーの水面に映し出されていた。俺はビーチで、太っちょパットとTRとスミティと一緒にビールを飲みながら水上スキーの順番を待っていた。

ほとんど毎日と言ってよいが、俺は昼になるとビーチに出ていた。ビーチは、オフィスのある木立からほんの五分ばかり歩いた先にあった。非戦闘組の飛行中隊の戦闘情報チーフはそれほど多忙ではなく、俺の上官にあたる戦闘情報将校も俺をこき使うようなことをしないだけの寛容さと気遣いをもった人だった。俺は、さほど仕事もなかったが、やるべきことだけはやった。その中尉に不意に仕事を言いつけられるような心配はなかったが、その代わり、俺の都合に合わせてだが、かなり頻繁にオフィスに顔を出さなければならなかった。それでビーチでの昼休みをいつも二、三時間は取っていた。

その中隊のフィリピン滞在は二週間もなかったが、俺の肌はとっくに金褐色にたっぷりと日焼けしていた。おまけにスービック湾海軍基地の門をすぐ出たところの街、アロンガポ出身の若く美人のフィリピン人の女の子と知り合いになった。ジャッキーはほんの一六か一七歳だったが、俺も二〇歳そこそこだ。かの女は娼婦だった。しかしフィリピン人娼婦は、少なくとも俺の知っているかぎり、どこの国の女たちとも明らかに違っていた。かの女たちは街のバーで働くだけでひと財産分稼ぐことができた。九〇日から一二〇日間も海上に閉じ込められていた艦船乗組員は、港に金を積んで乗り込んできたも同然だったし、酒と女を相手に夜を過ごすことで頭が一杯だったから、そういう連中を酒場へ追い立てるだけでよかった。女の子たちは水兵が飲む一杯ごとに歩合金をもらったが、水兵連中は浴びるように酒を飲んだ。かの女たちに売春は強要されてはいなかった。もし相手を好きになったり、気に入ったりすれば、そうなることもあった。ジャッキーは俺を気に入ってくれたようだった。かの女は水兵たちから金を巻き上げては、それを俺のために使った。俺は随分と恩恵にあずかった訳だ。

その日、前の晩にジャッキーのところに泊まり、そこから直接基地に戻った。オフィスに顔を出し、それからぶらぶらとビーチに向かい、前の晩の睡眠不足を補おうとしていた。太陽は眩いばかりに輝き、水上スキーボートの高く響くエンジン音と冷えたビールが、その晩もまた俺を待っているジャッキーとの魅惑的な夢心地の世界へと引きずり込んで行くのだった。

突然、夢想の世界のまっただ中で、八カ月以上も真剣には考えてこなかった問題にぶち当たった。「今、どうしてベトナムに戻りたいと思うのか？」もし神の声を聞いたとしても、これほどまでには驚かなかっただろう。その言葉は俺の頭に電光石火の如くに閃いたのだった。続いてやってきた雷鳴が、俺の平静だった心中に深い反響を呼び起こした。その響きは、俺の頭蓋骨の中一杯にこだまとなって共鳴し、それからしだいに静寂さの中へと沈んでいった。底知れない沈黙、重苦しく茫漠とした恐怖とともに。

俺はすでに一度ベトナム勤務を満期で終えていた。一九六七年二月から一九六八年三月までの一三カ月。しかし本国に帰還した時に、俺は、自分の不在中に、アメリカという国が、かつて住んでいたところでも帰るべきところでもなくなっていることに気づいたのだった。ノースカロライナのチェリーポイント海兵隊航空基地に配属されると、精神的に落ち込み、惨めな気分に襲われ、大酒を飲み、素面で十分な思考力が戻ってくると今度は自暴自棄になった。どんよりとした霧に覆われながらも、そこから抜け出さなければいけないことは分かっていたし、その頃、すぐに移っていける場所が一つだけあることも疑問の余地なしだった。結局、帰還して数カ月のうちに、俺はベトナムへの帰任命令を希望した。少なくともあそこなら孤独であることに違和感はなかった。

そして俺の申請は受理された、そう思っていた。西太平洋海兵隊艦隊（FMFWP）、そこがまさに俺に最初に下された海外への配属先だった。一九六八年六月にアメリカを出発すると、ベトナムに向かっているものだと想定していた。しかしFMFWPはベトナムの海兵隊部隊だけではなく、日本、沖縄、フィリピンを含む西太平洋全域における海兵隊部隊すべてを統括していた。そのため俺は沖縄の管理センターに行かねばならなかったが、そこで日本の岩国に駐屯している海兵隊第15飛行大隊（MAG15）配属となった。

俺は頭に血が上るほど怒った。ベトナム行きに特化した命令を希望していたからだ。ベトナム以外のどこか別な所に送られることなど考えてもいなかった。当時は誰もがベトナムに派遣されることを希望していた。俺の転任希望の目的は、第一に、アメリカから脱出したかったからという理由を除いては、金を稼ぐことにあった。ベトナムでは特別戦闘手当としてひと月六五ドルが通常の給与に加算された。しかも辺鄙《へんぴ》な、金の使いようのないところでは給料のほぼ全額を貯金できた。

日本では、殺される心配こそなかったが特別戦闘手当はもらえなかったし、稼いだ金の使い道はいくらでもあった。その上、飛行連隊から歩兵隊への転属希望もまた聞き入れられなかった。歩兵部隊での階級も上がったし、仕事も熟知していたので、その方が気持ち的にも安心感があった。それでMAG15に着任してすぐにしたことは、曹長のところに行き、飛行連隊からベトナムへの復帰希望を説明することだった。

曹長には、俺を飛行連隊からはずす権限はないと言われた。新兵訓練所を出たばかりの一等兵だった時には、ノースカロライナ州ニューリバーでのヘリ中隊に二カ月、そして地上情報員ではなく飛行情報員として任命され、俺の名前の後には何の数字かよく分からなかったが何桁かの番号が付けられた。一等兵だった時には事情が分からなかったこともあり、その番号が0221だろうが0231だろうが大した違いはなかった。その後しばらくしてベトナム派遣を志願すると、俺は歩兵大隊配属となっていた。しかし驚いたことには、一三カ月を通して、この飛行情報員から地上情報員への軍務配属先番号の変更が行われてはいなかったのだ。ベトナムから戻った途端に俺は飛行連隊VMGR152所属となっていた。何故なら、階級が軍曹以上の者の手続きに関しては、軍歴の書類に目を通すことなくMOS［軍務専門部署］のわずか四桁の数字しか読み取らないからだ。「そういう訳だ、エアハート」と、曹長は言った。

しかしな、と、彼は付け加えた。沖縄駐屯の飛行連隊の中の、輸送と空中給油機のC130ヘラクレス中隊への転属ならできるかもしれない、と。彼の説明によれば、その中隊は、主として沖縄／ベトナム間の物資供給に当たっているためダナンを準駐屯地としていた。多分、その準駐屯地に配属してもらえるかもしれなかった。一週間もしないうちに、俺は沖縄に飛び、VMGR152所属となった。

ところが沖縄の普天間にある中隊に出頭してその希望を話したところ、それは不可能だと言われた。その中隊にはすでに情報員がひとりいてダナン勤務についていること、本国帰還まであと九カ月あるということだった。それだけではなかった。中隊に情報員二人は必要ないため、俺は軍の本部勤務に回されるだろうということだった。

俺は突発性の、しかも重篤な卒中に襲われたようなものだった。戦闘歩兵隊軍曹が通信文書をタイプしたり、事務職員を監督するのか？　おまけに沖縄は新兵にとって最悪の駐屯基地の一つだった。太平洋の真ん中にあって、他には何もない、米軍の要塞しかないところ、端から端まで米軍施設と米軍兵士、バー、軍警察、そして愛や悦楽とは一切無縁の［金もうけ目当ての］娼婦たちに取り囲まれたところだ。

俺は即座にVMGR152からの転属を希望した。中隊曹長は、俺の上官にあたる本部将校宛に文書で要望書を提出するようにと言った。俺は要望書をタイプし、それをレイン中尉宛に提出した。しかしそこで止まってしまった。中尉の到着文書入れからどこにも移されず誰にも見られることもなく、三週間そのまま放っておかれたのである。もの分かりのよい担当秘書を使うことで、その［要望書］存在を知っていたのに、レインは俺の転属を認めようとはしなかったのだ。

俺はもう我慢できなかった。ある晩、仕事が終わると、オフィスには俺ひとり、そして中隊幹部将校のシムズ中佐がいるだけだった。俺はレインの机から俺の転属要望書をつかみ取ると中佐の部屋のドアをノックし、話をさせてもらえないかと尋ねた。彼に文書を渡し、読んで欲しいと頼んだ。

「分かっていると思うが」と、彼は読み終わると言った。「このように、指令系統の外に持ち出すと大きな問題となってしまう」。彼に直接面会を申し出たことを言っていたのだ。

「分かります」と俺は答えた。「私がどれだけ切実に転任を望んでいるか、お分かりいただきたく思ったのです。それに、私は筋を通して要望したのです。その文書の日付をご覧下さい。それは私がここに着任した日からずっとレイン中尉の机に置かれたままなのです。もしこうでもしなければ、私が死ぬまでそのまま置かれていたことでしょう」

中佐は何も言わなかった。立ち上がるとオフィスを出て俺の軍務記録とコーヒーを二人分持って戻ってきた。俺の記録にしばらく目を通していたが、顔を上げてから言った。「なかなか立派なものだな。名誉戦傷章、大統領表彰、優秀戦闘勲章。二一カ月で軍曹徽章か。いいかい、君はなすべきことをなした。誰もこれ以上君に要求はできない。君は満期まであと一〇カ月だ。何故満期まで勤め上げて帰国しないんだ？　君の人生は洋々たるものではないか」

俺は中佐に、帰還してからの経過、子ども時代の友人は大人になると突然遠い存在になってしまったことや、ガールフレンドも去って行ったこと、街には怒れる人間が溢れ、酒場にいる連中は周囲の人間など気にもしない等々、そんなことを説明するつもりはなかった。四月初めの金曜の晩、ワシントン環状高速道路を車で走ったときの気分がどんなだったか、マーティン・ルーサー・キング・ジュニアは遺体となって横たわり、議事堂のドームは燃え上がる都市の炎によって浮かび上がり、サイモンとガーファンクルが「君はどこに行ってしまった、ジョー・ディマジオ?」とラジオで歌っていた。俺の人生は目の前に広がってなんかいないこと、それどころか、緑色の水田に俺が殺して散らしたまま残してきたベトナム人の死体のように、壊れてばらばらになって散ってしまったことを、説明しようとしたのでもなかった。俺は生きる意味も目標も持てず、帰るべき場所も失ってしまった。もしベトナムで殺されていたら、それでもよかったし、その方がある意味で詩的な正義とさえなったに違いないのだ。

中佐には、飛行連隊には俺の居場所がないこと、とりわけ本部の事務職が合わないこと、大学に行くために金が必要なことを話した。それ以上うまく説明ができないが、重要なのは、俺はベトナムに戻らなければならないということだと話した。そしてもしここに留まってこれから先の一〇カ月間文書のタイプをしなければならないのなら、気が狂って、遅かれ早かれ本当の札付き野郎になるだろうと付け加えた。中佐は、分かったとだけ言い。俺も分かってくれたと思った。その後は、俺が除隊後に行こうと思っている大学のこと、何を勉強したいか、俺の家族についての話になった。かれこれ一時間ほど話していた。

「これではどうだ、軍曹」と、最後に中佐が渋々と言った。「君を歩兵隊に異動させることはできないし、直接ベトナムに送ることも無理だ。しかし今現在、岩国にF４中隊が駐屯しており、一一月半ばにはベトナム派遣の命令が出されている。一〇月終わりには最高監察官の査察がある。ここに留まり、中隊の査察が無事に終わるよう尽力してくれるならば、君が海兵戦闘攻撃第122中隊（VMFA122）に異動できるよう何とかしてみようではないか」。願ってもない条件だった。

それからの二カ月というもの、俺は奮起し、指令や文書をタイプしまくり、書記官の監督に当たった。嫌で嫌でたまらなかったが、本部オフィスの仕事をやり遂げたのだ。そして査察はパスした。俺は中佐から功労賞を授与された。彼は約束を守った。一〇月三〇日、俺はVMFA122に加わるために沖縄から日本に飛んだ。

一九六八年一〇月三一日、俺は着任した。翌日、リンドン・ジョンソンはふたたび北ベトナムへの爆撃中止命令を出した。VMFA122は北への爆撃を主要任務としてベトナムに向かうはずだったが、命令は中止された。

どうなっているんだ、いったい！　信じられなかった。血気盛んな兵士達は、アンクル・サム〔米国政府〕がその気になりさえすればすぐにでもベトナムに発つところだった。行きたかろうがそうでなかろうが。俺はここで、十分に訓練された経験豊かな戦闘員として出撃を乞うているのに、それをさせようとしないとは。世界全体が俺を陥れようとしているのか！　天なる神は官僚やアホどもの味方なのか。

VMFA122に着任した翌日、俺は異動要望書を提出した。中隊曹長に会い、再度、くどくどと面倒な説明を一からやり直さなければならず、それはたいそう時間のかかることだった。曹長は、できるだけのことはしてくれると言った。

しばらくして、中隊はフィリピンのキュービポイント海軍航空基地に実戦訓練のため六週間移された。そこに行くと俺はすぐに驚くほど楽な任務に着かされた。朝九時に出勤し、一一時から一時か二時までの昼休み、三時か三時半までの仕事だけだった。街にある酒場はすべて生演奏のバンドつきで、俺もそうだったが、女の子たちはよく踊った。サンミゲルのビールは悪くはなかったし、安かった。夜は長く、昼は暖かで、熱帯の日差しと熱帯の海、熱帯のヤシの木、熱帯の鳥、そして熱帯の女たちは、そこが天国であるかと信じさせるほどだった。週末はいつも休みで、マニラや高台にある集落もすぐ近くだった。

そんなこんなで、ある日のこと、たらふく食べたあとで太った蛇よろしく日光浴しながらビーチでうとうとしていると、ビールの缶から神の声がして、一体全体何がよくてベトナムなんかに戻りたいのかと、訊いてきた。一言も答えられなかった。まったく何も。考えて考えあぐねて、しかし答えは出て来なかった。

すると突然また神の声が深い沈黙を破って俺を揺さぶった。「よく聴け、この愚か者よ」と、その声が言った。「もしおまえの目の前にある幸運に気がつかないのであれば、私はお前をすぐにでもベトナムに送り返すつもりだ。そしてロシア製一三〇ミリロケット弾の一発に当たって鼻をへし折られるところを見届けてやろう。そしておまえの残骸をマッチ箱に詰めて国に送り返してやろう。さあ、すぐに決断するんだ。おまえの話を聴くのはもううんざりだ」

俺は神の声に耳を寄せると長い間それを反芻していた。それからしばらく澄みきった青い海を眺めていると、もうひとりの海兵隊員がスキー板を外して笑いながら近づいてくるのが分かった。俺は太っちょパットとTRとスミティの方を振り返って言った。「おい、分かったぞ。ベトナムは罠なんだ」

12 春休みのフロリダ行き　一九七〇年

春休みはまったく散々だった。

俺はフロリダ旅行を三カ月も前から楽しみにしていた。水泳部仲間のひとり、ペリー・ポールソンの提案だった。彼はサラソタ出身で、休みにはとにかく帰郷する予定でいた。パムと一緒に行かない手はなかった。どこかの島でキャンプして、太陽と波と気ままな一週間を過ごすはずだった。フロリダは初めてだったし、楽しいに違いなかった。パムの両親でさえ賛成してくれた。

「あなたもパムも、はめを外さないようにね」と、詮索するような目つきでケイシー夫人が言った。俺は、そうすることを神妙に誓ったが、いったい、どうやって、俺たち二人がスワスモアでベッドを一緒にしてはいないんだと自分で自分を納得させているのか、不思議でならなかったが。

「散髪した方がいいわね」と、ケイシー夫人は注文をつけた。「南部のやり方に引っかかりたくないでしょ。あなたの髪を錆びた剃刀で剃り落とすかもしれないわ。抵抗してもどうにもならないことがあるでしょうよ。わざわざトラブルを引き起こすことはないでしょ」。俺はしぶしぶ自分で髪を切り、顎鬚を剃ったが、わんさといる南部の田舎者どもに腹を立てていた。自分の髪型ぐらい好きなようにする権利もないのかと。しかし南部の保安官代理にそれを言うだけの気持ちもなかった。

出発点からしてつまずいてしまった。ポールソンの車に乗り込むと、彼はペンシルベニア大学まで行き、そこで彼の妹とその友人を拾わなければいけないと言った。つまりフロリダまでずっと五人詰めで、全員の荷物もすべてボルボに積み込んだって訳だ。眠るどころか、身動き一つできなかった。到着したときにはみな疲れ果て、苛立っていた。

サラソタの浜から少し沖に出たところの美しい砂洲の先端にキャンプを張り終えたかと思ったら、ポールソンは高校時代の恋人を探しに行ってしまった。彼が戻ってきたのはかなり暗くなってからだったが、戻ってきたのはその恋人がキャンプは好きではないというので、われわれとは行動を共にできなくなったことを知らせるためだった。そして自分の車に乗ると、さっさと行ってしまった。われわれを置き去りにしたまま。

翌朝目を覚ますと、雨が強く降っていた。テントは雨漏りがした。外にある荷物や食料を覆っている防水カバーもびっしょりだった。俺たちは外にある荷物をできるだけ多くテントの中に詰め込み、テントの中でペリーが助けにくるのを待っていた。何時間もが過ぎ去った。外で火を起こすこともできないほどの雨だった。缶詰で冷たい昼食をとった。しばらくはトランプをしたりした。しかし二人だけのトランプには限度があった。散歩でもしようかと思ったが、雨は止まず、肌寒く、惨めになってきた。夕食も冷えた缶詰ですませた。お互いに気が立ってきて、口論となった。セックスしようとすると、パムは膣感染症になっていた。口論の繰り返しだった。パムは、この責任がまるで俺にあるかのように、ポールソンの行動を説明しろとしつこく迫った。俺に何が言えるのか。そいつのことをよく知らなかった。水泳部のシーズン中はなかなかいい奴に思えた。俺たちをコケにするなんて、どうして予測できるんだ。

雨は三日間降り続けた。ポールソンも戻ってこなかった。俺たちには車もなく、奴に連絡の取りようもなかった。四日目になって日が射してきた。やっとのことで水着になって、ビーチに寝そべり、少しだけ泳いだ。しかし昼近くになるとガキの集団が俺たちのいるビーチの下手を占領すると、一日中大声で騒ぎ立てたため、ゆっくりなどしていられなかった。

その晩、また雨が降り出した。真夜中、俺は洪水のような音で目が覚めた。懐中電灯を掴むと外に出てみた。どうなっているんだ！　砂洲の先端がすべて消えてなくなっていた。嵐で洗い流されたのだ。膝ほどの深さの海水が、テントから五ヤードもないくらいの疎らな木立まで押し寄せてチャプチャプしていた。島全体が海中に沈んでいきそうだった。

「パム、キャンプを移さないと！」テントまで走りながら興奮して叫んだ。「早くしろ、起きるんだ、ここから逃げ出すんだ」

パムはぶつぶつ言って向こう側に寝転がった。

「起きろ！」俺は叫ぶと、簡易ベッドの端を掴み、ひっくり返すようにした。パムは地面に転げ落とされた。

「痛いじゃないの！」パムが叫んだ。「どうしたのよ？」かの女は未だ寝惚けたままだった。

「話している暇はない！」俺は怒鳴った。「急いで起きて、手伝え」

「気でも違ったの」かの女は怒って言った。

「海に洗い流されたいのか？　外に出て、どうなっているのかよく見るんだ。ここから逃げ出すんだ。早くしろ、手伝ってくれ！　さもないと首をへし折るぞ」

暗闇の雨の中で俺たちは荷物をまとめて、すべてをビーチの上手二〇〇ヤード先まで運び上げた。パムはこの間、一言も口をきかなかった。一時間後、すべきことをやり終えると、かの女は寝袋にもぐり込み、顔を向こうに向けたままだった。

「いいかい、パム」と、俺は言った。「悪かったよ。俺たちは場所を移さなければならなかったんだ。あのままでは危険だった。この嵐で、俺たちが寝入った頃から四〇ヤードもビーチが流されていたんだ」

「なんであんなひどいことをするのよ」。パムはほとんどすすり泣いていた。

「何がだ?」

「首の骨を折るなんて脅したじゃないの。地面にたたき落とすなんて。あなたがしていることは、私のことなんかどうでもいいってことよ」

「よせよ、パム。それは誤解だよ。君のことを大事にしているからさ。時々カッとなるだけじゃないか」

「時々、あなたはひどく気が違ったみたいになるわ」

「それはどういう意味なんだ?」俺は言い返した。

「自分に訊いてみてよ、ビル」と、かの女は言った。「そういうことよ。あなたの声はひどく気味が悪いのよ。私が何か言おうとしても、あなたは恐ろしいほど意地悪くなるの。どうしてなの?」

「どういうことだ、尋問する気か?」

「私は本気で言っているのよ、ビル。とても優しく愛おしくなる時もあれば、数分後には気味悪いほど恐ろしくなるの。どうでもいいことで怒り出して、すぐにカッとなるの」

「俺たちが真夜中に海に流されないようにしたことがどうでもいいことだと言うのか?」

「何も私をベッドから投げ落とすことはないじゃないの。何故あんなに脅さなければいけないの? そうすることで気分でも良くなるの? 大胆不敵な海兵隊員さん。あなたが愛しているはずの人間にどうしたらあんな扱いができるの?」

「そうかい、俺はもう君を愛してなんかいないと言うんだな。まったく、君をあそこに置いてくればよかったんだ」

パムはワッと泣き出した。「どうなってしまったの!」かの女は泣きじゃくった。「何するのよ? 何てことをする人なの?」

「いいかい、もうやめろよ」。俺は叫んだ。「君が俺を好きになったんだ、忘れたかい？　君が俺と結婚しようと言ったんだ。俺の考えではない。俺はもっとゆっくり考えろと言った、しかしそうはしなかった。君は、まるで筋書きでもあるかのようにすべてを運んできた。誰かを面白半分に相手にするなんてことは許されないんだ。君は母親のプレッシャーから逃れるためにいつも恋人を必要としていただけさ。人をバカにして。何てこった、パム。前のボーイフレンドも、君は利用するだけ利用し、君を食事に誘わせ、なのに君はそいつをコケにしたんだ。俺にはバージンだと言ったな！　君はそう信じているのか！　反吐が出るよ。そっちこそ何様だ！」

「あなたなんて嫌いよ」と、パムは吐き出すように言った。次には叫ぶように言った。「嫌いよ！　大嫌いよ！　ひとりにしてよ！」

「好きなようにしろ！」俺は怒鳴った。

その晩はずっと、タバコを次々に吸い続け、パムの泣くのを耳にしながら、降り続く雨の中をビーチに座り込んで過ごした。畜生、何たるざまだ、雨がこんなに降らなかったら、ポールソンが俺たちを置き去りにしなかったら、と考え続けた。俺は怒り狂い、バカにされ、騙されたと感じていた。パムが言ったことを考えたくもなかった。戦争の最中に哀れな飢えた難民を輪姦するなんてどこのどいつだ？　老人や女どもを撃ち殺すなんてこと誰ができるんだ？　何のためなんだ？　何でなのか？　あそこで俺にいったい何が起こったんだ？

ここフロリダのビーチで、雨の中、考える以外に何もすることもなく、たったひとりでいるなんて。しかしどうしようもなかった。畜生、俺の人生はこんな調子でいくのかよ？　俺はいつになったら帰還できるのか？　ここはアメリカなのか？　これが俺の夢見ていたことなのか？　俺はもう目が覚めているのか？

何時間も経ってから、夜明けの濡れそぼったグレーの光が射す頃、俺はテントの中に這いずり込んで行き、パムの横でひざまずいた。パムは目を覚ましていたと思う。しかし俺を見ようとはしなかった。俺は突然泣き出したのだ。自分でもどうしようもなかった。俺は哀れな馬鹿者のように泣きじゃくり、パムに許しを乞い、男らしく振舞えない自分を憎み、よりを戻して欲しいと必死にすがった。「君なしには生きていけないんだ」と、むせび泣いた。俺をこんなにしてひざまずかせるパムを憎んだ。「どうか許してくれ、俺が悪かった」

かの女はもう一度だけ俺を許してくれた。

しかしその日も遅くなってポールソンがやっと姿を現したとき、かの女は荷物をまとめてすぐに出発すると言い出した。「しかし帰るまでにはまだ四日も残っているよ」と、俺に助けを求めるように、ポールソンは言った。

彼が俺にして欲しいことは何か、俺は考えた。彼の肩を持ってかの女を説得すべきだろうか。俺は言った。「ちょっと待てよ。雨の中で眠り、冷えた缶詰で食事するのはもう十分だよ。それというのも他にどうしようもなかったからさ。そうしなければならない理由はもうないからね」

「そうか、分かった」とポールソンは言った。「しかし、やらなければならないことがあるんだ。今日出発する予定ではなかったから。あとで迎えにくるよ」

「いや、だめだ」と俺は答えた。「すぐに荷造りして車に乗るよ。君と一緒に行くから。君の都合には合わせられないから、いいね?」

13 ベトナム　闇夜の戦闘　友の死

「無線通信試験中」と、通信機から雑音とともに聞こえてきた。

ロドンベリーがマイクの調子を合わせて返信した。「試験中、試験中、こちらライマ　パパ　ワン。すべて順調。基地に戻る途中、どうぞ」。彼は無線機を背負ったが、受信機からはまだ他所の聴音哨［敵軍近くの情報収集所］からの交信音が流れていた。

聴音哨は、ベトコンが大隊基地を攻撃する可能性がある場合の警告システムの役割を担っていた。俺はこいつがあまり好きではなかった。三人一組で、夜の闇の中、無線機から四、五百メートル先に潜んでいる。時には、今夜のように、安全地点から村を一つ挟んで偵察することもある。もしベトコンが基地への攻撃をしかけようとしていたら、奴らにやられる前に、無線機まで走って行き、警告の無線を基地に送れるようにしなければいけない。高校時代、自分が英雄になりたいと思うことがよくあった。しかしここでは、まあ、ほとんどの英雄は死んでいるか、もしくはすぐ死ぬ運命にあった。俺は絶対にそんな仲間入りはしたくなかった。

俺はその晩の聴音哨当番からようやく解放され、何事もなく終わったところだった。午前二時だった。筋肉が硬直したまま立ち上がると、湿った地べたで尻が濡れていた。ロドンベリーとマロニーの後からそこを出て、集落の裏側をぐるりと回って道のある方角に向かった。ベトナム人の寝息が伝わってきた。どこかで赤ん坊が泣いていた。

しばらくすると突然明るくなった。

ロドンベリーが一瞬、閃光の中にシルエットのように照らし出され、地面から慌てふためいて跳ね上がり、そして闇の中に崩れ落ちた。彼が叫んだとしても、爆発音にかき消されていた。その瞬間、俺の心臓も止まってしまい、落ち着くのにしばらくかかった。俺は地べたに伏せて銃を構えた。しかし爆発直後の沈黙はかつてないほどに深いものだった。俺の耳に響くように聞こえてくるのは、「やられた、やられた」という誰かの叫び声だった。

俺はマロニーのいるところまで這って行った。「畜生、やられちまった。やられちまったぜ、クソッ、この痛みを何とかしてくれ！」と彼は叫んだ。

「大丈夫、大丈夫だよ」俺は囁き続けた。「大丈夫だから、落ち着けよ。すぐに戻ってくるから」。俺はロドンベリーのところまで這って行った。片脚は膝下から、もう一方は踵から先が吹き飛ばされていた。脚の付け根はぱっくりと口を開けていた。無線機は、奇跡的に動いていた。受信機からは取り乱した話し声が聞こえていた。俺はそこに割って入った。「応答願います。こちらライマ　パパ　ワン。緊急事態発生、至急応援頼む。負傷者あり、どうぞ」

「ライマ　パパ　ワンへ。何があったのか、もう一度繰り返せ。何が起こったのか？」

「地雷を踏んだようです。よく分かりません。敵からの攻撃なし。キロ・インディア・アルファ［KIA戦死者］一あり、ウィスキー・インディア・アルファ［WIA　負傷者］一。至急来られたし、照明弾を頼む」

「照明弾、了解、ワン。注意して待つように。現在地は？」

「村落の北側、最初の水田用水路沿い、ハイウェイの東約一五〇メートル」

「了解、ワン、そちらに向かっている。赤の光線を探すように。見つけたらそちらの赤いポップアップを発砲しろ」

「了解、赤い光線、赤いポップアップ、どうぞ」

俺はマロニーのところに戻った。彼は大声で呻いていた。「大丈夫だ、しっかりしろ」と囁いた。「見せてくれ」彼は右足の腿の先を摑もうとした。俺がズボンを破ってみると、腿の肉塊が引きちぎられ、大量に出血していた。俺は自分の包帯を取り出して、彼の脚をできる限りきつく巻いた。「大丈夫だ、しっかりしろ、筋肉がやられただけだ、それほど重傷ではないから」

「クソッ、ひどい痛みだ」彼は何度もそう言い続けた。

「大丈夫だ、マロニー、すぐに助けが来るから。衛生兵を連れて来る。もうすぐ来るだろう。さあ、これを嚙むんだ」。俺は包帯の包み紙を取り出し、彼の歯の間に挟んだ。基地の中から迫撃砲が打ち上げられるのが聞こえた。そして間もなくパラシュートが六つほど、頭上でパッと破裂したかと思うと辺り一帯を照らし出したのだった。

クソッ！　三人のベトコンが道路を横切り、水田用水路に沿って、俺の方に向かって走ってくるではないか。二〇〇メートルといったところか。クソッたれめが。俺はすぐにうつ伏して銃撃した。走って来る奴らの一人は真っすぐにのけ反り、そのまま倒れた。もう二人は道路のこちら側の用水路に頭から突っ込んだ。俺は無線機のある方に後ずさりしながら撃ち続けた。ベトコンが撃ち返してきた。俺の周囲の土に弾が打ち込まれるたびにピシッ、ピシッと鋭い音がした。

「どうしたんだ、何が起こっているんだ?」マロニーが叫んだ。

「静かにしろ、おまえのライフルに手が届くか?　ハイウェイ沿いにベトコンがいるんだ。もしもし、もしもし、こちらパパ　ワン。敵が攻撃中。繰り返します。攻撃されている。少なくとも三人のVC［ベトコン」が、ハイウェイ沿い、自分の北側にいます」

「方位を教えてくれ、ワン、すぐに援護する」

「方位、クソッ！　地図がどこにあるかなんて分かるもんか、クソッたれめ。ロドンベリーが持ってるさ。援軍はどこだ？」

「こちらズル、パパ　ワンか」誰かが割って入ってきた。偵察隊の通信兵らしい。「われわれはハイウェイの村側にいる。道路の東側に銃口が向いているのが見えるが」

「それはチャーリー［ベトコン］だ、ズル。俺にはそっちが見えない。俺はフーチー［村人の小屋］の後ろにいる。奴らからもそっちは見えないと思う。奴らは今も俺を撃ってきてる。急いでくれ」

「了解」。小銃が俺の左側で発砲した。追手がベトコンのいる方角へとハイウェイを走って行くのが分かった。ベトコンは後を追ってくるパトロール隊に向けて発砲していたが、一瞬、すべてが止まった。

「そっちが見えるよ、ズル。照明を消すんだ、そして道路から降りろ。敵に丸見えだ」。照明弾が、マグネシウムのシューシューと燃える音とともに頭上でまだ光を放っていた。その閃光が、光と闇の奇妙なパッチワークを織りなして、小さなパラシュートと一緒にゆっくりと漂いながら地上に落下していった。人影がフーチーの影の中で動いた。俺は引き金に指を掛けた。

「撃つな、エアハート、俺だ」。かすれた声で誰かが低く言った。ウィルソン軍曹のようだった。

「そっちだ」。俺は、今は静かにしているマロニーの方を指差して、衛生兵に言った。「ロドンベリーは死んだ。畜生！　またお会いできて嬉しいです」

「戦闘にようこそ、だ。エアハート」と、ウィルソンは言った。「キャロウェイ、おまえの銃撃チームを連れて来い、奴らに当たったかどうか調べるんだ」

「奴らのうちの一人を撃ったと思います」。俺は付け加えた。

「その通りだ」と、その後、司令部のある掩蔽壕*で報告をしている時に、キャロウェイが言った。「道路には夥しい血痕と、重いものを引きずった跡が残っていた。あとの二人がそいつを引いて行ったに違いない。クソッ！　どうやって逃げたんだ？　道路一帯はまるでブロードウェイのように明るかったのに。一度でいいから、クソッたれ武器を手にしたクソッたれグークの死体を見たいもんだ」

ちょうどその時、偵察隊と一緒に戻ってきた衛生兵が、壕に入ってきた。「もう一人、マロニーも、たった今、息を引き取りました」と、言った。「彼の腹にあった鋼鉄の弾はゴルフボールの大きさでした」

「何てこった！　知らなかった」と俺は言った。「知らなかった。俺は包帯で脚を巻いたんだ。大きな塊みたいな脚だった。知らなかった。攻撃されながら、無線機を操作しようとしていたんだ。もう少しよく見ていれば……」

「よくやった、エアハート」と、情報担当将校のロバーツ中尉が俺を遮って言った。「よくあることだ。君の責任ではない。少なくとも君は一人やっつけたんだ。気にするな。少し眠るんだ」

壕から出てきた俺は、砂袋の壁にどんと寄りかかったまま嘔吐していた。

＊　地形を生かし敵の目を遮ることのできる壕

14 フラタニティ入会　一九七〇年五月

「いくつかの質問に答えるだけだからさ」。バートはそう言って笑ったが、苛立っているのは明らかだった。

「たいしたことではないよ。単なるしきたり、それだけさ」

「それならやるつもりはないね。そういうこと」と、俺は返事した。「やらなくてはいけないことが山ほどある。誰かに邪魔されるようなことはしたくない」

「いいかい、ビル！　誰も君にいたずらしようなんて考えてないさ」

「分かった」と、俺は言った。「すまないけれど、やるつもりはないから」

バートは頭を掻きながら椅子にのけ反るようにして沈み込んだ。そして言った。「どうしたんだ、ビル、どうしてなのさ」

「俺がどうかしたか？」と言い返した。自分にも、嫌悪、恐怖、腹立たしさ、怒りが混濁したような、この鉄のように重苦しい感情の急変がどこから来ているのか分からなかった。ただ言えることは、政府の調査官であろうと、誰であろうと、人前で自分がへつらうようなことはしたくないということだった。

俺は、四カ月前の一月の春学期開始時にフラタニティの一つデルタ・イプシロン（DU）への入会を誓った。バートの勧誘を断りきれなかったためだ。マイク・モリスとコフマン兄弟、その他数人を別として——かれらにしたってそれほど親しい間柄ではなかったが——、その会の会員たちの誰についても、スワスモアで知っている他の人たち以上には知らなかった。

俺の決心は、実際のところ、意地以外の何ものでもなかった。DUに入るかもしれないと最初にパムに話すと、かの女は顔をしかめた。フェイ・ミルズの反応はそれ以上だった。「DUですって?」と、まったく信じられないといった言い草だった。「何でまた、ビル、ただのろくでもない人たちの集まりよ!」

「バートもDUだよ」と、俺は言った。「彼のどこが問題なんだ? いったいDUの何人を本当に知っているのさ?」

「あなたがDUに入るなんて考えたこともなかったから」と、俺の質問は無視したまま、まるでひどい臭いをかいでしまったかのような顔つきで答えた。

「入ってはいけないのか?」

「私はただあなたがもう少しきちんとしていると思っていただけよ」と、かの女は言った。「あの人たちは……」と、一瞬口をつぐんで言葉を探していた「子どもじみているわ」

「そうか、するとDUに入れば俺の人格も突然変化するという訳だな?」俺は素早く反応した。「それが俺に対する信頼度ってことか? 確かに俺に対する思いやりってもんだな?」

「フェイはそんなつもりで言っているのではないわ、ビル」と、パムが言った。

「それなら、どんなつもりなんだい?」

「DUについての評判を知っているでしょ」とフェイが答えた。「私はあなたがそんな人たちとかかわり合いになるのを見たくないの、それだけよ」

「評判だって? 知っているよ、一つか二つはね。赤ん坊殺しと呼ばれたことはあるかい? 俺のことをまったく知らないのにすべて分かったつもりでいるんだ。みんなが君のことをユダヤ系アメリカ人のプリンセスと書き散らしたらどう感じるかい?」

「それとは違うわ」。フェイは即座に顔を赤らめて大声をあげた。

「何が違うんだい？　ああ、あいつは元海兵隊員さ、ＤＵだよ、かの女はＪＡＰ［ユダヤ系アメリカ人プリンセス］さ。ステレオタイプからの判断、君が被害者になれば分かるよ。これ以上評判とやらについては聴きたくないね、ご婦人方。お生憎様」

それで俺はＤＵに入る誓約をしてしまった。そのためその冬から春にかけてずっと、毎週火曜の夜、会合に出席し、ミーティング・ルームの隅に腰掛け、兄弟たちが歌っている間中、軍隊のフィールド・ジャケットのポケットから茶色の紙袋入りのブーンズ・ファームのワインの壜を取り出し、飲んでいた。「二つの川が海に流れ込むところにはいつも、デルタとはっきり書かれているのを見るだろう……」。すべてが俺の足下あたりで進んでいるようでもあり、居心地よいことは一度もなかった。

なかでも最悪だったのは誓約の講義だった。新入会員候補は全員、俺を除いて一八歳の入会誓約者で、このフラタニティの歴史と伝統について週に一度の講義を受けることになっている。会員になるためには、ＤＵの全米組織の試験官による口頭試験に合格しなければいけない。最後になって俺が抵抗したのはこの試験だった。そのことでバートと口論になった。「いいかい、バート」と、俺は説明しようとした。「俺には尋問なんて必要ないさ、ただそれだけさ。戦争捕虜か何かのような扱いを誰からも受けたくないんだ。君たちは俺に入って欲しいんだろう、いいよ。しかしそのためにペコペコ頭を下げるなんて御免だね。しかもスワスモアに何の関係もない、俺が一度も会ったことのない、これからも会う事のないような組織のお偉方になんかね」

「そんなんじゃないんだ、ビル」バートはしつこく迫った。

「何度言えばいいんだ、嫌なものは嫌だ」

「まったく、もう」と，彼はため息をついた。

「いいか、バート、俺はフラタニティに所属してはいないんだぜ」

「水中バレエは楽しかったんじゃないのか？」

「まあね、そう思うよ」

「水泳チームも楽しかったよね？」

「まあ、そうだね」

「それに校章入りジャケットももらったし、僕が言った通りにね！　つまりどうしたら僕を信用するようになるのさ？　みんな君のことが好きだ。君に来て欲しいのさ」

「いいか、俺はほとんど誰も知らない、そっちも俺のことなんか知らないしね」

「知ろうとしなかったじゃないか、ビル」

「そういうことだ、もしそうしたとしても、多分好きにはならなかっただろうよ。いいか、あのクソッたれポールソンが何をしたかって。とにかくすべてがずれているんだよ。要するに、その中央幹部のインチキ野郎とは会いたくないね」。俺には目に見えるようだった。ペンドルトン基地での脱出と逃亡の訓練のように。何のために？　クソッたれのフラタニティに参加するためか？

バートは、彼の顎をゆっくりと擦りながら、「エアハート」と言った。「ちょっとした秘密なんだけれど、誓ってくれるか、もし秘密をもらすようなことがあれば、君を殺すよ」

「何だって？」

「中央幹部なんていないんだ」

「何？」

「中央幹部試験官というのは冗談だよ」。バートはにやりと笑った。「僕たちがでっちあげただけさ。毎年のことだけど、オスカー・ベネットという名前の男が中央試験官のふりをするだけさ。彼は五〇年代からのDUなんだ。僕たちはこの芝居じみた儀式をずっと続けてきているんだ。彼は誓約の手引きとは関係ない馬鹿げたことを山ほど質問してくる。まったくの冗談って訳さ。つまりフラタニティを少しばかり知ってもらうための儀式、それとちょっとした楽しみでもある」

「楽しみ？　つまりこの三カ月間、誓約のためにしてきたことはそのお笑い種のためだったというのか？」

「その通り」と、先程以上ににんまりとした表情でバートは答えた。

「騙したのか、この！」

「そんなに怒るなよ、ビル。怒るほどのことじゃないんだから。来年になれば君も分かるよ、これほど面白いことはないってことが」

「さあ、どうだかね」

「考えておいてくれないか」と、少し真剣にバートが言った。「目が回るようなことなんかないし、乱痴気騒ぎもない。真夜中に目隠しをしたまま走り回らせるような宣誓行為もない。ただちょっとした儀式なんだ。心配するほどじゃない、かなり大人しい類いのことだから」

「そうかも知れないけれど……俺には随分と子どもじみているとしか思えないね」

「いいかい、僕はいつも君を楽しませようとしてきただろう？　心配するなよ」

「ほんとうに俺に来て欲しいのかい？」

「そうだよ」

「まったく、もう」

「来てくれるね?」

「ああ、いいよ」。俺はゆっくりと答えた。「多分ね」

「そうこなくっちゃ」と、バートは笑った。「言っておくけど、中央幹部試験官のことは内緒だぞ。誰にも漏らすなよ。絶対に。もし僕が言ったことが分かれば、僕は極刑を科せられる。これは宣誓のためのただの悪戯だ、だから約束を守ってくれ」

「分かった」と、俺は言った。「言わないよ」

「DUの歴史の中でも君はこのことを知っている最初の入会誓約者だと思うよ」

「心配するなよ、大丈夫だから。誰にも言ったりはしないさ」

「オーケー」と、バートが言った。「明日の晩、ここで七時に会おう。入会誓約者はそれぞれのビッグ・ブラザーが付き添って来ることになっている。明日の晩のために上着とネクタイ、揃えられる?」

「ああ、多分ね。しかし何でそんな必要があるんだ」

「またかよ」と、バートは笑った。「蒸し返さないでくれよ。もうこれきりだ、明日の晩に会おう」

「ちょっと待ってくれ、訊きたいことがあるんだ」と、俺は言った。

「今度は何だ?」

「心配するな、DUのことじゃないから。俺は来年度の寮監に応募しようと思っている。選考委員会には三年か四年生の保証人を立てなくてはならないんだ」

「だけど君は[来年]まだ二年生じゃないか」

「それがどうだっていうのさ」と、俺は言い返した。「俺は来年は二二になる。いいか、俺はここの新入生が一年を終える前に軍隊で三本徽章をもらっているんだ。兵舎で五〇人を指揮していたんだ。大学の学生寮を取り仕切ることぐらいできるよ。それにブラドリー学部長に訊いてみたが、彼も応募はできると言っていた。もし選ばれれば、自分の部屋代を払わなくてもいいんだ。どうだい?」

「いいよ」と、バートが言った。

「ありがとう！　それじゃ明日の晩会おう」


「俺は中央試験官をちょっとびっくりさせてやるんだ」と、翌晩、DUの建物に向かう途中でバートににやりとして言った。

「えっ、何?」と、バートが訊いた。

「これだよ」と俺は言って、ポケットからプラスティックの水鉄砲を取り出した。「赤ワインが入ってるんだ」

「だめだよ、ビル」と、びっくりしたバートは叫んだ。

「どうしてだ?」

「やめてくれよ、そんなことをしたら、君が知っていることがバレてしまうよ」

「いいじゃないか。誰が言ったか分かるもんか」

「やめてくれよ、ビル。一晩だけ知らないふりしてつきあってくれよ。このことが知られたらとんでもないことになる。君には貸しがある、だから今度は僕の言うことをきいてくれ。頼むよ」

「どうして君たちだけが楽しまなければいけないんだ?」と俺には不満だったが、水鉄砲はバートに渡した。建物に着くと、バートは他の入会誓約者のいる広間に俺を案内し、それから二階の会議室へと上がって行った。そこにいる連中は緊張して誓約ガイドブックを読み直し、最後に目にした箇所がまるで合否にかかわるかのように頭に詰め込もうとしていた。俺はひとり、隅に腰掛けて、彼らの不安げな様子を眺めては楽しんでいた。

入会誓約者はひとりずつ呼ばれた。緊張度はすでにかなりのものだったが、ひとり戻り、次のひとりが呼ばれると、その度合いはさらに高まっていく。ひとりが戻ると、待っている者たちが群がっていき、質問を浴びせた。「難しかったか?」「何を訊かれた?」「パスしたの?」訊かれた者はこう答える。「ああ、厳しいなんてもんじゃないよ。パスしたとは思えない。ここで待つようにと言われた」。俺は、次第に、怒りを覚えてきた。自分のことをほとんど知らない連中にからかわれるのは御免だ。名前が呼ばれたらここを出て行ってやるつもりだった。

会議室に一歩入ると中は真っ暗で、部屋の向こう端に置かれたテーブルに蠟燭が二本灯されていた。会員はみな上着とネクタイ姿で、部屋の中央を取り囲むようにして、壁際に腰掛けていた。木製のどっしりとしたテーブルの向こうは黒いローブを纏った中央試験官の席で、その顔を二本の蠟燭が照らしていた。

「入会誓約者のエアハート、前に出なさい」と、その試験官が不気味な調子で言った。

嫌な雰囲気だった。実験室のモルモットにされているような気がした。テーブルに行進するように近づき、軍隊式気をつけの姿勢で立ち止まった。

「入会誓約者のエアハート」と、同じ調子の試験官の声がした。「君は、厳粛かつ高貴な規律をもつデルタ・イプシロン・フラタニティへの入会を希望している、そうなのですね」

「はい、その通りです」。怒りをかろうじて抑えつつ、俺は答えた。いいや、こんなこと真っ平御免だね、クソッたれ。水鉄砲を渡すのではなかった。あれだけでも仕返しできたのに。こんな子どもじみた真似をして俺をコケにしやがるなんて。こいつらが学生の徴兵猶予を受け、いいご身分でバカ騒ぎをしている間、俺は本気で戦っていたんだ。

「君はこの会の責任と義務の真正さを深く理解していますか」と試験官が訊いた。

真正さだって、このとんでもないインチキ野郎ども！　真正さの何たるかを教えてやるよ、この大バカ野郎ども。ロドンベリーはまるで紙人形のように吹き飛ばされたんだ。バシンスキィはベトナムを出る直前に撃ち殺されたんだ。ロウは自分の血しぶきの中で息を引き取ったんだ。アマガスの腕は肘の上から切り取られてしまった。こんなところにはいたくなかったが出口がない。俺の頭の中は何かを求めてのたうち回っていた。こいつらを黙らせたかった。爆発寸前だった。

「捕虜に関するジュネーブ協定によれば」、俺は思わず口走った。「私は自分の名前と階級、所属部隊、生年月日、認識番号のみを言えばいいはずです」。しゃべってからすぐに後悔したが、後の祭りだった。

「三つ巴になっているビーバーの意味は何か？」と試験官が訊いた。

俺は黙っていられなかった。「私はW・D・エアハートです。合衆国海兵隊軍曹、一九四八年九月三〇日生まれ、２２７９３６１。以上、です」。俺は動揺して顔が赤くなり、汗が吹き出し玉のように流れていくのが分かった。

「髭のある蛤の意味は？」と試験官。

「私はW・D・エアハートです。合衆国海兵隊軍曹、四八年九月三〇日生まれ、２２７９３６１」。俺はバカみたいに繰り返した。何てことだ、まったく。自分がバカやっているのが分からないのか。俺はここで何をしているんだ？　DUがどうしたっていうんだ。バカなフラタニティなんかクソくらえだ！　まだ分からないのか？　いい加減にしてくれ、このクソッたれ野郎が！　ひとりにしてくれ！

「規則第一条は……」

「W・D・エアハート」俺は叫んだ。「合衆国海兵隊軍曹……」

突然俺の顔がびっしょりと濡れた。試験官が俺の水鉄砲を手にして、俺の目を的にして赤ワインを次々に発射し続けた。バート、騙したな！ 灯りがつけられ、会員たちが歓声をあげ、笑いながら拍手していた。オスカー・ベネットが俺に握手を求め、会員たちがみな俺を囲んで小突いたり、背を叩いたり、祝福の言葉をかけて握手したりした。俺はどれもが嫌だった。自分でバカげたことをしたのが嫌だった。笑おうとした、みんなふざけた冗談だったことを笑い飛ばそうとしたが、息をするのさえ苦しかった。窒息したように息苦しかった。

騒ぎがようやく静まるまで立ったままの姿勢を保つのがやっとだった。走り出したい気持ちを悟られずに部屋を出ることができた。ゆっくりと階段を降り、他の入会誓約者の前を黙って素早く通り抜けると、ひんやりとした夜気の中へと出て行った。

15　エンデバー号　はじめての機関士体験　一九七三年

市場は大混雑していた。人間も物資もホイアンの心臓部を貫いている大通りに溢れ出していた。ソンダーズは、俺たちにはまったく理解できない言葉でまくしたて、大声を上げてしゃべりまくっている異人種の人波の中に埋もれているジープを一インチも進められずにいた。これほどの人だかりの中にいることに不安を覚えてきた。人の多さにがんじがらめにされ身動きできないのだ。俺は自分のライフルに弾丸を装塡したのを確認し、安全装置が外れていることを確かめた。円錐形の麦わら傘にしょっちゅう小突かれたり、俺のライフルの銃床が誰かの頭に当たったりした。誰も俺たちのことなど気にしていないようだった。とにかく人ごみをかき分け前に進むことだけで一苦労だった。みな頭がおかしいのか、それとも故意に俺たちを妨害しているのか？　ここの人間が何を考えているのかは誰も分からない。年老いた男たちは薄くなった白く長い顎鬚をはやしていた。そして黒く染まった歯と年輪のように刻まれた皺の老女たち。子どもたちの頭の周りにはいつも蠅がブンブンと飛び交っていた。そうしたことすべてが謎めいていた。そして若い男を見かけることはなかった。まったく。かれらの息子や兄弟はどこにいるのか？　ソンダーズに向かって叫ぼうとした。「急いでくれ！　早く行こう！　こいつらが動かなければ踏みつぶして行こう！」。ここに来たのは何のためだ？　俺は何でこんなところにいるんだ？　ちゃんと理由があったはずだ——このポケットの中に——しかしどこにいったんだ、ないじゃないか、市場のどこかだ、見慣れない顔の海の中でなくしてしまった。もう探せない、どうしよう。あのガキだ、ヘイ！　あのガキが手榴弾を持っている！「ジミー！　ジミー！そのガキが手榴弾を持ってるぞ！　早く！」。指一本触れるだけ、ほんの一瞬で、容赦ない五・五六ミリの鋼鉄の弾一二発がその子どもを後方の群衆に向けて吹き飛ばし、腕も脚もボロ人形のように引きちぎる。手榴弾はその子どもの手から離れて卵のように砕け散るまで転がっていく。俺たちはそれを除けると、頭を抱えてしゃがみ込んだ。すぐに爆発が起こり、その場は死傷者の叫び声、阿鼻叫喚……

「オイ！　どうした！　ビル！　目を覚ませ！」

「何だ⁉」俺は突然ベッドの上に垂直姿勢で飛び起きた。マイクが俺の両腕を肘の上から横に押さえつけて、身体を支えてくれた。俺は息も荒く、汗びっしょりだった。心臓はまだドキドキしていた。

「悪い夢を見ていたんだな」と、マイクは優しく言った。

「ああ、そうだ」と俺は言い、うなだれて頭をマイクの胸にもたせかけた。彼は両腕で俺を抱きかかえ、片手で俺の頭の後ろを擦ってくれた。

「大丈夫か？」と、マイクが訊いた。

「ああ、もう大丈夫だ。ここはどこだ？」

「サンフランシスコ。僕のところだよ」と、マイクが答えた。

だんだん思い出した。俺たちの船はオークランドでドックに入った。マイクが昨夜、船まで迎えに来てくれたんだ。「ああ、大丈夫だ。俺はもういいよ」

「今度は何だったんだ？」と、マイクが尋ねた。

「前に話した子どもを覚えているか？　手榴弾を持っていた子どものことを？」

「ああ」

「あいつだよ」と言うと、マイクは俺を支えていた手を離した。「おかしいだろ？　これまで一度も武装した兵士を戦闘中に殺す夢を見た事はなかったと思う。土曜のマチネーには絶対にやらないようなものばかり見るんだ」

「つまり、ジョン・ウェインが女性や赤ん坊を殺すことなどありえない、というようなことか？」マイクは笑いながら言った。

「ジョン・ウェインは俺を脅かしたりしないさ」と、俺は言った。「彼が戦ったことがあるとしても、それはハリウッドの中でのことさ。しかしオーディー・マーフィーはどうだったんだろう。彼が第二次大戦で最高に表彰された兵士だったというのは知っていたか？　酷いことを見てきたんだろうな。その後帰還してからは地獄から天国へとまっしぐらさ、我が人生で最高の経験、子どもにも見せようなんていう戦争映画を作るための人生を歩んだのさ。いったいどんな人間がそういう真実を売り物にできるんだろうか？」

「金だよ、そうじゃないか」と、マイクは頭を振りながら言った。「分からないね。多分それが彼の人生で最高の経験だったんじゃないかな」

「ああ、そうだろうな」と、俺は言った。「偵察隊員にいたひとりが、名前はサーストン、ケンタッキー出身だったが、ある時、俺にこう言った。〈いいか、つまりさ、これはちっぽけな年老いたリス撃ちでしかないのさ。ただ用心深いリスだけどね〉。彼はフエでやられてしまった。俺は彼の死をそれほど悲しめなかった。彼がやられることを望んでいた訳ではないよ。ただ、彼がリスと人間との違いを何とも感じなかったことが引っかかっていた。どれだけの人間がそんないい加減な態度でいたのかを考えると空恐ろしくなるよ」

「そうだね」と、マイクは笑った。「ワシントンにいるうちの半分か」

「たった半分か？」と、俺は言った。「自分たちのこと以外に他人の幸せを願っている者がひとりだっているとは思えないよ。真実、正義、アメリカ流のやり方とは、たんまりと配当金を含ませた小切手、儲けの多い政府関連の事業契約、金持ちの子どもの通う私立校のためだけさ。金持ちやエリート以外は、外国だろうとアメリカ人だろうと、どうにでもなれってことさ。アーチー・デヴィソンがおかしくなってしまったのも当然のことさ。トマス・ペインのような人間が、もしかれらの革命後に起こったことを自分の目で見ることができたらどうしたと思うか、想像してみろよ。俺たちがおかしくならないのは何故だい、マイク？　良識があるからか、それともただの臆病だからか？」

「分からない」と、マイクは言った。「しかしリン・マーカスと労働委員会の中央幹部は確かに答えになってないね。ところで、起きてくれ、もう行かなくては」

それでも俺は考え続けていた。「だけどさ、ずっと自分に言い聞かせようとしてきたんだけれど、あの子は、ほんとうに自分のしていることが分かっていなかったのではないかと。何と言っても、ほんの子どもだ。あの通りの先で誰かがその子に手榴弾を渡して、〈おい、これをGIジョーにやってきな、代わりにキャンディをもらえるから〉と言ったんじゃないのかと。しかし本当のところはどうなのか。多分、あの歳ですでに、子どもはアメリカ人を憎むことを知っていたんだ。だとすれば、それは最悪の一件ということじゃないか。俺は本当のところあいつらを憎んだことはなかった。憎もうとしたけれど、そこまでいかなかった。向こうでしばらく過ごした後でも――しばらくあそこにいた後は特にね。ベトナム人がまったく敵ではないというと変に思うかもしれないが。誰ひとり敵ではなかった。ベトコンだろうと北ベトナム正規軍兵士だろうとね。本当はそういうことだったのさ。しかし俺はかれらの敵だった。ああ、俺の人生をやり直せたらな」

「でも、まだ終わった訳ではないぜ」と、マイクは言った。「今の仕事を続けるつもりなら、もう支度した方がいい。もうすぐ九時だ」

俺はベッドの端で足を大きく振ったその勢いで、よろけながら立ち上がった。「俺たち夕べ、あそこの壜全部飲んだのか?」

「ああ、そうだ」と、マイクが答えた。

「痛ーっ。今頃になってやってきたよ。これ、ベーコンの臭い?」

「ああ、コーヒーもできてる。卵は?」

「時間あるのか?」

「ああ、しかし急がなければ。さあ」。三〇分後、俺たちはオークランドのドックを目指していた。「デニス・ソウヤーから連絡あった?」と、マイクが尋ねた。

「いいや、急いでくれ」と、俺は言った。「橋への出口がある。間に合うかな?」

「何とかね」と、マイクは腕時計を見ながら答えた。「大丈夫だ」

「いいや、ソウヤーからは何も言ってこない。言ってこないと思うよ。分かっているだろうが、ちょっと複雑なんだ。しかしいつかベトナムが俺から抜けてくれたら……そうさね、脳ミソがどうにかなってしまうか、良くなることはないかもしれないが。つまり俺がとことん堕ちるところまで堕ちてしまうか、もう二度と元に戻れなくなるとか」

「バカなことを言うなよ」と、マイクは鼻を鳴らした。

「分かっているよ。しかし他に説明のしようがないんだ」と、俺は言った。

「何をさ?」

「例えば、俺のことを真剣に愛してくれる女性にはもう出会えないのではないか、つまり本当の俺をそのまま受け入れてくれるような、欠点から何から何まで」

「それは君にも言えるよね」

「しかし、そういうことなんだ」と、俺は言い返した。「これまで女性に好かれることでは苦労しなかった。しかし今はどうだ？　こちらが考えていることを見透かしたかの如くに、さっと消えてしまう。そういうことさ。俺が、〈多分今度こそ〉と思っている時にだぜ。神に祈ったとしても、これまでの殺人と暴力への神聖なる天罰を食らうのがせいぜいさ」

「そんな風に言うものではないよ」

「君に話したらいけないかな？」と、俺は言った。「もう何年もの間、自分の中にこういうことを抱え込んできたんだ。話せる奴なんてひとりもいなかった」

「やめろよ」と、右手をシート越しに回して俺を揺すりながら、マイクが言った。「僕に話せばいいじゃないか。分かっているくせに。そんなふうに落ち込んでいるのは君らしくないぜ、まったく」

「どうしていいのか分からないのさ」と、俺は答えた。「いつも気になっている。ずっとだ。もう七年にもなる。ベトナムに行き、火星に戻ってきたみたいだ。〈エアハートから地球へ、エアハートから地球へ、応答願います、どうぞ〉しかし何も返答なし。シーンとしているんだ」

「そうだな」と、マイク。「同じではないだろうけれど、僕だって時々そういうふうに感じることがある。傷つくぐらいならベトナムに行くことはなかったんだ」

「俺もそう思う」

「また元通りになるよ。時間が解決してくれる」

「それしかないってことか？」

「そうさ。基本的にはね。さあ、着いたよ」とマイクは言い、ＡＲＣＯのドックの入り口へと車を向けた。

「間に合ったじゃないか！」と、俺は叫んだ。「急いでくれ！　出航するところだ」

俺が窓から首を出して叫ぶのと同時に、車は船のちょうど横に止まった。「ヘイ、ジョン！　ジェイク！　ちょっと待ってくれ！　タラップを上げないでくれ！」

マイクがブレーキを掛けると、俺は車から飛び出して運転席の方に回り、窓から首を突っ込んだ。「ありがとう、マイク」と言い、上半身を傾けてかれの首にキスをした。

「戻って来る時には知らせてくれ、いいね？」と、マイクが言った。

「ああ、また会おう」

「気をつけて」

「君もだ、マイク」

それから俺はタラップを上がり、甲板に出た。

「ぎりぎりに間に合ったな、エアハート」と声を掛けてくれたのは一等航海士だった。

「はい、間に合いました」と、俺は笑って答えた。甲板を歩いて行き、マイクのいる場所のちょうど真上の手すりから下を見た。マイクは車を降りてその横に立ち、船首から船尾にかけて眺め回していた。

「生き返ったみたいじゃないか？」と、マイクは俺に向かって叫んだ。

「ああ、なかなかいい気分だよ」と、俺は顔を下に向けて答えた。

タグボートが二艘、大きな船体をドックから引き出すために、汽笛を鳴らして位置取りをしていた。水夫が、重いロープを巻き上げる作業やタグボートとエンデバー号とを結ぶロープの確認のために、甲板を引っ切りなしに行き来していた。耳をつんざくような汽笛が一回、二回と鳴り響いた。タグボートがそれに応えた。俺はマイクに向かってもう一度大きく手を振り、それから船尾に向かい、下に降りて行った。

俺が機関室に入っていくと、ロジャーは操舵台に立ったままだった。機関室の騒音がひどいので、俺は黙って近づいて行き、彼が気づくまで彼の横に立っていた。彼の肩を叩くと、びくっとした。

「びっくりするじゃないか、脅かすなよ」と、俺の耳元で怒鳴った。「心臓発作を起こさせるつもりか。どこから来た?」

「今戻ったところさ」と、俺は怒鳴り返した。

「楽しかったか?」

「ああ」

「休めたのか?」

「とんでもない」と、俺は顔をしかめて言った。「マイクのところに行って、一晩中話してた。会ったらよかったのに」

「何だと?」ロジャーが怒鳴った。機関室での会話はほぼ不可能に近かった。

「いいや、休めなかった」と、ロジャーの耳に叫び込んだ。

「また今度だな」と、彼は肩をすくめてから、「やってみるかい?」と、蒸気の絞り弁レバーとコントロール・パネルを指して言った。

「いいのか?」

「いいとも！　俺のやるのをちゃんと見ていたんだろ?」

「まあ、そうだね、そうだよ」

「やってみろ、ものは試しだ」

「どうすればいい?」俺は緊張して訊いた。

「俺が見せた通りにやってみろ」と、彼は叫んだ。「テレグラフ［伝令器］に注意しろ、それから艦橋の言うことを聞け、それだけでいい」

俺は絞り弁のある台に上がった。昔の帆船にあったようなスポーク［取っ手］の突き出た小さな舵輪があり、直径はわずか一八インチほどの真鍮製だった。その一つは巨大な前方向へのタービンを動かし、もう一つの小さい方は船尾の逆方向へのものだった。両方の舵輪の間にあるのが機関室と船長室のある艦橋とを結ぶテレグラフだった。テレグラフはハンドルのついた大きな目盛り盤で、映画で見るのと同じものだ。その表面には最速から停止、後進のためのいろいろな印がついている。艦橋の装置も同じようなものだ。艦橋が特定のスピードを指示すると、上にいる誰かがその数値までテレグラフハンドルを動かす。同時に、下の機関室でも計測盤上の小さな赤い針が艦橋で指示した速度まで動き、ベルが鳴る。もし速度はそのままで進行方向だけを変更する場合には、前進から後進、またはその逆に、赤ランプが点灯する。艦橋からの指示を受ければ、こちらのハンドルを動かして赤い針をその位置に合わせればいい。同時に、艦橋のテレグラフの赤い針も同じ速度の位置を指し、機関室は指示を受け、了解し、その通りに実行することを艦橋に伝える。絞り弁とテレグラフの周囲には、目盛り盤やボイラーの圧力からタービンの毎分の回転数まですべてを記録する何百という計器が、戸惑うばかりに並んでいる。

もちろん、機関室では操縦はできない。それをするのは艦橋の人たちだ。船体の奥底には窓も舷窓もない。どこに向かっているのか、なぜ指示通りに動いているのか、まったく分からない。できることはただ動力を供給すること――前進か後進か――そして艦橋にいる連中が自分たちの行為を理解していると願うだけだ。機関室が起こすパワーとは、長さにしてフットボール球場の二倍以上もある満タンのオイルタンカーを最高時速二〇マイルで海上を走らせるのに十分なものである。まさに突進する感じだ。まるで鋼鉄の象をジャングルの中でメチャクチャに乗り回すようなものだ。

　操作開始のベルが鳴ると、俺の全身がブルっと震えた。両手で前進用の絞り弁レバーを握り、肩越しにロジャーを振り返った。彼は二つのタービンの間にある階段の向こう側のステップに腰掛けていた。俺はレバーを開け始めると、彼は腕を振ってダメだと合図し、テレグラフを指差した。そうだ、艦橋からの指示を読まなくては。もう忘れている。ハンドルに手を伸ばし、赤い針が指している方へ、ゆっくりと前方へ引いた。ロジャーは両手を使って、まるで自分が弁を操作しているかのように、ゆっくり開ける、と身振りで教えてくれていた。

　絞り弁を四分の一ほど開けると、タービンが始動してRPM［毎分の回転数を測る計器］の目盛りが上がり始めているのが分かった。弁をもう少し開けてみる。RPMの針が高くなり、タービンがウィーンと鳴り、減速装置が動き出し、太く長いプロペラの軸が回転を始めた。船体が自力で動き始めたのだ。それは恐ろしくもあり、わくわくする感じでもあった。ヤッホー、やったぜ、ブライ船長［キャプテン・クックの軍艦の航海長］！　どんなもんだい！　この巨大で美しい、轟音をたてて海上を進むパワープラント、こいつを俺が動かしているんだぞ。友よ、見てくれ！

　ベルが再び鳴った時、俺は六インチほど前のめりに飛び上がった。もっと早く！　もっと早く！　そうだ、石炭をくべろ！　俺はテレグラフを半ば前方へと鳴らし、絞り弁をぐいっと開いた。汗だくになり、もし手を離したら永久に奈落の底に落ち込んでしまうかのように舵輪を握りしめていた。ロジャーが楽々とこなしていたことが、俺にとっては、ボイラーの圧力とボイラーの水位、タービンのRPM、そしてタンカーの速度をすべて一度にチェックしなければならないことのように思えた。俺にはとても及ばない百ほどもある計器の針の動きなど、当然のことながら目に入らなかった。

湾をまだ出てはいなかったが、タグボートはすでに離れたろうと思われる頃、船体は大海にむかって真っしぐらに海上を進んでいた。おそらくアルカトラズ島は通り過ぎていたに違いない。

出航とともに操作ベルが容赦なく鳴り響いた。赤ランプがまたオンだ！　テレグラフに目をやると赤い針はずっと同じところを指していた。動かない？　なんということか。そうだとすれば他の船と衝突してしまうじゃないか！　方向を変えなければ！　どうしたらいいんだ？

俺は、舵輪を回し、前進用のタービンを即座に閉じて、前進用の弁を力一杯引き上げた。それから手を伸ばして船尾のタービンの弁を一杯に開いた。俺の前にある二つのランプが点灯しサイレンが鳴り出した。サイレン？　何だ、ベルか！　いったい何が起こっているんだ？　ロジャーが俺の横に上がってきて、テレグラフのハンドルを停止方向に回した。「船尾のタービンを閉めるんだ！」と怒鳴った。艦橋からの電話が鳴っている。ロジャーが応答した。彼が言っていることは俺には聞こえない。彼は肩をすくめて電話をきった。サイレンが止んだ。「船尾の弁をもう一度開けるんだ」と、俺の耳に叫んだ。「ゆっくりだ。ゆっくり開けろ。速度計を見るんだ。ゼロになる直前でもう一度閉めろ」

彼は階段のステップに腰を下ろした。俺はパンチをくらったボクサーのように足下が覚束なくなっていた。クソッ、いったい何が起こったんだ？　どこからかくぐもった轟音が聞こえてきた。今度は何だ？　不安になって周囲を見回した。それから天井を見上げた。はるか上の方で、機関長が手すりを大きなパイプレンチでガンガン叩いていた。そのパイプレンチを俺に投げつけようとしているのかと思った。怒っているようだった。彼は大声で怒鳴っているのだが、俺たちのいるところには轟音しか届かず、彼の声はまったく聞こえなかった。それでも、雑役夫がこともあろうに機関室の弁に何をしているのかを知りたがっていたのは明らかだった。ロジャーは座ったままで平気な顔つきでにやりと笑い、ジェスチャーで何か伝えていた。それはこう言っているようだった。心配するな、機関長、すべてうまくいっている、と。機関長はあきらめたように両手を上げ、パイプレンチを握ったまま首を振りながらハッチの方へと去って行った。俺はロジャーに来てくれという合図を送った。

「頼む」と俺は言ったが、身体はまだ震えていた。「交替してくれないか？」

「どうしてだ？　ちゃんとやっているじゃないか」。彼は叫んだ。「最初にテレグラフに応答することだけ忘れるな。それから弁はそっと開ける、閉めるときはゆっくりだ。その調子で続けたらいい」。そして戻って行くとふたたび階段のステップに腰を下ろした。

一時間後、タンカーが金門橋をとっくに過ぎてカリフォルニア海岸沿いを北上し、オレゴンに向かっている頃、俺たち二人は船室に戻っていた。

「あー、どうなることかと思ったよ」と、深く息を吐いて俺は言った。「完全にお手上げ状態の一歩前だった。港にいた小さな二艘のタグボートの一つに突っ込んで行くような感じだった」

「ちょうど水先案内人［パイロット］が交代したんだ」と、ロジャーが笑いながら言った。「アルカトラズを過ぎるところでいつもパイロットを交替する。それを言っておくべきだった」

「あのサイレンは？」と、俺は訊いた。「俺が何かやらかしたのかな？　しばらくは地獄を彷徨っているようだったが」

「船尾のタービンの弁を開けようとした時、ボイラー内の蒸気をすべて吸い込んでしまったのさ」と、彼は説明してくれた。「サイレンが鳴ったのはそのためだ。それで俺はもう一度弁を閉めろと言ったんだ。蒸気なしには何も動かない。もう一度やり直す必要があったんだ。弁は優しく扱うことを忘れるな。例えば、艦橋から速度を大きく変えろという指示が出ても、即座に止めろとは言っていない。急がずにゆっくりとやればいいんだ。今日のところは上出来だ」

「ほんとうにそう思っているのか?」

「ああ」と、彼は答えた。「初めてだろ、どうってことないよ。一度経験すれば、何でもないさ。もし何かあったら、助けに行ってたさ。この次はもう慣れたものさ」

「冗談だろう? 完全にしくじったと思ったよ」

「いいや、おまえはこれまでここで一緒にやってきた大概の連中に比べるとずっとましさ」

「艦橋は何で電話してきたんだ?」俺は尋ねた。「何をやってるのか、訊いてきたのか?」

「そうさね」

「何て答えたの?」

「すべて順調と言ったさ」。ロジャーはにやりとして言った。「ああ、すべて順調だった。おまえが慌てふためいているのを眺めて楽しんでいたさ」

「クソッ」と、俺が言うと、ロジャーは笑った。「やらせてくれてありがとう、ロジャー。楽しかったぜ。面倒なことにならないか?」

「何故だ? どこかにぶつかったり壊したりしたか?」

「どうかな」と、俺は言った。「機関長は真っ赤になって怒ってたからな」。俺たちは顔を見合わせて吹き出してしまった。

「あいつは大丈夫だよ」と、ロジャーは笑い涙を拭きながら最後に言った。「それよりも面白いことを教えてやろう」

「何?」

「夕べ、機関長と話していたんだ。どうしてそんな話になったかは忘れたが、俺は奴に訊いたんだ、ベトナムに行ったのかと。奴が海軍にいたことは知ってるだろ。それで何て言ったと思う?」

「もし俺が知っていたら、その話をする必要もないだろう?」

「まあな、奴は命令を受けたと言った。しかし拒否したんだ。それで退役したんだ。二三年間いたんだぜ。ベトナム行きよりも退役を選んだというわけさ。驚いただろう、エッ?」

「ほんとうか?」と、俺は首をゆっくりと振りながら言った。「その訳を言ったのか?」

「ペテンだとさ」と、ロジャーは答えた。「俺がその意味を訊こうとしたちょうどその時に、新しい二等機関士が入って来たんだ」

「へー。二三年間勤めて、それであっさり辞めちまったんだ。分からないね」

「いつか訊いてみるといい」と、ロジャーは言った。

「いつかね。向こうでは軍隊は実にひどいもんさ」

「どういうことだ?」

「六九年までには、戦闘に出るのを部隊全体が拒否するようになった」と、俺は話した。「分隊とか小隊とかのレベルではないんだ。中隊とか大隊が連絡を取らなくなってきた。陸軍全体でマリファナを吸ったり、ヘロインを打ったり、両方ともやるのが出てきた。軍用ジャケットにピースマークをつけて歩き回ったり、上官への敬礼を拒否したりさ。若い志願兵なんかは将校や年長のバリバリの下士官を実際に吹っ飛ばすことをするらしい。フラッギングと言うんだが、つまりばらばらに粉砕する手榴弾を使うからさ。それを使うと証拠も何も粉々になってしまうために、誰が何時やったのかはまったくつかめないんだ」

「本当か?」と、ロジャーは信じられないという顔つきで訊いた。

「ああ、ほんとうだ」と、俺は答えた。「冗談なんかじゃない。キング・リチャード〔ニクソン大統領〕が結果的に軍を撤退させたのも、将軍たちがそうすべきだと説得したからだ。まだ陸軍が形として残っている間にね。戦争末期に向こうにいた奴らを知っているが、酷いものだった。とにかく一九六八年からこのかた、この戦争がペテンだってこと、みんな知っているさ。誰も名誉ある平和のために最後の犠牲者になりたくないからね。そんな奴らを責めることができるか？　クソッたれニクソンは中国の万里の長城の上だとさ――」

ちょうどその時、誰かがドアをノックした。

「入れよ」とロジャーが叫んだ。それは新人の二等機関士だった。

「エアハート」と、彼が言った。「ウィンストンからおまえが多分ここにいると言われた。機関室に来てくれないか。油汚れがひどいんだ」

「分かりました。すぐに行きます」。彼が出て行ったあとでロジャーに言った。「あいつは俺をこき使うつもりさ。あまり好きになれないんだ。自分が雇っているように俺を使うのさ」

「我慢するんだな」と、ロジャーは笑った。「俺の見るところ、あいつはあまり長くはもたないな。自分のやっていることが分かっていないんだ」

「願わくば、奴にやられる前に首にして欲しいよ。それじゃ、またあとで」

16 カンボジア侵攻ニュース　一九七〇年四月

「コンサートの途中ですが、ここでお伝えしたいことがあります」と、俺の知らない学生がアナウンスした。「とても重要なお知らせです。今夜、アメリカ兵が中立国カンボジアに侵攻しました」。会場はざわざわしはじめ、野次やそれを遮るシーッという声が混在した。「急遽、抗議運動を組織するためのミーティングをターブルズで開きますので、関心のある人は参加してください」

何てことをするんだ、何で今夜なんだ？　一晩だって戦争なしに過ごせないのか？　このバンド演奏はかなりの出費だったんだぜ、しかもいいところでこんなことになるなんて、中止なんて御免だよ……せめてもう少しやってくれ、一万マイルも離れたところでやっている戦争じゃないか。俺は立ち上がって怒鳴りたかった。「このバカヤロー、俺をほっといてくれないか？」

ベトナムから逃げ出すことはできそうもなかった。新聞を開けば、エドガー・フーヴァーがコミュニスト政治家をこき下ろす記事が目に入った。テレビをつければ、ジョン・チャンセラーが週ごとの死傷者の数を野球のボックススコアよろしく伝えていた。ベトコン＝得点1、ヒット3、エラーなし。ヤンキーズ＝打点3、負傷者五一九人、死者一二七人、という具合に。ラジオでは、ＷＤＡＳのディスクジョッキーが、「さあ、戦争はもう終わったかな？」としゃべっている。スワスモアで八カ月が過ぎたというのに、誰彼となくやって来ては質問攻めが続いていた。「ハーイ！　私は×××ですけれど……」

もういい！　分かったよ。間違いだったんだ。勝利パレードもなく、英雄の帰還歓迎もバーでのただ酒もなかった。栄光へと賽を振ったが、はずれだった。負けを認め、引き下がり、降伏した。しかし抗議運動？こいつら、一体全体、戦争とか抗議とか分かっているのか？　かれらより若い奴らが棒切れや石ころや手製爆弾で死にものぐるいで俺に向かってきた。ガキのみなさんよ、何をするつもりだい、ペンタゴンに花でも送るっていうのかい？

しかも、リンドン・ジョンソンは、戦争に固執したために追い出されたんじゃなかったのか？　リチャード・ニクソンは泥沼状態から合衆国を脱出させると約束したんじゃなかったのかい？　俺は信じたくなかった。スピロ・アグニュー［副大統領］が、彼は不平たらたらの消極的権力者どもを辛辣に攻撃していたが、リチャード・ニクソンを代弁していたとはね。アメリカの国旗を不名誉な敗北の象徴としてみじめに母国へ持ち帰ることは絶対にさせないと拳を振り上げて誓ったジョン・ステニス［民主党上院軍事委員長］の言葉が、アメリカのアジア政策を語っているなんて信じたくなかった。俺は、戦争が徐々に収束に向かい、俺から離れて行ってくれることを望んでいた。おぞましい悪夢の奥底で、国や政府とは本来は善であり、誇るべきものであり、まだ信ずるに値するものであると信じたかった。

とにかく、俺はかかわりたくなかった。水田やマングローブの沼地や荒れた砂地でやることはやってきた。それにどれだけの価値があったかは別にして、とにかく俺は生き残った。もう俺とは関係ないんだ。これからは思う通りに生きていく権利があってもいいじゃないか？

神様、俺は自分の義務を、両親、学校の教師、上官によって言われた通りの義務を果たそうとしただけなんだ。俺は国が俺に求めたことをやってきた。それでもまだ足りないっていうのか？　真夜中に、ひとりで思い悩み悪夢に苛まれ、そんな時は、フエ市で鋼鉄の破片を俺に浴びせてきた名前も顔も分からない北ベトナム兵のロケット弾に当たっていればと思ったりもする。後で測ったら、その弾は俺の頭から三〇センチも外れていなかった、おそらくそれ以下だったろう。そのわずか何センチかを何度呪ったことだろうか。

スワスモアの誰ひとりとして、全身がズタズタに引き裂かれるような俺の苦しみなど分かってはいない。戦争が作り上げてきた幻想とは、戦闘は男らしさの究極の試験場であり、一度戦争に行った者は大いなる英知の王国に行く資格を得るというものだ。山に上り、奈落の底を見つめ、そうすることによって、この世の日々の心配事などが何と些細なことであるかを悟り、生死をかけた戦いのもつ煌めくような清澄さの前に己の小ささを知るのである。西部戦線異常なし。赤い武功章。

クラスメートたちの熱狂的なベトナム反戦意識にもかかわらず、全部ではなくともそのほとんどはボストン南部の労働者階級の子どもたち同様に神話を信じ込んでいた。一〇月初めには、『フェニックス』の記者アダムが書いたことなどスワスモアの誰も知らなかった。「彼にとっては一般の新入生が抱える問題などたいしたことではなかった。ほとんど問題ではなかった。何故なら、ベトナムで一三カ月を送ったビル・エアハートにとって、それ以後の問題など苦にもならなかったのである」。寮監選抜委員会は、大学始まって以来の最初の二年生寮監として俺を選んだ。的確な状況判断のための人間としての成熟度、視野の広さが前例となるとして評価されたのだ。DUの仲間たちは、「中央試験官」を前にしての俺のパフォーマンスを、即座に機転を利かせた見事な戯《ふざ》けぶり、顔色一つ変えずに、ウィットとユーモアに富んだ行為と受け取ったのだった。

俺は、物事に動ぜず、かつ現実的という両面を備えていた。少しばかり変人で、多分、少々取っ付きにくいが、しかしそんなことはハラハラドキドキの絶えない世界を生き抜いてきた人間にはどうでもよいことだった。傷ついた野獣が沈黙しているときは、英知を秘めているように思わせた。友人たちが俺に示す敬意の度合いと言ったら——俺の経歴を含め何から何まで反発してくる者でさえも——信じられないほどだった。

俺のことなど知らない奴でもだ。ただの買いかぶりか、俺がベトナムを知るきっかけになったオーディー・マーフィー〔第二次大戦後俳優となり軍人の自己を演じた〕の映画やジョン・ポール・ジョーンズ〔独立戦争時のアメリカ海軍軍人〕の伝記から同じようにして出来上がった先入観のせいだった。

とにかく、俺のやるべきことは何なのか？　サンドイッチマンのように看板をかつぐか？　大学新聞に広告を出すか？「ヘイ。ちょっと待ってくれよ、頭が混乱しちまった、俺は歩き回る時限爆弾なんだ」。まったくのところ、俺は自分をジョー・クール〔サングラスとTシャツ姿のスヌーピー〕と思わせることで満足していた。パムでさえも、俺の身体の奥で燃えている火の熱さをずっと感じてはいても、その熱がどこからくるのかは分かっていなかった。俺だってかの女に説明なんてできなかった。他の連中に関しては、好きなように思わせておけばいいのさ。俺の知ったことか。俺はキャンパス中に俺の根性をわざわざ見せつけることなくやっていけたんだから。みんなが俺をほっておいてくれるなら、誰が何と思うと、どうしようと、一向にかまわなかった。

しかしそうはいかなかった。そしてまた元通りになってしまった。クロージア・ホールにまで戦争が追いかけてきて、コンサートを台無しにしやがった。誰かの首を絞めてやりたかった。

演奏者のひとりがマイクの前に立った。「音楽よりも重要なことが起こったようです」と、彼は話し出した。俺は怒りのあまり唇を噛んだ。「もしここを出て集会に行きたい方がいてもかまいません。でも私たちは今夜の演奏のために遠方からやってきました。もしお残りになりたい方がおいででしたら、演奏を続けたいと思います。少しだけ休憩時間をとりますが、私たちが戻ってきたときにお客様がおいででしたら、続きを演奏します」

聖者に拍手を、か。少なくともここにはまともな人間もいたということだ。続きを聴こうじゃないか。

「ビル、唇から出血してるじゃないの」と、パムが叫んだ。「何があったの？」手を当てて血を拭った。

「クソッ食らえだ」

17 ケント州立大学事件　一九七〇年五月

その翌日、ランチから戻ってきたパムが言った。「ビル、今日の午後、ターブルズでまた集会があるんですって」

「そう？　それで？」

「私は行くつもりよ」少し間を置いてから言った。「一緒に行かない？」

「いいや」と、俺は言った。窓際まで行って、ターブルズ館にある学生センターの正面入り口方向を見下ろした。「平和のためのストライキ」と急ごしらえの手書きの大きな垂れ幕が階段の上に掲げられていた。

「私が行っても気にしない？」と、かの女が訊いた。

「何で俺が気にしなくちゃいけないんだ？」と、いらいらして答えた。「したいようにすればいいさ。ここは自由の国なんだから。俺にはやらなくてはいけないことがある」。俺はパムに背を向けて机に向かい、その辺にあった本を開いた。

「ビル？」

「何だ？」

「何でもない」とかの女は返事して、俺の頭の後ろにキスをした。「ランチを持ってきたから。バッグの中にあるわ」

「ありがと」。俺は振り返りもせずに言った。「また後で」

平和のためのストライキ、か。そうさ、その通りさ。いいことじゃないか。それからカンボジア侵攻のことを思い出した。何故だ？　何のためだ？　それで何かいいことでもあるのか？

前日夜、アナウンスの後、クロージア・ホールにいた学生の三分の二は出て行った。しかしオールマン・ブラザーズは、その言葉通りに、わずかに残った聴衆のために午前四時半近くまで演奏してくれた。パムと二人でかの女の部屋に戻って来る頃には俺は考えるのもおっくうなほど疲れきっていたが、昼近くにはカンボジアのことで目が覚めてしまった。無意味なことを。何故だ？　それで何を期待したのか？　敵国以外の国に侵攻することで戦争の風向きが変わるのか？　俺はランチにも出なかった。食堂全体が侵攻のことでざわざわしているのは分かっていたし、そのことで何も話したくはなかった。

その午後、随分と時間が経つのが遅く感じられた。時折、くぐもった歓声と叫び声がターブルズの開け放たれた窓から聞こえてきた。俺は一冊、また一冊と、読んではいたが、文字はまるで雷雨の中を流れる新しいインクのようにページからページへと滲《にじ》んでいくだけだった。

俺が見ていたのは連合軍の兵士たちがフランスの村を行進していくニュース映画で、通りという通りは歓声を上げる人びとで埋め尽くされ、長いスカートに膨らんだ袖の白いブラウスを着た若い娘たちが群衆の間から飛び跳ねるように現れ、はにかんでいる薄汚れた兵士たちに抱きついて、その手に手折ったばかりの花を差し出し、無精髭面のその頬に喜びで有頂天になってキスを浴びせている場面だった。

ある日、ホースシュー［馬蹄形の湖のある作戦地域一帯］付近での掃討作戦中に見つけた小さな寺院を、重い木製の木挽き台でたたき壊した時の様子が浮かんできた。偵察兵二人一組で木挽き台を破壊槌のように操り、コンクリートの建物が最後には持ちこたえられずに崩れ落ちるまで壁を打ち続けた。

俺は、ドンハとDMZ［非武装地帯］に沿ったランカスター作戦のために北上する道で、通り過ぎる護送トラックに向かって食べ物をせがんでいる幼い子どもたちの群れを思い出した。偵察兵がトラックの縁に立ち上がり、小さな固いCレイション缶をおぞましいような歓声の上がる方へミサイルのように投げつけると、あの子たちの小さなアジア人の目が、突然二五セント硬貨のように丸くなり、まっさらな雪のように白く変わった。小さな口を上に向けて開けたまま、小さな腕と足を四方八方に伸ばして飛び上がり、缶があの子たちの胸や肩、頭で跳ね返ると、小さな身体はサンドバッグのように沈んでいった。

俺はこちらの待ち伏せ攻撃で死んだ若いベトコン・ゲリラの死体から出てきた写真を見た。農民服の若い七人の女性、三人は立ち四人は膝をつき、全員がロシア製自動小銃を抱え、その笑い顔には断固たる決意が窺われた。それからフエの迫撃砲でできた窪みにあった若い女性の死体。水田の縁の木立に沿って走り去って行った黒い人影、俺のライフルの鋭い発射音、また一陣の風に舞い上がる紙切れのように瞬時に空中に巻き込まれるように回転していた人物の姿。まだある。老人——後ろ手に縛られ、飛んできたレンガで後頭部を直撃されたかのようにうなだれていた年老いた男。

ドアが開いてパムが部屋に入ってきた。「どう?」と、かの女が声をかけた。

「ああ」

「随分と進んだ?」

「まあまあだね」

「ビル、あなた怒ってるんじゃないの?」

「何でだ?」俺はイライラしながら言った。「怒ってなんかいないよ」

「夕食に行かない?」と、かの女はベッドに腰掛けながら訊いた。

「ノー」と、俺は答えた。立ち上がると床に落ちていたブラウスを蹴った。「豚小屋じゃあるまいし、いったい何だってこんなのものをいつも床に散らかしているんだ？」俺はカッとして言った。「いつも君の後始末をさせられているんだ。クソッ、自分のしたことの後片付けくらいできないのか」

「ビル、ちょっと待ってよ、ビル」。かの女はブラウスを拾い上げながら言った。

「何が待ってよだ！」俺は怒鳴ったかと思うや、突然、クロゼット近くの床にあったプリッツェルの大きな缶を転がして蹴っ飛ばした。クロゼットのドアに当たった缶の蓋がはずれて、たちまち部屋中にプリッツェルの屑が飛び散った。

パムが笑った。

その瞬間、俺は振り返って、拳でかの女の肩をまともに殴ってしまった。体当たりのような一撃だった。かの女はベッドの端へと殴り倒された。

まったくの沈黙。

かの女は叫びもしなかった。泣きもしなかった。ただ横たわったまま、哀れな、取り繕おうともしない、恐怖を剝き出しにした眼差しで、俺を見つめていた。

ああ、なんていう事を、俺は何をやらかしたのか。このざまだ、とうとうやってしまった。パムの目は、何百という村で何千という顔に俺が見てきたのと同じ目だった。俺がかの女の前に仁王立ちになり、上体全体を反らせるようにして、もう一度爆発するかという時に、無言の憎しみで睨んでいた。しかも今はライフルも、軍服も、命令を吠え立てるタガート軍曹も、地雷も、スナイパーも、爆発するばかりの手榴弾も、機能停止し人間の流砂にはまって身動き取れなくなっている巨大な軍官僚制も、とにかく自分を弁護するための言い訳は何もなかった。

そうさ、これがおまえなのさ、そう思った。頭がくらくらし、胃が絞られる感じだった。全身が麻痺状態だった。ドクン、ドクン、ドクンと、こめかみが脈打っていた。動くことも、握った拳を開くことも、腕を下ろすこともできなかった。

しばらくすると俺はトランプカードで組み立てた家が壊れるようにへなへなと崩れ落ちた。「パム、パム！」俺の両腕がかの女に届こうとした時、「パム！」、かの女は俺の手を、まるで汚らわしい物のように払い除け、壁に固くしがみついた。

「出て行って」と、かの女は低く冷たい声で唸った。

「パム、頼むから、どうか許してくれ、悪かった……」

「出て行って！　ひとりにして！　出て行って！」

「パム、お願いだから、パム……」

「行ってよ！」かの女はかん高く叫んだかと思うと、身体全体をよじるようにして声を上げてむせび泣いた。それはまるでかの女の心臓が引き裂かれたかのような声だった。「お願いだから！　出て行って！」

俺は強張った身体で立ち上がると、部屋から出た。どこに行ったのかは覚えていない。八時間ほどは歩いたに違いない。ピッテンガーの俺の部屋に何とかたどり着いたのは、もう夜中の二時だった。机に向かって座り、グラスとウィスキーの壜を取り出した。

目覚めたのは午後遅くになってからだった。床の上に横になったままだった。俺のすぐ横にはウィスキーの空壜が、こぼれた液体がそのまま乾いて固まりネバネバしている中にごろんと転がっていた。頭に大きなこぶができていた。ラジオが付けっ放しだった。「学生が負傷しました、少なくとも四人の死者が出ています。知事の報道官の話では、昨夜、カンボジア侵攻への暴力的抗議行動を鎮圧するために、州兵がキャンパスに導入されました。ウォール・ストリートからですが――」

何？　何だって？　腕を伸ばして他の局へとダイアルを回した。起き上がって階下のクリス・ストレインの部屋に行った。「どこかで学生が殺されたというのは何のことだ？　ラジオのニュースの最後の方しか聴いてないんだ。何か知ってるか？」

「まだ聞いてないの？」

「聞いてない」と答えた。「何だ、何があったんだ？」

「今日の午後のストライキの集会にいなかったのかい？」

「いいや！　何があったんだ？」

「今日午後、オハイオ州兵がケント州立大の学生六人に発砲したんだ。四人が死んだ。残酷な殺人だ」

「何ていうことだ」と、俺は言った。まるで誰かに息の根を止められたかのようだった。

「ひどい顔してるけど」と、クリスが言った。「大丈夫か？」

「ああ、大丈夫だ」と言って、向きを変えると部屋を出た。

頭は切ってなかったが、こぶは卵大に膨らんでいた。着替えてから外に出て、ドラッグストアまで行き、新聞を買った。「ケント州立大で学生四人射殺される」との見出しだった。舗道の縁に座りこみ、読み始めた。それからまた立ち上がって、部屋に戻った。

地球の反対側に俺たちを送り込んで死なせるだけでは終わらなかった、ということか。俺たちをアジア人と戦わせるだけではすまなかった。今度は兵隊を自分の子どもたちにまで向けてきた。つまり、自分の子どもたちまでここアメリカの国で殺しているのか。喉の奥が固く絞られていくようだった。ほとんど息もできなかった。

新聞記事と一緒に掲載されている写真の一枚には、小高く盛り上がった丘の上に一列に並んでいる州兵が写っていた。もう一枚には、地面に膝をついた若い女性が写っていた。何か叫んでいるその口はねじれたように大きく開かれ、その顔は憤怒と苦痛に歪められ、信じられない出来事から受けた衝撃を表し、その目には涙が溢れ、両腕は血の海に顔を伏せたまま横たわっている男性の遺体に差し伸べられていた。

それはパムの写真だった。パム！　そしてほら、見てみろ！　兵隊の中にいるのは！　俺じゃないか！　左から三人目だ！　何て、何てことだ！

それから俺は泣き続けた。夢、夢、壊れてしまった夢。俺の人生はどうなってしまったんだ？　何故だ？　何故？　何故なんだ？　神よ、どうか、誰か助けてくれ。どこまで堕ちて行くんだ？　少くとも半時間、多分それ以上、俺は泣き続けたと思う。もうこれ以上泣けないぐらい泣いていた。身体中が乾涸びるまで泣き続けると、俺の心はこれまでになかったほど澄み切っていた。

その時俺は悟った。今こそ、長くかかったが、言い訳やプライド、空しい幻想を捨て去るべき時だと。失われて取り返しのつかないものをすべて忘れる時なのだと。三年近くもの間、避けてきた厳しい、冷酷な、この上ない苦い真実を直視すべき時だと。この戦争は恐ろしいほどに間違っている、俺の愛する国はそのために死にかけているのだ。アメリカはベトナムの水田で、ジャングルで、血まみれの瀕死状態にある。そして今、その血は俺たちの住んでいるこの街にまで流れ出している。

俺は自分の国に死んで欲しくはなかった。

俺は何かしなければならなかった。

戦争を今こそ止めるべきだ。

そして俺がそれをすべきなのだ。

18 反戦学生集会で発言

翌日のターブルズ学生センターには大勢が押し掛けていた。数百人の学生に多くの教員も加わっていた。ブラック・パンサー、労働者会議全国委員会、新しい動員（NM）、民主学生会議（SDS）、アメリカ・フレンズ奉仕委員会、平和のための女性ストライキ（WSP）、女性国際自由平和連盟（WILPF）、戦争への抵抗者同盟（WRL）、調停組合（FR）等の団体の代表が、横断幕や宣伝資料を準備して待ち受けていた。正面入り口のドアの前で、俺は一瞬、躊躇した。

俺は本当にここに来たかったのか？　裏切り行為になるのではないか？　今からほぼ三年前、俺は仲間と一緒に、平和運動家やデモ参加者にどう対処してやろうかと想像をめぐらせながら暇な時間を過していた。打ち首、去勢、ダイナマイト、煮えたぎった油。あらゆることを考えた。象で踏みつぶす、宇宙に放り出す、チョコレートチップクッキーを無理矢理食べさせる、鉛のボートでロシアに送り出す。俺は今、そうした連中のひとりになろうとしているのか？

しかし俺は決心した。深呼吸をすると建物の中に入って行った。

会場に入ると、誰かのスピーチの最中だった。そいつは大集会室の中央に立っていて、彼をぐるりと取り囲むようにしてみんな床に座っていた。さらに集会室の四方の壁のバルコニーも人で埋まっていた。「今こそ、行動すべきだ！　このストライキをキャンパスの外に知らせ、中米の選挙のあるところに行って、人びとを教育するのだ」

俺は恐る恐る群衆を見渡した。パムがフェイとパット・ドイル――かの女とは俺が一一月のモラトリアムへの参加を断った日以来会っていなかった――と一緒に座っているのを見つけた時には走って逃げ出したくなった。パムの恐怖で打ちのめされた顔が浮かび上がり、胃袋がぎゅっと摑まれて激しく捻り上げられるようだった。ここ丸二日間、かの女に会っても話してもいなかった。頭のこぶは今もズキズキ痛み、唇の切り傷はまだ塞がってはいなかった。嫌がる自分を無理に会場に入れ、床に座った。パムが俺に気づいたかどうか、それらしいそぶりは見られなかった。

発言者が次々に立ち上がり、運動を組織する協力を求めたり、抗議行動やそのための計画、それぞれのグループの活動や立場などを説明していた。何をなすべきか？　どうすればよいのか？　そうした集会の雰囲気に俺は圧倒された。そこには怒りと緊張が充満していた。しかしそこには同時に、驚くほどの一体感、共通の目的意識、建設的な対案や解決策を貪欲に模索しようとするエネルギーが溢れていた。暴力的な行動の提案が出されると、嘲笑のヤジと自制を求める声によって抑えられた。「もしそんなことをすれば、奴らと同じじゃないか！」対話と討論が強調された。つまり、教育すること、理性的になること、確信をもつこと、変革することが。

何を期待すべきなのか、俺には分からなかった。俺も、スピロ・T［アグニュー副大統領］が言うところの愚かでアカがかった奴らや裏切り者に加わることになるのか？　シカゴのような大混乱の暴動に巻き込まれるのだろうか？　誰かが俺にベトコンの旗を持たせて、ホワイトハウスにそれを届けてこいと言うのだろうか？　確かに俺はこれだけ多くの人間が集まっているとは予想もしなかった。みなそれぞれに行動の仕方も意見も考え方も異なっているが、この戦争を終わらせるために、何らかの良識ある方策を模索していた。

これが、俺がほんの数年前まで復讐の相手と見なしてきた気違い集団だったのか？　奴らの言い分が変わったのか、俺が知らなかっただけなのか？　奴らがより人間的になったのか、それとも変わったのは俺なのか？　午後の時間が過ぎて行く間に、俺も立ち上がって何か言いたくなってきた。何を言ったらよいのか分からなかった。しかし俺もここにいること、かれらが望んでいることを俺も望んでいることを、この人たちに知って欲しかった。とうとう、何を言うべきか考えもまとまらないうちに、俺は立ち上がって発言の許可を求めた。

「ここにいるほとんどがもう知っているだろうが、俺はベトナムで戦った」、と始めた。俺は、何故志願したのか、ベトナムで何を見て、何をしたのか、そして二年以上もの間、いつかは忘れるだろうと期待して、この戦争を無視しようと努めてきたことを話した。俺はいろいろなことを話した。死んで行った戦友たち、スワスモアで仲間やクラスメートたちに抱いてきた憤り、この戦争が間違いだったと、そして俺もその戦争の片棒を担いでいたのだと認めることの難しさ、今、自分がここに参加する緊急性を感じていることを。一五分か二〇分はしゃべったと思うが、話したことやどう話したのかはまったく思い出せない。

覚えているのは、俺の周囲の多彩な顔つきが、真剣に、静かに見つめて聴いてくれていたことだ。俺の声は何度も途切れたが、間を置くことでいつも通り話せるようになった。バルコニーの床に座っている人たちの足が手すりの柵の間から突き出ていて、それが空中でぶらぶらと揺れているように見えた。扇風機の音、これまで俺の内部に鬱積していた恐れ、悲しみ、不安な胸の高鳴りといった感情の波が、海の大波のように盛り上がっては渦巻いていた。俺はこう考えていたんだと思う――これは懺悔のようなものだろうか、と。

言いたかったことをすべて話した。しばらくの間、集会室の真ん中に突っ立ったままだった。ぼんやりと思い出すのは、扇風機以外には何の音も動きもなかったことだ。俺はふたたび腰を下ろした。俺の近くに座っていた女子が赤いバンダナに顔を埋めて泣いていた。何故だか分からない。それから数人が拍手を始めた。ひとり、またひとり、もうひとりはバルコニーで。するとまったく突然に、大きな拍手がわき起こり、その熱狂が雷鳴のように何分間も続いたのだった。その拍手が俺と俺が話したことに対してだったとはとても考えられなかった。俺は軽卒なことをしでかしたと思った。

するとその時、誰かが俺の前にひざまずいてその両腕を俺の肩に回し、俺の頭をその胸に引き寄せた。パム、パム！　俺はかの女に身を寄せて、かの女にしがみついた。「愛している、パム、愛しているんだ。どうか俺から離れないでくれ」

「離れないわよ、ビル」と、かの女が言った。「決して離れないから。何もかも大丈夫よ。とても良かった。愛してる」。俺は顔を上げて、かの女を見つめた。「泣かないで」とかの女が言った。「もう大丈夫だから」と。それからかの女は前屈みになり、俺に強くキスした。拍手が起こり、それがやむと、また新しい拍手。今度は歓声と口笛と好意的なひやかしが混じったものだった。

19 ロータリークラブでのスピーチ

「でもビル、私たちもう二週間も会っていないのよ！」パムが祈るように言った。「二時間だけでも二人きりになれないの？　外は気持ちいいわ。小川近くを散歩でもしましょうよ」

その通りだった。ターブルズで俺が最初に話をしてからというもの、ほとんど休みなく突っ走ってきた。俺のちょっとした演説から数分もしないうちに、ここに来てくれ、あそこに支援に行ってくれと、依頼が殺到した。地域のウェスティングハウス工場の労働者にチラシを配ったり、フィラデルフィアにある合衆国陸軍勧誘センターでのピケに参加したり、ネザープロヴィデンス高校の学生と教員に話しに行ったりした。外に出ないときには、ターブルズでの延々と続く会議に出席した。パムは何日かは俺との元のペースを取り戻そうと努力してきたが、すぐに諦めてしまった。

「もっと重要なことって何なのさ、パム」と、俺は訊いた。「散歩をすることか、それともこのバカげた戦争をやめさせることか？」

「そういうことじゃないでしょう」と、かの女はがっかりした顔で言った。

「いいかい、君が俺にこうさせたんだぜ」と、俺は言った。「だから俺はやってきた、すると今度は俺に巻き込まれるなと言う。いったいどっちなんだ？」

「もちろんあなたに続けて欲しいわ」と、かの女は言い返した。「あなたを誇りに思っているわ。これは正直な気持ちよ。でもそんなにのめり込む必要はないと思うわ」

「のめり込む？　それはどういう意味なんだ？」

「もういいわ、悪かったわ。忘れて」

「いいや、何故そんなことを言うんだ？」俺は食い下がった。

「何と言うか、あなたはまるで救世主の塊か何かのように行動しているからよ」と、かの女は答えた。「まるであなたが今度の火曜日までにひとりで戦争を終わらせるように考えているみたいに。みんなが何故あなたにそうしたことすべてを頼んでくるのか分かっているの？　あなたがベトナム帰還兵の象徴だからなのよ、ビル。あなたはあの人たちにとってただのニガー〔黒人の蔑称〕ということ、それだけよ」

「何てことを言うんだ」と、俺は叫んだ。「口を慎め」。俺はかの女の方に一歩足を踏み出した。かの女は退いて、両手で顔面を覆った。

「殴らないで！　あなたが訊いたから答えたんだわ。気に入らなかったとしても私の責任ではないわ」

最悪なのは、そのようなことをすでに俺も感じていたことだった。誰も二週間前のビル・エアハートにはもう関心などないこと、俺はただのスワスモアに実在するベトナム帰還兵の標本だということ、俺が便利に使われているのは大学教師や学生に肩書が通用するからだということだ。そうしたことは考えないようにしていた。それが避けられないときには、そんなことは問題ではないと自分に言い聞かせてきた。重要なのは戦争をやめさせることだ、もし協力しなければならない相手であれば、そうすべきなのだと。

「君を殴ったりはしないよ」と、俺は言った。「クソッ、俺を何だと思ってるんだ？」突然、自分の言ったことで胃袋がキュッと固くなった。「いいかい、悪かったよ、しかし俺はやらなければいけないんだ。もう長過ぎるほど沈黙してきたんだ。今日の午後のワイドナー・カレッジの集会には行って来るよ。一緒に来るか来ないか？」

「行かないわ」と、パムは答えた。

「好きなようにしろ」と、俺は言った。「それじゃ、また後で」

その日の午後の集会の主賓はジェーン・フォンダだった。かの女の話を聴こうとしたが、集中できなかった。フラッシュバックに襲われていた。もし機会があったら、スポック博士のペニスを切り取って、それをジェーン・フォンダの喉元に突っ込んでやろうと、何度ベトナムで誓ったことだろうか。そして今現在、かの女はここにいる。百フィートも離れていない。俺はそこにいるかの女から勝手な想像をふくらませていた。でっかいペニスを顔に突き立てられながら話そうとしているかの女を。「ふが、ふが」と、恐怖で引きつった表情で何か言っている。そこにスポック博士が現れる。三バカ大将［お笑いTV番組］のラリーのような髪を引っ張りながら、叫び声を上げてそこいら中を走り回っている。「私のペニスを返してくれ、私のペニスを返してくれ！」と。一度は、ほんとうに吹き出してしまった。俺の近くにいた人たちは俺のことを気違いだと思ったに違いない。

後になって気がついたのだが、反戦ベトナム帰還兵の会と書いた横断幕の下に何人かの男たちが立っていた。近づいて行って話しかけると、集会の後で一緒に来ないかとたちまち誘いを受けた。俺たちはかれらのたまり場になっている地下室へと行った。車いすの男がひとりいたが、彼は泣き出し、もうあと二人も泣き始め、全員がビールとマリファナで泥酔しているようだった。みな政府の陰謀や戦争犯罪や皆殺しについてわめき始めた。まるでビザロ［スーパーマン的悪漢のコミックス］・ワールド・アメリカ在郷軍人会か何かのようでもあり、俺は不安になり、正気なうちにそそくさと立ち去った。

翌日、パムが「ビル、今日は家に帰るから」と言った時、俺はパムの部屋で出かける支度をしていた。

「何のことだ？」と、俺は訊いた。

「今日、家に帰るわ」と、かの女が言った。「今日の午後にね。夕べ、パパに電話したの。二時頃、迎えに来てくれるわ」

「何故？　いつ戻ってくるんだ？」

「ビル、私はレポート二つだけ残っているけれど、あとは全部終わったわ」と、かの女は説明した。「あとは家でやって、レポートは郵送する。ここから抜け出したいの」

「何故だ？　何が……何故行ってしまうんだ？　来週まで授業はあるだろ。もう一週間一緒にいられるじゃないか」

「一緒に？　いつあなたと顔を合わせるというの？」

「そうか、そういうことか？」と、俺は言って首を振った。「つまり君は俺に君か戦争かを選択しろというのか」

「そうじゃないわ、ビル。分からないの？　私はただ家に戻りたいのよ。長い一年だったわ。ここからしばらく離れたいだけよ」

「俺から逃げたいということだな」

「もうあなたと一緒にすることは何もないわ。分かって……」

「今になって言ってくれるとはね。夕べ言えなかったのか、えっ？　三時間前に言えなかったのか」

「そのことであなたと言い争いたくなかったのよ」と、かの女は言った。「あなたはすぐにカッとなるから。あなたが怒ると怖いのよ」

「だから最後の最後になって俺を見捨てるということか」

誰かがドアをノックした。「ビル、パット・ドイルよ。支度はできた？」

「ああ、すぐ行く。俺は行かなくては、パム。クソッ、せめて俺が戻るまで待てないのか?」

「パパに待ってる時間があるかどうか訊いてみるけど、分からない。でも荷物をまとめるのにも時間がかかるし。いつ戻るの?」

「一時半、二時、二時半、分からないよ、パム。何故俺にこんな仕打ちをするんだ?」

「あなたに何もしていないわ、ビル! ただ家に帰りたいだけよ。分からないの?」

「ビル」と、パットがホールから怒鳴っている。「もう行かなくては、遅れちゃうわ」

「オーケー、今行くから!」俺は叫んだ。「いいか、パム、俺が戻るまでここにいるんだ」

パットと俺はターブルズに寄り、そこで経済学の教授とひとりの学生に会った。その日、俺たち四人はスワスモア・ロータリー・クラブで話をすることになっていた。キャンパスを横切り、街を抜けて、待ち合わせ場所のイングルヌック・レストランに歩いて行った。俺はパットがどうも苦手だった。かの女とは、一一月からずっと俺があのスピーチをするまでは一〇語も話したことはなかった。しかしその日の午後、笑み満々の顔をして俺に近づいてきて、俺がどんなに変わったか、その変化をかの女はどうして知らないでいられたのか、立て板に水の如くしゃべりまくったのだった。そのため俺は、「このクソッたれ、俺に何があったか、よく知らないでいられたな?」と、叫んでやりたかった。しかし俺は口をつぐみ、唇を固く結んで丁寧にありがとうという仕草をしただけだった。それでかなり気をよくしたようで、それ以後、俺につきまとい、ピケの激励から今日のスピーチの約束まで何から何まで俺の世話を買ってでてくれていた。今は誰と組むかを口論する時ではないと、俺は自分に言い聞かせていた。

最初にロータリー会員が会の歌を二、三歌った。それからみなでランチになった。その後、順番に、ピアース教授、パット、そしてもうひとりの学生が演壇に立ち、話をした。とうとう俺の番となった。

「最初にご理解いただきたいのですが」と、俺は始め、用意したメモ用カードを読んだ。「私は、元海兵隊軍曹で名誉除隊したものです。ベトナムには第一海兵師団で一三カ月従軍し、名誉戦傷章、海軍優秀戦闘勲章、二度の大統領表彰、それと善行勲章を授与されました」

俺の自己紹介を頭に入れてもらうために少し間を置いた。

「私は一瞬たりとも、ベトナムへの関わり方についての我が国の誠意を疑うものではありません。しかしながら彼の地での私の経験から、そしてその後の成り行きから判断しまして、このままベトナムを破壊することなしに我が方がこの戦争に勝利を収めることはありえないと確信しています。ベトナムで何が起こっているのかを本当にご存知なら、戦場の狙撃兵一人の方が、将軍や政治家の全員を併せたよりも現状を知っていることをご理解いただけるのではないでしょうか。私は、われわれの日課となっているパトロールで非武装の男女が撃ち殺され、不思議なことですが、かれらがベトコンゲリラとして戦死者に数えられたのを見てきました。アメリカ人のパトロール隊員一人がベトナム人に撃たれたという理由で、村全体がナパーム弾で破壊されたのも目撃しました。民間人が固まって居住している地域が我が方に敵対的だと見なされたために、その地域一帯が毎晩のように重砲火の攻撃にさらされるのも目にしました。もちろん、そうした作戦を立てると、予告したことはその通りに実行されます。この戦争は、共産主義の脅威にベトナム人が立ち向かえるよう援助するために始めた戦争でした。しかし、われわれがしてきたことはすべてベトナム人をわれわれから遠ざけ、共産主義者の側に追いやっているだけなのです。それではその共産主義者とは誰なのか？　ロシア人か？　中国人か？　違います。ベトナム人自身なのです。ベトナムではわれわれが外国人なのです。われわれはかれらの言葉を話しません。われわれはかれらの文化を理解していません。もっと言えば、我が方が援助している政府は、一部の裕福な特権階級を除いて、民衆から支持されていないのです。特権階級は、われわれとベトナム民衆の犠牲の上に富と権力を維持しているのです。彼の地の政府はアメリカの傀儡《かいらい》以外の何者でもありませんし、それが実態です。サイゴン政府が任命した地区の行政責任者たちが無料で配給すべきコメを金を取って売っていたことも、私は知っています。ベトナムの国家警察官がアメリカの武器や備品を横流ししてその金を横領していたのも見ています。つまりベトナム人が求めているのは、われわれから解放されることであり、われわれにはかれらを解放することなどできないということを、是非お分かりいただきたいのです。私たちがかれらを征服するのは可能でしょう――しかしアメリカは決して征服者ではないと信じています」

聴衆は表情を変えずにいた。俺の話をみなどう思ったのかはまったく分からなかった。俺は水を一杯飲んでから続けた。

「もし今お話したことが少しでも信じられないのでしたら、二年前のテト攻勢を思い出してください。私たちは何年もトンネルの向こうに明かりが見えると言われてきました。その明かりとは何だったのでしょうか？　そんなことがどうして可能なのか、三年以上ものアメリカの戦闘部隊の直接的援助にもかかわらず、三年以上も楽観的な戦況報告が続いた後で、ベトコンと北ベトナム軍が、非常に広い範囲の、かつ破壊的な攻撃に乗り出すことができたなんて？　私は、少くとも民衆からの無言の支持があったからだと、確信します。私はフエ市で数千人の北ベトナム正規軍と戦いました。実に多くの兵士が市の隅々にまで潜入していたのに、何が起こるかなど誰も少しも想像すらできない状態でした。それほどの大きな都市で、住民全員をすべて徹底的な、威嚇をもってしても決して破られることのない沈黙状態におくなど、誰にもできることではありません。二年前によく分かったのですが、唯一納得できる作戦とは、できるだけ早く撤退することだということです。しかしカンボジア侵攻によって、ニクソン政権がその前のジョンソン政権と同じぐらい現実を見失っているということに私は新たな不安を抱いています。政治家たちがパリ会談のテーブルについている間に、軍指導者たちは軍隊の「ベトナム化」を進めようとしていますが、これはまったく士気を失わせ、戦死者を増大し、破壊を継続させるだけなのです。実際、これらの数値は驚くほどのレベルにまで増え続けているのです。カンボジア侵攻によって何が達成されるのか？　もし一〇マイル侵攻すれば、ベトナム人は一〇マイル後退するだけでしょう。もしこちらがもう一〇マイル進めば、かれらはもう一〇マイル、ジャングルの奥地に後退するだけです。ここは太平洋の孤島ではありません。ペンシルベニアとメリーランドの州境とは違います。ジャングルなのです！　幾重にも山並みが続く熱帯雨林なのです。それが何百何千マイルも続いているのです。合衆国の砲撃力と軍事技術はここでは事実上無力です。軽装備のベトナム人は実際、いつでもどこへでも難なく移動できるのです。われわれが前進するたびに、かれらは後退するだけ、こちらが撤退するのを待つだけです。カンボジアでかれらを追い回すために、われわれはもうあと五〇万の人間を送り込みますか？　それでどうにかなりますか？　今度はタイまで追いかけて行きますか？　それから次はビルマへ？　すでに犠牲になった何千人もの死を正当化するためにいったいもう何人のアメリカ人が死ななければならないのでしょう？　ベトナムでは何の用もなさずに煙や炎となって消えてしまう火器弾薬のために、さらに何十億ドルをつぎ込もうというのでしょうか？　アメリカの愛国者たちが戦争ではなく平和を緊急に求める時期に今来ているのです。ヘンリー・デイヴィッド・ソーローはメキシコでの戦争を支えるための税金を払うよりも監獄に入る道を選びました。今でもソーローはあがめられ、尊敬されています。誰がベトナム戦争の英雄となるのでしょうか？　私のようにそこで戦った者でしょうか、それともこれ以上の人殺しと意味のない破壊行為をやめさせるために立ち上がった者でしょうか？　今なお続く暴力によって打ち砕かれたすべての幻想に対して答えを出せる人たちなのでしょうか、それとも自由の大義を守ることができるより良い場所、より良い環境をどこかに見つけた人たちでしょうか？　地球上でもっとも強力な国家が、コメを作る農民と漁師の国をやむことなく攻撃し続けるとき、名誉などいったいどこにあるのでしょう？　何故われわれはベトナム人を救うことにそんなに執着するのでしょうか？　あの人たちが私たちの援助など、欲しがっても分かろうともしていないことは明確なのにです。最悪なのは、ベトナムでの戦争が私たちの国に分裂をもたらしていることです。反対運動や抗議の声は、毎週、そこに参加する人数、規模、怒りを増大させ、それに対する反発も同様に増え続けています。今では、アメリカ人同士がアメリカ国内で殺し合いをしているのです。もうベトナムを救うことは終わりにして、アメリカを救うことを始める時です。カンボジアへの進行を止めさせ、そしてベトナムでの戦争を即刻終結させるためには、あなたがたのお力が必要なのです。心よりご協力をお願いいたします。これまでベトナムで最大の犠牲を払った人たちへの最上の贈物は、すでに取り返しのつかなくなっている大義のためにこれ以上のアメリカ人犠牲者を出さない、ということなのです。われわれのそもそもの目的がどんなに高貴であったとしても、ベトナムでの戦争は悲劇的な過ちでした。しかし私は、われわれが過ちを認め、それを正すために最善の努力をするだけの高貴さをもつ国民であると期待しています。戦争を続けることで、ベトナムの悲劇を悪化させてはならないのです。ご清聴ありがとうございました」

俺はコップの水を飲み干して着席した。丁重とは言えなかったが、フロアからちょっとした賛同の拍手があった。しばらくして背の高いほっそりとした年配の白髪の男性が片手を挙げて話し始めた。

「ほとんどのみなさんがご存知でしょうが、私は陸軍の退役大佐です。みなさん、とくに若い方々にご理解いただきたいのですが、私は平和主義者です。しかし」と、彼は声を強めて、一語一語、はっきりと俺の方に骨太の人差し指を向けて、付け加えた。「私は選択的平和主義者です」と。

かなりの時間をとって、しばしば神に言及しながら、建国の父祖、自由、民主主義、合衆国憲法、共産主義、無神論、アップルパイと母性、ヨーゼフ・スターリン、裏切り、ニューヨーク・ヤンキーズ、福祉へのたかり屋、ヒッピー、プエルトリコ人、小汚いコメ食いアジア人、英雄、卑怯者、旧約聖書と、陸軍退役大佐は延々と説明を続けたのである。「私は、合衆国政府の政策、決定、そして行動は、天上の聖ガブリエルによって伝えられた神の絶対のご意志に従ったものであると考えるが、誰もが正しくそのように考え、信じ、認識するかぎりにおいて、平和主義者であります。しかしこれにいかような方法でも形でも反対するような輩に対しては、ナパームでも野球のバットでもB52でも、何を使ってでも叩きつぶしてやるつもりです。神は私を祝福して下さるでしょう」

俺は自分の耳が信じられなかった。狂気の沙汰か精神異常か！　息つく間もなく、退役大佐は、一九五四年にベトナムに従軍したこと、その息子も一九六二年にベトナムに行ったこと、今この瞬間にも彼のおいの孫がそこに従軍中であることを話し続けた。「私は誇りに思っています」と言い、まるで細身の全身を銃剣にして俺に狙いを定めるような格好で睨みつけながら、締めくくった。「家族が三代にわたって自由の大義を守り、祖国のためにベトナムの地で名誉をかけて戦ってきたことを誇らしく思っております」

スワスモア・ロータリー・クラブは陸軍退役大佐に総立ちして拍手喝采を送った。

「まったく何てこった、あの大バカ野郎ども。俺の話を一言だって聴いてはいなかったのか」。大学に歩いて帰りながらパットに当たり散らした。

「誠実なる責任や高貴な間違いなど、あなたが話したことは、あの人たちにとってはただのがらくたなの？」パットが訊いた。「あの屑たちを信用なんかしてないでしょ？」

「ちょっと待てよ、どうしてくれるんだ！」俺は叫んだ。「君は満足していないんだろ、どうだ？　君の言う通りにしたが、こんなこともう沢山だよ」

「さあ、どうかしら。私はただ訊いただけよ」と、かの女は鼻をならすように言った。「今日のことで怒ることはないじゃないの」。かの女は立ち止まって俺をじっと見た。

「勝手にしろ！」俺は言って、かの女をおいたまま歩き去った。

パムの部屋に戻ったが、パムはもういなかった。

20 帰還　サンフランシスコ空港で　一九六八年三月

トレジャー・アイランドにある海軍基地からサンフランシスコ空港までのタクシーで感じたことは、どんなに控えめに言っても失望でしかなかった。この一三カ月間というもの、最初に目に入るアメリカの光景を待ち望んできたが、湾一帯は霧で覆われていた。何一つ見ることはできなかった。最大の失望は、兵士を［ベトナムに］送り続けるだけで簡単に戦争が終わるとタクシー運転手が信じていることだった。「兵隊がもう少ししっかり戦えばいいんじゃないか」。彼は一〇分間ぶっ通しでまくし立てたが、俺は居眠りを装っていた。一九六八年三月初めのことだった。

空港ターミナルに着くと、俺は真っ先にフィラデルフィア行きの片道チケットを購入し、ズック袋をチェックインした。カウンターで、俺が手にしていたライフル銃の包みを不安げに見つめながら、それもお預かりしましょうかと訊かれたが、自分で持っていくからと告げた。かの女は躊躇しながらも、「オーケー」と言った。「あなたの便は一一時四三分発です。搭乗口Dです。お気をつけて」

午前一一時四三分まで三時間もあった。売店で雑誌を買い、サンフランシスコ空港のど真ん中に腰を下ろした。人でごった返していた。背広姿の男たちはブリーフケースを持っていた。女はたいていスカートとそれに合わせたジャケット姿だった。スカート丈は香港でドリットが着ていたような短いものが大半だった。ミニスカートだ。どこもかしこも素足ばかりだ。目が眩むようだった。

大勢の人間で溢れていたが、そのほとんどが俺と同じぐらいの年で、色褪せたブルージーンズやデニムの作業着、袖に階級章のあるグリーンの作業用軍服を着ていた。近くで若いカップルが壁を背にして床に座り込んだ。リュックと巻き畳んだ寝袋で、まるで森の中にでもいるかのように見えた。二人とも明るい色のヘッドバンドから長髪が垂れ下がっていて、ビーズのネックレスをしていた。女が動くと、胸がゆったりと開いたシャツの下でゆさゆさと揺れた。乳首が色褪せたブルーの布を突いているのが分かった。ノーブラだ。気が狂いそうだった。フリーラブについて読んだことがある。

つまりこれがヒッピーなのか、と思った。ベトナムに行く前には見たこともなかった。反戦運動全体もそうだったが、ヒッピーとフラワーピープルは俺がアメリカにいない間にどこからともなく現れてきたようだった。高校時代に、俺は耳やシャツの襟にかかるほど髪を伸ばしていて、それを校長から咎められたことがあった。パーカシーにはヒッピーはいなかった。ジェニーがブラをつけていなかったことなどありえなかったし、「俺はジェニーに」そんなことはさせなかった。スカート丈だっていつも膝まではあった。入隊した時には俺の写真が地元紙に載ったが、俺は勧誘者と一緒にペンリッジ高校の玄関前に立って握手していた。

今ならパーカシーにもヒッピーがいるのだろうか。プラカードを掲げているフラワーピープルに取り囲まれるかも知れないという期待も半分に、雑誌の陰に隠れるようにして、空港内を行ったり来たりする人びとを観察していた。

視線に入ってきたのは、痩せて顎鬚をはやしたブルージーンズと刺繍入りのデニムのジャケットを身につけた若者だった。ヘッドバンドをしていて、明るい色のショルダーバッグをかけていた。俺はちらっと見上げた。彼は真っすぐこちらを見ているようだった。オー、ノー、と思った。どうかそうならないように。行ってくれよ。ひとりにしておいてくれ。

「ピース、兄弟」と彼は言って、にっこり笑った。顔中、そばかすだらけだった。「調子はどうだい？」

「いいか、問題を起こしたくないんだ。俺の便を待っているだけさ。トラブルを探しているなら、お門違いさ」

「ヘイ、落ち着けよ」と彼は言った。「そのライフルなんだけど。俺はちょっとしたガン・マニアでさ、どんな種類のものかと思って」

「ああ、MAS36、フランス製。かなり古いものさ。それほどいい状態ではない。何故これを今も手放さないでいるのか自分でも分からない」と、俺は答えた。

「多分、クリーニングすればいいよ。磨くかどうかしてさ。俺のじいさんは壁一面に古い銃を飾っていたんだ、ライフルとかピストル、あらゆる種類を。みんなよく手入れされていた。[彼は]モンタナに牧場をもっていたんだ。それで銃のことを知っているってこと。毎夏、そこでじいさんと過ごしたからね。牛にパンチしたり、カウボーイごっこをして遊んだ。その頃が一番楽しかったね。テレビの西部劇のスター気取りでさ。モンタナは子どもにとっては最高さ。イッピーオーキーイェイ！」彼は俺の隣に腰掛けると、片手を差し出した。「名前はレックス。君は？」

「ビル」と言って、ためらいがちに握手した。

「ベトナムから戻ったばかり、のようだけど」

「そうなんだ。ライフルもそのためさ。分かるだろうけれど」

「そう思った。とにかく君が無事に戻って嬉しいよ。君もそうだろう。どのくらいいたの？」

「一三カ月」

「長いよね」

「永久に続くような気がした……レックス。今日のような日をずっと夢見ていた。君が百万長者になったりオリンピックで金メダルを取るのを夢見るようにね」。俺は首をゆっくり振った。

「徴兵されたの？」

俺はちょっと鼻をすするように鳴らした。「いいや、志願したんだ。高校卒業してすぐにね。自分から入隊した。一七歳だった」

「へー、そいつはすごいね、ビル」

ちょっとした咳払いをしたことに、自分でも驚いた。「ああ、その通りだ、レックス」と、俺は言った。

俺たちは、まるで二人が秘密を共有しているかのように笑った。ほんとにそうだったかどうか分からないが。

「さっさと消え失せろ、このヒッピー野郎」

見上げると、背広姿の二人の中年男が目の前に立っていた。二人はレックスを睨みつけた。「やられたいのか、ヒッピー野郎」と、左側にいた男が言った。引退したプロフットボール選手みたいな奴だった。「善良な人間に何をやらかそうっていうんだ？」

「彼は何もしていませんよ」と、レックスが立ち上がったと同時に俺は言った。

「いいから」とレックスは言い、俺に挨拶した。「もう行かないと乗り遅れるから」

「気をつけるんだな」と、三つ揃い姿のラインバッカー［アメフトの守備選手］が言った。

「彼は何もしていませんよ」

「楽しかったよ、ビル」。レックスは立ち去りながら振り向いて言った。「無事に帰国してほんとうに良かったよ。気をつけてね。いいね。これからどうするのか分からないけれど」

「君もね」と俺は返事して、ラインバッカーの樽のような体躯の陰から手を振った。ラインバッカーはレックスの方を向いて脅すように一歩踏み出した。

「ピース、友よ、ピース」。レックスは笑って、両手でVサインを送ってきた。「あまり悩み過ぎたりしないようにね」。彼は向きを変えるとスキップをするように人ごみの中に消えて行った。

「彼は何もしていなかったんですよ」と俺は言った。「俺たち、ただ話していただけです」

「ああいう連中は最後の一人までとっちめてやるべきなのさ」と、ラインバッカーは言った。「君のようなのと同じ星に住んでいると思うとムカムカしてくる。ちょっと一杯どうかね、軍曹?」

俺はラインバッカーやその仲間を好きにはなれなかったが、何か飲みたかった。

「イェッサー」と、静かに答えた。「時間はありますから」

「サー、と言う必要はないよ」と、三人で一番近いところのバーに向かって歩きながら、ラインバッカーは言った。「俺も君と同じように、昔の志願兵なんだ。伍長さ、海兵隊のね。太平洋戦争に行った。知ってるだろう、〈一度海兵隊員になれば、生涯海兵隊員〉って」

その言葉は耳にタコができるほど聞かされてきたが、腰を下ろしてから朧《おぼろ》げに、ほんとうだろうかと思った。二人はスコッチのオンザロックを頼んだ。俺はスコッチは好きではなかったが、「スコッチをオンザロックで」とウェイトレスに言った。かの女が俺の年を尋ねると、ラインバッカーが五ドル札をさっとかの女に握らせて追いやってしまった。

「ところで幾つなの?」と訊かれた。

「一九歳、と半年です」

「そうか、戦うには十分な年だよな、それなのに酒を呑むには若すぎるっていうのか」と言って、ラインバッカーは鼻息を荒くした。「一九歳か、若い軍曹か。徽章がずらっと並んでいるじゃないか」。彼は俺の左胸に二列に並んでいる略綬［実際の勲章の代わりにつける略式の章］を指差した。「さぞ優秀な海兵隊員にちがいない」。その言葉に俺は居心地の悪さを感じ、テーブルに目を落とした。「俺はバートン」と彼は言った。

「こっちはデイヴィス。君はナムから帰ったばかりか、そうだろう」

「イェッサー、あっ、そうです。今朝こっちに着いたばかりです」

「とにかく、君に乾杯」とバートンは言い、グラスを上げた。「その武器は向こうで使ったのか」

「はい、そうです」

「それだけでも徽章一つの価値はあるな。運ぶだけでも骨が折れるだろう」

「夜だったので」と俺は言った。俺たちのパトロールはベトコンのパトロールとかち合うことがよくあったが、俺たちは奴らに見つけられる前に道を外れていた。奴らは、四人組で、真っすぐに歩いてくる。キャロウェイと俺は銃を構え、奴らが一人でも撃ち込んでくる前にやっつけた。キャロウェイは興奮状態だった。「ライフル！」と叫んだ。「俺たちは一度、武器ごと捕えたことがあります」。俺は説明しようとして、肩をすくめた。「どっちがやったか、俺かキャロウェイか、分かりませんが」

「君の言う意味はわかるよ」とデイヴィスははじめて口を開いた。「硫黄島では、俺も海兵隊員だったが、ときには状況は記録などできないほどひどかった。ジャップの奴ら、人間の波のようになって攻撃してきたものだ。自殺的攻撃さ。かん高く叫びながらやってくる。こっちはただ身を潜めて一人ずつ撃ち倒すだけだ。天皇のために笑って死んでいくんだ。ベトナム人も同じじゃないか？　命を何とも思わないんだ、東洋人は。一人でも食べさせる口を減らすのさ」

カルマ、涅槃、再生、万歳攻撃、ポークチョップ・ヒル。ビンロウジュの実を口一杯含み歯を黒くした老女、ぱっくりと割れた傷口に蠅をたからせた子どもたち、ゆるゆるのズボンをたくし上げ、堂々と小用を足している男たち、奇妙な音を立てるしゃべり方、空虚な顔つき。アジア人は自分たちとは違うのさ。そう信じられてきた。

　ある日のことだった。ホイアン近くのパトロールで、葬式に出くわした時のこと。二人の男が小さな彫刻の飾りのついた、見るからに幼い子どもの柩を運んでいた。頭を剃り、ゆったりとしたサフラン色の長衣を纏《まと》い、横笛を吹き、小さなシンバルを叩きながらの僧侶の列。その後を一二人ほどの農民が続き、ある者は泣き、二人の女は胸が張り裂けんばかりに泣き叫んでいた。彼らの通り過ぎるのを見ていたが、夜になってからその光景を思い出して吐きそうになった。かれらの悲しみがそれほど強く伝わってきた。

　今でもそのことを思い出すと、あの時と同じように気分が悪くなる。「さあ、どうでしょうか」と俺は言った。「実際のところ、よく分かりません」

「奴らは洗脳するのさ」とデイヴィスが言った。「アカの奴らはいつも奴らの軍隊を洗脳する。興奮させて血に飢えたようにさせるのさ。ベトコンは村に入って誰も彼も殺してしまうと聞いたことがある。戦闘能力のある男を除いてね。男は連れて行ってゲリラの仲間にしてしまう。そうじゃないのかね？」

「そういうのは見た事はなかったですけれど」と俺は言った。「入隊する前にそういうことを書いた本をよく読みました。しかし自分が向こうにいる間に、そのような場面に出会った事は一度もありませんでした」

「とにかくそういうことだ、嘘じゃない」そう言って、スコッチをぐいっとあけ、グラスを拳骨で押し戻した。「しょっちゅうあることとさ」

「君たちアメリカ人はベトコン以下だね」と、トリン軍曹は言った。その日の朝、彼は大隊指令部将校に、アメリカ人のために戦うのは終わりにすると言いに来たのだった。「君たちの無知をそのまま持って［アメリカに］帰ってくれ！」

「いったいどうしてそんなことが言えるんですか？」俺は半分立ち上がって叫んだ。「向こうで起こっていることをこれっぽっちも理解していない。あなたたちの誰もがそうだ。村を荒廃させているのは俺たちなんだ。かれらは兵隊をリクルートするのに武器で脅す必要なんかないんだ。増やしているのは俺たちなんだ！」

二人の男は信じられないといった顔つきで俺を見つめていた。「おい、軍曹、そんなに怒るなよ」と、バートンが言った。「俺たちは君の味方だよ、分かるか？　怒る理由なんて何もないだろう。いいか、座ってもう一杯やれよ。いいかい、俺たちは君が任務を遂行してきたことに感謝しているんだ」

「まったく何てことを言うんですか。もう行かなくては」

「おい、君のライフルだ」とデイヴィスが言った。

俺は取りに戻らなかった。頭の中がぐるぐる回っていた。一番近くにあったトイレに駆け込むと、用を足すのと吐き出すのとがほぼ同時だった。

「大丈夫かね、君？」俺の肩に誰かが軽く触れたようだった。俺は反射的に振り向いた。かがみ込むようにして覗き込んでいた縮れた白髪の黒人は、俺の突然の動作に驚いて、素早く一歩あとずさりした。彼は繋ぎの作業服を着てモップを握っていた。

「すみません」と俺は言った。

「おどかすつもりではなかったんだ。大丈夫かい？」

「はい、大丈夫です。何か悪いものを食べたようです」

「医者を呼んでこようか？」

「いいえ、もう大丈夫です。ちょっとだけ……」俺は小便を流した。

「汚れているから、口を洗った方がいい。胃腸に効くものを何かもってこよう。ここで少し待っていなさい。すぐに戻ってくるから」

21 エンデバー号　三重残業

「ワインが落ちるぞ！」俺は叫んだ。

自分のカードを見ずに、ロジャーは右手を伸ばして半ガロン入りの壜を押さえた。壜はもう少しで机からすべり落ちるところだった。

「集中力が切れるじゃないか」と彼は言った。「来た！　9が揃った」。俺は即座にカードの山をすくいあげた。「クソッ、エアハートめ！」彼は怒鳴った。

サンフランシスコを発ってから一日、まだポートランドへの途中だったが、嵐で海は大荒れだった。夕暮れ前のことだった。

「今夜は荒れるね」と俺は言った。「この嵐はもっとひどくなるよ。さっき、主甲板を見たかい？」

「波で洗われてたか？」と彼が訊いた。

「ああ。キャットウォーク［作業用通路］以外はすべて水浸しだ。船尾デッキの前方ハッチに波が当たっていたよ」

「海ではこんなもんさ」とロジャーは唸った。「ところでパムはどうした？」

「ああ、夏の大半ギクシャクしていた。俺はアルミのスイミングプールを造っている男の下で働いていた」

「アルミのプール？」

「そうだよ。ねじ回しとレンチの工作セットみたいなもので壁を組み立て、底に砂を敷き、それから大きなゴムを被せて、あとは水を入れるだけ。それで完成さ！」

「しっかりしているとは思えないがね」と彼が言った。

「それだけの価値はあるよ」と俺は答えた。「低料金で利用できる簡易プールさ。週末にはかの女に会いに行った。かの女の父親はロングアイランド海峡でヨットのレースに出たんだけど、俺はそのチームの正式メンバーになってしまったんだ。俺たちはけっこういい線行っていてね、おやじさんと俺、それにもうひとり、ロングアイランド海峡でのエンサイン〔海軍旗〕級の部で優勝したんだ。それでパムがモンキーレンチを投げない限り、今度は全米レースに出場するつもりだった。かの女は夏の間中、昔のボーイフレンドと会っていたはずだ。それが、全米レースの一週間前になってついにハンマーを打ち下ろしたって訳さ。誰が一番がっかりしたのかは分からない」。俺は笑った。「俺か、かの女のおやじさんか。彼は大きなレースの一週間前になってクルーメンバーを変えたくはなかったんだ。俺にホテルを取るからとも言ってくれた。そうすればパムのいる家に泊まらなくてもいいからね」

「そうしたのか？」

「冗談だろ。そんなことは御免蒙るよ。かの女が誰か他の奴と一緒に車のバックシートでよろしくやっている間、俺はその父親とセーリングしているなんて。それから一週間後に、俺はアルミのプールの仕事を首になった」

「バカめが」とロジャーが言った。

「その通りさ」と俺は笑った。「ほんとうにどうかしていた。ひと月もの間、部屋でごろごろしていた。俺はその夏、両親の家にいたんだけど、泣いて、頭を壁にぶつけて。今では笑っていられるけれど、その時はこの世の終わりに思えた」

「4のカードが集まったぞ」とロジャーが言った。「そしておさらばしたって訳か。あーあ、かの女はおまえに首ったけだったんだろ、えっ?」

「かの女が悪いんじゃない」と、ロジャーの4のカードの山をすくいあげながら、俺は返事した。

「俺には信じられないね」と、ロジャーはぶつぶつ言った。

「かの女はただ子どもだったのさ。俺は配線の切れた精神異常者。かの女が何に恋していたか、神様だけがご存知だったのさ」

「もうかの女には会わないのか?」と、ハートのエースを置きながらロジャーは唸った。

「そんなことはないよ。その次の秋学期が始まると俺はかの女と一緒に寝ていたからね。つまり、こういうこと。かの女は週末になるとボーイフレンドのところに行き、日曜夜には戻ってきて俺のベッドにもぐり込んできた」。俺はそのエースと4と5の札を取り上げた。

「この野郎、エアハート。もう一度だ。それで何でそんな取り決めができるんだ?」

「どうしてかって?」と俺は言った。「寂しかったからさ。いいか、俺はひとりで寝るのが嫌なんだ。毎晩、死んでいるように感じるんだ」

「おまえにはここが一番なんだな」とロジャーは笑った。

「しばらくすると慣れてくる。〈ここへ来れ、悲しみに打ちひしがれし者よ……〉とにかく、それはそんなに長くは続かなかった。かの女はスワスモアに別の男ができた。それで終わりさ」。俺は苦笑いをした。「畜生、それを知ったとき、ぐでんぐでんに酔っぱらった。二日間というもの、部屋で三本か四本のアプリコット・ブランデーを飲んだ。ひどいもんさ。二日酔いから醒めるのに三日かかった。日に二回、ダニエルとJCがドアから首を突き出して、俺がまだ生きているかどうかを確かめにきた。おい、この船は随分と揺れるじゃないか。この嵐、アストリアに着くまでに通り過ぎてくれないかな。こんな調子では河口を渡りきれないんじゃないのか。何時までに到着すればいいんだ?」

「明日の夜までにコロンビア川の灯台船に着けばいい。リトル・カシノ〔一点〕だ」と言って、彼は嬉しそうにスペードの2を取った。

「数えてみろよ」と俺は言い、その回を終わらせた。

僅差でさえなかった。ロジャーはカードを掴むと舷窓を開けようとした。「やめろ!」俺は怒鳴ったが、遅すぎた。舷窓を開けた瞬間、ロジャーの顔は雨と海水でびっしょり濡れ、カードは半分ほど外に吹き飛んだ。あとの半分はこちら側に舞い込み、ロジャーの船室にバラまかれた。ロジャーは怒っていた。「止めようとしたんだ」と俺は言った。

「クソッ」と言い返した。「何時だ?」

「八時一五分前」

「下に行かなければ。また後でな。出るときにはテープを止めておいてくれ」

いったい、何という夏だったのか、ロジャーが去った後、俺は思った。コネティカットに最後に行った夜中のこと、途中でガス欠となり、朝六時にケイシー家の車寄せで目を覚まし、泣きながら引き返したこと。行く先々で邪魔者扱いされた——戦争を止めなければ、俺たちは戦争を止めなければいけない——まるでアメリカ中の人びとを説得できるかのように思っていた。ケリー夫人、かの女は俺のことを小さい頃から知っているが、突然金切り声を上げた。「うちのサミーは海兵隊のヘリ操縦士だった。撃ち落とされて青銅章をもらったわ。あなたは何をしているの、ビリー・エアハート? 裏切るようなことなんか言って!」それからドイルズタウンでのカクテルパーティ、俺は出て行くように言われた。「ビル、君はここにいるみんなの邪魔だ。政治を語るならひとりでやってくれ」。俺にはまったく信じられなかった。みんな俺の言うことを聴くべきじゃないか！　俺はあそこにいたんだ！　俺は帰還兵なんだ。俺はみんなが聴いてくれるものと信じていた。その夏は、サウス・フィラデルフィアの革製品工場で最低賃金の仕事をして終わった。一緒に働いていた奴らは、俺をまるでばい菌か何かのように避けていた。

俺はロジャーの部屋の散らかったカードを拾い集めると、プレーヤーのテープを止めて自分の部屋に寝に帰った。その時船が突然に右方向へと大きく傾き、昇降口に思い切り肩をぶつけてしまった。

午前二時頃、一二時から四時まで当番の給油係に起こされた。二等機関士が俺に機関室まで来るようにということだった。

「いったい何だ！」と俺はぶつぶつと独り言を吐いた。「俺に何をしろと言うんだ？」

「俺じゃないよ」と、その給油係が言った。「俺に八つ当たりするなよ」

着替えてから下の機関室に降りていった。そんな夜中に下に行くのはこれで二度目だった。一〇時頃、ロジャーにペンキ用ロッカーの掃除を手伝ってくれと呼ばれたことがあった。船がひどく揺れてペンキ缶がいくつも並んでいる棚がガタガタして外れそうだった。棚をしっかりと固定するのに二人がかりで真夜中までかかった。

「何の用ですか？」と、エンジンの騒音よりも大声で二等機関士に怒鳴った。

「こっちに来てみろ、見せてやるよ」。彼は俺の耳元で叫んだ。

俺たちは、機関の方に倒れ込まないようにキャットウォークの手すりをしっかりと握り、最船尾にある操舵機室まで進んで行った。そこには巨大な舵棒がこの船体を貫いていて、艦橋が制御している複雑で強力な水圧装置へと繋がっていた。

しかしリバーシティでトラブルがあった時に、その一角が、海水と重油が混ざり合って六インチほど水浸しになっていた。船体が揺れたり傾いたりする度に、混ざり合った液体が隔壁から隔壁へと前後左右にバシャバシャと波打っていた。舵棒の周囲のパッキング材が膨れ上がり水漏れしていることは明らかだった。水が侵入し、ベアリングの潤滑油と混じり合っていたのだ。水漏れがそれほど深刻なものではなく船が沈んでしまう心配がないことも分かった。

「これだ」と、二等機関士は叫び、その一角を指差して見せた。

これだけのことでベッドから引きずり出されたことが、俺には信じられなかった。この状態を前に、俺にどうしろと言うのか考えながら、立ちすくんでいた。「それで、どうしろって言うのですか?」と、俺は怒鳴った。

「ここをきれいにできるか」と、彼は叫んだ。

「正気じゃないですよね!」と俺は怒鳴り返した。彼が正気で言っている訳がない、と思ったからだ。彼はまるで冒瀆されたかのように俺を見つめた。「そうだ、正気だ」

「どうやって?」俺は叫んだ。彼は、まったく役立たずの砲弾のように汚水の中でうるさく転がり揺れているモップとバケツを指差したのだった。まさか、マジかよ、嘘だろ、モップとバケツでやれって言うのかよ。ここを何とかするのには四インチのポンプが必要だった。しかし俺が振り向いた時には、二等機関士はすでに作業用梯子に向かっていた。俺は彼に向かって怒鳴ったが、聞こうとはしなかった。恐らくそれをしろという意味だった。

商船は海兵隊とは違う。敬礼もしなければ上官にサーをつける必要もなし。辞めたければいつでも辞められる。しかし俺は辞めたくはないし、首にされたくもなかった。どんな仕事でも、やれと言われて従わなければ、解雇されるのは目に見えている。あの男は頭がどうかしている。俺は死ぬほど疲れていたし、船は野生馬のように暴れまくっていた。しかし俺には行動に移るしか選択の余地はなかった。

俺はその一角で一番高い台に上がった、そしてその瞬間、滑って油まみれの水の中に落ちてしまった。泥の中の豚のようにもがいた。あのクソッたれ野郎の大バカ野郎のいかさま野郎めが。奴は何が何でも俺を殺す気だ。

それからしばらくして俺はハッと気がついた。会社の就業規則によれば、俺はすでに正規の一日八時間労働枠に入っているので、午後一〇時から真夜中まで残業し、そして今は、午前二時からいつまでかかるか分からない労働をさせられ、朝になれば通常シフトに戻らねばならない、つまり真夜中からずっと三重残業をさせられていることになる。会社は三重残業を嫌っている。誰かがそうなった場合には、フィラデルフィアの重役連中は狼狽し、三重残業を許したことで船長や機関長を叱責することになるだろう。二等機関士は、ここではまだ日が浅いので、このことを理解していないのは明らかだった。しかし俺には分かっている。つまり、俺が、二等機関士の急所を握っていることを。

突然、目の前が明るくなった。イッピー！　まずは、袖や裾をまくり上げ、モップとバケツを引き寄せ、身体にぶつからないように固定した。それから急ごしらえの安全綱二本を巻きつけ、しょっちゅう転ぶことなく仕事ができるようにした。それからモップで拭き始めた。まったくバカげている。どうにも怒りは治まらなかった。しかし翌朝、俺が三重残業のことを告げたときの機関長の顔を思い浮かべるだけで楽しくなってきた。口笛すら吹き始めていた。

午前四時頃、二等機関士が来て、作業をやめるように言った。「あまり変わりないな」と彼は怒鳴った。「確かにその通りです」と俺も怒鳴り返した。俺は自分の船室に戻り、数時間ほど眠り、それから通常シフトに戻った。

機関長に状況を話すと、彼の口は開いたままとなり、葉巻が床に落ちた。「さっさとここから出て行け、二四時間戻って来るな」と、慌てたように怒鳴った。「戻って寝るんだ、午後、目を覚ましたら俺の船室まで来るんだ」


「まあ、それで、エアハート」と、午後、機関長は言った。「大変な晩だったな、えっ？」

「イェッサー」。俺はニヤッとした。

「つまり、その、いいかい」と彼は言った。困惑しているのが手に取るように分かった。「率直に言おう、エアハート。君は会社が三重残業についてどう思っているか、分かっているね」

「イェッサー、分かっています」。俺は答えた。「しかし、二等機関士は分かっておいでではないようでした」

「そうなんだ、君と話そうと思ったのはそのことなんだが。いいか、私はこのことを報告するのは差し控えたいんだ」と彼は言った。「もちろん、君にはその権利があるし、このことで議論するつもりはない。だがね、このことはいろいろなトラブルを引き起こすことになる……」

「機関長、よく存じています、しかしこれは私のせいではありません……」

「分かってる、分かっているよ」

「あの大バカ野郎のお陰で、俺は下で殺されるところだったんです。実際それだけ大変だったのです」

「君が怒っているのはよく分かる、エアハート」と機関長は言い、もう一本の葉巻に火をつけた。「確かに君にはすべての権利がある。愚かなことをしでかしたんだからね。それでも、ここは個人的な頼みとして聞いて欲しいのだが、この三重残業の件を見逃してもらえれば、今後二週間、正規の残業分を上乗せするように手配するつもりだ。それなら君は同じ時間分を支払われることになるが」。俺は座ったまま顎をひっかきながら考えていた。「もう数時間分を上乗せしてもいいんだが」と機関長は付け加えた。

「ええ、まあ、機関長」と俺は言った。「そこまでおっしゃるのでしたら……しかし私がほんとうに望んでいるのは」

「何だね？」と機関長はおずおずと尋ねた。

「こんなことが二度とあって欲しくないのです。あの二等機関士のことですが」と続けた。「お分かりですね？」

機関長は思わずニヤッとした。「ああ、君の言いたいことは分かっている」と言った。「心配しなくていい。二度とないだろう。代わりが見つかればすぐに船を降りてもらう。恐らくチェリー・ポイントで」

「いいでしょう」。俺は晴れやかに微笑んだ。「これで決まりですね。残業時間の上乗せは必要ありません。働いた分だけ下されば結構です」。そして俺は笑った。「いいですか、機関長、下の状態を是非ご覧いただきたかったです。操舵機室全体が油にまみれていました！　それなのにあの男は私にモップとバケツを渡しただけでした！」

「分かってる、分かっているよ」と機関長は笑い、額を親指と人差し指で挟むような仕草をした。

「まったくバカげています」と俺は言った。

「もう戻ってよく休む事だ。それから朝になるまで機関室のあたりには近づかないように、いいかね？」

「それから機関長、ここにいる間にひとつだけ質問してもよろしいでしょうか？」

「ああ、何だね？」

「余計なことだとお思いでしたら、お答えにならなくとも結構です」と言って、続けた。「ロジャーから、あなたが海軍を退役されたと聞きました。ベトナムに派遣されそうだったからということですが。どうしてなのか気になっていたものですから」。機関長の表情が曇った。「先ほど言いましたように」と俺はつけ足した。「もしお話したくなければかまわないのです。ただちょっと気になったものですから」

「君はあそこに行っていたんだね」と機関長が訊いた。

「はい」

「私が行かなかったことを無責任だと思うかい？」

「いいえ、違います、そんなふうには思いません。私を信じてください。もし私がもう少し大人で分別があれば、行っていなかったかも知れません。まったく、帰還後に大学に入り、今度は友人のためにCO［良心的兵役拒否］の推薦状まで書いているのです」

「そうだったのか？　いや、実を言うとね」と、椅子の背もたれに寄りかかり、葉巻を吸いながら機関長は言った。「私は二三年間海軍にいた。朝鮮にも行った。私は、一九五八年にレバノンに海兵隊を上陸させた艦隊にいたんだよ。六二年にはキューバを封鎖した。しかしベトナムで起こっていることが、私にはまったく理解できなかった。ペテンにしか思えなかった。アメリカ人のひとりでも命をかけるだけのことが起こっているとは思えなかった。毎年、あそこにいることの新しい口実を次々に言い立ててはいたが、何一つ説得力をもってはいなかった。戦争に行って戦えと言う、それなら何のために死ぬべきなのかを説明するべきだ。誰もそれには答えられなかった。私には妻と三人の子どもがいた。それに、六九年に命令を受ける前に、私には退役資格があった。退役年金をもらってＡＲＣＯでこの仕事につくか、それともベトナムに行くか、君ならどちらを選んだかな？」

「あなたの判断が正しかったでしょう、機関長」と、俺は答えた。

「君は行って、私は行かなかったことを恨まないのか？」

「とんでもない」と、俺は言った。「それこそ被害妄想と言うべきでしょう。私はとっくに乗り越えました。私が行ったこと、実際ひどいものでしたから、それにはいろいろありますが、あなたが行かなかったことを恨む気持ちはまったくありません。どうかお気になさらずに、機関長」

22 新入生歓迎パーティ　一九七〇年九月

「ヘイ、ビリー！」俺の部屋に入りながら片手を突き出して、ダニエル・コフマンは言った。「久しぶりじゃないか」

「ダニエルか！　一杯やるか？　ちょうどウィスキー・サワーでもつくろうかと思っていたところさ」

「そうか、そうか」。握手しながらダニエルが答えた。「それなら一緒に」

ダニエルは六フィート余りある長身だったが、彼のもっとも特徴的なところといえばその体毛にあった。全身を覆っていた。シャツを着ていなかったので、肩から背中、腹、脇腹にかけての毛深さは頭髪にも引けを取らないほどだった。まるで毛むくじゃらのマンモスのようだった。

「氷はJCの冷蔵庫だ」と言って、プラスチックのコップを二つ、彼に渡した。

俺はパムには二度と会いたくなかったが、一九七〇年の秋に大学に戻れたのは嬉しかった。ダナ・ホールの三階の寮監をやらされていたので、キャンパスの周囲の森やクラム牧草地を見渡す奥行きのある出窓のついたしゃれた外観のシングル・ルームをあてがわれていた。バート・ルイスは卒業したが、去年知り合ったJCムーニーとダニエルは、二人ともDU会員で、ホールを挟んで向かい側のシングル・ルームにいた。それに俺は、一年目の二学期とも好成績だったこともあり、学業の面でも自信がついてきたところだった。

実際、初年度後期の成績を受け取ったことが、その夏を通しての唯一の明るい出来事だった。パムと別れてから、プール造りの仕事を首になり、夏の半分をアイス皮革会社の最低賃金の仕事のために毎日八〇マイルも通わなくてはならず、参っていたところだった。ケント州立大事件とその後の抗議運動や、カンボジア侵攻の明らかな軍事的失敗にもかかわらず、戦争は休みなく継続していた。俺は、戦争をすぐに終わらせるべきだとは思わない人たちに対して、丁重な言葉を使うことはしなかった。両親と一緒に暮らすことはとりわけ難しかった。二人とも俺の言おうとすることに聞く耳を持たなかったし、俺が話すことは実際のところすべてキンキン声としてしか届いていなかった。

ダニエルが氷と一緒にマリファナの詰まったポリ袋を手に戻ってきた。

「ちょっとやるか?」と訊いてきた。

「ダメだ」と俺は答えた。「今日はホールで新入生全員とのミーティングがある、両親も一緒だし。何人かはすでにこの辺りを回っている。まだパラパラとだけどね。みんなをそれぞれの部屋に入れなければならないんだ」

「それで?」とダニエルは言った。すでに紙に巻き始めていた。俺は肩をすくめたが、彼は巻くのをやめなかった。「夏休みはどうだった? パムには会わなかったのか?」

「ああ、しばらくは会ってた。かの女にふられるまではね。俺が気違いだってことにようやく気がついたようだ」と、俺は言った。ダニエルは面食らっていたようだが、それ以上は何も訊かなかった。「なるようになるもんさ」と、俺はつけ加えた。彼が火をつけたマリファナを渡してくれ、俺はそれを数回深く吸い込んだ。「君の夏休みはどうだったのさ?」

半時間ほど、酒とマリファナに二人ともすっかり浸かってしまった。時折、おずおずとした新入生や不安気な顔つきの親達に邪魔されそうになった。そのつど、俺は素早くドアまで行き、かれらが部屋に入ってきて煙や酒の臭いに気づくのを食い止めようとした。話をするのもしどろもどろだったし、自分がどんな状態なのかも分かっていた。

「心配するなよ」と、ダニエルが言った。「ちょっと見ただけでは誰にも分からないよ」

「クソッ、ちょっと厳しいぞ」と、リストにある名前をチェックしながら、俺は言った。「吸うべきじゃなかった。ほんとに吸ったようには見えないか？　しかしさっきの連中は誰なんだ？　畜生、名前も思い出せないのか。会ったばかりだというのに！」

「ねえ、あなた、どうしましょう、うちの大事な子どもをあんな人たち、ならず者たちに預けてはおけないわ！」ダニエルが不安げな母親をまねて金切り声で叫んだ。俺たちは二人で大笑いした。俺はふらふらっと目眩がした。

「大丈夫か、吸ったように見えないか？」

「気にし過ぎだ」と、ダニエルは低い声で怒鳴るように言った。「ヘイ、学長主催のお茶会に行こうぜ」

「冗談じゃないよ。仕事始めの日に首にされるよ」

「いいから、行こうぜ」

「このままでか？」俺は自分たちの服装を見ながら言った。ダニエルは袖を引きちぎったTシャツ姿で、寮監を探してここに立ち寄った学生の両親にうやうやしく挨拶をした。俺はと言えば、派手な長袖の下着のようにしか見えないウォーレス・ビーリー調の明るい絞り染めシャツ姿だった。フロリダ旅行以来俺は、顎鬚をはやしてはいなかったが、二人とも口髭に長髪だった。俺は虹色のヘッドバンドで髪が顔にかからないようにしていた。

「いいじゃないか」とダニエルは言った。「誰にも分からないよ。さあ、行くか。きっと何かうまいものがあるはずだ。腹が減ってるんだ」

俺も同じだった。俺たちは立ち上がって、キャンパスを通り抜け、学長宅へと向かった。そこでクラマー学長が新入生とその両親のための野外パーティを催すことになっていた。

「ここはいったいどこなんだ?」俺たちがクラマー博士宅の裏手にあるこんもりとした生垣に突っ込んだと同時にダニエルが笑って言った。

「痛い!」俺は叫んだ。「小枝に気をつけろ」

俺たち二人が生垣を抜け出たと思ったその時、そこがクラマー博士邸の庭で、主催者側の列の真後ろであることに気がついた。もう少しで、クラマー博士と握手できる距離だった。もし彼が誰かの親と握手している最中でなかったらの話だが。彼の隣にはウィリアムズ学部長、ブラッドリー学部長、ロウフォード学部長、クルーズ副学長、そして大学本部のお歴々が並び、参加者と握手を交わしているところだった。主催者一同、映像が中断したようになり、この騒動は何なのかと後ろを振り向いた。全員が上着とネクタイを着用しているか、正装していた。ウィリアムズ学部長はもう少しで吹き出しそうだったが、他の面々は呆れ果てた様子だった。気まずい沈黙。クルーズはと言えば、状況が許せば、すぐその場で一喝浴びせたところだったろう。

クソッたれ、一巻の終わりだ。

「これは失礼」と、ダニエルが言った。

「ど、どうも、失礼しました」と、俺はどもりながら言った。「迷ってしまったのです」

俺たち二人は、小さくなって隠れるようにして主催者の列の最後部へ逃げ込み、芝生の庭に正装して立ち並んでいる一団の中へと姿を眩《くら》ました。

「何てこった、ダニエル」と、俺は言った。「どうなるかと思ったよ」

「奴らの顔を見たか?」とダニエルが吠えるように言った。

俺もまた、寮監の仕事を辞めさせられるという絶対の確信があったにもかかわらず、笑いを堪えることができなかった。「ベティ・ロウフォードなんて、その場で漏らしたんじゃないかと思ったぜ」と、俺はくすくす笑った。

「クソッ食らえだ」と、ダニエルも言った。「食い物はどこだ?」

「あそこだ」と俺は言って、接待役の二年生の女子学生のひとりがクッキーとパンチの盆をもって歩き回っているのを指差した。「いただこうぜ」と俺は言って、かの女に近づいた。かの女は俺を見て驚いたようだったが、俺がかの女の手から盆を取り上げても何も言わなかった。俺たちは盆に残っていた半ダースのパンチカップをすぐに空にすると、クッキーに手を伸ばした。

「悪くないね」と、ダニエルは口一杯にほおばったままクッキーのかけらを飛ばしながら、もぐもぐと話し続けた。

「そうさね」。俺も返事ができないほど口一杯に詰め込んでいた。俺たちは盆を二分で片づけると、びっくりした顔の新入生にそれを手渡した。名札をつけていたが、それを読む気もなかった。

「せっかくだから、もう少しいただこうぜ」とダニエルが言った。彼は通りかかった接待役からもう一つの盆を取り上げた。「ちょうどいいところだった」と言った。「もう一つ取ってきてくれない」。彼は学生と親とが一塊になっているところに歩み寄って行った。「クッキーはいかが?」と、大胆にも笑いかけたのだった。

俺ももうひとりの接待役から盆を取り上げた。かの女は何か言いたそうだったが、俺はそうさせずに、「あっちに行け」と言った。「君は首だ」。俺はダニエルのところに行った。彼はもう二つ目か三つ目の集団に向かっていた。「パンチをどうぞ。クッキーはいかがですか」と、俺も歩きながら盆を前に差し出した。

「おひとついかがですか」と、ダニエルは花飾りの帽子の驚き顔の女性に声をかけていた。

「とってもおいしいですよ」と俺は言い、片手で盆をバランスよく掲げ、もう一方の手でダニエルの指差したクッキーを摑むと自分の口に放り込んだ。「もう一つ同じのがありますよ」と、女性客に身振りたっぷりに盆を指差した。「どうぞお取りください。あなたの分です。もちろん無料です。こちらの方も、クッキーはいかがですか?」

23 ベトナム「パフ・ザ・マジック・ドラゴン」

「おい、起きてくれ、そろそろ真夜中だぜ」。新参者のゲリー・グリフィスに軽く揺さぶられた。「起きろよ。あれは何だ?」。彼にとって最初の周辺夜警の当番日だった。

俺は掩蔽壕の中で寝ぼけ眼をこすりながら立ち上がった。ゲリーが東の方角を指差した。「何だよ?」俺は訊いた。

「あの赤い線だ」と彼は言った。もう行ってしまったが、砂漠のはるか向こうで機体が旋回している光が見えた。多分、六、七マイル先の海に近いところだ。すっかり目が覚めた。

「見張っていてくれ」と俺は言った。その光は同じ位置で旋回を繰り返した。機体のエンジン音が聞こえないぐらいの距離だった。突然、眩《まばゆ》い赤い閃光が地上めがけて、軍旗掲揚台の下に届くまで、静かに落下し始めた。数十秒後、閃光と赤い筋状のものが地上の定点から夜空を照らし出すスポットライトのように動き続けると、歯科医の使う低速ドリルのブーンという鈍い音がして、蒸し暑い夜の空気を鈍く振動させていた。しばらくの間、音と情景とが同時進行していた。その後赤い筋は旋回していた光からゆっくりと落下し、真空の暗闇にブンブンと重い音だけを残したまま、地上に落ちて消えた。しまいには、光も旋回をやめ、南に向かって直線で移動し始め、かなり経ってから、その音もぱったり止まった。

「あれはパフ・ザ・マジック・ドラゴンだよ」と、俺は言った。「ガンシップ［武装ヘリ］さ」

「何だ、それは?」

「バルカン砲搭載の空軍機C47」。俺は、旧式輸送機の軍用機DC3型が、バルカン砲三台を機体の片側に搭載した空飛ぶ戦艦へと転用されたことを説明してやった。大砲は固定されているので、機体全体を地面に傾けつつ標的の周囲を旋回しながらしか照準を合わせることができないのだ。三台の大砲はそれぞれ毎分六〇〇〇発を発射できた。

「毎分一万八〇〇〇発だぜ」と俺は言った。「毎秒三〇〇発ってことだ、分かるか。何でもかんでもすべてひき肉のように粉々にされちまう。田畑、森林、マングローブ、水牛、奴らの住まい、人間も。全部さ。フットボール場ほどあるアメリカ杉の森が、馬を繋いでいる間にマッチ棒にされちまうんだから。俺はパフがやった跡を見た事がある。信じられないよ。まるですぐに植え付けできるように耕されたばかりの畑みたいだった。パフに細切れにされた人間も一度見た事がある。それが人間だったなんて嘘みたいだった。男か女かも分からない。奴らのフーチー［わら葺き小屋］のセメントの欠片とわら屑がドロドロの山にされていた。元は何だったのかさっぱり分からない。だから気味悪くも何ともない。ただそこにゴミの山があるだけさ」

「本当かよ」ゲリーは口笛を吹いた。「パフ・ザ・マジック・ドラゴンか」

「みんなそう呼んでる」

南東の水平線がはっきり見えてきた。閃光が再び旋回を始めた。それから赤い筋が、圧延機から出て来たばかりの熱い鋼鉄の棒のように、ゆっくりと地上に突き刺さってきた。

「標的は何なんだ?」ゲリーが訊いた。

「神のみぞ知る、さ。そこにあるものすべてだ」

二人ともしばらく沈黙し、じっと見続けていた。するとゲリーがピーター・ポール・アンド・マリーの歌をそっと歌い始めた。「パフ・ザ・マジック・ドラゴンが海のそばに住んでいた……」

24 学寮でのバカ騒ぎ

「三階のダナ・ビール同盟のために」と言って、JCがビール壜を掲げた。

「三階ダナの［イスラム教国］宰相に」とダニエルもビールを差し出したあと、丁重に俺を促した。

「［イスラム教国］経済顧問に」と俺は言ってから、ダニエルに向かって壜を持ち上げた。俺たちは一緒に壜をカチンと鳴らし、飲んだ。「すごいアイデアじゃないか」

「素晴らしいよ」と、JCがつけ加えた。

「ありがとう、感謝するよ」。ダニエルが言った。

そしてその通りだった。すべては一週間早く始まっていた。俺たち三人はある水曜日の晩、誰も勉強する気になれなくて飲み始めたのだった。しかしちょうど身体が温まってきた頃、燃料がつきてしまった。外に調達に出かけるには遅すぎた。みな騙された気分でベッドに入った。まるで黄金の機会を奪われたかのようだった。

その翌日、ダニエルはバスルームで俺に抱きついてきた。「問題が解決したぞ。ビリー、つまりこうすればいいんだ。俺たちそれぞれが同時にビール一ケースずつ買うんだ。そうすれば次の順番まで丸々三週間あるから、それまでに資金をやり繰りする事ができるって訳さ。とにかく、俺たちは次の二週間のためのビール二ケースを確保してるってことさ」

それは天才的発想だった。俺たちは取り決めをはっきり記した契約文書まで作成し、三週ごとにビール一ケース買うことが義務づけられた。第一回目の順番を決める前に契約書にサインをし、そして今晩が正式な連合会議発足となったのだった。

「反対票が出なくてよかったじゃないか」と、俺はJCの部屋に腰を下ろして音楽を聴きながら言った。その前日、DUでは、新入会員を迎える際に、ただその人物が気に入らないという理由だけで入会を阻止することができる伝統を取りやめるための投票があった。今後は、フラタニティの単純多数を得た者が入会を許されることになった。

「去年、君はもう少しで反対票を入れられるところだったのを知っていたか?」ダニエルが笑いながら言った。

「どういうことだ?」と俺は訊いた。

「マイク・モリスに訊いてみろよ」とダニエルが答えた。

「何故マイクなんだ? 何の事を言っているんだ?」

「気にするな。ただいつかマイクに訊いてみろよ」とダニエルは返事し、ひとり思い出し笑いをしていた。

「別な曲にしてくれよ、JC」

「何がいい?」

「レッド・ツェッペリン」

「なあ、ビリー」とJCが言った。「パム・ケイシーとカール・ドゥウィットはどうなったんだ?」。俺は平静を装った。

「俺の知ったことか」と、答えた。「かの女の人生にとってどっちが狂った存在か、俺か、ドゥウィットかをずっと考えてた」

「冗談だろ」と、ダニエルが突っ込んできた。「あいつはまったくののろまだよ。実験室の試験管のような性格さ。ケイシーは奴のどこがいいのか、さっぱり分からないよ」

ダニエルとJCはスキー場での大失態や、フロリダで散々な目に遭わせたこと、カンボジア侵攻直後に俺がパムを殴り倒した時のことも、何も知らなかった。俺はビールをもう三本開けると二人に回した。

「先週だったか君がひどく酔っていたのはそれが原因だったのか？」JCは、六フィートの細身の背丈の肩にかかる茶色の長髪を揺らしながら、笑った。

「そんなんじゃないよ。気分が悪かっただけだ」

「気分が悪かった？」と、ダニエルが言った。沈んだ気持ちになりながら、奴は俺がそうなった原因を探っているのかなと勘ぐった。「君は、片足を墓場に、もう一方を酒壜に突っ込んでいた。俺たちは君が死にかけているんじゃないかと思ったよ」

「しばらくはそんな気分だった」と、俺は笑った。「いいか、こうなんだ。後にも先にもあんなにアプリコット・ブランデーにどっぷり浸かったことはなかったんだ」。俺は頭をもたげると、二日酔いの真似をして、みんなを笑わせた。それで話題を逸らして救われた。

二時間後、俺たちは第一週目の分のビール一ケースを空にしていた。

「今からどうする？」俺が訊いた。「まだやれるぞ」

「もう一本どうだ」と、JCが提案した。

「同盟はどうなるのさ？」誓約書を手にして、ダニエルが訊いた。

「ビール二本いらない奴は？」とJCが言った。

「おいおい、これは発足式じゃなかったのか？」俺が付け加えた。

「その通り」とダニエル。

「どうぞ！」とＪＣが大声を挙げた。

誰かがノックしたなんて俺には聞こえなかった。ほぼ三年前のテト攻勢時にフエ市で北ベトナム軍の地対空ロケットが俺の四フィート先で炸裂し、りゅう散弾の破片をまき散らされ、俺の頭はもう少しで吹き飛ばされていたところだったが、その時以来、俺の聴力はトラブル続きだった。たいていの場合はそれほどでもないが、雑音の多いダイニング・ホールやステレオをかけっ放しのＪＣの部屋では、すぐ近くの会話でも聞き取れないことがある。ドアのノックも聞こえなかった。

ひょろっとした新入生がドアから首を突き出して恐る恐る中を見回していた。「失礼ですが」と彼は言った。ＪＣのちょうど真下にあたる部屋の奴だった。その目が俺を見つけるとこう言った。「ちょっとだけお話できますか？」俺はよろけながら立ち上がるとホールに歩いて行った。

「鍵を忘れて閉め出されたのかい？」俺は訊いた。寮監はみなマスター・キーをもっている。「そうじゃないんです。その、寝ようとしているんですが、つまり、あの、音楽がとても大きくて。今、一時です。ちょっと音量を下げてもらうことはできますか？　僕の目覚まし時計が棚から落ちて来て、頭に当たったんですよ」

俺は笑いを堪えた。「もちろんだよ、フレーザー、もちろん。心配しなくていいから。戻って寝ろよ」。俺は部屋に戻ると吹き出してしまった。「このスピーカーの振動でフレーザーの目覚まし時計が棚から落ちたんだとさ」と言った。「それが頭を直撃したんだと」

「なんてざまだ」と、ダニエルが言った。

「そういうのろまが一日おきにここに来て俺の音楽に文句を言うんだ」と、ＪＣが言った。「耳栓を買えば済む事だろ?」

「参ったよ」と、俺は肩をすくめ、腰を下ろしてもう一本開けた。

二時半までには、俺たちは二つ目のケースをほぼ空にしていた。

「ちょっと、いいかな」と、俺は言った。「朝八時の授業がある。このへんでお開きにしよう」

「何でだ?」JCが訊いた。「君はその授業に出たことなんかないじゃないか」

「そんなことはないよ」と俺は反論した。「三回は出てるぞ。クソッ、いったい誰が八時の授業なんて始めたんだ」

「バカみたいに登録したのは自分じゃないか?」ダニエルが言った。

「俺じゃない」と、言い返した。「俺は一一時半のクラスに登録したんだ。担当はパーカーだよ。奴があんなに石頭だったなんて知らなかったよ。最初の授業に出たんだ。そしたら五〇分間聴くに値することなんて何も言わなかった。ひどいもんさ。最初の授業で誰も何も読んでない。奴が何か言うべきだろう。二度目の授業でも、前半はクソの役にも立たずさ。奴はこの先聴く価値のあることは何も言わないだろうと判断したんだ。それで俺は奴の講義の最中に立ち上がって言ってやった。〈失礼ですが、歯医者の予約がありますので〉と。そのまま教室を出て来たよ。他に唯一取れたのがケスラーのクラスだった。八時のケスラーか、一一時半のパーカーか、って訳さ」

「いい選択じゃないか」と、JCが言った。

「そういうことだ。とにかく、俺は指定文献を全部読んださ。中間試験はBだった。何てこった、だ」

「つまり授業に出る必要はないってことだ」とダニエルが言った。「もう一本飲めよ」

「このケースの最後の一本だ」とJCが言い、ポンと栓を抜いた。

「それで何なんだ?」俺は訊いた。

「考えがある」と、ダニエルがにんまりして言った。「JCはうすのろフレーザーからの嫌がらせすべてに耐えるべきではない。奴に教えてやるのさ」。ダニエルが彼の計画を話すと、俺たちはみな大声で賛同した。

「まったく、何ていう奴らだ」と、俺は涙を拭きながら言った。「俺はこれでも寮監だぞ」

「心配するな、ビリー」とダニエルが返した。「JCと俺がすべて責任取るから」

「分かった」と、俺は答えた。「さあ、やってくれ。俺が監督してやるよ」

「手を出すなよ」。JCが言った。

「出すもんか。俺は寮監だぞ」

俺たちは立ち上がると、ふらついた足でゴミ缶を漁《あさ》りながらそっと二階へ向かった。

「いいのがあるぞ」。JCが言った。「半分は溜まってるぞ。コーヒーの滓、固くなったピザ、バナナの皮か……」

「そいつを摑み出せ」とダニエル。JCが白いカバーのコンドームをつまみ出すと、二人して二五ガロンサイズのゴミ用ポリバケツをシャワー室に運び込んだ。水道栓を捻《ひね》るとその容器に水を流し込んだ。それからそのポリバケツをホールに戻し、フレーザーの部屋まで下ろした。二人はポリバケツを斜めに傾けて、フレーザーのドアに持たせかけた。ドアが開けば、バケツは、中身もろとも、部屋の中に倒れ込むという寸法だった。二人がドアをバンバン叩いてから、俺たちは一目散に走り去った。

三人がJCの部屋で浮かれ騒いで転げ回っていると、フレーザーが怒り狂った猫よろしく、頭から湯気を出して怒鳴り込んできた。そして叫んだ。「あなたがたは、いったい自分のやっていることが分かっているんですか?」

「何の事だ?」と、突然無表情な顔つきになったダニエルが尋ねた。

「何の事だか分かっているはずです」と、彼は叫んだ。

「声を小さくしてくれ」と、俺が言った。「寮のみんなを起こすつもりか。みんな寝てる時間なんだ。迷惑だと思わないのか?」

「迷惑?」

「声が大きすぎる」。今度は前より強い調子で言った。

「僕の方こそ大いに迷惑ですよ」と、彼は声を低くして言った。「あなたは寮監じゃないですか!」

「彼は寮監ですよ」と、JCがニヤッとした。

「彼は［イスラム教国］宰相さ」と、ダニエルが言った。

「君が何を言っているのかちっとも分からない、フレーザー」と俺は言った。「何のことか分からんが、君は真夜中にここで迷惑をかけられていると俺たちを非難するんだな。説明してもらおうか?」

「もちろんです。あなたは誰かが水とゴミを僕の部屋に流し込んだことをご存知ないようなので」と、フレーザーは賢そうに作り笑いを浮かべて言った。

「ゴミ?」と、ダニエルが言った。

「どんなゴミだ」と、JCは羊肉のようなモミアゲを引っ張りながら尋ねた。

「俺はやってないぞ」と、俺が答えた。

「いい加減にしてください」と、フレーザーが言った。「あなたがたがやったことは分かっているんだ。寮の中で起きているのは他に誰もいない。ここに来たら、あなたたちが大笑いしているじゃないですか」

「ビリーが冗談を言ったからさ」とJC。「訊きたいか?」

「おかしいでしょうね」とフレーザー。

「いいか、フレーザー」と、俺は言った。「俺はバカげたことはやってない。ダニエルとＪＣは一晩中俺と一緒だった。それだけさ」

「さあ、ブラッドリー学部長が何とおっしゃるかですね」

「この議論は打ち切りだ、クソッたれが」と、ダニエルが言った。「月に向かって吠えろ」

「このまま逃げないでくださいよ」

「さっさと失せろ、と言ってるんだよ」と、ダニエルは立ち上がりながら噛みつくように言った。

フレーザーは目を丸く、大きく見開き、そして行ってしまった。俺たちはまた吹き出して大笑いした。

「ユーモアセンスがゼロだな」と、ダニエル。

「もう一本ビールがいるな」と、ＪＣ。

「俺もだ」

「その通り」と、ダニエル。

俺たちは三つ目のケースを開けた。三時一五分だった。六時一五分までには、そのケースも空になった。

「これが最後のビールだ」と、俺たちが「星条旗」〔国歌〕を歌いながら朝日に向かって乾杯した後で、ＪＣが言った。ハロウェル寮の一階の誰かが、静かにしろと、こちらに向かって窓から叫んでいた。

「愛国心のかけらもない奴だ」と俺は言った。「今からどうする?」

「いったい何をほざいてるんだ」と、ダニエルは胸毛を掻きながら言った。「すべて解決したんだな。同盟はうまくいったってことだ」

「朝飯を食いに行こう」と、ＪＣが言った。

「腹ぺこだ」と、俺も言った。

「卵を五〇個はいけるぞ」と、ＪＣが叫んだ。

「行こうぜ」と、ダニエル。

しかしＪＣは卵五〇個を食べられなかった。三人一緒で半熟卵たった四七個だった。それでもかなりの離れ業《わざ》が必要だった。ひとりにつき卵二個が出される。二度目はオーケー。三度目は眉をしかめられるが、必死に頼めばなんとかなる。その後は、別料金。俺たちは上着を引っかけ、別人に成り済ました。誰かに代わりにもらってきてくれとも頼んだ。その次には、上着のボタンを首まで留め、肩をいからせ、襟を立てた。配膳を待つ列にもぐり込み、卵を摑みとり、走り去った。「おい、待て、またあいつらだ！」

「これ以上は食えないよ」

「俺もだ」

「腹一杯だ」

「おい、もう八時だぞ」と、俺は言った。「政治学の授業に行こうぜ」

「冗談だろ」と、ＪＣ。

「俺たちは取ってないんだから」と、ダニエルも言った。

「それがどうした？」と、俺は言い返した。

結局三人で行った。ダニエルは教室に入る際に怖《お》じ気づいてずらかったが、ＪＣと俺は最前列の席に着いた。そこはよく聞こえるので俺の定席だった。ケスラー教授は瞬き一つしなかった。

ケスラーはこの秋学期、もうひとりの政治学の教授で、その夫が宗教学科の学科長だというアン・ハリスといい関係にあるらしいことが公然と囁かれていた。授業が始まって五分ほどしてから、ＪＣが俺の肩を叩き、メモをくれた。そこには「ロブ・ケスラーはアン・ハリスとやったのかな」とあった。俺は吹き出してしまった。その後は居眠りしていた。俺のゆるんだ手からペンがすり抜けて床に落ちた時、奴がニヤニヤしていたと、ＪＣが後から教えてくれた。彼もそこまでしか覚えていなかった。

25 ベトナム　迫撃砲の恐怖

フューッ、フューッ。迫撃砲だ！

俺は、迫撃砲弾がぶっ放される音を耳にして、暗闇の中で眼を覚ました。フューッ。フューッ。フューッ。心臓が突然に胃袋にまで落ち込んだようになり、行動に移れと脳から指示が出される前に、俺の全身は戦闘用蛸壺に飛び込んでいた。穴に入ると、「来るぞ、来るぞ！」という怒号が周囲に飛び交っていて、俺はヘルメットと防弾チョッキで身を守るようにうずくまっていた。フューッ。フューッ。ぶっ放された弾がその弾道を上昇していく音がして、それが弾道の円弧の頂点に達したときに鈍い笛のような音に聞こえるのは、弾が地上に落下し始める時だった。次々に弾が発射された。フューッ。フューッと。最初の弾が爆発する前に、さらに一二発がぶっ放された。フューッ、フューッ、フューッ。俺は弾が落下するのを待っていたが、身体はぶるぶる震え、歯はどうしようもなくガチガチ鳴り続け、思考は声も出せないほど凍りついていた。

弾は俺の周囲で爆発し始めた。それは七月四日の夢の世界のやかましい花火よりもずっと大きな音だったし、俺の喉からは絶対に出て来ないような、窒息させられるような爆音だった。暗闇の中で熱い鋼鉄が鋸でぎざぎざに引き裂かれるような音だった。泥と砂、残骸の塊が、俺の蛸壺に雨のように降り注ぎ、俺のヘルメットと防弾チョッキを不規則なリズムで叩きつけ、手脚にも容赦なく突き刺さってくるようだった。俺はますます身を固くして、顔を泥に埋めるようにうずくまっていた。全身は鋼線のように緊張し、爪が掌に食い込むほど拳を固く握っていた。何てこった、クソッ、忌々しい、いい加減にやめてくれ！

二、三分の間に二〇から三〇発も食らった。ようやく砲撃がやむと、あの懐かしい不気味な静けさがすべてを包みこんだ。兵士の呻き声、悲鳴、「衛生兵！」という取り乱した叫び声が聞こえるだけだった。すぐ近くでシーグレイブ軍曹が見回りながら、「誰かやられた者はいるか？　みな無事か？」と声をかけているのが聞こえた。

俺は頭を突き出して答えた。「はい、無事です」

26 カリフォルニアへ　クリスマス休暇

「何故待つのさ?」俺は音楽をかけたままでダニエルに叫んだ。「今夜出れば、夜明けにはピッツバーグまで行けるんだ。交代で運転すれば、車の中で眠れるさ」

「クライドとドリスはどうする?」ダニエルが訊いた。

「電話して午前二時までに支度しろと言うよ」

ダニエルは俺をじっと見ていたが、眉を寄せて考え込んでいるようだった。それからいきなりニヤッとしたかと思うと、こう言った。「そうだ、そうしよう」

一九七〇年一二月、クリスマス休暇の始まりだった。授業も終わり、俺たちはみなキャンパスの人気者リック・キーター好みの一九五〇年代オールディーズに合わせたパーティの真っ最中だった。つまりカイト［キーターの愛称］がかける四五回転のレコードで、エルヴィス・プレスリーやプラターズ、ディオン・アンド・ザ・ベルモンツ、スモーキー・アンド・ザ・ミラクルズ、そしてリトル・リチャーズの曲に合わせて、誰もがダンスし、酔って吠え立てていた。ダニエルと俺は翌朝出発して西海岸に向かい、また戻ってくる計画を立てていた。

しかしパーティが深夜に及ぶにつれ、俺は次第に出発時間が心配になってきた。満タンの車に乗って目の前にハイウェイが広がっている感じ、それこそが俺の求めているものだ。俺の居場所はどこも、いつも、結局は空虚で惨めだった。しかし目の前には何が待ち受けているか誰にも分からない。どこか外の世界に、ヘッドライトの向こうに、地平線の彼方に、何かあるはずだ。誰にも分からない。誰にも。ハイウェイはいつも希望そのものだった。俺は、ドライビング依存症だったかも知れない。

「何で待つんだ?」俺はダニエルに言った。

「出発しよう」。ダニエルは答えた。

二時半までには荷物を積み込み、用意が整った。四人プラス荷物でフォルクスワーゲンのビートルは満杯だったが、ドリスをピッツバーグで、クライドをセントルイスで降ろすことになっていた。俺は車をバックさせ、ダナ・ホールの横の駐車場を出ようとして、木にぶつけてしまった。

「待ち伏せ攻撃だ」と、俺は言った。「この木はどこから来たんだ?」

「やれやれだな」。クライドが言った。

「その調子だ、ビリー」とダニエル。

「あなたたち、酔っているの?」ドリスが訊いた。

「大丈夫、最高だよ、心配なし。この駐車場を抜け出すにはちょっとした技術がいるんだ」

四五分後には、ペンシルベニア・ターンパイク［有料高速道路］に乗って西に向かっていた。クライドとドリスは後ろの席ですぐに眠ってしまった。

「ビールもってきた?」俺はダニエルに訊いた。

「いいや、でも別なものがある」

「何だ?」

「アラブのキャンディさ」。彼は笑って、両脚の間においた荷物の中を探った。「イスラエルにいる時に教えてもらったんだ。蜂蜜とハッシッシを丸めて粉砂糖の衣がかけてある。あったよ、これだ」。彼はガラス瓶を取り出して蓋を開け、手を突っ込んだ。「クソッ、溶けてやがる」。彼が瓶を持ち上げ、ダッシュボードのうす暗い灯りに照らすと、瓶の中はミルクコーヒー色をしたネバネバした液体で一杯だった。

「上等だよ、ダニエル」

「それでも飲めるよ」と彼は言って、瓶を口に持っていった。

「俺にも少しくれ」

何マイルか行くとターンパイクのトンネルに差しかかった。ブルーマウンテン、アレゲニー、トンネルは全部で七つあった。トンネルに入る度にダニエルは、「おい、ビリー、このトンネルは真っすぐカリフォルニアまで続いているかもな」

「まだずっと先だ！　ずっとこれを行って、抜けたらその向こうがカリフォルニアだ」。そんなことはありえなかったが、希望だけは持っていた。

翌朝、ドリスの家に着いた。かの女のお袋さんが俺たち全員に朝食を作ってくれ、それから数時間仮眠するための部屋を用意してくれた。

「まだこれからだ」と俺たちは言った。「いざ、カリフォルニアへ」

カリフォルニア。約束の地。最初に行ったのは一六歳の時だった。高校生だった。シカゴまで列車で行き、それからバスでロサンゼルスへ、そしてロサンゼルスの南のフラートンが終着地点だった。着いてから三日目に、フルーツ摘みの移動労働者専用らしき寂れたホテルに週一五ドルの部屋を見つけ、アルミ製スライディングドアの工場の仕事にありついた。

その夏のことを今でもよく覚えている。ビーチ・ボーイズ。波乗り！　ハンティングトン桟橋。「サンディエゴの」バルボア・ボールルーム。ハリウッド。ディズニーランド。東部では見られないフリーウェイ。タコス屋台、それに二四時間営業のスーパーマーケット。メキシコのティファナは、ハリスバーグ［ペンシルベニア州都］より遠くに行ったことのなかった一六歳の子どもの目には強烈だった。本物のカリフォルニア・ガール（俺には「みんなカリフォルニア・ガール」に見えた）がプールつきの庭にビキニスタイルでいるのに出くわしたことがある。一九六五年夏にニュージャージーのビーチで見かけた、あの古めかしい「セパレーツ型」水着なんかじゃなかった。滞在中にワッツ暴動*が起こったが、どうしたらそんな行動に出られるのか疑問に思ったぐらいで、特に深く考えたこともなかった。

夕方早くにクライドの家に到着した。お袋さんが夕食にステーキをごちそうしてくれ、俺たちが泊まれるよう、部屋を準備してくれていた。

「これからだぜ」、「いざ、カリフォルニアへ」。クライドのお袋さんは山のようなサンドイッチと果物を積み込んでくれ、俺たちは夜の闇の中を出発した。

カリフォルニア。高校最後の年には、ずっとカリフォルニアに戻ることを夢見ていた。UCLA［カリフォルニア大学ロサンゼルス校］に応募して入学許可されていた。しかし一九六六年春、俺は考えを変え、海兵隊入隊を決意した。その決断に俺以外の誰もが仰天した。三年連続の優等生、全米優等生協会員、学生自治会副委員長。それが海兵隊に？　俺は両親を説得しなければならなかった。両親が契約書にサインしなければ、一七歳の俺は入隊もできなかったからだ。一日中ずっと話し合った。そしてとうとう俺は言った。「僕をそんな風に育ててきたの？　アメリカの戦争なのに、よその子どもたちに戦わせればいいってこと？」両親はそんな風には僕を育てなかった。それで議論は打ち切りとなった。

卒業式の数週間前のある日、学生ホールにいるとカレン・キングが近寄ってきて「ほんとうに海兵隊に入るの」と訊いてきた。

＊　1965年8月，ロサンゼルスのワッツ地区で起こった黒人による暴動

「そうだけど」

「ベトナムに送られるのよ。殺されるわよ」

「分かってるよ」と俺は、かの女の肩越しに遠くを見つめながら答えた。

一九六六年の春、ジェニーと知り会った。その時にはもうベトナム行きの命令が出ていて、俺たちは結婚について話していた。一九六七年一月にはカリフォルニアに戻り、フラートンから少し南にあるペンドルトン基地にいたが、そこからベトナムに行く事になっていた。俺はひとりのカリフォルニア・ガールを何度か訪ねたが、話したことと言えば、大半がジェニーのことで、ジェニーの写真を見せ、そして「ベトコンに目に物見せてやる」、「こてんぱんにやっつけてやるさ」というような海兵隊の決まり文句を並べ立てていた。

「なんでそんなにベトナムに行きたいの、殺されたいの?」と、カリフォルニア・ガールは最後に会った晩に訊いてきた。そう訊かれて意地になった。

「いいかい、リディア」と、俺は答えた。「ここの連中が何を信じているかは分からない。しかし俺の故郷ではみな、自分の国に何かしなければと思っている。それがアメリカ市民としての恩恵と特典じゃないのかな。子どもを持った時に、子どもたちにも恩恵が与えられるように願っている。自由の代償は安くはないんだ、分かるだろう。もし君が自由を望むなら、君も戦わなくては。もし俺たちの親父やじいさんが進んで犠牲になる覚悟がなかったら、俺たちはいったいどうなってたか分からない。イギリスの植民地のままだったかもしれない。それともみんなナチになってたかも。ベトナムで戦わなければ、共産主義者にされてしまうかも。俺たちじゃなくとも、俺たちの子どもや孫の世代にはね。そんなことになってもいいのか?　俺はいやだね」

最後は、リディアがペンドルトンまで送ってくれた。「ここで何かが起こった」とバッファロー・スプリングフィールドの歌がカーラジオから流れてきた。「だから気をつけなくては」。俺はこの歌が好きだった。バッファロー・スプリングフィールドはリディアの立場で歌っていたのであって、俺の側ではなかったことを、その時は考えもしなかった。

ダニエルと俺がオクラホマを後にしてテキサスに入る頃、俺はリディアがどうなったのかを考えていた。最後に聞いたのは、陸軍将校と結婚したということだった。まったくおかしな世界だぜ。

「おい、ビリー」と、ダニエルが言った。「ちょっと変だと思わないか?」

「俺の考えていることが分かるのか」と、俺は訊いた。ダニエルは戸惑ったようだった。「気にしないでくれ」と俺は言った。「いや、別に変だとは気がつかなかったけど。何が変なのさ? 俺のジッパーが開いてるとか?」

「ちょっと見てみろよ。牛だ。この二日間ずっと牛を見続けているが、黒いの、茶色いの、ぶちと。けど、どこにも白いのがいないんだ。昨日今日で白い牛を見たか?」

「さあね、いいや、思い出せないな」と、俺は言った。「クソッ、お前の言う通りだ。白い牛なんてどこにも見なかったぞ」

「どこに行っちまったんだろう」と、ダニエルが言った。

「そんなこと知るもんか」と、俺は言った。「それより何か食い物は残ってるか?」

「サンドイッチが二切れと果物が少し」

「白い牛はいないのか?」

「白い牛はいない」

「サンドイッチをくれ」

「今年は泳ぎに行かなかったのはどうしてだ」と、ダニエルが訊いた。

「冗談じゃない、水中バレエに行ったよ」と、俺は答えた。「一年分の運動としては十分やったよ。何故だか分からないが、ジェイミー・マックアダムズは本当にいい奴だ、知ってるだろ、コーチさ、だけどちょっとついていけないのさ。口論が絶えなくて毎日午後の練習は一苦労さ。やりすぎなんだよな。ビールがあったらな。ビールを買おうよ」

「どこで?」ダニエルは肩をすくめた。俺たちはテキサスのどこにいるのかも分からなかった。ニューメキシコのどこかに向かっているはずだった。

「どこかにあるはずだ」。俺は言った。「クソッ、仕方ないか。あと七五マイルほどでガソリンも必要だ」

「たしかにでっかい国だよな」と、俺たちが今走っている限りなく広がる草原を見ながら、ダニエルが言った。

「本当だ」と俺も言った。「大きくて空っぽだ」

「まあ、ロッキーが近くなったら、景色も少しはよくなるよ」

「それでも何もないさ」と、俺は答えた。

一九六五年八月、カリフォルニアでの夢のような夏の終わりにこの道を東に向かってはじめて走った時のことを思い出していた。その時は州間ハイウェイではなく、二車線の国道66号線だった。俺たちは出発間際に四九年型中古のシェビーを六九ドルで手に入れた。ロサンゼルスのフリーウェイの途中で屋根についていた荷物用ラックがなくなっていた。バーストウではキャブレターがもう少しで外れるところだった。最初の晩に見たカリフォルニアの高地砂漠の空に信じられないほどの数の星が輝いて広がり、それに見とれていた俺はもう少しのところで道路から落ちそうになった。結局道路からはずれて、温まっているエンジンフードの上に座り込んで、度肝を抜かれるほどの星にじっと見入っていた。それまで想像したこともなかったほどの数の星だった。俺は信じられない気持ちでただそこに座っていた。動きたいとも思わず、暗闇の中で神々しいほどに白く輝いている世界に、できることなら吸い込まれてしまいたい気分だった。

翌日、ニューメキシコのサンタローザの近くで、シェビーのエンジンはお釈迦となった。すぐに五八年型英国製ボクスホールを八七ドルで手に入れ、旅を続けた。レッド・リバーでは泳いだりした。ガルベストンでは波乗りを。ニューオリンズのフレンチ・クォーターの街角でアップルパイを食べた。ボクスホールはジョージアとサウスカロライナの州境にある沼でとうとうポンコツとなった。つまり最後の六〇〇マイルはヒッチハイクをして、ニュージャージーのオーシャンシティに、レイバー・デー〔労働祭、九月最初の月曜日〕週末に辿り着き、仲間たちを驚かせ、羨ましがらせた。最初から最後まで新鮮で刺激的、かつ興奮さめやらぬ旅だった。琥珀色に波打つ穀物畑、紫にけぶる山並みの荘厳さ、雪花石膏のような街並み。アメリカ、アメリカ。

もちろんダイナマイト・ボディのメキシコ人娼婦もいたし、フラートンの短期滞在ホテルでは俺たちの部屋の階下のホールには痘痕《あばた》面の奴もいた。そしてワッツ暴動だ。それからルイジアナでは二人の白人の男が、俺たちの車のタイヤがパンクした時にわざわざ助けようとしてくれた二人の黒人男性のひとりを地べたに突き飛ばし、「この黒ん坊、白人少年につきまとうんじゃない」と叫んで、二人を追い散らしてしまった。そしてご親切にもタイヤを修理したあと、朝飯までごちそうしてくれたのだった。サウスカロライナではシェリフに浮浪者と間違われて、俺たちが「黒ん坊贔屓《びいき》のフリーダム・ライダーズ〔自由乗車運動活動家〕」ではないこと、長い夏休みが終わって家に帰る途中の模範的な高校生だってことを納得させるまで、留置場に放り込まれそうになったこともあった。

しかしそうした思い出が長い間、記憶の底に残っていた訳ではなかった。そうした事が合衆国の小さな町で生まれた一六歳の少年にとっていったいどんな意味をもったのだろうか? 地元の友人たちへのみやげ話になったことだけは確かだった。冒険に溢れた夏のあいだのとびっきりの冒険物語だったのである。マルコ・ポーロの中国への旅のように。

「何でFMラジオが入ってないんだ?」ラジオを切る前にダニエルが、カントリー・アンド・ウェスタンの局から次の局へとスイッチを回しながら文句を言った。

「これが俺の基本的な経済水準だからさ。俺は現金でこいつを買った。血を流して得た金、ベトナムで貯めた金、二〇二一ドルをつぎ込んだ、それに税金、車検ですってんてんだ。予備のタイヤにも一〇ドルかかった。いいか、タバコのライターも付けなかったんだぜ。そいつは一五ドルもするからだ。そんな余計なものはいらない。このリトル・ベア〔小熊〕は俺を好きなところに連れていってくれる。俺に必要なのはそれだけさ。それとも歩きたいか?」

「もう寝るよ」。ダニエルはそう言って、後部座席に這うようにして移った。「運転に疲れたら起こしてくれ」

夜のうちにアリゾナとの州境にやって来た。検疫所で止められた。農産物チェックのためだった。

「何か果物を積んでるか?」制服の検査官が尋ねた。

「リンゴ一個とオレンジ一個」と、ダニエルが言って、後部座席から差し出した。

「リンゴをもらっておく」と検査官が言った。「これは持ち込みが禁じられている」

「リンゴがどうかしたのか」。運転を続けながら俺が訊いた。

「知るもんか」。ダニエルが言った。「そんなこと気にすることじゃないよ」

「アリゾナではみんなリンゴが嫌いなのか」と俺は言った。「リンゴなしにアップルパイができるか？アップルパイなしにどうして本物のアメリカ人になれるんだ？」

「俺は寝るよ」。ダニエルが言った。

その晩、吹雪に見舞われたが、俺はチェーンを持っていたので、運転を続けられた。朝までにはアリゾナをかなり横断して、ベア・ステート共和国［熊州はカリフォルニア州のニックネーム］に近づいていた。ダニエルの運転だった。

「おい、見ろよ！」突然、右方向を指して、俺は叫んだ。「白い牛だ！」

ダニエルはブレーキをかけ、俺たち二人は車から飛び出してじっと眺めた。その辺りは奴らで一杯だった。巨大な牧場だった。おそらく一〇〇〇頭はいたにちがいない。全部白かった。一頭残らず。

「まったく、こんなことってあるのかよ」。ダニエルが言った。

「白い牛はすべてここにいたという訳だ」

「どうやってここに来たんだろう」

「そんなこと知るか」と俺は答えた。「多分歩いて来たんだろうよ。おい、ここはおかしな州だな。アメリカ中の白い牛がいるかと思えば、リンゴは禁止。早く抜け出そうぜ」

一時間後、俺たちはカリフォルニアに入ったが、そこでまた農産物検疫所に出くわした。

「またかよ」と、俺は言った。

「何かフルーツを持っているか？」制服姿の農産物検査官が訊いた。

「オレンジ一個だけです」とダニエルが答えた。「アリゾナではリンゴを取られました」

「見せてくれ」と検査官が返事した。俺がオレンジを手渡すと、まるで地球儀でも見るかのように手のひらに乗せてじっくりと眺め回していた。

「何かあるのですか?」ダニエルが訊いた。「薬物注射の痕とか?」

「預かっておこう」。検査官が言った。「カリフォルニアに柑橘類は持ち込めない」

「えー、それはないぜ!」と俺が言った。「それはひどいですよ。前のところではリンゴを没収された。もうこのオレンジしかないんだ。俺たちの朝飯なんだ。食べてもいいですか?」

「残念だな」と検査官。「しかしダメだ」

「今、ここで食べますから」と俺。「あなたの見ている目の前で」

「面倒かけるんじゃない」と、検査官は声を荒げる調子で言った。「さっさと行くんだ、検査の邪魔になる」

「クソッたれ野郎」と、車を発進しながら言い捨てた。

「オレンジが薬漬けだったなんて俺たちに分かる訳ないじゃないか」とダニエルが言った。

「ここでも果物禁止だなんて、どうなってるんだ」

ニードルズで州境を越えてからは、ハイウェイはカリフォルニアの山並みに向かって一直線に上っていった。すぐに頂上に着くと、眼下には南北につながる地平線まで延々と広がる渓谷が一望できた。渓谷の反対側はこれまた別の山並みが続いていた。

「カリフォルニアだ!」俺は叫んだ。

「ディディとはいつ会うんだ?」ダニエルが訊いた。

「今日ではない、それは確かだ」と俺は答えた。「次の町からかの女に電話してみよう。まずビールを飲もうぜ」

「かの女の実家に俺たちを招待してくれるなんてありがたいよ」と、ダニエルが言った。

「趣味もいいしね」。早くかの女に会いたかった。

俺はひと月前、大学で、ディディ・バーンズリーに会った。かの女も二年生だったが、一年休学していたので、俺が一年の時には大学にはいなかった。知り合ったのは最近だが、かの女の存在は新学期の最初の日からずっと気になっていた。誰もが振り返るような、そんなタイプの女性だった。長い茶色の髪にはいつも櫛が入れられていて、風とともに軽やかに揺れていた。エレガントな丸顔で、大きな胸は自然な形でくっきりと盛り上がっていた。いつも床まで届くような長いスカートの古風なドレスで、寒い日にはコートではなくどっしりとしたケープを纏《まと》っていた。かの女をいいなとは思っていたが、知り合うのには時間がかかった。

パムがとうとう俺のベッドに来なくなってから、ほんの数回、一晩限りの女と過ごしたことがあったが、それは俺に罪の意識と嫌悪感とを残しただけだった。ひとりで眠ることへの半ば取り憑かれたような恐怖感と、自尊心が叩き潰されるような感覚と、その葛藤が俺の中で絶えず繰り返されていた。ジェニーやパムに感じていた信頼を、もう誰にも持てなくなっていた。ドリットでさえ、かの女はデンマークの美しい妖精の女王のようだったが、ベトナムに戻るべきだと言って最後には俺を突き放し、そして香港の路地裏であんな殺され方をした。絶望的なほど求めていたもの、逆にまったく望んではいなかったもの、その矛盾にどう対処したらいいのか自分でも分からなかった。

自分のことはさておいても、ディディ・バーンズリーは俺を魅了し続けた。かの女が食堂で食べているところ、そよ風に髪を靡《なび》かせ、スカートの衣擦《きぬず》れとともに、キャンパスを颯爽と横切っていくのを見つめていた。どんな女性なのかと、想いを巡らせながら。そしてある日、俺が食堂から出たところで、かの女がひとりでパリッシュ寮に向かって歩いているのを見かけたのだ。俺は伸び放題の髪を後ろで束ねていたが、えいっ、とばかりに決心した。ダメもとだ、と。

「ちょっと」と、平静を装ってかの女に近づいた。「押し売りのようで申し訳ないけれど、俺はビル・エアハート」

「あなたのことは知っているわ」と、謎めいた表情でかの女が応答した。

「知ってるの？」

「ええ」

「そうか、つまり、その、いい天気じゃないかと、それだけさ。これからクラムを散歩でもと思っていたんだけれど、一緒にどうかなと思って」

しかし、そうしたことを口にした瞬間、俺は突然、ベトナムから戻って来た最初の朝、サンフランシスコ空港での女性のことを思い出した。その記憶が俺の胃袋をわしづかみにした。俺とかわいらしいアメリカ人の女の子、互いに微笑みを交わし、ボックス席に腰掛けてコカコーラを飲みながら、アジアの見た事もなかった田んぼや荒涼とした砂地やジャングルから帰ってきたばかりの男が、他愛もない歓迎の挨拶を受けるだけのこと。俺は、ベトナムでの終わりのない孤独な日々を送りながら、その場面を一千回も繰り返し想像していた。コークと、微笑みと、そして多分、別れ際にちょっとだけ手を触れあうことを。その朝、軍服姿でエアポートの一角に腰掛けていた俺は、勇気を振り絞って緑色のドレスの若い女を誘ってみた。しかし何かがうまくいかなかった。俺がずっと想像していたことは起こらなかった。その途端に、かの女の顔は紙のように真っ白になったので、俺はかの女が叫び声を挙げるとか警官を呼ぶつもりかと不安になった。それで俺はものすごいスピードで話しかけ、かの女を怖がらせるつもりはなかったことを分かってもらおうとした。しかしその女は向きを変えると、走るように去って行った。俺は、恥ずかしいのと自尊心を傷つけられたのとで、その場に呆然と立ち尽くしていた。

またその繰り返しか、と思った。パリッシュの前の芝生に突っ立ったまま、心臓はこれ以上ないほどバクバクしていた。しかしだ、しばらく考えたようだったが、ディディは微笑んで、こう返事した。「本当にいいお天気だこと。是非ご一緒したいわ」と。俺たちはその日の午後ずっとクラム・クリーク沿いの森と草地を歩き回った。

それからひと月ほど、俺たちはかなりの時間を一緒に過ごした。クラム・クリーク上流の冷たい岩の上に一緒に横たわったり、パリッシュのかの女の部屋で蠟燭の光とともにグレゴリオ聖歌を聴いたり、ダナの俺の出窓に並んで座り、森や草原や鉄道線路を見下ろしたりしていた。

ハートのプリンスを俺のカードとして、俺のタロット［占い］を読み解いた。俺はいつも世界をありのままに見るのではなく、こうあるべきだと捉えるために、どこに行っても常に余所者でしかないとも言った。「あなたはこの世界の人ではないのね」と、その晩、占いをしながらかの女は言った。「あなたは花がいつも咲き乱れ、愛が冷める事のない世界の人なのよ。あなたはこの世界には親切すぎて、優しすぎて、正直すぎるの。あなたの唯一の強みはその洞察力、でもそれは災いでもあり、神からの祝福でもあるわ。あなたの一生の仕事は、他の人たちにあなたのように物事を見るようにと伝えることなのかも知れない。誰も振り向いてもくれず、孤独になるかも知れない。でもあなたは諦めない。あなたの洞察は正しいし、自分の考えを否定するなんてあなたにはできないから。あなたは美しい心の持ち主だわ」

俺はその晩、俺のライフルの発砲音を聞き、水田にいたひとりの老女のことを思った。パムのことも思い出した。親切すぎるって？　優しすぎるって？　と、俺は首をかしげた。説明しようともせずに、俺は顔をディディの胸に埋めて長い間静かに泣いていた。その間ずっと、かの女は俺を固く抱いて、赤ん坊のように俺を揺すりながら、中国からはるばるやって来たお茶とオレンジの歌を歌っていた。かの女は不思議な美しい女性だった。神秘に近かった。俺はかの女を愛した。

「この道でいいのか？」と、ダニエルが思わせぶりに、俺の思考に侵入してくるように訊いてきた。一六車線あるサンバナディーノ・フリーウェイを走っている時だった。

「カリフォルニア！　フリーウェイの土地。イェーイ！」俺はまたディディに会えると思うと興奮した。ダニエルと俺がクリスマスに西に旅することを知ったかの女は、ラグナビーチにあるかの女の両親の家に来ないかと、しきりに誘ってくれた。願ってもないことだった。

「ディディのところまでどのくらいある？」ダニエルがオリンピア・ビールの缶をもう一つ開けながら訊いた。「身体が板のようになっちまったよ」

「俺もだ。もうあと一時間かな、多分」と、返事した。「そんなに遠くはないよ。俺にももうひと缶くれないか。まったくもう、東から西まで五五時間！　まるで運送屋だ！」

「背中が痛いよ」とダニエル。

「辛抱しろよ、おい。あと一時間もすれば、太平洋で泳いでるぞ！」

27 ベトナム　ディア・ジョン・レター

俺はジェニーからの手紙を、まるでそれが聖餐式のパンでもあるかのように抱きかかえて、大隊のメールボックスのある部屋を飛び出した。かの女から何も届かなかったこのひと月以上ものあいだ、夜は悪夢でのたうち回り、日中は鮮やかなスローモーションによる白昼夢に襲われていた。ハイスピードでの衝突事故で車がアルミホイルのようにグニャッと丸められたり、罠にかかった身体が悲鳴を挙げていたり、救急車のサイレン、病院、死んだように静止した白いシーツとナースたち、癌、白血病、月明かりのない夜に暗闇の路地に飛び出してくるナイフだったり。俺は司令壕にある情報局までゆっくりと歩いて行き、そこで腰を下ろした。そして手紙の封を切った。

「親愛なるビルへ」と、始まっていた。「何故私が手紙を出さなかったのか、不審に思っていることでしょう。なんて説明していいか分からないのです」。そこから先は、説明というよりは半ページにも満たない単純な別れの言葉だった――短く、他人行儀に、よそよそしく。「どうか許してください」と、締めくくってあった。「神様がお守りくださいますよう、ご無事でいられますよう、お祈りしています。あなたは私にとってずっと特別な人です。ジェニー」

俺にはまったく訳が分からなかった。大変な事故にでもあって、もしかしたら俺は、片脚の、目の見えない女、車椅子の女の世話で一生を終えることになるのかという覚悟までしていた。死んだというなら理解できたろう。他のことでも。しかしこれは何だ。これじゃ何も分からないじゃないか。信じられない！　この八カ月間が！　長い手紙。情熱的な手紙。

可能な限りの愛情溢れる表現で充満していた。完璧な鎖、ロザリオのような、命綱、灯台の灯り。どこにも逃げ場のない醜さのまっただ中にあった救いの美。そんなふうに行ってしまうのか？　こんなこと、あるはずがなかった。

「どうしたんだ、エアハート伍長？」ガニー・ジョンソンに訊かれた。顔を上げると、彼とカイザー中尉が二人で俺をじっと見ていた。

「何？　何ですか？　何でもありません」

「まるで幽霊みたいに真っ青だぞ、おい」と中尉。「まるでＤＴｓ［薬物依存症による禁断症状］を食らったみたいだぞ。大丈夫か？」

「何ですって？　いや、はい。何でもありません」

「何があったんだ？」中尉はしつこく尋ねた。「家から悪い知らせか？」

ノー！　ノー！　ノー！　頼むから、ノー！「何ですって？　何、何でしょうか、上官？」

「行って横になれ、いいから」。カイザー中尉が言った。

「何ですって？」

「行って横になれ」。ジョンソンが言った。

俺は立ち上がり、明るい外に出て行った。テントに向かって砂の上を横切ろうとした。よろめいて、姿勢を直し、周辺を高く囲っている路肩に向かって、そのてっぺんまで歩いて行き、腰を下ろした。そこからダナンに続いているハイウェイ28号線を見上げた。ダナンからは大きなフリーダム・バード［帰国専用機］が本国向けに毎日飛び立っていた。

28 カリフォルニア　空軍将校とのクリスマス・パーティ

「ヘイ！」俺は叫んだ。「オークランド橋だ！　サンフランシスコにまた戻ってきたぞ！」

「あー、またやっちゃった」と、ダニエルが苦笑いした。「また曲がるところを逃しちゃった」

「いったい何ていうナビゲーターだ、君は。これで二度目だぞ。地図はどこだ？」

「ここにある」。ダニエルは笑いながら俺の顔の前で地図を振った。

「顔の前からどけろよ！」怒鳴ったが、俺も笑っていた。「どこに向かっているのか分からないじゃないか。よく見ろよ」

「ここだ」とダニエルは言って、地図に指を突き立てた。「ここで曲がるはずだったのに、誰かが動かしたんだ」

「誰が動かしたんだ？」

「知らないよ」

「見ろ！」俺は大声を出した。「前に案内のサインがある。次のストップは――トワイライト・ゾーンだ！」

「どうする？」ダニエルが訊いた。

「どうするって、回って来てやり直すしかないだろう」

「ゴールドの店に寄って、またブラウニーを食べたらどうかな」

「あー、クソッ！　ちゃんと見えないじゃないか」

「うまいブラウニーだったな」。サンフランシスコをもう一度横切って再度金門橋に向かったところでダニエルが言った。


俺たちはディディと三日間過ごした。日焼けして一二月の海で泳ぐという贅沢を満喫し、それから再び北カリフォルニアに向かって真夜中にエンジン音高く出発した。サンフランシスコには昼ごろ到着した。今はそこに住んでいるスワスモアの卒業生ジャック・ゴールドに会う予定だったが、彼は午後も半ば過ぎまで戻らないとのことだった。

「二時間あるけど、どうしようか？」俺は言った。

「刺青はどうだ？」

「オーケー」

ダニエルはサソリを、俺はUSMC〔合衆国海兵隊〕と入れてもらった。

「何でサソリなんだ？」俺は訊いた。

「知るもんか。何でUSMCなのさ？」

「知らないよ。ゴールドが帰ってきたかどうか見に行こうぜ」

ジャックはハッシュ〔マリファナ入り〕・ブラウニーの皿を手にして出迎えてくれた。「さあ、どうぞ」と言った。

「これは最高だぜ、もっとどうだい！」ダニエルと俺は一八時間何も腹に入れてなかった。ブラウニーが俺たちの胃袋を軌道に戻すのに、たった四五分ほどしかかからなかった。その日の午後ずっと、俺たちはゴールドの冷蔵庫を漁り、その中にあったものをほぼ平らげてから、ふたたびサクラメントに向かって出発した。サクラメントには俺の兄貴のひとりがいて、一緒にクリスマスを過ごす予定だった。

しかし道を探すのが一苦労だった。金門橋、サンラファエル、オークランド湾橋を通って湾の北側を二度も回り、三度目にしてやっとサクラメント行きの道を見つけることができた。

「あの道路表示案内を見たか？」俺はダニエルに怒鳴った。「あんなに大きいのに！ 見落すなんて信じられないよ」。ダニエルは遠慮がちに苦笑いして肩をすくめた。「おまえは首だ」と俺は言った。

「［マリファナで］ボーッとしてたんだ」。ダニエルが答えた。

「うまいブラウニーだったな」。暗闇が迫る中を運転しながら、俺は言った。

兄のロブは俺より二歳半年上だ。空軍中尉だった。最後に会ったのは、ほぼ三年前のことで、二人ともまだベトナムにいた。俺はフエから戻ったばかりで、帰国直前だった。兄は来てからまだひと月だった。彼の配属先だったレーダー基地の近くに屋内映画館があり、ある晩そこにショーを観に行った。最初に風にはためくアメリカ国旗の映像と一緒に国歌のテープが流され、誰もが気をつけの姿勢で起立した。

着席したときロブが言った。「なあ、何度聴いても、俺にはジンと来るんだ」

国歌と兄の言葉と、その両方が俺を何とも言いようのない混乱した気持ちで一杯にした。

「ポップコーンはどう？」俺はそう返事した。

「もう来ないのかと思っていたよ」。俺たちが一時間半遅れてやっと到着すると、ロブが言った。

ダニエルと俺は顔を見合わせて笑った。「トワイライト［夕暮れ］・ゾーンに嵌《はま》ってしまったんだ」と、俺は言った。「ダニエル・コフマン、兄貴のロブだ」

「冷蔵庫にビールがある」。ロブが言った。「行く前にシャワーを浴びるか？ 最後に散髪したのはいつなんだ?」兄は指先で俺の長髪をはじくようにした。からかっていたのかどうか、本当のところは分からない。

「六カ月前だったかな。俺のもらっているわずかなGIビルじゃ散髪代も出ないよ」

「そうか、厳しいな」。ロブが言った。

「まったくさ。スピロ・Tは口を開けばいつだって、いかにアメリカがベトナム帰還兵に感謝しているかと言うよ。それで大学に行った者たちに何をしてくれたっていうのさ。風船二つにピーナッツ一袋さ。クソッ、第二次大戦や朝鮮戦争の復員兵には、授業料、部屋と食事、本代、月々七五ドルの雑費。偉大な国だよ、まったく」

「人生なんてそんなもんさ」。ロブが言った。

「そうさね。それで今夜はどこに行くつもり?」

「パーティさ」

「パーティ? どんなパーティ?」

「空軍将校の集まりみたいなもんだ」と言った。「基地にいる何人かとその連れ合い、ガールフレンドたちだ」

「俺とダニエルが行ってもいいのか?」

「心配しなくていい。通行パスを二枚もらっておいたから」。ロブが言った。

パーティに行くと、ロブが俺たちを紹介してくれた。何人かは驚いたふうでもなかったが、あとの連中は俺たちの長髪とヘッドバンドを怪訝《けげん》そうに見ていた。年配の将校の中にロブの上司が来ているのかどうか気になった。彼のキャリアに傷をつけたくはなかったし。最初は、何を話していいか分からずに緊張したが、何杯か飲んで一巡した後には、ダニエルも俺もその場の雰囲気に次第に馴染んでいった。実際、そこにいたのはほとんどどこにでもいるような連中だった。ただ男たちはみな髪が短く、女たちはばっちり化粧し、ヘアスタイルにも手が込んでいた。

俺が何人かの男たちとキッチン・テーブルを囲んでいると、すぐ隣にいた男が俺に向かって話しかけてきた。「ロブの話では、君は海兵隊にいたそうだが」

「ええ、そうです。三年いました」

「今の君を見た限りでは想像もできないがね」と、人の良さそうな男だった。

「まったくその通りです」。ちょっとだけ緊張感が戻ってきたが、笑いながら言った。

「しかし除隊してから一年半になります」

「ナムにいたんだったよね？」

「はい」

「どこにいたの？」

「ずっと第一軍管区です」と答えた。「海兵隊第一大隊、第一連隊。ホイアンに近い、ダナンの南に約八カ月。それから北部のＤＭＺ〔非武装地帯〕近く――クアンチ、コンチエン、その一帯です」

「君のしていたことは？」

「最初は情報補助でしたが、大隊の偵察もわれわれの任務に含まれていたので、最後はほとんどずっと両方の任務についていました。上層部はそうすることで組織の決定を待つ事なく偵察隊員の数を増やせると判断したのです」

「戦闘には何度も？」彼は執拗に訊いてきた。

俺は、この会話を続けながら、矛盾を感じていた。俺は、奴らに自分の軍隊経歴を印象づけようとしていた。そうすれば、ロブの弟はただのヒッピー野郎だとは思われないだろう。しかし会話が政治的な方向に向かえば、おそらく俺はロブに迷惑をかけるに違いないと。

「質問は何だったでしょうか?」俺は聞き返した。

「戦闘には何度も?」

「それはもう。全部ですよ。いつもその場にいました」

「ロブは君がテト攻勢の時にパープルハート〔名誉戦傷章〕をもらったと言ってたが」と、銀髪の年配の男が口を挟んできた。

「ええ。しかしそれほどたいしたことではありません、本当に」

「何があったんだ?」隣にいた若い男が訊いた。

「それは、ある時、フエでバカみたいなことをやらかしたんです。その朝ずっと、立てこもっていた家の同じ窓から撃ち続けていたんです。新人がやるような間違いです。一二カ月も経っていたのだからもっと分かっているべきでした。実際、分かってはいたのですが、集中力が一瞬、緩んでしまったのです。フリーダム・バード〔帰国専用機〕とか、他のことを考えていたんです。そこを、通りの向こうにいた北ベトナム軍の砲兵隊員に狙われ、B40ロケット弾を一発見舞われたんです。しかし幸運にもそれが外れた。りゅう散弾を浴びせられ、気を失った、それだけのことです」

「それでも、パープルハートとは名誉なことだ」と、テーブルの端にいたブロンドの男が言った。

「どんな名誉?」俺は笑った。「俺にはブービー賞みたいなものです。言うなれば、悪い時に悪いところにいたというだけの。列車がやってくる時に線路に突っ立っているだけで勲章をもらうようなものです」

「君は本当にそう感じているのか?」ブロンドが訊いた。

「まあ、そうですね」。俺は答えた。「もし俺の頭と尻とがちゃんとつながっていたら、撃たれたりはしなかったでしょう。ヘマをやったもんです。それで勲章なんて。どれだけの意味があるんですか？　この戦争に意味があるのなら別ですが」。最後の一言は言うべきではなかった。気がついた時には口から飛び出ていた。

「君はこの戦争には意味がないと思うのか？」年配の男が言った。

「ちょっと待ってください」。俺はちょっと間を置いた。「誰とも言い争いをするつもりはないんです。誰にも自分の考えを言う権利はあります。ただ私自身の考えについて言えば、これは間違ったところで間違った時に起こった間違った戦争です。われわれがあそこでしていたことは、無駄だったとしか思えてならないのです。われわれの介入は間違っていた、だからこれを続けてもいいことはないと思います」

「まあ、私は君に反対はしない」。年配の男がそう言ったのは、意外だった。「しかし、われわれは今すぐ引き揚げることはできないと思う。ニクソンは正しい方向に向かっているんだ」

「多分そうでしょう」。俺は答えた。「ただ彼のやり方は勝手すぎる。すぐに撤退することが大事なんだ。しかし彼は、実際は戦争を拡大する一方で、合衆国軍隊を撤退させることから大きな見返りを引き出そうとしている」

「いい加減にしろ！」と、ブロンドが言った。「彼が就任してから、すでに合衆国軍勢を半分にまで減らしているじゃないか」

「そしてカンボジアに侵攻した。それから急激に空爆を増やしている」。俺は反論した。「彼のやっていることはアメリカ人の命とベトナム人の命とをトレードしているだけだ。死傷者数を見て下さい。もう十分すぎるほど死んでいるじゃないですか？　いい加減にこの惨状を認識すべきだし、頼むからバカなことはもうやめて欲しいだけです」

「それならＰＯＷ〔戦争捕虜〕たちはどうなる？」ブロンドが訊いた。明らかな挑戦だった。

クソッ、これこそが俺の一番避けたいことだったのに、と思った。俺は一度ならず二度までも、抜け出せそうもない深みに嵌《はま》ってしまった。

「つまり、その人たちをどうするかってことですね？」俺は訊き返した。実際、捕虜にされたうちの何人かはここにいる奴らの友人であり同僚だったことにすぐに思い当たった。結局のところ、ＰＯＷのほとんどは北ベトナム側に撃ち落とされたパイロットだったのだから。

「かれらをただ見捨てろということか？」ブロンドが訊いた。

「もちろん違います」。俺は言った。「しかし、もしわれわれが〈オーケー、北ベトナムよ、われわれは撤退する。だからわれわれの仲間を返してほしい。そうすれば荷物をまとめて出ていくよ〉と言えば、絶対にかれらも捕虜を引き渡すでしょうし、それで終わりです。われわれが撤退したら捕虜には用はないはずでしょう？」

「さあね」と、ブロンドは鼻を鳴らした。「君は共産主義者についてまったく分かっていないということだ」

「それならあなたは分かっているのですか！」俺は言った。「いいですか、ミスター。私は水田地帯に一三カ月もいたんだ。私は一五回も主要な戦闘作戦を率いてきたんです。コンチェンでも、フエでも。私は一万フィートの上空から人殺しをしたんではない。相手を殺す時には、かれらにライフルの照準を合わせ、引き金を引き、かれらがもんどり打って倒れて死ぬのを見てきたんだ。あなたたちはこれまで何をしてきたんですか？」

「それが何だと言うんだ――」

「つまり何でも分かっているような言い方はやめて下さい。そういうことです。共産主義、うすのろ野郎、そんなことはまったくバカげている。あそこの人たちが望んでいることは、放っておいて欲しい、それだけなんです。自分たちの上に爆弾を落とすのを、家を破壊するのを、作物をメチャクチャにするのを、殴り倒したり殺したりするのをやめて欲しいということなんです。まったく、もし私がベトナム人だったら、きっとベトコンになっているでしょうよ」

「こんなくだらん話、聴く必要はないね」。ブロンドは捨て台詞を吐いて、ガタッと立ち上がったかと思うと立ち去った。肩越しにぶつぶつと「お前はこの国の面汚しだ」と言いながら。

言ったな！　俺は即座に立ち上がり奴のあとを追おうとしたが、近くに座っていた男が俺の腕を摑んで引き戻した。「放っておけ」と、彼は静かに言った。「近しい友人が北の捕虜にされてるんだ」

「それはお気の毒だと思います」と俺は言った。怒りとアルコールとで俺の頭の中はぐるぐると回っていた。「しかし事実は事実だ。われわれはこの戦争に勝ち目はない。長引けば長引くほど、ＰＯＷが増えるだけだ。数百人のＰＯＷのためにあと何千人もの命が失われなければならないんですか？　それこそ無意味ということではないのですか？」

「俺たちの中の何人かは、君が言っていることに反対してはいない」。銀髪の年配男が言った。「しかし今は実に困難な状況にある。われわれは南ベトナム政府に肩入れしてきた。われわれが撤退する前に何とか自力で防衛できるようになってもらいたいからだ」

「それは理想ですね」と俺は言った。「しかし無理でしょう。もしわれわれが撤退したらサイゴン政府はもたないでしょう。撤退した瞬間、崩壊します。たとえ半年、いや一〇年、われわれが留まっていたとしても。チューは実際のところ水田地帯や農村からまったく支持されていません。それは自分の目で見てきたことです。私はそのまっただ中にいたんですから。ベトナム人はわれわれを憎んでいますし、それには相応の理由があります。サイゴン政府は、これはまったく私の見解ですが、アメリカの傀儡《かいらい》以外の何者でもありません。ベトナム人が自分たちを何から守ろうとしているのか。われわれから、なのです。長引けば長引くほど、事態は悪くなる一方です」

「君の言う通りだろう」と年配男は言った。「しかし政府もこの困難な事態を乗り切るためにできるだけのことをしている。われわれをベトナムに送ったのはニクソンではない、分かるだろう」

「恐らくその通りです」。俺は言った。「しかし彼はわれわれを撤退させると約束しました」

「彼はできる限りのことをしていると思うよ」。年配男はため息をついた。「とにかく、われわれの手には負えない。彼はやろうとしていることをやるだろう。それについてわれわれにはどうにもできないのさ」

「しかし私たちがどうにかしなければ」と、俺は言い返した。「人民の、人民による、人民のための政府ではないんですか？　そして、詰まるところ、人民とは俺たちのことなんです。政府が人民の声を聴かなければ、いったいこの国はどうなってしまうのですか？」

29
エンデバー号　嵐の中のコロンビア河口横断

「船室にあるものすべて固定したか?」ロジャーが救命胴衣の紐を結びながら訊いた。

「そうしたはずだけれど」。俺は、自分の救命胴衣を耳のあたりに持ち上げる仕草をして、肩をすくめた。

「そのうち分かるだろうけどさ。クソッ、この天気の中を河口まで行くなんてね、よりによってこんな夜に、まったくね。いったいどうするつもりなんだ、二等機関士にすべて任せるつもりなんだろうか?」

コロンビア河口を横断するのは、一番恵まれた条件の下でさえも生易しいことではない。ノースカロライナの外縁を除いて、北米沿岸のどの場所よりも多くの船と人命を奪ってきた。何世紀にもわたる堆積土や、大洋の潮流、絶え間ない波の動き、そして強力な川の水流が複雑に絡み合って、河口にほぼ一マイル四方の砂洲を作り上げていた。このいわゆるポテト畑で、潮流とその逆流が海底の堆積土と砂を巻き込み、互いにぶつかり合い砕け散って絶えず古い水路を閉じて新しい水路を開くことを繰り返している。その同じ海流が、河口に進入しようとする船にはどんな船であろうとも妨害を企てる。たとえエンデバーのような大きなタンカーでも流木のように簡単に翻弄されてしまう。座礁したり進路をはずされて沼に嵌《はま》ったようになり、船体がバラバラに壊れてしまうことも現実の可能性としてよくあることだった。俺たちの船がコロンビアの灯台船と河口に近づいたのもそんな晩のことだった。その前の二日間、俺たちは嵐の中を航海して、まだその嵐と一緒だったが、それが状況を変えてくれる訳でもなかった。

「心配しなくていいよ」。ロジャーが言った。「前にも経験している」

「そうだよな」。俺が言った。「たいしたことじゃない、か。それで船長は午前一時に俺たち全員を起こして救命胴衣をつけさせたり、船から離れる準備をさせたりしたって訳だ」

「冒険精神はどうした?」

「昨晩操舵機室で、今週必要な冒険はすべて経験したよ」

「そのことは聞いたよ」。ロジャーは首を振りながら思い出し笑いをしていた。「それから二等機関士は、この船がベリンガムに着いたら首になるらしいな」

「機関長はそう言ってた。ちょっとした取引をしたんだ。二等機関士を首にするかわりに、俺は三重残業については持ち出さないとね」

「まあ、俺が言った通りだ。あいつは長くは続かなかったろうよ」。ロジャーが言った。「あれが最初のヘマではなかったが。カシノでもやるか?」

「ああ、いいよ。なぜそんなにやりたがるのか、俺には分からないね」

「おまえがずっと勝ち続けることなんてあり得ないからさ」。ロジャーはそう言って、新しいカードのひと揃いを取り出し、切り始めた。「さあ、いくか、今夜の幸運の女神は俺様にやって来いよ」

「ロジャーのすけべ野郎。その女神とは、フィラデルフィアの寂れた魚臭い町からやってきた八〇歳のホームレス女だろうよ。ブロード・ストリートの地下鉄の最後の男になったとしても、そいつはやらせてくれないぜ」

「まあ、どうなるかだな」

「その通りだ」

「それでどうなったんだ。おまえの兄貴は、おまえとその友達がメチャクチャにしたパーティで面倒なことになったんじゃないか?」最初の回を配り終わると、ロジャーが訊いた。

「そうはならなかったみたいだ」。俺は、自分のカードを見ながら答えた。「俺には何も言わなかったし、まだ空軍にいる。大尉になってる。今はコロラドスプリングスの空軍アカデミーで歴史を教えてるんだ」

「なるほど、おまえたちにはいい経験だったな」と、ロジャーは言った。「俺にもチャンスがあったらそんな旅をしてみたかったよ」

「しかしそれはただの始まりにすぎなかった」。俺は言った。「まだ折り返してもいなかったんだから」

「ダイヤの10だ!」ロジャーが叫んだ。「俺の勝ちだぞ」

「どうせダメだろうよ」

「待ってろ、待ってろよ。それで、他には何があったんだ?」

「そうだな、クリスマスの翌日、ダニエルと俺はディディのところに何日か戻ろうと思った。ロブも一緒に来た。サンディエゴに友人がいて会いに行くと言ってた。運転中ずっと、ラジオのラグナビーチのロックコンサートをかけていたんだ。それがおかしなことになった。警官が町に入るすべての道を封鎖していたらしく、そこの住民以外は人っ子ひとり入れようとはしなかった」

「おまえたちはビジターだと言わなかったのか?」

「ちょっと待って、聴けよ。そいつは問題じゃなかった。いいか、ゴールドは俺たちに帰りの道中にとマリファナ一袋くれたんだ。だから俺たちは奴らが俺たちを捜索して、ブツを見つけ出すつもりかと思った。俺たちはそれほど必要とはしてなかった。特に俺の兄貴が一緒に乗っていたこともあった。兄貴はそれをやらなかったし、そんなことしたらキャリアが終わっちゃうからね。ラグナの一〇マイルほど手前で、それをどうにかしなければならなかった。と言っても、全部を吸いきってしまうこともできないし、捨てることもできなかった。それで食ってしまったのさ」

「ウェーッ」

「そうさ。おがくずを食べるようにだ。それでどうしたと思う？　ラグナに着くまで、検問もなく、警官もいなかったんだ。ひとりもだぜ。俺たちは悠々としたもんだった。しかし問題はそこじゃない。最悪だったのはそいつを楽しめなかったことさ。そいつを熱くして、料理するとか燃やすとかしなければ、何もならないのさ。しかし俺たちは確かな方法をとった。東部に帰るためにね」

一回目が終わる時には、八対三でロジャーがリードしていた。「言っただろう、これは俺の勝ちだと！」

「まだ先は長いぜ」。カードを切って配りながら、俺は言い返した。

「それからどうなったんだ？」

「それから、数日はディディと一緒だった。ジョシュア・ツリー国立記念碑近くの高地砂漠までドライブしたり、上半身脱いだままで雪玉を投げ合ったりした。六〇度くらいだから、どこも雪だらけだった。そんな風景これまで見た事もなかった」

「ディディも腰まで裸になったのか？」

「まさか。雪と暑さが一緒になってるんだ。とにかくディディはブラウスを着ていたよ」

「そいつは残念だったな」

「そんなもんさ」。俺は言った。「ああ、そうだ。ある朝、バスルームに行くと、これぐらいの手書きのグリーティングカードが俺のひげ剃り用具に入ってたんだ。〈ディディはあなたが好き〉とあった。俺にはどうしようもなかった。なぜなら俺たちはかの女の両親の家に泊まっていたし、いつも誰かがいたからだ。姉妹の誰か、ダニエル、かの女の弟、お袋さんか親父さんが。頭がどうにかしそうだった。メモを書いたのがかの女かどうかを尋ねるチャンスさえなかった」

「かの女が書いたのか?」ロジャーが訊いた。

「そうだ、しかしそれは俺たちがみんなスワスモアに帰ってくるまで確かめられなかった。とにかく、俺には帰る途中である人物のところに会いに行く約束があった。そいつは日本とフィリピンにいる時の戦闘部隊の仲間で親しくしていたんだ。スミティという大きなスウェーデン人で、戦闘部隊のピクニックで俺にポテトサラダをぶちまけた奴なんだ」

「そうか」

「奴は当時アリゾナのユマに配属されていた。もう二〇年になる。それでダニエルと俺はラグナビーチを出発して丸一日半かかってそこに辿り着いた。二日間そこにいたが、たった一つ腑に落ちないことがあった。それは俺がベトナムや政治なんかの話を始めると、いつも必ず話題を変えようとした。決して怒っているとか俺に反論するとかじゃない。ただ話題を変えるんだ。それ以外は愉快に過ごしたけどね。後になっていくつか分かったことがある」

「どんな?」

「例えば、そこにいた二日二晩、家から一歩も出なかったんだ。店にも映画にも下士官クラブにも、どこにもさ。バックヤードのパティオに腰を下ろして、ということもなかった。後で知ったんだが、奴は俺たちと一緒のところを誰にも見られたくなかったのさ。俺たちは彼に迷惑をかけたに違いないんだ。そうだろう、もし二人のヒッピーまがいと一緒のところを見られたらどう思われるか、心配したんだ。何てこったただ、後から思い出すと実に嫌な気分になった。俺は本当にスミティが好きだった。昔はいい友人だったんだがな」

「それ以後そいつからの連絡はないのか?」ロジャーが訊いた。

「ないね」

「残念だな」

「そうだな」。俺は肩をすくめた。「勝負はついたぞ。きっと俺が狂っちまったと思ったんだろうな」

「そいつはベトナムに行かなかったのか？」

「ああ、行ってたよ。しかし奴は飛行隊の方だった。やっていたことはダナンの飛行場でF4S〔戦闘機〕の電気系統の修理だった。国内にいるのとほとんど違わない仕事さ」

「同じところに配属されてた頃、戦争については話さなかったのか？」

「あんまりね」。俺は答えた。「ベトナムは当時、全体が大きな棺桶みたいなものだった。ほとんど話したことはなかったたね」

「こっちの手だ」とロジャーが言った。「数えてみろ」

「9が来た」。俺は言った。「これで一二対一〇、俺の勝ちだ」

「畜生め」

「そっちの番だ」

「向こうで知り合った奴で誰か会ったのはいるのか？」

「いるさ、二人ほど。過去は過去としてそのままにしておいた方がいいと分かるまでに二度ほどの経験が必要だった」

「悪い知らせだったのか、エッ？」

「いや、それほど悪くはないが悲しかった。ただ悲しかったよ。大事に思っていた奴がいて、でも長らく会っていなかった、そして心に残っていることと現実とが食い違っていたってことがよくあるだろう。いったい何が起こったのか分からないままに別れてしまうことがさ。人間は変わるさ。多分、分からないが、俺は他の誰よりも変わったにちがいない。つまり、俺が会ったうちのひとりもそうだった。俺はそいつとノースカロライナで一緒だった。しかし三年近くも会っていなかったんだ。当時奴はオハイオ州立大の学生になっていた。一九七一年の春、インディアナポリス五〇〇［カーレース］から家に帰る途中、奴のところに寄ったんだ。スミティに会ってから五カ月後だ。奴はオハイオ州立大のベトナム帰還兵クラブの代表だということが分かった。俺の方は反戦ベトナム帰還兵の会のことは話さなかった。そこではネアンデルタール人、石器時代人のことを話してたんだ。しかし奴はその晩ずっと、クラブの仲間と反戦集会に乗り込んでデモ参加者をぶちのめしてやったという話をしていた。俺は長髪、虹色のヘッドバンドとビーズを巻き付けて、奴の家のリビングルームにいた。クソッ。奴が何を考えていたのかは知らないが、おかまいなしにその話を続けていた」

「何ちゅうこった。9になったぞ」。ロジャーはそう言って、4の上に5を重ねておいた。

「ありがとよ」。俺は言って、俺の手にある9と一緒にその山を取り上げた。

「どうにでもなれ！」

「そうやけになるなよ」

「それで、そいつはどうしておまえとそんなに違った方向に行っちまったんだ？」ロジャーが訊いた。

「知るもんか」。俺は肩をすくめた。「ベトナムを経験すると誰でも別人になるんだ。自分の国の政府に騙されて痛めつけられたんだぜ。たいがいの人間は耐えられなかったと思う。刑務所に入っているベトナム帰還兵たちを見てみろ。薬漬けになった奴ら、自殺した連中、名誉除隊とはならなかった連中を。俺たちの世代がみんな脱落者とは言えない。そいつらは心に傷を負っているのさ。怒り狂って、でも、それをどうしていいか分からない。たいていの奴らはどこかで避けてしまう。オハイオ州立大のような連中は、ベトナムで実際何が起こったのか、何故起こったのか、そういう一番基本的な問題についてさえ自分自身に問いかけてみようとはしないんだと思う。むしろ……神を信じている方が楽なのさ、分からないけど。それでは何も解決にはならんがね。ハト派や反戦活動家が反論している一種の高貴なる大義もそれさ。奴らが何を信じようとかまわない。俺に分かるのは、向こうで沢山の人間と知り合い、沢山の良い思い出をもらったということさ。そして、そいつらが俺のことを思い出してくれたらと、そんな風に今では感じている」

「おまえは他には誰にも会っていないのか、そうなのか？　ベトナムで一緒だった連中とは？」

「ひとりだけ、ベトナムでの一番の仲間がいる。オハイオ州立大に行って二カ月後に訪ねたんだ。でもそれは実際、悪くはなかったが、それほど良くもなかった。共通していたのは、どちらもあまり思い出したくもないことばかりだった。それ以後、行くのをやめた。最初から行かなければよかったんだ。でも、何でもつらい経験をして学んだってことなのかな」

ちょうどその時スクリューが止まり、船は押し流されて何かにぶつかったかのように上下に激しく揺れた。レーダー画像の揺れ方が乱暴になり、船が普通に進んでいる時とは大きく違っていた。

「おい、砂洲に来たんだ」と、ロジャーが言った。「来てみろ。水先案内人［パイロット］が乗り込んで来るのをよく見るんだ」

「以前にコロンビアの水先案内人がやるのを見た事がある」。俺は言った。

「それは、こんな天候の時ではなかったろう。こいつはすごいぞ。こっちに来い。この二つのベントを摑むんだ。それを引き入れたら、雨を入れないですむ。よく見るために舷窓を開けておけ」

「そんなことをしたら水が入り込んでくるじゃないか」

「いや、大丈夫だ。見せてやるよ。急ぐんだ」

俺は二つのゴム製ベントを摑んでから引き入れた。それは開いている舷窓にうまく嵌《はま》り、夜の闇の中に小さなゴム製の雨除けのように突き出ていた。ベントで完全に濡れないですんだ訳ではないが、驚くほどうまく機能した。舷窓から首を突き出すと、コロンビア川の灯台船から出されている光線が嵐の中をさっと通り抜けるのを見る事ができた。それからエンデバー号の艦橋の上で、二つの大きな投光照明が上方に向かってつけられると、船の右舷全体と、船とパイロット・ボートに挟まれた海上を明るく照らし出した。低くたれ込めた逆巻くような雲から雨が容赦なく叩きつけるように流れ落ち、黒い海は怒ったようにのたうち回り、大波をうねらせていた。

コロンビア川のパイロット・ボートは、西海岸で使われているどのボートとも違っていた。たいがいのパイロット・ボートは、タンカーに寄り添うようにやってきて水先案内人を配置する。しかしコロンビアのボートは、コロンビア砂洲をつねに支配している荒れた海流に合わせて、そのシステムと形状に特別の工夫が凝らされていた。通常のボートよりも大型で、船尾は水面に直角の平なタラップの形をしていた。タラップのてっぺん、つまりパイロット・ボートの甲板には、少し小さめのモーターつき船首船尾同型の平底小型船がちょこんと鎮座していた。

見ていると、黄色の雨合羽の三人がパイロット・ボートのキャビンから出るのに格闘していた。荒れ狂った波に激しく揺れている甲板から平底小型船までよろけながら進んで行き、平底小型船に被せてあった屋根代わりの防水布を巻き上げた。それから一人がパイロット・ボートの甲板上の平底小型船のへさきにあたるところに陣取っている間に、もう二人が平底小型船によじ上った。平底小型船の舵手が手で合図を送ると、甲板の男は平底小型船のへさきについているフックをはずした。平底小型船はタラップからさっと海に滑り降ちたが、すぐに猛り狂った波のうねりにまるでコルクのように翻弄されていた。瞬間的に波のてっぺんに持ち上げられたかと思うと、次の瞬間には谷底に落ちるように沈んで行き、視界からまったく消え去った。そして次の波でふたたびてっぺんに浮上するのだった。

この上下運動を繰り返しながら、平底小型船はタンカーに向かって近づいて来た。タンカーも猛り狂う大波に揺られてはいたが、そのリズムと揺れ方は平底船とはまったく違っていた。タンカーの船体を艦橋までずっと見て行くと、エンデバーの側面に縄梯子が吊り下がっているのが分かった。タンカーが右舷に傾くと、縄梯子も船体を離れ横に大きく揺れる、そしてタンカーが左舷に揺れ戻ると、縄梯子も船体をぴしゃりぴしゃりと叩き付けていた。平底小型船は全長一二から一五フィートの小型船で、こんなに荒れ狂った天候の海上で六四二フィートのタンカーを誘導しようとしていた。途方もないことだ。実際、男一人が平底小型船からタンカーへと、大揺れに揺れる縄梯子で乗り移ろうとしていたのは、それ以上に正気の沙汰とは思えなかった。

しかし、それがまさに彼らのやろうとしていた事だった。水先案内人は平底小型船に突っ立ったまま縄梯子を摑もうとした。一度目は失敗したが、二度目には梯子を摑み、その間に平底小型船の舵手が彼の乗っているボートをタンカーに近づけ、衝突させることもなく接近させたのはまさに神技としか言えなかった。一旦、水先案内人が縄梯子を摑むや、平底小型船はすぐに離れて、暴れ狂う波と鋼鉄の船体によって粉々にされる前に引き揚げて行った。水先案内人だけが、安全なメインデッキよりも三〇フィート以上も下にある縄梯子に吊られていた。一瞬、船体が右舷に傾き、水先案内人が宙吊りにされたようだったが、次の瞬間、船体が左舷に傾くと、彼も鋼鉄の船体に叩き付けられてしまう。

一方、平底小型船はパイロット・ボートに戻るために苦戦していた。舵手がパイロット・ボートに近づいた時、船尾のタラップに自力で這い上がろうと全力で加速し、タラップに向かって突進したが、三分の二ほど上がったところで止まってしまった。ちょうどその時、タラップの上でずっと持ち場を離れずにいた男が、フックと一緒に身体を倒し、平底小型船のへさきにある輪っかに手際よく引っ掛けた。それから素早くウィンチを動かしてタラップの上まで平底小型船を巻き上げた。平底小型船がもとの位置に据えられると、二人の男はふたたびそれをキャンバスで被い、甲板を通ってキャビンに消えた。

俺はこの平底小型船の回収作業に気を取られていたため、その間、水先案内人のことをすっかり忘れていた。艦橋と縄梯子の方を見てみると、水先案内人がちょうど甲板の縁で助けられたところだった。彼は落ちることもなくうまく縄梯子を上り終えたようだった。

「すごいもんだ」と、俺は口笛を鳴らした。「あいつらみんな狂ってるよ」

「かなりなもんだろう、どうだい？」ロジャーがニヤッと笑った。

「確かに、すごいよ。驚いたよ。しかし何と言うか、あれが仕事なんて信じられんよ」

「あいつらは俺が見た中でも世界一のボート操縦士だな」。ロジャーが言った。しばらくすると船の胴体部でエンジンが回転し始める音を聞いた。そしてプロペラが海水を嚙み出すと船体も揺れ始めた。「さあ、楽しんだか、坊主よ、出発だ。舷窓は閉めた方がいいな」

「タオルをくれないか」。俺は言った。「ずぶ濡れだ」

船が砂洲の「ポテト畑」に入ったその瞬間は、はっきり分かった。急に縦横に激しく揺すぶられ、ガクンとなったりガタガタ揺すられたりして、まるで船体がねじれて一度に六種類もの異なる方向に引っ張られているかのような感じだった。以前に何度か砂洲を横断したこともあったが、今回は、乗船して以来、どんなことよりも厳しさを実感した経験となった。同じ方角から次々に三つの波がひと続きになって襲ってくるあいだ、俺たちは少なくとも四五度は傾いたままだった。これで一巻の終わりかと覚悟したほどだった。

「ヤッホー！」俺たち二人して、右舷の壁に叩き付けられないように彼のベッドにしがみついていると、ロジャーが叫んだ。

「何てこった、おい。俺が自分から志願して海の仕事についた時は、こんなことまったく想像もしてなかったぜ」

30 水泳部コーチ　ジェイミー・アダムズ

これはいったい何だ、パリッシュ寮の郵便受けを開けて、大きな青い封筒を取り出すと、俺は首を傾《かし》げた。明らかに、切手なし差出人なしの学内郵便だった。外に出て、石段に腰掛けると、封を切った。ディディからのバレンタインが入っていた。何とまあ、驚いた。今日は一九七一年二月一四日、バレンタイン・デーだってことをすっかり忘れていた。

かの女がこのために時間をかけて準備してくれたことははっきりしていた。色画用紙と紙レースの手製カードで、表紙には雑誌から切り抜いた写真のコラージュが施され、カードを開くと自作の詩、「あなたの窓辺で」が手書きでしたためられていた。

一日が終わるのは
日没をあなたに見せてから、
月が昇ってくるところを私に見せてくれてから。
夜が始まるのは
私たちの言葉を分かり合えた時
沈黙の言葉をあなたの部屋で。

その窓からあなたが掩蔽壕の上で寛いでいるのを見たの

赤と金色のロケットを見つめて
ヘッドライトの照らし出す先が
あなたの部屋の壁から流れ出て
今この空虚な夜を満たしてくれる

男が女に語る時
その瞬間だけ、衝撃に打たれ、
二人は暗闇の部屋の中で見つめ合っている
二人だけで。

ディディ、ディディ。いったい何を考えているんだ。俺が関係した女の中でたったひとりだけ、かの女は俺をあるがままに理解してくれているように思えた。他の女たちとは違って――このことについては、ほとんどの男たちとも違う――かの女は、この世界に余所者として帰還した元海兵隊軍曹に憧れているのでも、怖がっているのでもない。かの女は理解したこと――そのすべてを受け入れてくれているように思えた。かの女は無視もしなかったし、作り上げることもしなかった。一緒にいると救われるような気がした。

それでも俺たちは恋人同士ではなかった――少なくともまだそうではなかった――不本意ながら。かの女は、ほとんどいつも、俺の部屋の窓辺に俺と一緒に座ったまま、夜遅くまでクラム［クリーク］を眺めていたし、俺の話を遮る事もバカ話で邪魔することもなく、黙って俺を抱きしめていてくれた。しかし、いつも最後には帰って行った。残された俺は、ひとりになってがっかりして棺桶に戻って眠るか、俺のことをまったく分かってくれなくともベッドを一緒にしてくれる女たちの誰かのところに出かけていくのだった。

そんな女たちが何を考え、期待し、求めているかは神のみぞ知る、だ。俺にはなす術《すべ》のないことも分かっていたが、気にもしていなかった。まったくの無気力状態に陥ってしまった夜には、ひとりで悪夢にうなされるよりは、自分自身を貶《おとし》め、相手の女たちをも侮辱する方を選んでしまうのだった。朝になると必ず屈辱と自己嫌悪に居たたまれなくなる。しかし夜になると、またどうしようもない恐怖に襲われた。それを切り抜けられる晩もあれば、できない夜もあった。

指先でそっとカードをなぞりながら、ディディの詩をもう一度読んだ。それを封筒に戻し、プールまで歩いて行った。水泳部コーチのジェイミー・アダムズがちょうど灯りを消したところだった。

「ハイ、ジェイミー」。俺はちょっとぎこちなく声をかけた。

「おう、父さんよ、元気か?」彼はそう言って、両手で俺の手を握り上下に振った。彼はいつも俺を「父さん」と呼んだが、それは俺が水泳部で一番の年長者だったからで、去年も最年長者だった。「最近はどうしているんだ?」少し赤みを帯びた丸顔でにこやかに話しかけてきた。六〇歳を過ぎて、五フィート三インチ、胴回りが太めだが、決して肥満ではなかった。善良な子どものようだった。「どこで何をしてたんだ?」

「まあ、ちょっといろいろ」

「おい、今シーズンはおまえがいなくて寂しかったぞ」

「そのことで話したいことがあるんですが、ジェイミー」と、もじもじしながら俺は答えた。「ちょっとだけ話す時間がありますか?」

「かまわないとも、父さん。入れよ。何があったんだ?」

「つまり、正直に言うとですね。もうシーズンとしては遅いんですが、それで、つまり、迷っていたんですが、もし残りのシーズンだけでもチームに入れないかと思って」

「さて、さて」ジェイミーは、眉をつり上げて言った。

「大会に出してもらえるなんて思っていませんから。チームで練習させてもらえるだけでいいんです」

俺がジェイミーのところに来たのは、それだけではなかった。彼といると心が安らいだ。俺が知っている限り、彼以上に優しく神経の細やかな人間はいなかったからだ。一緒にいて寛《くつろ》げる相手なんてそんなにいるもんじゃない、しかしジェイミーはそういう人だったし、俺は去年のシーズンが終わってからもずっと会いたいと思っていた。しかし、そのことを人に話したことはなかった。

「そうか、それならラインアップの中におまえが入れるように考えておこう」。彼は笑っていた。「二〇〇のバタフライを泳がせて欲しいという奴はまだいないんだよ」

「よかった、ありがとう、ジェイミー！」そんなことが可能だなんて、とても期待などしていなかった。

「何と言っていいか分かりません。ありがとうございます」

「まあ、会えてよかったよ、父さん」。彼はそう言ってくれた。「そろそろ水に戻ってもいい頃だ！」それから彼は真面目な顔になって言った。「いいか、父さん、おまえのことをずっと心配していた。どうして一一月に出て来なかったんだ？」

「分かりません、ジェイミー」。俺は恐る恐る答えた。「ほんとうにどうしてなんだか。そういう気分になれなかったんです。去年はかなり一生懸命やりました。一五歳の頃に比べるとタイムは落ちたけれど何とかやってました。自信がなくなっていたんだと思います」

「それだけ年を取ったということだ」。ジェイミーは笑った。「それがどうした？　いいか、おまえがどんなに速いかなんて、問題じゃない。ただ……」突然、彼の声が途切れ、涙目になり、ふたたび口を開くと、内心を悟られたくないときにいつもそうするように、乱暴なしゃがれ声で、こう言った。「俺は、おまえたちに楽しんで欲しいのさ。何と言っても、父さんよ、ここのやり方は、つまりおまえたちは教授と呼んでいるが、厳しく勉強させるだろう。時には何かこう自分を解き放つことも必要なんだ。そうでないと、ずっと楽しめないままに終わってしまう」。ちょっと間を置いて、また話し始めた時には、彼の声はもう普通に戻っていた。「特におまえだ、父さん。おまえはもっと楽しまなくてはいかん」。彼は片腕で俺を抱くようにして肩を叩いた。「おまえは今まで苦労してきたじゃないか?」

「はい、ジェイミー、そのとおりです」。俺は頷《うなず》いた。「時々辛くなります。ほんとうに辛い時が」

「まあ、おまえが一一月に練習に現れなかったときには、何かあったんだろうと思っていた。その年の優勝決定戦の前夜にコーチとバーボンを飲んでしまい、翌年にはチームに戻らない奴とか、まあ、何かあったんだろう。父さんよ、おまえは自分の内にすべてしまい込んでしまう」。俺をじっと見つめながら、彼は言った。「去年それが分かった。今だから言うが、おまえがこの秋にチームに来なかった時にも、それほど驚かなかったさ」。俺は無意識のうちに眉を寄せていた。「ああ、それにな」と、彼は続けて言った。「六三年間の俺の人生で学んだことがある。おまえのような生意気な若造に俺の目はごまかせないぞ。俺がどんな気持ちでいたか、分かるか?」

「会いたかったです、ジェイミー」。思わずそう口走ったかと思うと、俺は彼に寄りかかり、固く抱きついた。

「俺も会いたかったよ、おい。さあ、ここから出よう」。ふたたび乱暴なしゃがれ声になって、彼は言った。

「明日から練習に戻って来い」

31 ベトナム　川岸での銃撃戦

ある朝のこと、掘って、詰めて、砂嚢《さのう》にして積み終わった後は、川の水の冷たさがとても心地よく感じられた。雲の切れ目から陽が差し込んできた。水は澄んでいた。丸裸になった偵察隊員たちは、水をバシャバシャと掛け合い、まるでアザラシのようにはしゃぎ回っていた。流れがかなり急だったので、同じ場所にいるためには上流に向かって泳がなければならなかった。川縁からわずか数メートルのところでも、少なくとも深さ五メートルはあった。俺はもぐってみたが、底まで行き着けなかった。川幅はおよそ四〇メートルだったが、東側の土手はまだ占拠していず無防備だったため、俺たちは全員、西側の土手近くに留まっていた。

ぴしっと水面を何かが鋭く叩いたのとほぼ同時に銃声が聞こえた。「撃ってきたぞ！」すぐに何人かが叫んだ。

警告は必要なかった。第一声の後は、川面は水しぶきの乱舞となった。偵察隊員たちは狂ったオタマジャクシのようになって対岸に向かった。シーグレイブとアマガスは、西岸に立って見守っていたが、即座に発砲した。誰かが「エイムズがまだ川にいるぞ！　撃たれたぞ！」と叫んだ時、俺は川から出て砂地の土手を半分ほど上ったところにいた。まだ土手をよじ登っていた。後ろを振り返った。エイムズは顔を下に向けたまま、両腕をダラッと水面に浮かばせていた。川の流れは速く、彼の身体はすでに南に流されていた。俺は土手を駆け下り、川に飛び込んだ。その頃までには、銃撃戦を聞きつけた他の海兵隊員が土手の上にうつ伏して対岸の木々や藪に向かって反撃を始めていた。俺はエイムズを追うように泳ぎ、彼を見失わないようにできるだけ頭を高くし、全速力で水をかいた。

戦闘の激しさは、銃撃戦に加えてM79発射装置から手榴弾を撃ち込むまでに発展した。俺はエイムズに追いつくと、二年前の夏に赤十字の救命講習会で教わった通りに、彼の顎を摑んだ。彼の頭を引き上げ、俺のもう一方の手を彼の胸に回し、クロス・チェストの体勢を取った。そうしたところ、赤灰色の液体が俺の腕に流れてきて、もう少しのところで水の中で吐き戻しそうになった。それはエイムズの脳ミソだった。彼の右目があった位置に俺の拳ぐらいの穴があいていたのだ。急流は俺たちを川の真ん中へと押し流そうとしていた。俺たちは、泳いでいた場所からとっくに一〇〇メートルほど南に流されていた。

「ロープを投げてくれ！　ロープだ」。俺は叫んだ。まだ銃撃戦が続いているのかどうかは分からなかった。俺はエイムズの身体を楯にした。ロープが一本、俺たちの上に落ちた。俺は手探りで摑み取り、エイムズの胸に回し、それに摑まって岸まで引き寄せてもらった。衛生兵が待ち受けていた。「もうダメだ、ドク」。エイムズの身体が水から引き上げられて、土手の上に横たえられてから、俺は言った。「死んでるよ」

戦闘は終わっていた。俺は川に戻り、跪《ひざまず》き、俺の腕と肩についていたエイムズの遺物を洗い流した。そのドロッとしたものが小さな渦からだんだんに筋のように広がって流れ去っていくのを見つめながら、思わず吐いてしまった。そして口の中の酸っぱい味をすすぎ流した。俺は素っ裸のままだった。対岸を見たが、まるで何事も無かったかのように人っ子ひとりいなかった。

32 脱走寸前　香港での休養休暇

「バレンタインをありがとう」

俺はディディに近づくと、かの女の膝に優しく触れながら言った。かの女はその両手で俺の手を包み込んでくれた。

「どういたしまして」と、かの女が言った。「気に入ってもらえて嬉しいわ」

俺たちは、ダナ・ホールの俺の部屋で出窓に座り、互いに見つめ合っていた。それぞれ背を両側の壁にもたせかけ、膝を引き寄せ、二人の足を絡ませていた。暗くなっていたが、灯りもつけていなかった。外には、葉が落ちて丸裸になった黒々とした木々が、寮の三階まで背丈を伸ばしていて、不気味な感じで風に揺れていた。

「君は本当にベトナムにいた俺が想像できるのかい?」

「ええ。少なくとも私の想像力からね。私の頭の中に見えるものが、どれだけ真実に近いのかは分からないけれど」。かの女は俺の手を取り、唇に持っていくとそれにキスをし、それから俺の手をかの女の膝の上に戻した。一台の車がゆっくりとキャンパス路を回ってきて寮の下を通った。車のヘッドライトから出る光が、木々に遮られて散らばり、その一瞬、部屋全体が光と陰が模様のように動くスクリーンになった。

「ビリー、ドリットって誰のこと?」ディディが長い沈黙を破って尋ねた。

「どこでその名前を知ったんだ?」ぎくっとして、俺は訊いた。

「先週、あなたが私の部屋で寝入ったあとで、その名前を三回呼んだわ」

「本当かよ?」俺は深く息を吸い込むと、ゆっくりと吐き出した。「かの女は、俺がR&R〔休養休暇〕を取った時に香港で知り合った女性だ。路上で出逢って、香港二日目の夜、俺はかの女に近づいて行き、かの女の腕を掴んでちょっとだけでいいから話をさせてくれと頼んだ。まったく、したたかに酔っていたさ。かの女がどうして俺をぶっ倒して逃げ出さなかったのか、不思議なくらいだ」

「あなたが優しい人だと思ったからじゃない」。ディディは笑った。

「それはどうだか。しかしとにかく、かの女はそうしなかった。結局、かの女と五日間一緒にいた」

「中国人ではなかったの?」

「いいや、デンマーク人だ。かの女は広告アーティストだった。そこにあったどこかの広告会社で働いていた。夢について話してくれた。ハリウッドだけが信じてくれそうな夢をね。その頃、俺はベトナムで八カ月目を終えたところだった。あともう五カ月、ちょうど一九歳になったばかりだった。その一カ月前、高校時代の恋人からディア・ジョン・レター〔戦地にいる恋人への別れの手紙〕を受け取ったばかりだった。全然知らない場所だったが酒場や娼婦が溢れていて、俺のようにひとりぼっちのうぶな青二才なんかすぐにすってんてんにされてしまう。するとどこからともなく、突然ドリットが現れたんだ。ワーオ。俺の人生で最高の五日間だった。ずっと絡み合っていた。その時の俺は、頭のてっぺんから足の先まで、まるでゴジラにでも呑み込まれていたかも。しかしかの女はゴジラではなかった。かの女は、つまり、まるで天使のようだった」

「かの女は天然のブロンドだった?」ディディが、俺の膝を突くようにして、訊いた。

「もちろんさ」。俺は笑った。「伝統的なスカンジナビア人だ。本当に綺麗だった。しかも親切で優しい。俺が隊に戻るはずの日の朝、隣にかの女が横たわるベッドで目を覚ますと、ホテルのベルボーイがドアをバンバン叩いて、俺を飛行場に連れていく軍のバスが下で待っていると叫ぶんだ。かの女を見た、そして、もうあと五カ月も、あの気が狂わんばかりの世界に放り出されることを思った。だからベルボーイに、地獄へ行っちまえ、おまえがバスに乗れ、と怒鳴ったんだ。俺はほとんど脱走する覚悟だった。本当にそうするつもりだったと思う」

「何故そうしなかったの?」

「ドリットが俺にそうしないようにと言ったんだ。かの女は俺にそうさせたくなかったんだ。ああ、それは決して、俺がベトナムに戻って、頭を吹き飛ばされた方がいいと、思ったからじゃないんだ。かの女は泣いていた。俺も泣いた。本当だ。しかしかの女は言った。たったあと五カ月のために人生を台無しにするなんて、俺にできるはずがないと。分かるだろう、俺が捕まって刑務所に入れられ、もし逮捕されなくとも、その後の人生を逃亡者として送ることになり、家族にも会えなくなる、そういうことさ。俺もかの女が正しいと思った。しかし本当のところそれ以上は分からない。時間が経てば経つほど、分からなくなる」

しばらく沈黙が続いた。ディディはまだかの女の膝の上で俺の手を握ったままだった。郊外電車がガタゴトと森を抜けて寮の下を通って行った。木の枝の隙間から電車のヘッドライトの光が十数本の筋になって差し込んできた。

「かの女から連絡はあったの?」

「死んでしまった」と、俺は言った。「ある晩、寂れた裏通りで、レイプされ、痛めつけられ、殺されていたんだ」

「何ていう事、ビリー、ごめんなさい」

「おかしいだろ、そういうことってあるんだ。俺は生き残った。そしてドリットは死んでしまった」。涙が溢れてきて、瞬きをするとゆっくりと頬をつたって落ちてきた。俺はディディから目を逸らし、部屋の暗闇を見つめた。

「泣いてもいいのよ、ビリー」

俺はうな垂れ、肩を震わせ、しばらくの間、声も立てずに心底むせび泣いていた。ディディが両手で俺を抱いて、かの女の肩で俺の頭を支えてくれた。俺が泣きやんでも、俺たちはずっとそのままだった。二人の身体は長い間絡み合ったままだった。

「もう随分遅いわ」と、かの女が言った。「行かなくては」

「今夜はここにいてくれ」。俺はかの女にしがみついた。

「だめなのよ、ビリー」

「どうか、ディディ。これ以上言わせないでくれ」

「何も変わらないわ」と、俺の頭を両手で挟みながら、かの女は言った。「ビリー、ビリー。もし今夜一緒に寝ても、明日の夜はどうするの？　あなたが求めているのは私ではないの。あなたのこと好きよ、とても、とても好きよ。でも私にもいろいろあるの……」。かの女の声が一瞬口ごもったように聞こえた。「私たちは宇宙に流れる二つの彗星のようなもの。接近し過ぎると、互いに燃え尽きてしまい、何も残らないのよ」

33 ベトナム　寺院を破壊する

隊列はまた停止した。何故だかは神のみぞ知る、俺の知ったこっちゃない。俺たちが街道脇に腰を下ろし、タバコを吸って休んでいると、二人の偵察隊員が近くの藪から飛び出してきて、「来てくれ、ちょっと見てくれ」と叫んだ。五〇メートルも行かないところに、木立を切り開いた場所があり、そこに小さな寺があった。色褪せた赤いタイルの屋根の粗末なコンクリート造りだったが、その中をのぞくと、鮮やかな色合いのタペストリーが壁に掛けられ、一方の壁を背にして装飾を凝らした祭壇が置かれていた。祭壇の上にはさまざまな種類の壺があり、そのうちの幾つかには線香が立てられていた。付近には人の気配もなく、ただ最近、誰かが屋根を修理した痕跡が見られた。建物の裏に木挽き台と道具類が立てかけてあった。

「これは何だ?」と、ウォリーが訊いた。

「教会じゃないか、バカだな」と、モガティが言った。

「叩き潰してやろうぜ」とホッフィが、木挽き台を前に引き出しながら言った。

「何でだ?」ウォリーが訊いた。

「理由なんかあるもんか?」ホッフィが答えた。「そっち側を持てよ」。ウォリーとホッフィが、重い木製の木挽き台を持ち上げると、一、二、三の合図で走り出し、木挽き台を寺の壁に叩き付けた。二人とも尻餅をつき、悪態をつきながら、ひりひりと痛む手を振った。「クソッ、この野郎、何て固いんだ」。ホッフィが言った。

「そんなんじゃダメだ」と、モーガンが出てきた。「こうやるんだよ。ビル、来てくれ」。俺たちは木挽き台を持ち上げると、一方の端を壁に向けて置いた。「こっちに引いてから前に揺らすんだ」と言った。「こうだよ、よいこらっと！」木挽き台が壁を叩いた。「そーれ！」彼はもう一度叫んだ。木挽き台がもう一度壁を叩いた。「そーれ！」みな声をそろえて叫んだ。「そーれ！　そーれ！」木挽き台が壁を突き抜けて、直径二フィートほどの穴を開けた。「どうだ、ホッフィ」と、手についた埃をズボンで払いながらモーガンが言った。

ウォリーとホッフィは木挽き台を持ち上げると、穴から二フィートほど左の位置に置いた。「そーれ！」二人が叫んだ。「そーれ！」全員が叫んだ。「そーれ！　そーれ！　そーれ！」壁にまた穴が開いた。「やったぞ！」全員が声を挙げた。ウォリーとホッフィは向き合ってお辞儀をして、それから偵察隊員全員に向かって頭を下げた。今度はモガティとバーンズが木挽き台を持ち上げた。「そーれ！」

このやり方で、二人ずつ順番に壁に向かい、角まで叩き壊し、次の壁に向かい、それも壊して、三つ目の壁に取りかかった。それはまるで大きな機械仕掛けのビーバーが狂ったように建物を壊しにかかっているかのようだった。「そーれ！　そーれ！」ガラガラッと音がして、屋根が揺れた。「そーれ！　そーれ！」屋根はドーッと崩れ落ちた。

寺の上半分がゆっくりと崩れて、壊れた壁の残骸の上に落ちてくると、みな避けて散った。そのあとで、一面だけ残った壁から屋根が剥がれて、すでに崩れ落ちていた三面の壁の残骸を上から叩きつけるように落下してきたかと思うと、まっ二つに裂けてもんどり打つように跳ね落ち、轟音とともに塵と瓦礫を舞い上がらせて、寺の床を直撃した。アルファ中隊の見物人たちは、この時には一塊になって、飛び上がり、囃《はや》し立て、喝采を叫んだ。偵察隊員は全員が交互に握手を交わした。

34 学生食堂　フルムーン騒ぎ

鬱蒼とした草むらを荒く刈り取っただけの整地もしていない着陸地点にヘリコプターの足が接触するや否や、規律もへったくれもない南ベトナム政府軍兵士の群れがばらばらと走り寄ってきた。実際、この兵士たちは傍目《はため》にも身勝手で、互いに押し合いへし合いしながら我先に機体に乗り込もうとしていた。アメリカ人乗員が、ヘリの入り口を開けて立ち、何とか秩序を保とうとしたが、すぐに押しのけられてしまい、ヘリはまるで蛆にたかられた動物の死体か何かを詰め込まれてもだえているようだった。そんなパニック状態で、ヘリは着陸後すぐにまた、乱戦を避けるために離陸し始めた。

積み込まれ過ぎたために、機体はフラフラしながらゆっくりと上昇したが、空中でいつ墜落してもおかしくはない状態だった。政府軍兵士が一人、振り落とされたかドアから押し出されたのか、ゆっくりと昇り始めている機体に向かってまだ手を差し出している地上に残された兵士の群れの中に、旋回しながら落ちていった。少なくとも一二人ほどの兵士が、ヘリの足の滑り止めにしがみついていた。しがみついているその指は、アメリカ人クルーにライフルの銃床で叩かれ、何人かは落下していった。クルーは、そうやってドアまで戻っていき、信じられないほど重くなった機体を少しでも軽くしようと努めたのだった。地上にいる兵士に引きずり落とされた者もいた。何人かは滑り止めにしがみつき団子状態でぶら下がったまま、その足で空を蹴っていた。

「ベトナム化までには道遠しだな」。俺はテレビに向かって思わせぶりに言った。

数週間前の一九七一年二月、南ベトナム軍兵士は、アメリカ空軍と砲撃に守られて、カンボジアに侵攻した時のように、国境を越えてラオスに侵攻した。その目的は、ホーチミン・ルートを遮断し、北ベトナム軍が南に侵入するのを防ぐためとのことだった。ペンタゴンとホワイトハウス筋によれば、それは、ニクソンのベトナム化政策がうまく機能していることを証明するための、南ベトナム政府軍を使っての重要なテストということだった。

しかし、ほんの数週間後の今となって、この作戦は明らかに失敗だったことが分かった。何日もの間、テレビ画面は、南の政府軍兵士が、ヘリに満載、トラックにも山積み、戦車やジープにも乗り切れず、ある者は徒歩でという混乱した状態のままに、ラオスから南ベトナムへと逃げ帰る場面を流し続けていた。兵士の多くは、大慌てで戦場から逃げ出すためにすべてを投げ捨ててきたため、武器や装備品を一切失っていた。完全な失敗だった。

それでもアメリカ政府のスポークスマンはそれを認めようとはしなかった。俺たちがＤＵハウスの談話室でテレビを観ているこの時でさえ、ニクソンの報道担当官のロン・ジーグラーが現れ、作戦は目標を達成した、撤退計画は予定通り組織的に進んでいると、報道記者たちに説明しているのだった。

「この大嘘つき野郎！」俺は画面に向かって叫び、怒りに拳を振っていた。「敗走しているじゃないか！　インチキもいい加減にしろ。どうして現実を直視しないんだ、いったいどうなってるんだ？　アホなチャンネルを変えてくれないか？　こんなクソ番組、観てられないよ」

「アルコール・タイムだ！」マーク・ジェイコブズがもうひとりのＤＵメンバーと一緒に大声を挙げて入ってきた。その手は幾つものショッピングバッグを提げていた。一つの袋にはアルコール度二〇〇のエチルアルコールの半リットル壜が数本入っていて、別の袋にはオレンジとグレープフルーツの無糖ジュースの缶がいくつか入っていた。数分後には、それらはすべて大きなゴミ用ポリ容器にぶち込まれて、ジェイコブズがツーバイフォーの角棒でかき混ぜてカクテルにした。「さあ、やろうぜ、みんな」と、彼は『マクベス』に出て来る魔女のひとりをまねて言った。

「カリーの評決を聞いたか？」俺が自分のカップで容器から汲み取ろうとした時に、フレッド・チャールズが尋ねてきた。

「ああ、聞いた」と答えた。

「どう思った？」

「別に驚かないさ」と、一口飲みながら俺は返事した。「二年前にこの評決がどうなるかは分かっていたさ。まったく、茶番だね。彼の上官どもが、彼のしていたことを知らなかったとでも思うのか？　クソッ、そうしろと命令したのは奴らだぜ。多分、具体的には言わなかっただろうがね。しかしボディーカウント［死体勘定］が奴の仕事だったということは、言っていることから明らかじゃないか。奴がやっていたことはまさにそれだったんだから」

「彼をどうすべきだったと思う？」フレッドが訊いた。

「問題は、奴をどうすべきだったかということではないよ」と、俺は言った。「俺を騙した奴ら全員をどうすべきだったのか、さ。メディナ［アーネスト・メディナ大尉］と、あとのカリーの上官たち——ホワイトハウスを含めてだ。奴ら全員に責任がある。カリーと同じくらい。いいか、俺の知る限り、恐らくあいつらは冷血漢さ。奴に勲章をやるべきだと言ってるんじゃないぜ。しかしあそこでやられていること、カリーがやったことは必然的な結果なのさ。戦争そのものがまったく間違っているんだ。ひとりがやったかやらなかったかの問題じゃない。バカな政府丸ごと、裁判にかけられるべきだったんだ」

「見込み薄か」。ずっと話を聴いていたマイク・モリスが言った。

「そうだ、見込み薄だ」と俺が応じた。

「ニクソンは戦争を終わらせようとしていると思うかい?」マイクが訊いた。

「そう急かせるなよ」

今やハウスはDUのメンバーでひしめき合っていた。金曜のフラタニティの夕食には、シャープルズ館の小さなダイニングルームの一つが予約されていたので、夕食に行くまでの時間、俺たちはそこで飲めるだけ飲んだ。一時間近くも、俺はエチル・パンチを何杯も飲み続けていた。いよいよ夕食となったが、俺はすでに出来上がっていた。俺たちはパンチの入ったポリ容器を持って、裏口ドアから忍び込んだ。俺は食事の間もずっと飲み続けた。

夕食の真っ最中に、ダイニングルームのドアが開き、二人の女子学生が料理の載った盆をもって入ってきた。二人はその部屋がDUの貸し切りとは気づいていなかった。俺たちを見て、その場で立ちすくんでしまったのだ。俺はさっと立ち上がるとパンツを下ろした。女子学生のひとりは短い悲鳴をあげ、すぐに声を押し殺した。そして二人ともドアまで引き返すと、一目散に逃げて行った。ドアが閉められたあとで、その向こうから、盆の一つが大きな音を立てて固い木の床に落ちるのが聞こえた。割れるような喝采が部屋中に響いた。

しばらくしてから、ダイニングホールの責任者でキャスリーンという、でっぷりとした銀髪の女性がやって来て、いかめしい調子で見回した。「あなたがた騒ぎが過ぎます。もし静かにできないようでしたら、出て行ってもらいます」と叱りつけた。俺はかの女の真ん前にあるテーブルに飛び乗り、後ろ向きになると、パンツを下ろし、前屈みになり、かの女にフルムーンをしてやった。起き上がると、部屋中に笑い声とやんやの喝采が鳴り響いていたが、キャスリーンはもういなかった。

それから少し経ってからだった。ふたたびドアが開き、ディディが入ってきた。かの女は目を見張るような美しいロングドレス姿で、長い髪を肩から背中に自然に流していた。完璧なほどに輝いていた。みながかの女の存在に気づくと、部屋全体が急にシーンとなった。

「ねえ、ビリー」かの女が微笑んだ。「今夜はデートのはずよね、覚えている?」俺は座ったまま酔ってボーッとした頭でかの女を見つめながら、思い出そうとしていた。「あなたの支度ができるまで部屋で待っているわ」

「ああ、そうだった」と、俺は答えた。「すぐに行くから」

かの女は出て行く時に再度あの魅惑的な微笑みを浮かべ、ドアを後ろ手に閉めていった。しばらくはまったくの沈黙だった。それからは口笛、拍手、ヤジの嵐となり、俺はその標的とされていた。

朝の二時半頃だったが、俺はマイク・モリスやアーチー・デヴィソンと一緒にJCの部屋にいた。全員が酔っぱらっていた。俺は、その前の七時間に何が起こったのか、よく思い出せなかった。「ウィレッツを襲撃しないか」と、俺が持ちかけた。ウィレッツ館は女子寮の一つだ。

「どうやって入り込むんだい?」JCが訊いた。「真夜中過ぎは鍵がかかってるぜ」

「俺に任せとけ」と答えた。ウィレッツに着くと、一階にはまだ灯りのついている窓があった。俺はそのうちの一つを適当に選んでノックしてみた。女子学生が外を見た。俺のスワスモア校章入りジャケットを見て、窓を開けた。

「失礼」と言って、俺は説明した。「僕は今日、マーサ・ドランと一緒に勉強していたんだけれど、かの女の部屋に本を忘れてきてしまった。今日早朝に実家に帰って週末を過ごすので、月曜の試験のためにその本を一冊持ち帰りたいんだけど」

「かの女が起きているかどうか見てきましょうか？」

「ああ、そうじゃなくて」と俺は言った。「君を煩わせたくない。ちょっと入れてもらえれば、僕が自分で行くから」

「いいわ、ロビーの入り口に回って」と、かの女は言った。

「非常口まで行って、そこで待っていてくれ」。俺は、入り口に行く途中で他の連中が潜んでいる場所に寄り、奴らにそう告げた。女子学生が俺を入れてから姿を消すや否や、俺は非常口まで行き、ＪＣ、マイク、アーチーを中に入れた。「三階まで行け」と俺は言った。「三階から走り降りて、二階だ、それからこのドアから出る。いいか？　さあ、行こう」

俺たちは三階の廊下を突進し、狂乱声で叫び立て、わめき散らし、あちらこちらのドアをバンバン叩いたり足で蹴ったりしてホールまで走り抜けた。ドアのいくつかは蹴って開けた時に鍵や蝶番《ちょうつがい》が壊れてしまった。三階の反対側の端まで行くと、そこから階段を駆け下り、同じことを二階で繰り返した。それから階段を走り下り、大混乱の修羅場の喧噪《けんそう》を後に残して、夜の闇の中に飛び出した。俺たちはターブルズ学生センターまで走って行き、地面まで枝を下ろしている大きなもみの木の下に頭から飛び込んだ。格好の隠れ場所だった。

「キャンパス・セキュリティがどのくらいでやって来るかな」と、ＪＣが笑いながら言った。俺たちはみな息をハーハーさせていた。

「あの年寄り連中ったら」と、俺は自分で笑って息を詰まらせながら言った。「ざまあみろ、もし俺たちが危険人物だったら、あいつら女子どもは今頃はとんだことになっているんだぜ」

「おい、ビル」と、マイクがニヤニヤしながら言った。「君は今夜、ディディとデートのはずじゃなかったのか？」

「あーっ、クソーッ」

35 ワシントンの反戦集会へ　一九七一年四月

何故ワシントンDCに行こうと思ったのか、はっきりはしていない。ワシントンのどこに行けばいいのか、行って何をすればいいのかも分からなかった。運転している間中、Uターンしてスワスモアに戻ろう、ベッドにもぐり込んで何もかも忘れてしまいたいとの思いに何度も駆られた。

この一年半というもの、俺は頑なに街頭デモに参加することを拒んできた。この戦争を止めるべきだと個人的に確信するようになってからも、友人に話すだけでなく集会のようなところで戦争反対を訴えるようになってからも、それは変わらなかった。何千もの人たちが定期的に行っているデモに参加することはできなかったのだ。

ベトナム戦場で一九六七年一〇月のペンタゴンへの行進を報じたビラを拾った時の、裏切られたというあの吐き気を催すような感覚に打ちのめされたことを思い出すからなのか？　一九六八年夏のシカゴでの大混乱に終わったデモとまだ一緒くたにしていたからか？　臆病風に吹かれているからなのか？　ケント州立大、その後のミシシッピ州でのジャクソン州立大の学生のように、冷酷に銃撃され血塗《ちまみ》れになって死んでしまうのが怖いからなのか？　それとも、俺はデモを、結局は、弁解の余地のない反抗、つまりはこれまで信じるようにと教え込まれてきた政府や、いまだに俺にとって愛する祖国であるこの国に対する裏切り行為と見なしていたからなのか？

それなら何故、俺は、一九七一年四月の土曜日の朝になって、行こうと決心したのだろうか？　何が、俺に、こんなに朝早く目を覚まさせ、着替えて、車に乗り込ませ、南に向かわせているのか？　まるで眠っている間に、無意識のうちに決定してしまったみたいじゃないか。何故なのか分からないし、二時間前の決心が確かなものかどうかも分からない。俺は今どこにいるのか、何をしようとしているのか、ちっとも分からない。俺は引き返すことだって出来たし、ワシントンに行こうとしたことだって誰にも分かりはしないのに。それでも、俺は何かしなければならなかった。連日連夜、戦争は俺を摑んで放さなかった。戦争が長引けば長引くほど、俺は読んだり調べたりすることが多くなり、その結果、前にも増して俺自身を苦しめることになった。

つまり、次のことを俺は知ったのだ。フランスの植民地支配は八八年間もベトナムを残酷で無慈悲な状態に押し込めていたこと、アメリカ人は第二次大戦中、ホー・チ・ミンと彼が指導していたベトミン［ベトナム独立同盟］のゲリラに武器弾薬を与え、訓練を施したこと、それと引き換えに、ホーの陣営は、アメリカ人に情報を与え、撃ち落とされたアメリカ人パイロットの救出に当たったこと、OSS［アメリカ戦略情報局］将校で政府のインドシナ担当官アーキメデス・パティは、大戦終結時、ホーは何よりもまず独立運動の指導者であり、共産主義者であることは二の次だということ、さかのぼれば一九一九年以来、ホーがベトナムの独立をアメリカに支持して欲しいと何年も働きかけてきたことを説明して、合衆国がホー［の政府］を認めることを強く求めていたこと、大戦後、合衆国はホーの政府を承認するよりも、フランスのインドシナ権益を支持し、第一次インドシナ戦争の費用の四分の三を援助する道を選んだこと、南北両ベトナムとは、一九五四年のジュネーブ会議で西欧列強の都合で取り決められた結果であって、ゴ・ディン・ジェムは「民主主義の奇跡」どころか、民衆の支持をまったく欠いた、アメリカ人以外には誰からも支持されない、フランスで教育を受けた一握りの上流階級のベトナム人カトリック教徒のみに支えられた専制君主であったこと、などである。そして俺は、サイゴン政権の堕落、腐敗、残虐性を、最初はグエン・カオ・キ、そしてグエン・バン・チューの下で行われているのを、この目で見てきた。

どうしてベトナムに行く前にこんなことを教えてもらえなかったのか？　誰ひとりとして耳に入れてくれる者はいなかった。教師も政府も、そして俺が高校三年間のみならずベトナム従軍中も、愛読していた『タイム』誌でさえも。俺は、ベトナムから戻った後で、こうしたことをすべてひとりで勉強した。みんなそれほど無知だったのか、それともうまく騙されていたのか？

リチャード・ニクソンと彼の側近がやっていることは、それがどんなに間違っていようとも、まったくの善意からのことなのか、それとも嘘をつくことはそのままかれらの生き方になってしまっているのだろうか？　カンボジア侵攻が成功したなどと、何でそんなことが言えるのか？　ベトナムでの戦闘は相変わらずの状況だ。ノロドム・シアヌーク皇子は軍事独裁者によって追放され、侵攻前にはなかった内乱が今ではカンボジアを襲い、ベトナムへの復讐の嵐が吹き荒れている。ラオスへの侵攻までもが大成功だと言い始められているが、誰が信じられるか？　まったくの悲劇でしかないじゃないか？　はっきりしていることは、政府が嘘をついていることだ、それも見え透いた、あからさまな嘘を、公然と。

何と恐ろしいことか。ジョージ・ワシントン、アブラハム・リンカン、トム［トマス］・ペイン、トマス・ジェファソン、ジョン・F・ケネディ。ジョン・ポール・ジョーンズ、ゲティスバーグ演説、モンテスマの神殿、ガダルカナルと権利章典、メイン号［一八九八年、キューバのハバナ港に停泊中爆破された米軍艦］を忘れるな、そして「機雷なんかくそくらえ」［海軍提督デイヴィッド・G・ファラガットが、一八六四年にアラバマ州モビール湾での海戦で言った言葉］。俺の人生のすべて！　すべて信じてきた。それが全部嘘だったというのか？それともどこかで決定的な間違いを起こしたのか？　俺の胸は苦しくて爆発しそうだった。海兵隊初年兵訓練基地を卒業したその日は、俺の人生でもっとも誇らしい瞬間だったのに。

反戦ベトナム帰還兵の会［VVAW］のメンバーにはじめて連絡をとった時、まったく普通とは思えないような、全員が片足を精神病棟に突っ込んでいるような印象にショックを受けた。しかしそれから一年、ずっと真剣に考え続けた。俺たちみんな本当は狂っていたのだろうか？　狂っていたのは戦争であって、俺たちはその狂気を持ち帰っただけなんだ。何かが恐ろしく間違っていた。

そして間違っていることがまだあった。政府は帰還兵に敬意と感謝を明言していたにもかかわらず、GIビルといったら教科書代にもならなかったくらいだし、VAホスピタル［復員軍人病院］は、ベトナムで患った麻薬中毒や戦争後遺症で苦しむ帰還兵の治療を受け付けなかった。また和平を請願した帰還兵が、国民の代表たるべき連邦下院議員から言われたのは、帰還兵を偽っている、もしそうだとしても不名誉除隊者に違いない、ということだった。死者は英雄として賞讃されても、生き残って、これ以上死者を出さないために戦争を終わらせることを要求する者は無視され、国家の恥だと罵《ののし》られる。ニクソンは、ほんの一握りのキャリア志向の強い大学出のパイロットの命を救うために、何千人もの労働者階級から徴兵された兵の命を犠牲にし続けている。パイロットたちは、撃ち落とされる可能性があるというリスクを抱えていることをずっと前から知っていたし、それ故いつでも軍を辞めることができたはずだった。クソッ、あまりの腹立たしさに、まともに考えることさえ嫌になってくる。

それにしても俺はまだVVAWに参加できないままだった。ほんの数週間前のことだったが、VVAWがワシントンDCで大掛かりなデモを計画した。数千人もの帰還兵たちが軍からもらった勲章を持って議事堂前に集まった。政府の奴らは誰ひとり耳を傾けようとはしなかった。それどころか議事堂を柵で囲ってしまったのだった。帰還兵たちは、声を詰まらせ、顔は涙でグシャグシャだったが、柵の向こう側の遠くの建物の石段めがけて勲章を力一杯投げつける行為に出ざるをえなかった。

ＶＶＡＷとは、一年前にワイドナー支部を訪ねて以後、ほんの数回、連絡を取ったきりだったが、俺の知っている何人かの帰還兵が、勲章を投げ返す計画に参加しないかと誘いにやってきた。俺は、机の一番下の引き出しの奥にしまってあった箱から勲章を取り出してみた。金で作られた貴重な古い家宝のような一つひとつを手に取ってみると、いろいろなことが思い出された。

子どもの頃から、俺は勲章が欲しかった。勇者の赤い勲章。これは俺がスティーヴン・デカターとアルビン・ヨークの中隊にいた時に英雄となった印だ。しかしそれを持っていても、どんな意味があるというのか？友人や訪れた客に、「見ろ、これがお国のために俺のしたことさ、この俺様が」と言わんばかりに、勲章を立派な木製のケースに入れて部屋の壁に飾るなど、一度もしたことはなかった。一度としてそれらを誇りに思ったことはない。しかし、しばらくして、おそらく一時間ほどだったろうか、俺は勲章を箱に戻し、その箱を引き出しにしまっていた。何日かが過ぎたが、このことについては、自分自身にさえも、沈黙したままだった。

しかしその時にワシントンに行く意志がなかったのなら、何故今行くのか？　わずか数週間で何が俺を変えたのか？　恐らくそれは、子どもじみたちっぽけな失われた夢にいつまでもしがみついていたことへの、そしてこれらのギラギラしたガラクタをもらうためにしてきたことよりもはるかに高潔な行動に、仲間の帰還兵とともに立ち上がる勇気に欠けていたことへの恥の意識だったのだろう。よく分からないが。

ワシントンに着くと、市内は人びとでごった返していた。駐車は、リンカン・メモリアルの前で計画されている中央集会場所から数マイルも離れたところにしかできなかった。通りはすでにプラカードや旗をもつ人びとで溢れていた。群衆が押し合いへし合いする様は、俺を閉所恐怖症のようにした。さらに、警察機動隊が俺を不安にし、無防備のまま罠にかけられたような気持ちになった。俺は余計な事を考えないように努めた。

ワシントン・モニュメントより先には中央舞台には近づけなかった。モニュメントとリンカン・メモリアルに挟まれたモールは、メモリアル・デー週末のジャージー海岸［ニュージャージー州東部］のように混雑していた。どこに行って何をすればいいのか分からないままに、他人の足を踏まないように気をつけながら、歩き回った。中央舞台からずっと離れたところで誰かが演説していた。誰だかは知らないが、拡声器から伝わってきたのは、雑音だらけの割れた声と、ほとんど聴き取れないへたな演説だった。見回すと、座ってロックンロールの曲をテープレコーダーやラジオで聴く者、マリファナをやる者、しゃべり、笑い、議論する者たちがいた。その場全体が祭り気分に溢れていたが、俺の閉所恐怖症に近い感覚は消えなかった。

しばらくするとハンドマイクを持った男が群衆の中を歩き回り、今から兵役拒否で裁判中の、名前を聞いたことのない誰だかを支援するために司法省での抗議行動があると、知らせていた。俺は行ってみることにした。好奇心と、ものすごい数の群衆の中で味わう喪失感と無力感から抜け出したい気持ちとが混じりあっていた。

司法省の建物の前の石段に数百人が腰掛けていた。演説の合間にはみな「ウィ・シャル・オーバー・カム」を歌い、「いいか、ノーだ、俺たちは行かないぞ」と叫んでいた。俺も加わろうとしたが、気詰まりで居場所がない感じだった。俺は、スワスモアに入学したばかりの時の新入生オリエンテーション行事を思い出した。その午後ずっと、そこに慣れようと思い、しかしぎこちなさとばかばかしさで絶望的になりながらも、見知らぬ連中や芝生に転げ回る子どもたちと一緒に過ごしたのだった。一体全体、ここワシントンで俺は何をしているんだ、と途方にくれた。

突然、俺の左側から拡声器ががなり立てた。「これは違法なデモです！」俺は振り向いた。声は警察官のものだった。彼の後ろには、通りを完全に遮断するように、警官の隊列が隙間なく整然と立ち並び、全員が長くて黒い警棒と暴動に備えての楯を抱え、日除けつきのヘルメットと防弾チョッキのようなものを身につけていた。俺の胃袋はキューッと固い瘤のように縮み上がった。面倒に巻き込まれたくなかった。「これは違法なデモです」とまた同じ声で繰り返された。「一分以内に解散しなさい」

俺の周りにいた集会参加者は警官に向かって猥雑な言葉を吐き、かれらを豚野郎とかナチなどと呼びながら、叫んだりヤジを飛ばし始めたりした。クソッ、俺は動揺していた。このガキたちは何をやらかそうとしているんだ、俺たちみんな殺されるのか？　警官はみな武装しているんだぞ！　集会参加者の一人が演説していた者から拡声器を取り上げると警官に向かって応酬した。「私たちは新動員委員会への許可証のもとに行動しています。これは非暴力の抗議集会です。合衆国憲法修正第一条は私たちの権利を保障するものです。私たちは法を破ってはいません。私たちに退去せよと命令することなどできません」

「これは違法なデモです」と警官が再度言ったが、それは返答ではなく、録音された音声のようだった。警官がこの件で論争するつもりのないことは明らかだった。「一分以内に退去しなさい」。群衆はそれでも叫び続けヤジを飛ばしていた。こいつらどうなっても構わないつもりか、と思うと、俺は怖くなった。ここを逃げ出そうと思った。いったい俺は何のためにここに来たんだ？　何もしなくたってすでに十分過ぎるほど問題を抱えているっていうのに。警官の隊列と反対方向には逃げ場はないと思い、右側に向かった。

クソッ、何ていうことだ！　通りの反対側にも機動隊の装備を身につけた警官隊が立ちはだかっているではないか！　奴ら、どこから来たんだ？　ここで何が始まろうとしているんだ？　群衆の中にも、ほぼ同時に、俺と同じ事に気づいた者がいたようだった。つまり通りの両サイドともにブロックされていることを。

もうどこにも逃げ道はなかった。叫び声とヤジは続いていたが、そのうち悲鳴を上げる者も出てきた。群衆は混乱の内にただうろうろするばかりだった。

「これは違法なデモです。逮捕します」。警官が拡声器で怒鳴った。その瞬間、警官隊が両サイドから挟み撃ちにするために、楯を抱え、警棒を打ち下ろす構えで、走り寄って来た。無茶苦茶じゃないか！　いったい何がどうなってるんだ？　俺たちは何も悪い事はしていないぞ！　何もしていないじゃないか！　警官が襲撃して来る！　俺たちは袋のネズミだった。

群衆はみなパニックに陥った。石段の上の誰かが俺を押した。起き上がり、よろめきながら走り出したが、どこにも逃げ道はなかった。みんな叫び声を上げ、悲鳴を上げながら逃げ回った。警官は群衆の中に割って入り、警棒をまるで野球のバットのように振り回していた。日除けを深く被っていたため顔は見えなかったが、奴らが罵《ののし》り怒鳴る声が聞こえた。「このクソ野郎が。ろくでなしの裏切り者めが」。みなバタバタと倒されて、警棒と楯で打ち叩かれていた。路上に倒れている者を蹴り上げていた。警官が二人で男の頭を車のボンネットに押さえつけ、もう一人がそいつの腹を繰り返し警棒で殴りつけていた。一人の警官が俺に警棒を振ってきた。俺は身をかわして逃げた。もう一人が俺に摑みかかったが、これもかわした。奴がもう一度かかってくる隙を与えなかった。俺の周りはみな戦闘状態だった。戦闘？　冗談じゃない、これは戦闘なんかじゃない。虐殺じゃないか。デモ参加者はまったく無力だった。俺も無力だった。何も考えられなかった。すべてがあっという間の出来事だった。これはいったい何なんだ？　クソッ！　武器を――俺に武器をくれ――何でもいい、車のアンテナ、ハブキャップ、やり返せるものなら何でもいい。畜生、武器をくれ！「この忌々しい豚野郎！」俺の声だった。「このクソッたれのナチめ！　悪党の豚野郎が！」。俺の顔は濡れていた。それは血だったのか、それとも俺は泣いていたのか？

サイレンだ！　警官がもっと来るぞ！　俺は慌てて通りの端に駆け出した。背中に何かが当たったが、そのまま走り続けた。俺のすぐ前に、若い女が悲鳴を上げ顔と頭をかばったまま倒れていた。一人の警官が俺に背を向けたまま、かの女の上に被さるようにして警棒を何度も振り下ろしていた。奴は女を逮捕しようとしているのではなく、ただ殴り続けていた。俺は走り寄った。肩を低く丸め込むようにして突進し、奴をはじき飛ばした。女の襟と腰を掴み上げた。「立て！」と叫んだ。「立て！　走るんだ、クソッ」。かの女の顔と頭は血だらけだった。何がどうなっているのか、まったく分かっていないようだった。クソッ、俺は警官を殴った。そう思った。ここから逃げ出さなければ！「立つんだ！」俺は叫んだ。女から応答はなかった。

もう一人の男が来て、女の左腕を掴み上げてくれなければ、そのままにするつもりだった。「しっかりしろ！」男が叫んだ。俺は女の右腕を掴み上げ、二人でかの女を引きずるようにしてその場を去った。警官はもう起き上がっていたに違いない。俺は、いつ奴の警棒が俺の頭を直撃し、頭蓋骨を叩き割り、俺の脳ミソをアメリカ合衆国首都のそこいら中に飛び散らすことになるのか、覚悟していた。まるで迫撃砲の攻撃を待つのに近かった。砲筒から発射される時の音が聞こえるし、砲弾がどこか上空を突き進み、ゆっくりと頂点に達したかと思うと、今度は落下して来る。砲弾は必ず落ちてくる、しかし何時どこに落ちてくるかは分からない。ただ言えることは、胃袋から口元まで混ぜっ返されて、腸が助けを求めて悲鳴を上げている時に、ひたすら待ち続けることしかないということだ。

まるで戦争だった。しかしこの時ばかりは、俺には武器がなく、防弾チョッキもヘルメットも、俺を防衛するものを何一つ持っていなかったというだけのことだった。吐き気を覚えつつ、これじゃまるでベトナムの農民と同じじゃないかと思った。

36 「ベトナム帰り」酒場での一件

「お願いだから、ビル、そんな口のきき方はやめてちょうだい」。お袋が言った。

「いいか、それが奴らのやり方なんだぞ!」俺は答えた。「豚の群れ以外の何者でもないんだ!」

「私に向かって怒鳴らないで」。かの女が言い返した。

「しかしそこにいないのに、どうして分かるのさ、母さん。俺を信用してないんだ、そうだろ? もう一度言っておくけれど、俺が説明した通りのことが起こったんだ。俺たちは何も悪い事はしていない。違法デモなんかじゃなかった。大声を上げていただけだ。それなのにあの豚野郎どもは攻撃してきたのさ。まるでドイツのナチ親衛隊がなだれ込んできたようだった」

「あの人たちがしたってことを否定はしないわ」。かの女は言った。「でも、あなたがあの人たちを挑発するようなことをしなかったなんて信じられないの。私への口のきき方からしてそうじゃないの。あなたがけんかを売っているとしか聞こえないのよ」

驚きあきれ果てて両手を放り投げると、俺はキッチンを後にした。どうしたら俺の親に信じてもらえるのか、自分でも情けなかった。もう五〇歳を超えているが、大恐慌中に青春時代を過ごし、アメリカの戦った聖戦の中でももっとも名誉ある戦争、第二次世界大戦の時代に成人となった世代なのだ。もし合衆国が自分からベトナムに介入したのだったら、そのための確固とした理由があったはずじゃないか。両親は、俺が大学に行かずに一七歳で海兵隊に志願することを認めてくれたし、「そのことで」二人が最初に賛成しなかったことへの政治的な要素は何もなかった。確かにそれまでの人生で培われた俺の世界観や世界におけるアメリカの役割についての考え方は、そのまま二人から受け継いだものだったし、俺の価値観にしても俺自身のものであるのと同じぐらい両親のものでもあった。二人は息子を三人ともベトナムで失っていたかもしれなかったのだ。それなのに、今この俺をどうして信用できないのか？　俺にしても、もし過去四年間の経験を繰り返し思い返さなかったら、どれ一つとってみても、とても信じられるようなことではなかった。

ここ何日か、両親と一緒にいるのが耐えられなかった。二人を愛しているし、俺も愛されている事を疑ったことはない。しかし過去数年間の会話はいつも平行線のままで終わった。親父は怒りを爆発させ、お袋は頑なに口を閉ざして座っていた。俺が忍耐と寛容をどれほど持ち合わせていたとしても――もっとも最近はほとんど無くなりかけていたが――我が家ではすでに消え去ったかのようだった。だから俺はまた家を出ようと思った。自分の両親さえ気遣ってやれないほど自制心を持てなくなったことへの恥と怒りにやりきれなくなったからだ。それでも俺は二人に分かって欲しかったが、無駄な努力だった。

「夕食は一緒にできるの？」居間に入って来たお袋が訊いた。

「ノー」俺は答えた。「早めに学校に戻らなくちゃいけないんだ。今夜はＤＵの集まりがある。母さん、この戦争が何をしているか分かってる？　ニクソンはメチャクチャだ。彼は偏見の塊だよ。戦争はやめさせるべきさ……今すぐに」

「ベトナムから最初に戻って来た時には、そんなこと何も言わなかったじゃないの」。お袋が言った。俺は、身体の奥からふたたび熱が吹き出してくるのを感じたが、その蓋が開かないようにじっと抑えていた。

「あの時に言うべきだったと？　俺にいったい何が言えたんだ？　母さん、よく言うよ。俺が混乱していたこと知っていたじゃないか。俺が言ってることだって、あの時に分かっていたんだろ、クソッ」

三年前、一九六八年の春、俺が帰国して二カ月も経たない頃、ベトナムに戻ろうとした時のことだった。最後の瞬間までお袋にはその事を言わずにいた。それがかの女にどんなショックを与えるかを恐れたからだ。俺は一回目のベトナム行きは無事に乗り切った。兄は一月にベトナムに行った。一番上の兄には七月に派遣命令が出た。俺もいつまでもそのままにしている訳にはいかなかった。しかし、その事をとうとうかの女に告げた時、俺の方が仰天してしまったのだが、お袋は顔色一つ変えなかった。まったく驚かなかったのだ。「おまえが戻ってきて一週間もしないうちに、そうなると思っていましたよ」。それだけだった。どうして分かったのか、俺には想像もつかない。俺は個人的な疑問だとか不安について、一言もかの女に言ったことはなかった。恐らく、母親だけがもつある種本能的なものだったのだろう。分かっていたのに俺と議論しようとはしなかったし、今回も何も言わなかった。

「それにね」、俺は続けた。「ニクソンは当時大統領ではなかった。俺は、今なら分かっていることをあの頃は知らなかった」

お袋はゆっくりと首を振ったが、何も言わなかった。いったい何を考えていたんだろう。

「いいかい、もう行かなければ」。俺は言った。「自転車屋に寄って、ちょっとだけマックスに会って行きたいんだ。しばらく会っていないからね」

「それはいいことね」。かの女はそう言った。「私もあの子をあまり見かけないわ。家にもほとんど帰ってこないと、エレンが心配していたわ」。エレンとはマックスのお袋のことだ。

「もうひとり、生ける負傷者がいるってことさ」。俺は言った。

今度も、かの女は何も言わなかった。どう考えていいのか分からないという顔つきだった。「たまにはここにも寄ってと伝えて」とだけ言った。

「言っておくよ。親父はどこ?」

「病院の誰かのところ。もう戻ると思うけど」

「それなら、俺は行ったと、そう伝えておいて、いいね」。お袋の頬にキスをして家を出た。

マックスの働いている自転車屋に行くと、彼はちょうど出かけるところだった。マックスと俺は一緒に育った。八、九、一〇歳の子どもの頃、彼と俺とジェフ・アリソンはよく一緒にいた。マックスは二歳上で、成長するにつれ、別々の仲間とつきあうようになった。彼は「不良グループ」と一緒に行動していたが、俺たち二人は友達のままだった。俺がマックスの友達と知っていたから、奴らも俺にはちょっかいを出さなかった。

マックスは高校を中退し、海兵隊に志願し、結局、二五カ月をベトナムで過ごした。信じられないことだが、俺がベトナムにいた一三カ月の間に三回も偶然に出くわしたことがあった。とりわけ三回目がそうだった。俺はクアンチの近くをジープで走っていた。その道は安全ではなかったので――ベトナムには安全なところなどどこにもなかったが――とても急いでいた。すると突然、路上前方にトラックが止まったままで俺たちの行く手を阻んでいた。俺はジープを飛び降り、こんな無防備な所でいつまで立ち往生させる気かと罵《ののし》りながら、トラック運転手に銃を向けようとした。しかしそれがマックスだったのだ。俺たちはその場で同郷同士の再会を喜び合ったが、その間、他の海兵隊員たちは近くの木立や畑に目を配りながら、頭をかきかき神経質そうに立ち尽くしていた。

「ビル!」俺が店に入っていくとマックスが言った。「久しぶりじゃないか。どうしてたんだ?」

「まあまあさ」。俺は、手を差し出してきた彼と握手をしながら答えた。俺は大学のことを話し、彼はパーカシーについての情報を俺に詰め込んでくれた。「ここは何も変わっちゃいないぜ」と言って、彼は笑った。

「相変わらずの古くさい小さな田舎町よ」

「その通り。俺の両親も、向こうでは現実の世界が醜い姿を曝《さら》しているなんてとても信じられないみたいさ。ここの人間はみんなそうだがね」

「おまえのところの両親は元気なのか？」

「ああ、元気だ。たまには寄って顔を見せてやってくれ。お袋がおまえのことを訊いてたぞ」

「うん、いい人たちだな」。マックスが言った。

「まあね」。俺も同意した。「それでもいろいろ大変だよ」

「何が問題なのさ？」

「まあ、何と言うか」。俺はゆっくりと答えた。「あの二人はアメリカがひどいことをやっているのを信じようとはしないんだ。何も見てないし、見ようともしない」

「二人を責められるか？」マックスが言った。「ここはパーカシーだぞ」

「パーカシーだけじゃないんだ、マックス。どこもそうなんだ。忌々しいニクソンのサイレント・マジョリティ［沈黙の多数派、ニクソン支持の戦争肯定派］の奴らが大きな顔をしてのさばり、狂喜してやがるんだ」

「見ての通りさ」。肩をすくめてマックスが言った。

「マックス、何故また向こうに戻ったんだ？」

「ナムへか？　いいか、海兵隊員だってことがここではどう思われているのか、分かるだろう。ミッキー・マウス［重要でないこと、取るに足らないもの］なんかはどうでもいいんだ。少なくとも向こうでは俺をひとりにしてくれた。俺は自分のブーツを二年間で一度磨いたかどうかだったさ」

「今はどうなんだ？」俺は訊いた。「また行くのか？」

彼はちょっと黙って、ショールームの窓の外を眺めた。「それで何が変わるのさ?」彼は肩をすくめた。

「おまえは考え過ぎさ。おい、ビールでもおごるよ」

「ダメなんだ」。俺は言った。「学校に戻らなくては。今夜集会があるんだ。いいか、授業は二、三週で終わる。また戻ってきたら電話するから。週末にビーチに行くなんてどうかな、いいだろう?」

「いいよ」。彼が言った。「電話してくれ」。俺の車まで一緒に歩いた。

「今もバイクに乗っているのか?」俺が訊いた。

「そうさ」。彼はニヤッと笑い、建物の横に停めてある大きなハーレーダビッドソンを指差した。

「そうか、気をつけてくれよ、いいか?」

「心配するなってことよ」。彼は笑った。「自分の面倒ぐらい見られるさ」

彼は俺の背中に腕を回すと、俺の肩をギュッと摑んだ。

俺は車に乗り、町を出るつもりだった。しかしメイフラワー・バーを通り過ぎたところで、道中のためにビールの六缶パックを買おうと思った。舗道の縁石に寄せて、車を停めた。メイフラワーはずっと昔からあったが、俺は一度も中に入ったことはなかった。四〇歳以下の者には何の魅力もない一杯飲み屋だった。しかしペンシルベニアのバーではどこでも持ち帰り用の六缶パックのビールが買えたし、今、俺が欲しかったのはそれだけだった。

ジュークボックスにはポルカがかかっていて、八、九人の中年の常連がいたが、俺が入っていくと、会話がぴたっと止んだ。みんな俺をじっと見ているようだった。俺の前チャックが開いたままかなとぼんやり思ったりしたが、俯《うつむ》いたりはしなかった。そうだったとして、それが何だっていうんだ。

「ローリング・ロックの六缶パックを下さい」

彼はしばらく俺を見ていたが、ゆっくりと返事した。「ビールを飲む年には見えないな、坊や。見たところ、床屋に行った方がいいぞ」

クソッ、と思った。そう来るか。「長髪禁止の法律でもあるのかな?」俺は訊いた。

「LCBカードを持っているか?」バーテンが、俺の質問には答えずに訊いて来た。厳密に言うならば、ペンシルベニアでは二一歳になると、酒類管理委員会の身分証明書［LCB］を申請する。しかし俺は一度も申請したことはなかった。というのも四ドルの手数料がかかるのと、俺はすでに二種類の身分証明書を持っていたからだ。

「いいや」と俺は答えた。「しかし海兵隊軍務証明書と運転免許証がある」。俺は海兵隊員証をまだ持っていた。一九七二年四月までは身分としては休職中予備役であり、志願兵はすべて六年の軍務契約期間内は、現役、現役予備役、休職予備役のどれかに所属することになっていた。俺は二枚の証明書を財布から出して、台の上に置いた。

「待てよ、こいつは偽ものじゃないか」。バーテンはそう言って、身分証明書を取り上げた。「おい、この写真はおまえじゃないぞ。この散髪頭を見てみろ」。彼は証明書を近くに座っていた客に見せた。「これは、とてもおまえには見えないね」

この時までには、他の客たちも、俺に聞こえよがしに、嫌がらせの言葉を連発し始めていた。

「かわいい子じゃないか?」

「女ならあそこにも毛は生えているんだろうな」

「これは女の子じゃないよ、ホモだよ」

俺は怒りで顔が火照ってきたことも、自制しなければならないことも分かっていた。バーテンが運転免許証を取り上げ、それを調べているあいだ、じっと立ち尽くしていた。「ここには写真もない。盗んだものじゃないか」

「盗んだりはしてない」。俺は言ったが、顔も首筋も緊張していた。「俺のものだ」

客の何人かがバカにした調子でホーとかへーとか声を上げた。バーテンは証明書をしつこく眺めていたが、その間、客の男たちに言わせたいだけ言わせていた。それから「悪いな、坊や、LCBカードのない者には売ってやれないんだ」。彼がニターッと笑うと、メイフラワー・バーにいた全員が大笑いし始めた。

この頃には俺の腸は煮えくり返っていたが、二枚の証明書を摑むと黙ってドアに向かった。その時誰だかが大声で言った。「オイ、かわい子ちゃんよ、通りを渡ったところに床屋のアンディの店があるから、そこで散髪してもらったらどうだ？　お代は俺が払ってやるから」

俺は立ち止まって素早く振り向いて言った。「おまえが行けよ、このクソ野郎」。その場はまたシーンとなり、ジュークボックスの曲だけが聞こえた。カウンターに向かっていた男が立ち上がった。「いいとも、ゲス野郎、一歩前に出ろ、そうすれば俺がホモか、元海兵隊軍曹かどうか見せてやろうじゃないか」。男は立ったまま、動かなかった。「どうした、いかさま野郎が！　ホモが怖いのか？」俺はカウンターに向かって歩き始めた。「やってやろうか、このクソ野郎！」

「もういいだろう、お客さん」。バーテンが、片手を上げて指一本を俺に向けて言った。

「警官を呼ぶ前にここから出て行け」

「そうか、警官を呼んでくれ！」俺は叫んだ。「ここで何があったのか、一〇対一で？　それで警官を呼ぶのか。この臆病者。骨なしの屑野郎。よくもまあ口先ばかりの奴らが揃っているじゃないか、エーッ？　どうした、やってやろうじゃないか」。俺の声は、今では低く脅迫的で、腕を前に出し、カウンターに向かって一歩踏み出すごとに両手で飛びかかって来いとばかりの仕草を繰り返した。「きさまら、この最低のオカマ野郎が。どうした！　かかって来いよ」

バーテン以外は誰も動かなかった。バーテンは電話に近づき、俺から目を離さずにダイアルを回し始めた。俺はちょっとのあいだ立ち止まった。誰が来るだろうか？　ネリス署長か？　俺は一二年前のある晩、ジェフ・アリソン、ラリー・キャロルと一緒に生卵三つを署長のパトロールカーの窓から投げ込んで、パーカシーの町の端から端まで彼に追いかけ回されたことを思い出した。奴のどってりした身体は一度に四方八方にゆさゆさと揺れ、銃を取り出して、「止まらないと撃つぞ」と叫んだが、俺たちは塀をよじ登りながら子どもっぽい嘲笑ではやし立てた。彼には体ごと転がってぶち破るならともかく、とてもよじ登ることのできない塀だったからだ。そして俺は、ほんの数日前の、ワシントンで容赦なく攻撃してくる警官のことを思い出した。時代は変わったんだ。多分、ネリス署長は今度は本当にぶっ放すだろう。

こんな奴らのために俺はベトナムに行ったのか、と思った。「相手にもならない屑野郎どもが」と吐き捨てると、俺は向きを変えて立ち去った。

37 『国防総省白書《ペンタゴン・ペーパーズ》』一九七一年六月

この裏切り者！　薄汚れたろくでなしめ！　傲慢な殺人鬼の嘘つき野郎ども！　こいつら……この畜生どもめ！　一週間以上ものあいだ、俺は何度も何度もこう繰り返したが、奴らの悪行をぴったり言い当てるような言葉を見つけることができなかった。海兵隊で覚えたわんさとある悪たれ言葉にも見つからなかった。裏切りのひどさと言ったら、裏切りということだけが真実である外は、想像できる範囲をまったく超えていた。すべてがそこに書かれていた。最後には隠しようもない、途方も無いほどの忌わしいことが。広大なカナダの平原を目指して森の湖を北西に向かって運転しながら、俺はこのまま永遠に運転し続けられたらと願った。

スワスモアでの二年目は六週間前に終わった。ディディはかの女自身の問題を抱えてカリフォルニアに戻って行った——問題とは、かの女が時折曖昧に暗示してはいたが、俺には何も話してくれなかった。恐らく、東部に疲れたのだろう、スワスモアや、俺の知らないことに。しかし今度はもう帰ってはこない、かの女はそう言った。ある意味で、俺はかの女が行ってしまったことに救われていた。かの女の愛くるしい優しさと頑なな拒絶の姿勢の二重性に、どれだけ悩まされたことか。俺はプール造りに戻ることにしたのだった。

六月も遅くなった頃、ダニエル・エルズバーグという男のおかげで、『国防総省白書《ペンタゴン・ペーパーズ》』が日の目を見る事になった。俺は『ニューヨーク・タイムズ』編のペーパーバックを買って、早速読み始めた。

それは地獄のような恐怖の檻をくぐり抜けていく道のりだった。つまりそこでは、考えられる限りの最悪の恐怖と真っ暗闇の悪夢とが、突然、苛酷で、冷酷で、絶望的な現実となり、ベトナムの水田地帯とジャングルではじめて抱いた醜悪な疑問点のすべてが、いきなり生々しくもっとも無慈悲な言葉で解き明かされ、そして俺が一八年間信じてきたもの、その後も〔精神的な〕痛みと飢えに苦しみながらも四年もの間、必死に信じようとしてきたものが、突如として灰と化してしまったからだ。その灰は、毒々しく乾ききっていて、息が詰まるようなもので、とても呼吸などできないほど濛々《もうもう》と立ちこめていた。

間違い？　ベトナムが間違いだって？　冗談じゃない、調子のいい二枚舌の権力者たちが力ずくでこの世界を造り替えるための、計算ずくの企みだったのさ。奴らが俺たちを道連れにして沈んでいったその奈落とは、およそ底なしとしか言いようのないほど深いものだった。アメリカ、アメリカ、何という恥さらし。

俺のいたプール建設作業班は、ワシントンDC地区で仕事をしていて、メリーランドのシルバースプリングのモーテルに泊まっていた。『国防総省白書』を読み終えた晩に、俺はすぐに仕事を辞め、それまでの取り分をもらうと、身の回りの物をハワード・ジョンソン〔モーテル〕の枕カバーに突っ込み、車で出発した。夜中の一一時だったが、どこに行くのか何も考えていなかった。ただガソリンを満タンにして、遠くへ遠くへ何マイルも何千マイルも行きたかっただけだ。車を出すんだ、何も考えずに、ただ走らせるんだ。ミルウォーキーでバート・ルイスと過ごした数日を除いて、眠気に襲われると車を路肩に停めて眠り、一週間走り続けた。

それでも考えずにはいられなかった。行く先々、いつも幽霊につきまとわれた。マロニー、ロドンベリー、キャロウェイ、スキャンロン、ペリンスキィ、ドッド、バシンスキィ、ロウ、タルボット、エイムズ、ステムコウスキィ、バナーマン、クレブズ、サーストン、ファルコン、ウォマック。みんな死んだ。ケニーは腕を無くした。ゲリーは膝を潰された。B隊長は五〇ミリ口径のマシンガンで大腿骨をズタズタにされた。〔南ベトナム政府軍」二等軍曹トリンの父親は日本軍の銃弾に倒れ、妹はフランス軍が埋めた地雷にやられ、母親はアメリカ軍の大砲で殺され、彼の愛する祖国はメチャクチャに荒らされ、彼の精神は永久に病んでしまった。森林の木々は丸裸にされ、水田のコメはなぎ倒され、村という村はナパーム弾のオレンジと黒い煙が濛々と渦巻く煙に呑み込まれた。いったい何のために？　水田にいた老女、バリアー島の老人、ホイアン市場の小さな男の子も死んだ。みんな死んでしまった。

だから何のために？　何故なんだ？　邪魔なものは何であろうと破壊してもいいとする道徳心をもった偽善的犯罪者集団だからだ。三つ揃いといくつもの星のついた軍服の冷血な殺人者の嘘つきどもだからだ。奴らは、毎年毎年善良な家族の子どもたちを、コメ作り農家と漁師の国相手に戦わせるために、送り込んだ。その間、自分たちは上等な真っ白な陶器の皿でうまいものを食っていたんだ。農民も漁民も、外国人の支配から自分たちの国を解放しようとしただけだった。生きるために穀物を育て魚を獲ることだけを願っていたのだ。ベトナムに行く前にそのことを知ってさえいたら。

ここに証拠があるのだが、一九四五年と一九四六年にホー・チ・ミンはトルーマンに七回も、フランスから自由を獲得するために同胞を援助してほしいと要請し、そのためには自分の国が国連の下での信託統治とされてもいいとまで申し出たにもかかわらず、一度として正式な回答を受け取ったことはなかった。

一九四八年の報告書に、ホーがモスクワや北京、その他、ベトナム人以外の指示で動いていたという証拠はどこにも見つからなかったと情報局は記している。

エドワード・ランズデール大佐の破壊工作と謀略宣伝チームが北ベトナムに送られたのは一九五四年のジュネーブ協定締結以前のことで、ハノイのバス交通の中枢に危害を加え、もしホー・チ・ミンが権力を握ったら殺人をはじめとする暴力が起こるだろうとのデマを流し、合衆国政府が公式の場で世界に向かって遵守することを誓った協定をなし崩しにするために策謀し、それを周到に実行したのだった。

アイゼンハワーは、ジュネーブ協定が定めた統一選挙の実施をゴ・ディン・ジエムが拒否したことを支持したのだった。

第一次インドシナ戦争時に、ジエムは、農民たちがベトミンから分配された農地を奪い取り、北にいたカトリック系の自分の支持者に与えてしまったという、南ベトナムの進歩と豊かさを評価する公的な報告書がここにある。選挙では不正がまかり通るか廃止されるかして、農民は事実上の強制収容所に送り込まれ、何千人もが秘密警察によって逮捕され虐殺され、一九五〇年代を通じて合衆国政府の分析官が弾圧、腐敗、堕落について一貫性ある報告をしていたにもかかわらず、その間の合衆国からの［ジエム政権への］援助、支持、協力が弱められることはなかった。

北ベトナムから南の幹部に対して武装抵抗をしてはならないとの指示があったが、ジエムに対する民衆の自然発生的反乱は、南の幹部をして民衆の支持を失うよりは民衆を支える道を選ばせることになった。最初は不本意ながら、しかし現実を見ることで、五〇年代終わりには北ベトナムも南の反乱を支持する決定を下したのだった。

一九六一年に、ケネディは世間に公表することなく、秘密裏に最初の軍事顧問団をベトナムに派遣した。

合衆国政府はジエム政権の転覆を黙認した。

合衆国政府は、北ベトナムへの特殊部隊による攻撃を計画し、支持し、援助した。

北に対する爆撃は、その実施の一年以上も前から策謀され、黒幕どもはその時期と口実をずっと待ち続けていた。アメリカ国民が爆撃機の発進を正しいと信じるための正当な理由づけ。そして情報機関の判断は、爆撃は無駄であること、農業経済体制に良い結果をもたらさないこと、北ベトナムは南の反乱の指導権を握ってはいないこと、それ故、南が反乱を起こせば、賛成していなくとも北にはそれを止める事はできないことを明らかにしていた。

リンドン・ジョンソンにベトナムでやりたい放題やらせるための白紙委任状を与えたトンキン湾決議は、USSマドックス号〔米駆逐艦〕が攻撃される六カ月も前にすでに作成されていた。しかも議会と国民への説明では、マドックスが攻撃されたのは公海上の通常パトロール中のことだったとされていたが、実際はそうではなく、〔南の〕サイゴン政権による北ベトナム沿岸の軍事基地への奇襲を援護するための航海中のことだった。

交渉と一時的爆撃停止が繰り返された年月は、戦争の果てしない拡大政策をお人好しのアメリカ国民に支持させるための策略としての広報活動以上のものではなく、北ベトナムへのいくつかの提案も、受け入れられないことを十分に見越した計算ずくのものだった、という証拠もある。

一九六八年一月のテト攻勢が遂に決定的な作戦の破綻をさらけ出した後でさえも、権力者たちは、合衆国には自己中心的な押しつけを続けるだけの力がなくなっていることを断じて認めようとせず、武力によって他者を支配しようとする傲慢さは、次から次へと戦術を変えることで、リチャード・ニクソンに、彼の前任者たちが使ってきたありとあらゆる限りの執拗な残忍さをもって、まるで復讐を遂行するかのごとくに、戦争を継続させてきた。

そうしたことが何と、すべて、この『国防総省白書』に書かれていたのだ。そのすべてが、そしてそれ以上に。ページからページへと、終わる事なく出てくるのだ。堕落、悪徳、卑怯、嫌悪。この長い歳月に、奴らは一度として自分たちの究極の目的を問いただす事はなかった。一度たりともベトナム人が奴らの理性に欠けた身勝手な夢物語の言いなりになるような人たちではないことを分かろうとはしなかった。一度でも真実を語ることはなかった——俺にも、誰に対しても。

　俺はバカだった。無知でお人好しだった。ペテン師。そんな奴らのために、俺は殺人者となってしまった。そんな奴らのために、おのれの名誉、自尊心、人間性まで失ってしまった。そんな奴らのために、俺は自分の命まで投げ出そうとしていたのだ。奴らにとって俺はほんの借り物の銃、殺し屋、手下、使い捨ての道具、数の内にも入らない屑でしかなかった。ベトナムから戻って何年か過ぎ去り、そうした疑念は膨らむばかりだったが、真実がこれほど醜悪だったとは想像さえできなかった。しかもこれらは、ウェザーマン〔暴力的手段を用いたベトナム反戦グループ〕による罵倒の言辞でも、クエーカー教徒の反戦パンフレットの引用でもなく、ケネディとジョンソン、両大統領の国防長官を務めたロバート・マクナマラを責任者とする政府による報告書に書かれていることなのである。いったいどういう事なんだ。カナダ横断のハイウェイを西に向かって車を走らせながら、もしこの広い宇宙のどこかにひとかけらでも正義が残っているのなら、石のように冷酷で血も涙もない奴らをすべて地獄の火で永久に焼き尽くしてくれ、と願った。

　ウィニペグからさらに西に向かった。ブランドン、バーデン、ムーソミン、ウォルズリー、レジャイナ。何マイルも何日も走り続け、町と小麦畑が次々に現れては去っていく様は、まるでゆっくりと流れる川が大陸を横切っていくようでもあった。俺は、サスカチュワン州ムースジョウに向かっていた。ムースジョウ！　樵《きこり》の男たち。騎馬警官隊。犬橇《ぞり》。板敷きの歩道。プレストン軍曹〔カナダ北西部の騎馬警官と警察犬のTVドラマ〕と彼の信頼するイヌイット犬キング。上等じゃないか。どこへでも行ってやろうじゃないか。三日間というもの、俺はカナダの平原を走り続けた。ひたすら目標に向かって。それがムースジョウだった。そこに居着くかもしれない。家に戻ったとして何があるんだ？　俺がずっと信じてきたいろいろな夢を盗み、台無しにしたクソッたれども。俺の脳ミソをメチャクチャにした豚野郎ども。便所に流す汚れた紙ほどの価値もない、酒場にいた飲んだくれども。みんなくたばっちまえ。毛皮獲りの猟師になるほうがずっとましだ。

しかしムースジョウは、パーカシーと同じように舗装された通りとコンクリートの歩道、電球のついた街灯のある小さな町だった。騎馬警官はどこにもいなかった。一五〇〇マイルも離れているのに、小麦畑のまっただ中にあるアメリカの風景そのままだってことか？　その通りだと思った。俺はラバッツ・ビールの六缶パックと、エナメル製カナダ産楓の葉模様の取っ手がついたサスカチュワン州ムースジョウ土産の栓抜きを買うと、三〇分後にはそこを出発した。地図上の興味深そうな場所に印をつけたが、それはわずか二八〇マイル西のアルバータ州メディシンハットというところだった。ウィグワム〔先住民の小屋〕。バッファロー。ペミカン〔乾燥肉〕。真夜中には着くだろう。

38 ロジャーに語るもう一つのアメリカ史

「しかし何故なんだ、ビル？」ロジャーが訊いた。「おまえを信用しないわけではないが、何故そんなことをする必要があったんだ？」彼はカードを置くと、俺を覗き込むように見つめた。

「まあ、最初に言っておくと、信じるとか信じないとかの問題ではないんだ」。俺は、机の上の棚から読み古してボロボロになった『国防総省白書』を取り出しながら答えた。「すべてここに書いてある」と言って、二人の間のカードの山の上にその本をドンと置いた。

「そうか、しかし何故だ？　何が奴らにそうさせたんだ？」

「本当のところ確かなことは分からない」と俺は言った。「正確にはね。しかしいくつかはっきりしていることがある」

「例えば？」

「つまり、一つには、合衆国はこれに似た類いのことをずっと昔から、つまり、合衆国という国になる前から、やってきたということだ。いいか、聴いてくれよ、俺が思うに、『国防総省白書』は最後の藁《わら》だったのさ。こんなにびっくりしたことはなかったぜ。これは始まりに過ぎなかったがね、ロジャー。インディアンを見てみろ、アメリカ先住民を、どうだ。インディアンはクリストファー・コロンブスがつけたただの呼び名だろ。何故なら彼は自分がどこに来たのか分からなかったからだ。とにかく、今では誰でも首を振って言うさ。〈そうさ、インディアンは騙されたのさ。まったく酷い目にあったたってことさ〉とね。しかしどれだけ酷いことをされたか、実際に何人が知っているか？　この本を読んだことはないと思うけれど、読んだ？」俺は『わが魂をウーンデッドニーに埋めよ』〔ディー・ブラウン著、一九七〇年、鈴木主税訳『わが魂を聖地に埋めよ』〕に手を伸ばして、棚から引き抜いた。「これは破られた約束、欲望、裏切り、虐殺の歴史の本さ。信じられないほどだよ、ロジャー。俺たちは、アメリカ先住民をまるで邪魔者のように誰も住まないような荒野の保留地に押し込め、その半分が飢え死にするまで放置し、食料を求めて保留地を出た者たちを俺たちは殺したんだ。一度など、天然痘の菌を念入りに植え付けた軍隊用毛布をかれらに送ったのさ。いいことしただろってか、えっ？　かれらを保留地に〈永久にずっと〉閉じ込めて、そこで金が発見されると、今度はそこからもかれらを追い出したのさ。すべてがこの調子だ。この本に書かれているのは、俺たちがインディアンをミシシッピ川の西へと追い立てた後に起こったことなんだ。まだ生存している部族もいるが、東部にいた部族の多くは完全に絶滅させられた。この本は一八六〇年代からしか書かれてないんだ。ペンシルベニアの植民地政府は、インディアンの頭皮に懸賞金を賭けていた。ロジャー・ウィリアムズは、アメリカ先住民に土地の代金を支払うべきだと主張したためにマサチューセッツ植民地から追放された。もう一つ、有名な話があるよ、ロジャー。涙の旅路って聞いたことある？」

「いいや」彼は答えた。

「そうだろうよ。学校ではこういう事は教えてくれないからな。つまり、こういうことさ。先住アメリカ人はこう言われた。〈オーケー、ここに住み続けたいのなら、白人のように生活するんだな〉。それでジョージアの南にいたチェロキー・ネーションは結論を出した。〈よし、奴らがそう望むなら、やってみようじゃないか〉。先住民たちは、白人のやり方に不慣れだった部族が抱えていた問題を見分けるためにも、そうしてみることがいい方法だと考えたのだった。かれらは文字や憲法、裁判所、議会、学校などすべてを取り入れた社会を用意した。そうすると次に白人植民者は、土地を求めてきたということだ。ジョージア州はチェロキーに出て行くようにと言った。チェロキーは戦争をしなければならなかったのか？　いいや、違う。かれらはそれほどバカではない。かれらはすべてにおいて白人のルールでやるつもりだった。かれらは裁判所に訴えた。合衆国最高裁判所は、先住民は出て行く必要はないとの判断を下した。つまりジョージア州にはかれらを追放したりかれらの土地を取り上げる法的権利をもたないということだ。その後アンドルー・ジャクソンが合衆国大統領となり、彼はインディアン・ファイターと呼ばれていたが、こう言ったのだ。〈最高裁判所なんてクソ食らえ、だ。自分にはその判決に従うつもりはない。おまえたちにできることは何もない〉とね。合衆国憲法と大統領としての明白な責任との両方への目に余る違反行為に、裁判所はなす術《すべ》をもたなかった。何故ならアメリカ人の大半にとって、法もインディアンも、どうでもいいものだったからさ。真夜中に騎兵隊がやってきて、警告もなしにチェロキーを全員駆り集め、オクラホマ領地へと送り出したということさ。それは真冬のことだった。食料も、毛布もなかった。三分の二が途中で命を落とした。涙の旅路と呼ばれる理由はそういうことだ」

「何てことだ」

「まったくその通りさ。そんなもんさ、ロジャー」。俺は、立ち上がって船室内を行ったり来たりしながら、そう言った。「ジョン・M・シヴィントン大佐の名前は聞いた事あるだろう？」

「いいや」

「彼は、コロラドのサンド・クリークで、老人と女子どもばかりの村人全員を虐殺した張本人だ。最初、彼は村のすべての戦士にバッファロー狩りに行くようにと伝えた。戦士たちが出かけたところで、コロラド民兵隊は夜明けに攻め入り、残っていた全員を殺した。完全武装した七〇〇人の騎兵隊が、三五人の戦士、二五人の老人、四〇〇人の女子どもを襲った。よく聴いてくれ。俺の気に入ったところなんだが。チーフのブラックケトルは、自分のティピ［テントのような小屋］に大きなアメリカ国旗を立てていた。兵隊がやってきた時、その旗の下に立ち、両腕を広げて歓迎するように兵士を待ち受けた。ワシントンの偉大な白人の父が彼に言っていた。その旗を掲げている限り、彼とその部族民は安全であると。兵隊たちが友好の印であるその古い星条旗に気づかなかったのか、発砲を始めた時には、白い旗を高く掲げていたという。これは何かの間違いだと思った。すべてが終わった時、シヴィントンの兵士はインディアンの男の陰嚢でタバコ入れを作ったんだと」

俺は舷窓まで歩いて行き、その下にある棚に寄りかかり、暗闇に目をやった。ロジャーは何も言わなかった。

「さてと、この勝負を終わらせるか、どうするか？」俺は振り向きながら尋ねた。

「何を急いでいるんだ？」ロジャーが言った。「どのみちまたおまえの勝ちじゃないか」。彼はアニー・グリーンスプリングス・ピーチ・クリークのワインの壜に近づくと、自分のグラスに注いだ。「どうだ、飲むか？」

「もらうよ」。俺は机に戻って腰を下ろしながら答えた。俺はグラスを彼の方に押しやりながら言った。

「シアトルに着いてからの乾《かん》ドック入りについて何か聞いてる？」

「ああ。スクリューの羽の一枚にヒビが入って、そいつを修理してもらうことになってる」

「そうか、それは良かった。もしそこに着く前にその羽が折れたりしたら？」

「それはないね」。ロジャーは笑った。「それほどひどくはないから。しかし悪くならないうちに修理が必要だ。明日の朝にはシアトルに着くだろう」

一九七三年の大晦日に俺たちはポートランドに着いた。そこですぐに折り返し、翌朝には好天の中、何事もなくコロンビア湾を横切って出発した。今はワシントン州沿いに北上しているところだった。

「さあ、続けてくれ」。ロジャーが言った。「面白いじゃないか」

「その一言しか言いようがないと見えるな」と俺は返事した。「とにかく、問題は、白人連中は自分たちのやり方で欲しいものを奪ったということさ。俺たちは一八四〇年代にメキシコからアメリカの南西部一帯を略奪し、メキシコとの国境を一方的に南に五〇マイルまで引き下げた後で、メキシコ兵がアメリカ領土に侵入したと主張した。その後、太平洋岸北西部をめぐってイギリスとの戦争になるぞと脅しをかけた。そうやって、一八五〇年代までにはついに〔東〕海岸から〔西〕海岸への大陸全体を獲得したという訳だ。何度かインディアンの抵抗があったが、それも問題なしだ。ただ殺せばいいだけだった。一八〇〇年代終わりに至るまで俺たちが海洋帝国建設に着手しなかった唯一の理由とは、その必要がなかったからだ。すでに、その当時、ここには支配できるだけの帝国が出来上がっていたのさ。新しい市場、新たな天然資源、新領土、すべて一緒にパックされていた。アメリカのビジネスも、今そこにある可能なものをすべて使い果たすまでは、それ以上拡大する必要もなかった」

「ビジネスの問題がすべてなのか？」

「まあ、一般的にはね、そうだ。恐らく、もっと正確に言うならば、貪欲さだな。土地への欲望、金銀への欲望、木材や鉄、銅への欲望、手に入れられるものすべてに対する欲望、安ければ安いほど好都合というわけだ。ビジネス、根本的にはね。ドルとセント。ここを聴いてくれるか」。俺はそう言うと、もう一冊を手に取り、パラパラとページを繰りながら目当ての場所を探した。「これはスメドレー・バトラー将軍だ。名誉勲章を二度もらい、一九三五年に議会で次のように証言している」

「私は、我が国の軍隊の中でももっとも機動力のある海兵隊に三三年と四カ月、現役兵として勤めました。その間、主としてビッグビジネスの上級ボディガードとして過ごしました。ウォール街の利益のためとして中央アメリカ六カ国の略奪支援を行いました。一九〇九年から一二年まで、ニカラグア浄化のためとしてブラウン兄弟の国際銀行業務援助を行いました。一九一六年には、アメリカ製糖会社の利益のためにドミニカ共和国への案内役となりました。一九〇三年にはアメリカ・フルーツ会社がホンジュラスで利権を得るための支援を行いました」

「これはヤワで自由主義的なお人好しの証言なんかじゃないってことさ」。俺はその本をかざしながら言った。「これは海兵隊将軍だ。クソッ、ロジャー、聴いてくれよ、米西戦争は海外領土を手摑《てづか》みに奪いとっただけの戦争だったんだ。スペイン帝国、というよりその名残なんだが、一八九〇年代には朽ち果てていたのさ。簡単な摑み取りだ。俺たちに必要だったのは、戦争の種を拾い集めること、まさにそれをやってきたのさ。最初にキューバの砂糖の輸入関税を撤廃し、それによりスペイン人はキューバの砂糖生産に拍車をかけた。キューバはその当時スペインの植民地だったからね。その二年後、俺たちは突然キューバの砂糖に膨大な関税をかけたのさ。直後に、スペイン人は結果として売りさばききれないほどの砂糖を抱えることになった。そのため奴らは急激に砂糖生産を減少させたが、それは大量のキューバ人を失業に追いやった。失業したキューバ人はスペインに反乱を起こした。俺たちはスペインに最後通牒を突きつけた。〈われわれの哀れな茶色の兄弟たちに独立を与えるか、それともわれわれが支援して独立を達成させるか〉。これが戦争を始める口実になったという訳さ。マッキンレー大統領を驚かせたことは、スペイン人はこちらの条件をすべて呑んだということだ。彼はまったく期待していなかったのに。それでどうしたかって？　彼はスペイン人が同意したことを誰にも言わなかったんだ。そのまま事を進め、議会に宣戦布告の同意を求めたが、もちろん議会は諸手を挙げて賛成したさ。哀れにも抑圧されてきたラテンの兄弟たちはまったくコケにされたということだ。戦争が終わるとすぐに、俺たちはキューバを奪った。かれらの憲法にプラット修正という小さな条項を書き加えさせたのだが、それはキューバの国内状況から俺たちが必要と判断した時にはいつでもキューバに干渉できることを認めさせたものだった。つまり、アメリカの企業利益がキューバ人によって脅《おびや》かされるようなときにはいつでも、外国債と企業取り引きのすべてについて合衆国上院の承認を得る事、俺たちに海軍基地を提供する事を、だ。俺たちがグアンタナモ海軍基地を獲得したことをどう思う？　フィデル・カストロがキューバ革命を起こしてから一五年もたつのに、いまだに合衆国海軍基地をあそこに持っているんだぜ。キューバ人が何故それに同意したかって？　何故なら、米西戦争からこの方、俺たちの軍隊はずっとそこにいたし、キューバ人がプラット修正条項に同意しなければ俺たちはキューバから撤退しないと言ったからだ。すべてはキューバの自由のためにだとさ」

俺はまた立ち上がり、行ったり来たりしながら、身振り手振りを交えて話した。

「そうこうするうちに、小さいことだけれど、フィリピン独立問題が持ち上がってきた。フィリピン諸島もスペインの植民地だったが、フィリピン人は独立を求めてゲリラ闘争を何年も続けていた。スペインと合衆国とが戦争に入る以前から、デューイ提督はマニラに向かえとの命令を受けていた。彼はその通りに行動し、旧式のスペイン海軍を二時間ほどでメタメタにやっつけたのさ。しかしデューイは陸軍をもたなかったので、内陸を征服することはできなかった。それでフィリピンのゲリラ指導者のエミリオ・アギナルドという男にこう話した。〈いいか、エミリオ、スペイン軍をやっつけるのを手伝ってくれ。そうすればフィリピンは独立を達成できる〉。しかしスペインが敗北するや否や、合衆国はフィリピンを植民地とすることを主張した。つまり、中国と極東におけるアメリカ企業の利益を守るための海軍燃料補給基地として必要だったからなんだ。驚いたアギナルドは言った。〈ちょっと待ってくれ！〉結果的に俺たちは軍隊をフィリピンに送り、戦争は四年間続いた。スペインとの戦争が八週間で終わったのに、だ。しかし最後には、俺たちはフィリピンの反乱の鎮圧に成功した。つまり文字通りに奴らを潰したのさ。〈さあ、これでおまえたちは独立できるぞ〉と言い、〈しかしおまえたちはまだ一人前ではない。まずおまえたちを文明化することが先決だ〉とつけ加えた。フィリピンは一九四六年まで合衆国の植民地とされた。今でも世界中で最大規模の二つの米軍基地[*1]がそこにある。アメリカ企業はいつでも好きな時に行き来できるし、フィリピン人は、永年大統領と名乗っている独裁者によって軍政化[*2]に置かれているって訳だ」

俺はワイングラスを取り上げると、話を続ける前にぐっと流し込んだ。

「クソッ、つまりベトナムなんて氷山の一角でしかなかったのさ。合衆国は、自由、正義、民主主義と言ってはきたものの、誰にも何もしてこなかった。俺たちが望んだのは、こちらの望み通りの条件でビジネスを展開する自由だったし、掴み取れるだけの大きなパイの分け前だった。共産主義や社会主義、それ以外のどんな主義ともまったく関係ないのさ。こういう姿勢は、ロシア人がレーニンやトロツキーの名前を知るはるか以前からずっと一貫していた。ジェロニモは共産主義者だったか？　エミリオ・アギナルドはどうだ？　ハワイの女王リリウオカラニのことを聞いた事があるか？　かの女は一八九四年に、アメリカ人パイナップル生産業者たちによって王位を剝奪された。バトラー将軍は何と言ったか。彼も証言していたように、クソッたれの、ソモサというおべっか使いが、合衆国によって訓練され、装備され、経済的に援助された軍隊を率いてニカラグア[*3]を占領したんだ。今ではその息子が独裁者となっている。よくある世襲だ。それでアメリカの企業家たちは欲しいものを手に入れ、ソモサも望みのものを手にし、ニカラグア人は無力のままだ。ホンジュラスでも同じことが起こった。グアテマラでも、ハイチでも、ラテン一帯がみなやられた。そうい

*1　1991年にフィリピンの要請により二つの米軍基地は撤去されたが，中国の軍事的脅威に対抗するため，2014年，米軍の同国での基地使用がふたたび可能となった

*2　1986年の民主化を求める革命により，それまでのマルコス大統領の独裁体制から共和体制へと移行した

う国の人たちが永久に耐え忍んでいると思うかい？　キューバはどうだ。キューバ革命が起こった。分かってるさ。多分そこには俺たちの考えるような類いの権利とか自由はないだろうよ。しかし［それまでは］それさえもなかったんだ。少なくとも今ではみな読み書きができ、住む家を持ち、靴を履き、昼飯を探してゴミ缶を漁《あさ》るようなことはなくなった。しかし俺たちはかれらが共産主義者というだけの理由でまともに取り合おうとはしない。なぜ共産主義者ではいけないのか？　かれらが西欧民主主義や自由企業体制から恩恵を受けたことがあったのか？　痛めつけられてきただけじゃないか。韓国はどうだ。俺たちにとってもっとも忠実な同盟国の一つだ。俺たちは韓国から巨額の企業利益を確保しているじゃないか。韓国はわれわれにとって最大の貿易相手であり、最大の軍事援助対象国でもある。しかし韓国人はそれで何を得たのか？　戒厳令下の独裁国家だ。労働者搾取の工場では、一日働いて五〇セントさ。労働組合を作ろうとしただけで背信行為の刑が科される。信じられないことだが、キリスト教牧師の半数が民主的な選挙を要求しただけで刑務所入りだ。どうしてアメリカの政治家どもは韓国の圧政に対して迅速に対応しないのだろうか？　去年の秋にチリで何が起こったか。何年もの間、合衆国の企業家たちはチリで工場を経営してきた。当時のサルバドール・アジェンデ、マルクス主義者だが選挙で正当に選ばれた大統領が、すべての外国企業を国有化した。するとどうなったか。彼は右翼の将軍集団によって引き摺《ず》り下ろされ、虐殺されてしまった。将軍たちは戒厳令を出し、数千人を投獄し、ちょっと批判したというだけで裁判もなしに――数百人、恐らく数千人を――有罪とした。しかも俺たちは奴らが民衆を閉じ込め、自由を奪い、苦しめているのを支持してきたのさ。騒ぎがおさまれば、合衆国政府がアジェンデ政権転覆にかなり関わっていたことが分かるはずだ。何が自由世界だ、アホ抜かせ、だ。俺たちは、相手がどんな小物の圧政者であろうと、支持するだろうよ。自分の分け前を取れさえすれば、アメリカの企業の望むままに従うという奴が現れてくれれば、そいつへの支援を惜しむ

＊3　1979年，サンディニスタ民族解放戦線率いる革命により，ソモサ独裁体制は崩壊した

事はないだろうよ」

俺は、そこで突然話しをやめ、机まで歩いて行き、腰を下ろした。ロジャーは、まるで美術評論家が作品を観察するように俺をじっと見ていた。

「まあ、そういうことだ。さて」と俺は言って、またワイングラスを一杯にすると、それを飲み干した。

「ちょっといいか、実に興味深いよ」と彼は言った。「何も言わなかったが、何と言っていいか分からなかったからだ。それだけだ。おまえはまったく生き字引だな。それはみんな大学で習ったのか?」

「とんでもない。ほとんど自分で勉強したのさ。本を読んだ、実に沢山」。俺は机の上に置いた三冊の本をこれだとばかりに軽くたたき、棚に並んだ本を指しながら答えた。「この四年間、手に入るものはすべて読んだ。いいか、ベトナムはただの始まりだった。それ以来ずっと勉強し続けてきた」

「それで、ベトナムはすべてそういうビジネスに関係してるってことだと思うのか、えっ?」

「かなりの部分はね」俺は答えた。「つまり、アイゼンハワーが五〇年代に言ってたように、俺たちは東南アジアを共産主義者にやってはならなかったのさ。何故なら、俺たちにはそこのスズやタングステンなどが必要だった。異常とも思えるぐらい、そういった連中はそう信じていたし、今も信じている。それがあのドミノ理論だ。いいか、〈もしベトナム人が西欧経済支配から抜け出すようなことになったら、ニカラグアやジャマイカ、アンゴラに悪い影響を与える。そんなことになったらわれわれはどうなる? いいか、とんでもないことだ、すぐにでも止めるんだ〉。もちろん、そんな風には言わなかったろうけれど、しかしあの政府だ、何を言ったか想像はつくだろうよ。〈さあ、みなさん、あなたがたの子どもたちを集めて、聞いた事もないような辺鄙《へんぴ》なところに送り込み、ユナイテッド果物会社やRCA、ガルフ石油の利益のためにそこで徹底的に戦ってもらいますよ〉。冗談でしょう、嫌ですよ。奴らは言うだろう。〈おやまあ、何ということを、共産主義者ですよ！　また共産主義者が出て来ますよ！　もしベトナムで奴らの息の根を止めなければ、ドミニカ共和国やチリ、ティムブクツも同じですが、次は、お分かりでしょうが、奴らはあなた方の冷蔵庫を空にして、あなた方をみんな地下室のボイラーに鎖で繋いでしまうでしょう〉。ほとんどのアメリカ人は言われた事をすぐに信じてしまうほど無知で、洗脳されているし、おめでたくできているのさ。自分たちの安楽な生活が、すべてを奪い取られてきた世界中の人びとの犠牲の上に成り立っていることなどとても想像できないのだから。それほど巧妙な手口というわけだ。いいかい。権力者どもは、国民の大半を、自分たちが豊かな暮らしをしていると信じ込ませてきた。少しの黒人と、先住民と、あわよくばと考えている福祉のたかり屋を除外しての話だが。王侯貴族のように暮らし、一流品を身につけ、これが永久に続くでしょう、と。ただし、みんなが協力して、波風を立てなければの話だ。時として、俺たちの子どもの命が失われることがあったとしても、それは自由のために死んだ、死ぬだけの価値があったということだ。そうじゃないか？　その一方で、世界の半数の人びとがなぜ俺たちを嫌うのかなんて分かっちゃいないんだ。そう、すべてアカの連中の仕業に決まっているからだ、そうじゃないか？」

「何で俺のことを見てるのさ？」短い沈黙の後で、ロジャーが言った。「何か言わなければいけないのか？」

「何も言わなくてもいいさ」

「何と言うか、引き込まれてしまったよ。しかしだな、ビル、もしおまえの話のたとえ半分だけでも真実だとしたらだな、これは実に恐ろしいことだな」

「その通り、怖いことだよ。俺が話したことは醜く、憎むべきことさ。アメリカ人のほとんどはそれとまともに向き合うことさえ始められないでいる。頭を冷蔵庫に突っ込んで、もう一つゆで卵を食べて、四年に一度、どっちともつかない二つの〔政党の〕うちの一つに投票に行くだけさ。それが俺たちの民主主義制度のもつ本当の皮肉なところさ、ロジャー。ひねくれた見方をするなら、アメリカ人の大半はまさに自分たちにぴったりの指導者、もしくは指導性を持ち合せているということさ。ベトナム人はそこで起こったこと、起こっていることを受け入れなかった、しかし俺たちは、悔しいけど、受け入れているんだよ。あるべくしてあるんだ。権力者が間違ったことをしているとはほとんどの人間には見えてないんだ。とにかく、ほとんどの人間にとって権力者なんてことすら考えつかない。ただ、奴らを大統領、国務長官のように、名前で識別するだけ。そうした連中が国民のために尽くしていると信じてるのさ。そして権力者どももまた、自分たちが間違っているなんて露ほどにも思ってはいないことも確かだ。権力者どもは、長い間、自分たちのやり方を通してきたために、他の方法を試してみるという思考法は想像を超えたところにあるのだろう。アメリカ人はつねに自分たちの欲しいものを手に入れてきた。コメ作り農民たちの古くさい三等国が最強の国をその場でやり込めるなんて、誰が想像できたろうか。この国にそんな人間はひとりもいない、確かだよ。誰もそんなこと考えられなかった。お偉方の誰ひとりとしてそうだったのさ。ニクソンのバカ面を見てみろ。奴がこう言うのを何度聞かされたことかって。〈私は、負け戦の最初の大統領になるつもりはない〉だって？

アメリカ人は戦争に負けたことがなかった。だからニクソンには想像できなかった。誰もがそうだった。誰も負けることなど考えられなかった。この国の国民だってそうだった」。俺はからかい半分に、しかし本気でそう言った。「ほとんどの国民はこの戦争が間違っていたことを今でも信じてはいない。あれだけ沢山いたサイレント・マジョリティ［ニクソン支持の戦争肯定派］が最終的に戦争をやめる事を支持した唯一の理由は、これ以上アメリカが面目を失うことだけは避けたかったからだ。奴らは、なぜ俺たちが勝てないのかを理解できなかったし、戦争からただ遠ざかって、ちっぽけな居心地のいい世界に再び閉じこもりたかったのさ。戦争が続けば続くほど、俺が話したようなことがすべて明るみになるからさ。忌々しいったらありゃしない。あれほど戦争反対を大声で叫んでいた連中の大半は、今になっていったいどこに行ってしまったんだ？　戦争はまだ続いているんだぜ。ベトナム人は今も何千と死んでいるんだ。あのバカタレのサイゴン政権への援助をアメリカが打ち切りさえすれば、戦争は明日にでも終わるんだ。しかしアメリカ人がこれ以上死ぬ事がなければ、政府が少しばかりの税金をどう使おうと、誰も知ったこっちゃないってことよ。クソッ、政府が汚れ役から手を引く訳だ。いいか、よく見ておいてくれ。あと何年か後には、政府はどこかの間抜け野郎を嗅ぎ付けるだろうよ、無知な国民はベトナムと呼ばれた国のことを思い出すこともないだろうから。そんなことなどまるでなかったかのようにね。それとも歴史の本を書き換えて、結局すべては高貴な大義のためだったかのようにしてしまうかだ」。俺はタバコに火をつけると、椅子にふんぞり返るように座った。一服吸い込み、ゆっくりと吐き出した。「さてと、ロジャー、質問の答えになったかな？」

「まったくねー、ビル」彼からの反応だ。「俺にはよく分からないけれど、おまえのように話す奴に今まで会ったことないよ」

「頭がおかしいと思ったんじゃないか？　時々、自分でも本当にそういう気がするのさ。この七年間に俺がつきあった人間の大半はみなそう感じているようだ」

「さてね、俺にはおまえがおかしいとは思えないがね」

「そうか？」

「ああ。すべてを信じるかどうかは別として、おまえが話してくれたことについてはおまえはちゃんと分かっていると思うからさ……」

「自分が話していることだけは分かっているさ」

「今までこうしたことを何一つ聞いたことがなかったから、それだけさ。考えさせられたよ、本当に。おまえの本を二冊ほど借りてもいいかい？」

「本気か？」

「ああ、本気だ。今日聴いた事をもう少し知りたくなった」

「もちろんだよ」。俺はそう言った。「しかし言っておくけれど、これらの本には減速ギアとか電動発電機について何も書いてないからね」

「まあ、俺もそろそろ減速ギアや発電機以外のことについて何か勉強するいい頃合いじゃないかな。何から読んだらいいかな？」

「この二冊はどうだ」俺は『我が魂をウーンデッドニーに埋めよ』を取り上げ、本棚からバーナード・フォールの『喜びのない通り――インドネシアにおける反乱１９４６～１９６３』を引き抜いた。「これでしばらくは忙しくなるかもよ」

「それじゃおまえが困るんじゃないのか」ロジャーが言った。

「やめてくれよ。さあこのゲームの勝負をつけようぜ。俺は八時から仕事だ。そっちと同じだ。ところで今何時だ？　二時は過ぎただろう」

39 ベトナム　本物のクリスマスツリー

「みんな、元気か！」ゲリーが、掩蔽壕《えんぺいごう》に頭を突き出すようにして、ニヤッと笑った。

「ゲリー！」俺が叫んだ。「ここで何をしてるんだ？　吹き飛ばされる前にこっちに来い」。俺たちは互いに大喜びして叩き合った。ゲリー・グリフィスは俺の親友だったが、この二週間、顔を見てなかった。俺たちのほとんどがコンチェンと呼ばれる非武装地帯のこの酷く惨めな壕に送られてきたが、彼は後方の大隊と一緒だったからだ。「会えて嬉しいよ、おい」と俺は言った。「ここで何をしてるんだ？」

「君はディズニーランドからミッキーマウスの絵ハガキを送ってくれると言ってたよね」と言って、彼はニヤリとした。軍ではコンチェンのことをディズニーランドと呼んでいた。「待ちくたびれたぜ。だからこっちからもらいにやって来た。それでどこにあるんだ？　そいつをくれよ」

モーガンがCレイション［米軍C号携帯食］の蓋を剝がしてゲリーに渡した。「これだよ」「君に送るつもりだったが、切手がなかった」

「これミッキーマウスとは違うじゃないか」と、厚紙の蓋をしみじみと眺めながら、ゲリーが言った。

「違うに決まっているだろ」とモーガンが言った。「その中には何が入っているんだ？」

そう言われてゲリーは自分で持ってきた細長い箱を持ち上げた。箱はフラワーボックスの形をしていたが、それよりは大きかった。「知らないよ。これは君宛だ」ゲリーはそう言って箱を俺に渡してくれた。

「お袋さんからの贈り物だ！」ヘラーが叫んだ。彼は、シーグレイブとウォルターズが去った後釜として俺たちと一緒に掩蔽壕に移ってきた仲間だ。「食い物か！　開けろよ」。俺は銃剣を取り出して、紐とテープを切り、箱を開けた。一番上にあったのは松の木で二フィートあり、枝のすべてが幹にそって丁寧に畳まれ、まるで床屋の看板ポールのようにリボンでしっかりくるくると巻かれていた。

「本物のペンシルベニアの松の木だ」。俺はゆっくりとそう言った。

「クリスマスツリーだ！」と、ヘラーが言った。「信じられない！」

「俺だって信じられないよ」俺もそう言った。

「いいお袋さんだな、エアハート」。ゲリーが言った。

「ちょっといいか」。俺はそう言うと、赤ん坊を抱くようにしてツリーを箱から持ち上げた。恥ずかしかった。涙目になってきた。何度か顔をしかめるように瞬きをした。「信じられないよ」

「良かったな」。ゲリーが微笑んだ。

「ゲリー、持ってきてくれてありがとうよ」

「飾ろうじゃないか」。ヘラーはそう言うと、すぐにCレイションの箱が山積みになっている隅っこを片づけてスペースを作り始めた。箱の中には、ツリー用の手製のスタンドや、飾り物や金銀の帯の入った小さめの箱が入っていた。一〇分もすると、ツリーが完成した。

「てっぺんには何をつける？」ヘラーが訊いた。

「ちょうどいいのがある」。俺はそう言うと、私物入れにしている弾薬箱をガサゴソやって六インチほどの紙製エンジェルを取り出した。それは紙でできていてツリーのてっぺんの枝にぴったりおさまった。

「おい、どこで見つけたんだ？」ヘラーが言った。

「俺の友達が先週送ってくれたんだ。サディー・トンプソン。かの女はクエーカーなのさ」

「完璧じゃないか」。ヘラーはそう言って、必要もないのにエンジェルの飾りを真っすぐに直す仕草をした。「古き善き友サディー、ありがとうよ。他の連中はみなアルミホイルのツリーだぜ、しかし俺たちには本物のツリーが来たんだ！」

「クリスマス・キャロルか何か、歌おうよ」。俺たちがツリーに感激しつつ、みすぼらしい薄暗い掩蔽壕の中で腰を下ろすと、ゲリーが言った。彼が「きよしこの夜」と歌い始めるとあとの連中も大人しく従ったが、二行目までいくと声がバラバラになり、みんな勝手に調子を外していき、しまいには恥ずかしさのあまり笑いだした。

「こっちに来る前にサディーが俺に言ったことを知りたいか？」俺はエンジェルにそっと触れながら言った。「〈誰も殺さないようにね〉だ」

「メリークリスマス」と、ヘラーが言った。

「その通り」。俺が言った。全員がまた腰を下ろし、誰も何も言わずに、ただツリーを見つめていた。こっちに向かった大砲が壕で囲った一帯の反対側に落ちたようで、はるか遠くから爆発音が聞えた。それから一斉射撃のつんざくような音がしたかと思うと、俺たちの下の方の渓谷に消えていった。俺たちはみな無意識に頭を抱えて屈み込んだが、飾りはどれ一つとして落ちてこなかった。

「ディズニーランドへようこそ」。俺はゲリーに言った。「いつまでいられるんだい？」

「今晩一晩だけさ」と、ゲリーが答えた。「グラス大佐に直接届ける書類があったんだ。朝にはヘリをつかまえなければ。ここでの戦闘は？」

「毎日二五回から二五〇回というところだ。ただもう嫌になるくらいだね」と俺は言った。「北ベトナム軍の射撃兵がここにじっとへばりついているんだ。まるで射撃練習場の的に座っているようなものよ」

「君たちは北ベトナム軍がＤＭＺ［非武装地帯］を通って侵入して来ないように見張っているんじゃないのか?」ゲリーが言った。

「クソッ」、俺が言った。

「そうか、まあね」と、彼が、肩をすくめて言った。

「いいか、あいつらあそこをグレーハウンドのバスでぐるっと回ることだってできるんだ。こっちは状況すら分からない。この壕の周縁でさえどこから狙われるかの心配なしに歩き回る事もできないんだ。先週のことだけど、モーガンと俺は、チャーリー中隊と一緒に掃討に出かけた。ところがだ、奴らが迫撃砲で俺たち全員に一斉攻撃を仕掛ける前に、こっちは鉄条網より先一〇〇〇メートルも進めてないいんだ。俺たちが試みたのはそれが最後だ。つまり今の俺たちにできることは、ここに一日中座って、相手の弾に当たることぐらいさ」

「ネズミを殺すさ」と、モーガンが付け足した。「今までに一二三匹だ」。彼は壕の被いを支えている梁の一本にその都度刻んだ星取り表を指差した。

「ここでやっているのはそれで全部だ」と俺は言った。「それだけさ。フレンチーとスキィが殺られたのは知ってるだろ、ウォリーとグラビーも撃たれたし……」

「ああ、聞いたよ」と、ゲリーが答えた。

「それになー、ここに来てからグーク［アジア人への蔑称］を見たことはあまりないいんだ。撃たれた奴を一度だけ。みな同じような年寄りの屑野郎さ。ここには民間人なんていないいし、地雷やスナイパーの代わりに大砲と迫撃砲の攻撃だ。俺はあとまだ八二日ある。八二日だぜ」。俺は板敷きの床を叩いた。

翌朝、ゲリーは出発するヘリを待つために着陸地点目指して下って行った。「二週間後に会おうぜ」。そう言って、大きく広げた手を俺の耳元まで伸ばして頭を揺すった。

「今度おまえのカミさんに手紙を書く時に、俺からよろしくと伝えてくれ、いいか？」俺は、渓谷に向かって泥だらけの丘を急ぎ駆け足で降りていく彼の背中に向かって叫んだ。彼は、足元を気にしながら、分かったという合図に片手を空で振っていたが、こちらを振り向く事もなかった。

一時間ほどして、衛生兵が掩蔽壕に這い上がってきた。

「エアハートはどっちだ？」と、彼が訊いた。

「俺だ」

「負傷者の一人がこれを渡してくれた」と言って、泥だらけの腕時計を取り出した。「こいつを君に渡すように頼まれた。とても大事なものだと言って。自分のを失くしたかどうかしたのか？」

「ゲリー？」俺はそう言うと、胃袋がギューッと捻《ねじ》られたようになり、前のめりになった。「ゲリー？　どうしたんだ？　何があったんだ？　奴はどこにいるんだ、ドク？」

「運んださ。ヘリに乗せてやったから。心配するな。奴は大丈夫だ。助かるから」

俺は砂嚢《さのう》の壁にドサッと倒れ込むと、頭をもたせかけ、何度か深呼吸をした。「何があったんだ？」と尋ねた。

「膝にりゅう散弾が当たったんだ」と、その衛生兵が答えた。「百万ドルもらったようなものさ、ただ券で帰国だ。着陸ゾーンで攻撃されたんだからな。片足失うかどうか、それは分からないが、しかし命に別状なしだ。やられた時に大隊の救助基地のすぐ近くにいたから、出血も少なくてすんだ。ここには素敵なクリスマスツリーがあるじゃないか」

俺はボビー・ロウのことを思い出した。彼は助かると言われていたが、そうじゃなかった。スキィも病院に着く前にヘリの中で死んだ。

「ああ、もう戻らなくては」と衛生兵が言った。

「エッ?　ああ、そうだね」

「俺はこれを持ってきただけなんだ。そいつがとても大事なものだと言っていたから。絶対に渡してくれって」

「ああ、そうだ。とても大事なものだ」と俺は言った。衛生兵は戻ろうとした。

「ちょっと、ドク、ここまでわざわざ来てくれてありがとう」

「ああ、これで良かった」

「気をつけて帰ってくれ」。彼が入り口の向こうに見えなくなるまで叫んでいた。俺は手にしていた腕時計を見た。ひと月前、俺は自分の腕時計を作戦中に失くしてしまった。ほとんど放心状態で、ゲリーの腕時計の泥を拭い始めた。「ゲリーもこれと同じようにやられたのか」。誰に言うでもなく、つぶやいていた。「俺が時計を失くしたのを覚えていてくれたんだ」。ゲリーの時計はそれでも動いていた。俺はそれをつけた。それから壕のてっぺんによじ登り、湿ってジメジメした砂嚢の壁に顔を向けたまま、横になった。

40 オレゴン州ローズバーグ　ゲリー・グリフィスとの再会　一九七一年夏

「それで、俺に手紙を書いてこなかったのはどうしてなんだ？」と、俺は言った。「おまえに何があったのかさっぱり分からなかった」

「書いたさー」。ゲリーが言った。二人ともまた笑い出した。オレゴン州ローズバーグの二四時間レストランのウェイトレスは、まるで俺たちが店を乗っ取る相談でもしているのかどうかを確かめでもするように、こっちをチラチラと見張っていた。

「本当か？」俺が訊いた。

「ああ、本当だ。なぜおまえが何も返事をくれないのかと不思議に思っていた」

「おまえからの手紙はなかった。まったく届かなかった。いつ書いたんだ？」

「一月か二月、多分」。ゲリーが言った。「俺が撃たれてから二カ月後だった。正確には思い出せないが……かれこれ三年半ほど経つかな？　確か、俺がオークランドの海軍病院にいる時だったよ」

「ああ、それで説明がつくさ」と、俺は答えた。「おまえが護送された後、実は大変だったんだ。その手紙はどこか途中で行方不明になったに違いない」

「何があったんだ、俺がいなくなってから？」ゲリーが訊いた。「俺はおまえが無事に帰国できたと思っていたけど」

「ああ、しかしかなり厳しい状況がしばらく続いた。俺たちはクリスマスの前日にコンチェンを出てクアンチの南にひと月ほど送られたんだ。それから残りのひと月をプバイに行って帰国準備するはずだった。あと残りひと月というところまできて、俺はてっきり無事に帰れると思っていたからね。そこに着いたばかりの二日後、テト攻勢が始まった。俺たちはフエに行かされたのさ」

「フエ?」ゲリーが訊いた。

「そうさ、フエだよ。クソッ、それこそ白鳥の歌〔最後の歌〕だった」

「俺は第五海兵〔師団〕がフエで身動きできなかったと何かで読んだと思うけど」と、ゲリーが言った。

「そいつらもいた——少なくとも中隊が二つ。フォックスとゴルフ中隊もいたよ。多分、よく覚えてないが、ホテル中隊も。だけど最初にそこに行ったのは俺たちだった。自慢話をするわけじゃないんだ。俺たちじゃなくて他の連中が先に行ってくれていたら、どんなに良かったか。俺たちはこのアホみたいな戦争の最大の酷《ひど》い待ち伏せ作戦に巻き込まれちゃったわけだ。フエにいた陸軍の南ベトナム援助軍司令部の大バカ野郎たちときたら、ある朝無線で、銃撃と軽量迫撃砲での攻撃を受けていると伝えてきた。〈たいした攻撃ではない〉と言いながら、〈しかし偵察のための援軍を送ってくれないか?〉とさ。それでアルファとブラボー中隊と司令部の連中とがトラックに乗り込み、フエに向かった。だいたい朝の四時のことだ。まだ誰もテト攻勢について聞いてなかった。まったく酷い話だよ。市の入り口に到着するや否や、北ベトナム軍が俺たちを釘付けにした。奴ら、道路両側の塹壕《ざんごう》に機関銃と無反動砲を設置していて、直射距離から一斉に撃ってきやがった。奴らがいたのさ。俺はチャーリー〔ベトコン〕を見つけるために一二カ月もの間走り回ったり、しゃがみ込んで待ち伏せしてきたのに、ある朝突然の一斉攻撃だ！　奴らはそこいらじゅう這い回っている。あのウジ虫野郎、北ベトナム軍が全部あそこに集まっていたかのようだったぜ」

「不運だったたな、そうじゃないか?」

「最悪だった。奴ら本当に総攻撃してきやがった。こっちは文字通り、最初の週から一〇対一、数で圧倒されていた。聴いてくれよ、俺はあとひと月足らずのところだったんだぜ、それが気がついたら突然に戦闘のまっただ中だ。唯一良かったのは、一度だけだったがチャーリーと向き合って戦ったことだ。少なくとも最後には老女だとか水牛以外のちゃんとした的に向かって撃てたことだ。仲間が沢山死んでしまったけれどね」

「俺の知っている奴が誰かいるか？」ゲリーが訊いた。

「マイルズ少佐、作戦将校の、覚えてるか？　彼はその初日に負傷者をトラックに運んでいて撃たれたんだ……」

「上官の彼が負傷者を運んでたって？　どういうことなんだ？」ゲリーがいぶかしげに口を挟んだ。

「運搬係は何してたってことか？　聴いてなかったのか。そんな奴はいなかったさ。海兵隊員の死者と負傷者とがそこいらじゅうに転がっていて、地獄そのものだった。誰か〔できる者〕が〔死者か負傷者かを〕確かめてから拾い上げていた。ひどいもんだったさ、ゲリー。初日だけで五〇パーセントの死傷者を出したんだ。塹壕を掘る前にだぜ。ガニー・クレブズも初日にやられた。ブレイスウェイト大佐は五〇口径機関銃を撃ち込まれて両足を失った。バナーマンとデイヴィスは知らないよな？」

「知らない」とゲリーは言って、思い出そうとするかのように首をゆっくりと振った。

「みんなフレンチーやスキィの代わりに一二月に来たばかりだった。俺たちがまだディズニーランドにいた時さ。とにかく、二人ともやられてしまった。サーストンは？」

「知ってる」

「奴も殺された。アマガス、覚えているか？」

「ケニーか？　ああ」

「腕を吹き飛ばされた。俺がやられたのと同じロケット弾だ」

「おまえもやられたのか？」ゲリーが訊いた。

「そうだ。だけどそれほど悪くはなかった。B40ロケットのりゅう散弾だった。ケニーは運が悪かった。俺は防弾チョッキとヘルメットで助かった。負傷は軽かったが、唯一ひどく深刻だったのは二週間ほどまったく耳が聞こえなくなったことだ」

「護送されたのか？」

「とんでもない、されなかったよ」。俺は答えた。「いいか、俺たちは実際背水の陣だった。歩ける者は全員、それと銃を持てる者は誰でも残っていた。それで俺は耳がまったく聞こえないまま最大の激戦の中を走り回っていたというわけだ。まったく何も聞こえなかった」。俺はくすっとひとり笑いした。「見せたかったよ、ゲリー。グレイヴィかモガティか、誰かがいつも手で合図をしてくれなければ何もできなかった。起きろ、座れ、こっちに来い、あっちに行け、しゃがむんだ、とね。今だから笑えるが、その当座は本当に恐ろしかった。異常だったよな」

「耳は今はいいのか？」ゲリーが尋ねた。

「大分良くなった。今でも部分的に聞こえない事があるし、ずっと耳鳴りがしているしね。VA［復員軍人局］に傷害補償金を申請したが、一セントも払ってもらえなかった。その理由は生活できないほどの傷害ではないからということだ」。俺はあざ笑うように言った。「そう願いたいところだが、しかしこれから先の五〇年間、毎日二四時間も耳鳴りとつきあわなければならないとしたら、何かしら補償金をもらってもいいと思うがね」。俺はテーブルに詰め寄るようにして、共謀策を練っているにしては大きすぎるくらいの囁き声でしゃべり始めた。「あそこのウェイトレスを見ろよ、かの女だ。あいつはさ、知っているぜ。俺たちがシャツの下に手榴弾を隠していることを知ってるんだ。いつでもそれを投げられる用意があるのを」。突然、俺は、ウェイトレスを見上げて、ニヤーッと笑った。かの女は、俺たちの話を盗み聞きしていたことを悟られた気まずさから、すぐに向こうに行ってしまった。俺は笑ってしまった。「そうか、おまえにまだ足があってよかったよ。おまえの時計を持ってきてくれた衛生兵は、そいつを切り落とすようなことを言っていたからな」。俺は手首を持ち上げて、ゲリーにその時計を見せた。

「まだ持っていたのか?」

「そりゃそうだよ」と俺は言った。「返して欲しいか?」

「やめてくれよ」と彼は笑った。

「いいか、ゲリー、これは今まで誰かが俺にくれた最高のプレゼントだ。俺は……」。俺の声はかすれてしまい、恥ずかしくなってそっぽを向き、落ち着くまでにしばらくかかった。「俺にとってはすごく意味のあるものなのさ。友人として。おまえがいなくなってから寂しかったよ」

「いつだって寂しいものさ」。ゲリーは、二人の間の空気を和らげようとして、肩をすくめて言った。俺はそれ以上言わなかった。「それで他の連中はどうしたんだ?」ゲリーが続けた。「まだ話が終わってないぞ」

「よく知らないんだ。俺が命令を受けた時、俺たちはまだフエにいた。その時残っていたのは誰だったかな? グレイヴィ、ウォリー、ホッフィ、モガティ、モーガン。おまえが知っているのはそれだけじゃないかな……」

「ランディ・ヘラーはどうした?」

「彼は一緒ではなかった」と俺は答えた。「彼は後方大隊に残ったんだ。実のところ、俺がフエに引っ張られた時には、彼はＲ＆Ｒ〔休養休暇〕だった。それで最後に彼を見たのは俺がフエに行く前日だった。あとの連中は俺が出発した時にはまだ生きていたんだ。モガティとモーガンは二人とも撃たれた。どちらも護送されなかった。何人が生き残ったのか分からない。誰からもその後連絡はなかった。おかしいだろ？　いつもみんな一緒で、本当に仲良くやっていたのに……それが突然、すべて終わってしまうのだから。そんなふうにね。まるで記憶の中以外には、誰もまったく存在しなかったかのように。俺がどうやってあそこを出て来たか、知ってるか？　俺たちは銃撃戦の真っ最中だった。そこに若いアホ面の中尉がジープでやって来て叫ぶんだ。〈エアハート、おまえに命令だ〉。それで俺は武器を外して誰かに渡し、ジープに飛び乗り、グッバイと手を振って、それだけさ。最後に俺が見たのは、みんなライフルを抱えて屈み込み、俺たちのために援護射撃してくれた姿だった。さっきまで北ベトナム軍に向かってうつ伏せになって銃撃していたのが、一〇分後にはヘリで三〇〇〇フィート上空にいたんだ。そんな具合だった。あいつらに何が起こったかはずっと分からないままだろうね」

「まあ、とにかく俺を見つけてくれて嬉しいよ」と、ゲリーが言った。

「俺もだ」と、俺も言った。「また会えてよかったよ」

「それにしても、どうやって俺のこと探したんだ？」

「俺が香港に行った時に金を貸してくれたことを覚えているか？」

「ああ」

「俺の両親がおまえのカミさんに金を送ってくれることになってたことも？　まあ、それで俺のお袋は何でも捨てずに取って置くたちで、おまえのカミさんの両親の住所をまだ持っていたのさ。だから俺は番号案内に電話しておまえの義理の親父さんの電話番号を教えてもらったというわけだ。おまえもローズバーグにいるなんて知らなかったよ。しかし親父さんならおまえがどこにいるか知っていると思ったんだ。ところでローズバーグで何をしているんだ？　俺はてっきり大学に行ったものとばかり思っていたけど」

「ああ、もちろん学校に行くつもりだった」と、彼は話し出した。「ジャンと俺は二人ともフレズノ州立大にしばらく通っていたんだ。でもわずかなGIビルではそれも続かなかった。ジャンは自分が働くから俺だけは学校を続けるようにと言ってくれた。ところがかの女が妊娠したんだ。それでそこまでだった。俺たちはここに戻って来た。かの女の父親が俺に製材所の仕事を紹介してくれたんだ。今はそこで働いている。四時から真夜中まで週六日だ」

「今の仕事、好きなのか？」

「俺には選択の余地なんてないよ」と、彼は笑った。「少なくとも仕事はある」。俺はその声から、苦いあきらめの一端を感じ取った。「とにかく、ここら辺はいい所だ。よく釣りに行くんだ。ここの生活もそれほど捨てたもんじゃないよ。おい、明日釣りに行かないか？」

「いいね。行こうか。しかし俺はあまり得意じゃない」。俺はそう答えた。

「得意である必要はないよ」とゲリーが言ってくれた。「このあたりでは魚が泳ぎ回っていて針を探して跳びついてくるほどだ。よく知っているアムクア川上流のいい釣り場まで車で行って、一晩キャンプしようや。どうだ、いいか？」

「一晩？　キャンプするのか？　これまでの人生でキャンプしたことあまりなかったのか？」

「いいか。これは全然違うよ、ビル。面白いぜ。俺はまだ迫撃砲を食らったことはないけどな」

「言ったな、ベトナムから戻って一度だけキャンプしたことがあるけど、迫撃砲の方がましだったよ」

「それなら」と、ゲリーは、がっかりしたように言った。「無理に一泊しなくてもいいんだ」

「いいや、そうじゃない。せっかくの晴れ姿を見せてくれるっていうのに中止はないよ、おい。そうだろう。しかし最初の攻撃を受ける前に、何か詰め込まなくては、そうじゃないか?」

「まったくその通りだ」とゲリーは神妙に言うと、右手を挙げた。それから大きくニコッと笑った。

「一晩泊まること、ジャンが許してくれるのか?」俺は訊いてみた。

「分かってくれるさ」とゲリーが答えた。

「かの女の気分を害するようなことはしたくないんだ」と俺は言った。「いいか、俺は詮索しているんじゃないんだ。ただ、かの女が今夜ちょっとそっけなかったように見えたのは、そのためなのか?」俺がゲリーの家に着いた時、彼はまだ仕事から戻っていなかった。男の子が二人、もうベッドに入っていた。何時間か、かの女と二人だけでいたが、いかにも他人行儀だったたし、距離を感じた。とても居心地が悪かった。

「何かあったのか?」ゲリーが訊いた。

「そんなんじゃないんだ、本当に。ちょっとそう感じただけだから。俺がここにいても本当にいいのか?もし問題があるなら、もう出て行くからさ」

「もちろん居てくれてかまわないよ」。ゲリーは強くそう言った。「そうじゃないんだ。あいつ、おまえにちょっとばかり嫉妬してるんだと思う。俺たちがどんなに親しいかを知っているから。おまえに本当に感謝してもいるんだ、つまり、その、おまえが俺を精神的に支えてくれたりしたろう。問題は、俺の人生にとって、あいつ以上にベトナムがかなりの部分を占めていて、これからもそうだということだ。ある意味、あいつはそのことを妬んでいるんだ、それだけだ。おまえには理解できるだろうが、あいつには分かってもらえない。おまえのせいじゃない、信じてくれ。だから心配しなくていい。あいつは本当はいい奴なんだ。一つだけ言っておくけれど」と、つけ足した。「家の中では、言葉遣いに気をつけてくれないか」

「ああ、そうだった、子どもがいるもんな、確かにそうだ」

「子どもだけじゃない」。そう言って、ゲリーはぎこちなく笑った。「ジャンはこのところ、かなり宗教心が篤いんだ。俺も少しばかりそうなっている、おまえに最後に会って以来だが」

「そうなのか？」

「まあ、ちょっとだけだがな」。彼はそう説明した。何となく気まずそうだった。「ジャンがそうなのか、俺の方なのか、よく分からない。しかし何か信ずるものが欲しいんだ」

「そうか、俺はずっと座ったままで、トラック運転手のような話し方だったからな」

「俺はそれほど宗教的ではないけどね」とゲリーは笑って言った。「しかしおまえって人間を俺は知っているからな。だから家の中では気をつけてくれ、いいかい？」

ゲリーの家に戻ったのはかれこれ午前三時近かったが、俺は眠れなかった。ここに来たのが間違いだったのかとも考えた。ユマのスミティやオハイオ州立大のチャーリー・クインロンのところに行った時のように。しかしゲリーはあいつらと同じではなかった。ただの戦友ではない。俺たちは親友だった。

戦場で俺に会うために彼はどれだけ口実を作ってきたことか。突然コンチェンに現れたこともそうだったじゃないか。そうだよ、俺はまだゲリーとなら話ができる。

俺はゲリーを探し求めて、ある晩、アルバータ州のメディシンハットに辿り着いたが、そこはそんな名前とは似ても似つかないカナダにある普通の町だと分かっただけだった。それからサクラメントでは、パーカシー出身の海兵隊仲間で幼馴染みだったマックス・ハリスがバイク事故で死んだと知った。電柱に自分から激突した。夜間にライトもつけずヘルメット無しで、町中を猛スピードで飛ばしていたらしい。自殺と判断されたのかどうかは分からない。しかし何が起こったのか知る必要はなかった。戦争はこういう犠牲者も出すんだ。

俺は怖かった。マックスは、この春見かけたときはまったく何ともなかった。何が悪かったんだ？　もしかしたら一度痛い目に遭わされると、二度と治らないのだろうか？　心の中で空しく疼《うず》くような痛みは、決して良くなることはないのだろうか？　きっと逃げ出してしまったらどんなに楽だろうとしょっちゅう考えてしまう。本当に俺にできるだろうか？　やれるか？　それともある日突然気が狂って、校庭で遊んでいる子どもたちや上院議員を束にして銃をぶっ放し、最後に警官たちに吹き飛ばされてしまうか？

クソッ。俺は誰かと話をしたかった。しかし今ここにいて、何を話せるのか。

「来たぞ！　かかったぞ！」俺は叫んだ。手にした釣竿が突然グーンとしなり、弦を奏でるように急にリールが音を立て始めた。岩の間の流れが音高く渦巻いていたので、三〇ヤードほど下流にいたゲリーには、すぐには聞こえなかった。しかし彼が気づくまで俺は叫び続けた。彼は自分の竿を置くと、こっちに向かって岩をよじ登り始めた。ああ、何としてもこいつを逃したくなかった！　精巧に作られた毛針からすでに三匹も逃げられていたのだ。

「糸を引いてはダメだ！」彼が叫んだ。「しっかり摑まえていろ！　緩めるな！」獲物が跳ねた。何と、大物だった。

ゲリーは、息をハーハーさせて来た。「いいぞ」と、喘ぎながら言った。「リールのブレーキをかけるんだ」。彼は竿についているボタンを指差した。「糸を引くな、そして緩めるな」。彼は、何度か深く息を吸い込むと、また話し始めた。「しっかりとリールを巻くんだ。糸が緩んでいると思ったら、巻き上げろ。糸がピンと張ったら、ゆっくりと出せ。奴を疲れさせるんだ」。俺は、まるで俺の人生がそこに乗っかっているかのように、一言もしゃべらずに、竿を握った。突然、また、魚がジャンプした。「そーら、ビル、すごい奴がかかったぞ！　一六インチはあるだろう。もしかしたら一フィート半はあるぜ」

そいつは三〇分近くも俺と格闘した。前に後ろに突進し、飛び跳ね、休み、急にまた逃げ出そうとした。ゲリーは俺の耳元で大声であれこれ指図し、励ましてくれた。「もう少しリールを巻け！　もうこっちのものだ！　疲れてきたぞ。集中力を途切れさせるな」。とうとうそいつは俺の足下まで引っ張られてきた。ゲリーは網を摑むと、そいつを川から掬《すく》い上げようと待ち構えた。俺は汗びっしょりとなり、腕の筋肉と背の上の方が突っ張り、痛みさえ感じた。

「しっかり摑め、しっかりと。やったぜ！」彼は叫んで、素早いひと掬いで網に入れた。「エアハート、この大物、一八インチはあるよ」。そいつはまだ身体を捻《ひね》り、網と格闘していた。

「すごいな」。俺は静かにそう言うと、じっと見入っていた。「何ていう奴なんだ？」

「ニジマスだ」。陽の光を浴びてほとんど虹色に光らせている脇腹にある縞模様を指差しながら、ゲリーがそう教えてくれた。俺は竿を置き、網に近寄って、そいつを両手で摑んだ。ゲリーがそいつの口から針を外している間、しっかりと抱えていた。

「二人分の夕食だ！」彼は顔を輝かせて叫んだ。「よくやったぜ！」

俺は手に魚を持ったまま川を見下ろして立ち尽くしていた。そいつが疲れ果てていたのは明らかだった。両サイドをぴくぴくさせ、鰓《えら》を小刻みにひくひくさせていた。必死に戦った、勇敢に、と言ってやろう。今、そいつは挑戦的に俺を見つめていた、少なくともそう見えた。俺を摑まえることはできても、俺を仕留めることはできんぞ、と言っているかのようだった。バカげている、たかが魚じゃないか。しかしそう思わざるをえなかった。俺は、そいつからゲリーへと目を移し、またそいつを見た。「綺麗な魚じゃないか、えっ？」

「本当にね」。ゲリーはそいつの脇腹を撫でながら言った。ゲリーがそうしている間、そいつの尾がピシャッと跳ねた。俺は喉がキューッと詰まった感じになった。何故だかうまく説明できなかったが、涙が出て来た。動揺していた。

「もしこいつを戻してやったら、元気になるかな？」俺はゲリーを見ずにそう訊いた。

「ああ、多分ね」

俺は水面に向かって手を下ろし、握っていた手を緩めた。パシャッと跳ねた。俺はそいつがもぐって行った川面をじっと見つめていたが、何もなかったかのようだった。そいつは消え去った。ゲリーは俺の両肩に優しく腕を回してくれた。二人は立ち尽くして、米松《べいまつ》の下の岩の間を流れる川をじっと見ていた。

「とにかく、食料は十分にあるからさ」と、ゲリーが気分を変えるように言った。「缶詰を持ってきた。さあ、テントを張ろうか」。俺たちは釣道具を集めてゲリーの車に運んだ。それからキャンプ用具一式を取り出し、幾つかある支流の一つの峡谷を登って、滝の近くの少し平たい場所に辿り着いた。「いいところだろ、どうだい？」ゲリーが言った。

「実にきれいだ」。俺はそう返事した。「何ていう川だ？」

「アムクア川」。ゲリーが答えた。「正確には、アッパー〔上流〕アムクア川。ローズバーグのちょうど西で二つの支流が一緒になるんだ。俺たちが橋を渡ったところさ」

「変わった名前だな」。キャンプの用意を始めながら、俺は言った。「インディアンか？」

「ああ、そうだと思う。クラマスだ、確か。カスケードのこの辺り一帯に住んでいたんだ」

「そうか、なるほど」と俺は言った。「最初に俺たちがかれらの土地を奪って、殺した。それからすべてにかれらの名前をつけたんだ」

「ここを南に行ったところにクラマス保留地がある」とゲリーが答えた。「俺の指を潰すなよ」。ゲリーはテントの杭を支えながら、ハンマーを振り上げた俺に向かって笑った。

「まだ俺を信用するなよ、いいか？」

「この間キャンプした時に指の付け根をやられて、まだ痕が残っているんだ」

「行ったことがあるのか?」俺は訊いてみた。

「どこに?」

「そのクラマス保留地に」

「いいや」

「いつか見てみろよ」と俺は言った。「先月、ミネソタの保留地を通ったんだ。カナダ近くの何もないところだった。実にさびれていた。ダンボールとタールペーパーの掘建て小屋に住んでいるんだ。まるでアメリカ人の出したゴミから作ったベトナム人のポンコツ小屋のようだった。電気も来てない。恐らく水道も下水管もない。冬は信じられないほどだろうね。この夏の最中だから俺たちはここでキャンプなんかして、楽しんでいられる。でもかれらは一年中そうして暮らしているのさ」

「薪を集めようぜ」。俺の言う事には反応せずに、ゲリーは言った。俺はまずい事を言ったのか、困らせたのか? 彼は、先住民について何も考えてないのか? いったい何を話したらいいんだ? 四年前なら、その顔つきから彼が考えていることをすぐに想像できたのに。今はどうだ? 俺は枯れ枝を集め始めた。森にはわんさとあった。すぐに山ほどの薪が集まった。石で囲ってカマドを作りその中心に小さく火を入れた。

「何を食いたい?」彼が訊いた。

「何があるんだ?」

「キャンベルのポーク・アンド・ビーンズ」。ザックの中を引っかき回しながら、彼が答えた。「ビーフシチュー、コンビーフ、ホットドッグ……」

「コンビーフ」と答えた。「おい、トラックがいなくなったよ。知っていたか?」丸一日、森の静寂と川の流れを唯一遮っていたのは、川に沿って細く曲がりくねったハイウェイをローズバーグにある製材所まで丸太を満載して引っ切りなしに往復していたトラックの騒音だった。

「一日中よくやっていたからな」とゲリーが答えた。「すぐに暗くなるよ」

「ここは平和だね」。俺は、たき火の上にコンビーフの缶を置きながら言った。ゲリーはビーフシチューを温めていた。「ここにはよく来るのか？」

「時間がとれさえすればね。息子たちが一緒に来られるようになるのが待ち遠しいよ」

「いい子たちじゃないか。幾つなんだ？」

「マイケルが二歳半。ティミーはもう少しで一歳半だ」

「いい家族だ、ゲリー」

「ああ、そう思う。そう言ってもらえて嬉しいよ、ビル。ジェニーはどうした？」

「ジェニー？」俺は白けた感じで言った。「別に、何も、何もないよ。俺が戻っても会おうともしない。もう会ってないんだ」

「ディア・ジョン〔別れの手紙〕を送って来た時か、そうじゃないか？」

「筋書き通りって訳さ。あいつが悪いんじゃない、そう思う。誰のせいでもなかった。俺たちは子どもだったのさ。かの女の看護学校のルームメイトが俺にペンフレンドにならないかと書いてきたのを覚えているか？」

「覚えているかって？　おまえが自分の身体を傷つけようとしたんで縛りつけなければならなかったさ」

「まあ、とにかく、ジェニーとはずっと昔に終わったんだ」と俺は言った。「かの女の幸運を祈ってる」

「香港で会った女から何か言ってきたのか、ドリットだった？」

「ああ、ドリットか。記憶力いいな。かの女は死んだ。おまえが帰ってからひと月ほどして殺されたんだ」

「エーッ、何てことだ、本当か？　何があったんだ？」

「レイプされて殺された」。俺はそう答えた。「『星条旗新聞』で知った。というのは容疑者はアメリカの軍人だと思われていたからだ。しかし後になって分かったが、逮捕されたのは中国人だった」

「本当かよ、それは酷いな」

「ああ」

俺たちはゆっくりと食べ、食べながら話した。いつの間にか真っ暗になっていて、木々の間からたき火がちらちらしていた。

「かの女のことを時々思い出す」と俺は言った。「かの女は本当に俺のことを好きだったのかどうか、俺に同情していただけじゃなかったのか、分からなくなる。俺には二〇歳と言ったが、新聞には二三歳とあった。多分あっちが間違っているんだろう、かの女の名前の綴りも間違っていたから。それとも俺を安心させるためにそう言ったのかも知れない。その時の俺はやっと一九歳になったばかりだった。かの女はそんな気遣いをするぐらい優しい性格だった。俺がかの女に真鍮製大砲を買ったこと話したことがあったか？」

「聞いてないと思う。とにかく覚えていない」

「ああ、別れの記念に手作りの飾り用大砲を買ったんだ。金と銀でちりばめられたやつさ。でもかの女は受け取らなかった。銃や軍隊のものと一緒に俺を思い出したくないと言ってね。その代わりに絹の花を買わせたんだ。俺はかの女の両親の住所がデンマークだったということも知らなかったさ。かの女とはそのまま別れた。何か夢のようだった」

「今は誰かガールフレンドがいるのか？」ゲリーが訊いた。

「いないね。本当だ。俺と恋に陥るほどの気違い女がいたら、俺の手には余るよ」。俺は笑おうとしたが、まるで愚痴っているようでしかなかった。

「ああ、言ってることは分かるよ」と、彼が言った。「俺はジャンがいて幸運だった。戻ってきた時、俺はかなりおかしかったし、かの女も分かってくれなかった。前から結婚していなかったら、うまくはいかなかったろう」。ゲリーはそれ以上言わなかったし、俺もそれ以上訊かなかった。無理に言わせたくなかった。二人でたき火をしばらく見つめていた。「学校はどうだい?」彼が訊いた。

「ああ、まあまあだな。俺の取っているクラスのいくつかはかなり面白いよ。今年は政治学を取ったが、すごくいいんだ。プラトン、アリストテレス、ロック、ホッブズ、そんなのをやってる。ダン・ホフマンという男の詩のワークショップもあって、これがいいんだ。名前を聞いたことないか?」

「いいや、有名なの?」

「いや、そうは思わない。俺もクラスを取るまで知らなかったが、彼は途方もないほど素晴らしい詩人なんだ」

「ワークショップか、それで?」ゲリーが言った。「最近は詩を書いているのか?」

「ああ、ちょっとね」

「今何か持ってるの?」

「いいや」

「そうか、いくつか送ってくれよ、いいだろ? 読んでみたいな」

「そうか、いいよ」と俺は言った。「しかしがっかりするなよ。俺は決してウィリアム・ブレイクじゃないからな」

「成績はどうだ?」

「かなりいい。よくやっている方だと思うよ。変わったところだけどね」

「どんなふうに？」

「つまりさ、俺がどこから来たのか誰も何も知らない。俺は大学で唯一のベトナム帰還兵なのさ」

「嫌がらせはあった？」

「うーん、それはないね」と答えた。「それは、最初に心配したことだった。しかし俺が嫌がらせを受けたのはスワスモアの連中よりも酒場の労働者からだった。おかしいだろ。奴らはみんな戦争でも何でも反対していたんだぜ。しかし、俺が何も知らなかった時のように戦争に幻惑されているのさ。俺はあそこに二年間いたことになる。今でもまったく見た事もない奴が現れたかと思うと、唐突に、どんなだったのか、誰か殺したことがあるのか、そんなことを訊かれるのさ。まるでこの俺が生身の人間ではないみたいに、分かるか？　ジョン・ウェインとゴジラの混血種みたいじゃないか。時々うんざりするんだ」

「俺はフレズノでしばらくそんなだったよ」とゲリーが言った。「そこには何人か帰還兵がいたが、多くはなかった。ここでは誰にも邪魔されない。お互いに干渉せず、だ。自分の仕事を大事にしていればね。俺にはあってるよ。卒業はできるのか？」

「分からない。今年は戻らないことにした。でも多分いつかは戻る。他に何をしたらいいのか分からない。砂嚢を詰めたり蛸壺を掘ったりする以外に何ができるのか、どうしたら分かるんだ？」

「そこで友達になった奴はいないのか？」

「ああ、いるよ」。俺は言った。「それほど悪いところじゃない。一緒にやっていける連中が何人かいる。どんなアホ連中だって少しはいい奴もいるっていうことさ」

「何かスポーツをやってるのか？」ゲリーが訊いた。

「水中バレエチームに二年間」

「水中バレエ？」ゲリーが吹き出した。

「ああ、水中バレエさ。想像できるか。俺も仲間のひとりから最初に誘われた時には信じられなかったよ。ところがこれが実に面白いんだ。水泳チームにも入っているけどね」

もう真っ暗闇となっていた。たき火は二人の間でぱちぱちと弾けた音を立て、俺たちの顔を照らしていた。俺はゲリーに寮監もしていると言おうとしたが、翌年度の更新をしていなかったし、そのことがずっと胸につかえていた。それには触れないことにした。しばらく二人とも黙っていた。

「ゲリー、考えたことないか？」

「何を？」

「戦争さ。俺たちが向こうでやったことを？」

「ああ、時々ね。いつも考えないようにしている。何が言いたいんだ？」ゲリーが訊いてきた。「終わったことだ。他に考えなければならないこともあるし」

「夢は見るか？」

「ああ、時々ね」と彼は答えた。「あの国家警察の奴らに尋問されている夢を見る。集中砲火を浴びせられて、俺に見えるのは敵兵が撃ってくることだけなんだ。奴らはいつも俺を指差して笑っているんだ。〈報いを受けろ、どうだ、気に入ったか？〉と、ね」

「苦しくないか、どうだ？」

「もちろん苦しいよ。しかし、それをどうしろと言うんだ？　四年も前のことだぜ。元には戻せないよ。そうだろう？　起こってしまったことは仕方がない。それに今の俺には妻と二人の子どもがいる。俺だけが頼りなんだ。そのうちどこかで割り切って、忘れることは忘れて、何とか切り抜けて行くしかないんだ」

「分かるよ、そうなんだ。俺もそうしたいよ、ゲリー、しかしそれがハエ取り紙のように俺に引っ付いてくるんだ。新聞だって開けない。テレビもつけられない。俺たちが全部やった事だよ、ゲリー。しかもまだ続いているんだ。起こってしまったことなんかじゃない、今この瞬間にも続いていることなんだ。俺たちがよく話していたことを覚えているか？　俺たちには分かっている、ゲリー。あの時にはもう分かってたんだ……たとえ直視できなかったとしても。トリン軍曹を覚えているか？　不正選挙について、俺たちがいかに間抜けで傲慢だったか、彼が言ってたことみんな覚えているか？　ベトコンと六年半も戦っていた奴が突然、あんな辞め方をしたのは何故なんだ？　彼が言っていたことを覚えているか？」

「ああ、覚えているよ」とゲリーが答えた。「〈おまえたちアメリカ人はベトコン以下だ〉とね」

「彼は正しかった、ゲリー。彼は正しかったんだよ」

「本当にそう思うのか？」

「そう思わないのか？」

「なあ、ビル、俺には分からないよ」。ゲリーはそう言った。

「いや、分かっているはずだ！」ゲリーがひどく居たたまれない気持ちになっているのが伝わってきた。ここでもう引くべきだ、そう自分に言った、しかしできなかった。「『国防総省白書』を読んだか？」

「新聞で少しだけ。それほど気にかけてはいなかった……」

「そうか、でもいいかい、あの忌々しい文書を読んでくれ！　俺たちは間違った側にいたんだよ、ゲリー！。俺たちはレッドコート［アメリカ独立戦争時の赤いコートを着たイギリス軍兵士］だったんだ」

ゲリーは何も言わなかった。枝を一つ拾い上げ、火に投げ入れた。

「俺は、価値ある事だったら労を惜しまずにやり遂げる覚悟だった」と、声を落として言った。「奴らが俺たちに言っていた通りのことを本当にやってきたのだったらな。しかし全部違っていた。おまえも俺も知っていた通りだ。ゲリー、もしおまえとか俺が今口を開かなかったら、いつ終わるんだ？　ワシントンの気違いどもは何も考えちゃいないぜ、そうだろ？　誰かがやめさせなければ」

「どうやって言い出すのさ？」ゲリーが訊いた。

「分からない」と、俺は言った。「しかしおまえや俺のような人間が黙っているのをやめれば、多分、誰か、聴いてくれる者が出てくるんじゃないか。俺たちがこの国のルーツからどんなに外れてしまっているかをよく見るんだ、ゲリー。トマス・ペインやパトリック・ヘンリーを思い出せ。かれらは、俺たちが、生命、自由、幸福の追求を掲げてベトナムでやったことを知ったら、墓の中で卒倒するだろうよ。俺たちが自分たちの国のためにやったことをだよ。俺たちは、この国があるべき姿に戻るための道を探すべきなのさ、ゲリー。それがこの大きな狂気の中から生まれるたった一つの良いことじゃないのか。俺たちのような人間がこの国を方向転換させられたら、結果的にそれはやり甲斐のあることにならないかな。もしそれができなければ、ゲリー、それこそ本当に無駄骨だったということだ。俺は、やってきたことを無意味なものにしたくないんだ。

払った代償があまりにも大きすぎる」

「おまえは本当にこの国を変えられると思っているのか？」ゲリーは、顎を引っかきながら、火の向こう側から俺をじっと見つめて、そう訊いてきた。

「もし俺ひとりだったら、無理だよ」

「どうかな、ビル」。ゲリーは、次の言葉を発するまでしばらく考え込んでいた。「俺にはどこから始めたらいいのかも分からない。もし俺がおまえと同じようなことを製材所のあたりで言い始めたら、一〇分で首になるだろう。ここの人間は実に素朴な人たちさ。俺は……聴いてくれ、ビル、おまえは知りたいんだろう？　正直に言うよ、いいかい。聴いてくれ。俺はこの件については何一つジャンに話すことすらできないんだ。俺がオークランドの病院に入っていた時に一度だけ、かの女にベトナムのことを話そうとした。あそこで実際何が起こっていたかを。かの女は泣き出して、話をやめてくれと言った。同じことが二度三度あった。俺はもう話すのをやめたんだ」

「カミさんにも話せないのか？」

「そうさ。俺にも分からない。全然理解できないのさ、何故あいつはそのことについてまったく耳を貸そうとしないのか。あいつがおまえの気分を害した理由はそれだ。おまえの言う通りさ。今朝、そのことに気がついた。あいつがそんな態度を取ったことを謝るよ……」

「そんなことはいいよ」と俺は口を挟んだ。「謝る必要なんかないさ。俺は幽霊みたいなもんだから、そうだろ？」

「あいつもいつもはそんなんじゃないんだ」。彼は続けた。「分からない。俺以上に戦争に怒っているみたいだ。しかし、一言も話そうとしないから、その理由が分からないんだ。もしかしたら、ハノイを核攻撃すべきだったとか、最初から行くべきではなかったと思っているのかもしれない。ビル、おまえの言う事は理解できる。正しいよ。それも分かる。ベトナムから戻ってこのかた、ずっと苦しかった。全然眠れない夜もある。しかし俺はそうしたことすべてを受け入れなくちゃならないんだ、ビル。ジャンはどう見ても完璧とは言えない。しかし性格はいいし、妻としては申し分ない。かの女をすごく愛している。かの女と一緒でよかったと思うよ、ビル。かの女を失いたくない。かの女が俺のすべてだ――かの女と息子たちが。俺にはあいつらが必要なんだ。仕事も。分かってくれるか？」

「ああ、そう思う」と俺は言った。

「俺のことを臆病者だと思ってるだろ？」彼が訊いた。

「おい、やめろよ。俺には分かり過ぎるほどよく分かっている。おまえには大切なものが沢山ある、それだけだ。羨ましいよ」。俺も木切れを一本取り上げて、火にくべた。

「政府がおまえの息子たちにベトナムのような、訳の分からない戦争に行けと言ってきたらどうする？」

「そうだな」。彼は言った。「その時になって考えるしかないかな」

二人とも長い間黙ったままだった。俺は岩に寄りかかり、両脚を長く伸ばした。空気が心地よいほどひんやりしていた。松の木の甘く清々しい香りが漂っていた。

「今日、おまえが魚を逃がしてやったのはそれが理由か？」ゲリーが訊いた。

「俺が小屋の前で蛇を殺した日のことを覚えているか？」

「ああ、覚えてる」

「意味はないんだ」と俺は言った。「理由などない。奴らが俺たちを殺し屋に変えたんだ、ゲリー。俺たちはただそうしなければならなかった、理由など訊けなかった。それが今ではどうだ、お払い箱だ。いいか、ゲリー、俺は、ろくでもないことをやらかしてきた後で、自分が今さら平和主義者だなんて、言えないような苦しみを味わってきた。一つだけ言わせてくれ。今度俺が誰かを殺す時には、何故そうするのかを俺がとことん納得した時だとね。そしてそれは俺自身のためにやるのであって、誰かのためではないということだ」

「賛成だ」。ゲリーはもう一つの袋に手を伸ばして言った。「マシュマロを持ってきた。焼いて食うか？」

「ああ、そうだね。マシュマロを焼くなんて、何年ぶりかな」

「トリンはその後どうなったんだろう」。彼が言った。

「さっぱり分からない」と、俺は答えた。「恐らく南ベトナム政府軍の特攻部隊に送り込まれたはずだ。もしかしたら逃亡したかも。誰にも分からない。フエで、ある晩、南ベトナム政府軍の兵士の集団が俺たちの軍事物資を略奪しているのを捕えたことがあった。俺は二人撃った。心底怒り狂ったよ。いいか、俺たちは北ベトナム軍から奴らの町を取り戻そうと戦っていたんだぜ。それがそこで南の政府軍兵士を見た最初だった。奴らは俺たちの食料を盗もうとしていた。トリンだったかも知れない。誰に分かるか。その時までは気にしなかった。しかし奴らを捕えた時に、俺たちが何をしてたか分かるか？　俺たちは腹をすかせたベトナム人の難民を輪姦して戻って来たところだったのさ。食料との交換ということだったけどね。Cレイション半ケースでかの女を売春婦にしたんだ。それなのに俺たちは座り込んで、南の政府軍の奴らはどうして戦わないんだと文句を言い合っていた」

「まあな」とゲリーが言った。「サイゴン政権が取るに足らない言い訳をしたところで、何にもならないさ。ディエンバンの区長が合衆国からの援助米を最高額をつけた奴に売り渡していたことを覚えているか？」

「それから国家警察にも？」俺がつけ加えた。「奴ら、M16をベトコンに売っていくら稼いでいたんだろうな。クソッ。俺たちとサイゴンの手先とを見ていたら、トリンも辞めたくなる訳だ。よくあんなところに六年半もいたと思うよ」

「他にもその後の消息を俺が知りたいと思っている奴のこと、誰だか分かるか？」ゲリーが言った。「コーチーだ。覚えているか、かの女を？」

「ああ、覚えているよ。ヒューホンにいて、いつも白いアオザイを着ていた」

「俺たちがチャイナビーチから戻って来て、屋外に座ってしゃべっていた日のことを覚えているか？

ちょうどその時ベトコンがヒューホンを攻撃していたんだ」

「そうだそうだ、その時、俺は最悪の下痢に襲われていたんだった」。俺が言った。

「あの晩、かの女はそこにいたと思うか?」

「いなかったと思うが。ヒューホンは仕事の時だけだった。ホイアンかどこか、別のところに住んでいた。とにかく俺たちの知る限り、かの女は恐らくベトコンのスパイだった」

「そう思うか?」

「さあ、分からない。そうだとしても驚かないよ」

ゲリーは丸太をもう一本、火の中に入れて、マシュマロの袋を俺に手渡した。空には雲一つなかった。頭上にある木々の枝の間から星がこぼれ落ちてくるようだった。

「ここはいいよ」と俺は言った。「本当にいいところだ」

俺は何か別なことを言おうとしていたが、俺たち二人の間には火とマシュマロと戦争以外には何も見つからなかった。

328

42 ベトナム　通常パトロール

それは通常パトロールだった。ほとんどのパトロールの場合と同様に、緊張度も低く、そのためまったくと言っていいほど気がつかなかった。地表からじわじわと上昇して来る熱もけだるさを伴い、毎日がまるで鏡に映る像のように変化なく繰り返された。優に華氏一二〇度はあったろう。俺たちは大隊から三マイル北にいて、パトロールコースがぐるっと囲んでいる一帯の裏側にあたる二つの村落に挟まれた水田をゆっくりと通り過ぎている時のことだった。パトロールに出てからかれこれ三時間が過ぎようとしていた。数頭の水牛が立ったまま眠っていたが、それ以外には何も目につくものはなかった。俺たちを除いては、こんな熱射の中を歩いている者がいるはずはなかった。

すると三〇〇メートルほど先を黒いパジャマ［農民の着る作業衣］姿が田の水路に沿って走り去り、左に曲がって行くのが見えた。「いたぞ！」俺は叫んだ。「一〇時の方向だ。俺がやる」

止まれと警告した。規則なのだ。「ダン　ライ！」片膝を下ろした。安全装置を外す。狙いを定め、引き金を引く。カチッ！　黒い人影は一枚の紙が一陣の風に舞うように飛び上がった。

「やったぞ！」モーガンが叫んだ。

「命中だ」と、モガティが言った。

近づくと、動いている最中に暴力的に命を奪われた人間だけが取りうる信じられないほど見るも無惨な姿で横たわっていた。俺はブーツで突いて死体の顔を上に向けた。女だった。年齢は分からないが、恐らく五五から六〇ぐらいだった。

「バカなグークだ」とウォリーが言った。「何で走ったんだ?」村落周辺からベトナム人が群れになって集まってきた。俺たちがまだそこにいたため、老女に近づくのをためらっていたが、ウォリーが大隊に無線連絡している時に何人かが静かに、しかし激しく泣いていた。

「応答願います、応答願います、こちらシエラ2」

「はい、どうぞ、2」

「ベトコン一名射撃。死亡。ブラボー・タンゴ292360［地図上の位置］、武器なし」

「了解、2。援軍は必要か?」

「必要なし。こちら何も問題なし。パトロール続行します。以上」

そして俺たちは暑さの中を何も言わずに動き出した。

43 予備役復帰への誘惑　一九七一年秋

息が詰まるようだった。罠《わな》に嵌《は》まった。仮釈放なしの終身刑。一生を、行き場のない浮浪者のように過ごすしかないのか。最後通牒を突きつけられた。身体に張りついた軍服は錆びた鎧《よろい》のように、小さすぎて剝ぎ取ることもできない。いったい何の因果でこんな苦境に閉じ込められてしまったのか？　どんな死の病いが俺にとりついたのか？　この傷つき捻《ひね》り潰されたような魂とこれからずっと一緒なのか？　いっそ脱走したかった。もしそうしたら、俺はどんな目に遭うのか？　軍法会議？　ポーツマスの海軍刑務所行きか？

幹部将校が俺を部屋中の将校や下士官たちに紹介しているあいだ、俺は自分を抑えるだけで精一杯だった。

「ここでこの支部に新しく所属することになったエアハート二等軍曹を紹介させてもらいたい」。少佐は俺に全員の前で起立するように促すと、そのように口を開いた。俺は努めて微笑むようにした。全身の皮膚が縮み上がり、骨を締めつけるほどピーンと張りつめ、腸を裂き、中身を床一面にまき散らしてしまいそうな感じだった。「彼はスワスモア大学の三年目に入ったばかりだ。それと、ベトナム帰還兵でもあり、実に輝かしい戦闘履歴の持ち主だ。これからここの情報部で働いてもらうことになる。みんな、どうかよろしく頼む」

しばらくは歓迎の言葉が続いた。それから俺は腰を下ろし、会議は続いた。畜生、俺はどうかしてしまったのか、何をしてしまったんだ？　いったい何をやらかしたのか？

すべてはあっさりと始まってしまった。スイミングプール建設の仕事を辞めた後、俺は夏の間一一週間かけて大陸を縦横に走り回り、一七州とカナダの四州、距離にして一三〇〇〇マイルを旅してきた。

八月終わりにパーカシーに戻ってみると、予期しなかった二つの借金を抱えていることが分かった。一つは、両親の六四年型スチュードベイカー・ラークが予想より早くポンコツとなり、新車の金が必要だったことだ。俺は、仕事もせずに夏中ほっつき回っていただけでなく、家に戻ってはじめて二人に金が入り用だったことを知り、罪の意識を覚えた。もっと悪い事には、俺のベトナム従軍に対してペンシルベニア州は二年前に数百ドルのボーナスを支給してくれていたが、二年後の今になって支給額過多だったと言ってきたのだ。そのため俺はその数百ドルを返済しなければならなくなった。

おまけに三年生になって寮監の仕事が更新されなかったために、事態はより深刻となった。つまり寮費として五〇〇ドルを大学に払わなければならなくなったのだ。このことで俺は窮地に立たされた。恐らくはスワスモアの歴史始まって以来の二年生の寮監だったにもかかわらず、俺は、今では、更新を拒否された最初の寮監として、みんなに記憶されることになってしまった。実に恥さらしな、不名誉なことだった。

そうさ、分かっている。学長主催のお茶の会。ダナ三階での最初で最後のビール同盟の晩にフレイザーの部屋をゴミ缶と一緒に水浸しにした件。それからウィレッツ女子寮を襲撃し一二部屋ほどのドアを蹴破り、六〇人かそこらに心臓マヒを起こさせるようなことをやらかしたこと。さらに大火災消火活動があった。シャープルズ館ダイニング小ルームでのカフェテリア主任キャスリーンの前でのフルムーン。そいつはスワスモアのデルタ・イプシロン［DU　フラタニティの一つ］のハーベストムーン［実りの秋の満月］勲章を受けたのだが。それから――

まあ、とにかく、ちょっとやり過ぎだった。俺にはその資格がなかったのか？　一八歳で青春を奪われ、一九歳では老人同様だった。俺の失われた歳月と、青春の楽しみのほんの一部を取り戻すためだったとしても、それでも罰せられなければいけないのか？　しかもよりによって、実際に責任の伴う汚れ仕事などまったく経験のないあの学生委員会の無能な奴らによって。

多分俺は最高の寮監だったとは言えないだろう。しかしそれほど悪くもなかったはずだ。俺は、鍵をなくした奴らを午前二時に部屋に入れてやるという義務を忠実に果たした。俺は新入生に対して、かれらがホームシックや勉強のプレッシャーに押しつぶされないように、折を見ては部屋に立ち寄って話を聴いてやったりもした。俺は、アレックス・ウォルターズの親父さんが心臓マヒで亡くなったことを知って、一晩中彼に付き添い、明け方空港まで車で送って行ったこともあった。

何故だ、俺はブラッドリー学部長に訊きに行った、どうして更新されなかったのか、と。

「君は何一つ悪くない」と、彼は言って、作り笑いしながらパイプに繰り返し火をつけていた。「他にもっとふさわしい候補者がいたというのが委員会の判断だった」

「それは僕をやめさせる理由にはなりません！　僕が何か悪いことをしたのでしょうか？」

「委員会の決定だ」と、彼は繰り返した。「私の管轄外なのだよ」

クソッたれの石頭野郎、と思った。その通りだった。奴らの頭の中では、この一年弱で俺は「グルーダー」から生け贄《にえ》の山羊に成り下がっていた。ほとんどのメンバーは、俺が最初にキャンパスに足を踏み入れた時と同じくらい俺のことを何も知ってやしない。残りの人生を、俺は他の連中の空想や夢想に合わせておとなしく負け犬のように暮らさなければいけないのか？　俺はこの夏のあいだずっと苦しんできた。俺は何に対しても自分が無力だと悟ったような気がする。ディディが大学をやめると決心したことにも、この春のワシントンでの警官隊の暴力にも、マックス・ハリスの死に対しても、保守反動の奴らや偏狭な田舎者の無知さ加減にも、ベトナムでの不必要で狂った戦争の行方にも。無力だと感じることがたまらなく嫌だった。孤独感と一緒に、それが俺の人生の慢性病になってしまった。

そして八月終わり、あと数週間で学校が始まるという時になって、俺は深刻な経済危機に陥っていた。多分、キャンパスでも仕事はあったろう。プールの救命救助とか何かが。何ドルかは稼げる方法はあったはずだ。

その一方で、俺のいない間のことだったが、俺宛に一通の要返信の封書が届いていた。セントルイスの海兵隊予備役センターからだった。俺は一九六九年六月に除隊となっていたが、書類の上では七カ月先の一九七二年四月までは非現役予備役となっていた。その手紙は、俺がこの五月から海兵隊予備役の二等軍曹に昇進したことの通知だった。まったくいい時に豚どもが俺の頭の中を改造しようとしてるな、と、そう思った。昇進証明書には、一番近くではウィロウグローブの海軍航空基地に現役海兵隊予備役支部があると書かれていた。

「母さん、これを見てよ」と、俺は手紙を掲げてそう言った。「俺は二等軍曹に昇進したんだぜ。子ども扱いしてたのは誰だ?」俺は両手で頭髪を摑むと、それを引っ張りながらどのぐらい伸びているのかを見せた。「多分、連中は春のワシントンの豚どもに対する俺の傑出した行動を評価して昇進させたんだ。アメリカの路上における戦闘を! 敵対勢力に真っ向から挑んだ顕著な勇気に。どんなもんだい!」

「お願いだから豚どもなんて呼ばないで」。お袋は顔をしかめてそう言った。

「いいか、奴らが何と言っているか、母さん。譬《たと》えるならバラの花だ。いいかい、聴いてくれ、母さん。いい話なのさ。俺はこれから出かけて行って、これを認めてもらうさ。連中は口をへの字にして何も言わないだろうさ。一緒に来るかい?」

「ビル、本当に、何で問題を起こそうとするの？　静かにそっとやっていけないの？」

「ねえ、母さん、何も問題なんか起こさないよ。ただ、ヒッピー野郎を二等軍曹に昇進させなければならない時にどんな顔をするのか、見てみたいだけさ。一緒に来てよ。何か分かるかもしれないよ。それに母さんが一緒にいたら、俺の頭蓋骨を叩き割る事もないだろうしね」

かの女は、俺が行儀よく行動することを条件に、不本意ながらも同行してくれることになった。翌日、俺たちは出かけて行った。俺はスポーツジャケットにネクタイ、明るい色のヘッドバンドにサンダルだった。少佐と一等軍曹は、二人とも正装用軍服で俺たちを迎えて、少佐のオフィスに案内してくれた。表面的な反応からすると、俺は、ピンストライプのスーツを着たウォールストリートの証券マンに見えたかも知れない。連中は誰も俺を見て瞬きなどしなかったし、軍人としての礼節さを保っていた。古き良き時代の海兵隊の規律にしみじみとさせられたし、少しばかり驚いたが、心配していたよりもずっと印象は良かった。前置き的な雑談がすむと、少佐が証書を読み上げているあいだ、少佐も一等軍曹も不動の姿勢を保っていた。

「ここに出席している全員に、心より」と少佐が挨拶を始めると、まるで正式な伝達式のようで、とても彼のオフィスに四人が突っ立っているだけという雰囲気ではなかった。

「ウィリアム・D・エアハート、2279361の忠誠と実績に格別なる信頼と確信をおき、一九七一年五月一日をもって合衆国海兵隊予備役二等軍曹として任命するものとする」

少佐が読み上げているあいだ、俺は直立不動の姿勢を取っていたが、どうしても笑いをこらえる事ができなかった。格別なる信頼と確信、忠誠と実績、そうなのか？　俺はこの二年以上も軍服を着た事がなかった。どうしたらこの男はそんなに謹厳な顔つきを保ち続けられるのか？　しかし少佐は証書を最後まで平然と読み続けた。そこには海兵隊の指揮官の署名があったが、それは彼自身のことだと教えてくれた。その間、俺は「やれやれ、ヘイヘイ」と口笛を吹く事すらできなかった。

それから、少佐は俺に証書を手渡してくれた。「おめでとう、海兵隊員」と言って、微笑み、俺の手を取って握手した。「隊にとっても名誉なことだ」。この一言を、俺は歯が浮くような気分で聞いていた。その後で一等軍曹が、おめでとうの一言を添えて、握手を求めてきた。これでやっと外に出られると思ったが、実は俺が期待したほどには面白くも何ともなかった、少佐は椅子を指してもう一度座るように促した。

「私は文書保管センターに依頼して君の軍歴を送ってもらったのだが」と、少佐は切り出した。「昇進するのはどんな人物かと楽しみにしていたが、正直に言って感銘を受けたよ」

「ありがとうございます、少佐」。俺は、何を言われるのかと訝《いぶか》りながら、そう答えた。

「君はずっと非現役予備役のままだったね、そうだね？」

「その通りです。現役軍務を除隊となってから、ベトナムに従軍したということで、予備役は免除されると言われました」。それ以上は何も触れずに、現役の予備役義務がなくなったことが分かって飛び上がって喜んだことも、免除の取り消しなど考えたこともなかったことも、黙っていた。

「ところで、軍曹、私たちは君のような有能な人間がここにいてくれたらと思っているんだが。現役に戻る事を考えたことはないかね？」

「いいえ、ありません、少佐」。だんだん不安になりながら、そう答えた。「退役した後すぐに大学に行きました。勉強その他で忙しく、そうした時間的余裕などありませんし」

「ああ、それほど時間は取られないよ、君」と、少佐が言った。「毎月土曜と日曜、一回ずつだ。ひと月一六時間と夏の間の二週間だ。ほんの少しの時間でいいのだから」

「さあ、何と言ったらよいのか、分かりませんが……」

「それに二日の仕事で四日分もらえる」と、一等軍曹が口を挟んだ。「二等軍曹四日分の給料は悪くはないぞ」

「その金の使い道はあるだろ」。少佐がつけ加えた。「誰もがそうじゃないかね？　しかしとりわけ君は学生だ。君たちのもらっているＧＩビルが雀の涙ほどでしかないのも知っている」。まあ、少佐と俺は少なくともこの点では一致している、と理解した。

「何と言うべきか、少佐、判断しかねますが」と、俺は返事した。本音を言えばここで動揺していた。「考えさせてもらえませんか」

「そうだね、そうしてくれ。もし、そうすると決めたら電話してくれ。君が入ってくれれば嬉しいよ。この支部にとっては貴重な存在になるはずだ。小遣い稼ぎにこれ以上いい方法はないと思うよ」

「君にその気があったらのことだが」と、一等軍曹がつけ加えた。「これは始まりということだ」。彼は一組の二等軍曹の徽章を渡してくれた。「こちらのお母さんに縫い付けてもらうといい。それを見てどんな気持ちになるか」。穏やかに笑いながらそう言った。

二等軍曹かと、俺は帰りに運転しながら苦々しい気分だった。もしこれが新兵訓練基地で、俺もいつか二等軍曹になると誰かに言われたのだったら、俺は飛び上がって喜んだろう。そうだ、俺の訓練教師は一等軍曹だったが、神のような人物だった！　ウィルソン軍曹、ベトナムで一番尊敬していた。一三年間海兵隊にいてやっと一等軍曹だ。俺の一番好きだった漫画本の中の英雄だったロック軍曹は最下級の軍曹に過ぎなかったが、それは俺の現役時代と同じ階級だった。

そうだ、誉れ高きこの日がいつかくるはずだった。しかしそれが今とは？　そのことにどんな意味があるのか？　誇れるものなどあったのか？　起こしてはならなかった戦争に？　虚栄心一杯の傲慢な嘘つきどもの政府が事実を認めることなく、終わりのない殺しをこのまま続けていくのか？　メイフラワー〔以前トラブルを起こしたバー〕のような酒場が無数にある国？　バリアー島で後ろ手に縛られた老人を撃ち殺せと俺に命令した奴も二等軍曹だった。またしても、俺は騙されたのだった。

お袋が何か話しかけていた。

「エッ？」と聞き返した。「悪かった。ちょっと考えごとをしてた」

「予備役制度はいいみたいじゃないの、と言っただけ」。かの女は繰り返した。俺は肩をすくめて軽くつぶやきながら、一等軍曹がくれた二等軍曹の徽章を軽く指で触ってみた。上方の三本線と、その下の弧形の線に囲まれた中心には交差したライフル銃が入っていた。「お金のこと、どうするつもり、ビル？」

「まだ分からない。分からないんだ。どうにかするさ」

その晩遅く、両親と弟が寝てしまってから、屋根裏部屋に行き、古い水夫用ズック袋を取り出した。あれこれ引っかきまわした後で夏の正装用軍服を、何とか揃えることができた。当惑しながらも、身に着けてみたが、ぴったりだったので悪い気はしなかった。少しアイロンをかけなければ、と思った。髪を後ろに流して片手で押さえ、規則通りの短髪の俺はどう見えるかを想像してみた。もう一方の手で、下級軍曹の徽章を隠すようにして二等軍曹の徽章を袖につけた。エアハート二等軍曹がそこにいた。

どうにでもなれ、と思った。海兵隊がベトナム戦争を始めた訳ではない。政府が命令してきたことに従っただけじゃないか。不可能な仕事に失敗したことがわれわれの落ち度なのか？　いいか、俺は海兵隊に借りがあるんだ。ベトナムにどうしても行きたがっていた一七歳の若造を八週間で生き残れるように訓練してくれたんだ。それに、海兵隊はやるべきことをやったじゃないか。向こうでは個人的なことでまったく気が動転してしまった後だって、つまりジェニーが手紙をくれなくなったり、トリンがもうアメリカ人のために戦うのは断ると言ったり、答えようにも訊くのも忌まわしいほどの問題ばかりだった。それでも俺はまだ棺桶に入ることもなくここにこうしているじゃないか。

よくよく考えてみれば、海兵隊はそれほど悪いところではなかった。まあまあの待遇じゃなかったのか。昇進も早かったたし。クソッ、もしあんな戦争でさえなかったら、恐らく俺はそこでキャリアを積めたかも知れなかった。一度ならずとも、上官からアナポリスに入れてやろうと言われたこともあった。海兵隊予備役か。月二回の八時間勤務で八〇ドルか？　そうさ、確かに、その金が必要だ。何とか金の都合をつけなければ。

二週間後。俺は軍服を着て、短髪と普通にこぎれいに刈り込んだ口髭と、ぴかぴかの靴、磨き上げた真鍮の飾りという出で立ちで、海兵隊攻撃艦隊131の将校と下士官の前に立ち、俺を昇進させてくれたあの少佐によって紹介されたのだった。俺のバカさ加減が信じられなかった。俺の頭の中はいったいどうなっているんだ？　この二週間、昏睡状態に陥ってたのだろうか？　過去四年半で何も学ばなかったのか？　刺青で十分じゃなかったのか？　しかしこうなってしまった。この通り！　まったくバカげている、この大バカ野郎。

［会場の］後部席に座り、こっそり周囲を見渡した。水田にいた老女、フエで六〇ミリ口径銃の標的にされた若い母親、ベトナム国家警察、ミライ虐殺、カンボジア侵攻、ケント州立大、メイフラワー・バー、ワシントンの豚ども、『国防総省白書』。俺の周りにいる奴らは従い、すべて遵守することを誓わされた。全部がだ！　リチャード・ニクソン、スピロ・アグニュー、ジョン・ミッチェル、ヘンリー・キッシンジャー、どういうことだ。怪奇なコミック本の記憶が子ども時代の暗闇の底に沈んでいた俺の魂の中へと入り込んできて、抵抗している、どんな理由であろうと、そのまま進むことに頑として抵抗している。

俺は気が狂いそうだった。パニック状態だった。汗が吹き出してきた。身体の震えを抑えることができなかった。ああ、今度こそ、ついにやってしまった。まったく救いようのない奴だ。分かっていたはずだ、自分から飛び出していって壁にぶち当たったのさ。エアハート二等軍曹。クソッ、ああ、何てこった、疫病神に取りつかれてしまったのか？　死んだ方がよっぽどましだ。

その晩、大学に戻り——授業はその前の週に始まっていた——軍服姿を誰かに見られたらどうしようかと心配しながらウォートン寮の俺の部屋に忍び込んだ。何と言って説明したらいいんだ？　あれほど戦争と、戦争を起こし、今も続けている奴らとすべてのことに強硬に反対してきたのに、現役復帰だなんて。自分自身でも納得していないのに。すぐに飲み始めた、五時間後、真夜中だったが、俺はまだ眠りにつけずに飲んでいた。翌日、また行くことになっていた。罠に嵌められたんだ！　逃げ出す道はなかった。少なくとも一年間は拘束されるだろう、人事担当将校がそう言っていた。現役の予備役を望むなら、少なくとも一年間はいないとダメだと。

三階の窓から飛び降りたら死ねるだろうか、死に損なった場合に、身体障碍者として一生終わるのか？　捕まる前にカナダ国境まで逃げおおせるだろうか？　午前二時三〇分、俺はホールの向こう側のサム・コフマンを起こした。彼はダニエルの弟だった。彼とそのガールフレンドのジャンはぐっすりと眠っていたが、中に入れてくれた。その時、俺は完全に気が動転していて、泣きじゃくり、実際のところ支離滅裂だった。二人には俺が何をわめき散らしているのか皆目分からなかった。「サム、俺はどうしちまったんだ？」と叫んでいた。「俺は何という大バカ野郎なのか？　一体全体なんでこんなことになったんだ？」サムには訳が分からなかった。もちろんジャンにも。

午前四時近くなってから、俺はやっと自分の部屋に戻ってきた。次に気づいたのは、誰かが俺のドアをノックした時だった。「電話だ、ビル」。俺は目を覚まし、時計を見た。八時半！　ああ、どうしよう！　八時までにウィロウグローブに行っているはずだった！

「誰から！」俺はドア越しに叫ぶと急いで軍服を着た。

俺の胃袋が激しく捻れた。嘔吐しそうになったが、胃液しか出てこなかった。

「トマス大佐だ、ウィロウグローブからだ、ビル」。少ししてから返事があった。「俺はいないと言ってくれ！」ドアの向こうにそう叫んだ。「少し前に俺は出たと言ってくれ。恐らく車で事故ったんじゃないかとか何とか」。クソッ、何たる様だ！　俺は完全に混乱していた。二日目にしてもう無断欠勤とは。しかもこんなに早く連絡してくるとは！　三〇分遅れでもう俺を捜している！　カナダなんて絶対無理だ。

ウィロウグローブに着いた時には、寝不足と二日酔い、急ぎの着替えとひげ剃り、絶望状態での五〇マイルの高速運転、丸々二四時間続いたパニック状態で、俺はまさに生ける屍のようだったに違いない。確かにその通りだったと思う。

「仕事始めとしてはあまりいい出来ではないようだね、軍曹」。人事担当将校の厳しい言葉だった。

「その通りです、上官殿。申し訳ありません。車が動かず、トリプルA［全米自動車連盟］に電話して牽引車にきてもらい、大急ぎで来ました。二度とありませんから、上官殿」

午前中ずっと平静に保っているふりを必死に続けたが、それがもたないことぐらい自分でも分かっていた。抜け出す方法を考えなければ、たとえ銃殺になろうとも。俺は真剣だった。しかし連中は俺を銃殺刑にはしないだろう、それを吐き気とともに悟った、つまり刑務所行きだ。刑務所は聞いての通りのひどいところなのか不安になった。絶対にそうだと思うと、肋骨と胸部を締めつけるような吐き気に襲われた。しかしこのままではいられない。クソッ、まるでベトナムと同じだ。逃げ道のない、ぞっとするほど身の毛がよだつような場所に閉じ込められてしまった。ここから抜け出さなくては。しかしどうやって？　どうしたらいいんだ？

その前日、人の良さそうな年配の准士官に会った。何故そう思ったんだろう？　よくは分からないが、俺は誰かに、俺がここに来ざるをえなかった訳を、話さなければいけないと思ったからだ。話せるような相手は誰もいなかった。彼なら信用してもいいと決心した。話してどうなるのか、本当に？

「准尉殿、ちょっとお話できますか？」昼少し前に、彼のオフィスに入って行き、そう尋ねた。准尉殿というのが、最上級下士官と最下級将校との間の階級の准士官に呼びかけるのにふさわしいと思った。

「もちろんだとも」。彼はデスクから見上げて、にこやかに答えた。「こっちに入って、エアハート、だったね？　どのような用件かね？」彼は、そこに座るようにと椅子を指した。

「准尉殿、私は、あの、どのようにお話してよいのか分からないのですが。つまり、あの、正直にお話してもよろしいでしょうか？　ごく内密に？」

「話してみなさい」。彼はそう言ってくれた。

「実は、准尉殿、私には自分がどうしてここに来てしまったのか、まったくもって分からないのです。海兵隊予備役には所属していません。ここにいるべきではないのです。三日前までは、私は長髪を背中まで伸ばしていました。この二年間、ベトナムでの戦争への抗議活動をしていました。街頭デモにも参加しました。私は……私には自分の国をまだ愛しているのかどうかも分からなくなっているのです」。俺は突然話すのをやめた。しゃべり過ぎてしまったのではないかと不安になったからだ。

「君は予備役には志願して来たのではなかったのか、どうだい？」彼が訊いた。

「はい、その通りです」

「何故だね？　つまり、こちらから君を呼び出してはいないからね。君は来なくてもよかったのだ。状況から察するに」と、彼は、両手で頭を挟むようにして、困惑しているかのような仕草で続けた。「どうしてここに来たのかね？」

「本当に、分からないのです。金が欲しかったのです……そのためでした」。俺は直面している経済事情を説明した。「簡単に稼げると思ったのです。ただそれだけです。分かりません。悪夢の中にいるみたいなものです。まるでベトナムに戻ったような。息が詰まったようでした、准尉殿。何かが間違っているのです。ここは私のいるべきところではありません。何でこういうことになったのか、自分でもまったく理解できないのです」

「さてね」と准尉は言った。「この戦争についてだが、私は君に同意するとは思えない。また、君に反対だとも言えない。どちらにしても、どっちを取るかどうかの問題ではない。今はただ、君は問題に直面しているということだね、そうじゃないか？」

「はい、准尉殿、その通りです」

「君は現役につく前には予備役のクラス3だった、そうだね？」

「はい、准尉殿」

「そして君はベトナムに従軍した」

「はい、准尉殿。一三カ月です」

「それなら」と、彼は、軽く含み笑いをしながら顎をぐいと引いて言った。「人事担当は君に伝えていなかったのだと思うが、君はいつでも好きな時にここを出て行ってかまわない」

「何ですって？」

「こういうことだ。予備役クラス3からクラス2へは完全に志願制をとっている。君は今すぐこのオフィスを出て、車で去って、二度と戻って来なくてもいいって事だ」

「しかし少なくとも一年間は義務があると言われたのですが。除隊日を五カ月延長しなければならないだろうとさえ言われました」

「そうだが、まあ、このところ軍の人気は落ち目だからな。君には分かると思うけれど」と、彼は笑った。「新しく予備役を集めるのは簡単ではない。おそらく人事部では行動規範部局の人員が不足していたんだろうよ」

「まったく何ていうことだ、信じられない！」

「家に戻ったら」と、准士官は続けて言った。「人事担当士官に、君を現役名簿から外してほしいと手紙を書いておくことだ。やるべきことはそれだけだ」。俺はそこにへたり込んでしまった。身体全体を棚から落とされたような気分だった。

「ところで君？　何を待っているのかね？」

44 三年目最初の学期末　一九七二年一月

「おい、ビル、休憩にしようぜ」。マイク・モリスが俺の部屋に入ってきてベッドの上にどんと座った。

「ああ、そうするか」。俺も、椅子を机から離してそのまま思い切り背伸びをし、しょぼしょぼしている目をこすった。「ちょっといいか、よく見えないんだ。今何時だ？」

「深夜〇時半だ。調子はどうだい？」

「ダメだね。タイプするまでにはあと一時間はかかる。今夜は徹夜かな」

「僕もだ」

「JCがちょっと前に来て二本ほど置いて行った。ちょっとやるか？」

「やめておくよ」。マイクはそう答えた。「そいつをやったら、明日は眠れなくなる。もう一つ、木曜締め切りのレポートがあるんだ。それに取りかかる前にどこかで少し眠っておきたいんだ。ビールなら飲むよ。ビールはある？」

「冷蔵庫だ。俺にも一つくれ」

マイクはベッドの横にあるちっぽけな冷蔵庫からビールを二缶取り出した。両方の缶を開けると一つを俺に寄越した。一九七二年一月のことだった。俺の三年目の最初の学期が終わろうとしていた。俺はコールリッジの「古老の船乗り」についてのレポートを、午前九時の締め切りまでに終わらせなければならなかった。マイクは、ウォートン寮の俺の真上の部屋で、やはりレポートを書いていた。

「信じられないよ。ここでの最初の一年半、徹夜なしでやってきたのに」と俺は言った。「いいか、レポートを二週間前から始めていたもんだ。一年の時は締め切り前に提出したもんさ。それが、遅れて出しても営倉入りさせられないことを後で知ってからは、学期ごとにひどくなるばかりさ。最近は締め切りを守っためしがない」

「間に合わない時はどうするのさ?」

「頼みに行くまでさ。今晩はどうするんだ?」

「とにかくこの学期を終わらせるだけだ。そうすればここを抜け出せるからな」。マイクはそう答えた。

「君とアーチーはこの冬、本当にバイクでカリフォルニアまで行くつもりか?」そう俺は訊いた。マイクとアーチー・デヴィソンは春学期を休んで旅行する計画を立てていた。

「僕たちは南回りで行くつもりさ」。マイクが言った。「悪くはないと思うよ」

「どうだか。どこにしろ、バイクで行くなんてどうかしてるぜ。俺の昔の友達はこの夏バイク事故で死んだばかりだ。あれは自殺マシンだよ」

「気をつけるよ。無謀運転さえしなければそれほど危険じゃないよ」

「それはマックス・ハリスもよく言ってた」。俺は言った。「よく聴いてくれ。秋には五体満足で帰ってくるんだぞ。もう何人も友達が死んでるんだ」

「心配するなって」とマイクが答えた。「気をつけるから」

「寂しくなるよ、マイク。本当に話せる奴はここにはなかなかいないからな」

「こっちも寂しいよ、友達だからな」。彼はビールを一口やった。「君が一年の時、図書館でダニエル・コフマンが俺たちを紹介してくれたこと、覚えているか?」

「ああ、覚えている」

「ダニエルがどうして僕を君に会わせたか知ってるか？」

「知らないよ」。俺は肩をすくめた。「君が俺と話したかったんだろ？」

「あいつ何も言わなかった？」

「聞いてないぜ。そんな大きな秘密があったのか？　えっ、ちょっと待てよ、それで思い出した。一度奴が言ったことがある。その理由を君に訊けと。そうだ、去年のクリスマスに俺たちがカリフォルニアに行ったときか、とにかく去年のことだった。まったく忘れていた。それで理由はなんだ？」

「まあね」と、マイクは言った。「どうしてそうなったのか話してやるよ。あの晩、ＤＵの集まりがあって、だれを誘うかという話をしてた。そこで君の名前があがったんだ。バート・ルイスが推薦したんだと思う。とにかく……これはまったく恥ずかしい話なんだけど」

「何？　何なのさ？」

「つまり、君の名前が出て来た時に、僕がこう言ったのさ。〈なんだって、このフラタナニティに海兵隊軍曹の馬の骨なんか御免だね〉と、正確には覚えていないが、そんなようなことを言ったのさ。そしたらダニエルが僕の方を睨《にら》んで、一度でも君と話したことがあるのかと訊いたんだ。もちろんなかったさ。そしたら奴がこう言った。〈ちょっと来い〉。僕はふざけているのかと思ったが、奴は本気で怒ってた。〈来るんだ、この大バカ野郎〉と言って。〈少なくともそいつと話をしてみろ、このクソ野郎〉と。そして奴は君を探して僕をそこへ引っ張って行ったのさ」

「ホントかよ？」俺はビールをグイッと飲んでから笑ってしまった。

「ああ、本当だ。僕が何故これまで言わなかったか分かっただろう。赤面の至りだったよ。それでさ、あの晩、図書館を出る時には恥ずかしくって穴に入りたいくらいだったよ」

「冗談だろ？　俺の方こそ君に圧倒されていたんだ。君がそんなふうに感じていたなんて考えもしなかった。友情の始まりとは不思議なもんだな」

「いいか、真面目な話、僕はあの晩のこと、ショックだった。君のこと、どうにも融通の利かない、いい加減な気違い野郎か何かだと思っていたからね」

「実はね、そういう目で見られたのはそれが最初じゃないから」と俺は言った。「しかもまだ続いているんだから。少なくとも君は考えを変えてくれた。大半の人間はただオーディー・マーフィー向けのバカな質問をするだけさ、何か訊いてくるとしてもね。それですぐにどこかに消えてしまう」

「僕もその通りの人間だった、ビル。ダニエルじゃなかったら、僕はついてなんか行かなかったよ」

「そうか、ダニエルのお蔭か」と俺は言った。それから大笑いした。

「何がおかしいのさ？」マイクが訊いた。

「先週のことを思い出したのさ。ダニエルと俺がシャープルズで昼飯を食っていた。そこに誰だか知らないがボス面した大柄な奴が近づいて来て、こう言ったのさ。〈おまえがビル・エアハートか、そうだな。ベトナムのことで訊いてもいいか〉と。するとダニエルがミルクのグラスを取り上げてそいつにぶっかけた。奴を目掛けてさ。〈消え失せろ、大バカ野郎〉と怒鳴ったのさ。そいつはミルクを頭から引っ被ったさ。すごかったよ。俺もそんなことを二年半ほどずっとやってみたかったな。ここにいて忌々しい好奇心で見られているのに飽き飽きしてたんだ」

「僕も君に質問し過ぎたかな？」

「いいや、君のことじゃないんだ。つまりだな、君はバカなことは訊かない。〈ヘェー、ベトナムに行ったんだって？　すごいじゃないか、どんな具合だった？　戦争の話をしてくれよ〉なんてさ。違うんだ、マイク、君はいつも知的な質問をしてくれた。信じるかどうか別だけど。それが、最初に君に会った晩に俺を感心させたことだ。それから、聴いてくれ、いいかい。君はいつも俺が言うことを理解しようとしてくれた。これが嬉しかった、マイク。真剣に俺の話を聴いてくれる人間なんてそんなにいなかったからな」

「同じことだよ、君みたいな奴はそんなにはいない、だからお互い様だ」と、彼は言った。二人ともしばらく黙ったままビールを飲んでいた。

「先月、自由の女神を占拠した奴らのことをどう思う？」マイクが沈黙を破るように訊いた。反戦ベトナム帰還兵の会の一部の連中のことだ。女神像の中に立てこもり、女神の冠から逆さまにしたアメリカ国旗を振っていた奴らだ。テレビや新聞の写真からはとてもドラマチックに見えた。

「すごいと思うよ」。俺はそう答えた。「俺も一緒にやりたかったね。この国をひっくり返せる者がいるとしたら、ああいう連中だろうね」

「この国をひっくり返せると思うのか？」

「分からない」と俺は言った。「しかし俺はまだ諦めた訳じゃない。これだけは言っておくよ。今の政府は実にひどいものさ。すべての帰還兵を騙しやがって、しかしいつまでも俺たちを黙らせてはいられないさ。俺たちと折り合いをつけなければならないだろうよ。そうでなければ、街頭で革命が起きるさ。俺たちはこの国を信じていた。そして裏切られたんだ。このことは絶対に忘れない。どんなことがあっても忘れるものか」

「僕はこの国を信じてはいなかった」とマイクは言った。「僕ははじめから、どんなことがあっても絶対に、ベトナムには行かないと考えていた」

「ああ、君は俺よりも二つ若い。君が高校を卒業したのは、テト攻勢の後だったし、ジョンソンが再出馬しないと宣言した後だったし、多くの人間がバカな殺し合いを続けることに疑問を持ち始めた時だった。いいか、一九六六年春のパーカシーでは誰も何も言わなかった。こいつを読んだことがあるか？」そう言って、俺は『我が魂をウーンデッドニーに埋めよ』を置いてあるところまで行き、部屋のこちら側からマイクの方へと投げてやった。「高校の歴史ではこんなこと習わなかったよ。ベトナムに行った時には自分の国の底辺にいる連中のことなど知らなかった。それにベトナムのことだって何一つ知らなかったからね。ああ、そうそう、こいつをやろうぜ」。俺は、両手で自分の頭を摑んだ。「こいつがギアを入れてくれるよ」

「どのくらい続くと思う？」マイクが訊いた。

「そうだな、一二時間かそこらだな」

「スピード〔薬〕じゃないよ、まったくもう、戦争だよ」

「クソッ、知るもんか。永遠にだ」

45 ニクソン訪中　一九七二年二月

「長城に立つニクソン」と、見出しが叫んでいた。すぐその下に、中国の万里の長城に立ち、歯を剝き出しにしたバカ面よろしく中華人民共和国首相の周恩来と握手している大統領の写真が掲載されていた。

俺は、共産中国とソビエトがベトナム人を奴らの代理の傀儡にしてその勢力をアジアに拡大していくのを阻止するために、ベトナムに行ったんではなかったのか？　はっきりとそう教えられてきた。奴らがドミノ理論と呼んでいたものだ。新兵訓練基地で見せられた訓練用フィルムの中で、『ドラグネット』［テレビ警察ドラマ］で有名なジャック・ウェッブがそう話していた。

それが今になって？　畜生、写真を見て、老獪ないかさま野郎のディック［リチャードの愛称］と同志周が終生の友だったとは、正気の人間なら想像もできなかったぜ。ニュース解説者はこれを世紀の外交の勝利と呼んでいた。しかし、一九七二年二月に、キング・リチャード［ニクソン大統領］が長城に立っているその時にも、アメリカのGIたちはベトナムで戦い、死んでいたんだ。

いったい何のためだ？　中国人を阻止するためでないことは明らかだった。俺たちは中国の偉大な友だったのか。クソッ、ニクソンはそうほざいた。そしてロシア人を止めるためでもなかった。奴らも俺たちの仲間だったのか。キッシンジャーはレオニード・ブレジネフとの打ち合わせのためすでにモスクワに行っていた。ニクソンは春になってからの訪問予定だった。実際、ヘンリー・ザ・K［キッシンジャー］は、最近、二つの超大国間の新しいデタント［緊張緩和］の時代を宣言したところだった。

何のために？　今となっては名誉ある平和のためだった。同盟国に対する責任を強調し、サイゴン政権に自国防衛のための公正な機会を与え、北ベトナムに拘束されているアメリカ人戦争捕虜を解放させるためだった。それでもそうした弁明が通らなかった時には、次に何を起こすつもりなのか？

カメレオン戦争、俺は新聞を睨みつけるとそう思った。その新聞を破り裂いてやるか、血みどろの殺人だと叫んでやるか、決めかねていた。この戦争は季節によって色まで変わる。何十億ドルもの金、何十万人もの命が失われ、三〇年にもおよぶ戦争……しかも何故起こったのか誰も説明できなかった。嘘つきだと太鼓判を押されている政治家や将軍たち以外には。戦争はまだ続いている。アメリカ人はどこまで愚かなのか、俺には分からない。

「ねえ、ビル、水泳の練習に行くでしょ？」デーヴが訊いた。

時計を見た。「何故そんなに急ぐんだ？」俺はそう言い返した。「まだ時間は十分あるじゃないか。ゆっくりしろよ」。彼は自分の部屋に戻って行った。

デーヴ・カーターは俺の新しいルームメイトだった。一年生。水泳部で顔見知りになった。彼がスワスモアに来たばかりの頃、コンピュータで組み合わされたルームメイトが明らかにコンピュータのミスだと分かるような相手だった。一月には、ルームメイトに対して言いようのないほど凶暴な行動に出る直前の状態にあった。そのルームメイトは、木立の鳥のさえずりがうるさいから勉強ができないと言って、窓を開けさせなかった。それでいて、アイオワ州バムファァートにいるガールフレンドにラブレターを書く時にはロッド・マッキューンのレコードをボリューム一杯にかけっ放しだった。

俺はブッラドリー学部長とかけあって、刑務所行きがほぼ決定的な状態からデーヴを救出してやったのだ。その話とは、一学期の終わりにウォートンの二人部屋が空く予定になっていたので、そこにデーヴと俺を一緒に移して欲しいということだ。二部屋あるので、俺はシングルと同じプライバシーが確保できるし、デーヴもルームメイト殺害の罪を犯すという破滅から救われるということだ。何とも素晴らしい解決法で、俺は鼻高々だった。

デーヴと一緒になって、実際、楽しくなった。一八歳で、ニュージャージーの東チェリーヒル高校を卒業したばかりの、活動的で、若々しさに溢れ、世間知らずの坊ちゃんといった楽天的な性格の持ち主だった。背丈は六フィート以上もあり、細身のスポーツマンで、タバコも酒もドラッグもやらなかった。バイオリンを弾き、トロンボーンを吹いた。いい気分転換になった。彼といると、俺は自分で思っているほど年とってはないと感じさせられた。俺のことを何と思っているかは神のみぞ知る、だ。恐らくはツタンカーメン王とノートルダムのせむし男の間のどこかだろう。しかし彼は、悲劇的なルームメイト問題から救われたということで、俺に感謝していることは明らかだったし、俺たちはかなりうまくいっていた。俺は彼を気に入っていた。

「このクソ野郎を知っているか?」俺は叫んだ。デーヴがまた両部屋の間の廊下に出て来た。俺は新聞を持ち上げた。「俺たちはベトナムで中国人と戦っていたはずだったのは、知ってるだろう? それとロシア人どもとだ。ベトナム人には実際どうにもできなかった。かれらはただの傀儡だからな、そうだろ? それでだ、奴らは今何をしているんだ? 教えてくれるか?」デーヴはぽかんと俺を見ただけで、肩をすくめた。

「そうさ、分からんよな」と言ってやった。「まっいいか、泳ぎに行こう」

46 戦場の悪夢

気温は一〇〇度をかなり超えていた。雲一つない空から突き刺してくる熱射は、今度は地表から湯煙りのように沸き上がり、二〇〇メートル先をゆらゆらとした光景に変えていった。進行は遅々としていた。時折、前方から散発的な発砲音がしたが、それも長くは続かなかった。時間が刻々と過ぎていくにつれ、俺たちは、バリアー島の平坦に広がる砂地に向かって下っていた。炎熱が去り、秋の田植えが始まるのを待ち望んでいるかのような乾燥しきった水田のあちらこちらに茅葺き屋根の小屋が点在し、それを横目に行軍を続けた。

途中で出会ったベトナム人の男はすべて拘束した。誰も武器を持ってはいなかったが、この島でのベトコンの活動について、そいつらは後から尋問されるはずだった。午後遅くになって、俺は反抗的な六人の年配の男たちを担当することになった。薄汚れた野良着が骨ばかりの身体から垂れ下がり、かれらの灰色のまばらな顎鬚が薄い頭髪の房と絡まって暑苦しい風に揺れ、両手は背中で縛られていた。突然こちらに向けて銃撃手が発砲して来た時、俺たちは移動中で、四方が木立で囲まれた開けた砂地を横切っているところだった。

弾がヒュンヒュンと飛んで来て近くの地面に突き刺さると、俺は即座に地面に伏して戦闘態勢に入った。目に見える標的はなかったが、海兵隊員は弾が飛んで来る方角に向かって反撃を始めた。集中射撃はすぐに激しい銃撃戦へと発展した。その瞬間、拘束した者たちが発砲による混乱と恐怖の中で立ち尽くしたままだったことに気がついた。俺は、地面に伏したままの姿勢で届く二人をライフルを棒代わりに使って転がした。しかし四人は左方向の木立に向かって走り出した。

「ダン　ライ！　ダン　ライ！」俺は何度も叫んだが、かれらは走るのをやめなかった。二等軍曹のタガートと同じく二等軍曹のトリンもかれらに向かって叫んでいた。「やってしまえ！」タガートは俺に怒鳴った。「撃て、やるんだ！」俺は一番先を走っている奴を選び、狙いをつけ、それから引き金を引いた。男は、後頭部をレンガで殴られたような姿勢で倒れた。他の者たちはすぐに逃げるのをやめた。そのうちの一人は突然上体を真っ直ぐにしたかと思うと激しくのけぞるように地面に倒れ込んだ。銃撃戦の最中にどちらかの弾に当たったようだった。残りの二人はうつ伏せに倒れた。

銃撃戦は、ガス欠のエンジンがカタカタカタと爆ぜるような感じになり、数分で終わった。そのあたり一帯に伏せていた海兵隊員が用心深く起き上がってきた。俺は近くにいた捕虜二人を立ち上がらせてから、あとの四人の方に向かった。二人は死んでいた。タガートがやって来て、もう二人の足を蹴ったり卑猥な言葉で怒鳴ったりしていた。トリンはタガートを睨みつけていたが、何も言わなかった。

その晩はそこで野営した。近くには乾いた水田があり、その周囲を溝が取り囲んでいたが、その地形はまるで自然の防壁の役割を果たしているかのようだった。俺は捕虜たちを水田の片隅に集めて座らせ、足を縛りつけ、自分でも腰を下ろしてビーフシチューの缶を開けた。丸一日食べてなかったが、二口三口しか食べられなかった。すでに真っ暗だった。俺は食べ残しの缶を田んぼの溝に投げ捨て、ポンチョを敷き、その上に横たわると気分はよかったが、眠れなかった。

捕虜の一人が大声で呻《うめ》き声を挙げた。真っ暗闇の中で横になっていると、パーカシーの凍りついたルナピ湖でのある日を思い出した。俺は九歳だったか。何故だか分からなかったが、ジェリー・ドーティが俺の顔にパンチを繰り返し浴びせてきて、かかって来いと俺を挑発してきた。俺にはどう反撃していいのかも分からず、恐ろしさのあまり自分を守ることもできずに、ただ立ち尽くしたまま泣いていた。その間、他の子どもたちは俺たち二人を取り巻いて笑っていた。また、中学校では二階にあった男子用トイレで、ロイド・ドレッシャーが俺を小突き始めたが、強面《こわもて》のラリー・キャロルがいてくれたお蔭で助かった。ラリーと一緒に昼を食べに出て、その時にこれまでロイドにどう対処してきたかを話したが、そんなことはすべて嘘で、内心は恐ろしさのあまり声も出せないほどだった。俺が志願入隊する一年前、ジミー・ウィトソンが俺の顔に唾を吐き、俺を殺すと言った。彼のガールフレンドにちょっかいを出したから、というのがその理由だった。俺はすぐに裏口から出てしまったが、その後「彼のガールフレンド」は俺に対して以前と同じような振舞はしなくなった。

「尋ねるなら海兵隊員に」と、新兵募集ポスターにあった。「話すなら海兵隊に」と。数百メートル先に倒れていた年老いた男を思い出した。両手を背で縛られたままで、後頭部には小さな穴があり、顔の半分は吹き飛ばされていた。六月の水田にいた老女を、そしてロシア製自動小銃ＡＫ47を抱えていた若い女を。若いベトコンゲリラの死体から取り上げた写真、そこに写っていた揺るぎない意志に溢れた微笑みを思った。サディー・トンプソンのことを思い出した。高校時代の友人でクエーカー。俺がベトナムに出発する前にかの女が言ってくれた言葉、「お願いだから誰も殺さないで」を。

47 ジェイミー倒れる

「やあ、ビル」。デーヴが言った。「楽しかった?」俺ははっきりとは答えなかった。週末にパーカシーに行って戻ってきたところだった。冷蔵庫を開けてビールを取り出した。「悪い知らせなんだけど」。デーヴは言った。

「何だ?」ビールの缶を開けながら訊いた。「ニクソンがクリーブランドに侵攻したのか?」

「ジェイミー・マックアダムズが心臓麻痺を起こした」

「何だって? 何があったんだ? 今どこにいるんだ? 死んでないよな?」

「死んではいない」とデーヴが答えた。「病院だ。金曜の晩に倒れた」

「何ていうことだ」。俺はベッドの上に座り込んだ。「重体か?」

「見たところではそれほどでもない。今はいいみたいだ。しかし二、三週間は休むだろうね」

「つまり今シーズンはもう出られないってことじゃないか」

「まあ、決勝戦までには戻ってこられると思うよ」

「クソッ、それが目標だったのに。ジェイミー抜きの水泳部なんてどうなるんだ? 電話はできるのか?」

「バーニーの話だとダメだって。恐らく今週中には大丈夫だろうけど」

「まったくもー」。俺は言いようがなかった。「どうしてくれるんだ」

「それだけじゃないんだ」とデーヴが言った。「ミディア[スワスモア大学のある郡の中心地]のFBI事務所がいつだったか侵入されたこと覚えてる？」

「ああ」

「それで、『ウィン』［勝利］という反戦運動の雑誌が、その時盗まれた記録を掲載したんだ。それで分かったんだけれど、ここのキャンパス警備の責任者と電話交換手の少なくとも一人がＦＢＩの情報提供者だったのさ」

「何だって、クソッたれもいい加減にしろ！」。俺は、顎と首を怒りでガチガチさせて怒鳴った。「汚ならしいバカ野郎どもはどこにもいやがるんだ。大バカ野郎のＪ・エドガー・フーバーめ！　あいつだ。戦争反対と言えば、すぐにコミュニストにされてしまう。言論の自由を実践してみろ、すぐ破壊分子さ。このおかしな国を少しでも文明国家にしようとすれば、過激派だとさ、クソッたれが」

「よく分からないんだけど、ビル」。デーヴが言った。「時々とても怖くなるんだ」

「ああ、まったく頭にくるぜ。奴らのやりそうなことさ」。俺は答えた。「この国は嫌らしいナチのゲシュタポの砦になっちまったようだ。クソ野郎のニクソンはホワイトハウスの警備員にプロシアの軍服を着せるつもりだぜ。ＦＢＩの重要指名手配犯リストのトップ10が誰だか知っているか？　反戦活動家だ。一〇人全部がだぜ。エーッ、クソッ、かれらは暴力的犯罪者のお尋ね者って訳か。いいか――つまりこの春に司法省前であった〈暴力的〉デモに行った俺たちのような人間さ。畜生、殺人犯とか、強姦犯人、幼児虐待とか、いるじゃないか。この春だってニューヨークで、警察の豚野郎どもはどうしてそういう連中を逮捕しなかったんだ？　ウォール街で反戦グループをぶちのめしているそんな奴らをさ？　ニュース映画を見たか？　豚野郎どもはすぐそこに突っ立っているのさ。それなのに指一本挙げようとはしなかった。奴らをけしかけているんだ。ひどいもんだよ。まるで一九三〇年代のベルリンのナチ突撃隊員さ。ワシントンであった今年のメーデーではどうだ？　ポリ公ども、五〇〇〇〇人の合法的デモ隊を何の容疑もないのに拘束したんだぜ。まるでベトナムでのやり方と同じさ。何一つ拘束理由などないのに、だ。だって容疑も何もないんだから！　街頭で引きずり出して拘留しちまったのさ。憲法なんてクソ食らえ、だ。誰にとっての憲法だ？　嘘つきニクソンのためのものじゃない。ジョン・ミッチェル［司法長官］のためでもない。奴らは信じられないほどの人数を拘束した。そのためRFKスタジアム［DCにあるロバート・F・ケネディを冠したスタジアム］を監獄にしなければならなかった。ああ、そうさ、手に負えないピースニック［平和運動家］どもだからさ。いいか、俺たちは危険人物だ。非国民なのさ！」

デーヴは、何も言わずに、俺の机の角に座っていた。困惑しているようだった。俺が言った話のせいか、それとも俺の言い方のせいか、分からない。俺はビールを飲み終えた。

「俺だって怖いよ、デーヴ」。少し静かにそう続けた。「忌々しい交換手。それからポッター［キャンパス警備主任］。古き良きクエーカー精神のスワスモア。いいか、デーヴ、この国のことを知れば知るほど、自由と正義を何よりも信じている人間こそ非国民なんだと確信してきたんだ。ああ、つまり、クソ食らえ、さ。それで、問題は、ジェイミーなしに俺たちはどうなるんだ？」

「今日、バーニーと話したんだけど、彼とコリンは練習するって。それで試合の出場者を決めるらしい。とにかく僕たちはやるべきことは分かっているから。それからドン・パーソンズが助けてくれるらしい」。ドンは生物学の教授でチームの顧問だった。一九四〇年代終わりの学生時代には水泳部員で、その時もジェイミーがコーチをしていた。

「そうか、大丈夫だな」。冷蔵庫からビールをもう一本取り出しながら、そう言った。「飲むか？」

デーヴは首を横に振った。「明日の朝、八時の授業があるんだ」と言った。

「だから何だ？　おまえの問題は何だか分かってるのか？　バカ真面目なんだよ。おまえみたいな奴がいるから、ここの象牙の塔の連中はいい気になってバカみたいなことを重要だと信じ込ませようとしているんだ。俺は去年の最初の学期に八時のクラスをとっていたよ。全部で六回しか出なかった。そのうち三回は徹夜で飲んで騒いだ後で出て行ったのさ。それでBだった」

「僕はまだ要領が分かってないんだ」。デーヴが答えた。

「ああ、まあ、そうだったとしても、多分おまえはそうしないだろうよ。あれを吸ってハイになったこともないだろう？」

「まだやってみようとは思わないから」

「そうじゃないかと思った」と言って、俺はハッシッシ用パイプに火をつけた。

48 エンデバー号　詩が本に載る

「また読んでいるのか、えっ？」俺のキャビンに入ってきたロジャーが訊いた。

「再読だ」。机から目を上げて答えた。俺は本を置くとカード用のテーブルに近づいた。「またこてんぱんにやられたいのか？」

「ああ、そうだ。『ウィニング・ハーツ・アンド・マインズ――ベトナム帰還兵の戦争詩』か」。ロジャーはそう言って、本を取り上げ表紙を読み上げた。「面白いか？」

「まあ、俺はそう思うけど。多分、思い込みかも。俺の書いた詩がいくつか入っているから」

「本当か？」ロジャーが言った。「本を書いたなんて俺は知らなかったぞ」

「詩が少しだけさ」

「見せてくれよ」。彼は座りながら本を取り上げ、ページを繰り始めた。「どこにおまえの詩があるんだ？」

あった、ここに一つ。〈ハンティング〉」

「カードをやるのか、やらないのか？」気恥ずかしかったと同時に嬉しくもあった。

「ちょっと、ちょっとだけだから。これを読ませてくれ。〈長く黒い銃身を下に向けて〉」。彼は声を出して読んだ。「〈前か、後か、奴がくっきりとその輪郭を見せるのを待って、それからゆっくりと引き金を引いた。ふと思いがよぎった／今まで一度も何かを狙い撃ちすることなどなかったと／奴ら以外には。しかし今ではもう慣れたものさ／そんな感傷に患わされることもない。頭の中はすぐに切り替わる／食べることか、

寝ること／それから、次に靴下を替える日はいつになるのか、ということへ〉。すごいじゃないか
「その通りだったさ」と、俺は答えた。「自分に甘かったかも知れない。たいていの場合、銃を向ける相手は年取った女か子どもだった」

ロジャーは本を裏返して本のカバーにある推薦文を読み始めた。「『ニューヨーク・タイムズ・ブックレビュー』、『ニューズウィーク』、『シカゴ・サン・タイムズ』、『セントルイス・ポスト・ディスパッチ』、すごいじゃないか。一流紙ばかりだ」

「ああ、そのようだ。正直なところ、ロジャー、俺はこの本を本当に誇りに思っている。俺は言いたい事を正直に書いたんだ、そうだろう。俺たちみんなそうさ。三人の編集者以外には、この本の中の誰とも会ったことはないが、感じるのさ、つまり、俺たちは兄弟なんだと」

「どうやっておまえの書いたものをここに入れてもらえたんだ？　この本のことをどうして知ったんだ？」

「それはね、どうしてかと言えば、大学二年の時、教授のひとりが『ニューヨーク・タイムズ』にベトナムについて書かれた作品集を出すために詩を募集する記事を見つけて、その切り抜きを俺にくれたんだ。俺はいくつか送ってみた。そしたら気に入ったから掲載したいという返事がきたのさ」

「誰が気に入ったんだ？」

「反戦ベトナム帰還兵の会［ＶＶＡＷ］の会員二人だと分かった。そのことで不安になった」。俺は笑った。

「その時でも、俺はまだ〈急進派〉には関わりたくなかった。『国防総省白書』が出る前のことで、言ったと思うけれど、ワシントンのデモに行く前のことだった。それで俺は返事を書いたのさ。〈ヘイ、どういうことだ、君たちは俺をアカの気違いにするつもりか？〉いいかい、あのベトナムが本当に何を意味したのか、それを理解するのにどれだけ時間がかかったか、自分でも信じられないほどだ。とにかく、最後には俺の詩

をかれらが使うことに同意した。本が出るまでに一年ほどかかった。最初は、どこの商業出版社も見向きもしなかった。それでかれらは借金をして、自分たちの出版社を立ち上げ、そこから出す事にしたんだ。ファースト・カジュアルティ［最初の犠牲者］出版と名づけた」

「どんな意味なんだ？」ロジャーが訊いた。

「ああ、ギリシャの劇作家、アイスキュロスの言葉で、戦争で最初に犠牲になるのは真実である、という意味だ。そこから名前を取った。それで安上がりのペーパーバックで一万部刷った。宣伝広告費もなかったから、直接販売でしか売れなかった。ところがその批評があらゆるところに載ったんだ。しかも本当にいい書評だった。そんな本でも飛ぶように売れた。それからだ。他の商業出版社があっちこっちからやって来たのさ。〈どうだね、君たち、あの本のことだけど、とね〉。偉大なるアメリカ方式ってわけだ。突如としてそういう輩《やから》は金の成る木をどこにでも見つけるものさ。それで今じゃ分け前を欲しがるのよ。バカだよね、半年前なら一五〇ドルですべてが賄《まかな》えたのにさ。編集者も最後にはマグロウ・ヒルと契約し、一度だけの再版可とした。とんでもない金額を支払わせたさ」

「いくらか金になったのか？」ロジャーが訊いた。

「俺たちには入らなかった。つまりだ、本は金になった。しかし執筆者は金を取らなかった。俺たちはみんなその金をファースト・カジュアルティからの出版費用として戻すことに同意したんだ。マグロウ・ヒル版で売れた分はベトナムの民間人犠牲者への救済基金としてクエーカーに渡した。とにかくさ、本が最初に出てから半年もたたないうちに約三万五〇〇〇冊が印刷されたんだぜ。詩の本としては前代未聞のベストセラーだよ。俺はそこに関わることをあんなに心配していたのにね。我が人生においてこれほど誇りに思ったことはないね」

「何というか、おまえの書いたものが出版されたなんてすごいよ」。ロジャーが言った。「今まで本を出した奴なんて俺の周りにはいなかったからな」

「問題は、だからと言って、それまでのばかばかしいことが変わったわけではないということだ。本が出ても、戦争は相変わらず続いているしね。何かが変わるなんてどうしてそう思ったんだろう。しかし、そう思ってたんだ。はっきりしているのは、キング・リチャード［ニクソン］は詩を読まないということだ」

「おまえにとっては大事なことなんだよな、そうだろ？」彼がそう言ってくれて、俺は肩をすくめた。「この本を読みたいよ。借りてもいいかな？」

「もちろんだよ。持っていってくれ」

「じゃ、カードを切ってくれ」。彼はそう言うと、本を横に置いた。「それじゃ仕事に取りかかろうか。ワインはあるか？　テープはどこだ？」

「いつものところだよ」。俺はそう言って、カードを切り、配り始めた。「乾ドックにはあとどのくらいいることになるか、何か聞いているか？」

「もうあと一日か二日だ」。ロジャーは、俺の寝棚の上にあるテープの山を漁《あさ》りながら言った。「オールマン・ブラザーズのテープはどこだ？」

「どこかその辺だ。今朝、船体の下を歩いてみたんだけど、陸に上がった船を見るなんて実に奇妙なもんだな。支えになっている木材にかかる重圧が想像できるかって。乾ドックではいまだに船体を木材で正位置に支えているなんて知らなかったよ」

「それが一番なのさ。鋼鉄よりもしっかりしている。折れずにしなり、締めつけるのさ。さあ、こいつが俺のお気に入りだ」。そう言うと、彼はテープをかけた。背を持たせかけるように座ると、自分のカードを取り上げた。

「これを聴いたのは一九七〇年の春だった」と、俺は言った。「その頃は誰もまだ知らなかった。スワスモアはかれらを呼んで五〇〇ドルで演奏させたんだ。すごい演奏だった。朝の四時までやってたんだぜ」

「今晩出かけてスペース・ニードルで晩飯を食うかい?」ロジャーが訊いた。シアトル万博のために高くそびえる銀色の塔が建てられていた。「塔のてっぺん全体が回転するんだ。そこにレストランがある」

「いいね、行ってみよう」。俺は返事した。「おい、6はダメだよ、すでに9を集めているじゃないか」

「そうか」。ロジャーが言った。「忘れてたよ」

「その通り、忘れてるよ」

「忘れてた」。彼はそう言って、9を拾った。俺は彼が集めようとしていた6を取った。

「ダイヤの10を引いただろ、違うか?」俺はニヤッと笑った。「嫌な奴だな」。彼が言った。

最初の回が終わるまでに、俺は全部で一一点を集めた。裏をかいてやった。俺の勝ちだ。

「畜生!」。ロジャーが叫んだ。カードをひとつかみすると船窓に向かった。

「外に作業員がいるじゃないか!」。俺は彼を追いかけた。俺たちの真下の乾ドックにカードのシャワーを降らす直前にロジャーに追いついて、その横に立った。「俺のカードだぜ、まったく」。そう言ってやった。

49 ニクソン演説 一九七二年五月

ニクソンが北ベトナムの港湾施設を爆破した晩、俺はカラーテレビをメチャクチャに壊してしまった。バカなことをしてしまったが、他に何ができたか？

ひと月前の一九七二年四月、北ベトナムと南の民族解放戦線――その頃には臨時革命政府と呼ばれていた――は、一九六八年のテト攻勢以来、新規かつ最大規模の攻撃を仕掛けてきた。それは、〔ニクソン大統領の〕「ベトナム化政策」が失敗したことをいち早く、しかも突然に世界中に知らしめた。俺は、北ベトナム正規軍とベトコンが、コンチェン、ドンハ、アイトゥーを次々に奪還し、非武装地帯から南に進軍してくるのを、テレビ画面に吸い付けられるように呆然と見入っていた。それらの土地はまさに俺たちが野営し、パトロールし、戦闘を繰り広げた一帯で、五年ほど前に仲間のマイク・ステムコウスキィ、グレッグ・エイムズ、フレンチー・ファルコンらを失った場所でもあった。

最初から意志も気力も欠けていたサイゴン〔南ベトナム〕政府軍をどうにもできずに、ニクソンはハノイ、ハイフォンをふたたび報復を理由に爆撃したのだった。しかし、どんなに爆撃しても敵の攻勢には無力だった。主要な地方都市クアンチは五月初めに陥落した。数日のあいだ、俺はこれが最後の攻勢になるだろうと、必要のない戦争がついに終わりに近づいているとさえ感じていた。考えただけでめまいがした。

しかしより冷静になって考えると、ニクソンが何十万もの合衆国軍隊をベトナムに残したまま終結させるはずがないことにも気がついた。壮大な光景を思い浮かべてみる――米兵がヘリに殺到し、北ベトナム軍の銃が狙いを定め、修羅場が展開し、敵の銃撃の中を後退する。いいや、ウォルター・クロンカイト［アメリカの良心と呼ばれたCBSのアンカーマン］とジョン・チャンセラー［NBCのアンカーマン］がアメリカの軍事力がベトナムで崩壊するのを目にしながら解説している時に、ニクソンがアホ面晒して［テレビを］観ていることなどありえない。そんなことは絶対にない。問題は、彼がどうやってそれを防ぐかだ。合衆国軍隊をもっと送り込むのか？　紅河渓谷の水路を爆破するか？　そんなことは一回の空爆で可能だろう。そうすれば、北ベトナムの半分は水没させられる。まさか核を使うつもりじゃないだろうな？

つまり、これが、五月の暖かい春の晩、俺がテレビを借りた理由だった。ニクソンが国民に向けた演説をするということだった。この演説が、どんな手段をとろうとも、彼が［敵の］攻勢を止めようとしていることを正当化するためのものだったことは間違いなかった。デーヴ・カーターは出かけたらしく不在だったので、ニクソンが画面に現れた時、俺はウォートン寮の部屋にひとりでいた。

「おい、おまえのことだ、エアハート」。彼は顎を振りながら鼻で笑った。「俺はハイフォンを爆撃したばかりだ。今回はあのグークの奴らを磔《はりつけ》にされた豚のようにぎゃふんと言わせてやるつもりだ。おまえに止められるものか。ハッシッシパイプでも吸って、ハイになっていればいいさ。このベトコン贔屓《びいき》のアカの成りそこないめが。ロシアにでも行ってしまえ。ここはおまえのいるところではないぞ」

彼は、政治家と外交官に特有の婉曲的言い回しで、笑顔を装ったり、あたかも合図を送るかのように指を振りながら、一方的にしゃべり続けた。しかし彼の言いたかったことは、北ベトナムをまさに自分が望む方向にもっていくために考えられる限りのことをすべて試みてきたということであり、そう説明することで合衆国を救いようのない能無しの巨人のように見せなくて済むと考えたのだろう。しかし北ベトナムが彼の策略に乗るわけがないので、ニクソンは仕方なく自ら北を爆撃せざるをえなかったということだ。そら見たことか。多分、その晩の演説を見ていた国民のほとんどは、何が起こっているか気づかなかっただろうが、俺には分かっていた。

ベトナムで俺は、アメリカ国内の人たちが読んでいた公式の声明やら解説やらが満載されていたその同じ新聞や雑誌を読んでいた。違いがあるとすればそれは、読んだものを評価するだけの何かを俺が持っていたということだ。実際、俺は三九五日そこにいたのだから。

俺たちはみんな「マクナマラの壁」〔一九六六年にマクナマラ国防長官が、北からの支援輸送を遠隔地から追跡することができるように、南ベトナムを電磁波の壁で取り囲もうとした提案〕を読んだ。それはDMZ〔非武装地帯〕に沿って北ベトナムが南に浸透するのを食い止めるための前哨基地を鎖のように築く計画だった。しかし俺はコンチェンに三三日間留まったが、背後から狙い撃ちされることなしに鉄条網から一歩でも外に出ることすらできなかった。DMZは北ベトナム側にあったからだ。俺たちはみんな、ベトコンが制圧している領域から安全と保護を求めてサイゴン政権管理下にある「戦略村」に逃げ込んだ数千人のベトナム民間人について書かれたものも読んだ。しかし俺が自分の目で見たものは、強制移住だった。つまり、民衆は銃の脅しによってかき集められ、集中爆撃で先祖代々から受け継いだ神聖な土地を追われたに過ぎない。それから俺はダンボールの掘っ建て小屋がびっしり並んだスラムもこの目で見た。そこでは男には仕事がなく、女たちが子どもに食べさせるためにアメリカ人のゴミ捨て場を引っかき回していた。俺たちはみんな戦闘地域から伝えられる週ごとの統計数字を見ていた。それによれば、かなりの数のベトコンが戦闘で死んだ。俺も殺したが、ベトコンと呼ばれるこれらの人びとのかなりの大多数が、政治的確信犯とは言えない非武装の民間人だったことも知っている。俺たちはみんな一九六七年の自由選挙について読んでいた。グエン・バン・チュー将軍が南ベトナムの大統領に民主的に選ばれた時だ。しかしこれさえも、民衆が南ベトナム政府軍兵士に銃を突きつけられて投票所に行進していたのを俺は見ている。俺たちはみんな、ベトコンの拠点が中立だったことも読んで知っていた。しかし村落全体がナパーム弾で焼かれるのも見ていた。［ベトコンの］単独スナイパーが海兵隊のパトロールに一発撃ち込んだというのがその理由だった。

それ以後はずっと、真実半分、誤報、嘘が続いた。「見出し」対「真実」ということだ。俺たちはみんな、シカゴ・セブンとして知られた、ろくでもないゴリラのように振る舞う暴力的な破壊分子かのように見られた連中についても読んでいた。そいつらは一九六八年夏の民主党大会に爆弾を仕掛けたとの嫌疑で訴えられたのだ。見出しにはぞっとさせられたが、裁判は見物《みもの》だった。アメリカ人の大半はアメリカ国旗を巻きつけたアビー・ホフマンと、自身を鎖で椅子に縛りつけたヒューイ・ニュートンの、おどろおどろしい光景を覚えているだろう。ほとんどのアメリカ人は評決のことなど覚えていなかったが、一二人の民間人陪審員は無罪と評決を下したのだった。

俺たちはみんな、反戦活動家集団のカムデン28が政府施設に不法侵入したかどで告訴されたことを知っていた。破壊し、内部に侵入し、カムデン徴兵委員会が作成した連邦記録を破り捨てたのだった。それが見出しに載っていた。しかし、起訴された時の見出しが出てから数カ月後には、それが連邦法執行官によってでっちあげられたものだったという理由で、起訴を取り下げたことを、いったいどれだけの人たちが知っていただろうか。原告側の有力な証人が、実は金で買収されていて、FBIからの指示でそのグループにもぐり込んだスパイだったと証言していたことを。そいつが自分で侵入計画を持ち込み、時間をかけて［その実行を］説得させなければならなかったと証言したことを。結局［グループが］その計画をしぶしぶ受け入れた後でも、そいつが自分で必要な材料や道具を手配し、その使い方を連中に教えてやらねばならなかったということだった。おまけにそいつは、カムデン28が平和的、反暴力的、遵法精神に溢れた連中だったとも認めていたことを。

毎月毎月、そして来る年ごとに、俺たちは暴力的なデモについて読むようになった。しかし俺自身もいわゆるそういう暴力的デモ参加者のひとりだったし、翌日の新聞が俺たちが石や壜を投げ、世間一般からは不評を買うような行動に走っていたと書き立てたところで、あの日の実際の暴力とは警官が挑発し、警官がふるったものだったということを、俺は誰よりもよく知っていた。

俺たちはみんな、ペンシルベニア選出上院議員のヒュー・スコットが、一九七一年四月、反戦ベトナム帰還兵の会のメンバーがワシントンに行って、勲章を議事堂に投げ返したことを何と言っていたか、読んで知っていた。「このような抗議活動をする者たちは一パーセントの中の一〇分の一でしかない少数者だ」と、立派な上院議員は語っていた。「戦争を終わらせるためには、おそらく私の方が、こうしたデモ参加者よりはずっと役に立つ仕事をしているはずだ」と。しかし俺はスコットの投票記録を知っている。彼はトンキン湾決議から一番新しい緊急軍事援助法に至るまで、一貫して政府案に賛成票を投じてきたことを。

毎月毎月、そして来る年ごとに、俺たちは政治家や将軍たちの言辞は、俺たちの支持と後押しと尊敬を受けるに値するこの国の若者たちをベトナムに送り込むことだけに熱心で、決して減らそうとはしなかったことも知っている。しかし帰還兵たちが、自分たちのためにではなく、この国が危機に瀕しているが故に行動している時に、政治家や将軍どもはいったいどこにいたのか？

ニクソンが「北ベトナムの」港湾施設を爆撃したことを明らかにした時、恐らくは俺たちに知らされるべきだった、あるいは知らされるべきことがもっと沢山あるのだと確信した。奴がそう話している間にも、ハノイとハイフォンへの爆撃は続いていた。何のためにだ？ ベトナム経済が農業中心であること、軍需生産に必要な大規模な産業基盤なしに北ベトナムが効果的に戦争を遂行してきたことは事実として証明されている。

爆撃する軍事的利点などないのに、何故だ。そんなことぐらい俺にも分かるし、ニクソンだって知っているはずだ。一九六三年の『国防総省白書』がすでに明らかにしているように、アメリカ側の分析でもそうした結論を出していた。つまりニクソンの爆撃決定は報復的行為以外の何ものでもなかった。アメリカ政府の意志に従うことを拒否している北ベトナムの人びとへの復讐として執拗に懲罰を与えているだけだった。

そして今度は機雷だ。クソッ、機雷が問題だ！ ソビエト船が絶えずこの一帯の港に出入りしている。もしロシア船が機雷に当たったら？ ソビエトの民間人が殺されたら？ ロシア人は黙って見ているのか、やらせっ放しか？ ニクソンはソビエト連邦との核戦争の危険を冒す気か？ そうするつもりか、それともそこまではやらないか？ 地球の反対側の水田の湿地帯やマングローブの沼地をめぐって核戦争か。どうにかしてくれ。他にどんな危機を引き起こすつもりなんだ？ 敗北を認める以外に、奴に何ができるんだ？

ニクソンは、声高な反共主義者で共産主義者の弾圧を叫んで下院議員に選ばれ、ジョーゼフ・マッカーシーの右腕として名を馳せ、自分の間違いを隠し通すためには犬でも女房でも使いかねないわがままなガキ同様に、カリフォルニアのメディアを怒鳴り散らし、最後には邪魔者や気に食わないものはすべて排除し、世界で一番強大な地位に上りつめた、そういう奴だ。そして二度と誰からも妨害されたり辱められることのないよう細心の注意を払ってきた。[*1] リチャード・ニクソンが意味する名誉ある平和とはそういうものだった。

俺は自分の部屋でひとり座って、アメリカ合衆国大統領の演説に耳を傾けていたが、リンドン・ジョンソンは悪党の中の悪党の首領、リチャード・ニクソンはメディアも愛想をつかすほどの髭の濃い男、[*2] そういう二人が大統領だったことが今更ながら信じられなかった。最悪だったのは、ニクソンが戦争を終わらせるだろうと俺が信じきっていたことだ。ニクソンが政権の座についてからの三年半、彼はジョンソン時代には想像できなかったほど、この戦争に執着してきたのだから。

＊1　1960年大統領選でケネディに，1962年カリフォルニア知事選でパット・ブラウンに敗北
＊2　ニクソンが前述の2つの選挙で敗北した理由に，髭の濃いエピソードが絡んでいた

それにしても彼は軍隊を撤退させていた。しかしそれ以外に選択の余地はなかった。ベトナムにいたアメリカ兵の士気が急速に失われてから久しかった。一九六八年のテト攻勢以来ずっとそうだ。今では地上戦闘部隊には俺のような志願兵はほとんどいなかった。むしろ徴兵されて不本意ながらやってきた連中ばかりだった。奴らには徴兵にノーと言えるだけの力もなかった。三年から五年の刑務所行きか、それとも永久にカナダで逃亡生活を送るか、しかしそれよりは、いやいやながらでもベトナムで一年送る方に賭けてみたのだった。

どうにも食えない偏狭なタカ派以外には、一九六八年半ばまでには誰の目にも分かっていたようだが、ベトナムでの戦争の大義は失われ、治る見込みのない患者のようだったし、すでに時間の問題だった。みんな冷笑的、苦々しい思いに溢れ、現実的になっていた。ボブ・ホープや、ジョン・ウェイン、マーサ・レイ［女優、軍への慰問に熱心だった］の幻想に取りつかれて死んでもいいなどとは思わなくなっていた。一九六八年以後、俺の知っているベトナムから帰還した連中の話では、ベトナムでのドラッグ使用はひどいもので、俺たちが向こうにいた頃に知っているのとは大違いということだ。脱走、無許可離隊［AWOL］、「特典なし」除隊――これらは名誉除隊や通常除隊の下にランクづけされた――が、急増していた。現役兵でも数百人の兵士が、良心的兵役拒否者として除隊を希望していた。

それだけではなかった。ベトナムにいるアメリカ部隊は、［南の］ベトコンや北ベトナム正規軍相手との成文化されていない停戦に効力を持たせようとしていた。両陣営とも、ただ待っている時に殺し合いを続けることは意味のない事だと考えていた。下級下士官兵たちは、自分たちを戦闘に駆り立てていた将校や上級下士官に対して、しょっちゅう「フラッギング」していた。中隊全体、時には大隊規模で兵士たちは上官の命令に従わなかったり、戦闘に出ることを拒否していた。信じられないほどの人数の上級将校や上級下士官が軍務を辞職した。

しかし、リチャード・ニクソンの決断とは、軍隊をベトナムから本国に連れ戻すことではなかった。アメリカ合衆国軍隊はベトナムという壁の前で壊れかけていた。彼は、軍隊が軍隊としての体をなしているうちに撤退させなければならなかったのだ。

それでも、ニクソンはその失敗さえも利点に変えようとしていた。「いいですか、みなさん、私は戦争を縮小させつつあります。ですから、兵士たちは戻ってきます」。しかし兵士たちが帰還しても、戦争の猛威は増すばかりだった。在職中のどの九〇日をとっても、ニクソンは、リンドン・ジョンソンの全在職期間の五年半を通してよりも多くの爆弾をインドシナに落としたのだった。南ベトナム政府軍は相変わらず無能で士気に欠けたままだったが、その将軍たちは一九七二年春までには、地球上で最新かつ最大の武器庫の一つを所有していたということだ。そしてベトナム化の名目の下で、ベトナムの民間人と兵士の死傷者数は、北も南も、カンボジアとラオスは言うまでもないことだが、アメリカ人死傷者数がほとんどゼロになったのとは逆に、ほとんど垂直線近くまで跳ね上がった。

最悪の戦争だった。代理戦争。アメリカ政府がアジア人の命と引き換えに戦った戦争だった。人種差別の戦争だった。アメリカ人は自分たちの息子や夫、父親、友人、隣人が、訳も分からない戦争で死体袋に入って帰国するのに耐えられなかった。それがリンドン・ジョンソンの冒した失敗だった。しかしアジア人の死体は、アメリカ人墓地に埋葬するためにアメリカの家族に送り返される必要はなかった。

つまり、一九七二年春以前に、ニクソンは、この戦争が首尾よく遂行され際限なく続いている間に、自分がこれに決着をつけようとしているのだと、アメリカ国民のかなりの部分に信じ込ませる道を見つけたのだった。奴は、合衆国軍の地上部隊と死傷者数を減らしていることを見せつけた。奴は、パリの和平会談が続いていることを見せつけた。奴は、アメリカ人捕虜が即時解放されないことを口実に、アメリカ国民の同情を買ったのだった。その上、合衆国の生真面目な司法執行機関をうまく利用し、騙されやすいメディアを巧みに操ることで、反戦運動を過激派と暴力的犯罪人、共産主義者、卑怯者、裏切り者の集団と同列視させ、運動を弾圧したのだった。

もちろん、リチャード・ニクソンにこうしたことすべての責任があるとは思わない。ニクソンがヒュー・スコットやジョン・ステニス上院議員、ＦＢＩ長官のＪ・エドガー・フーバー、ジョン・ミッチェル司法長官、ヘンリー・キッシンジャー国家安全保障問題担当大統領補佐官、カール・マッキンタイアー司祭たちの力を借りていることも知っている。それに何千人という無名の顧問、分析官、官僚、軍事請負人といった奴らからも助けてもらっていることも。そうした既得権益や複合し増幅したエネルギーを宇宙規模で暴走するジーゼル機関車の慣性力とともに総動員させているのだ。

奴はまた、第二次世界大戦の栄光の日々を忘れられない何百万人ものごく普通の人間にも支えられていた。その頃は、善は善としてはっきりしていたし、ヒトラーや東条、ムッソリーニは悪者で、母親たちは「家庭菜園」を耕し、ボーイスカウトは古新聞紙を回収して資金集めをしていた。そうした何百万人もの無知な人間は、一〇年後にベトナムやアメリカについてわざわざ知ろうともしなかったし、アメリカがインドシナやらどこかの土地で悪事を働いたり、アメリカの指導者どもが堂々と罪深い事に関わっていたり、強欲や名誉欲、悪意、もしくはまったく感情のおもむくままに、無神経に行動していたなど、そんなことを信じるはずがなかった。膨大な数のサイレント・マジョリティは、アメリカの若者世代が、おかしな服装で、マリファナを吸って、大音量で音楽を流しているのも、恐らくは何か理由があってのことだろうというようには、まったく考えもしなかったし、自分たちが育てた子どもたちが、何か訳が分からないうちに、いつのまにか、れなかった。

道を踏みはずし、麻薬中毒、反逆者、裏切り者、卑怯者、そしてアカとなってしまうのが、ただただ信じられなかった。

そうさ、ニクソンひとりだけではなかった。しかし奴ほど特別に重い責任を負っている者は他にいなかった。何故なら一九六九年の、奴が最初に就任した時に、戦争をすみやかに終わらせることもできたのだから。そう約束していた。それを委託されて当選したのだった。テト攻勢の結果、トンネルの先に見えていた光が永久に消え去った時、もっとも過激なタカ派だけが奴に反対したに違いない。しかし奴は、「戦争に負けた初めてのアメリカ大統領」にはならない道を選んだ。それどころか奴は、南北戦争以来分断されることのなかった国家が分裂していく過程で、そして年を追うごとに、インドシナの土地と民衆に銃火を激しく拡大していく過程で、この戦争が無意味なものであるという、脆《もろ》くはあったが、一九六八年春までには形を成しつつあった国民的な合意を、粉々にしてしまったのだった。

ベトナムでの戦闘は、ニクソンが長引かせている今になって思うのだが、帰還後の年月に比べるとまだ楽だった。俺にとっては、この戦争と折り合いをつけるのに二年以上もかかったことになる。つまり、この戦争が間違っていたことを受け入れ、この戦争に反対だと声を上げることを決意するまでに。それは辛く寂しい二年間だった。しかしその間でさえも、俺は信じ続けてきたのだった。

この戦争をやめるべきだと人びとを説得するために自分の体験を使えるなら、これ以上この戦争を続けることは人命、金、時間の無駄遣いでしかないと周囲の人たちに分かってもらえるなら、人びとの生活崩壊、将来の夢や心身の破壊を防ぐ事ができるなら、この国に道徳的安定を取り戻し、この国のみならずベトナムと世界の国々の未来を展望することができるようになるなら——恐らくはどんなに小さくとも現実的な方法で、俺自身の体験もいつかはきっと何か意味あるものとなるに違いない、と。

しかし誰も耳を貸さなかったし、戦争はまるで熟練職人が丸頭ハンマーをたたき続けているかのように継続している。この年月が俺を磨り減らしてしまい、真実はどんどん遠のいていく一方だった。そして遂にある暖かな春の晩、ニクソンがマキアベリ流の誇大妄想狂特有の傲慢さと敵意で俺を睨《にら》みつけた時、港湾施設が機雷で爆破され、目的がある訳でもなく、ただ懲罰と苦痛を与えるためだけに、爆撃手が北に向かって金切り声をあげた時、俺の追跡は終わりだと悟った。逃げ場所などどこにもなかった。追いつめられたネズミのように、俺がベトナムでやったことは、恥と面汚しと不名誉以外に何ももたらさなかったのだと、ベトナムの思い出は痛みと怒りと苦々しさでしかないと、アメリカ人であることの誇りなど決してもつことはできないだろうと、ついに悟ったのだ。そのことがもたらす怒りと悲しみと悲劇が俺を押し潰したのだ。

無意識の反射的な一瞬のことだった。俺はブーツを脱いでリチャード・ミルハウス・ニクソンの顔に投げつけていた。ブーツは奴の顔面に見事に命中した。

テレビが爆発した。

画面は粉々に砕け、床一面に散った。電子部品が爆《は》ぜたようにぱちぱち音を立てて飛び出した。ニクソンは消えて、部屋中に焼けこげた電線のちょっと酸っぱい臭いが充満し、後味悪い沈黙が漂っていた。

それからしばらくのあいだ俺は、ベッドに前かがみになり、失明し煙を上げているキュクロプス［ギリシャ神話の雷電を起こすといわれる隻眼の巨人］を見つめたまま、そこに座り続けていた。一〇分？　三〇分？

クソッ、やっと俺は気がついた。このテレビにいくら払わなければいけないのか、と。

それから俺はヒステリックに笑った。

そして俺は泣いていた。

50 ひどくなる悪夢

俺たち斥候隊は辺境の森林地帯にいた。夜のことだった。マングローブの沼地がすぐ後ろまで迫っていて、前方には砂地が広がり、一〇〇メートルほど先は低木の生垣で覆われ、その辺りで一夜を明かすことにした。見張り番の俺とモーガン以外はみな眠っていた。月も出ていなかった。ベトナム特有の雑音を除いては静かな夜だった。数マイル離れている大隊基地からの砲撃音、遠くには銃撃音、頭上高くにはジェット戦闘機の金属音、それ以外にはほとんど何も聞こえてこなかった。

「おい、ビル」。モーガンが突然囁いた。「そっちで何か動いている」

「どこだ？　俺には何も見えないが」

「そこの小山の下だ、生垣から突き出ているあの木立のちょうど正面、一時の方角だ」と彼は言い、前方かすかに右を指差した。

「確かか？　俺には見えないが。ああ、分かった！　あそこに何かいる、よく分からないが、三つ四つ、エーッ、クソッ！　ロリー、一〇時の方角だ！」

「クソッ、エッ！　見てみろ、三〇から四〇はいるぜ――ヘイ！　いいか！　起きるんだ！」モーガンがかすれた声で唸《うな》るように言った。「起きろ、目を覚ますんだ。おい、おまえたち、やられちまうぜ！」

奴らは腹這いになり、藪の低木、地面の緩やかな凸凹に身を隠しながら、今ちょうど砂地を横切っているところだった。昼間では絶対に見分けのつかない窪地がいくつもあった。奴らが俺たちの居場所を知っているのは明らかだったが、こっちに見つかっていることにはまだ気がついていないようだった。斥候隊長のシーグレイヴ軍曹が素早く指揮をとった。全員が目を覚まし、銃撃位置にそっと移動し、弾薬と手榴弾を確認して、待ち受けた。

「発砲するな」とシーグレイヴが囁いた。「撃つなよ、俺が近づいてみる」

どうやら俺たちが奴らの裏をかいていることに気がついていない。まだ発砲してこない。起き上がって突撃もしかけてこない。ただカタツムリのように俺たちとの距離を縮めようとしていた。きっと俺たちに飛びかかるつもりだろう。しかし奴らは歩いている――いいや、這っている――逆待ち伏せとなった。俺は内心震えていた――子どもの頃、水泳の試合でスタート台に上がり全員が飛び込むために前屈みになり、ピストルの鳴るのを今か今かと待っている、あの感じによく似た武者震いのようなものだった。

少なくとも四〇人はいるに違いない――黒っぽい小さな人影が青白い砂地を這い進んでいる。こっちはたったの九人だったが、状況は俺たちに有利だった。俺たちは身を隠していたし、待ち伏せていた。奴らは丸見えだったし、攻撃準備ができていると思っているらしいが、実際は、これから起こることをまったく予想さえしていない。

「発砲するな」と、シーグレイヴは繰り返しそう囁き続けた。優しい調子で、まるで子守唄のように、気が立っている馬を落ち着かせようとして手で優しく撫でるように。「奴らが仕掛けてくるまで待つんだ。発砲するなよ、撃つんじゃないぞ」

奴らの一人が飛び上がり、叫び声を上げ、頭上でライフルを振り回したかと思うと、全員が飛び跳ねるようにして喚声を上げ、撃ち始めた。しかしその瞬間、スターターのピストルが鳴った。シーグレイヴが叫んだ。「撃て！」競泳者たちはスタート台から飛び込んだ。俺たちの自動小銃が火を噴き、奴らをまったくの不意打ちにした。あたり一帯にはすぐに騒音と曳光弾《えいこう》、火薬の煙、金切り声、叫び声、怒鳴り声が充満した。奴らは岩のように落下していき、反撃してこなくなった。それはまさに銃撃戦の修羅場だった。奴らを粉砕し、数分のうちに銃撃戦は終わった。

完全な静寂。しばらくして俺たちは砂地に移り、遺体の確認に入った。無線連絡すると大隊から八一ミリ迫撃砲中隊が発射してくれた照明弾が頭上から降ってきて、その周辺一帯をすべて明るく照らし出してくれた——何だって！　どうしてなんだ！　みんな子どもじゃないか！　何ていうことだ、子どもだなんて——女の子と男の子——九歳、一〇歳の子どもばかりだった。それが全員22口径の単発式ライフル銃で武装していた。そして全員死んだ。最後の一人まで。そして俺は泣いていた。デーヴ・カーターが真っ暗な部屋の廊下に立ち尽くしていた。「ヘイ、ビル！　どうした、ビル！　目を覚ましてくれ。悪い夢を見ていたのさ。大丈夫だよ」

大丈夫なんかじゃなかった。何週間も俺は同じ夢を見続けた。最初はほんの一週置きかそこらだったのが、春学期が進むに連れて、より頻繁に同じ夢を見るようになった。今では二日に一度、ともすると二、三日連続してだ。俺の神経は壊れてしまうんじゃないか。いつも悪夢に襲われる——ベトナムを出てからずっとだ——しかしこれほどではなかった。これは酷《ひど》すぎる——出てくるのはいつも子どもたちだ。必ず子どもだった。俺の三年次の春学期ももうすぐ終わりに近づいていた。すぐに学期末試験だ。しかし勉強は手につかず、眠れなかった。ほとんど死んだも同然だった。日中は目を覚ますためにスピード〔覚醒剤〕をやり、夜になると眠れるようにと、ものすごい量のマリファナやハッシシを吸うようにした。悪循環は俺をどん底に落とし込んでいった。

51 射撃指導員のアルバイトを断る　一九七二年六月

「契約を破棄した」と俺は言った。「その仕事は引き受けられなくなった。悪夢で気が狂いそうだった……仕事が始まるまでまだ三週間もあるのに」

三月終わりに俺はポコノ［有名なスキー場］のサマーキャンプのカウンセラーに応募した。楽しそうだったからだ。山の中で八週間、電話も新聞もなく、元気一杯の子どもたちと一緒だ。俺は子どもが好きだった。俺が応募した時に唯一残っていた仕事はライフル射撃指導員だった。海兵隊ではライフルの名手だった。そう思っていたし、ライフルなら教えられる。それで契約書に署名した。悪夢が始まる前の事だった。

「それでキャンプのディレクターは何て言ってたんだ？」アレンが訊いた。

「それは、渋い顔をしたさ。俺が話したことを少しでも理解したとは思えない。しかし俺にはどうしようもなかった。とてもやれそうになかったんだ、それだけさ。いいか、実際にその仕事についてないのにそこまで考える余裕がなかった、分かるか？　ベトナム［戦場］と関係することになると……」。そこまで話して、俺が感じたままのことをどう説明したらいいのか分からなくなり、言葉が途切れた。「つまり、子どもに撃ち方を教えたりすることなんかがベトナムと結びついたりする。そうだろう？　銃や暴力や軍事的栄光がどれだけ俺たちを文化的虜《とりこ》にしてきたことか。例えば俺が入隊した時、俺は戦争について何も知らなかった。それなのにまったく間違った概念を持っていたのさ。しかも俺がやろうとしていることは良い事だと思い込んでいた。そうさ、確かに、何人かは殺されるにちがいない。しかし戦争なんだから仕方ないだろう？　おまけに俺はそれまで死体を見た事はなかった。それが一体全体何を意味するのかも分からなかった。どこでそれが分かったかって？　どうやって分かったのか？　俺が考えついたことではなかったからね。俺はどこかで吹き込まれたのさ。子どもの頃見てた漫画がそうだ。ポパイはいつもブルートをやっつけた。ロードランナーはいつもダイナマイトでワイリー・コヨーテ［ワーナー・ブラザーズ製作のアニメ］を吹き飛ばしていた。猫のシルベスターはいつも犬にこてんぱんにやられていた。つまりだ、恐ろしいことをみんなただ座って笑って見ていたんだ。そうさ、みんなただの漫画にすぎない、そうだろ？　それがどうしたって思うかもしれない。アメリカ史の中の伝説的英雄とは誰だ？　ワイアット・アープ。デービー・クロケット。カスター将軍。クソッ、奴は大量虐殺犯じゃないか、それなのに実際には英雄視されている」

アレンはただ首を縦に振って聞いていた。俺はビールを一口飲んだ。ジェイミー・マックアダムズ以外に、ここスワスモアでアレン・ウィリアムズだけが話のできる唯一の大人だった。スワスモアのようなところに彼がいるということが理解できなかったが、アレンも学部長のひとりだった。彼に最初に会ったのは二年前のターブルズ学生会館でのことで、ちょうどカンボジア侵攻で大騒ぎしていた時だった。それ以来、俺たちは時々一緒に飲んだりしていた。たいてい俺がわめき散らし、彼は聴き役だった。アレンは良い聴き手だった。今回、俺はキャンプ・カウンセラーの仕事を断ったという俺の決断を彼に褒めてもらうつもりだった。

一九七二年六月はじめのことで、俺たちはスワスモアの隣町のモートンにあるグリーンズというバーにいた。

「ね、アレン、俺は今でもよく思い出すんだけど、クリスマスに玩具の45口径自動拳銃をもらったんだ。軍隊で使うのにそっくりの革のケースに入っていて、上蓋にＵＳＭＣ［合衆国海兵隊］と型押しされていた。俺はそれが自慢だった。もらった時には誰かに見せびらかすためにすぐ外に出て行ったさ。八歳か九歳だった。今までにもらったクリスマス・プレゼントの中でも飛び切りのやつは、本物のプラスチック製30口径マシンガンだった。マシンガンだぜ！　三脚つき、バッテリーで音も出て、銃身から赤い光が点滅する仕掛けだった。何とそれがクリスマス・プレゼントだぜ。平和の神の子の誕生日にだ。しかも俺の親父は牧師だぜ！何か矛盾しているなんて、俺の両親はまったく考えてもいなかった。二人とも善人だ。戦争好きでもファシストでも、そんな類いの人間ではない。そういうことが浸透しているのに誰も気がついていないんだ」

「それに対してどうしたらいいと思うんだ?」アレンが訊いた。

「分からない。どうしたらいいのか」。俺はビールをもうひと飲みした。「一つだけ考えたことは、一〇歳の子どもたちにライフル射撃を教えないことだ。そうだろ、この仕事から抜け出せて嬉しいよ。俺はもう少しで愚か者になるところだった。救いようのない愚か者だ。時々、俺の人生すべてが俺のバカげた過ちからあがいているだけのように思えるんだ」

「自分に少し厳しすぎないか?」

「そんなことはない」。俺はそう答えた。「もう一杯飲むか?」彼が自分のマグを飲み干したので、俺はバーテンダーに二本指で合図した。

「それでこの夏はどうするつもりだ?」アレンが尋ねた。

「数週間の仕事を探す。多分その後はまた西に行く。バート・ルイスを知ってるか?」

「聞いたことがあるな」。彼が答えた。

「一九七〇年卒業で、今はメディカル・スクール［医学部］にいる。とにかく、彼がこの夏、デンバーのクリニックに行く事になってるんだ。俺に来ないかと誘いがあった。ロッキーでキャンプしようとさ。多分、行って来る。少しあちこち回ってね。ぶらぶらしてくるつもりだ」

「今度の秋には戻ってくるのか?」

「多分、そのつもりだ」。俺はそう言った。「これまで何とかやってきた。卒業はするつもりさ。その後どうするか、少なくとももう一年考えてみる」

「何か考えているのか?」彼が訊いた。

「さあ、まだ分からない。行く所さえあれば、この国を抜け出したいよ。スウェーデンとかデンマークとかね。しかし言葉ができない。それにそこに行って、何をしたらいいんだ? 砂嚢詰めか? ライフル掃除か? オーストラリアに行くのも問題さ。オーストラリア大使館に手紙を書いたこともある。俺に何か特技があれば、エンジニアとか、医者、配管工、役に立つ技術があれば、喜んで迎え入れてくれるとさ。しかし俺にはね? スワスモア大学の文学士、軍隊経験が三年? カンガルー・ハンターぐらいかな。ワラビー[小型カンガルー]にシェイクスピアを読んでやるとか。それしかない。本当にどうしたらいいのか分からないんだ。これからの四〇年、五〇年があっと言う間に過ぎ去ることを願うだけだね」

「まあ、そう悪い事ばかりじゃないよ」。彼は言った。「何かあるはずだ」

「自分にそう言い聞かせているんだ。しかし本当に俺にできることが何かあるのかな。将来のことを想像してみるんだが、何も出て来ない。ブラックホールの中に俺しかいないのさ」

「それなら、もう一杯ビールを飲む時間はあるという訳だ、そうじゃないか」。彼が言った。

「そんなところかな。歌も歌えないし、ダンスフロアは閉まってる」。バーテンダーがもう二杯運んできた。

「アレン、大学はどうしてFBIに密告するようなバカどもを首にしないのか? 奴らのやっていることはとんでもないことだぜ。大学が奴らをそのままにしておくなんて、まったく、どうなってるんだ?」

「ああ、かれらはただ市民的義務を果たしているだけだよ、ビル。義務を遂行している者を首にはできないだろ?」

「何だって?」

「いいか、俺の考えじゃない。何故大学が連中を首にしないのかと、君が訊いたからさ」

「信じられないよ」

「ああ、そんなことはどうでもいい」。彼は続けた。「ケント州立大の後、すべての大学が抗議の意味で閉鎖したのを覚えているだろう? 何故あの時スワスモアが閉鎖しなかったか、不思議に思わなかったかい?」

「ああ、どうしてだ?」

「理事会がリッチ・クラマーに露骨な指示を与えたんだ。どんな状況にあろうとも大学は閉鎖しない、と」

「でも、どうして?」

「考えてみろよ。君が来る前の年、黒人学生委員会が事務局の建物を占拠したことは知ってるだろ」

「ああ」

「抗議運動の真っ最中に、クラマーの前の学長が……」

「ああ、そうだった」。俺は言った。「聞いてるよ。心臓マヒで死んだということだろ。それで?」

「つまり、すべてが理事会にとって実にみっともないことになった」。アレンが言った。「大学の統制がとれなくなったと思ったんだ。まるで崩壊していくように、ね。世間的にも誉れ高い象牙の塔としてのスワスモアがだよ、国中の新聞のトップ見出しに〈スワスモア学長、黒人学生占拠に直面し、心臓マヒで死亡〉なんて出てしまったんだから。理事会はそれを恐れた。そういう事態が二度と起こらないようにしたのさ。それでクラマーを雇った。彼を呼びつけて、従わせたのさ」

「冗談だろ?」

「冗談なものか。カンボジアの件が発覚した時、表向きにはその他にもいろいろ理由が挙げられたが、そういうことだったのさ」

「ひどいもんだね！　合衆国軍隊を中立国に侵攻させ、自国兵をして自国の子どもたちを自国の街頭で銃撃させ、心配事は自分たちの世間体だって？　これがクエーカーの学校だと言えるのかね、まったく」

「クエーカーの一組織だ」。アレンが答えた。「キーワードは組織なのさ。組織こそがかれらにとっての存在基盤なのさ。状況がどうあろうともね。生き残っていくために必要なことはなんでもやるさ、みんながやるようにね。合衆国政府が始まったところ、終わるところをよく見るがいい。スワスモアも同じだ。君とは違った世界観を持つ裕福な同窓会員が大勢いることは知ってるだろう。いいか、ビル、スコット上院議員だってテリー・マックスウェルの承諾がなければ何もできない。ピーター・ホリスターはペンタゴンとの契約に全財産を投じている。そういった連中がこのあたりを牛耳っていて、そうやって壁を這い上がってきたのさ。連中が大学内の習慣を壊す訳がない。男女共用寮にも反対だ。連中が自分たちのやり方を通すためには、州兵を呼び入れて、全員を短髪にしてROTC〔予備将校訓練隊〕に入れてしまうだろうよ」

「この国のやることは信じられないよ。どこでもそうなのか？」俺は言った。

「当然さ、証明はできないけれどね」。彼は、にやっと笑いながら、そして眉毛を吊り上げてつけ加えた。

「とにかく、この話は聞かなかったことにしてくれ」

「言い逃れするのか、え？」

「いいか、私自身は残りの人生すべてをスワスモア大学で送るつもりはないが、しかし、まだここを去る段階ではない。もう一杯どうだ？」

「なんていうことなんだ、まったく」。そう言って、俺はマグを飲み干した。

52

「ゲインズビル・エイト」と反戦ベトナム帰還兵の会　一九七二年九月

「本当のことを言ってくれ、ポール、教えてくれよ」。俺は言った。「何が起こってるんだ？」

「ビル、いいかい、おまえだって俺と同じくらい分かっているはずだ」とポールが答えた。「俺がこのことでまず何か知っているとすれば、連邦法務官が俺に起訴状を渡し、俺が手錠をかけられて引っ張られたことだよ。俺が共謀したとされる四人の男たちには会ったこともない」

「どうして起訴されたのか考えてみろよ、ビル」と、ジムがつけ加えた。「ＦＢＩの情報提供者の一人の嫌な野郎だ。そいつには精神分裂の経歴がある。奴らは尻尾を摑まれることはしない、そんなこと、とっくに分かっていたのさ」

「連中の知っていることなんか何もない」とポールが言った。「俺たちは何もしてないんだから」

「奴らに証拠なんて必要ないのさ」。ジムが言った。「奴らはとっくに欲しいものは手に入れている。国中の新聞の一面トップに「狂ったベトナム帰還兵ら、起訴される」と出るさ。奴らには何も証明する必要はないんだから」

「そうさ、それだけじゃない」と、ポールが付けたした。「起訴状が出たのは、ウォーターゲートへの侵入がニュースになった二週間後だ。ニクソンは俺たちに注目を集めることで、自分の犯罪的陰謀から目をそらせようとしたのさ」

「そうか、そうか、分かった」と、俺は両手を挙げて言った。「分かった。ひどいことがよく分かったよ。

君から聴けてよかった、それだけだ、クソッ」

俺たちはブルックリンでジム・ベストのキッチンテーブルを囲んで座っていた。一九七二年九月のことだった。ジムとは、前の年にいろいろな反戦活動を通して知り合ったが、反戦ベトナム帰還兵の会〔VVAW〕の発起人の一人だった。俺はスワスモアの四年目が始まる前に彼のところに立ち寄り、ゲインズビル・エイト事件の裁判について話し合っていたところだった。「ちょっと待ってくれ」。ジムはそう言って、「この話を直接話してもらおう」と、彼はその場で電話をし、そして一五分後にポールが加わったという訳だ。

元陸軍中尉でブロンズスター〔青銅星勲章〕とベトナム十字勇敢勲章叙勲のポール・メイソンは、二カ月前に「共和党全国大会に焼夷弾と自動銃器、自動推進爆発物を持ち込み暴動を企てた陰謀罪」で起訴されたVVAWの八人のうちの一人だった。彼は逮捕され、監獄に送られたが、裁判まで保釈されていた。あとの七人のうちの六人もベトナム帰還兵で、全員が名誉除隊のVVAW会員だった。ポールの他にも、青銅星勲章と十字勇敢勲章一人、パープルハート〔名誉戦傷〕勲章四人、殊勲飛行十字勲章一人、空軍殊勲章三人がいる。現在、それぞれが、連邦刑務所に懲役五年と罰金一万ドルの罪という危機に直面していた。

「誰が告訴したかは知っているな?」ジムが訊いた。俺は首を横に振った。「ガイ・グッドウィンズだ」と教えてくれた。「フィル・ベリガンとハリスバーグの七人を訴えた同じ間抜け野郎だ。今回と同じケースだった。FBI情報員の一人が証言し、すべて政府側の証拠に基づいた裁判だった」。ハリスバーグ・セブンの訴訟はヘンリー・キッシンジャー誘拐の陰謀容疑も含まれていた。評決は一〇対二で無罪だった。

「奴は一つ負けているが、そのまま難なく次に進むつもりだ」とポールは言った。

「そこが重要だ」とジムが言った。「彼は勝つ必要はない。奴の狙いは新聞の大見出しを取る事だ。シカゴ・セブン訴訟以来の、ニクソンが大統領になって以来の、常套手段だ。すべてニクソンの戦略に沿ったものだ。

反戦運動の評判を落とすためさ。俺たちに動揺を与えるためだ。ショッキングな見出しを次々に見せ続けるためだ。体制批判をする者に、次はおまえの番だぞと、警告するためさ。何十万ドルもの金を無実の人間を刑務所から出すための保釈金に使わせ、その金やエネルギーを戦争をやめさせる運動に使わせないためさ」

「先のことは誰にも分からない」とポールが言った。「多分、訴訟を引き延ばすことで奴らが勝つかもしれない。問題は陪審員を獲得できるかだ。何人かは煽動的な労働者だ、分かりきったことさ」

「底なしだな、そうじゃないか?」俺が言った。質問とは言えなかった。「いいか、俺が入隊した時に考えていたことだ。高校生の時、ノートの表紙に何と書き留めていたか知っているか? 〈国が君のために何ができるかを訊くのではない〉。ジョン・フィッツジェラルド・ケネディだ」

「その通りさ。訊かないことだ」とポールが冷やかした。「君は信じたくないだろうさ。これが君の愚かな国が君にしてやれることなのさ。憲法が保障した言論の自由の権利を行使したために監獄に閉じ込めようとしているんだ」

「畜生、クソッたれの奴らめ!」俺は叫んで、テーブルを拳で強くバンバン叩いた。「俺はこのアホな国を憎んでやる!」

「言葉に気をつけろ」と、ポールが盗聴器があるかどうか探すようにして花瓶を持ち上げて言った。

「笑い事じゃないぞ」とジムが言った。

「そうだ、笑い事なんかじゃない」とポールも言った。

「これからどうするんだ?」俺が訊いた。

「分からない」とポールが答えた。「俺たちの弁護士は裁判を一一月の選挙の後まで延ばすつもりだ」

「それでどうなる?」俺は尋ねた。「マクガバンが勝てる見込みなんてまったくないのに」

「分かっている」とポールが答えた。「しかし選挙で何らかの政治的取引があるかもしれない。分からないが。弁護士はできるだけ引き延ばす方が有利と考えている」

「裁判費用はどうなるのか?」俺が訊いた。

「それに俺の生活費のこともだ。起訴されたことがニュースになってから仕事は首になり、それ以後どこにも雇われない。いい質問だ」

「VVAWが裁判費用の基金を募っている」とジムが言った。

「ひどい話じゃないか」と俺は言った。「まず奴らのために小汚い戦争を戦わせる。それから監獄にぶち込む。恐ろしい話じゃないか。実に恐ろしいよ」

「怖いのか?」ポールが言った。

53 ニクソンを弾劾しろ！

「何してるんだ？」ロジャーが訊いた。

「ああ、ロジャーか」。俺は顔も見ずに答えた。「座っていてくれ。もうすぐ終わるから」

「詩を書いているのか？」

「全然違うものさ。地元の議員宛の手紙を書いているところだ」

「へー、そうか、何のためだ？」

「議会はニクソンを弾劾すべきだと思う、そのことさ」。そう答えた。

「冗談だろ？」

「冗談じゃない。本気だ！」大きな字でサインしながら言った。「ロングビーチに着いたら投函する。カードをやるのか？」

「いいや」とロジャーは答えた。「外はいい夜だ。それほど寒くもない。ちょっとデッキに出てワインでも飲まないか。外の空気を吸いたくなった」

「オーケー」。俺は上着を摑んだ。「ワインならロッカーにある」

外はひんやりして少し風があったが、ほんの数日前に比べるとちょっと南に下がっただけで随分と穏やかになった。冬に海岸線を航海するのは変化の対応に困る。ワシントン付近では雪嵐に叩かれたかと思うと、五日後にはサンタバーバラ海峡をゆっくりと走りながらボートデッキで日光浴ができる。一週間ごとに季節が変化していくのだ。

数分後には二人とも煙突横で風を除け、温かい煙突に背を持たせて、心地よさに酔っていた。聞こえてくるのは風の音、船が波をかき分けて進む時の鋼鉄のうなる音、そして俺たちのはるか下から響くエンジンのしっかりとした振動音だけだった。俺は後ろに寄りかかり、暗闇の夜空に顔を向けていた。雲はなく、満天の星が輝いていた。海上の澄みきった夜空に匹敵する壮大な眺めは、砂漠の高地の夜空だけだろう。何百万もの星の数だ。数十億かもしれない。天の川の輝きは、まるで誰かが幅広のサテンのリボンを空にサーッと広げたかのように見事だ。船が揺れるため、真っ直ぐ見上げて煙突の上にある一つの星をじっと見つめていると、船は不動で水平にあって、宇宙全体がゆっくりと8の字を描くように船の周囲を回転しているように見えるし、そう感じられる。

「古代人がなぜ星についての話を作り上げてきたのか分かるような気がするよ」と、俺は言った。「今まで、古代人たちがなぜ星を熊や狩人やカニに見立ててきたのか、知ろうともしなかった。しかし地球の表面が光やスモッグや汚染物質によって覆われてしまっている今となっては、何が見えているんだろう？　ちょっとした白い点々ぐらいだろうか。こんな空だったら、そこに何でも見て取る事ができるんだな」

「ベトナムでもこれだけ沢山の星が見えたかね？」ロジャーが訊いた。

「いつも見えたわけではないよ」。船ではなく、天体が回っているような錯覚を振り払いながら、俺は答えた。「いつもどこかしらで閃光《せんこう》がチカチカしていた。遠くで六〇ミリ程度の迫撃砲が出した閃光でも、今ここで見上げている空の半分ほどの明るさをもっているからね。C130から一度に五、六発、パラシュートで落下させるんだが、それは巨大なマグネシウム閃光を発射してくる。それが筋になって燃え落ちる時には、実際、夜が昼になったようだ。俺たちは夜があまり好きではなかった。夜はチャーリーの出番だからね」

「チャーリー？」ロジャーが訊いた。

「ベトコンのことだ」

「もう少しワインを飲むか？」

「ああ」と俺は答えた。「ちょっと、見てくれ！　月が上がってくるぞ」。俺たちが見ていると、月の端がちょうど海の黒い縁からのぞき始めたところだった。数分で、水平線の上に姿を見せ、揺れているまばゆい光の川の上にその姿を次第に横に広げ始めた。「ムーン・リバーだ」と、俺は言った。

「きれいだな、どうだ？」

「あんたがどこにいようとも、いつも真っ直ぐに光を送ってくれているのに気がついていたかい？」俺は訊いた。「どこにいようと、光の帯は一直線に自分に向かってくるんだ。まるであんたが水の上に出てそのまま世界の端まで歩いて行けるようにさ」

「今までそんなこと考えたこともなかったよ」。ロジャーが言った。「しかし、そうだな、そんな感じがするよ」

「俺はここが好きだよ、ロジャー。すべてが俺たちの世界だ。時々、ハールク島［ペルシア湾のイランの島］まで走っていければと思う。六〇日間ずっと海の上でさ。二日間ここで、四日間あそこで、というのではなく」

「すぐに退屈になるさ、本当だよ」とロジャーは言った。

「そうは思わないな。俺は海が好きだ。争いもない。俺は永久にここにいられるよ、そうじゃないか？　多分、そうするよ」

月から流れる光の川は月が空高く昇るにつれて、周囲の星をぼかしながら、細くなっていった。

「おまえはその手紙を本当に送るのか？」ロジャーが訊いた。

「そうだけど。だめかい？」

「俺は一度も議員に手紙なんて書いた事がない」と彼が言った。「本当に彼を弾劾すると思うか？」

「さあて、どうかな。奴がどうやってこんなに長く生き残っていられたのかが分からないよ。できると思うけど、どうかな？　おかしいだろ、そうじゃないか？　最初の五年間で、あの下衆《げす》野郎がやったことはクソだらけさ。もしもう一度奴にやらせても、どうせつまらないことしかできないのだから、再選させるには及ばないさ」

「ウォーターゲートはそれほど重要ではないということか？」

「あれは重要だ。合衆国大統領が民主党本部を盗聴しようとしたんだぜ、泥棒猫のように。それ以後二年間もそのことで世界中に嘘をつき続けてきたんだ。忠実なる部下たちを一人ひとり犬に食わせながら、自分だけ助かろうとしたんだ。正義を周到に冒瀆し、証拠提出を拒否し、ＣＩＡを使ってＦＢＩ捜査を妨害し、テープを消去した――つまり、浅はかで、汚らしい、下劣なやり方だ。全部が醜悪そのものだ。サウス・フィラデルフィアの場末やくざの仕事だぜ。それがアメリカ合衆国大統領だ。これほど重要なことはないさ。つまり、奴は、ウォーターゲートのどんなクソッたれよりももっとひどいことを数えきれないほどやらかしてきたのさ。まったく、こんな皮肉なことがあるかよ。俺には笑っていいのか泣いた方がいいのかも分からないくらいだ」

「いい方を取るんだな」とロジャーが言った。

「まあ、どっちになるかな。今となっては、連中が奴にどうしようとしているのか、そんなことはどうでもいい。奴を釘付けにしているかぎりは、だ。あのインチキ野郎を何としても弾劾にもっていくんだ。いいか、監獄入りを見届けてやるのさ。そこが奴にふさわしいところだ。奴ら全員放り込むべきだ。副大統領もゆすり同然だ。司法長官も偽証罪だ。国務長官は戦争の最中にノーベル平和賞を受け取るような大胆不敵な奴だぜ」

「キッシンジャーか?」

「そうだ。そのことは知らなかった?」

「知らなかったさ」

「本当のことさ。去年のパリ平和会談に署名した後、ノーベル委員会はキッシンジャーとレ・ドク・ト、北ベトナム代表だ、二人に平和賞をやることにした。キッシンジャーの厚かましさと言ったらないぜ」

「もうひとりはもらわなかったのか?」ロジャーが訊いた。

「もらわなかった。彼はこう言った。〈いいですか、あなたがたはどうかしてませんか。戦争はまだ終わっていないのですよ〉。人間の格が違うよ。言い換えれば、アメリカ合衆国には品格なんてないということだ。ゼロだ。胃がまた痛み出した」

「おまえは本当に心配なんだな、そうだろ?」ロジャーが訊いた。

「何がだ?」

「アメリカがさ」

「それはもうない。心配などしない。もう俺の国じゃない。これまでもそうだったのさ。それに気づくまで時間がかかった。それだけのことさ」

「それならどうして議員に手紙など書かなくちゃいけないんだ?」彼が訊いた。

「ワインをもう少しくれないか?」

54 詩の朗読会　一九七二年一〇月

ヘンリー・キッシンジャーが和平は間近だと発表したその日、俺はターブルズ学生会館のラスケラー・ホールで詩を朗読することになっていた。朗読に招かれていた五、六人のうちのひとりだった。以前に一度だけ聴衆の前で朗読したことがあったが、今回もとても緊張していた。一九七二年一〇月の午後、デーヴ・カーターがドアから首だけ突き出した時、俺はウォートン寮の部屋でどれを朗読するかを決めようとしていた。

「ニュースを聞いた?」彼が尋ねた。

「いいや、何かあったのか?」

「戦争がもう終わるらしい」と彼が答えた。

「えっ?」

「キッシンジャーが今日の午後発表したんだ。パリで協定に調印するところだって」

「本当にそう思うか?」俺はそう言った。「この目で見るまで信じられないな。口だけではね」

「それでも、少しはいいんじゃない」

「どうかな」

デーヴとはもうルームメイトではなかった。彼とは違いがありすぎた。俺は五つも歳が上だったし、水泳や詩や文学は別にしても、共通点がほとんどなかった。それでも俺は彼を好きだったし、一緒の部屋だったのはいい経験だった。しかし部屋の選択の規則として、俺たちは二人で一部屋を共有することになるかも知れなかった。俺には、誰かと一部屋を共有することはできなかった。海兵隊での三年間はまったくプライバシーがなかったからだ。それで四年次になった時に、俺はウォートンの男女共用セクションの一人部屋を選んだ。デーヴはハロウェル寮でもうひとりの水泳部員との相部屋に入った。

デーヴにとっては、多分それでよかった。先学期のこと、彼が一度だけ俺と一緒にマリファナを吸ったことがあったが、最後はバスルームで気絶してしまった。彼が床を這いながらフィラデルフィア空港がどうとかとぶつぶつ言っているのを見たが、倒れる時に何か硬いものに額をぶつけたようで、額に大きなたん瘤《こぶ》ができていた。恐らく小便器だろう。便器もデーヴの額も大事には至らなかったものの、そのことは俺たち二人をドキッとさせた。

「今晩、ラッツ［ラスケラー・ホール］で朗読するんでしょ」。彼が訊いた。

「そうだけど。来るのか？」

「行かないはずないだろう。じゃ後で」。彼は現れた時と同様に、サッと姿を消し、俺もしばらく原稿を見直していた。それから夕食に出た。その後、パリッシュ寮のデニス・ソーヤーの部屋に寄り、一緒に朗読会会場へと向かった。

戦争がすぐに終わるらしいというのは本当なのかどうか。気持ちの上では、永遠には続かない、終わらせねばならないと、ずっと信じてそう願ってきた。しかし他方で、この戦争があまりにも長く続いたため、戦争はいつかは終わるだろうと信じてきた自分が、盲腸のようなある種無用な退化した器官よりもずっと小さく萎縮してしまっていることを感じていた。ベトナム戦争のない世界なんて考えられなくなっていたのだ。

朗読会が始まるまでには、薄暗い地下室はほとんど満員になっていた。何人かの朗読を聴きながら、緊張を緩めようと努めた。俺の番になった。雁と秋についての詩から始め、数篇の恋の詩、友情についてを一つ、それからこの詩で締めくくった。それをちょうど一週間前に書き上げたばかりだった。

アメリカの息子[*1]

俺たちはあんたたちによって戦場に送られてきた
あんたたちはそんなこと、知ったこっちゃないと言うだろうがね。

気がつくのにそれほど時間はかからなかった
ここで俺たちが制圧しているのは
俺たちの足下の狭い範囲の土地だけだと。

艦船がＶＣの拠点を砲撃したと
情報員が知らせてきたが、
俺たちが見たのは乳房を失った女と
そしてかの女の死産した子どもだった。

老人がひとり、俺たちの三トントラックを避けようとして
土煙の中で恐怖に凍りつき、よろよろしているのを見て
俺たちは、大笑いしたものさ。

フエ市では敵の数に圧倒された。

*1　この作品の原題は，“A Relative Thing”で，“relative”とは「友人は選ぶことができても，血の繋がりは選べない」という諺に基づくとエアハートは説明する。本国の人たちがこの戦争からどんなに目を逸らそうと，ここ戦場に送り込まれた兵士たちは，あなたたちの息子なのですよ，の意。W. D. Ehrhart, *Beautiful Wreckage: New & Selected Poems*（Easthampton, MA: Adastra Press, 1999）所収

その間、ARVN兵士[*2]は、後方の安全地帯で
死体を漁《あさ》っていた。
ローカル104[*3]の奥さん連中が送ってくれたクッキーも
俺たちの感覚を和らげてはくれなかった。

サイゴン政権の従順な支持者たちが
ダンボール小屋がびっしり立ち並ぶ町で、
座り込んでいるのを見てきた
ざらざらに荒れた手をぐったりと膝にもたせて
腹を空かせてコメを欲しがっていた
地区の役人の中には
ベトコンにコメを売って儲ける者もいるのに。

俺たちはジッポー[*4]襲撃という民主主義を実践したまでのこと、
立ち並ぶ家々を焼き払い、
耕したばかりの田畑に装甲車を乗り入れてメチャクチャに荒らしもした。

俺たちは生きて行かねばならないのさ
あんたたちの抱いた夢想の道具にされたことを
心の奥底に痼《しこ》りとして抱えたまま。
俺たちは、このバカバカしい夢物語に

＊2　南ベトナム政府軍
＊3　労働組合支部
＊4　米国製ライター

がんじがらめにされた共犯者だ。

しかし俺たちはひとりではない。

俺たちはあんたたちによって戦場に送られてきた
あんたたちはそんなこと、知ったこっちゃないと言うだろうがね。
生き残った者たちは
何が間違っていたのかを語ろうとしてきた。
あんたたちはしかし、今はもう聞く耳を持とうともしない。

俺たちが二一歳当時の
軍服姿の写真とは似ても似つかないからといって
我が子を勘当する理由にはできないのさ。

俺たちはあんたたちの息子、アメリカの、
それは変える事のできない事実。

あんたたちが目を覚ます時、
俺たちはまだ戦場にいることだろう。

全部を朗読し終わったが、気持ちが昂《たかぶ》ってしまい何度か声がうわずったりした。そんなことは想像もしていなかったので、自分でも驚き、困惑した。朗読した詩を書いた紙を揃えている間、短い沈黙があった。俺は震えていたが、それは緊張のためではなかった。できるだけ早く舞台から消えたかったからだ。突然、割れんばかりの拍手と大きな歓声が聴衆の間から沸き起こった。

「やめてください、やめてくれ！」俺は何も考えずに飛び出した。騒ぎが始まったと同じくらいに突然に、拍手はやんだ。「何に喝采しているのですか！」俺は叫んでいた。「これはふざけたパーティなんかではないでしょう！　一九七二年、今でも人が死んでいるんです。泣くべきことではあっても、バカ騒ぎすることなんかではない。いったい何を考えているんですか？　フットボールか何かのゲームとでも思っているのですか？　俺たちはここで人間について、それも何百万という人びとについて、話しているのに、俺はもう死ぬほどうんざりしている、戦争を終わらせて欲しいだけです」

俺は低い演壇を大股で横切って行った。デニスが演壇の端で俺を待ち受けていた。デーヴ・カーターが近づいて来て、俺の朗読した詩について何か言っていたと思う。しかし俺には聞こえなかった。何も耳に入ってこなかった。俺はその場に座って、虚《うつ》ろな目で、何かをじっと見つめるでもなく、ただ、タープルズ学生会館からはるかかなたの、まったく別なことを考えていた。そして静かに泣いていた。デーヴは行ってしまった。デニスが両腕を俺に回して、子どもをあやすように俺の頭をかの女の胸の間に抱きかかえてくれた。

そのことはそれほどいいことには繋がらなかった。

ひと月弱前に、俺はカレン・ドランという名の、近くの大学の二年生とデートをした。かの女とは、俺と同じスワスモア四年のかの女の姉マーサを通じて知り合った。マーサとは一年の時から一緒だった。マーサとも、二年生のはじめの頃、何度かデートしたことがある。それ以上には進まなかったが、友人としては続いていた。三年の時には、マーサに頼まれて、かの女のボーイフレンドのチャックが海兵隊将校訓練プログラムに入るのをやめるように説得したことがあった。それ以来、二人は折にふれては俺を呼んでくれて一緒に過ごすようになった。九月の終わり頃、マーサが週末に一緒にプリンストンに誘ってくれた。チャックはそこの四年生で、俺はすぐに快諾した。そこでカレンと知り合った。あとから分かった事だが、マーサはカレンも誘っていたのだった。

その週末はとても楽しかった。俺たちはラトガーズ対プリンストンのフットボール試合を観戦し、それからニューブランズウィック［ラトガーズ大学のある都市］のパーティに行った。その週末の終わりには、カレンとの翌週のデートの約束を取り付けたのだった。俺には長らくそうした楽しみ事など何もなかったのだ。一週間がとても待ち遠しかった。フレッド・チャールズにパーティを開くよう説得したほどだった。ファースト・フレディ［フレッドの愛称］はパーティ好きで知られていたし、俺はカレンに楽しんでもらいたかった。そうすれば、かの女は永久に俺に恋するだろうと思った。

俺はその土曜日の晩かの女を迎えに行き、すべて順調に運んでいるかに思えた。しかしスワスモアに近づくにつれて、かの女がだんだん静かになってきた。何かあったことは明らかだったが、俺にはその理由が分からなかった。とうとう俺は何かまずいことでもあるのかと訊いてみた。

「私をイマキュラータ［大学］に連れて帰ってくれる？」かの女が言った。

「もちろん君を送っていくよ」と俺は答えた。

「今すぐに」

何ていうことだと俺は思った。「何故だい？」俺が聞き返した。「どうしたのさ？　何か気にさわるようなことをしたかい？」

「あなたは何も悪くないの」とかの女が答えた。「ただ……つまり、ここの人たちを誰も知らないわ。パーティに行く気がしないの」

「いいかい、君はみんなを好きになるよ」と俺は言った。「みんなとてもいい人たちだとすぐ分かるよ」まったく、どうなっているんだ、君のために開いたパーティなんだぜ、と内心では思ったが、何も言わなかった。

「そうだと思うわ」。かの女はそう答えた。「でも、でも、何と言ったらいいのか、行く気がしないのよ、それだけ」

「どうしてさ？　俺には分からないよ」

「ビル、私があなたに相応しいかどうか、分からないのよ」

「どういう意味だい？」俺が訊いた。

「私はまだ一九歳よ、ビル。あなたは二四歳。海兵隊にいたわ。あなたには……つまり、人生経験がある、私とは違う世界の人のような気がして」

「どうした、カレン。そんなんじゃないから。上品な女性に乱暴者の狂った海兵隊員ってか？　最初のデートでレイプして殺してしまうつもりかって？」

「ビル」と、かの女は言った。

「そういうことか？　何と言ったらいいのか？　ステレオタイプにより有罪か。君は俺を知ろうともしないんだ」

「ごめんなさい。本当にごめんなさい。パーティには行く気がしないの。お願いだから学校まで連れて帰って」

「ああ、いいとも、君がそう言うなら」と、俺は言った。打ちのめされた感じだった。突然、俺にも分かりかけてきた。この短い一週間に俺が描いていたこと、まったく知らなかったこの女と恋に落ちて、末永く幸せに暮らすというのは夢物語に過ぎなかったということを。頭の中であれこれ空想をめぐらせていただけだったことに気づいて惨めになり、すべて消え去ったことにすっかり傷ついた。またもやミスター青二才の間抜け野郎だ。ちょっとした空虚な夢物語だ。ベトナムで毎日毎日夢見ていた念の入ったお伽話みたいなものだ。今まで積もり積もったどん詰まりの人生にもう一つできた袋小路だ。

その晩、かの女の学校まで運転しながら、永遠に運転しているような気がした。二人とも黙ったままだった。到着して、俺はかの女の寮のドアまで一緒に行き、手みじかに礼儀正しくおやすみと言い、帰ろうとした。

「ビル」と、かの女が後ろから呼びかけた。「待って」

今更何だよ、俺はそう思った。俺は気まずい思いと、傷つけられたことと怒りとで、すぐにもそこから立ち去りたかった。

「ちょっとだけ、私の部屋に寄っていかない？」かの女が訊いた。

一体全体どうなってるんだ、と思ったが、突然俺を誘い込むような魅惑の衝撃に逆らうことはできなかった。まるで死刑宣告を受けた男が執行猶予を与えられたようなものだ。

「俺は中には入れないと思うけど、どうなの？」できるだけ落ち着いて、そう望んでいるとは思われないように、俺は訊き返した。ここはカトリックの女子大学だった。男は寮に入ることを許されなかったし、部屋に男といるところを見つけられた女子は即座に放校処分になるのが普通で、警備員は充塡した拳銃を持ち歩いていた。

「非常階段から入れるようにするから」とかの女は答えた。それから、微笑んだかと思うとクスッと笑った。俺も無意識のうちに満面の笑みに変わっていた。

その後、事態は急転回した。翌週は二度、俺はかの女に逢いに行き、その次の週末にはかの女がスワスモアにやって来た。かの女は姉のマーサのところに泊まることにしていたが、それをやめて俺と一緒にいた。かの女は俺と初めての体験をして、それからすぐにトムについて話し始めた。

「トムっていったい誰だ?」俺は二人一緒のベッドで尋ねた。

「私のボーイフレンド」とかの女は答えた。「つまり、ボーイフレンドだった人」

かの女はくすくす笑い出し俺の頬にキスをした。トムとカレンは同じ高校で、四年間つきあっていたと説明した。彼は今はバージニア大学の二年生だった。

「それが俺とはパーティに行きたくないと言った理由だったのか」と、俺は言った。

「理由の一つはね」と、かの女が答えた。「だけれど、他の理由も嘘ではなかったの。私はあなたのお友達を知らなかったし、それにあなたが少し怖かったから」

「俺が?　真面目な話か」。かの女の乳首に唇で軽く触れながら、俺は言った。

「あの時はそうだったの!」

「どうして気が変わったんだ!」

「どうしてかって、あなたが好きになったからよ。それにもうあなたと二度と逢えなくなるのを恐れたの」

「逢わなかっただろうね」。俺はそう言った。「俺は多分、自分を電信柱か何かに巻き付けていただろうから」

「ビル!」

「いや、あの時は散々だったよ、今だから言うけれど。いったい、君が俺をどうしようとしているのか分からなくて。〈いいわ、あなたと行くわ。いやよ、あなたとは行かないわ。連れて帰って……〉」

「しっ!」そう言って、かの女は俺の口を手でふさいだ。「愛してるわ」

「トムのことだけれど、どうするつもりなんだ?」俺は訊いた。

「今月の終わりが彼の大学のホームカミング週末にあたるから、行ってくるつもりだったけど」と、かの女は答えた。「今もそのつもり、もしあなたさえよかったら。何があったか、彼に直接話そうと思うの。四年間もつきあっていたし。少なくともそれぐらいはしておきたいから。あなたがベトナムでかの女から例の手紙を受け取った時にどう感じたか、覚えている?」

「覚えているかって? ああ、覚えているよ」と俺は言った。「しかし彼は戦場にいる訳ではないだろう?」

「ビル、私はそうしなければいけないと思うの。心配することないわ。トムとは何もないから。私は彼に四年間ノーと言い続けてきたの。今更どうってことにはならないから。彼をもう愛していないのだし」

数週間後、カレンは元恋人のトムに話をするため、シャーロッツビルに行き、俺はデニス・ソウヤーと一緒にラスケラーの詩の朗読会に出かけたのだった。何の問題もなかった。俺たちはただの友達だった。

デニスはスワスモアの一年生だった。俺は、大学が始まった最初の日からかの女に気づいていた。というより、かの女を無視することは不可能だった。オリーブ色に日焼けした肌に見えたがそれは生まれつきのものので、柔らかい鳶《とび》色の瞳と、背の半ばまで垂れ下がった豊かな栗色の髪の持ち主だった。そしてディディ・バーンズリーと同じようにいつもロングドレスを着ていた。カレンが可愛らしいとすれば、実際そうだったが、デニスの美しさにはぞっとさせる何かがあった。

なかでもデニスの一番の魅力はかの女の人柄だった。ドキッとする美しさは、男たちを黙らせ圧倒するほどだったが、その人柄は多くの場合、素直に敬意を抱かせるものだった。しかしデニス自身は、かの女がもっている威厳とも言うべきオーラにまったく気づいてはいなかった。かの女と最初に言葉を交わした時から俺は、かの女の肉体的な魅力と同じくらい、その静かな優しさと謙虚すぎるほどの態度にすっかり参ってしまった。

俺はすぐにまた、かの女には、ティピーという名の、さる大金持ちの外洋航行ヨットのクルーの恋人がいることを知った。この発見は、俺の野心の淡い期待を抑えてくれたが、それでも俺はデニスが好きだったし、かの女と一緒にいる時間を大事にした。俺がカレンとつきあい始める前に、二人はすでにいい友人となっていた。カレンが週末に出かけて俺の詩を聴きに来られなかったので、代わりにデニスに付き添ってもらうように頼んだのだった。

だから俺がその晩よれよれになってしまい、ひとりではどうにも帰れずにデニスが否応無しに送るはめにならなかったら、何事もなくすんでいたはずだった。俺が頼んだ訳ではなかったし、事実頼んではいなかった。かの女が自分からそうしてくれたのでもなかった。成り行きでそうなってしまったのだ。朝になって、俺はとんでもなく混乱していた。

それから数週間というもの、狂ったままだった。デニスと俺はほとんどずっと一緒にいて、互いにそれぞれの恋人を裏切ってしまった罪の意識にひどく苛まれながらも、離れることができないでいた。俺はまるでサーカス芸人のように時間をやりくりして女たちとの綱渡りを演じていた。あまりにも切羽詰まった状況だったので、一一月の選挙でジョージ・マクガバンがニクソンの地滑り的勝利によって敗北したことを嘆く暇さえなかった。選挙結果に驚いた訳でもなかったが。おまけにパリ和平会談がふたたび決裂したことも知らないでいた。和平のことを知った時に、俺はデーヴ・カーターにそうなるだろうと話していたのだが。俺の推測通り、和平はすぐそこまで来ているというキッシンジャーの大胆な声明は、投票日直前にニクソン勝利のために放った最後の一発という、スタンドプレーに過ぎなかったことが明らかとなった。あとで考える時間ができた時には、このインチキ野郎と、腹が立った。

そんなことを考えている時間は、しかしほとんどなかった。ここ何年も俺は、あったとしても一晩限りのつきあいだったのが、突然、これまで知り合った中でも一番美しい女か優しい女かのどちらかを選ばざるをえない立場に追い込まれた。そのことはじわじわとではなく、突如として、頭を壁に叩きつけるかのようにやって来た。俺の目の前ですべてが炸裂する前に苦境から逃げ道を探さねばならなかった。遅かれ早かれ爆発する事は分かっていたからだ。スワスモアにはカレンの姉がいて、かの女と親しい友人がデニスの階のホールのすぐ下の部屋にいたのだから、噂が広まるのはまさに時間の問題だった。

そしてその通りになった。一一月半ばのある週末、カレンが俺に直球を投げてきた。「デニスって誰?」ああ、遂にやって来た、と思った。「ただの友達だ」と、答えた。「それだけさ。女友達を持って悪いか? 君だって男友達はいるだろう?」

「エイミー・スタンレーがマーサに言ったところだと、あなたはかの女と寝ているそうね」。カレンが言った。

「それは嘘だ」と俺は答えた。

「かの女を芝居に連れて行った、そうでしょ?」

「君がバージニアに行くと知らされる前にチケットを買っていたんだ。どうすればいい、無駄にするべきだったというのか?」

「かの女にバラを買ったの?」

「まあ、そうだ。しかし特別な意味などない。かの女が俺のレポートの校正をしてくれたんだ、すぐに提出しなければならなかったからね。金を受け取らなかったから、それで花を買ったんだ。それだけのことだよ」

「エイミーが言ったことと違うわ」と、かの女は言い返した。

「まったく、何を言ってるんだ、エイミー・スタンレーは俺のことが好きじゃないんだ」と、俺は反論した。「何故だか知らないけれど、それは本当だ」。その通りだった。「かの女は俺たちの仲を壊したいのさ。それだけだよ」。それも恐らく本当だった。エイミーがカレンのためを思ってそんなことを言ったとはとても思えなかった。かの女には、前々からデニスに俺についての大嘘を蒸気船のトランクが一杯になるほど詰め込んでいたように、卑劣で意地の悪いところがあった。しかしこの件について唯一問題だったのは、かの女が真実を、少なくとも俺を苦境に陥れるほどの真実を話していたということだった。「ねえ、愛してるよ」と俺は言った。「いったいどちらを信じるのか、俺かエイミー・スタンレーか?」

しばらくはそれで治まったが、すぐにバレるだろう事は俺にも分かっていた。とりわけ、ある日マーサが俺をつかまえて、これ以上妹を傷つけることをしないでと警告した時のことだった。「そんなことはしないよ」と俺は言った。そのつもりだった。「大丈夫さ。時間をくれ、マーサ、信じてくれ」。そうだ、俺はその時に退《ひ》くべきだった。

それからしばらくたったある晩、カレンが泊まりにきていた時、デニスが電話してきた。かの女は泣いていた。そして今すぐ話したいことがあると強く言い張った。

「どうして今晩なんだ?」俺が訊いた。「後にしてくれないか? カレンがここにいる。何かあったのか?」

「ビル、お願い！　今じゃないとダメなの」

俺はカレンに、スワスモアKGBがまたデニスを悩ましているらしい、エイミーとマーサはデニスに対してこれまで何度かかなり辛くあたっていた、だから何が問題なのか、見て来なければいけない、すぐに戻るからと告げた。

俺は、トラブルとはそういうことだと思っていた。しかし実は、デニスがティピーをこれ以上裏切ることはできない、俺とはもう逢わないと決心したことでひどく動揺していたことが分かった。俺は何と言ったらいいのか？

「いいか、デニス」と、俺は言った。「君がそうしたいなら、そうすべきだと思う」と。どちらかを諦めることでしかないと俺にも分かっていた。それが一番の解決法だと。俺は心が軽くなり、がんじがらめになった関係からとうとう解放されたような気分で部屋に戻って来た。火の手をあげることなく抜け出せたとホッとした思いだった。

しかし部屋に戻るとカレンはいなかった。何てこった、今度は何なんだ。かの女を見つけるのに一時間ほどかかった。そして見つけた先が、なんとデニスの部屋で、デニスと話しているところだった。いったいどうやってカレンはここに来たんだ、いったい何が起こっているんだ？　しかし俺は自分が甘かったのだと悟った。カレンの表情から、それは明らかだった。デニスが、かの女にすべてを正直に打ち明けていた。一九歳のカトリック信者で元バージンの女が、真実、それもすべての真実、まぎれもない真実を受け止めるだけの心構えができていないことに気づかなかった。しかも、丸二週間もかの女に嘘をつき続けてきた後のことだった。カレンはさんざん泣き尽くしたようだった。その目は赤く、顔色は青白かった。俺は、これで一巻の終わり、と思った。

「しばらくあなたたち二人きりにするから」。そうデニスは言って、起き上がり、部屋を出て行った。

ああ、ここにかの女と二人きりにしないでくれ、俺は悲鳴を上げたかった。これからどうなるのか想像もつかなかったし、考えたくもなかった。カレンはじっと座ったままで、永遠にそうしているように思えた。まるで晩秋の風に震えている一枚の木の葉のようだった。俺を見ようともしなかった。かの女の足下にひざまずいて何度か話しかけようとしたが、一言も言葉が出てこなかった。声が喉に詰まってしまったかのようだった。まるでここ二、三日、一滴も水を飲んでいないかのようだった。

とうとうかの女はゆっくりと立ち上がった。ゾンビのように歩いて行き、ドアを開けた。片手でドアのノブを摑むと、俺の方を振り向いた。目が燃えていた。その目は、俺がパム・ケイシーを殴り倒そうとした日に見たのと同じ目だった。俺が毎日のように痛めつけたベトナムの農民の顔に見たのと同じ目だった。自分の見ているものを、俺が負わせてしまった痛みを、信じることができなかった。俺はこんなことをいつまで続けていくのだろうか?

「あなたは私の知っている中でも一番残酷で、冷酷な人間だわ」。かの女は、生あるものがかろうじて絞り出したと思えるような声で、そう言った。「あなたなんか死んでしまえばいい」。そして、去って行った。

55 パリ和平会談調印 一九七三年一月

水泳シーズンが始まる一週間前、そしてカレンとデニスの二人に見捨てられてから一週間後、大学の体育部長が電話で俺に会いたいと言ってきた。俺は鏡で自分をよく見た。クソッ、なんて面してるんだ、と思った。パリッシュでのあの晩以来、顔を洗わず、髭も剃らず、櫛も入れてなかったし、この間、口に入れたものといえば缶詰めの硬いプリッツェルと安ワインだけだった。身なりを整えてから競技場の事務所まで歩いて行った。

「何でしょうか、ミスター・スティーヴンス？」体育部長のオフィスに着くとそう尋ねた。

「座ってくれ、ビル」。彼はそう言って、彼の机の真向かいの椅子を指した。

「それで？」座りながら俺は訊いた。

「ジェイミー・アダムズは今シーズン戻ってこないんだ」。彼が答えた。

「何ですって？ どういう事なんですか？」

「ジェイミーは今シーズン、コーチをしないことになった」

「何ですって？ どうしてですか？」俺は訊き直した。「いったい何の事をおっしゃっているんですか？」

「彼の健康状態がそこまで許さないんだ」と、スティーヴンスは言った。「これ以上続けることは彼にとって負担が重すぎる」

「誰がそう言ってるんですか？」俺は言い返した。そうさ、ジェイミーは去年の冬、心臓麻痺を起こしたために、シーズンの何週間かを休まざるをえなかった。しかし、シーズンが終了するまでには戻ってきたし、その後も続けることしか考えていなかったはずだ。「彼の健康状態が許さないとは誰の言葉なんですか？」

俺はもう一度訊いた。「ジェイミーがそう言ったのですか？」

「つまり合意の上でそうなったということだ」

「どういうことですか、〈そうなった〉とは？」

「われわれ全員がそう判断した。それがジェイミーにとって最良のことだと……」

「〈われわれ全員〉とは誰のことですか？　何を画策しようとしているんですか？」

「われわれは何も画策などするつもりはないよ、ビル。ジェイミーはもう若くはないんだ」

「彼を辞めさせるつもりなんですね」

「いいか、ビル、そんなことでは……」

「人生の三六年間を捧げてきた人ですよ、それなのにあなたがたにとって歳をとり過ぎているからという理由で、彼を追い出そうとするなんて！」

「ビル、そういうことじゃないんだ」。スティーヴンスは言った。「理性的になって……」

「理性的にですって？」俺は怒鳴り返す寸前だった。「俺は理性的になろうなんて思っていません。いったい何が起こっているのかを知りたいんです。誰の決定なのですか、何故そうなったのですか、しかももう練習が一週間後に迫っているという時まで俺に黙っていたなんて？」

「これが新しいコーチだ」。スティーヴンスは、俺の質問には答えずに、履歴書を手渡した。彼の禿げた頭が汗で光っていた。俺はすぐにその履歴書にさっと目を通した。

「何ですか、これは、ミスター・スティーヴンス、まだガキじゃないですか。一度もコーチをやったことがない、子どものサマースクール以外には。冗談を言っているのではないですよね！」

「彼については調べてある」と、スティーヴンスは言った。「きっといい仕事をしてくれるよ」

「調べてある、そうですか？　ジェイミーを追い出すのと同じぐらい徹底して調べたんでしょうね。俺に本当のことを言ってませんね、ミスター・スティーヴンス」

「こういうやり方になっているんだよ、ビル」。スティーヴンスは言った。彼が毅然とした態度を取ろうと努めているのは明らかだった。「君にも納得して欲しい。君を信頼しているんだ、チームのキャプテンとして新しいコーチが馴染めるように協力してくれると、そしてチームも彼とうまくいくようにと。君にはその責任の一端があるだろう」

「それはあなたの考えに過ぎないでしょう、そうじゃないですか」。俺はそう言って履歴書を投げ出して立ち上がった。スティーヴンスはびっくりした顔で目を丸くして俺を見ていた。俺は机の向こう側に近寄って彼を締め上げ、本当の答えを引き出そうかとも思ったが、思いとどまってドアに向かった。

「ちょっと待ってくれ、ビル！」

俺は外に出た。ジェイミーのいない水泳部なんてどんな意味があるんだ？　いいコーチを首にして、FBI情報提供者を取るつもりだ、と思った。


一週間後、デニスが俺の部屋にやって来た。かの女とはパリッシュ寮でのあの大事件の夜以来会っていなかった。部屋に入るや否や、かの女は泣き出した。「別れられないの」とかの女は叫んだ。「このままではやっていけない」

俺は自分自身をもてあましていた。カレンには何度も電話したが、かの女は電話口に出る事さえしなかった。かの女に渡した俺の写真は数日前に郵便で送り返されてきた。メモも差出人住所もなかった。俺はデニスを両腕で受け止め、しっかりと抱きしめた。「ティピーとはどうするつもりだ?」俺は尋ねた。

「分からない」とかの女は答えた。「分からないわ」


クリスマス休暇には、俺はマイアミの家に帰るファースト・フレディを乗せてやることにした。その後はフォート・ローダーデイルにいる高校時代の友人と一緒に数日過ごした。俺はフロリダが気に入っていた。暖かいのがいい。前の年のクリスマス休暇にもそこに行った。今年は、しかし、フロリダへの旅行は、サウスカロライナのチャールストン[フロリダからの帰りの途中]にあるデニスの家で数日を過ごす口実とも言えた。

フォート・ローダーデイルから北に向かっている時だったが、ニクソンがハノイに向けて戦略空軍司令部のB52爆撃隊を送ったことを、ラジオではじめて知った。つまりあの連中はとうとうやりやがったのか、と怒りに震えた。ジョンソン政権時代にカーティス・ルメイ将軍が、合衆国は北ベトナムを爆撃して石器時代に戻してやると言ったのを思い出した。和平はすぐそこだと、俺は思っていた。冗談じゃない。「この大バカ野郎ども!」温かな午後の陽射しの中を運転しながら、俺は窓から外に向かって怒鳴ってやった。「きさまら、みんな気違いだ!　狂っているぞ!」

午後遅くになってデニスの家に着いた。かの女が最初に言ったことは「ティピーが来るの」だった。

「何だって?」俺は聞き返した。

「彼が今朝電話して来たの」。かの女が説明した。「今晩チャールストンにボートを運ぶんですって。朝の二時頃ここに来るわ。フォート・ローダーデイルに電話したけれど、もう出発した後だったの」

「何ていうことだ、デニス?」

「知らなかったのよ、ビル。正直に言うけれど、彼がここに来ることも知らなかったの」

「どのぐらい滞在するのかな？」

「分からないわ」

「つまり俺がいてはいけないということか。えっ？　まったく何ていうことだ」

「ごめんなさい、ビル。お願いだから怒らないで。学校に戻ったら、この埋め合わせはすると約束するわ」

デニスに怒っても、怒り続けても、どうにもならなかった。かの女は小柄で繊細だった。まるで［ギリシャ神話に出て来る］子鹿のように、あまりに傷つきやすかった。

「いつ結論を出すつもりなんだ、デニス？」俺は訊いた。

「分からないわ、ビル」。消え入りそうな声でかの女が答えた。「どうしたらよいのかも分からない。愛しているわ」。かの女は両手を俺に回して俺の首筋にキスをした。

「俺も愛してるよ」。俺は言った。「分からないんだな。本当に分からないんだな」

夜中には、俺はふたたび北に向かっていた。俺は、Ｂ52が火の雨を降らせて北ベトナムを破壊していることで頭が一杯だった。一度、ＤＭＺ［非武装地帯］で、大地を激しく揺さぶるような振動で真夜中に飛び起きたことがあった。地震かと思ったが、それがＢ52の編隊だった。聞こえないほどの上空を飛び、警告なしに爆弾を落として行った。後に残ったのはまるで月の［表面の］ような光景だった。


一九七三年一月初め、クリスマス休暇が終わって、デニスをフィラデルフィア空港まで迎えに行った。かの女は、俺の首にその顔をもたせかけるようにして、俺の腕の中に飛び込んできた。かの女は喜びに輝き、ほとんど歓声をあげるようにして、小学生のようによくしゃべった。俺たちはほぼ一二時間もの間ベッドで過ごした。

デニスは一月終わりの学期途中の休みを利用して数日間、また実家に帰った。俺はフィラデルフィア空港までまた迎えに行った。かの女は落ち着きがなくよそよそしかった。俺は即座にそれを感じ取った。何があったんだろうか。

「どうしたんだ？」俺は学校に戻ってから尋ねた。

「あなたにはもう会えないの」。かの女が答えた。「ティピーを裏切れない」

「それじゃ俺はどうなるんだ？」

「もうおしまい」

「パリ和平会談に調印したぞ」。一月終わりのある日の午後、マイク・モリスが部屋に寄ってそう言った。彼は二学期分の休みを終えて、一年間の休学から大学に戻ってきたばかりだった。

「そうか、すごいぞ」。俺は言った。「北ベトナムが調印した唯一の理由は、こちらがB52のクリスマス爆撃で脅したからだ。寮という寮を爆弾とナパーム弾で飾るんだな。君にはクリスマス・キャロルだ」

「今日の午後、町中の教会で鐘を鳴らしていたよ」。彼が言った。「信じられるか？」

「教会の鐘？　何のためだ？　かれらは二八年間も戦っていたんだぜ。独立運動はベトナム人全員の七五パーセントが支持してるんだ」

「分かっている、分かっているさ」

「かれらは南ベトナムのアメリカ兵を追い払ったんだ。それだけのことさ。しかし、まだチューを追放しなければならない。それなのに、あのニクソンとキッシンジャーはまだ奴を切り捨てようとしないんだぜ、そのままにしているんだ」

　マイクは俺をちょっと見てから、肩をすくめた。


「私、妊娠したと思う」。デニスが言った。

「妊娠？」

「あなたの子だと思う」。俺とはもう寝ないと決めたのに、俺たちは逢い続け、そして結局、一緒にベッドに入ることを冬中何度も繰り返していた。俺はティピーのことを考えたくなかったし、自制できない自分を憎んでいた。しかしこの世で何よりも憎んだことはひとりでベッドに入ることだった。かの女がイエスと言ってくれるたびに、その数時間だけ、俺は孤独にならずにすんだ。

「どうするつもりだ？」俺が訊いた。かの女は答えなかった。「デニス、結婚してくれ」

「できない。私にはできない」

「中絶するつもりか？」

「それはできないわ、ビル」

「それなら、いったいどうする気なんだ？」

「ティピーに、彼の子だと言うつもり」

　一週間後のある日の午後、三月終わりだったが、俺が授業から戻るとドアに電話での伝言が貼ってあった。デニスからだった。「ダムは決壊」「生理が来た」とあった。

四月初め、リチャード・ニクソンはホワイトハウスで、北ベトナムから帰国したばかりのアメリカ人戦争捕虜五〇〇人ほどのための夕食会を開いた。それをニュースで知った。奴らを見てみろ、犬のようにクンクンして、まるでニクソンがかれらに恩恵をほどこしているかのようだった。あとの俺たち三〇〇万人は何をしてもらったのか？　何故、彼は退役軍人病院で朽ち果てつつある連中全員に夕食会を開かないのか？　どうして俺たちはレッドスキンズのフットボール試合の生涯シーズンチケットをもらえないのか？

ダナ寮のファースト・フレディの部屋に着く頃までに、俺はしこたま酔っぱらっていた。彼は、その晩、彼の部屋でパーティがあるからと、夕食時に教えてくれたが、ドアには鍵がかかっていた。何度も騒がしくノックしたが、何の返事もなかった。俺は助走をつけて飛び上がってブーツの両足でドアを蹴ってやった。掛け金の回りの木材と錠前が壊れてドアがすっ飛び、大きな音を立てて壁に当たった。まるで大砲が撃ち込まれたような音がした。俺は部屋の真ん中に突っ立っていた。フレッドとその恋人がベッドで横になっていた。二人とも、驚きと恐怖とで目を見開いて俺を見ていた。

「おっと失礼」。俺は声をあげた。

「いったいどうしたんだ、エアハート？」フレッドがやっとのことで声を出した。ジュリーはシーツを肩まで引き上げた。

「今晩ここでパーティがあると言ったじゃないか」。俺はようやくそう答えた。

「まったく、気が狂ったか？」

「今晩ここでパーティがあると言わなかったか？」

「ああ、そうだ、あとで戻って来い」。彼は言った。「まったくどういうことだ、ビル。俺のドアをぶち壊したな！」

「ああ、フレディ、悪かった。君が今夜パーティがあると言ったからだ。悪かったよ、本当に」

「出て行ってくれ、いいか？」

俺は慌てて部屋を出た。階段を駆け下りて、二階のラウンジにある構内電話でデニスにかけた。「君のところで眠りたい、デニス」と言った。

「酔っているのね、そうでしょ、ビル？」かの女が言った。

「だからどうだって言うんだ。君に逢いたい、お願いだ」

「今ここには来ないで、お願い、ビル」。かの女が言った。「そういう時のあなたは私にはどうすることもできないの」

「どんな時なんだ？　いったい俺がどうしたと言うんだ？」

「お願いだから今夜は来ないで、ビル」。かの女は続けた。「朝になったら逢いに来て」

「黙れ！」俺は怒鳴った。「どうして最初に俺から離れたんだ？　やり直そうとしたのは俺じゃなかったぞ。俺は君と別れることができたんだ。俺のところに来たのはそっちじゃないか、憶えてるか？〈ああ、ビル、あなたと別れられないわ。こんなふうに生きることはできないわ〉」

「ビル、お願い！」

「いったい君は俺をどうしようというんだ？」

「明日にして、ビル。もう行かなくては」

「俺をどう思っているんだ、俺をヨーヨーか何かとでも思ってるのか？」

かの女は電話を切った。俺は受話器を耳から離し、それをじっと睨んでいた。それから電話機全体を壁から引き抜くと、ラウンジの大きな一枚ガラスの窓から投げ捨てた。ガラスが大きな音を立てて割れ、下のコンクリートに砕け散った。

56 「旅路の果て」

「おい、あのスモッグを見ろよ」と、俺は言った。

「酷いもんじゃないか？」手すりに寄りかかっていたロジャーが答えた。

俺たちは数時間前にロングビーチを出て、サンフランシスコ目指してサンタバーバラ海峡を北西に航海していた。ちょうどロサンゼルス海盆の中心部辺りだった。船の周辺の空気は澄んでいるように見えたが、錯覚に過ぎなかった。俺たちの周り三六〇度すべてがどんよりとしたスープのような茶色の靄《もや》に覆われ、水平線を消し去っていた。

「動物だって自分の巣を汚したりはしないぜ」と、俺は言った。「何ていう世界にしちまったんだ」

「カレンはもう何も言ってこないのか？」長い沈黙の後で彼が訊いた。

「それがスモッグとどう関係あるんだ？」俺は尋ねた。

「別に」と彼が答えた。「おまえが夕べ言っていたことを考えていただけさ」

「全然、何にも言ってこないよ。俺を悪性腫瘍よろしく切り捨てたのさ。あれだけ固くというか頑として拒絶した奴をこれまで見た事がない。それにしてもだぜ、かの女を責める事ができるか？」

「しかし、おまえはそんなつもりでは……」

「俺の気持ちなんて問題外だ」と俺は言った。「問題なのは、何をしたかだ。俺はベトナムであいつら全部殺すつもりはなかった、でも死んでしまった。そうだろ？」

「まあ、それとは訳が……」

「そんなことはない。どこが違うというんだ?」

「まだ何も言ってないじゃないか?」

「悪かった」。俺は謝った。風に背を向けてタバコに火をつけた。

「デニスの方はどうだ?」彼が訊いた。

「どうって?」

「かの女はもう、そうか、かの女はティピーと一緒にいることにしたんだったな?」

「まあ、そういうことだな」

「ひどい奴だな、デニスは、まあ、俺の感想を言えと言われたらの話だが」とロジャーは言った。

「いいや、かの女は悪くないさ。ああ、つまり、かの女という人間を俺が知らなかっただけさ。俺を傷つけたくなかったんだよ。俺がカレンにそうしたようにはね」

「そう思うか?」ロジャーが言った。

「どう考えたらいいのか分からない。しかし今はそんなことどうでもいいんだ。ロジャー、心病んだワイン中毒、それが俺さ」

「それで船に乗ったという訳だ」

「それは理由の一つにすぎない、ロジャー。いろいろある。それがすべて、そう思う。七年前、俺は戦うためにベトナムに行った、そして最後は自分の国との戦い、ほとんどひとりだけの戦いだ。勝ち目なんてありゃしない。〈旅路の果て〉という彫刻の写真を見た事があるか?」

「ないな」

「馬上のインディアン戦士の像だ。インディアンも馬もとことん疲れきっている。男は前屈みになって、頭《こうべ》を垂れ、槍は地面を指している。馬も地面すれすれに首を垂れている。誰の作品かは知らないが、その銅像があるのはたしかオレゴンのどこかだ。太平洋を見渡す崖の上にあった。インディアンとその馬は大陸の端から端まで走ってきたが、そこで行き止まりだった。旅路の果てだよ」

「おまえは船を見つけ、生きているじゃないか」とロジャーが言った。

「どのくらい生き延びる事ができるかだ。あと三〇年も四〇年もやっていかなくてはならないし、もう陸には上がれないよ。それでも死ぬまでには、何かしなくてはならない。それで今ここにいる。悪くない人生さ。気に入っているんだ」

「残りの人生ずっとここにいるなんてできないさ」とロジャーが言った。

「何かいいことないか？　どうだ、カードでもやるか。機関室に降りて行くまでに半時間ほどある」

「この航海中に右舷の発電機を塗り直すんじゃないのか？」

「そうだった。しかしね、あの忌々しい発電機には近づくのはご免だな。油だらけなんだから。まずいロール一本、エアハートのフライの出来上がりだ」

ロジャーは笑って「掃除用ブラシには触らないことだ」と言った。「油でベトベトだからな。さあ、ひと勝負するか」

57

仕事探し　船に乗りたい　一九七三年夏

「今日のジョン・ミッチェルのテレビを見るべきだったよ、マイク」と俺は言った。「これまでで一番怖い奴だ」

「そうか?」マイクが言った。

「そうさ。パイプをくわえて座っていたが、最初から最後まででっぷりとした顔でいやらしい作り笑いなどしやがって、真っ赤な嘘つき野郎がさ。前合衆国司法長官だ。薄気味悪かったぜ」

「それで何かニュースは?」彼はそう訊いた。「奴らみんな詐欺師の嘘つきどもだ」

「もう一度言うぞ、見るべきだったよ。俺には何故奴が特別なのか分からない。俺はハルデマン［大統領主席補佐官］、エーリックマン［大統領補佐官でウォーターゲート事件の重要人物］を見た事がある――みんな鼻持ちならない奴らだ。しかしミッチェルは――うーん、何かゾーッとする感じなんだ。不吉な予感をまき散らしているようだった」

「ニクソンはやられるのか?」マイクが訊いた。

「知るもんか。ただこれだけは言える。ジョン・ディーン［大統領顧問］は本当のことを言っていると。しかし議会のあのアホどもは、奴らが否定できないような確実な証拠が出てこない限り、何もする気はないのさ。つまり、連中がしゃべっているテープとか、誰かがずる賢いディック［ニクソン］から探り出してきたものとかね。あの大バカ野郎を弾劾する前に、そうせざるをえないだろうよ」

「それは何故なのさ?」マイクが訊いた。

「きまっているじゃないか」

「汚れていない奴なんて一人としていやしないさ。ディーンや〔ジョン・〕シリカ〔ウォーターゲート事件担当判事や『ワシントン・ポスト』の連中がいなかったら、とてもここまで来なかっただろうよ」

「いいか」と俺は言った。「三年前に一度、俺は短期間だが、地域の州議会議員選挙運動に関わったことがある。ハリスバーグ〔ペンシルベニア州都〕で二〇年間議員をしていた老いぼれの共和党員がいた。そいつが実に何もしない奴なのさ。唯一やったことと言えばそいつの友人に漁業資格をとってやったぐらいだ。そこにかなりやり手の民主党員が対抗馬として出て来た。しかしパーカシーは圧倒的に共和党支持だ。つまり民主党が選ばれるためにはかなりの共和党票を必要とした。それで俺ともうひとりが共和党幹部のひとりに会いに行き、そいつの支持をもらおうとしたのさ」

「それで?」

「その幹部は、この現職議員のびっくりするような話を半時間ほどしゃべってくれたんだ。そいつが言うには、俺たちの推す候補者の方がずっといいとさ。それからこう言った。〈おまえたちを助けてやりたい、しかしここの状況を知っているだろう。もし民主党員を支持したら、私は銀行員の仕事をクビになる。私には妻と二人の子どもがいるんだ〉。そいつは正直に話してくれた。実にちんけな地方幹部だ。そのレベルでもそんな圧力を受けるんだ。ましてや上の連中ならどうだか、想像してみろよ。政治の世界に爪の垢《あか》ほどのモラルでも持った奴がいるかって。魂なんて野犬捕獲人に売り飛ばしちまったようなものさ。腐ってる、腐り切っているのさ」

「ドル民主主義か」と、マイクが笑った。「金がすべての国なんだ」

「冗談じゃないぜ」

「その通りだ」

「そういうふうに学校の教科書で教えられてきた」と、俺は言った。「そういうことだったのさ、クソッ」

「それでどうしたらいいんだ？」マイクが肩をすくめた。

「どうにもならないよ」

「ARCOから何か言って来たか？」急に明るい顔になって、彼が言った。

「いいや、まだ何も。今日も電話したが、何も言ってなかった」

「まあ、待つんだな」

「もう金は底をついてきた、分かるだろ？」と言った。「あと一週間かそこらで、何か仕事を探さないとやっていけない」

六月の卒業前までに石油タンカーに乗る仕事を見つけるはずだった。ARCOは自社船舶を所有している数少ない会社だったので、ARCOの海上勤務人事課長には特にしつこく頼み込んでいた。しかし卒業までに仕事は何も決まらず、パーカシーの両親のところで落ち着かない二週間を過ごしたあと、サンフランシスコ行きの列車に乗ったのだった。ARCOは西海岸に四隻の船を所有し、東海岸には三隻だけだった。それで西の方がよりチャンスがあると踏んでのことだった。

サンフランシスコでの最初の三週間はジャック・ゴールドの恋人のところにいた。かの女にはルームメイトが二人いた。俺には家賃を払うだけの金はなかったし、鉢植え植物への水やりと皿洗いの他にはとりたてやることもなく、一日中アーヴィン委員会のウォーターゲート公聴会を見て、夜はほとんど誰とも話さずに過ごしていた。状況としてすぐに気まずくなり、居心地も悪くなった。誰も出て行けとは言わなかったが、マイク・モリスがリボリ通りに自分のアパートを借りて俺に来ないかと誘ってくれた時には、これ幸いと移り住んだ。

「ビールでもどうだい、今夜はいいんだろ?」マイクが訊いた。

「エッ? ああ、そうだね、いいよ」

「ここの女たちを見ろよ、ビル」。しばらくすると混雑したバーを見回すようにして、マイクが言った。「そこらに君にあうような美女はいないかな」

「やめてくれよ」。俺は言った。「俺は今でも胃袋がどうにかなりそうなんだ。もうあと三〇年か四〇年生きて行かなければならないんだ、できるだけ静かに傷つかずにやっていきたいんだから」

「冗談だろ!」マイクが言った。

「冗談なんかじゃない。何度逃げ出す前に蹴り倒されて追いつめられたかって? ほっておいてくれよ、頼むから。デニスが最後の藁だった。かの女は俺を愛していた、マイク。俺はそう信じたいんだ」

「多分かの女は君を愛していた」と、マイクは言った。「そして多分、愛してはいなかった。どこが違うんだ? かの女は君を崖っぷちに追いつめた、同じ事じゃないか。もういいからデニスなんか忘れろ」

「どうやって? 教えてくれよ」

「ビル、いい加減に目を覚ませよ」。突然、そして静かにきっぱりと、マイクが言った。

「俺には何もないんだ! もう一生分は頑張ってきたよ!」マイクは顔をゆがめた。「いいか、悪かった、マイク」と、声を落として俺は言った。「怒鳴るつもりはなかった。ただ、すべてが無意味だった、それだけだ。こうなるなんて思ってもみなかった、それだけだ。聴いてくれ、ベトナムに行った時、俺が抱いていたもの。夢。そしてそれは俺が着いたその日に消えてしまった。俺はそれに気づきもしなかった。俺は殺された方がよかったんだ、マイク……」

「おい、よせよ」

「いいや、本当のことだ。俺は殺されるはずだった。誰かがその分悲しみから救われたはずだ。それ以来俺は生きた幽霊だった、そうなんだ。そのことに気づくのに何年もかかったけれど。奴らが俺の尊厳を奪い取ったのさ。奴らが俺の自尊心を抜き取っていったんだ。俺に残されたものを、デニスが奪っていった。俺には何も残っていないんだ、時間以外には」

「本当にそう信じているのか?」マイクが言った。

「他に何を信じろと言うんだ?」

「つまり、友達がいるだろ、俺みたいな」と彼は言った。「それは信じられるだろ」

「ああ、その通りだ、マイク、分かってる。感謝しているよ、本当に。しかしそのこととは別なんだ。分かってもらえないか?」

「ああ、分かるよ」

「こういうことなんだ。夜、横になると、俺はひとりだ、あの悪夢以外に誰もいないんだ。何年もずっとそうだった。壊れた夢と、ぼろぼろになった命と、裏切られた約束以外には何もない。それがすべてなんだ。何もないよりずっと酷いじゃないか」

「おい、仕事をもらったぞ」。それから一週間後、マイクが仕事から戻ると、俺はそう言った。

「すごいじゃないか!」一息入れたところで、彼は言った。「あまり嬉しそうじゃないね」

「どうかな？　ベクテル・コーポレーション？　スーツにネクタイ。サンフランシスコのダウンタウンにある高層オフィスビルの一五階。毎日二度ラッシュアワー時に、まるでレースに負けたネズミみたいに、電車に乗る。酷いものさ。そういうことさ。クソッ、どうして船に乗れないんだ？　そんなにムチャなこと要求してるか？　少なくともそれぐらい俺に運が回って来たっていいじゃないか？」

「そのうち何か回り回ってくると思うよ」マイクが言った。

「あーあ、そうなることを願うよ。この企業国家アメリカとうまくやっていける自信はないよ、本当に」

「そこで何をさせられるんだ？」

「向こうでも分かってないみたいだ」と、俺は言った。「今日がコンピュータ端末の使い方を習う初日だったが、もう何日かたつのに担当部署もまだ決まっていないんだ」


三日後、ベクテル社は、マサチューセッツに建設予定の原子力発電所の安全装置分析企画の調整役だと知らせてきた。俺がしなければいけないことは、研修を受けた後、少なくとも三年間はそこで働くと誓約することだけだった。原子力発電所で三年間！　俺はそこの管理室に立って、にこやかに「はい、その通りです。はい、素晴らしいじゃないですか、ありがとうございます」と言い続けるのか。腹の内では溶岩が煮えたぎっているというのに。最初の休み時間に、俺は一階ロビーの公衆電話まで走り降りて、フィラデルフィアのＡＲＣＯ海上勤務人事課長に電話をした。

「どうしても仕事が欲しいんです」。俺は懇願した。「どうか頼みます！　今いるところから抜け出したいんです。奴らは俺を原子力発電所の安全装置分析調整役にしようとしてるんです！　俺には何のことかさっぱり分かりません！　お願いです、何か仕事を下さい！　何でもやります！　どんなことでも」

「今のところ空きはないんだが」と言われた。「残念だな。何かあったら連絡するから」

その晩は眠れなかった。翌日、俺はベクテルとの契約書にサインをしなければならなかった。ベクテルが言ってくれているポストは俺には無理だ。しかし俺は文無しだった。一晩中、熱い鋼鉄が俺の腸にねじ込まれ、身体の内部を引っかき回されるような思いで過ごした。

翌朝、目覚まし時計よりも早く電話が鳴った。フィラデルフィアのARCO海上勤務人事課長からだった。「昨夜、会社の船の一隻から乗組員に緊急事態発生との連絡があった」と説明された。「乗員一人が緊急に下船しなければならなくなった。行けるかね？」

言われていることが信じられなかった。瞬間的にドキッと心臓が鳴った。感電したかのようだった。「はい、はい！」受話器に大声で叫んだ。「行かせてもらいます！」

「そうか。船はアトランティック・エンデバー号だ。今、ロングビーチに停泊中、サンペドロ川のARCOドックだ。今日の午後一時までに行けば、仕事がもらえる」

「行きます！　行きます！」俺は叫んだ。「ありがとうございました！　何と言っていいか、とにかく、ありがとうございました」

「さあ、早く行った方がいい」。彼が言ってくれた。「船は一時半には出航だ」

「分かりました、ありがとうございました！」俺は電話を切った。「マイク、マイク！　起きろ！　空港まで送ってくれ！　船に乗れるぞ！」

58 サンフランシスコ　マイクとの再会（2）　一九七四年三月

「どうしたいのさ?」マイクが訊いた。

「トップ・オブ・ザ・マーク［サンフランシスコ中心部のホテル19階のレストランバー］で食事をしよう」。俺は言った。

「マジで?」マイクが首をかしげた。

「そうさ、おかしいか？　給料が出たんだ。俺のおごりだ」

「気は確かか？　あそこは高いんだぜ」

「ヘイ、俺は石油を運んでるんだぜ」。俺は答えた。「言わなかったか？　とにかく去年の夏以来、おまえには借りがある。おまえは頑固だから金は受け取らないだろう、だから食おうぜ。食べて、飲んで、楽しくやろう、そういうことだ」

「明日はどうにでもなれ、か?」マイクが笑った。

「多分ね」

「君は僕に何も借りなんかないよ」。マイクは言った。「僕にも同じ事をしてくれてる」

「それならそれでいいよ。とにかく、行こう。あそこで食ったことあるか?」俺が訊いた。

「とんでもない」。マイクはそう答えた。

「それなら行ってみよう。俺は一度飲みに行ったことがある。海兵隊にいた頃だ。二度目の海外派遣の直前だった。しかし食事までは手が届かなかった。今はそうじゃない。出世したものさ、そうだろ?」

「それでどうだったのさ?」彼が訊いた。車のギアを入れるとドックから離れた。彼に会うのはほとんど三カ月ぶりだった。すでに一九七四年の三月になっていた。

「まあ同じようなもんだ」。そう返事した。

「サンフランシスコには去年の一二月からこれが初めてか?」

「ああ。最近じゃロングビーチとベリガンの間を何度も往復したよ。先月はモントレーの沖合にあるターミナルに一晩だけ停泊した。上陸用のはしけも出なかった。ほとんど仕事も終わってたからね。そっちこそどうしてたんだ?」

「まあまあだよ。言ったと思うけれど、ワシントン大学の大学院に入ったんだ」

「そうか?」

「ああ」と、彼は言った。「二週間前に分かったんだ」

「すごいじゃないか。いつから始まるんだ?」

「秋学期まで始まらない」と、彼は答えた。「それでも僕は六月にはシアトルに行って、住む所を探したり、周辺を見たり、多分アルバイトも見つけられるはずだ」

「そうか、そいつはいいな。シアトルにはここと同じくらいよく行くんだ。君がアイダホとかに行かないですんで嬉しいよ」

「アイダホでは海洋生物の研究はちょっと難しいからね」

それからしばらくして俺たちは、サンフランシスコのダウンタウンにあるマーク・ホプキンスホテルの最上階のレストランのテーブルについていた。夕刻早くだったので、湾を取り囲んでいる市街地の灯りが暗い海に光り輝いていた。

「ここから船が見えるか？」マイクが訊いた。

「いいや」と、俺が答えた。「サンラファエル橋の東の端が見えるか？　そのちょうど南だ。ここは実にきれいなもんだ、そうじゃないか？」

「その通りだ」

「天国の神がその意のままに作り上げた世界には何事もなしと信じたくなるくらいだ」

「昔はもっときれいだった」。マイクがつけ加えた。「あんな怪物を建てるまではね」。彼は、ぼうっと立ちはだかって広大な眺めを遮っているトランスアメリカ・ビルディングのタワーを指した。

「進歩さ」。俺は言った。「アメリカのちっぽけな才能によって改良されないものは世界中に何もないんだ。ちょっといいか、何でも食べたいものを注文してくれ。本当に。俺はすごく稼いでいるのに、このところちっとも使う当てがないんだ」

「誰かから何か知らせはあるか？」マイクが訊いた。

「ああ、たまにね」。俺はそう言った。「サムとジャンは去年の夏結婚したし……」

「僕もそれは知ってた」

「サムはペンシルベニア犯罪委員会の仕事があったんだ。ダニエルはホームセンターのマネージャーをやっている。ＪＣはアリゾナのスコッツデールにあるリゾート地でテニスのインストラクターになってるよ」

「ＪＣからこの冬に手紙をもらった」。マイクが言った。

「そうか、君は俺と同じ程度には知ってるんだ」

「いいか、ビル、考えていたんだけれど」。しばらく沈黙があって、マイクが言った。「僕がシアトルに行く前に、シエラ〔カリフォルニアとネバダにまたがる山脈〕にちょっとキャンプに行くのはどうだろうか。夏のシーズンで混む前にさ。君も数週間ほど休みをもらって一緒に来られないか？　ちょっとぐらい休みを取れるはずだろう」

「まあね、一緒に行けたらいいよな、マイク。しかし俺には休みなんて必要ないんだ。今も休みのようなもんさ」

「ビル、いつまで船に乗っているつもりなんだ？」

「仕事をもらったばかりだ」。俺はそう答えた。「まだたったの八カ月だ。急いでどこかにいくつもりもない。どこに行けって言うのさ？」

「それを心配しているんじゃないか」。彼は言った。

「どういう意味だ？」

「よく聴け、ビル、この仕事は君には良かったと思ってる」。そう彼は言った。「君がそんなにリラックスしているのを見た事がなかったし」

「はっきり言ってくれよ」。俺は言った。

「しかし遅かれ早かれ、そこからどこに行くべきか決めなければいけなくなる……」

「どうしてだ？　何のためだ？　俺は今いる所が好きだ」

「何故なら、君はこれから先の人生をずっと石油タンカーに乗って過ごすなんて事できっこないからさ、それが理由だ！」

「できるさ！　どうしてダメなんだ？　俺がこの八年間どうだったか考えてみろ！　過去八年間俺がしてきたことって何さ、説明してくれるか？　そいつを知りたいよ。何があったか、俺も知りたいもんだ」

「メチャクチャだったさ、その通りだろ」。マイクは言った。「君も他の連中もね」

「それは俺も知ってる。俺の知らないことを言ってくれよ。ウェイトレスはどこだ？　何か飲み物を。俺にも十分分かってるよ。ベトナムに行った時以来初めて、俺は……そうさ、快適さ。満足している。居場所を見つけたような。俺の野望を知っているだろう？」

「そんなものがあったなんて考えたこともないよ」。マイクはそう言って笑った。

「俺はロジャーがそうしているように、エンジンに歌わせるようになりたいのさ」と俺は言った。

「それが野望か？」

「そうだよ！　どこが悪い？　俺の頭の中はそれで一杯だ。いい金にもなる。それに誰も傷つけないですむ。ここ何年かで初めて、俺は誰も傷つけることなしで来たんだ、マイク。これ以上何を望むっていうのさ？

スーツにタイの仕事、郊外に家を構え、玄関前の芝生には子ども用三輪車か？」

「しかし、君はあそこでは幸せではないだろ」と、彼は言った。

「それならどうしろと言うんだ？　何がある、クソみたいなアメリカン・ドリームか？　生命、自由、そして幸福の追求？　そんなものは神話に過ぎないよ。そうだろ、絵に描いた餅だよ。俺は幸福になる権利なんてとっくの昔に捨ててしまったさ。今はただ海にいればそんなことを考えなくていいということ、それだけだ。そこにいてはじめて孤独になることも意味をもつのさ。何年もたって初めてそのことに気がついた」

「ビル、君がやってきたことを理解しているなんていうつもりはないよ」。マイクはそう答えた。「しかし石油タンカーの機関室よりもずっと君にふさわしいことがあるはずだよ。分かってくれよ、ビル……」

「まったく何てこった、そんなものはないよ。ベトナム帰還兵のおかれている状況を知っているのか？まるで地獄さ……」

「ああ、知っている」

「監獄は奴らで一杯だ。死体保管所も同じだ。毎週のように誰かしら追いつめられて家族全員を殺しているのを読んで知っているだろう。薬中毒、自殺、アル中。仕事なんてないさ。くれるものと言えば不渡り小切手、逮捕状、そして掌を返すような仕打ちさ。ああ、俺は今以上にもっと酷いことをするかも知れないぜ、マイク。クソッ、ずっと悪い事を何度もね。いろいろ考えると今はそれほど悪くない。ちゃんとした仕事もある。トラブルにも巻き込まれてない。本を読む時間もあるし、書く時間もある、景色もいいし。すべて揃っているんだ。どうだ、いいか、俺がずっと抱えてきた問題とは何だか分かるか?」

「分かるような気もするけれどね」。彼は言った。

「真面目な話だよ。何かいい事がありそうな時にはいつも、必ずヘマをやらかしてきた。でも今回は違うんだ。しがみついていたいほどいい仕事なんだ」

「バーから何かお飲み物をお持ちしましょうか?」ウェイトレスが尋ねた。

「ああ、そうだよ、注文に来なかったよね」。俺が言った。「俺はジンギムレット、ロックで」

「それをもう一つ」。マイクが言った。

「いいか、俺のことは心配しないでくれよ」。そう言って、マイクの方を見た。「考えていたよりもずっといい状態なんだ。大丈夫だ」

「そうか、まあ、それならいいんだけれど」

「ちゃんとやっていくよ」。俺は答えた。「何を食うかい? 遠慮するなよ。俺は魚貝とステーキのセットだ」

「それもよさそうだな」。彼は言った。「それはそうと、ついにニクソンをやるみたいじゃないか」

「ああ、そうらしいな、好きなようにやるんだろうよ。そうじゃないか?」俺はそう答えた。

「誤解しないでくれよ。あのクソ野郎が囚人服姿で鎖と鉄球を引きずって歩くところを見る以上に俺が望んでいることはないってことさ。しかし何かが本当に変わると思っていたらバカを見るぜ。この国ははるか昔からメチャクチャなんだから、詐欺師一人を追い払ったからといって何も変わりはしないよ」

「そうだな」。マイクが言った。「それは分かるよ」

「つまりだよ、あのバカな戦争がいい例だよ。戦争が始まってから大統領はもう四人目だぜ、それでもまだ続いているんだから。ニクソンが辞めさせられる唯一の可能性は、残りの黒幕連中がひどく怯えていることにある。奴はこれまで持ちこたえてきたから、他の連中がすぐに奴を放り出さないと奴は全員道連れにするだろうよ。すぐに手を引くか、結束を固めるかだ、そうだろう? だから連中はニクソンを辞めさせるさ。そうすると次はどうなる? 誰をもってくるか? ジェラルド・R・フォードだ。いったいジェラルド・R・フォードって何者だ?」

「まあ、スピロ・アグニューよりはましだろ」。マイクが答えた。

「ああ、そうか、多分ね。しかし心臓切開手術が必要な時にだよ、手術用ノコの代わりにバターナイフで切り開こうとしたら、いったいどうなる? 君なら言うか、〈ありがとう〉なんて?」

「ご注文を伺いましょうか?」ウェイトレスが訊いた。

「魚貝とステーキのセットを」と、俺は注文した。「ミディアムレアで、ベークドポテトにサワークリーム、サラダにはブルーチーズのドレッシングを頼む」

「同じものを」。マイクが言った。「ただしハウスドレッシングで」

「アーチー・デヴィソンが深みにはまったのも無理はないな」。ウェイトレスが行ってしまうと俺は続けた。

「チャンスがある時に船に乗っていなかったら、俺も今頃どうなっていたか、神のみぞ知るだな。彼から何か連絡があるか?」

「いいや」。マイクが答えた。「こっちからもしていない。まだオークランドの労働委員会精神病棟にいるんじゃないかな、分からないけど」

「いい奴だったよな」

「そうだな」

「クソったれの国が何千人もの人間をぐちゃぐちゃに嚙んで吐き捨ててしまうんだ」。俺はそう言った。

「何百万人もだ」

「君が言っていた人はどうなった?」マイクが訊いた。「ゲインズビルの八人のうちの一人は?」

「彼は釈放された。全員釈放さ。去年の九月――起訴されてから一三カ月後に、判事は訴訟を丸ごと放り出したのさ。裁判にしたことに対して政府の検察官を叱りつけたんだ。何もせずにだよ。信じられるか?奴ら何にもしなかったんだぜ!」

「まあ、それでも良かったじゃないか」。マイクが言った。

「一三カ月も、仕事もなく不安と汚辱の中で過ごしたんだ、それでも良かったってことか。彼の残りの人生は烙印を押されたままさ。このレストランにいる誰にでも訊いてみるがいい、彼らが結局どうなったのか。起訴されたことは新聞の一面記事だった。しかし評決についての記事がどこに載ったか知っているか?一八ページ目か、どこかだよ。小さな二段記事だ。これが報道の自由ってもんさ。これが自分たちの国の政府の責任の取り方なんだよ。やってられるか!　ニクソン、フォード、いったいどこがどう違うっていうんだ。組織はそのまま動いていく。どうにもできない、やっつけることも、変えることもできないんだ」

「十分な人数がその気になれば、変えられるよ」マイクが言った。

「見込みはないね。そんな時が来ると思うか？　アメリカのGIが棺桶に入って帰国することがなくなったら、反戦運動はどうなった？　クソッ、跡形もなくなっちまったよ。そんな調子だ——中核部分以外はみんなそんなものだ。帰還兵自身も大半はそんなところだ。クソッたれアメリカ人め——畜生、いいか、マクドナルドのチーズバーガーが四重のプラスティックに包まれている限り、奴らに違いなんて分かる訳ないんだ。女性生理用品の防臭剤だよ！　見た事あるか？　女性性器にスプレーすれば、まるで香水工場のようになるってことさ。人間の臭いなんかじゃないよ、分かるだろ？　それを狂ったように買い求めるんだ。何百万人もだぜ！　そんな奴らが何かを変えるなんてことできると思うか？」マイクは何も言わずに俺を見ていた。「どうなんだ？」俺が訊いた。

「どうだかね、ビル。僕はそう願うだけだ。ああ、前にも同じこと言ったと思うけどさ」と、彼は肩をすくめながら言った。

「ああ、俺もそう願ってるよ、マイク。希望、嘘、夢。あるのはそれだけさ。さあ、食おうぜ。大学院に行ったらこんなもの食う事なんてないだろうからさ」

59 エンデバー号　ロジャーと　一九七四年

翌朝、マイクにドックまで送ってもらい、午後の早いうちに船は金門橋を抜けて海洋に出ると、アナコーテス、ベリングハムからシアトルへと向かった。ロジャーと俺はへさきに立っていた。

「ちょっといいか」。俺は言った。「奴らが聞こえるか?」

「誰のことだ?」

「人魚だよ、ロジャー。人魚だ。耳を傾けてくれ」。俺は自分の首をかしげて耳に手を当てた。〈こちらに来なさい、こちらに来なさい、汝、われらと結ばれるまで〉」

「おまえ、ベトナムで耳がおかしくなったって言わなかったか?」彼が訊いた。

「ああ」

「だと思ったよ」

「何にも想像できないんだな、ロジャー」。俺は笑った。「歴史家たちが、昔の船乗りはアザラシやトドの声を聴いていたと言うのとまるで同じだ。しかしそれは間違いだぞ。かれらが聴いていたのは人魚なんだ。海にいるんだよ。ここら辺りのどこかに。美しい人魚が」

風が髪や衣服をなびかせ、エンデバー号はすでにスピードを上げていた。西の方は嵐に違いないと予感した。

「おまえはかなり信じているんだな?」ロジャーが訊いた。

「かなりね」。俺が答えた。「遠洋に向かっている時が大好きだ。こんな感じは陸では味わえない、そうだろ？　前方に延々と広がるハイウェイを走っていてもだ。まるで違う世界にいるようだ。別世界なのさ。伝説の、太古の、時間と悲しみと思い出からまったく解き放たれた世界。海は魂だ、ロジャー、そして船乗りたちの心の住処だ」

「今日はやけに気分がよさそうだな」

「分かってくれるか、ロジャー。そう感じるはずだ。そうでなければとっくに陸に上がって別な仕事についてるさ」

「とにかく、俺はここが好きさ」。彼が言った。

「俺もだよ。後ろを見てみろよ、どうだ」。俺は振りむいて顔を船尾に向け、金門橋とその向こうにある港を見やるようなポーズをした。「あの向こうに大陸が三〇〇〇マイルも広がっている。しかしただの荒地だ。どうしてみんなあっちに行きたがるのか俺には分からない。こっちに来ればいいのに。そう思わないか？」

「見ろ！」ロジャーが叫んだ。彼は船首の右舷の先の何かを指差していた。

「クジラだ！」

「潮を吹くぞ！」ロジャーが無限に広がる空に向かって叫んでいた。

クジラは三〇〇ヤードほど離れたところで、北から南へと水面ぎりぎりに泳いでいた。はじめに見えるのは、それぞれが息を吐き出すたびに波の上に突然パッと吹き出される蒸気と水だ。それから偉大な黒い背がゆっくりと優雅にアーチを描きながら水面から現れ、もう一息吸い込むのに十分な高さまで空中に飛び上がったかと思うと、ふたたび下降していく。それから姿を消すが、どこか近くで別のクジラが姿を見せる。時々、水中に潜るときに尾が水面を波立てることがある。俺たちは黙ったまま、群れが視界から消えて行くまで、一〇分から一五分ほど見入っていた。

「すごかったな、一五頭はいたかな」

「偉大な生き物だ、そうじゃないか？」俺は言った。「どこの海辺であんなものが見られるかって？　マイアミで、クジラを一頭、タンクで飼っていた。芸のようなことをさせていた。ジャンプして輪っかをくぐらせたり、そんなことさ。まるで訓練された犬のようだった。今じゃ高速船でクジラ漁をするって、知ってるか？」

「ああ、知ってるよ」。ロジャーが答えた。

「奴ら、もりを発射させるのに大砲を使うんだ。少なくともハーマン・メルヴィルの時代には、クジラにもチャンスはあった。生き物によってはすでに絶滅したものもある。永久にだ。そうしたものを二度と見る事はないだろうよ。そして絶滅の危機にある種も実に沢山いるんだ。信じられないほど愚かだと思わないか、ロジャー？　どこででも見つけたら欲しいだけ獲り尽くす、あとはどうにでもなれ、だ。大ウミスズメ、絶滅した。リョコウバト、絶滅した。クソッ、そのうち俺たちさえも絶滅種にしてしまうつもりだ」

「本気でそう思ってはいないだろ」。ロジャーが言った。

「そう思ってるよ。いずれ時間の問題さ。来週か、来年か、五〇年後か。遅かれ早かれそうなるさ。核のゴミをすべて永久にしまっておくことはできないし、使うこともできない。この先ずっとそうなのさ。いいか、考えて見ろよ。この世界が生まれるまでに何百万年もかかっているんだぜ。それが一度誰かがボタンを押したら、ああ、それでおしまいさ。俺には関係ないけどね、そうだろ？　それがまさに俺たちの受ける報いなのさ、実際のところ。俺の心配は、人間は自分たちと一緒にすべてを道連れにするってことさ。クジラ、象、ハチドリ、すべてだ。それが俺の一番気になることさ」

「いい加減にしろ。おまえは煙となって消えちまうのに、あとのことが気になるってか？」彼が言った。

「大事なことなんだよ、ロジャー。大事なことさ。いいか、もし神にちょっとでも考えがあったらさ、かの女は生き残っている動物をすべて箱船に積み込み、ノアをドックに置いてきぼりにしたまま出発していたに違いないよ」

「かの女？」ロジャーが言った。

「そうだよ、悪いか？」

「そいつはどうかな。おかしいよ、それだけだ」

「神にペニスと顎鬚があるよりましだよ、そうじゃないか？」

ロジャーは首を振って、そして笑った。「どうしたら、そんなことを考えつくのかね、エアハート？

時々、おまえが分からなくなるよ」

「そうだと思うよ」。俺も笑った。「何時だ？」

「一時一五分」

「遅刻だ。見張りが終わったら俺の船室に来てくれ」


「何とまあ、ちょっとこいつを見てくれよ」。夜も遅かった。俺はエースを9の上に置き、8の上に2を重ね、6の上の4、そしてダイヤの10と一緒にその山を摑み上げた。

「まったく、おまえって奴は！」。ロジャーが叫んだ。「バカげてるよ！　ずっと勝ち続けられる奴がいるものか。そんなことはありえないよ」

「世界一のカシノ野郎でもか」

「くたばっちまえ」

「おい、そっちの番だぞ」

「もう何も残ってないさ」。彼は返事した。

「さあて、それなら、一枚捨てなければいけないだろう、そうじゃないのか?」

「そうだ、おまえがそいつを拾えるってことだ」

「勝負したかったんだよな」

「ああ、そうだよ」。一枚捨てながら、彼は言った。「よく聴いてくれ、この航海でロングビーチに戻ったら、俺は休暇を取りたいと機関長に話した」

「エッ」と言った。何だって。いつになるかとずっと気になっていた。いつかは休暇を取ると分かってはいた。しかし月日が過ぎていくうちに、俺はこのまま永久に一緒に航海していけるような気分にほとんど浸りきっていた。彼のいない航海なんて想像もできなかった。

「言う事はそれだけか?」彼が訊いた。

「他に何が言えるんだ? あんたには奥さんと子どもがいる。遅かれ早かれ休暇を取ることは分かっていたさ」。俺は数分間じっとカードを眺めたままだった。「寂しくなるよな」

「まあ、それは俺も同じだ、友達だからな」。彼は、足下を見つめて、それから遠くに目をやり、そしてまたカードに目を戻した。「今までおまえのような奴と航海したことはなかった。聴いてくれ、俺が降りる前に、本のリストを作ってくれないか?」

「どんな本だ?」俺が訊いた。

「おまえが俺に貸してくれたようなやつさ。おまえが俺に薦めるような本だ。おまえはこれまで俺が考えたこともなかったようなことに興味を持たせてくれた。しかし俺にはどんな本を読んでいいのかも分からないからな」

「いいとも」。俺はにっこり笑った。「嬉しいよ。ロジャー、休暇が終わったらまたエンデバー号に戻ってくるんだろ?」

「そうはならないだろうよ、ビル。俺は七つに一つのチャンスにかけた、そうなんだ。どういうことか分かるだろ。戻るとしても会社は三等機関士を必要とするどこかの船に俺を乗せるだろうよ。俺には船を選ぶことはできないさ。それに、俺は四カ月近くの休暇を取る。俺が戻るとしてもおまえはここにはいないだろうよ」

「エーッ、そうなのか?」俺が言った。「どうしてそう思うんだ? あんたは俺の知らないことを何か知っているのか?」

「ああ、おまえはここにいるつもりかも知れないが、そうはならないよ。おまえはただ休んでいるだけだ。将来に備えて貯金しているようなもんだよ。しかしまあ、ここにいるのもそれほど長いことじゃないと思うよ」

「誰がそう言った?」

「俺だよ。すべてお見通しだ」

「エーッ、そうなのか? それならどうしてそんなことが分かるのか、聴かせていただこうじゃないか?」

「なぜなら、おまえには気になることがありすぎるからさ」。彼が答えた。「俺に言えることは、しばらく考えてみろ、ということさ。航海は何か考えるには最高の場だ、そうだろ?」

「ああ、その通りだ」と、俺は目をくるくるさせながら言った。「こんなことは言いたくないけどさ、どうも見通しが外れているんじゃないか」

「そうかも知れない。おまえは俺が今まで知っている中では誰よりも考えているからな」

「どうかしてるぜ、いいか、俺はもう何も考えたくないんだ」

「バカを言え」と、彼は言い返した。「考えたくないだと？　それならどうして俺がここに来るたびに違う本を読んでいるんだ？　何で分厚い百科事典に書いてあるようなことをしゃべりまくるんだ？　何故あれやこれやをあえて勉強しなくちゃいけないんだ？　港に寄るたびに、おまえは両手に本をいっぱい抱えて戻ってくるじゃないか」

「本が好きなだけだよ、それだけだ」

「本気で言っているのか？　おまえが読んでいるものはただの暇つぶしのためではないだろ？　それに地元議員に手紙を書いたのは何故なんだ？　どうしていつもベトナムやらウォーターゲートやら、それだけじゃない、核兵器だとか、クジラだとか、そんなことをしゃべっているんだ！　血圧が五〇ほど上がるようなことをさ？　それなのに何も考えてないだと？　いい加減にしろ。もし話したければ自分に話せよ。おまえの言ってることは信じられないよ」

「まあ、その」。俺は言った。彼の言う通りなのか。突然頭の中が混乱して言葉に詰まった。

「まあ、何だよ？」彼は俺をじっと睨みつけながら言った。

「まるで精神分析医みたいだな？」

「とにかく、すべて俺に説明してくれよ？」彼が訊いた。

「そんなこと言われても、無理だよ」。俺はすぐには答えられなかった。「多分、何か考えてはいるのさ。しかしもうこれ以上突き詰めて考えたくないんだ」

「おまえは疲れてるだけさ。休養が必要だった、それだけさ。俺はここで何人もの脱落者を見て来た。本当に燃え尽きた奴らが沢山いたが、おまえはそいつらとは違う」

「あんたは分かっていないんだよ、ロジャー。陸に上っても、クソッ、どう説明したらいいんだ？　あそこはもう俺の国じゃないんだよ。多分、これまでもそうじゃなかったんだ」

「おまえの国じゃないだと？」彼が言い返した。「おまえの国だよ、そして俺の国でもある、他の奴らと同じようにさ。おまえには他の誰よりも言う権利があるさ」

「権利？　権利？　一体全体どういうことなんだ？　あんたはまるでマイク・モリスみたいなことを言う。あんたたちには分からないのか？　そんなのは漫画の世界じゃないか？　世の中そんなふうにはいかないんだよ」

「そうかな、そうするべきだよ」。彼は言った。

「いいか、そうじゃないんだ！　これまでそうじゃなかったんだ」

「それなら何かやってみろよ」

「俺はもう疲れたんだ、ロジャー！　何をやっても悪くなる一方さ。あんたには何も分からないんだ！そうだろ。あんたの子どもが学校に行く頃には、ベトナムでの戦争なんて結局は高貴なる聖戦だとか何とか言われるようになるさ。そう言いふらす連中は他人のものを分捕ることしか考えないからね。誰も彼もがさ。そういう奴らが忌々しいミサイルを飛ばし、クソッたれの発射装置でもりを撃ちクジラを殺し続け、その挙げ句にあんたや俺のような人間を追い詰めてきりきり舞いさせるのさ。それでも俺たちにはどうにもできないのさ！」

「まさにその通りだよ！」ロジャーは顔をにんまりとさせた。

「何だよ？　その通りってどういうことさ？」

「俺には分からん。しかしおまえなら何か考えるさ。俺の思っていた通りだ、こいつ。何か考えるだろうよ」

「ああ、それはどうもありがたいことで！」俺は言った。「すべて俺に押しつけるって訳だ、そういうことか？」

「おまえにできることは山ほどある」と彼は言った。「下院議員に立候補することだってさ」

「何だって？　この俺がか？　野犬捕獲人にだって選ばれるものか」

「教師でもいい。クソッ、俺の子どもがおまえのような先生に教えてもらえてたらな。俺だっておまえのような教師に教わりたかったよ。俺も何か学べたはずだ」

「俺なんか公立学校に三日と持たないだろうよ。俺たちは『ライ麦畑でつかまえて』も読ませてもらえなかったからね、まったく」

「そうじゃない学校だってあるんじゃないか？」彼が訊いた。「それか物書きになればいい。そういうことを全部書いてやるのさ、どうだ？　みんなに話してやるのさ」

「誰も聴いてなんかくれないさ、ロジャー！　俺は四年も言い続けてきたんだ。誰も耳を貸そうともしないよ」

「だからどうだってのさ？　とにかく話す事さ。聴かせるんだ」

「まったくもう。ロジャー、俺より頭がどうかしちまってるよ」

「他にどんな道があるんだ、ビル？」彼が訊いた。

「どんな道かって？　俺は決めたんだよ！　ここだよ、そうじゃないか！　これが俺に残された最後の道なんだ」

「そうかい」。彼はニヤッと笑った。

「そんな顔で見るなよ、おい。聴いてるか！」カードを摑んでエースを一枚叩きつけながら俺は叫んでいた。「エースが揃ったぞ！」

ロジャーの笑いは消えた。「エースだって？　あと何枚あるんだ？」

「そっちより持ってるさ」。俺は言った。

「残り全部か？」

「そうさ」

「クソッ、おしまいだ」

「そうさ」

彼はカードを鷲摑みにすると舷窓に突進した。俺は止めようとはしなかった。舷窓を開けると彼はそれを待ち受けていたかのような海に投げ込んだ。突っ立ったままカードを目で追っている彼の背中を俺は見つめていた。彼の話し方はまるでマイクそのものだった。二人の言う通りなのか？

そんなはずはない。俺は陸で何をしたかったのか、何を必要とし、何を考えていたのか？　ここには海の奥底で起こる奇跡や、千人もの人魚、無限に広がる太平洋の心、帯のような月光の川、波間に低く飛ぶカモメたち、滑走するイルカの群れがある。陸には、夢やら戦争やら破り捨てられた約束やらに溢れた、狂った世界がある。こっちには俺だけの世界がある。それ以上、何が必要だというのか？　俺は永久に航海を続けてやるのさ。永久に航海できるさ。少なくとも人魚たちが俺と結婚してくれるまではね。そこまで生きれば十分じゃないか。

ロジャーが振り返り、机に向かって歩いて来て、そして腰を下ろした。彼はシャツのポケットから真新しいカードの束を取り出し、俺の前にそれを放り投げた。

「配ってくれ」

訳者あとがき

本書は、詩人で元米国海兵隊員W・D・エアハートが、ベトナム戦争の従軍体験と、帰還して後に反戦平和を訴える闘士となるまでを綴った自伝的回想の記録三部作の二作目、*Passing Time: Memoir of a Vietnam Veteran Against the War*（マクファーランド社、一九八九年）の全訳である。日本語訳の底本としたのは、マサチューセッツ大学出版局から刊行された一九九五年版で、ラトガーズ大学教授H・ブルース・フランクリン氏による紹介と解説が添えられたペーパーバック版である。

三部作の第一作は *Vietnam-Perkasie: A Combat Marine Memoir*（「ベトナム―パーカシー　ある海兵隊戦闘員の回想」マクファーランド社、一九八三年、パーカシーはエアハートが少年時代から海兵隊入隊までを過ごした町）、三作目の *Busted: A Vietnam Veteran in Nixon's America*（「ニクソン時代のベトナム帰還兵」マサチューセッツ大学出版局、一九九五年）へと続く。一九八七年に出版された *Going Back: An Ex-Marine Returns to Vietnam*（「元海兵隊員のベトナム再訪」マクファーランド社）は、内容的には自伝的三部作にも繋がるものだが、戦争終結から十年後に実現したベトナム帰還兵詩人グループによるベトナム再訪の旅を記したものである。

第二作の本書『ある反戦ベトナム帰還兵の回想』は、理想と使命感に燃えてベトナム戦場に向かった若者が、ベトナム従軍任務期間をあとひと月残すのみとなった一九六八年二月初めのテト攻勢によりフエで負傷し、帰還してのちの苦闘の日々を語ったものである。ここには、遠いアジアの地で自国の若者たちが戦い命を落としていることを気にも止めないようなアメリカ社会に不信と疎外感を抱きながら、GIビル（復員兵援護法）で大学に進学するが、絶えず波のように襲ってくる戦争の悪夢に取り憑かれ、底知れない怒りと自己喪失感にもがき苦しむ著者エアハートの姿が赤裸裸に描写されている。三部作の中でも、著者の戦場体験がのちの詩人としての人生にどのように繋がっていくかを暗示する、言うなれば産みの苦しみにあたる一九六九年から一九七四年までの五年間を主たる舞台とした回想記である。ベトナム帰還兵として直面する米国社会の「平穏」な日常と、フラッシュバックを繰り返す戦場のトラウマとの闘いの日々であり、著者が作中の語り手（エアハート自身）に、ベトナムでの戦闘の方が帰還後の年月よりも楽だったと言わせるほどの精神的苦痛と葛藤の回想記である。つまり原題 *Passing Time* とは、大学キャンパスや故郷での戦場を知らない者たちとの人間関係に疲れ果て、『国防総省白書』で暴露された戦争の真実に愕然とし、抱いていた理想を見事に裏切ってくれた政治家たちへのやり場のない怒りに苦闘し、後悔と自責の念にかられ、何をすべきか、何をしたいのかも分からなくなった語り手のエアハートが、浮き世の一切合切とおさらばして石油タンカーの雑役水夫となって人魚の歌声に耳を傾けながら海洋上で送る日々、「ただ過ぎ去り行く日々、暇つぶし」という意味である。しかし、こうした無為に過ごしているような日々こそが、実は語り手エアハートにとって必要な、意味のある時間であったことを、一時的に羽を休ませ次に羽ばたくエネルギーを蓄える準備期間となっていたことを、著者エアハートは、最後に読者に気づかせてくれるのである。

著者と本書の内容については、アメリカ文化史家H・ブルース・フランクリンの深い洞察に基づく解説文を是非お読みいただきたい。そこには本書の構成上の特徴とともに、歴史の流れの中で個人の歴史観世界観がどのように変化し再構築されていくのか、語り手としての自己を突き放し徹底的に対象化することで、語り手の人間的思想的成長過程を巧みに描きだしていく著者エアハートの文学的手法が、読者に丁寧に示されているからである。この文章を読むことで、著者と語り手とのスリリングな緊張関係が時代的背景の中で改めて解き明かされてくる。まるで小説を読んでいるかのような錯覚に陥るのも、語り手を時折襲う戦場のトラウマとフラッシュバックのように挿入される戦闘場面とが、本書全体をストーリー性ある読み物に仕立て上げているためであろう。

「まるで小説」と形容したが、改めて確認しておきたいのは、本書はあくまでも著者の戦場体験とこの戦争の歴史的事実に基づく回想記である。訳者である私自身も最初は、読んでいてぐいぐいと惹きつけられるその面白さに、つい自伝的「小説」と勘違いしたほどである。著者エアハートはこの点について、ベトナム戦争はフィクションにするにはあまりにも重い真実であり、ここに書かれていることは厳然たる事実であることを強調する。事実を重視するエアハートの姿勢は、文中の言葉の使い方からも伝わってくる。例えば、語り手が何かの拍子にカッとなり、暴力的になることがある。スワスモア大学の最初の恋人パムの一家と出かけたはじめてのスキー場でうまく滑れずにかの女に八つ当たりする場面（7章）、反戦集会から戻ってきたパムを殴り倒す場面（17章）がそれである。また戦場のトラウマによる悪夢で眠れない夜が続くこと、精神的にひどく落ち込むと酒を浴びるように飲み、別人のようになって泣いたり喚いたりすることもある。戦後、一九八〇年になり、それまでの戦争後遺症とは区別されたベトナム戦争従軍兵に特有の精神的後遺症として、全米精神医学会はようやくＰＴＳＤ〔心的外傷後ストレス障害〕を正式認定した。個々の帰還兵の抱える症状や苦しみがＰＴＳＤと診断されるかどうかは別としても、ここに描かれるようなエアハートの行動や苦しみは、ベトナム戦場から帰還した元兵士たちの多くに共通するものだったが、戦争終結前の時代を扱っている本書には当然のことながら、ＰＴＳＤという用語は登場しない。本書に描かれるアメリカ社会は、ベトナム帰還兵に「ベトナム帰り」のレッテルを貼り、「赤ん坊殺し」「麻薬常習者」などの暴力的言辞を浴びせるだけで、帰還後の疎外感をはじめとする精神的身体的痛みを痛みとして受け止めるだけの社会的認識や寛容をまだ持ち合せてはいなかった。本書は、そういう時代を生き抜いたひとりのベトナム帰還兵の回想記として、時代と戦争の貴重な証言としても価値ある作品なのである。

本書の中に初期の詩が数篇紹介されているように、エアハートは詩人であり、「ベトナム」以後の米国政府の戦争政策に対しても徹底した批判を続けている詩人として知られる。ベトナム戦争は、米国史上のどの戦争よりも多くの小説や映画の舞台となり、戦場から生まれた帰還兵詩人の数も他の戦争を圧倒している。なかでもエアハートは、ベトナム戦争の詩集出版と詩の編纂において中心的役割を果たしてきた。小説のようには詩の読者層が広がらない今日的状況はどこの国にも共通する現象と言えるが、エアハートの自伝的回想記三部作とエッセイ集が、ベトナム戦争作家としてすぐに名前が挙げられるティム・オブライエン（村上春樹訳『本当の戦争の話をしよう』文藝春秋社、一九九八年）や、フィリップ・カプート（『戦争の噂』未訳、一九七七年）、マイケル・ハー（増子光訳『ヴェトナム特電』筑摩書房、一九九〇年）らの作品ほどには、商業ベースの波に乗らない事情については、フランクリンが序文の最後に触れている通りである。一九六〇年代の作家と作品に関する研究には、エアハートを、「国が忘れよう、否定しようとする歴史的事件に対して、人としてあるべき証人[moral witness]であり続けようとする」詩人／作家だと評価するものがある。さらに、オブライエンが作品の文学性に価値を置いた作家であるとすれば、エアハートは真実を語る、「何事にも怯むことのない正直さ」を大事にする作家であると捉える批評家もいる。* 本書を読めば明らかだが、エアハートの驚くほどの正直さ、ふつうの感覚ではとても自分の口からは言い出しえないような「愚行」の告白、それをノンフィクションとして曝け出してしまう勇気こそが、本書の魅力ともなっている。フランクリンの序文にあるラトガーズ大学の授業でのエピソードが示すほどの本書への学生たちの反応にもかかわらず、エアハートをマスメディアでの成功から遠ざけている理由がどこにあるのかは、一目瞭然である。

* Edward F. Palm, “The Importance of Being Earnest: A Veteran's View of W. D. Ehrhart's Vietnam War Poetry and Prose,” Jean-Jaques Malo, ed. *The Last Time I Dreamed About the War: Essays on the Life and Writings of W. D. Ehrhart* (Jefferson, N.C.: McFarland & Company, 2014).

それにしても、エアハートの三部作、とりわけ「ベトナム帰り」としての苦悶の日々を描いた第二部にあたる本書の41章、戦友のゲリーとの再会の場面には、オブライエン著『本当の戦争の話をしよう』所収の「レイニー河で」を彷彿とさせるものがある。「レイニー河で」の「私」は、カレッジを卒業してすぐに徴兵されたが、間違っているとしか思えないこの戦争に応じるか、カナダ行き〔徴兵拒否〕を決行するかどうかの岐路に立たされる。一方本書では、従軍中唯一心を許せた友ゲリーに、この戦争の真実を一緒に世の中に訴えようと持ちかけるが、そこまで踏み切れない家族持ちの友の暮らしを知って、それ以上強くは言えなくなる語り手の「俺」。戦争に行く前の「レイニー河で」の「私」と、戦争から戻ってからの本書のゲリーと「俺」。それぞれただひとりでこの不正義の戦争と対峙せざるをえなかった当時の若者たちの底知れない孤独と悲しみが、読み手の胸中に静かに沁みわたってくる。

本書の登場人物の中で、戦場の回想場面のわずか数カ所でしか語られないが、重要なひとりについてもここで触れておきたい。南ベトナム政府軍から米軍の通訳として派遣されていたトリン軍曹である。彼が、語り手エアハートに向けていた無表情だが「黒く突き刺すような眼差しは、まるで石炭が燃えているかのよ」うに怒りに充ちていた。この眼差しと、彼の「アメリカ人っていうのはまったくベトコン以下だね」（4章）の一言は、帰還後もエアハートの脳裏から消え去ることはなかった。自身に向けられた鋭く突き刺さってくる痛みに誠実に向き合うことなくして、のちの詩人としての、また自国の戦争政策を真っ向から批判し続けている今日の著者の存在はありえなかったであろう。トリンの一言を聞き逃さなかった、さらには自己の加害性をありのままに曝け出した、その感性の鋭さと精神的強靭さこそが、数多あるベトナム戦争体験記の中でも、本書を一段と価値あるものとして際立たせているのである。

エアハートさんと訳者の私との「出逢い」が、一九九一年、湾岸戦争開始時の米国PBS放送のテレビドキュメンタリー番組にあったことは、本書冒頭の「日本の読者へ」に触れられている通りである。彼がその番組で、ベトナムは緑豊かな美しい国であるのに、兵士として記憶に残っているベトナムとは白黒の世界でしかなかった、と話していたことが印象深かった。さらに別なところで、ベトナムとは固有の歴史と文化をもつ国であるのに、米国では悪夢としての戦争を意味する言葉でしかない、とも語っていた。詩人で、私と同世代の、ベトナム戦場からの帰還兵というこの人の作品を読んでみたいと思うようになった。そしていつの間にか私は、自分の専門分野である一七、一八世紀のアメリカ史から、一気に現代史のまっただ中の、ベトナム戦争と帰還兵士の詩や絵画の世界に飛び込んでしまい、そこにどっぷりと浸かっていたのである。エアハートさんの詩を読めば読むほど、彼の詩と回想記を日本の人たちに紹介したいと思うようになった。本書のほんの一部と数篇の詩の翻訳を拙著『ベトナム戦争のアメリカ』(刀水書房、二〇〇六年)に引用したいと突然メールでお願いしたことが、エアハートさんとの接触の始まりだった。本書の翻訳が今このように実現したことに言いようのない喜びを感じている。そしてマサチューセッツ大学版への寄稿文の本書掲載を快諾下さったフランクリン氏に深くお礼申し上げる。ラトガーズ大学でのエピソードを含めた深い洞察に基づく解説を、日本の読者にも是非読んで欲しいと思った次第である。

＊　＊

ところでまったく偶然なのだが、これも「日本の読者へ」で触れられているように、私の大学時代の恩師である故清水知久先生とエアハートさんとの交流は、私がエアハートさんにメールを送るずっと以前から始まっていたのだった。私がそのことを知ったのは随分と後のことである。ベトナム戦争研究と反戦運動の両方を実践していた清水先生は、早くからエアハートさんの著作を読み、感想やコメントをせっせと書き送っていたのだった。それも日本の官製ハガキで、である。清水先生が、エアハートさんも会員である反戦ベトナム帰還兵の会（ＶＶＡＷ）とその会誌『ベトナム・ジェネレーション』への精神的経済的支援をしていたことは以前から聞いていたが、エアハートさんとの個人的なハガキ文通については未聞だった。二〇〇八年にはじめてフィラデルフィアのエアハート宅を訪ねた折りに、「いや、あのハガキには参りましたよ。本を送るとすぐにハガキがくるのだから」と、同席していたＶＶＡＷ仲間と苦笑いしながら話してくれた。ハガキ魔シミズは、そのお仲間のあいだでもちょっとした有名人だったようだ。日本人でもハガキ魔清水先生に悩まされた人は少なくなかったが、同じことを何と海の向こうまでも実行していたのである。そのジャパンから頻繁に送られてくるハガキに誠実に対応していた数少ないアメリカ人のひとりが、エアハートさんだったのである。先生はエアハートさんとの文通を、ちょっと気取って、「水と気の交信」と形容していた。水は「清水」の水、気は「エアハート」のエア「空気」をもじったものだが、帰還兵詩人とのハガキ交信を心から楽しんでいたに違いない。

＊　　＊

翻訳出版にあたり、読者への便宜を図り、編集上の工夫を加えた。まず、原著の各章は数字のみで示されているが、これに簡単な小見出しをつけた。本書構成上の特徴でもあるが、著者の回想が主に、石油タンカーエンデバー号でのロジャーとの対話、スワスモア大学での学生生活、ベトナム戦場の三カ所を時空を超えて交錯しているため、いつの、どの場面のことかが、分かるようにとの理由からである。また、原著には斜体語、ダッシュ、省略点が多用されるが、これも読みやすさを考えて文脈上、必要と思われる箇所のみを原著のママとした。文中の［ ］は訳註である。また会話文の「 」の中の引用には〈 〉を用いて分かりやすくした。カタカナ表記については、人名のみヴァ行を用い、他はバ行に統一した。

原著二七七頁の全章の翻訳は当初、とても無理かと思われたが、全章あってこその『回想』という出版社のご理解のもと、出版業界が非常に厳しい状況にある中で、このような形で本書の誕生を可能にしていただいたことに心よりお礼申し上げる。とりわけ、本書中のエンデバー号機関士ロジャーが機械を扱うような愛情を注いで編集と本作りの労をとってくださった中村文江さんに心からの謝意を表したい。社員のみなさんをはじめ、装丁、校正をご担当いただいた方々に大変お世話になったこと、多くの方々のご協力により本書が完成したことに、あらためて感謝申し上げる。翻訳に際しては何度もエアハートさんに質問し、とりわけ軍隊用語については沢山ご教示いただいた。正確に、読みやすく、を心がけたが、翻訳上の誤りや分かりにくさがあれば、すべて訳者の責任である。ご指摘いただければ幸いである。最後に、本書がひとりでも多くの日本の方々にお読みいただけるようにと願っている。

訳者　白井洋子

二〇一五年三月

著者紹介

エアハート氏は、一九四八年に米国ペンシルベニア州西部のロアリング・スプリングで生まれ、少年時代から海兵隊入隊までをフィラデルフィアから四〇マイルほど北にある町パーカシーで過した。高校卒業と同時に、反対する両親を説得して一七歳で海兵隊に入隊、新兵訓練直後の一九六七年一月にベトナムに派遣された。一九六八年、テト（旧正月）攻勢によりフエで負傷し、帰還した。その後、フィリピンと日本の岩国、沖縄に派遣され、一九七二年四月に最終軍歴二等軍曹として名誉除隊となった。一九六九年九月にフィラデルフィア郊外のスワスモア大学に入学、英文学学士号を、その後イリノイ大学（シカゴ・サークル）から修士号、ウェールズ大学（スウォンジー校）から博士号を取得している。

一九七二年刊行のベトナム帰還兵の詩集 *Winning Hearts and Minds: War Poems by Vietnam Veterans* にはじめて自作の詩八篇が掲載され、それ以後新聞や雑誌に詩が発表されるようになり、これまでに単著による詩集九冊、詩集編纂が共同編纂二冊、単独編纂二冊、回想記三部作を含めエッセイ・評論集八冊の著作がある。エアハート氏の詩はヨーロッパ、中南米、アジア諸国で翻訳されている。

エアハート氏は現在、詩作と著作活動とともに、フィラデルフィア郊外にある私立男子校ハバフォード・スクールで英語と歴史を教えることに情熱を注いでいる。

《訳者紹介》

白井洋子（しらい　ようこ）

1947年生まれ。日本女子大学文学部卒業，米国ペンシルベニア大学大学院博士課程修了［歴史 Ph.D.］。東京国際大学教授を経て，現在，日本女子大学文学部教授

著書：『ベトナム戦争のアメリカ―もう一つのアメリカ史』（刀水書房，2006）

論文：「軍事主義とジェンダー―「ベトナム」以後の米国軍隊と女性兵士」加藤千香子／細谷実編著『ジェンダー史叢書 5　暴力と戦争』（明石書店，2009）；“W. D. Ehrhart and Chimei Hamada: War Memories of a Poet and of a Print Artist,”Jean-Jaques Malo, ed. *The Last Time I Dreamed About the War: Essays on the Life and Writings of W. D. Ehrhart* (Jefferson, N.C.: McFarland & Company, 2014)；「戦場の記憶，兵士の眼差し―浜田知明と W・D・エアハートの作品から」『日本女子大学 紀要 文学部』64 号（2015）など多数

訳書：『インディアンに囚われた白人女性の物語』（刀水書房，1996）；『アメリカの歴史 1　新世界への挑戦』（メアリー・ベス・ノートン他著／戸田徹子と共訳　三省堂，1996）など多数

〈歴史・民族・文明〉

刀水歴史全書 89

ある反戦ベトナム帰還兵の回想

2015年5月9日　初版1刷印刷
2015年5月15日　初版1刷発行

著　者　W.D.エアハート
訳　者　白井洋子
発行者　中村文江

発行所　株式会社　刀水書房
〒101-0065　東京都千代田区西神田2-4-1　東方学会本館
TEL 03-3261-6190　FAX 03-3261-2234　振替00110-9-75805

組版　MATOI DESIGN
印刷　亜細亜印刷株式会社
製本　株式会社ブロケード

©2015 Tosui Shobo, Tokyo ISBN978-4-88708-420-9　C1322

本書のコピー，スキャン，デジタル化等の無断複製は著作権法上での例外を除き禁じられています。本書を代行業者等の第三者に依頼してスキャンやデジタル化することは，たとえ個人や家庭内での利用であっても著作権法上認められておりません。

刀水歴史全書 —歴史・民族・文明—

四六上製　平均300頁　随時刊　（価格は税別）

樺山紘一 1 カタロニアへの眼（新装版） 歴史・社会・文化 1979,2005(新装版)　000-X　四六上製　289頁＋口絵12頁　¥2300	西洋の辺境，文明の十字路カタロニアはいかに内戦を闘い，なぜピカソら美の巨人を輩出したか。カタロニア語を習い，バルセロナに住んで調査研究した歴史家によるカタロニア文明論
R.C.リチャードソン／今井　宏訳 2 イギリス革命論争史 1979　001-8　四六上製　353頁　¥2200	市民革命とは何であったか？　同時代人の主張から左翼の論客，現代の冷静な視線まで，革命研究はそれぞれの時代,立場を反映する。論者の心情をも汲んで著された類書のない学説史
山崎元一 3 インド社会と新仏教 アンベードカルの人と思想〔付〕カースト制度と不可触民制 1979　＊002-7　四六上製　275頁　¥2200	ガンディーに対立してヒンドゥーの差別と闘い，インドに仏教を復興した不可触民出身の政治家の生涯。日本のアンベードカル研究の原典であり，インドの差別研究のほとんど最初の一冊
G.バラクロウ編／木村尚三郎解説・宮島直機訳 4 新しいヨーロッパ像の試み 中世における東欧と西欧 1979　003-4　四六上製　258頁　¥2330	最新の中世史・東欧史の研究成果を背景に，ヨーロッパの直面する文明的危機に警鐘を鳴らした文明史家の広ヨーロッパ論。現代のヨーロッパの統一的傾向を最も早く洞察した名著。図版127点
W.ルイス，村上直次郎編／富田虎男訳訂 5 マクドナルド「日本回想記」 ［再訂版］　インディアンの見た幕末の日本 1979　＊005-8　四六上製　310頁　¥2200	日本をインディアンの母国と信じて密航した青年の日本観察記。混血青年を優しくあたたかく遇した幕末の日本と日本人の美質を評価。また幕末最初の英語教師として評価されて，高校英語教科書にものっている
J.スペイン／勝藤　猛・中川　弘訳 6 シルクロードの謎の民 パターン民族誌 1980　006-9　四六上製　306頁　¥2200	文明を拒否して部族の掟に生き，中央アジア国境地帯を自由に往来するアフガン・ゲリラの主体パターン人，かつてはイギリスを，近くはロシアを退けた反文明の遊牧民。その唯一のドキュメンタルな記録
B.A.トゥゴルコフ／加藤九祚解説・斎藤晨二訳 7 トナカイに乗った狩人たち 北方ツングース民族誌 1981　024-7　四六上製　253頁　¥2233	広大なシベリアのタイガを漂泊するエベンキ族の生態。衣食住，狩猟・遊牧生活から家族，氏族，原始文字，暦，シャーマン，宇宙観まで。ロシア少数民族の運命
G.サルガードー／松村　赳訳 8 エリザベス朝の裏社会 1985　060-3　四六上製　338頁　¥2500	シェイクスピアの戯曲や当時のパンフレット“イカサマ読物”“浮浪者文学”による華麗な宮廷文化の時代の裏面。スリ・盗賊・ペテン師などの活躍する新興の大都会の猥雑な現実

P.F.シュガー,I.J.レデラー 編／東欧史研究会訳

9 **東欧のナショナリズム**
歴史と現在
1981　025-5　四六上製　578頁　¥4800

東欧諸民族と諸国家の成立と現在を，19世紀の反トルコ・反ドイツ・反ロシアの具体的な史実と意識のうえに捉え，東欧紛争の現在の根源と今後の世界のナショナリズム研究に指針を与える大著

R.H.C.デーヴィス／柴田忠作訳

10 **ノルマン人**　［品切］
その文明学的考察
1981　027-1　四六上製　199頁　¥2233

ヨーロッパ中世に大きな足跡をのこしたヴァイキングの実像を文明史的に再評価し，ヨーロッパの新しい中世史を構築する第一人者の論究。ノルマン人史の概説として最適。図版70余点

中村寅一

11 **村の生活の記録**　（下）［品切］
(上)上伊那の江戸時代 (下)上伊那の明治・大正・昭和
1981　028-X　029-8　四六上製　195頁,310頁　¥1845 ¥1800

村の中から村を描く。柳田・折口体験をへて有賀喜左衛門らとともに，民俗・歴史・社会学を総合した地域史をめざした信州伊那谷の先覚者の業績。中央に追従することなく，地域史として独立し得た数少ない例の一つ

岩本由輝

12 きき書き**六万石の職人衆**
相馬の社会史
1980　010-7　四六上製　252頁　¥1800

相馬に生き残った100種の職人の聞き書き。歴史家と職人の心の交流から生れた明治・大正・昭和の社会史。旅職人から産婆，ほとんど他に見られない諸職が特に貴重

13 （缺番）

田中圭一

14 **天領佐渡**　（1）［品切］
(1)(2)村の江戸時代史 上・下 (3)島の幕末
1985　061-1,062-X,063-8 四六上製 (1)275頁 (2) 277頁 (3) 280頁 (1)(2) ¥2000 (3)¥2330

戦国末〜維新のムラと村ビトを一次史料で具体的に追求し,天領の政治と村の構造に迫り,江戸〜明治の村社会と日本を発展的にとらえる。民衆の活躍する江戸時代史として評価され，新しい歴史学の方向を示す

岩本由輝

15 **もう一つの遠野物語**［追補版］
（付）柳田國男南洋委任統治資料六点
1994　＊130-7　四六上製　275頁　¥2200

水野葉舟・佐々木喜善によって書かれたもう一つの「遠野物語」の発見。柳田をめぐる人間関係，「遠野物語」執筆前後の事情から山人〜常民の柳田学の変容を探る。その後の柳田学批判の先端として功績は大きい

森田安一

16 **スイス**［三補版］
歴史から現代へ
1995　159-6　四六上製　304頁　¥2200

13世紀スイス盟約者団の成立から流血の歴史をたどり，理想の平和郷スイスの現実を分析して新しい歴史学の先駆と評価され，中世史家の現代史として，中世から現代スイスまでを一望のもとにとらえる

樺山紘一·賀集セリーナ·富永茂樹·鳴海邦碩

17 **アンデス高地都市**　［品切］
ラ・パスの肖像
1981　020-4　四六上製　図版多数　257頁　¥2800

ボリビアの首都ラ・パスに展開するスペイン，インディオ両文明の相克。歴史・建築・文化人類・社会学者の学際協力による報告。図版多数。若く多才な学者たちの協力の成功例の一つといわれる

A．ノーヴ／和田春樹・中井和夫訳　[品切]

18 **スターリンからブレジネフまで**

ソヴェト現代史

1983　043-3　四六上製　315頁　¥2427

スターリン主義はいかに出現し，いかなる性格のものだったか？　冷静で大胆な大局観をもつ第一人者による現代ソ連研究の基礎文献。ソ連崩壊よりはるか前に書かれていた先覚者の業績

19 （欠番）

増井經夫

20 **中国の歴史書**

中国史学史

1984　052-2　四六上製　298頁　¥2500

内藤湖南以後誰も書かなかった中国史学史。尚書・左伝から梁啓超，清朝野史大観まで，古典と現代史学の蘊蓄を傾けて，中国の歴史意識に迫る。自由で闊達な理解で中国学の世界に新風を吹きこむ。ようやく評価が高い

G．P．ローウィック／西川　進訳

21 **日没から夜明けまで**

アメリカ黒人奴隷制の社会史

1986　064-6　四六上製　299頁　¥2400

アメリカの黒人奴隷は，夜の秘密集会を持ち，祈り，歌い，逃亡を助け，人間の誇りを失わなかった。奴隷と奴隷制の常識をくつがえす新しい社会史。人間としての彼らを再評価するとともに，社会の構造自体を見なおすべき衝撃の書

山本　新著／神川正彦・吉澤五郎編

22 **周辺文明論**

欧化と土着

1985　066-2　四六上製　305頁　¥2200

文明の伝播における様式論・価値論を根底に，ロシア・日本・インド・トルコなど非西洋の近代化＝欧化と反西洋＝土着の相克から現代の文明情況まで。日本文明学の先駆者の業績として忘れ得ない名著

小林多加士

23 **中国の文明と革命**

現代化の構造

1985　067-0　四六上製　274頁　¥2200

万元戸，多国籍企業に象徴される中国現代の意味を文化大革命をへた中国の歴史意識の変革とマルキシズムの新展開に求める新中国史論

R．タカキ／富田虎男・白井洋子訳

24 **パウ・ハナ**

ハワイ移民の社会史

1986　071-9　四六上製　293頁　¥2400

ハワイ王朝末期に，全世界から集められたプランテーション労働者が，人種差別を克服して，ハワイ文化形成にいたる道程。著者は日系3世で，少数民族・多文化主義研究の歴史家として評価が高い

原田淑人

25 **古代人の化粧と装身具**

1987　076-X　四六上製　図版180余点　227頁　¥2200

東洋考古学の創始者，中国服飾史の開拓者による古代人の人間美の集成。エジプト・地中海，インド，中央アジアから中国・日本まで，正倉院御物に及ぶ美の伝播，唯一の概説書

E.ル・ロワ・ラデュリ／井上幸治・渡邊昌美・波木居純一訳

26 **モンタイユー**（上）（下）

ピレネーの村　1294～1324

(上)1990 (下)1991　＊086-7 ＊125-3　四六上製　367頁 425頁　¥2800 ¥3301

中世南仏の一寒村の異端審問文書から，当時の農村生活を人類学的手法で描き，75年発刊以来，社会史ブームをまきおこしたアナール派第3世代の代表作。ピレネー山中寒村の，50戸，200人の村人の生活と心性の精細な描写

ダヴ・ローネン／浦野起央・信夫隆司訳

27 **自決とは何か**　［品切］

ナショナリズムからエスニック紛争へ

1988　095-6　四六上製　318頁　￥2800

自殺ではない。みずからを決定する自決。革命・反植民地・エスニック紛争など，近現代の激動を“自決 Self-determination への希求”で解く新たなる視角。人文・社会科学者の必読書

メアリ・プライア編著／三好洋子編訳

28 **結婚・受胎・労働**　［品切］

イギリス女性史1500～1800

1989　099-9　四六上製　270頁　￥2500

イギリス女性史の画期的成果。結婚・再婚・出産・授乳，職業生活・日常生活，日記・著作。実証的な掘り起こし作業によって現れる普通の女性たちの生活の歴史

M．I．フィンレイ／柴田平三郎訳

29 **民主主義―古代と現代**　［品切］

1991　118-9　四六上製　199頁　￥2816

古代ギリシア史の専門家が思想史として対比考察した古代・現代の民主主義。現代の形骸化した制度への正統なアカデミズムからの警鐘であり，民主主義の本質に迫る一書

木崎良平

30 **光太夫とラクスマン**

幕末日露交渉史の一側面

1992　134-0　四六上製　266頁　￥2524

ひろく史料を探索して見出した光太夫とラクスマンの実像。「鎖国三百年史観」をうち破る新しい事実の発見が，日本の夜明けを告げる。実証史学によってはじめて可能な歴史の本当の姿の発見

青木　豊

31 **和鏡の文化史**

水鑑から魔鏡まで

1992　139-1　四六上製　図版300余点　305頁　￥2500

水に顔を映す鏡の始まりから，その発達・変遷，鏡にまつわる信仰・民俗，十数年の蓄積による和鏡に関する知識体系化の試み。鏡に寄せた信仰と美の追求に人間の実像が現れる

Y．イチオカ／富田虎男・粂井輝子・篠田左多江訳

32 **一　　世**

黎明期アメリカ移民の物語り

1992　141-3　四六上製　283頁　￥3301

人種差別と排日運動の嵐の中で，日本人留学生，労働者，売春婦はいかに生きたか。日系アメリカ人一世に関する初の本格的研究の始まり，その差別と苦悩と忍耐を見よ（著者は日系二世）

鄧　搏鵬／後藤均平訳

33 **越南義烈史**

抗仏独立運動の死の記録

1993　143-X　四六上製　230頁　￥3301

19世紀後半，抗仏独立闘争に殉じたベトナムの志士たちの略伝・追悼文集。反植民地・民族独立思想の原点（1918年上海で秘密出版）。東遊運動で日本に渡った留学生200人は，やがて日本を追われ，各地で母国の独立運動を展開して敗れ，つぎつぎと斃れるその記録

D．ジョルジェヴィチ，S．フィシャー・ガラティ／佐原徹哉訳

34 **バルカン近代史**

ナショナリズムと革命

1994　153-7　四六上製　262頁　￥2800

かつて世界の火薬庫といわれ，現在もエスニック紛争に明け暮れるバルカンを，異民族支配への抵抗と失敗する農民蜂起の連続ととらえる。現代は，過去の紛争の延長としてあり，一朝にして解決するようなものではない

C．メクゼーパー，E．シュラウト共編／瀬原義生監訳，赤阪俊一・佐藤専次共訳

35 **ドイツ中世の日常生活**

騎士・農民・都市民

1995　＊179-6　四六上製　205頁　￥2800

ドイツ中世史家たちのたしかな目が多くの史料から読みとる新しい日常史。普通の“中世人”の日常と心性を描くが，おのずと重厚なドイツ史学の学風を見せて興味深い

神山四郎　［比較文明学叢書１］

36 **比較文明と歴史哲学**

1995　182-0　四六上製　257頁　¥2800

歴史哲学者による比較文明案内。歴史をタテに発展とみる旧来の見方に対し，ヨコに比較する多系文明の立場を推奨。ボシュエ，ヴィコ，イブン・ハルドゥーン，トインビーと文明学の流れを簡明に

神川正彦　［比較文明学叢書２］

37 **比較文明の方法**

新しい知のパラダイムを求めて

1995　184-7　四六上製　275頁　¥2800

地球規模の歴史的大変動の中で，トインビー以降ようやく高まる歴史と現代へのパースペクティヴ，新しい知の枠組み，学の体系化の試み。ニーチェ，ヴェーバー，シュペングラーを超えてトインビー，山本新にいたり，原理と方法を論じる

B.A.トゥゴルコフ／斎藤晨二訳

38 **オーロラの民**

ユカギール民族誌

1995　183-9　四六上製　220頁　¥2800

北東シベリアの少数民族人口1000人のユカギール人の歴史と文化。多数の資料と現地調査が明らかにするトナカイと犬ぞりの生活・信仰・言語。巻末に調査報告「ユカギール人の現在」

D.W.ローマックス／林　邦夫訳

39 **レコンキスタ**

中世スペインの国土回復運動

1996　180-4　四六上製　314頁　¥3300

克明に史実を追って，800年間にわたるイスラム教徒の支配からのイベリア半島奪還とばかりはいいきれない，レコンキスタの本格的通史。ユダヤ教徒をふくめ，三者の対立あるいは協力，複雑な800年の情勢に迫る

A.R.マイヤーズ／宮島直機訳

40 **中世ヨーロッパの身分制議会**

新しいヨーロッパ像の試み（2）

1996　186-3　四六上製　214頁　¥2800

各国の総合的・比較史的研究に基づき，身分制議会をカトリック圏固有のシステムととらえ，近代の人権思想もここから導かれるとする文化史的な画期的発見，その影響に注目が集まる。図写79点

M.ローランソン，J.E.シーヴァー／白井洋子訳

41 **インディアンに囚われた白人女性の物語**

1996　195-2　四六上製　274頁　¥2800

植民地時代アメリカの実話。捕虜となり生き残った２女性の見たインディアンの心と生活。牧師夫人の手記とインディアンの養女となった少女の生涯。しばしば不幸であった両者の関係を見なおすために

木崎良平

42 **仙台漂民とレザノフ**

幕末日露交渉史の一側面No.２

1997　198-7　四六上製　261頁　¥2800

日本人最初の世界一周と日露交渉。『環海異聞』などに現れる若宮丸の遭難と漂民16人の数奇な運命。彼らを伴って通商を迫ったロシア使節レザノフ。幕末日本の実相を歴史家が初めて追求した

U.イム・ホーフ／森田安一監訳，岩井隆夫・米原小百合・佐藤るみ子・黒澤隆文・踊共二共訳

43 **スイスの歴史**

1997　207-X　四六上製　308頁　¥2800

日本初の本格的スイス通史。ドイツ語圏でベストセラーを続ける好著の完訳。独・仏・伊のことばの壁をこえてバランスよくスイス社会と文化を追求，現在の政治情況に及ぶ

E.フリート／柴嵜雅子訳

44 **ナチスの陰の子ども時代**

あるユダヤ系ドイツ詩人の回想

1998　203-7　四六上製　215頁　¥2800

ナチスの迫害を逃れ，17歳の少年が単身ウィーンからロンドンに亡命する前後の数奇な体験を中心にした回想録。著者は戦後のドイツで著名なユダヤ系詩人で，本書が本邦初訳

今谷明・大濱徹也・尾形勇・樺山紘一・木畑洋一編

45 20世紀の歴史家たち

(1)日本編(上) (2)日本編(下) (5)日本編(続) (3)世界編(上) (4)世界編(下)

1997～2006　四六上製　平均300頁　各￥2800

歴史家は20世紀をどう生きたか，歴史学はいかに展開したか。科学としての歴史学と人間としての歴史家，その生と知とを生々しく見つめようとする。書かれる歴史家と書く歴史家，それを読む読者と三者の生きた時代

日本編(上)　1997 211-8

1 徳富蘇峰（大濱徹也）
2 白鳥庫吉（窪添慶文）
3 鳥居龍蔵（中薗英助）
4 原 勝郎（樺山紘一）
5 喜田貞吉（今谷 明）
6 三浦周行（今谷 明）
7 幸田成友（西垣晴次）
8 柳田國男（西垣晴次）
9 伊波普猷（高良倉吉）
10 今井登志喜（樺山紘一）
11 本庄栄治郎（今谷 明）
12 高群逸枝（栗原 弘）
13 平泉 澄（今谷 明）
14 上原専祿（三木 亘）
15 野呂栄太郎（神田文人）
16 宮崎市定（礪波 護）
17 仁井田陞（尾形 勇）
18 大塚久雄（近藤和彦）
19 高橋幸八郎（遅塚忠躬）
20 石母田正（今谷 明）

日本編(下)　1999 212-6

1 久米邦武（田中 彰）
2 内藤湖南（礪波 護）
3 山路愛山（大濱徹也）
4 津田左右吉（大室幹雄）
5 朝河貫一（甚野尚志）
6 黒板勝美（石井 進）
7 福田徳三（今谷 明）
8 辻 善之助（圭室文雄）
9 池内 宏（武田幸男）
10 羽田 亨（羽田 正）
11 村岡典嗣（玉懸博之）
12 田村栄太郎（芳賀 登）
13 山田盛太郎（伊藤 晃）
14 大久保利謙（由井正臣）
15 濱口重國（菊池英夫）
16 村川堅太郎（長谷川博隆）
17 宮本常一（西垣晴次）
18 丸山眞男（坂本多加雄）
19 和歌森太郎（宮田 登）
20 井上光貞（笹山晴生）

日本編(続)　2006 232-0

1 狩野直喜（戸川芳郎）
2 桑原隲蔵（礪波 護）
3 矢野仁一（挾間直樹）
4 加藤 繁（尾形 勇）
5 中村孝也（中田易直）
6 宮地直一（西垣晴次）
7 和辻哲郎（樺山紘一）
8 一志茂樹（古川貞雄）
9 田中惣五郎（本間恂一）
10 西岡虎之助（西垣晴次）
11 岡 正雄（大林太良）
12 羽仁五郎（斉藤 孝）
13 服部之總（大濱徹也）
14 坂本太郎（笹山晴生）
15 前嶋信次（窪寺紘一）
16 中村吉治（岩本由輝）
17 竹内理三（樋口州男）
18 清水三男（網野善彦）
19 江口朴郎（木畑洋一）
20 林屋辰三郎（今谷 明）

世界編(上)　1999 213-4

1 ピレンヌ（河原 温）
2 マイネッケ（坂井榮八郎）
3 ゾンバルト（金森誠也）
4 メネンデス・ピダール（小林一宏）
5 梁 啓超（佐藤慎一）
6 トーニー（越智武臣）
7 アレクセーエフ（加藤九祚）
8 マスペロ（池田 温）
9 トインビー（芝井敬司）
10 ウィーラー（小西正捷）
11 カー（木畑洋一）
12 ウィットフォーゲル（鶴間和幸）
13 エリアス（木村靖二）
14 侯 外盧（多田狷介）
15 ブローデル（浜名優美）
16 エーバーハルト（大林太良）
17 ウィリアムズ（川北 稔）
18 アリエス（杉山光信）
19 楊 寛（高木智見）
20 クラーク（ドン・ベイカー 藤川隆男訳）
21 ホブズボーム（水田 洋）
22 マクニール（高橋 均）
23 ジャンセン（三谷 博）
24 ダニーロフ（奥田 央）
25 フーコー（福井憲彦）
26 デイヴィス（近藤和彦）
27 サイード（杉田英明）
28 タカキ，R．（富田虎男）

世界編(下)　2001 214-2

1 スタイン（池田 温）
2 ヴェーバー（伊藤貞夫）
3 バルトリド（小松久男）
4 ホイジンガ（樺山紘一）
5 ルフェーヴル（松浦義弘）
6 フェーヴル（長谷川輝夫）
7 グラネ（桐本東太）
8 ブロック（二宮宏之）
9 陳 寅恪（尾形 勇）
10 顧 頡剛（小倉芳彦）
11 カントロヴィッチ（藤田朋久）
12 ギブ（湯川 武）
13 ゴイテイン（湯川 武）
14 ニーダム（草光俊雄）
15 コーサンビー（山崎利男）
16 フェアバンク（平野健一郎）
17 モミリアーノ（本村凌二）
18 ライシャワー（W.スティール）
19 陳 夢家（松丸道雄）
20 フィンリー（桜井万里子）
21 イナルジク（永田雄三）
22 トムスン（近藤和彦）
23 グレーヴィチ（石井規衛）
24 ル・ロワ・ラデュリ（阿河雄二郎）
25 ヴェーラー（木村靖二）
26 イレート（池端雪浦）

戸上 一

46 **千 利 休**

ヒト・モノ・カネ

1998 ＊210-6 四六上製 212頁 ￥2000

高価な茶道具にまつわる美と醜の世界を視野に入れぬ従来の利休論にあきたらぬ筆者が，書き下ろした利休の実像。モノの美とそれにまつわるカネの醜に対決する筆者の気迫に注目

大濱徹也

47 **日本人と戦争**

歴史としての戦争体験

2002 220-7 四六上製 280頁 ￥2400

幕末，尊皇攘夷以来，日本は10年ごとの戦争で大国への道をひた走った。やがて敗戦。大東亜戦争は正義か不正義かは鏡の表と裏にすぎないかもしれない。日本人の“戦争体験”が民族共有の記憶に到達するのはいつか？

K. B. ウルフ／林 邦夫訳

48 **コルドバの殉教者たち**

イスラム・スペインのキリスト教徒

1998 226-6 四六上製 214頁 ￥2800

9世紀，イスラム時代のコルドバで，49人のキリスト教徒がイスラム教を批難して首をはねられた。かれらは極刑となって殉教者となることを企図したのである。三つの宗教の混在するスペインの不思議な事件である

U．ブレーカー／阪口修平・鈴木直志訳

49 **スイス傭兵ブレーカーの自伝**

2000 240-1 四六上製 263頁 ￥2800

18世紀スイス傭兵の自伝。貧農に生まれ，20歳で騙されてプロイセン軍に売られ，軍隊生活の後，七年戦争中に逃亡。彼の生涯で最も劇的なこの時期の記述は，近代以前の軍隊生活を知る類例のない史料として注目

田中圭一

50 **日本の江戸時代**

舞台に上がった百姓たち

1999 ＊233-5 四六上製 259頁 ￥2400

日本の古い体質のシンボルである江戸時代封建論に真向から挑戦する江戸近代論。「検地は百姓の土地私有の確認である」ことを実証し，一揆は幕府の約束違反に対するムラの抗議だとして，日本史全体像の変革を迫る

平松幸三編 2001年度 沖縄タイムス出版文化賞受賞

51 **沖縄の反戦ばあちゃん**

松田カメ口述生活史

2001 242-8 四六上製 199頁 ￥2000

沖縄に生まれ，内地で女工，結婚後サイパンへ出稼いで，戦争に巻込まれる。帰郷して米軍から返却された土地は騒音下。嘉手納基地爆音訴訟など反戦平和運動の先頭に立ったカメさんの原動力は理屈ではなく，生活体験だ

---

52 **（缺番）**

原田勝正

53 **日 本 鉄 道 史**

技術と人間

2001 275-4 四六上製 488頁 ￥3300

幕末維新から現代まで，日本の鉄道130年の発展を，技術の進歩がもつ意味を社会との関わりの中に確かめながら，改めて見直したユニークな技術文化史

J. キーガン／井上堯裕訳

54 **戦争と人間の歴史**

人間はなぜ戦争をするのか？

2000 264-9 四六上製 205頁 ￥2000

人間はなぜ戦争をするのか？ 人間本性にその起源を探り，国家や個人と戦争の関わりを考え，現実を見つめながら「戦争はなくなる」と結論づける。原本は豊かな内容で知られるＢＢＣ放送の連続講演（1998年）

M.シェーファー／大津留厚監訳・永島とも子訳 55 **エリザベート—栄光と悲劇** 2000　265-7　四六上製　183頁　¥2000	ハプスブルク朝の皇后“シシー”の生涯を内面から描く。美貌で頭が良く，自信にあふれ，決断力を持ちながらも孤独に苦しんでいた。従来の映画や小説では得られない“変革の時代”に生きた高貴な人間像
地中海学会編 56 **地中海の暦と祭り** 2002　230-4　四六上製　285頁　¥2500	季節の巡行や人生・社会の成長・転変に対応する祭は暦や時間と深く連関する。その暦と祭を地中海世界の歴史と地域の広がりの中でとらえ，かつ現在の祭慣行や暦制度をも描いた，歴史から現代までの「地中海世界案内」
堀　敏一 57 **曹　　操** 三国志の真の主人公 2001　＊283-0　四六上製　220頁　¥2800	諸葛孔明や劉備の活躍する『三国志演義』はおもしろいが，小説であって事実ではない。中国史の第一人者が慎重に選んだ“事実は小説よりも奇”で，人間曹操と三国時代が描かれる
P.ブラウン／宮島直機訳 58 **古代末期の世界**　[改訂新版] ローマ帝国はなぜキリスト教化したか 2002　＊354-7　四六上製　233頁　¥2800	古代末期を中世への移行期とするのではなく独自の文化的世界と見なす画期的な書。鬼才P.ブラウンによる「この数十年の間で最も影響力をもつ歴史書！」(書評から)
宮脇淳子 59 **モンゴルの歴史** 遊牧民の誕生からモンゴル国まで 2002　＊244-1　四六上製　295頁　¥2800	紀元前1000年に，中央ユーラシア草原に遊牧騎馬民が誕生してから，20世紀末年のモンゴル系民族の現状までを1冊におさめた，本邦初の通史
永井三明 60 **ヴェネツィアの歴史** 共和国の残照 2004　285-1　四六上製　270頁　¥2800	1797年「唐突に」姿を消した共和国。ヴェネツィアの1000年を越える歴史を草創期より説き起こす。貴族から貧困層まで，人々の心の襞までわけ入り描き出される日々の生活，etc. ヴェネツィア史の第一人者による書き下ろし
H.バイアス／内山秀夫・増田修代訳 61 **敵　国　日　本** 太平洋戦争時，アメリカは日本をどう見たか？ 2001　286-X　四六上製　215頁　¥2000	パールハーバーからたった70日で執筆・出版され，アメリカで大ベストセラーとなったニューヨークタイムズ記者の日本論。天皇制・政治経済・軍隊から日本人の心理まで，アメリカは日本人以上に日本を知っていた……
伊東俊太郎　[比較文明学叢書 3] 62 **文明と自然** 対立から統合へ 2002　293-2　四六上製　256頁　¥2400	かつて西洋の近代科学は，文明が利用する対象として自然を破壊し，自然は利用すべき資源でしかなかった。いま「自から然る」自然が，生々発展して新しい地球文明が成る。自然と文明の統合の時代である
P.V.グロブ／荒川明久・牧野正憲訳 63 **甦る古代人** デンマークの湿地埋葬 2002　298-3　四六上製　191頁　¥2500	デンマーク，北ドイツなど北欧の寒冷な湿地帯から出土した，生々しい古代人の遺体（約700例）をめぐる“謎”の解明。原著の写真全77点を収録した，北欧先史・古代史研究の基本図書

大濱徹也

64 **庶民のみた日清・日露戦争**
帝国への歩み
2003　316-5　四六上製　265頁　￥2200

明治維新以後10年ごとの戦争に明けくれた日本人の戦争観・時代観を根底に，著者は日本の現代を描こうとする。庶民の皮膚感覚に支えられた生々しい日本の現代史像に注目が集まる。『明治の墓標』改題

喜安　朗

65 **天皇の影をめぐるある少年の物語**
戦中戦後私史
2003　312-2　四六上製　251頁　￥2200

第二次大戦の前後を少年から青年へ成長した多くの日本人の誰もが見た敗戦から復興の光景を，今あらためて注視する少年の感性と歴史家の視線。変転する社会状況をくぐりぬけて今現われた日本論

スーザン・W.ハル／佐藤清隆・滝口晴生・菅原秀二訳

66 **女は男に従うもの？**
近世イギリス女性の日常生活
2003　315-7　四六上製　285頁　￥2800

16～17世紀，女性向けに出版されていた多くの結婚生活の手引書や宗教書など（著者は男性）を材料に，あらゆる面で制約の下に生きていた女性達の日常を描く（図版多数集録）

G.スピーニ／森田義之・松本典昭訳

67 **ミケランジェロと政治**
メディチに抵抗した《市民＝芸術家》
2003　318-1　四六上製　190頁　￥2500

フィレンツェの政治的激動期，この天才芸術家が否応なく権力交替劇に巻き込まれながらも，いかに生き抜いたか？　ルネサンス美術史研究における社会史的分析の先駆的議論。ミケランジェロとその時代の理解のために

金七紀男

68 **エンリケ航海王子**
大航海時代の先駆者とその時代
2004　322-X　四六上製　232頁　￥2500

初期大航海時代を導いたポルトガルの王子エンリケは，死後理想化されて「エンリケ伝説」が生れる。本書は，生身で等身大の王子とその時代を描く。付録に「エンリケ伝説の創出」「エンリケの肖像画をめぐる謎」の２論文も

H.バイアス／内山秀夫・増田修代訳

69 **昭和帝国の暗殺政治**
テロとクーデタの時代
2004　314-9　四六上製　341頁　￥2500

戦前，『ニューヨーク・タイムズ』の日本特派員による，日本のテロリズムとクーデタ論。記者の遭遇した5.15事件や2.26事件を，日本人独特の前近代的心象と見て，独自の日本論を展開する。『敵国日本』の姉妹篇

E.L.ミューラー／飯野正子監訳

70 **祖国のために死ぬ自由**
徴兵拒否の日系アメリカ人たち
2004　331-9　四六上製　343頁　￥3000

第二次大戦中，強制収容所に囚われた日系２世は，市民権と自由を奪われながら徴兵された。その中に，法廷で闘って自由を回復しアメリカ人として戦う道を選んだ人々がいた。60年も知られなかった日系人の闘いの記録

松浦高嶺・速水敏彦・高橋　秀

71 **学　生　反　乱**
―1969―　立教大学文学部
2005　335-1　四六上製　281頁　￥2800

1960年代末，世界中を巻きこんだ大学紛争。学生たちの要求に真摯に向合い，かつ果敢に闘った立教大学文学部の教師たち。35年後の今，闘いの歴史はいかに継承されているか？

神川正彦　［比較文明学叢書 5］

72 **比較文明文化への道**
日本文明の多元性
2005　343-2　四六上製　311頁　￥2800

日本文明は中国のみならずアイヌや琉球を含め，多くの文化的要素を吸収して成立している。その文化的要素を重視して“文明文化”を一語として日本を考える新しい視角

藤川隆男編

73 **白人とは何か？**

ホワイトネス・スタディーズ入門

2005 ＊346-2 四六上製 257頁 ￥2200

近年欧米で急速に拡大している「白人性研究」を日本で初めて本格的に紹介。差別の根源「白人」を人類学者が未開の民族を見るように研究の俎上に載せ，社会的・歴史的な存在である事を解明する多分野17人が協力

W. フライシャー／内山秀夫訳

74 **太平洋戦争にいたる道**

あるアメリカ人記者の見た日本

2006 349-1 四六上製 273頁 ￥2800

昭和初・中期の日本が世界の動乱に巻込まれていくさまを，アメリカ人記者の眼で冷静に見つめる。世界の動きを背景に，日本政府の情勢分析の幼稚とテロリズムを描いて，小社既刊『敵国日本』と対をなす必読日本論

白井洋子

75 **ベトナム戦争のアメリカ**

もう一つのアメリカ史

2006 352-1 四六上製 258頁 ￥2500

「インディアン虐殺」の延長線上にベトナム戦争を位置づけ，さらに，ベトナム戦没者記念碑「黒い壁」とそれを訪れる人々の姿の中にアメリカの歴史の新しい可能性を見る。「植民地時代の先住民研究」専門の著者だからこその視点

L. カッソン／新海邦治訳

76 **図書館の誕生**

古代オリエントからローマへ

2007 ＊356-1 四六上製 222頁 ￥2300

古代の図書館についての最初の包括的研究。紀元前３千年紀の古代オリエントの図書館の誕生から，図書館史の流れを根本的に変えた初期ビザンツ時代まで。碑文，遺跡の中の図書館の遺構，墓碑銘など多様な資料は語る

英国王立国際問題研究所／坂井達朗訳

77 **敗北しつつある大日本帝国**

日本敗戦７ヵ月前の英国王立研究所報告

2007 ＊361-5 四六上製 253頁 ￥2700

対日戦略の一環として準備された日本分析。極東の後進国日本が世界経済・政治の中に進出，ファシズムの波にのって戦争を遂行する様を冷静に判断。日本文化社会の理解は，戦中にも拘わらず的確で大英帝国の底力を見る

史学会編

78 **歴史の風**

2007 ＊369-1 四六上製 295頁 ￥2800

『史学雑誌』連載の歴史研究者によるエッセー「コラム 歴史の風」を１巻に編集。1996年の第１回「歴史学雑誌に未来から風が吹く」（樺山紘一）から昨2006年末の「日本の歴史学はどこに向かうのか」（三谷 博）まで11年間55篇を収載

青木 健

79 **ゾロアスター教史**

古代アーリア・中世ペルシア・現代インド

2008 ＊374-5 四六上製 308頁 ￥2800

本邦初の書下ろし。謎の多い古代アーリア人の宗教，サーサーン朝国教としての全盛期，ムスリム支配後のインドで復活，現代まで。世界諸宗教への影響，ペルシア語文献の解読，ソグドや中国の最新研究成果が注目される

城戸 毅

80 **百 年 戦 争**

中世末期の英仏関係

2010 ＊379-0 四六上製 373頁 ￥3000

今まで我が国にまとまった研究もなく，欧米における理解からずれていたこのテーマ。英仏関係及びフランスの領邦君主諸侯間の関係を通して，戦争の前史から結末までを描いた，本邦初の本格的百年戦争の全体像

R. オズボン／佐藤 昇訳

81 **ギリシアの古代**

歴史はどのように創られるか？

2011 ＊396-7 四六上製 261頁 ￥2800

最新の研究成果から古代ギリシア史研究の重要トピックに新しい光を当て，歴史学的な思考の方法，「歴史の創り方」を入門的に，そして刺戟的に紹介する。まずは「おなじみ」のスポーツ競技，円盤投げの一場面への疑問から始める

藤川隆男
82 人種差別の世界史
白人性とは何か？
2011　＊398-1　四六上製　274頁　￥2300
差別と平等が同居する近代世界の特徴を，身近な問題（ファッション他）を取り上げながら，前近代との比較を通じて検討。人種主義と啓蒙主義の問題，白人性とジェンダーや階級の問題などを，世界史的な枠組で解明かす

Ch. ビュヒ／片山淳子訳
83 もう一つのスイス史
独語圏・仏語圏の間の深い溝
2012　＊395-0　四六上製　246頁　￥2500
スイスは，なぜそしていかに，多民族国家・多言語国家・多文化国家になったのか，そのため生じた問題にいかに対処してきたか等々。独仏両言語圏の間の隔たりから語る，今までに無い「いわば言語から覗くスイスの歴史」

坂井榮八郎
84 ドイツの歴史百話
2012　＊407-0　四六上製　330頁　￥3000
「ドイツ史の語り部」を自任する著者が，半世紀を超える歴史家人生で出会った人，出会った事，出会った本，そして様ざまな歴史のエピソードなどを，百のエッセイに紡いで時代順に語ったユニークなドイツ史

田中圭一
85 良寛の実像
歴史家からのメッセージ
2013　＊411-7　四六上製　239頁　￥2400
捏造された「家譜」・「自筆過去帳」や無責任な小説や教訓の類いが，いかに良寛像を過らせたか！　良寛を愛し，良寛の眞実を求め，人間良寛の苦悩を追って，その実像に到達した，唯一，歴史としての良寛伝が本書である

A. ジョティシュキー／森田安一訳
86 十字軍の歴史
2013　＊388-2　四六上製　480頁　￥3800
カトリック対ギリシア東方正教対イスラームの抗争という，従来の東方十字軍の視点だけではなく，レコンキスタ・アルビショワ十字軍・ヴェンデ十字軍なども叙述，中世社会を壮大な絵巻として描いた十字軍の全体史

W. ベーリンガー／長谷川直子訳
87 魔女と魔女狩り
2014　＊413-1　四六上製　480頁　￥3500
ヨーロッパ魔女狩りの時代の総合的な概説から，現代の魔女狩りに関する最新の情報まで，初めての魔女の世界史。魔女狩りの歴史の考察から現代世界を照射する問題提起が鋭い。110頁を超える索引・文献・年表も好評

J.＝C. シュミット／小池寿子訳
88 中世の聖なるイメージと身体
キリスト教における信仰と実践
2015　＊380-6　四六上製　430頁　￥3800
中世キリスト教文明の中心テーマ！　目に見えない「神性」にどのように「身体」が与えられたか，豊富な具体例で解き明かす。民衆の心性を見つめて歴史人類学という新しい地平を開拓したシュミットの，更なる到達点

W. D. エアハート／白井洋子訳
89 ある反戦ベトナム帰還兵の回想
2015　＊420-9　四六上製　480頁　￥3500
詩人で元米国海兵隊員の著者が，ベトナム戦争の従軍体験と，帰還後に反戦平和を訴える闘士となるまでを綴った自伝的回想の記録三部作第二作目 *Passing Time* の全訳。「小説ではないがそのようにも読める」(著者まえがき)